Jacques Abeille

Les jardins statuaires

Attila

Jacques Abeille est né en 1942. Écrivain et peintre, nourri à la lecture des surréalistes, mais aussi des romans populaires, il est notamment l'auteur d'un vaste *Cycle des Contrées*, dont *Les jardins statuaires* constitue la pierre fondatrice. Consacrée aux thèmes du secret, de l'écriture, du voyage, son œuvre alterne des textes amples et de brefs fragments entrant en relation les uns avec les autres. Il a été récompensé en 2010 par la mention spéciale du prix Wepler pour l'ensemble de son œuvre.

À Jean Ellul

Est-on jamais assez attentif ? Quand un grand arbre noirci d'hiver se dresse soudain de front et qu'on se détourne de crainte du présage, ne convient-il pas plutôt de s'arrêter et de suivre une à une ses ramures distendues qui déchirent l'horizon et tracent mille directions contre le vide du ciel ? Ne faut-il pas s'attacher aux jonchées blanchâtres du roc nu qui perce une terre âpre ? Être attentif aussi aux pliures friables des schistes ? Et s'interroger longuement devant une poutre rongée qu'on a descendue du toit et jetée parmi les ronces, s'interroger sur le cheminement des insectes mangeurs de bois qui suivent d'imperceptibles veines et dessinent comme l'envers d'un corps inconnu dans la masse opaque ?

C'est le vide de toute part qui tâche et joue à se circonvenir et creuse lentement les lignes de la main de la terre. Les réseaux se nouent, se superposent, s'effacent. Les signes pullulent. Il faut que le regard s'abîme.

Pourtant d'autres contrées sont à venir. Il y aura des pays.

Je vis de grands champs d'hiver couverts d'oiseaux morts. Leurs ailes raidies traçaient à l'infini d'indéchiffrables sillons. Ce fut la nuit.

J'étais entré dans la province des jardins statuaires.

Il n'y a pas de ville ici, seulement des routes larges et austères, bordées de hauts murs que surplombent encore des frondaisons noires. Chaque communauté vit repliée sur elle-même dans sa demeure au cœur du domaine. Çà et là, au hasard semble-t-il, on aperçoit un toit sombre et pentu. De temps à autre on passe devant une porte qui est comme un accident de la muraille et demeure toujours close.

Les voyageurs sont rares. Il y a des routes, mais on n'y passe pas. Je ne parle pas des convoyeurs qui mènent leurs lourds chariots aux roues de bois plein. C'est une charge qui échoit aux jardiniers à tour de rôle. J'ai cru d'abord que le pays ne comptait guère que trois ou quatre hôtels, vétustes, délabrés, dont la silhouette massive devait surgir sur quelque carrefour abandonné. C'est dans l'un d'eux que je logeais et c'est d'après celui-ci que je jugeais des autres. Je n'y trouvais aucune commodité. La toilette se faisait dans la cour. Les lieux d'aisance n'étaient qu'un inqualifiable appentis. La chère était pauvre dans une salle vaste et sinistre. La chambre était malcommode, chichement éclairée, et, la nuit, j'y entendais des rats dont les ongles griffaient les dalles. Et pourtant j'y restais. C'est là que vint me prendre un matin celui que je désignerai désormais comme mon guide.

Je prenais le petit déjeuner dans la salle basse. Il y avait là un homme, accoudé au marbre qui longeait l'une des murailles. Il lampait à petits coups un verre de vin blanc. Je connaissais ce vin. Il était de ceux qui agacent les dents et crispent les nerfs. Après quelques gorgées d'un tel breuvage on se sent des zébrures couler à fleur de peau. Cet homme me regardait. Puis il vint à moi : sa silhouette, que je vis se profiler à contre-jour, était haute et sèche. Quand, pour me regarder de tout près, il se fut appuyé à la table où je mangeais, je constatai qu'il avait des mains rudes, prises dans un réseau de fortes veines, et les yeux d'une extrême pâleur.

— Vous êtes de passage, Monsieur ? me demanda-t-il d'une voix lente et précautionneuse.

Et je fus surpris de cette courtoisie qui ne s'assortissait guère à son allure que j'avais crue provocante.

— Oui, je suis de passage, mais... — et je fis un geste vague, ne sachant trop comment rendre compte de mon séjour.

14

— Désirez-vous visiter, Monsieur ? Je me ferais un plaisir de vous guider.

— Et que visite-t-on ?

— Le pays, Monsieur, tout le pays.

À son tour il levait le bras, étendait la main et semblait d'un même mouvement envelopper les enclos aux murailles hautaines, les arbres secrets et le labyrinthe des routes tournoyant parmi les parcelles. Son geste l'avait détourné de moi. Le bras retombé, il fixait en silence le rectangle d'indistincte et intense clarté par quoi la salle s'ouvrait sur le dehors. Il me fit face à nouveau.

— Peut-être ignorez-vous, Monsieur, que dans notre pays on cultive les statues.

Nous nous sommes mis en chemin dès que j'eus fini ma tasse de café. Je ne savais pas ce qui avait conduit cet homme vers moi. Aucun mobile intéressé ne semblait l'animer. Il était peu probable qu'il y eût entre lui et l'hôtelier quelque connivence. Il éprouvait visiblement à l'égard de mon logeur une sorte de mépris qu'il tentait de dissimuler. L'autre avait l'air de le craindre ; et les quelques fois où je voulus interroger cet homme taciturne sur la personne de mon guide, il répondit invariablement à toutes les questions que je lui fis par une sorte d'exclamation vague :

— Oh ! lui...

Et je n'en tirai rien de plus.

Ce matin-là, au bout de quelques pas, mon guide ébaucha le geste de me saisir le coude, comme pour me conduire plus sûrement, mais sa main retomba. À peine m'avait-elle effleuré.

— Je ne vous dirai rien pour commencer. Il faut

voir d'abord, déclara-t-il comme pour se confirmer lui-même dans une décision qu'il venait tout
juste de prendre.

Un bon moment dans le matin clair nous avons
suivi la route où nos pas sonnaient. J'aspirais avec
bonheur l'air neuf, la lumière vibrante. Nous ne
parlions pas, puisque cela était désormais convenu,
mais nous éprouvions notre mutuelle présence et
chacun, obscurément, mesurait la franchise de la
démarche de son compagnon. J'étais un peu troublé par le rythme de mon voisin. L'allonge était
d'un paysan habitué aux espaces libres, mais il s'y
mêlait je ne sais quelle aisance mesurée qui témoignait, comme d'un vestige enfoui sous des pratiques anciennes, d'une aristocratie lointaine ou
tenue secrète. J'essayais d'accorder mon pas à cette
allure depuis longtemps familière du terrain, et,
lorsque j'y parvenais presque, il s'arrêta. Nous
étions devant la porte d'un domaine. Nulle fiori-
ture dans le plein cintre, mais la pierre nue dans
sa courbe forte et, dans ce cadre, les deux vantaux
aux pièces étroitement jointées et au bois d'une
rudesse égale à celle de la pierre. Mon guide saisit une poignée de fer sombre qui pendait au bout
d'une chaîne, la tira une seule fois, et attendit. Le
temps me parut remarquablement long avant que
l'écho d'une cloche ne nous parvînt à travers les
frondaisons épaisses qui s'étendaient jusque par-
dessus nos têtes. Je pressentis que le domaine
où nous allions peut-être entrer devait être vaste,
bien plus que je ne l'avais imaginé. De l'extérieur,
l'importance des murailles est toujours trompeuse.
Souvent elles magnifient les lieux auxquels on ne
peut accéder ; parfois elles étouffent les dimensions que l'imagination prête aux espaces qu'elles

16

cernent. Nous sommes restés un long moment immobiles, côte à côte, vis-à-vis de cette porte. Et puis, imperceptiblement, et dans un grand silence, l'un des vantaux a commencé de s'écarter, glissant en arrière si lentement que j'en éprouvais une sorte de vertige comme si je m'étais tenu penché au seuil d'un abîme. Un homme nous fit face. Au premier regard je reconnus qu'il était de la même race que mon guide. Le même vêtement — pantalon de paysan gris finement rayé, veste noire, ample chemise sans col — accusait encore la ressemblance. Mais cet homme-ci était beaucoup plus vieux. Il se tenait très raide, durement adossé à son âge, ce qui faisait paraître sa vieillesse plus pleine et plus lointaine.

— Nous venons visiter, dit mon compagnon.

— Entrez, répondit l'autre, et soyez les bienvenus.

Comme celle de mon guide, cette voix était habitée par une pointe de courtoisie distante dont les accents se déplaçaient de syllabe en syllabe sans que l'oreille pût la saisir nettement. J'entendais seulement que j'avais affaire à des étrangers solennels et bienveillants. C'est la bonté même qui les faisait si étrangers, presque inquiétants ; et je ne comprenais rien à ce charme noble dans lequel ils m'avaient pris et auquel je ne pouvais que céder.

Nous sommes entrés. Une large route dallée sous la haute voûte d'un feuillage dense s'ouvrait devant nous. Ces arbres, à leurs feuilles vernissées, exagérément raides et presque décoratives dans leurs nervures pulpeuses, je les reconnus comme des magnolias, mais si monstrueusement grands, tellement hors de proportion avec les essences que jusque-là j'avais pu rencontrer ailleurs, que j'avais peine à admettre ce que mes sens me présentaient à l'évidence.

— Le plus simple, déclara mon guide, est de suivre l'ordre des choses. Nous commencerons donc par les couches.

— C'est aussi le plus proche, opina notre hôte.

En effet, nous sortions de l'anneau forestier qui bordait les murailles. Une vaste esplanade s'offrait à nos regards. Elle présentait tout à fait l'aspect d'un champ de cultures maraîchères avec l'alignement précis de ses plates-bandes et ses allées terreuses rectilignes et nues, régulièrement coupées de chemins plus larges qui aboutissaient tous à la route où nous nous tenions et qui partageait l'espace en deux parties égales.

— Approchons-nous, dit mon guide.

Et cette fois, il me prit par le coude avec déférence.

Je ne vis d'abord que des lits de terre crue et grise.

— Cette partie-ci vient juste d'être ensemencée. Sans doute, comme c'est la première fois que vous vous trouvez sur l'un de nos domaines, n'y apercevez-vous rien que de la terre. Mais dans quelques jours vous serez vous-même surpris d'être capable de reconnaître au premier regard ce que cache cette apparente uniformité.

— Pourrai-je lire à travers le sol ?

— Presque, puisque vous serez en mesure de lire les signes superficiels.

— Passons plutôt de l'autre côté, proposa le vieil homme ; les premières pousses crèvent la surface et notre visiteur se rendra mieux compte.

Et de droite à gauche nous avons traversé la route par laquelle nous nous étions approchés. À partir de cet instant notre itinéraire tissa ses allées et venues de part et d'autre de cet axe. De l'autre côté, le terrain était le même et, comme l'avait annoncé notre hôte, on commençait de voir quelque chose. C'était comme la timide levée de champignons dont l'épaisseur n'excédait pas celle d'une de mes phalanges et dont les bulbes blancs rapprochés dessinaient sur le fond plus sombre du terreau des lignes régulières. Un instant j'eus l'illusion de contempler, fabuleusement agrandie, une pièce de l'étoffe dans laquelle avaient été taillés les pantalons de mes compagnons.

— Vous voyez ? me demanda mon guide.

— Je vois, dis-je, mais qu'est-ce au juste ?

— Ce sont, me répondit le vieil homme, des petites statues à l'état naissant.

Je me retournai vers lui, incrédule. Parmi ses traits immobiles glissa l'expression d'un sourire fier et las. Il se baissa soudain, saisit entre le pouce et l'index une petite masse blanche, l'arracha au terreau et, après l'avoir débarrassée de la pellicule brunâtre qui en tachait la partie profonde, il la posa au creux de ma main.

— Tenez !

L'objet faillit m'échapper ; son poids, sans rapport avec son volume, encore moins avec son allure de champignon, me laissait ébahi et tremblant. Et tandis que je tournais la chose entre mes doigts, je sentis se propager dans tout mon être je ne sais quel terrible et lent déchirement, à quoi se mêlait une crainte rétrospective. Si la petite chose avait échappé à mes doigts pour aller se briser à mes pieds (car, pour remarquable que fût son poids, l'objet ne laissait pas de donner une impression d'extrême fragilité), j'en eusse éprouvé une peine sensible. Cette peine, comme on va le voir, ne me fut pas épargnée. Pendant tout le temps que j'examinais cette chose, mes compagnons n'avaient cessé de m'observer. Étais-je en train de passer un examen ? Voulaient-ils vérifier qu'ils ne s'étaient pas trompés sur mon compte et que je méritais bien l'honneur qu'ils me faisaient ? L'insistance presque déplacée avec laquelle mon guide m'avait fixé longuement le matin même s'élucidait lentement dans mon souvenir.

— Cela ressemble tout à fait à un champignon, dis-je.

— Regardez bien, insista le vieil homme.

Et c'est alors que je vis. L'objet sembla soudain échapper à la forme sommaire dans laquelle mon regard l'avait d'abord cerné. En le tournant et le retournant à la lumière du soleil j'y voyais jouer des reflets qui tour à tour faisaient naître et s'évanouir dans l'épaisseur de la pierre mille ébauches trop fugaces pour que j'eusse loisir de les identifier. Et cependant chaque figure, lors même qu'elle m'échappait, me laissait la nostalgie de quelque lointaine et poignante familiarité. Je pouvais aussi pressentir que ma sensibilité entrait pour une part dans ce mouvement de dérobade. La fièvre avec laquelle je cherchais à reconnaître une image définitive, jointe à la fascination qui m'ôtait le pouvoir de m'arrêter à un aspect élu et me portait à les vouloir tous retenir, pouvait bien être partiellement cause de cette étrangeté. Il demeurait cependant que le champignon marmoréen que je roulais entre mes doigts était un véritable réceptacle de virtualités.

— Permettez, Monsieur.

Notre hôte prenait dans mes mains la petite statue.

— Il est mauvais de les contempler trop longtemps dans cet état.

Et avant que j'eusse esquissé le moindre geste
pour le retenir, il la jeta sur un tas de fragments où
elle éclata comme un grelot de verre. J'en éprouvai une peine bien forte, dans mon corps même,
qu'un sursaut fit frémir presque comme si le bris
s'était produit dans ma poitrine et non à quelque
pas de moi sur un amoncellement brillant semblable à une pyramide de sel. J'eus honte d'avoir
laissé deviner ce bref chagrin, mais mes compagnons me regardaient avec respect, comme si cela
aussi il convenait que je l'eusse éprouvé. Et certes je commençais à discerner un peu qu'il y eût
quelque danger à se laisser émouvoir par les statues natives.

— Vous voyez, constata simplement le plus âgé.

— Venez plutôt, enchaîna mon guide, il y a
d'autres couches où vous découvrirez l'évolution
des statues.

Et ainsi, de place en place, je pus examiner tout
à loisir des statues aux divers stades de leur développement. D'une étape à l'autre, les ébauches surgissaient, se développaient, montaient et je pouvais
apercevoir, au loin, des figures monumentales
immobiles et pensives, dressées à la limite de
l'exploitation. Nous croisions des hommes poussant des chariots dont les moyeux grinçaient sous
le faix.

— L'une des tâches les plus importantes et les
plus dures consiste à transplanter en les éclaircis-
sant, d'une plate-bande à l'autre, les pieds de statues au fur et à mesure qu'ils croissent.

— Il vous faut donc, selon la progression, un

espace de plus en plus vaste autour de chaque statue ?

— En effet, mais nous ne conservons pas tous les plants. Nous devons en détruire une partie lors de chaque passage, comme notre doyen a brisé la petite pousse que vous considériez tout d'abord.

Je me tournai vers le vieil homme.

— Il me semble que c'est là un aspect bien cruel de votre tâche.

Il opina :

— Sans doute, sans doute, mais il faut toujours choisir. Et il faut bien choisir, savoir reconnaître l'ébauche qui mérite de se développer, celle qu'on n'a encore jamais vue, la promesse du chef-d'œuvre rare. Il n'est pas possible de laisser venir à terme tout ce qui naît et s'efforce de croître.

Et je restais songeur.

— Ajoutez, reprit à son tour mon guide, que ces fragments sont nécessaires. Broyés et rebroyés jusqu'à n'être plus qu'une poudre d'éléments infimes, ils sont rendus au sol qu'ils reconstituent. En certains points leur relief érode la statue en train de croître, l'informe déjà…

— Précisez, mon cher, l'interrompit l'autre, qu'autour des statues qui lèvent on voit peu à peu se former, sans doute sous l'effet du frottement de l'objet jaillissant contre les poussées de la terre, des sortes de nébulosités constituées de petites sphères dont nous savons que se nourrit la statue pendant sa croissance. On a même pu observer le phénomène de fort près ; lorsque la sphère minuscule a atteint une rotondité parfaite, elle commence à se vider de sa substance que s'incorpore la statue. Et il ne reste plus, morte désormais, que la peau de la pierre.

— Mais, ajouta mon guide, ces ultimes résidus eux-mêmes ne sont point perdus. Ils s'émiettent à leur tour et constituent le colorant de la terre ainsi que vous pouvez le constater si vous considérez les parcelles qui nous entourent.

Je jetai un regard circulaire. Mes yeux longtemps attachés à des détails qui requéraient toute mon attention furent éblouis ; c'était comme si nous nous étions tenus au centre du plus vaste, du plus varié et du plus enchanteur des tapis. Chaque carré de terrain, de l'ocre au brun, du gris bleuté au vert métallique, de l'ivoirin au rose chair, avait sa nuance qu'il prêtait aux formes qui s'en détachaient.

— Oui, murmura le plus âgé des deux hommes, les pierres sont les yeux secrets du sol. En elles résident toutes les formes et toutes les couleurs que peut engendrer la terre.

Nous fîmes quelques pas encore. Un groupe d'hommes s'affairaient parmi de jeunes statues.

— Ah ! dit mon guide, approchons-nous, car ceci va vous intéresser.

Quand nous fûmes plus près, je remarquai que les jardiniers maniaient marteaux et burins.

— Ils procèdent à la taille. À chaque étape de sa croissance la statue pousse de toutes parts un bourgeonnement désordonné. Chaque fois, la forme définitive, vers laquelle obscurément elle se développe, est tout entière remise en jeu. Il faut donc sans cesse la reprendre, la confirmer, et, pour ce faire, détacher à temps les membres en excédent qui menacent de la rendre tout à fait informe et monstrueuse.

Et, dans le même instant, je voyais un jardinier, d'un seul coup justement appliqué, détacher sur un buste à l'antique un doigt tendu, un index, du moins si j'en juge d'après son aspect impératif, qui avait malencontreusement poussé à partir de la racine du nez. J'avoue que devant ce doigt si raide, que le jardinier déposait précautionneusement dans un panier plat fort semblable à ceux qu'utilisent les chercheuses de coquillages sur les rivages marins, je fus un instant le jouet d'une assez malicieuse association d'idées, ou, pour mieux dire, de formes. Pouvait-on voir parfois surgir de l'oreille d'un digne sénateur, ou de quelque autre haut magistrat de marbre, une forme obscène nettement caractérisée ? Je n'osai questionner ceux qui me dirigeaient. Mais pour clore cette question je peux dire ici que dans les nombreuses visites que je fis par la suite dans cette contrée, pas plus que ce jour-là, jamais je ne vis rien de semblable se produire. Certes, la figuration humaine et même animale abondait dans toute sa nudité et une parfaite rigueur quant à l'anatomie. Et, connaissant les jardiniers pour les avoir assez fréquentés, je tiens pour assuré qu'ils eussent considéré comme honteuse, bien plus que les régions que l'on qualifie ordinairement de telles, l'action de dissimuler par des artifices, sur des statues qui venaient nues, certaines parties du corps. Quoi qu'il en fût, je ne vis jamais fleurir le sexe là où on ne l'attendait pas, mais au contraire toujours à sa juste place, comme s'il était vraiment la chose la plus régulière, la plus nécessaire, la plus inéluctable, tandis que partout autour pullulaient les formes les plus déplacées au gré d'un hasard fantaisiste.

— Mais, demandai-je alors, à quel moment arrête-t-on la forme définitive de la statue ? Car elle peut prendre bien des aspects, et il faut sans doute s'y mettre fort tôt pour déterminer une figure régulière.

Et je désignais sous nos yeux un incroyable enchevêtrement de membres.

— Et s'il en est ainsi, il faut qu'un jardinier soit fin observateur pour retrouver la forme perdue quand elle se recouvre d'une si considérable profusion d'excroissances.

Mon guide me sourit.

— Mais précisément ce n'est pas ainsi que nous travaillons. Ne vous ai-je pas dit que la statue était tout entière remise en jeu, à chaque étape de sa croissance ? Je m'aperçois que je n'ai pas été assez précis. Voici ce qu'il se passe exactement. Dès la première transplantation, quand les statues ont atteint un état un peu plus évolué que le germe que vous avez considéré d'abord, elles présentent déjà des ébauches de formes. C'est alors que l'on procède à une première taille. Les jardiniers précisent la forme qu'ils croient voir s'esquisser. Chacun, outils en main, dégrossit quelques pieds, mais jamais ils ne se mettent à deux sur la même statue. Lors de la transplantation suivante, la même opération se répète, mais c'est au hasard que le jardinier choisit les statues qu'il taille. Et même si, toujours par l'effet du seul hasard, le même homme rencontrait à deux reprises une même statue, il s'est livré entre-temps à bien d'autres travaux cependant que la pierre de son côté a pu changer tout à fait d'aspect. L'inspiration de l'homme prend chaque fois un nouvel essor tandis que la statue peut renverser complètement le sens de son évolution.

— Je me suis amusé un jour, nous conta le vieil homme, à marquer un pied. Je ne participais pas à la taille de ce pied, mais je mettais tous mes soins à sa transplantation. Ainsi j'ai pu voir ce qui d'abord se dessinait comme la statue équestre de quelque général aboutir finalement à la figuration d'une nymphe au corps mollement alangui contre une urne où reposait son bras. Je vous laisse le soin d'imaginer la prodigieuse série de métamorphoses qu'il faut traverser pour passer d'une statue guerrière, et, qui mieux est, équestre, à un corps de femme tout empreint de calme et de volupté.

Il hocha la tête.

— En vérité, la pierre initiale est un œuf qui recèle un nombre infini de possibilités.

— Et cependant, précisait mon guide, il faut admettre une certaine continuité de tempérament chez les jardiniers, qui fait que chaque domaine est marqué par un style si particulier que les statues qui en sortent ne peuvent être confondues avec aucune autre.

— Il faut qu'il en soit ainsi, renchérit l'autre, car de son côté la pierre, nous le savons tous, cherche aveuglément sa forme. Nous avons tous l'impression qu'elle nous fait l'offrande de ses virtualités, notre tâche est de nous en montrer dignes.

Je commençais obscurément à discerner une liaison nécessaire entre une morale sans doute austère, que me laissaient deviner les derniers propos qu'on venait de me tenir, et l'exigence farouche de maintenir ouvert et libre le champ du possible. Mais comme il m'était donné de contempler ces idées en quelque sorte à l'état concret, et même palpable, je ne m'attardais pas outre mesure dans mes spéculations.

— Pourquoi, demandai-je, conservez-vous si soigneusement certains fragments que je vois les jardiniers déposer dans ces paniers ? Tout cela n'est-il pas destiné à être brisé pour préparer le terreau dont vous m'avez parlé ?

— Vous faites erreur, me dit mon guide. On ne brise tout à fait que les plants des statues auxquelles on a définitivement renoncé.

« Ce que vous voyez ici ce sont nos boutures, car il faut bien prévoir de nouveaux plants de statues. Une longue tradition nous a enseigné que ce qui se prête le mieux à la reproduction des statues ce sont certaines parties de dimension modeste qui arrivent à un état d'achèvement parfait, sans cependant pouvoir demeurer attachées à la forme de l'ensemble dont elles rompent l'harmonie. Plus ces parties sont petites, plus accomplie est leur forme, meilleur sera le plant. Vous voyez donc en ce moment nos jardiniers qui récupèrent toutes ces oreilles, tous ces doigts, tous ces orteils, ces nez, ces pointes de seins même ; ils les déposent dans les paniers qui sont rangés à leurs pieds. Très bientôt, ils les achemineront vers des serres où l'on opérera un tri afin de ne conserver que les meilleurs éléments. Ces derniers seront mis en pot pendant quelques semaines dans l'obscurité. Là, ils perdront leur caractère particulier pour prendre uniformément cette allure de champignon que vous avez pu observer. »

— C'est ainsi, ajouta le vieil homme, que l'on peut, à partir de n'importe quel fragment, reconstituer une statue complète. La forme du morceau initial, pas plus que l'emplacement où il fut prélevé, ne détermine en rien l'évolution ou la forme définitive de la nouvelle statue à laquelle il donnera naissance.

Les jardiniers, maintenant qu'ils avaient achevé la taille de toutes les figures de la plate-bande, tiraient de grands seaux de bois des lambeaux d'étoffe humides qu'ils appliquaient aux endroits qui venaient d'être entaillés, bien qu'il me semblât qu'on ne pût déceler sur la pierre la moindre trace. Je demandai donc quelle était cette nouvelle opération.

— C'est là une précaution nécessaire, m'expliqua mon guide. Si nous ne procédions pas ainsi, nous risquerions de voir la statue, quelques semaines après son achèvement, atteinte d'une irrémédiable lèpre.

— Étrange maladie que celle de la pierre, ajouta notre hôte. Ce n'est d'abord qu'un seul point, qu'une trace bleuâtre comme une ecchymose légère, minuscule et encore assez indistincte, qui peu à peu s'étend et se creuse selon une progression géométrique, forme finalement un cratère d'où coule une poudre stérile, et ne laisse de la statue qu'une peau rugueuse qui se desquame. Alors seulement la pierre est réellement morte.

— Et le mal est incurable. On a essayé de gratter la partie malade, de resculpter dans des dimensions moindres une nouvelle statue à l'intérieur de l'ancienne, alors qu'elle n'était encore que superficiellement atteinte. On a tenté l'amputation. On s'est même efforcé de tirer des parties apparemment encore saines des petites statuettes. Rien n'y fait, tôt ou tard, dans le moindre fragment, la lèpre reparaît et achève sa besogne de mort.

— Et la maladie est contagieuse, elle se propage de proche en proche. Elle peut mettre à mal une exploitation tout entière si l'on ne prend pas d'immédiates précautions. Dès qu'une statue est atteinte, il faut la charger sur un camion, la couvrir de feuillage et l'évacuer au plus vite vers le terme que lui assigne le destin. C'est un long voyage vers la périphérie du pays, au gouffre. Nous avons là un établissement.

Le vieil homme se tut un instant. Pensif, il regardait la terre sans la voir. Je me retournai vers mon guide pour lui demander quelques détails supplémentaires concernant la triste entreprise dont on venait de parler. Il se tenait immobile, bras croisés, apparemment plongé dans le recueillement. Je n'osai l'en distraire.

À l'exemple des deux hommes qui m'accompagnaient, je me tenais coi, songeant en moi-même à ce que je venais d'apprendre, imaginant, loin de tous les travaux humains, ce lieu que je me représentais désolé, à la limite du pays : un gouffre. Aux abords de cette image ma pensée tournoyait comme une épave. La voix du vieux jardinier me tira de cette rêverie où je m'abîmais.

— Il me semble, disait-il à mon guide, que nous devrions donner quelques précisions sur le gouffre à notre visiteur. Au reste, la matinée s'achève, nous devons songer à nous restaurer. Nous poursuivrons la visite plus tard, après le repas.

Il dut pressentir que je m'apprêtais à prendre congé et s'empressa :

— Bien entendu, vous êtes mon invité.

Et souriant avec la plus exquise civilité, il poursuivit :

— Nous vous devons des explications, le chemin qu'il nous reste à parcourir jusqu'à la maison nous donnera le loisir de vous les fournir.

Tandis que je remerciais, nous nous sommes mis en chemin et mon guide a repris la parole.

— Comme vous l'avez sans doute deviné d'après notre conduite, nous touchons, avec la maladie des statues, à l'un des points centraux des rites tels qu'ils sont établis dans notre pays. Je pense que le plus simple pour vous en rendre compte est de commencer par vous proposer une description aussi exacte que possible.

— Vous voulez dire, commenta le vieux jardinier, dans la mesure où il nous est possible de décrire nos pratiques.

— C'est cela.

Et se tournant vers moi :

— Supposons donc qu'un jardinier ait perdu la situation exacte d'une taille, soit qu'il ait oublié de mettre un bandage, soit encore que le pansement n'ait pas fait son office ; tous ces cas peuvent se produire, ce qui nous laisse dans une grande incertitude, en sorte que tous ceux qui travaillent sur une exploitation sont également frappés par le malheur, sans qu'aucun puisse être désigné comme le responsable en titre.

— Pardonnez-moi, dis-je, mais en quoi consistent ces pansements ?

Je perçus une légère hésitation chez les deux hommes. C'est le plus âgé qui répondit enfin :

— Le tissu, comme tous les tissus au demeurant, nous vient des femmes. Nous avons même coutume de le désigner sous le nom de linge de femmes. Quant au liquide dont sont imprégnés les bandages, il s'agit de l'eau la plus pure que l'on puisse trouver, l'eau de pluie, tout simplement, recueillie au centre de la maison dans un bassin où elle se déverse du toit. En cet endroit, que je vous ferai voir tout à l'heure, la toiture est spécialement aménagée à cet effet.

J'aurais bien aimé les questionner sur le rôle des femmes dans la culture des statues, mais ils ne semblaient pas désireux de m'en entretenir pour l'heure et mon guide déjà poursuivait son exposé.

— Imaginons donc que, lors d'une taille, cette protection se révèle inefficace. Nous aurons tôt ou tard une statue malade. La maladie n'apparaît que lorsque la statue est achevée et, fort heureusement, c'est alors seulement qu'elle est contagieuse. Lorsque l'un des jardiniers, travaillant à ce moment aux statues qui ont atteint la dernière phase de leur maturation, découvre sur l'une d'elles une tache suspecte, il doit prévenir aussitôt le doyen de la demeure.

— Sur ce domaine, je suis le doyen, précisa le plus âgé des deux hommes. On m'avertit que le mal est apparu sur notre terre, je dois aussitôt répartir l'ensemble des jardiniers en deux équipes. La première, plus nombreuse, a pour tâche de déplacer toutes les statues des ancêtres qui se trouvent dans la demeure. Sous ma direction, les hommes mettent ces statues sur des chariots ; nous traversons le domaine en grande hâte et alignons les statues le long du mur de clôture, à l'extérieur, sur le trottoir, de part et d'autre de la porte d'entrée. À ce signe, tous nos voisins connaissent le malheur qui nous frappe. Cela fait, nous nous retirons dans la demeure. Pour nous commence une période de jeûne et de silence qui durera jusqu'après le retour de l'autre équipe.

— Le deuxième groupe d'hommes, pendant ce temps, charge la statue malade sur un camion. Ils l'ont complètement couverte de feuillage fraîchement coupé. Ils traversent le domaine, passent par la porte que la précédente équipe a laissée ouverte

et se dirigent aussi vite que possible vers le gouffre. Il leur faudra plusieurs jours et bien des fatigues pour l'atteindre.

« Une fois arrivés, ils précipitent la statue dans
les profondeurs de la terre. Longtemps ils restent
immobiles, haletants au bord de l'abîme, entendant
encore en eux-mêmes l'écho de la statue rebon-
dissant d'une saillie à l'autre de la pente, éclatant
sur les rocs en surplomb et fracassant la pierraille.
Nul ne sait à quelle profondeur les membres épars
de la statue achèvent de se désagréger. Après quoi,
il faut brûler le camion. »

J'appris de la bouche du doyen la suite de la
cérémonie qui se déroule sous l'autorité du
gardien. Je sus l'attente des jardiniers, porteurs
comme d'une offrande de leurs fatigues et de leur
deuil, se pénétrant de chagrin, rangés en file face
à la demeure dans l'attente d'être reconnus, l'édification du bûcher au bord du gouffre, le camion
dans l'amoncellement de fagots, les hautes flammes qui déchirent en crépitant un lent crépuscule,
l'arène des cendres où le vent de la nuit montante
roule des mèches pâles, les ablutions des hommes
dans le lavoir où l'eau des monts coule sur les
dalles d'ardoise, la purification des bœufs que le
gardien, descendu avec eux dans le bassin, asperge
rituellement, le sommeil des bêtes et des gens
dans la paille, la nuit pleine.

— Alors, quand toutes ces tâches sont achevées
et que tous sont endormis, le gardien dans l'obscurité complète revient près du gouffre et balaie
les cendres refroidies vers l'abîme. De temps à
autre il trouve une pièce de métal qui s'est détachée des montants carbonisés du chariot et gît
nue parmi l'impalpable poussière. Déplacé par les

branches du balai, l'objet a tinté contre la pierre du sol et il le saisit à tâtons tout tiède contre sa paume. Il le récupère. C'est désormais son bien. Ces trouvailles constituent la matière première de sa petite métallurgie.

J'interrompis le vieil homme. Je ne sais pourquoi, le personnage du gardien, que j'imaginais côtoyant l'abîme au bord de ce monde d'harmonie, me fascinait.

— Il est donc forgeron ?

— Non, ce n'est pas exactement le terme approprié. Entendez qu'il ne fabrique rien d'utile. Chaque domaine possède sa forge où l'on travaille selon les besoins le métal importé. Le gardien aussi travaille le métal, si l'on peut appeler ça travailler ; il fait lui aussi des statues. Mais c'est une pratique qui est, en quelque sorte, le contraire de celle des jardiniers. Nous, les statues, nous les cultivons. Nous les soignons en pleine terre, nous les aidons à mûrir, à se développer, à devenir. Alors que lui, dans un métal anonyme et qui n'est plus destiné à rien, il imprime de force les images de son caprice. C'est une tâche de solitaire.

— Est-ce que vous jugez cela méprisable ?

— Méprisable ? oh non ! se récria-t-il. Non, ce n'est pas ce que j'ai voulu vous laisser penser. Mais il est bien difficile d'en parler. Ses statues sont tout l'opposé de celles auxquelles nous consacrons notre vie. Elles nous sont, et aussi celui qui les fait, étrangères. Elles nous inquiètent. Mais nous ne les méprisons pas. Au contraire, elles ont pour nous une très grande valeur. Au-delà de toute valeur marchande.

— Et pourtant, elles se prêtent à des échanges, remarqua mon guide. Voyez-vous, Monsieur, dans cette contrée, chaque domaine vit en économie close. Les échanges commerciaux se font avec l'étranger. En dehors de cela, chaque domaine se suffit à lui-même. De l'un à l'autre, il n'est pas nécessaire de faire circuler la moindre marchandise, ni aucune monnaie par conséquent. Seules les statues de métal passent des uns aux autres. Il peut se faire que l'un rende service à l'autre, que l'on contracte une alliance ou une dette d'honneur, qu'on veuille célébrer une grande amitié, compenser un deuil particulièrement cruel qui frappe les voisins. En de telles occasions a lieu le don d'une statue de fer, et nul ne peut refuser un tel don. Il honore l'ensemble de la demeure qui le reçoit. Mais ceux qui le reçoivent se trouvent de ce fait en dette vis-à-vis des donateurs. Un jour ou l'autre, même si cela doit attendre plusieurs générations, ils rendront une statue de métal pour celle qu'ils ont reçue. Au fil des siècles, un tel système a tissé des chaînes de relations dont les œuvres du gardien constituent les maillons.

— Comment le mépriserions-nous dès lors, lui qui est à la source de ce qu'il y a de plus obscur et de plus tenace dans notre participation à la communauté que nous formons !

— Vous ne m'avez pas dit, remarquai-je, comment s'achève le pèlerinage au gouffre.

— À l'aube, le gardien qui a veillé toute la nuit, après avoir dispersé les cendres du bûcher, va réveiller les jardiniers. Il conduit hommes et bêtes sur le lieu du bûcher. Chacun peut examiner qu'il n'en reste pas la moindre trace. En revanche, dans le matin pâle, les hommes peuvent voir au-dessus du gouffre, portées par des tourbillons d'air, de grandes quantités de cendres qui ne se sont pas encore déposées. Chacun regarde des formes indistinctes, ces danses de traces vagues sur le fond blanc du petit jour. Quand tous en ont fait leur profit, ils se mettent en route, menant les bêtes par le licou. Ils laissent le gardien seul au bord du vide.

« En chemin chacun resonge à ce qu'il a vu flotter dans les turbulences de l'air au-dessus du gouffre. De retour sur le domaine, ces hommes s'enferment dans la maison des morts qui est isolée derrière la demeure. Là, ils mettent au point en commun le récit que leur a suggéré l'évolution des cendres. Quand enfin ils se sont mis d'accord, commence une fête au cours de laquelle le récit est conté à tous. En grande pompe et avec des manifestations de joie exubérante, on rentre les statues d'ancêtres. La période rituelle s'achève alors. Le malheur est conjuré. »

J'eusse voulu parler encore du gardien mais nous franchissions le seuil. L'architecture de la demeure était toute semblable, quant au style, à celle de l'hôtel où j'avais pris pension, à cette différence près qu'ici on vivait au lieu de se morfondre. La pierre était partout apparente, des dalles où je posais le pied aux voûtes en plein cintre au-dessus de ma tête. Voûtées également, les fenêtres et les portes plutôt basses et lourdes, avec je ne sais quoi d'anxieux comme pour la défense d'un repaire. Passer en baissant malgré soi le front sous leur arche pesante faisait éprouver que l'on pénétrait au cœur du gîte. Le long des murs du vestibule, adossées à ceux-ci, étaient rangées des statues qui semblaient soutenir la demeure. Toutes figuraient des hommes dans une posture un peu raide et hiératique. Je me tournai vers mon hôte tandis qu'il me dirigeait vers la table de la grande salle où l'on prenait le repas.

— Ce sont là, sans doute, les statues des ancêtres auxquelles vous avez fait allusion en me décrivant le rite, il y a quelques instants ?

— En effet, me dit-il en me désignant une place à sa droite.

À sa gauche s'assit mon guide. Nous étions au bout de la table. Les jardiniers un à un maintenant s'asseyaient comme s'ils avaient attendu que le doyen eût pris place. Celui-ci tendit la main vers une carafe. Il versa du vin dans mon verre, dans celui de mon guide, se servit lui-même et leva son verre. Les plats qui étaient posés sur la table commencèrent à circuler. Les conversations se nouaient. Le doyen se pencha alors vers moi.

— Oui, les statues des ancêtres, c'est encore une coutume qu'il faut vous décrire.

Et il ajouta sur un ton presque d'excuse :

— Ah, il n'est pas facile de décrire rigoureusement le monde où l'on vit et qu'on connaît pourtant si bien, comment dire ? de tout son corps ! Tout s'enchaîne, mais en étoiles et non selon le fil de la parole.

Il demeura un instant rêveur, et reprit :

— Ces statues, qu'on expose hors du domaine quand se déclare une maladie de la pierre, ne quittent la demeure qu'en cette unique circonstance. Autrement elles sont toujours là. Il faut vous dire maintenant ce qu'elles sont. Le hasard, ou on ne sait quel signe frappant, fait que, de loin en loin, et pas plus d'une fois par génération, parmi celles que nous cultivons apparaît une statue qui ressemble à l'un de nous, généralement mort depuis peu. Son souvenir est encore vivace dans le cœur de ses compagnons, peut-être cela est-il pour quelque chose dans l'évolution de la statue. La taille, dans ce cas, est-elle plus déterminée par la prière et les vœux des hommes que dans d'autres cas ? Voilà une question à laquelle on ne peut guère répondre, à laquelle on ne désire pas répondre. Et qu'importe. La terre nous rend l'image de l'un des nôtres que nous venons de perdre ; c'est un événement rare et qui nous comble de joie et de peine mêlées. Nous faisons les efforts les plus sincères pour ne pas traiter cette statue particulière avec plus d'égard que les autres. Mais enfin, elle est là et, tandis qu'elle croît, il n'est guère possible que nous ayons d'autre souci. Le disparu dont elle prend la figure occupe bientôt toutes nos pensées, toutes nos conversations. Au même rythme que la statue s'élevant du sol, le souvenir de l'homme, en chacun, se développe, il se dilate, comme pour se rendre mieux lisible. Il nous semble saisir, comme jamais de son vivant, sa vérité particulière et exceptionnelle. Lorsqu'il était ici, il n'était que l'un d'entre nous, tandis qu'avec sa statue nous le découvrons libéré et comme lavé du milieu où il se confondait jusqu'alors comme certains papillons s'évanouissent sur l'écorce où ils se sont posés. Il nous apparaît enfin aussi réel et impénétrable que la pierre de son effigie. Et à travers lui nous saisissons une modeste part de ce qu'il en est de chacun de nous, comme si, dégagé de notre communauté où il était demeuré enfoui jusqu'à sa mort, il se mettait à nous refléter tous, et chacun en particulier, à travers son masque de pierre. Au reste, lorsque je parle de ressemblance, il ne faut point que vous vous représentiez que la statue est le portrait fidèle du défunt. Vous avez dû remarquer, parmi celles de notre demeure, cette raideur un peu somnambulique qui leur prête je ne sais quel archaïsme. Certaines sont fort anciennes, il est vrai, mais les plus récentes partagent ce caractère. Ces statues ne représentent pas le disparu, elles l'évoquent. Mais avec une force irrésistible qui fait que tous ceux qui l'ont connu le reconnaissent dans la pierre et le nomment. C'est un très grand événement que l'apparition d'une telle statue. Un événement inoubliable.

Nous avons mangé et bu un moment en silence, ce qui, après tout, est encore une manière de se recueillir. Mais quelque chose dans ce que m'avait dit le vieil homme me préoccupait sans que je parvinsse à savoir quoi au juste. C'est alors qu'il me tendait la salade, les mains en coupe autour du vase, ces mains lourdes et méticuleuses, que cela me revint.

— Quand vous m'avez expliqué que les statues ressemblaient à un mort, je ne sais si je vous ai mal compris, il m'a semblé entendre que tel n'était pas nécessairement le cas. Est-ce à dire que parfois survient une statue qui ressemble à un vivant ?

— Cela peut se produire, hélas ! Et c'est une véritable tragédie. Une statue peu à peu surgit de terre et, tous, nous y reconnaissons l'un des nôtres. Il peut se faire que lui-même soit parmi les premiers à apercevoir la ressemblance, cet appel, cette sommation de la pierre. Nul n'y peut rien. La statue est là. Elle croît. Et tous peuvent la voir. Il n'y a rien à faire qu'à la traiter comme les autres. Mais ce n'est pas n'importe quelle statue. Irrévocablement, elle nous envoie vers un homme que nous côtoyons chaque jour. Quelle que soit la conduite que nous adoptions à son égard, cela revient au même. Il est malgré lui distingué de la communauté de ses compagnons. Même si nous n'en disons rien de particulier, même si nous faisons de notre mieux pour nous conduire à son égard comme par le passé, nous ne pouvons bientôt plus cesser de penser à lui. Nous lui donnons, contre notre vouloir, une importance qui l'écrase. Une sorte de gloire terrible dont aucun homme ne voudrait. Car quel homme pourrait affronter sa propre effigie muette soudain dressée en face de lui, au milieu de la communauté des hommes ?

Mon guide, qui jusqu'alors avait mangé silencieusement, mais en prêtant une extrême attention aux propos du doyen, l'interrompit.

— Est-il tout à fait juste de dire les choses ainsi ?

Le doyen lui fit face brusquement. Les deux hommes se regardèrent un long moment en silence. Je pouvais à loisir examiner leur profil. Il n'y avait aucune trace de violence ni de défi dans leur expression. Ils donnaient plutôt le sentiment de deux hommes que sépare une étrangeté dont ils se demandent ensemble comment la saisir.

— J'ai déjà laissé entendre que rien de ce que l'on peut dire n'est tout à fait juste, soupira finalement le plus vieux, mais on peut toujours essayer d'approcher. Je pressens ce que vous voudriez évoquer. Il vaut mieux que vous le disiez vous-même.

Et de nouveau, ils se tournèrent vers moi.

— Certainement, me dit mon guide, il y a, dans l'apparition d'une telle statue, une sorte de vengeance du destin, ou du hasard. Cependant, si je veux être vrai, je dirais qu'il n'est pas un jardinier qui n'ait souhaité, à un moment ou à un autre de sa vie, qu'un tel sort lui échoie.

Il se tut un instant, espérant peut-être que le doyen allait protester. Mais le vieillard restait impassible et semblait attendre la suite. Mon guide hésita, comme si ses propres paroles le mettaient mal à l'aise, et puis il décida de poursuivre, passant outre.

— Nous nous sommes tous forgé une représentation qui doit être à peu près juste du drame que ce serait d'avoir à faire face à notre statue, venant soudain à notre rencontre et pourtant immobile dans nos traits ébauchés avec une fidélité incertaine, alors que la vie nous agite encore. Mais cette rencontre, nous la désirons. Certains ne connaissent cette hantise qu'un bref instant, d'autres en sont obsédés toute leur vie durant, et nul ne peut se vanter d'en être tout à fait exempt. On peut penser que c'est la peur qui nous fait tomber sous une fascination morbide. Les hommes, craignant le malheur, finissent par souhaiter qu'il survienne et mette fin à leur attente, car ils estiment, avec juste raison, que le pire vaut mieux que les vaines représentations qui les pourchassent sans trêve. Tout cela est bien vraisemblable. Mais c'est encore trop simple ou trop subtil. Car finalement il s'agit d'un sentiment plus farouche. Nous savons tous que nul, jamais, n'a surmonté l'obstacle de sa propre statue. Nous savons que cela est impossible. Cette impossibilité n'est pas démontrée, bien entendu, mais elle est réelle, aussi présente que notre propre peau. Or nous sentons que nous devons l'affronter. On pourrait dire que tout jardinier vit ainsi, dans le désespérant espoir de défier un jour sa statue. C'est pourquoi, bien souvent, le malheureux est le premier à se reconnaître dans la pierre naissant à une forme, et c'est peut-être le regard jaloux qu'il jette à ceux qui émondent la statue, *sa* statue, qui donne l'éveil aux autres hommes.

— Nous en avons même connu un, dit le doyen, qui croyait se reconnaître presque dans chaque statue qui naissait sur le domaine.

Les deux hommes se mirent à rire de bon cœur en échangeant des regards complices.

— Le malheureux est mort presque centenaire sans voir son obsession réalisée, précisa mon guide. Et il ajouta : Après tout, ce n'est pas une mauvaise vie non plus que celle-là.

Le doyen, qui avait repris son calme, acheva de me mettre au courant de cette singulière coutume.

— En général, aucun homme ne résiste à sa statue. Je dis : en général, car vous pourriez encore me demander des précisions. Peut-être quelques rares individus ont-ils réussi, si on peut encore parler ici de réussite...

— C'en est une, à coup sûr, dit en riant mon guide.

— Peut-être quelques-uns ont-ils réussi à échapper à la malédiction de leur statue. On ne peut rien affirmer sur ce point, puisque pour échapper au sort que leur faisait leur statue, il fallait qu'ils se soustraient à la gloire qu'elle leur offrait et, partant, à toute tradition. Que pourrions-nous dire sans profanation de ceux qui ont gagné l'oubli, sinon que rien, absolument rien, ne permet d'avancer qu'ils ont seulement existé ? Mais, le plus communément, quand se produit cette rare coïncidence, l'homme dépérit au rythme du développement de sa statue. Vient le moment où il ne peut plus assurer sa tâche de jardinier. Sa statue l'écrase ; il se débat et ne commande plus ses gestes. Il sollicite une entrevue avec le doyen et obtient de se retirer dans la maison des morts où il agonise lentement d'une sorte de consomption, en dépit des soins qu'on lui prodigue.

— Mais sa statue prend place parmi les statues d'ancêtres de la demeure. Et nous savons tous à quel point un tel homme a été exemplaire, dans son combat, et même dans sa défaite.

Durant que se développait pour moi tout cet exposé, le repas avait suivi son cours. Il touchait maintenant à sa fin. Des jattes de fruits, des fiasques de liqueurs opaques et ventrues circulaient encore, mais la plupart des hommes avaient repoussé leurs couverts et s'étaient adossés à leur siège pour deviser ou somnoler pendant la méridienne. C'est le lieu, je pense, de faire une remarque sur la conduite que l'on tient dans les jardins statuaires à l'égard d'un étranger. Car cette conduite me parut peu commune et pleine d'agrément. Pour le dire en un mot, tout ici est mis en œuvre pour respecter en l'étranger le droit d'être tel ; et même on lui laisse le soin d'abolir, à son gré et selon son vouloir, la distance qui nécessairement le distingue. On se garderait bien d'être hostile. Au vrai, je ne connais point de contrée où les hommes aient plus d'urbanité. On s'efforce même, et c'est là le signe d'une très vieille civilisation, d'épargner à celui qui y survient le risque de commettre par ignorance un impair. En revanche, on a soin de ne pas se jeter sur lui pour lui faire subir d'étouffantes et injustifiées marques d'estime. On se tient éloigné de toute démonstration intempestive. Encore moins s'abaisse-t-on à déprécier ce que l'on est pour flagorner à toutes forces l'inconnu. Et pour tout dire, le respect préside à toutes les rencontres. Ainsi, pendant ce repas, le premier que je prenais au milieu des jardiniers, nul parmi ceux que je côtoyais ne songea à m'imposer de ces conversations qui sont aussi prolixes que vaines. Le doyen n'avait même pas songé à me présenter aux autres convives. Qu'aurais-je gagné à connaître le nom d'une quarantaine d'hommes que je ne devais côtoyer que quelques instants, sinon le risque de les brouiller et de me montrer à l'occasion discourtois ? Et je n'étais pas pour autant méprisé. Si mon regard croisait celui de quelque convive, je pouvais voir fort clairement que j'étais reçu. Les propos qui m'étaient tenus n'étaient ni ostentatoires ni secrets. Chacun pouvait, s'il le jugeait nécessaire, entrer dans le débat. Si cela ne se fit pas, c'est, je suppose, que nul n'avait à me dire quoi que ce fût de plus que ce que j'entendais déjà. Et je remarquai à plusieurs reprises qu'un thème évoqué par l'un de mes deux interlocuteurs était repris plus loin, circulait librement à travers la tablée, faisait l'enjeu d'une discussion en quelque place éloignée, sans gêne ni contrainte.

— Êtes-vous las ? me demanda le doyen qui me voyait songeur.

Je l'assurai, en le remerciant, que j'étais parfaitement dispos.

— Comment pourrait-il en être autrement, demandai-je, alors que tout le matin je n'ai eu d'autre effort à fournir que celui d'une calme et instructive promenade ?

— Je vous faisais cette question parce que, en cette heure chaude du jour, les jardiniers s'accordent quelque repos avant de reprendre leur ouvrage. Nous pourrions profiter de ce moment pour vous faire voir la demeure.

Et comme je lui donnais mon assentiment avec enthousiasme, nous nous sommes levés tous trois.

En vérité, il y a peu à dire de la visite qui suivit. Je connus surtout les pièces d'apparat, fort semblables à celle où nous avions mangé et qui étaient propres à ce domaine particulier car il était fort opulent. Je m'attardai aux statues des ancêtres. On me conta le destin de quelques-uns. Ainsi de celui qui mourut trop jeune pour s'être reconnu, ou de cet autre qui avait voulu aider à déplacer sa statue et que celle-ci avait écrasé en tombant du chariot ; la pierre en demeurait ébréchée. Mais ces récits m'étaient faits succinctement.

— C'est que, m'expliqua mon guide, ces histoires traditionnelles appartiennent à la littérature de notre contrée. On ne peut guère les raconter de vive voix.

— Enfreindriez-vous une loi dans ce cas ?

— Non, pas à proprement parler une loi. Ce qui nous retient est bien plutôt une sorte de gêne dont je saurais mal rendre compte. Tout ce que j'en peux dire, c'est que ce qui est écrit se prête peu à la parole. L'inverse est vrai tout autant. Mais je songerai à vous faire connaître quelques-uns de nos livres, afin que vous puissiez compléter ce que vous voyez présentement.

Encore une fois se confirmaient les assertions répétées du doyen ; on ne pouvait pas tout me dire ; j'en vins à pressentir qu'il me faudrait découvrir par moi-même une partie de ce monde qui pourtant semblait s'offrir sans réticence. Cette idée prit encore plus de force en moi lorsque nous parvînmes au bord de l'impluvium autour duquel s'ordonnait la demeure. C'était un vaste bassin quadrangulaire entouré d'une galerie sous laquelle s'ouvraient les appartements. Dans la pénombre, comme des moines au cloître, déambulaient quelques groupes de jardiniers. Près du bassin étaient rangés un certain nombre de seaux, de ceux que j'avais vu servir pour le pansement des statues. Et de nouveau, comme à l'heure du repas, je fus frappé par l'absence des femmes. Tandis que le doyen m'expliquait comment on recueillait l'eau pour l'usage dont il m'avait parlé, je remarquai qu'il se gardait bien de faire la moindre allusion aux linges des pansements. Toutefois il y avait là, en fin de compte, une sorte de mystère dont je pressentais bien qu'il ne me laisserait point de repos.

— Vous pouvez maintenant vous faire une assez juste représentation de notre habitation, me dit le doyen. Les appartements des jardiniers et les cellules où nous recevons les pèlerins sont à l'étage, mais cela n'offre guère de particularité intéressante. Je vous propose plutôt de continuer la visite par les ateliers.

Et, ayant franchi une porte dans le flanc de la bâtisse, nous nous sommes engagés dans une série d'édifices qui abritaient à peu près tous les corps de métier. Il n'est pas nécessaire que je décrive ici la forge ou la menuiserie. Ce sont là choses communes dont chacun est suffisamment instruit. En revanche, ce qui me parut plus singulier, c'est qu'il semblait que dans cette contrée on ignorât les avantages de la division du travail, et même que l'on fît tout le possible pour la contrarier.

— Ces travaux, m'expliqua mon guide, ne sont pas propres à certains d'entre nous ; nous y participons tous à tour de rôle. Chacun, il est vrai, se sent plus ou moins d'affinité ou de talent pour

une tâche ou un matériau particulier ; il s'y consa-
crera donc plus volontiers. Mais il est tenu, néanmoins, de pratiquer par périodes dans les autres
métiers, quitte à ne se consacrer, hors de sa spé-
cialité, qu'aux tâches les plus modestes. Tel qui
serait chef d'atelier quand il faut construire une
charpente se verra ravaler au rang de manœuvre
s'il faut monter un chariot ou mettre au point une
serrure.

— Et voici les serres, dit mon guide.

Nous quittions en effet l'abri des ateliers. Les
serres étincelaient sous le soleil vif, mais, lorsque
nous entrâmes, nous fûmes plongés dans une
obscurité complète. Il régnait là une tiédeur insidieuse, prenante, porteuse d'abandon. Mes compagnons m'encadraient et ne disaient mot. Nous
attendions. Peu à peu, du fond de l'ombre, je perçus que des lueurs lointaines se mouvaient lentement.

— Je vois quelques lumières, dis-je.

— Ce sont des jardiniers qui ont'repris le travail, m'expliqua mon guide. Ils sont munis de lanternes sourdes pour se diriger et assurer leurs
gestes. Mais puisque vos yeux commencent à
s'accommoder, nous allons, nous aussi, nous
déplacer de cette manière.

À cet instant, le doyen se mit à battre le briquet.
Une chandelle s'alluma qu'il enferma prestement
entre les cloisons de corne d'un lumignon. Et
nous allâmes. Je garde de notre passage dans les
serres un souvenir saisissant. Nous ne parlions
pas ; nous n'avions rien à dire. Nous marchions
entre les casiers de terreau sombre et les rangées
de pots, lents, précautionneux et comme en proie
à quelque mystère alors que les ténèbres seules

transfiguraient la banalité de l'endroit. De temps à autre, nous croisions un jardinier, il saluait le doyen et reprenait sa tâche. J'étais surtout frappé du calme, de la lenteur même de leurs mouvements. On eût dit qu'ils devaient faire effort pour pousser leurs gestes et les développer dans l'opacité environnante, comme si les profondeurs même de l'obscur eussent résisté à leurs moindres tentatives. Le silence était presque complet. C'est à peine si l'on pouvait entendre de temps à autre le choc mat, suivi d'un léger crissement, d'un pot que l'un des jardiniers déposait après l'avoir garni. Mais ce qui accomplissait le mieux ce silence, je m'en rendis compte finalement, c'était un insistant et régulier bruit d'eau. J'en fis la remarque à mes compagnons.

— Où est cette eau ? demandai-je.

— Ici, me dit le doyen.

Et il abaissa la lanterne pour que je visse, courant à nos côtés, de part et d'autre de l'allée que nous suivions, comme de toutes les autres, des rigoles plus sombres encore, s'il est possible, que le reste de l'espace. Je ne sais ce qui me prit alors mais, sous le coup d'une irrésistible impulsion, je me baissai et plongeai le bout des doigts dans l'eau que je sentis courir, inlassable et glacée, autour de mes phalanges. Je me relevai, presque honteux de cet élan incontrôlé, aussi vite que je m'étais baissé. Nous avons poursuivi la visite. Je crus avoir percé le charme sous lequel j'allais. Je songeais par-devers moi que sans doute, ici, dans cet espace clos et soustrait aux variations de la lumière et du cours des astres, le temps était suspendu. Mais cette évocation à peine figurée, je la repoussai. Le temps, plus que jamais, je le sentais à chaque pas, ensemble en moi et à l'entour, battant inébranlablement, non plus dispersé et scandé selon les tâches et les humeurs du jour, mais concentré et réduit aux plus profondes pulsations organiques. Le temps d'avant la germination et les montées de sève, le temps sans exubérance, le temps des pierres. Il me coupait la parole. Il en résultait en moi, peut-être en chacun, une manière d'angoisse faite de jouissance étouffée. Quelque bonheur écrasé et fort.

En sorte que, lorsque nous avons revu le soleil, non seulement nos yeux en étaient offusqués mais la parole et aussi les gestes nous manquaient. Nous étions engourdis comme au retour de trop lointains tréfonds. Au demeurant cette visite n'appelait pas grand commentaire. Toutefois mon œil s'était peut-être exercé tandis que par étapes successives j'étais initié à l'art des jardiniers, car un détail avait attiré mon attention. J'avais vu chaque fragment — ou devrais-je mieux dire rameau ? — tout entier enfoui au fond d'un cône de terre, à ceci près qu'une faible surface, n'excédant pas la dimension d'une pièce de menue monnaie, restait exposée à l'air. J'en fis la remarque à mes hôtes. J'appris alors que l'une des tâches principales des jardiniers quand ils sont aux serres consiste à veiller que la terre ne vienne à se tasser et à recouvrir ce faible espace dénudé. On avait coutume d'appeler cet endroit par lequel la statue naissante reste au contact de l'air, la fontanelle, car c'est par là que se fait la croissance. C'est même la condition nécessaire pour que la statue prenne sa forme première, en champignon, que j'avais pu observer. Sans cette précaution, on risquerait de voir se produire un développement abusif. Car, si on excepte la lèpre, les statues sont pour ainsi dire immortelles, on ne connaît pas de limite à leur croissance qui pourrait en certains cas prendre un tour catastrophique. J'aurais aimé entendre bien d'autres détails sur ce dernier aspect de la vie des statues, mais le doyen interrompit assez brusquement mon guide, pour en revenir à la fontanelle. Elle est la première garantie de vie harmonieuse pour la statue en gestation. Sa trace est longtemps perceptible sous la forme d'une petite dépression en son sommet. C'est à son effacement que se mesure le degré de maturité de la statue. Il faut que régulièrement l'un des jardiniers se juche sur un escabeau et aille tâter du bout des doigts ce creux du sommet ; quand il est devenu tout à fait indécelable, on sait que la statue est entrée dans sa phase finale. Il faut alors la mettre dans la fosse. C'était ce qu'il me restait à voir.

Nous fîmes quelques pas pour nous écarter des serres et, tout de suite, nous fûmes au milieu d'un vaste chantier fourmillant d'activité. Ici on comblait une fosse, là on en balayait une autre, ailleurs, c'est autour d'un bassin plein d'eau qu'on s'affairait au milieu d'un inextricable fouillis de chèvres, de treuils et autres palans, comme s'il se fût agi de bassins où l'on calfatait des vaisseaux et non de la phase finale de la naissance des statues. Sortant du calme recueillement des serres, j'étais un peu intimidé par ces débordements. C'est que pour donner à la statue son dernier poli, il faut encore une fois en appeler à l'aide de la terre. Tout comme lors de sa toute première germination, la statue doit tout entière être enfouie sous la masse du terreau. C'était la raison d'être de ces fosses et de ces treuils.

Cependant nous examinâmes d'abord les premières plates-bandes. Les statues y avaient atteint leur pleine maturité. Et, détail qui a son importance, la surface supérieure du socle se dessinait enfin à la base de la statue. Ce socle est constitué par les racines de la statue, qui, au fil du temps, perdent leur caractère arborescent pour s'agglomérer et se fondre en une masse compacte d'une forme géométrique à peu près exacte, mais dont il arrive qu'il faille rectifier un peu les arêtes. Ainsi, en tirant le socle hors de la terre nourricière, ils déracinent la statue.

— Tâche qui n'est déjà pas simple, ajouta le doyen. Tandis que certains dégagent la statue, la soulèvent et l'emportent sur un chariot, d'autres fouillent la terre à l'entour, en tamisent les grains, afin d'éliminer les fragments de socle ou de racine qui pourraient s'y trouver encore. Il arrive en effet que dans le lent mouvement par lequel un socle se rassemble, il abandonne à distance de son centre quelque bras mort. Cette chose qui n'a jamais vu le jour n'est pas à proprement parler vivante. Il lui arrive cependant de pousser des tentacules désordonnés, des efflorescences monstrueuses. Cela ne ressemble à rien. Cela est contrefait, cela croît aveuglément, comme une menace. Nous craignons cette présence profonde. Elle nous répugne. Il faut préciser aussi qu'elle peut nuire au développement d'une autre statue. Il nous est arrivé, rarement par bonheur, car nous sommes très vigilants, de nous voir contraints de briser une statue bien venue en découvrant que son socle avait été rongé par une de ces vieilles courtilières de pierre qui nourrissait ses aberrations proliférantes à la base vivante du nouveau sujet.

Mais, dans la plupart des cas où se produit un tel accident, la statue elle-même souffre du même défaut d'harmonie que son socle, seulement, étant donné la façon empirique dont on contrôle son développement, on ne perçoit guère la malformation que dans les dernières semaines de sa croissance.

Or, le plus souvent, c'est un socle presque régulier, un parallélépipède ou une masse oblongue, que quelques coups de ciseau suffiront à préciser, qui surgit de la terre. À ce moment, la statue peut atteindre les dimensions d'un monument assez imposant. La déplacer dans ses dernières transplantations requiert tout un appareil d'instruments de levage. Il peut même advenir que les jardiniers aient recours au plan incliné, aux rigoles de sable ou de gravier, et aux rouleaux de bois. Hommes et bêtes s'attellent à l'énorme masse de pierre qui tremble. Et puis on la descend dans une fosse profonde autant que la statue est haute et on l'enterre pendant quelques jours. C'est ainsi réduite à l'état dans lequel elle se trouvait au commencement que la statue achève de mûrir. Rendue une dernière fois au contact de la terre tiède et friable, et, pour ainsi dire, onctueuse, la statue entre dans une somnolence qui l'immobilise. Ses traits s'affinent, ses méplats se polissent, elle acquiert une patine définitive. On pourrait même dire que, dans ce berceau de terre, la statue, ce grand corps rigide et silencieux, trouve une sorte d'apaisement final. Ce qu'il peut se passer dans l'intimité étroite et la toute-présence muette de la terre, mes hôtes m'y laissaient rêver. Saisissaient-ils en même temps l'image de leur propre corps, putrescible celui-ci, livré à la fin à l'étreinte du sol ? Ce fut une des très rares occasions dans lesquelles j'observai une sorte d'abandon chez les jardiniers, et un homme moins attentif que je ne l'étais aurait fort bien pu ne rien remarquer car mon guide déjà cherchait à détourner mon attention. Il avait saisi, à deux pas de nous, appuyé à une brouette, un manche de pioche et me le tendait.

— Tenez, me dit-il, et tâtez le terrain qui s'étend à vos pieds.

Je pris le morceau de bois et l'appuyai au sol en pesant dessus pour l'enfoncer. Je faillis tomber en avant et ne gardai l'équilibre que grâce à mes deux compagnons qui me retinrent chacun par un bras. La terre était si légère, si aérée, que le bois s'y enfonçait en n'y rencontrant presque aucune résistance.

— Il y a des statues là-dessous, me dit le doyen, il faut que la terre leur soit légère avant leur dernière naissance. Ce seront des statues de temps sec. Par temps pluvieux la fosse semble une vasière. Les traits de la statue alors ont plus de rigueur. Nous ne les laissons dans cet état que quelques jours. Mais voyez plutôt.

Et ils m'entraînèrent plus loin, jusqu'au bord d'une fosse qu'on était en train de vider. J'observai que les hommes commençaient à creuser selon le pourtour extérieur de la fosse. Comme la terre était extrêmement friable, elle ne cessait, à chaque pelletée, de couler majestueusement du centre, où se dessinait un monticule, vers les bords. Les jardiniers furent bientôt à la tâche au creux d'un fossé abrupt. Leur travail se fit précautionneux, comme pour éviter que trop de poussière ne volât. Mêlée à la sueur de leur effort, elle leur tatouait sur le corps des cartes de suie.

— Plus on descend, plus lent doit être le travail. Il faut que la terre croule régulièrement, commenta mon guide. Il arrive pourtant que malgré toute notre prudence un lourd paquet se détache, assez gros pour étouffer un homme, et il est arrivé que nous déterrassions l'un des nôtres ou que lui-même s'arrachât à cette poudre tandis qu'il lui restait encore une étincelle de vie dans le corps. Mais la terre, si légère, l'avait déjà pénétré, et il mourait asphyxié.

Et je regardais ces hommes dont le calme était pétri de prudence et peut-être d'angoisse, qui emplissaient, pelletée après pelletée, de hauts paniers que d'autres enlevaient par-dessus leur tête. Le tas de terre glissait lentement du centre vers la périphérie ; la statue peu à peu surgissait. Il s'agissait cette fois d'une Vénus pudique toute blanche, dont les mains apeurées ne cachaient guère les charmes. Elle était gigantesque. La terre, qui l'avait épousée si étroitement, la quittait comme à regret, et il en restait des paquets nichés en chaque repli du corps. Les orbites, les épaules, les aisselles en étaient garnies, comme des marques irrévérencieuses d'un grand âge négligent.

À je ne sais quel raidissement, je pressentis que mes compagnons allaient m'entraîner plus loin. Mais je ne pouvais me rassasier du spectacle qui s'offrait à mes yeux. Centimètre par centimètre, au rythme sage des travailleurs, la statue sortait de terre, et il me semblait voir répéter, à une vitesse soudain accélérée, toute sa croissance passée. Une si pâle raison suffit-elle à rendre compte de la fascination dont de nouveau je sentais les orbes m'étreindre ? Mon émotion était si forte que je priai mes compagnons de me laisser demeurer jusqu'à la fin des opérations.

— Nous craignions, me dit mon guide, que les répétitions et les longueurs ne vous lassent, mais nous pouvons fort bien vous montrer ici par le menu ce dont nous ne vous aurions laissé voir, en allant de place en place, que les moments principaux.

Et ils approchèrent des brouettes dont ils m'invitèrent, après en avoir ôté les côtés, à user comme d'un banc. Or, à peine nous étions-nous installés que je me relevai. Assis à deux pas de la fosse, je ne pouvais en voir le fond. Je n'étais pas là pour attendre, mais pour voir. Je m'avançai tout à fait sur le bord et me tins immobile, bras croisés. J'étais sans impatience. Je n'attendais rien. Il me fallait être là, c'est tout.

À partir du moment où les travailleurs avaient fait apparaître la partie supérieure de la statue, le déblaiement s'était accéléré. Les hommes travaillaient au même rythme, mais le cercle où ils pelletaient se rétrécissait. Certains d'ailleurs abandonnaient les pelles, les uns pour transporter les paniers à portée de ceux qui les tiraient à l'extérieur, d'autres, munis d'un balai, ramenaient régulièrement la poussière vers le centre. La statue dépouillée finit par se dresser au milieu du trou. Tous ses reliefs montraient des festons de terre sombre. Les hommes quittèrent la fosse que l'on entreprit d'emplir en ouvrant les vannes des nombreuses rigoles qui déjà serpentaient à travers les serres. Avec une lenteur patiente, l'eau commença de monter. Des restes de terre légère en maculaient la surface de spirales fumeuses. Sous ce rideau le socle et, peu à peu, la statue n'étaient plus qu'un fantôme blanchâtre dont j'essayais à travers les remous de reconstituer la silhouette ferme.

Quand l'eau parvint à mi-hauteur de la statue, les hommes approchèrent un radeau de roseau que dans un coin, à l'aide de cordes, ils descendirent et laissèrent flotter tout en le maintenant près du bord. Le niveau montait toujours. Les jardiniers, pendant un moment, délaissèrent ce chantier. J'étais seul veillant au progrès des eaux. Je jetai un regard par-dessus mon épaule. Mes deux compagnons, assis chacun sur une brouette, me regardaient. Il me sembla qu'ils ne m'avaient pas quitté des yeux et qu'ils attendaient peut-être un mot de moi. Me détournant un instant de ma contemplation, je m'approchai d'eux.

— Il me semble, dis-je, que je n'ai jamais connu pareille sensation de bonheur. Un bonheur inexplicable.

Mon guide, tout à fait comme s'il me saluait, inclina la tête.

— C'est bien ainsi, murmura simplement le doyen.

Ils ne sollicitaient point. Je revins à la fosse. Elle prenait maintenant l'aspect d'un profond bassin qui s'emplissait toujours lentement et régulièrement. Rien n'incite mieux à la rêverie que l'eau qui s'écoule, ses progrès imperceptibles et constants, son chant monotone. J'ai oublié aujourd'hui à quels songes je m'abandonnais ; je les ai oubliés, me semble-t-il, dans l'instant même qu'ils se tramaient. Ils devaient cependant, comme si souvent par la suite, tourner autour du personnage entre tous mystérieux du gardien du gouffre dont, posté momentanément au bord du trou où s'achevait une statue, je me figurais assez bien la situation, proche du dernier rebord aux extrémités dernières du pays.

Mais le retour des jardiniers qui s'étaient reposés ou livrés ailleurs à quelques menus travaux me fit revenir à moi. La tête de la statue était à demi engloutie. On commençait à fermer certaines vannes. Sur le radeau on déposait des paniers pleins de linges et des brosses de crin. Enfin deux hommes se mirent nus et descendirent dans l'eau pour pousser le radeau auprès de la statue. La petite calotte de terre qui la coiffait flottait maintenant sur l'eau étale. La dernière vanne était fermée. Les deux hommes se mirent à la tâche. S'accrochant d'une main à son chignon, chevauchant ses épaules ou étreignant son cou de leurs cuisses, ils entreprirent à grands remous de brosser la statue pour en chasser la terre. Pendant qu'ils s'affairaient, l'eau commençait à descendre. Je supposai qu'il y avait au fond de la fosse une vanne de vidange que je n'avais pas aperçue. Quand la tête tout entière eut émergé, ils posèrent leurs brosses sur le radeau et, à l'aide de chiffons, entreprirent de la sécher, ajoutant à l'effet des brosses un dernier subtil polissage. L'arête du nez apparut ferme et nette et cependant ourlée, dans la lumière frisante du soleil bas, d'un reflet de cire tendre. Le creux des oreilles gagnait une transparence de nacre. Je voyais même maintenant comment, pour travailler, ces deux hommes nus collaient leur corps contre la statue et je me demandais si le contact de leur peau contre la pierre où glissaient de vagues flocons de terre n'apportait pas aussi une contribution notable à la dernière touche superficielle. Je les vis ainsi, au rythme de

l'eau, descendre le long du corps de la Vénus surprise et pourtant impavide. Elle se dressait nue,
émerveillée d'être née et à jamais muette dans la
lumière tombée du soir.

Mes deux compagnons étaient auprès de moi.
Les hommes nus au fond de la fosse traînaient le
radeau de roseau à l'abri d'une paroi. Les corps,
poncés, étaient aussi blancs que le marbre dont
ils venaient d'essuyer les angles. On leur tendit
une échelle par laquelle ils regagnèrent le niveau
du bord. Le doyen eut vers la statue un geste qui
semblait bénir.

— Elle va passer la nuit sous la lune, seule.
Demain, nous la hisserons. Et nous la rangerons,
jusqu'à son départ, dans le préau, parmi ses semblables.

Il y eut un silence. Le soleil s'était enfoncé derrière les frondaisons, l'ombre nous gagnait.

— Je crois, dis-je, que le moment est venu pour
moi de prendre congé. Il me semble même que
j'ai abusé de votre hospitalité. Vous me pardonnerez, j'espère, d'avoir à ce point cédé aux charmes de ces derniers travaux.

Le doyen écarta d'un revers de main mes excuses embarrassées, accueillit d'un sourire l'aveu de
ma fascination et se mit en marche vers la porte
qu'il m'avait ouverte le matin. Ce fut une promenade sereine sous le ciel apaisé. Sur le seuil, le
doyen me saisit les mains.

— Revenez tant qu'il vous plaira. Vous pourrez à
votre gré séjourner parmi nous. À bientôt, Monsieur.

Je ne savais que répondre, il ne m'en laissa
d'ailleurs pas le loisir. Je croyais le contempler
encore, son grand âge et sa bienveillance, que

le lourd vantail déjà s'était refermé. Mon guide m'entraîna.

— Venez. Il faut maintenant que vous preniez du repos.

Je protestai.

— Jamais je ne me suis senti si bien, si ferme dans mon corps, si généreux de forces intactes.

Et je faisais sonner mon pas sur le pavé de la rue. Il sourit.

— Sans doute dites-vous vrai et, ce faisant, vous rendez hommage à la visite où je vous ai conduit. Mais, croyez-moi, il vous faut maintenant du repos.

Je ne voulus pas le contrarier, mais je sentais en moi une sorte de trop-plein de vie, une excitation heureuse qui suffisait à me convaincre que j'allais passer une nuit blanche. À peine avais-je imaginé cette veille que je me demandais à quoi je l'occuperais. C'est alors que je formai le projet de coucher par écrit ce que j'avais vu et entendu pendant cette journée. Je voulus faire part de cette idée à mon guide.

— N'y a-t-il pas eu de voyageur pour écrire la relation de son séjour dans votre contrée ? lui demandai-je.

— Pas que je sache. Et pourtant je connais bien la plupart des bibliothèques de la région. Mais désireriez-vous maintenant confronter ce que vous avez vu avec ce qu'un autre a écrit ?

— Oui, d'une certaine manière. Pour ne rien vous cacher, mon projet est plus ambitieux. Je voudrais noter ce que vous me faites découvrir. Bâtir un récit aussi complet que possible. Et je songeais, lorsque celui-ci sera en train, à le comparer à quelque autre de semblable nature.

58

— Mais pourquoi ce projet ?

Il me faisait cette question avec une douceur inquiète, une retenue discrète, comme s'il craignait de m'effaroucher. Et comme je ne parvenais pas à répondre, il se risqua plus avant :

— Que craignez-vous au juste ? Que nous ne disparaissions avec nos plates-bandes et nos statues ? Ou, plus grave encore, que votre pays d'origine ne soit compromis dans quelque chausse-trape de l'histoire ?

Sans doute ne saurai-je jamais la réponse que j'allais lui faire. Bien des fois, j'ai torturé ma mémoire, tâchant à retrouver cette réponse si simple qui s'était présentée toute prête, forte comme une Minerve naissante, à l'instant même où il achevait d'énoncer ses interrogations. Il me semble que pendant un bref instant j'ai été capable de rendre compte de tout par des arguments aussi simples que définitifs. Mais peut-être n'est-ce là qu'une de ces idées de rêve qui ne tiennent leur toute-puissance que du seul oubli où elles sombrent aussitôt que nées plutôt que d'éclore. Une idée de rêve car, à vrai dire, je dormais alors. Sans doute, j'entendais fort bien la voix de mon compagnon, je marchais, encore que d'un pas de moins en moins assuré, mais je dormais puisque je faillis, ayant buté sur un pavé, m'effondrer pour de bon. Heureusement pour moi, mon guide m'avait saisi à temps et me soutenait en me tenant appuyé contre lui. Son visage m'était tout proche et je le regardais d'un air égaré ; j'avais perdu la réponse que je lui devais. Je me redressai cependant très vite. Par pudeur et délicatesse, sans doute, il ne me fit aucune remarque. Mais je jugeai à propos de rire de ma vantardise.

— Ah, m'écriai-je, vous aviez raison. Je suis bien plus fatigué que je ne le croyais. Voilà que je m'endors en marchant. Mais de quoi parlions-nous à l'instant de ce ridicule contretemps ?

— Qu'importe, protesta-t-il, votre hôtel est à deux pas. Ne nous attardons plus.

Il se remit à marcher et, me tenant encore par le bras, il m'entraîna avec lui.

L'hôtel était fermé. Mon guide se mit à cogner à l'huis avec une extrême véhémence. Pour moi, je me voyais déjà dormant à la belle étoile car je n'en pouvais mais.

— Le pauvre homme dort peut-être, objectai-je à mon compagnon dont l'insistance forcenée finissait par me paraître intempestive.

— Le méchant bougre a certainement roulé dans sa cave où il cuve son vin, me répondit-il. Et où allons-nous, s'il n'est plus même capable de recevoir décemment les voyageurs !

Et il reprit son tapage. Un bruit mou de savates traînantes enfin répondit à ses appels. La porte s'ouvrit et l'aubergiste parut. À la lueur du lumignon qu'il tendait vers nous, je constatai qu'il avait en effet la face blême et tuméfiée des ivrognes de longue date. Mon guide me poussa à l'intérieur.

— Allez dormir, reposez-vous, me dit-il en me serrant la main, je reviendrai vous voir bientôt, très bientôt.

Lorsque, la porte refermée, nous nous trouvâmes seuls, face à face, l'aubergiste me demanda si je désirais manger.

— Non, non. Ne vous dérangez pas pour moi, lui dis-je. Et pardonnez-moi de rentrer si tard.

Sa parole embarrassée, ses gestes pesants qu'il

semblait pousser au-delà de lui depuis les profondeurs glauques des vapeurs où il avait sombré, et la tristesse aussi, que j'avais prise d'abord pour quelque sauvagerie un peu affectée et que je découvrais ce soir complète, et jusqu'à cet état d'abandon, de solitude et de dénuement où je le voyais, me le faisait prendre en pitié, tandis qu'il mettait son point d'honneur à me proposer une fois encore le couvert.

— Je vous en prie, lui dis-je, je n'aurais pas la force de manger quoi que ce soit, je suis bien trop fatigué.

— C'est fatigant, hein ? la culture des statues, bougonna-t-il, même à voir, c'est fatigant.

Et, proférant ces derniers mots, il reprit l'expression ensemble haineuse et craintive que je lui avais vue déjà quelques fois. Il remarqua que je le regardais et sans doute décela que mes sentiments à son égard n'étaient plus les mêmes qu'un instant plus tôt. Il me tourna le dos et s'en fut en clopinant vers sa cuisine. Je montai l'escalier jusqu'à ma chambre. Je disputais avec moi-même à propos de l'hôtelier. Était-il vraiment cet homme vaincu que j'avais cru apercevoir, ou au contraire un être de ressentiment que sa nature vicieuse avait tôt voué à certains échecs ? Je finis par me rendre compte que j'en étais moi-même à me tenir des raisonnements d'ivrogne et pris le parti de dormir. Sitôt couché je sombrai. Mais je ne trouvai pas pour autant le repos. Ma nuit tout entière fut occupée et même enfiévrée par les réminiscences de ma journée et l'aube me trouva étouffant sous la foule amoncelée des statues que j'avais contemplées et de celles, non moins nombreuses, que j'imaginais. Des questions, qui avaient agité mon sommeil, continuaient de me hanter et je songeai à les mettre au net. Je retrouvais ainsi mon projet nocturne. Je ne pouvais pas répondre à la question qui m'avait été posée, mais il me semblait que le désir de coucher par écrit mes observations n'en était que plus fiévreux et impérieux. Aussi, dès que je jugeai décent d'aller déjeuner dans la grande salle, je m'empressai et, tandis qu'il me servait, je priai l'aubergiste de me procurer du papier, des plumes et de l'encre. Il ne montrait rien de ses sentiments.

— Ne pourrais-je également, lui demandai-je, disposer d'une pièce, en supplément de ma chambre, où il me serait possible de me retirer pour réfléchir et écrire ?

— Je peux vous arranger ça.

— Je vous serais reconnaissant si vous pouviez y mettre des chandelles. Il se peut que je veuille m'y rendre la nuit.

Il acquiesça sans mot dire, et moi qui un instant plus tôt croyais craindre qu'il ne m'importunât de ses questions déplacées, je regrettais presque maintenant qu'il n'en fît rien ni ne manifestât la moindre surprise, tant on met de vanité dans les plus petites choses. J'avais à peine fini de me restaurer qu'il vint m'annoncer que la pièce qu'il me destinait était prête.

Je m'y rendis en toute hâte et c'est là désormais, si j'excepte les sorties que je fis encore sous la conduite de mon guide, que je passai le plus clair de mon temps. L'aubergiste avait aménagé pour moi une mansarde qui, je ne sais pourquoi puisque l'hôtel, à part moi, était vide, se trouvait tout à l'opposé de ma chambre. Il fallait, pour accéder à cette pièce, gravir les trois étages par l'escalier de pierre monumental qui faisait le cœur de l'hôtel, et emprunter encore une échelle qui menait au grenier où étaient disposées quelques chambres. Je trouvai là tout le nécessaire : une table, deux chandeliers garnis, un encrier et une provision suffisante de papier et de plumes. Il n'y avait aucun autre meuble, en sorte qu'on éprouvait en entrant une impression de vide, d'attente peut-être. Je me tournai vers l'aubergiste qui se tenait sur le pas de la porte, un torchon à la main, et le remerciai :

— Ah, m'écriai-je, vous m'apportez satisfaction au-delà de mes espérances ! C'est parfait, c'est vraiment parfait !

Il hocha la tête puis, fugitivement, me regarda en face. Je découvris alors son troisième visage, le plus rare. Ce n'était celui ni d'un homme haineux ni d'un désespéré. Ses traits cette fois étaient pétris d'attente, je n'ose dire d'espoir, et de rigueur, comme s'il se fût tout entier et secrètement consacré à une tâche délicate, très au-delà de sa vie quotidienne, et dont sa profession d'aubergiste n'eût été que la couverture. Je crus le moment venu de lui faire quelques questions. On ne m'avait rien dit des aubergistes. Rien de ce que j'avais vu la veille ne me permettait de me représenter leur place dans cette société. Mais il ne me laissa pas le loisir de l'interroger. Comme s'il voulait se dérober à de nouveaux compliments de ma part, il traversa en hâte la chambre et ouvrit la fenêtre. Je le suivis et, lorsque je fus à côté de lui dans l'embrasure :

— Vous voyez, me dit-il en me désignant le paysage.

À son ton, on aurait pu croire que j'avais formulé quelque exigence quant à l'orientation de cette ouverture, ou, à tout le moins, que je devais être averti de ce qui s'offrait à mon regard. Je parcourus des yeux la vue qui s'étendait devant moi. Je surplombais un vaste panorama et je pouvais à loisir détailler l'étendue de plusieurs domaines. Mais pendant que je me tenais penché au-dehors, il s'est écarté de moi et a regagné la porte.

— C'est magnifique, dis-je en me tournant vers lui.

— Eh bien, tant mieux !

L'éclair qui, un instant plus tôt, avait transfiguré ses traits, s'était effacé.

Il s'était rembruni. Je compris que le moment de causer était passé et le laissai partir.

Aussitôt qu'il eut fermé la porte, je m'assis au bureau et pris une plume. J'écrivis d'une traite, sans réfléchir, une quinzaine de lignes et, soudain, je m'arrêtai. Je me tenais penché sur le papier, la plume suspendue au-dessus du mot que je venais de quitter au milieu d'une phrase. Il me semblait très bien savoir comment je comptais finir ma phrase, je me faisais une idée, vague à vrai dire, mais persistante, de la ligne générale qu'allait suivre mon récit. Et pourtant il m'était impossible de ramener ma plume au contact du papier. Je savais en cet instant qu'aucune force au monde, quelque puissante ou subtile fût-elle, ne m'eût permis de poursuivre. Certes, ma petite vanité était intéressée à mon projet, mais cela n'allait pas au point de me faire tomber dans les affres de la création. J'étais, je suis toujours, bien loin d'être un artiste, puisqu'il ne s'est jamais agi pour moi que de décrire le plus clairement, le plus fidèlement possible, ce que j'avais vu et qui m'avait été donné : de tracer tout bonnement — et j'allai même écrire : tout bêtement — un de ces récits de voyage comme il y en a tant, afin de faire partager, de retrouver peut-être, à travers d'autres et dans leur surprise, un peu de l'étrangeté de la contrée que je commençais à découvrir. Je me tins en vain tout ce raisonnement, je relus calmement, presque sévèrement, les mots que je venais de laisser couler sur le papier. Rien n'y fit. De guerre lasse, je posai la plume, m'écartai du bureau, fis quelques pas dans la chambre et m'accoudai un court instant à la fenêtre. J'avais l'esprit vide. C'est comme une sorte de somnambule que je repris la plume. De nouveau j'écrivis quelques lignes. De nouveau je fus interrompu, et ainsi de suite. Je pris finalement le parti de consentir à ce rythme étrange. J'ai dû admettre ces impulsions obscures qui me contraignent, à l'instant où les mots semblent s'enchaîner d'eux-mêmes dans un flux parfait, à m'écarter, à me distraire de ce qui est en cours pour pouvoir continuer. Il me semble parfois que mon écriture est soutenue par ces interruptions, qu'elle tire, par un mécanisme qui me demeure incompréhensible, son énergie de ces hiatus qu'ouvre mon agitation stérile. Mais qu'importe ; je n'ai relaté ces détails que pour rendre grâce à l'hôtelier, car cette fenêtre haute, ouverte sur un large horizon, me facilita bien souvent le passage au-delà des creux de l'écriture.

Je passai quelques jours ainsi, studieusement pourrais-je dire. Je ne voyais l'aubergiste qu'aux heures des repas. Il s'était de nouveau renfrogné et je dus renoncer à engager avec lui la conversation. Mon guide passa me voir un matin, au moment du petit déjeuner, comme la première fois. Il portait sous le bras un ballot qu'il déposa sur la table où je mangeais.

— Tenez, me dit-il, je vous ai apporté les livres que je vous avais promis.

Je me souvins alors que nous avions parlé, lors de ma visite sur son domaine, de la littérature locale, essentiellement consacrée au destin de ceux qui, par la vertu d'une statue, se voyaient élevés au rang d'ancêtres de la communauté.

— Je les ai empruntés pour vous à la bibliothèque du domaine.

— Je vous suis très reconnaissant d'avoir pensé à moi. Je compte les lire avec beaucoup de soin. Vous n'avez rien trouvé dans la bibliothèque en ce qui concerne les récits de voyages, n'est-ce pas ?

— J'ai cherché de nouveau. Non, il n'y a rien.

— Je vais donc innover, dis-je en riant.

— Sans doute. À moins, ajouta-t-il avec une nuance de taquinerie, que de tels récits existent dans d'autres contrées et que vous et moi l'ignorions. Les livres aussi tombent dans l'oubli.

Il commanda un verre de vin à l'aubergiste.

— Êtes-vous venu me chercher pour une nouvelle visite ?

Il dut percevoir dans ma voix un espoir que je n'essayais d'ailleurs pas de dissimuler.

— Malheureusement, cela ne m'est pas possible en ce moment. Croyez bien que je le regrette, mais il y a décidément trop de travail. Et je ne peux guère m'absenter.

— Vous voulez dire que vous êtes vous aussi jardinier ?

— Bien sûr ! Que croyiez-vous donc que j'étais ? D'ailleurs, nous sommes tous jardiniers ici.

— Non, pas tous, remarquai-je.

Et je tendis le menton vers les cuisines pour désigner l'aubergiste. Mais mon guide fit mine d'ignorer mon objection. Il prit même l'expression faussement absente de ceux qui ne désirent point entreprendre le débat qu'on leur offre. J'eus soin de respecter sa réserve, car je voulais aussi me montrer aimable. En outre, comme je n'en étais qu'au début de mon entreprise, je ne pus m'empêcher de lui faire part de mon enthousiasme.

— Vous savez, lui dis-je, j'ai commencé à travailler au récit de ma première visite. Mais déjà je vois apparaître des défauts dans mon information. Il faudra que je vous montre mon travail. En fait, je compte bien avoir recours à votre aide.

— Je serai tout entier à votre disposition, dès que je pourrai me libérer de certaines obligations.

Il prit congé et, de mon côté, je regagnai en hâte mon bureau pour examiner les ouvrages qu'il venait de me remettre. Les volumes étaient tous à peu près du même format, mais leur épaisseur était variable. Je me plongeais toute la journée et les jours qui suivirent dans leur étude. C'était une étrange lecture. Chaque volume comportait une première partie, d'une dimension à peu près uniforme, une soixantaine de pages environ, où l'on relatait la vie et la mort de l'homme à la statue : l'ancêtre.

Du contenu et de la composition de ces récits, je pouvais déduire un ensemble de traits, que, par la suite, au cours de nombreuses conversations, mon guide ne put que confirmer. Au premier rang de ces caractères, la façon dont ces récits étaient conçus. Lorsqu'un jardinier se trouvait élevé au rang d'ancêtre, on confiait à deux ou trois qui le connaissaient le mieux le soin de rédiger sa biographie. Ces hommes commençaient par tracer un portrait physique et moral du disparu ; puis ils s'efforçaient de classer les souvenirs qu'ils avaient gardés de lui, de manière à relater le cours de sa vie ; enfin ils composaient un bref éloge funèbre. Cet ordre semblait immuable, mais il était de toutes parts transgressé. En effet, les biographes ne se contentaient pas du témoignage de leur mémoire. En fait, tous ceux qui avaient connu l'ancêtre, c'est-à-dire tous les jardiniers du domaine auquel il appartenait et parfois même des étrangers, étaient sollicités. Or, si les responsables de la rédaction faisaient de leur mieux pour donner à leur récit une certaine unité et quelque cohérence, il était de règle que l'on insérât rigoureusement toutes les informations recueillies, le plus souvent à la place requise par la chronologie, ce qui, comme on peut l'imaginer, ne manquait pas d'introduire des remarques singulièrement disparates dans le cours de la biographie. C'est ainsi que de tel homme, dont on exposait qu'il avait été orphelin très jeune, ce qui pouvait expliquer certains aspects de son caractère, on apprenait brusquement qu'à l'âge de trois ans il avait reçu dans la fesse gauche un coup de bec d'une volaille pendant qu'il gambadait nu dans la basse-cour, de quoi il avait conservé, sa vie durant, une cicatrice en forme d'étoile. De tel autre, il était dit que dans sa trente-cinquième année, ayant un jour à faire effort pour lever avec quelques camarades une statue déjà assez développée pour être déplacée, il avait senti craquer le fond de son pantalon et avait passé le reste du jour ne travaillant que d'une main, l'autre étant immobilisée à tenir rapprochés les deux bords du tissu fâcheusement endommagé. Dans ce dernier cas, je trouvai même une note qui précisait qu'une telle conduite ne s'expliquait pas par la pudeur, son auteur, au dire de tous, ne répugnant pas, son tour venu, à se mettre nu pour procéder à la toilette finale d'une statue, mais plutôt par un certain souci de dignité. Et je pouvais conclure de cet exemple que non seulement les biographes étaient tenus de recueillir tous les témoignages qui leur étaient fournis, mais encore que la remarque la plus modeste pouvait entraîner une enquête complémentaire afin qu'en soit fournie une juste interprétation. Ce n'était pas seulement de menus faits qui venaient ainsi par le travers de la biographie. De la même manière, le portrait du personnage, dont on sentait que les auteurs auraient voulu qu'il fût aussi ferme et impassible que l'image de pierre que l'on conservait de lui, était dérangé par les notations familières, voire triviales. Ainsi, dans un autre ouvrage, alors qu'ils venaient de décrire la stature et la calme noblesse des traits de leur proche ami, les biographes avaient été contraints de relever ce détail : « Au témoignage de certains, il avait gardé de l'enfance jusque dans l'extrême vieillesse l'habitude de se curer le nez très soigneusement avec l'ongle de l'index de la main droite et de pétrir longuement entre ses doigts la boulette qu'il en avait extraite. » Doit-on songer que d'aucuns rapportaient avec malveillance des traits dont l'oubli aurait grandi le disparu ? Je ne le pense pas. Du style de l'ensemble de cette littérature, car j'ai compilé un grand nombre de ces ouvrages, il ressort plutôt que l'on travaillait à cette œuvre avec une piété fort naïve et il est bien probable que, lorsqu'on annonçait qu'une statue d'ancêtre venait d'être mise à jour et qu'on proclamait le nom des biographes, chacun s'efforçait en toute bonne foi d'extraire de sa mémoire un élément qui lui permît de participer à la tâche commune.

C'est pourquoi l'appellation de littérature convient fort mal à de tels textes. C'est abusivement qu'ils sont ainsi désignés. Et d'abord leurs auteurs ne sont pas écrivains. Ils n'ont aucun talent. Ce sont des gens qui accomplissent une seule fois dans leur vie un geste unique, se contentant d'appliquer avec ingénuité les recommandations qu'ils ont reçues tout jeunes de leurs maîtres et maîtresses lorsqu'ils apprenaient à lire et à écrire. Et d'ailleurs, tout l'enseignement des jardiniers (j'aurai sous peu à revenir sur ce point) était orienté par les écrits concernant les ancêtres. Chaque enfant, lorsqu'il apprenait à lire et à écrire, était pénétré du sentiment qu'il pouvait un jour avoir à assumer la tâche de biographe, et même que l'apprentissage de l'écriture n'avait pas d'autre raison d'être ni aucune justification hors de celle-ci. Ces derniers détails, je les tirais, après mes lectures, d'entretiens avec mon guide. Je ne pus alors m'empêcher d'opérer un rapprochement entre ces convictions partagées par tous les écoliers et le penchant obscur, le vœu inavouable, présent en chaque jardinier dont il avait tenu à me faire part la première fois qu'il avait été question entre nous des statues d'ancêtres. Il me semblait qu'il devait y avoir un rapport entre ces deux aspirations, et je n'étais pas loin de penser que c'était la vocation du biographe, c'est-à-dire, au sens où on l'entendait ici, d'écrivain, qui suscitait celle d'affronter vivant sa propre statue, et peut-être même était-ce de l'existence d'une écriture que découlait le culte des statues d'ancêtres.

Si les biographes n'étaient pas des écrivains, encore moins étaient-ils des auteurs, car à peine s'efforçaient-ils d'organiser la matière d'un ouvrage que tous leurs soins étaient débordés et parfois ruinés par les propos étrangers à leurs intentions, auxquels ils étaient tenus de faire place. Ainsi, dans la mention qui précédait la signature qu'ils apposaient au terme de leur manuscrit, se désignaient-ils comme *biographes* ou, si l'on veut bien passer ce barbarisme à un traducteur embarrassé, comme *écriveurs*. Ces livres, je l'ai assez montré, avaient beau ne correspondre à rien de ce que j'avais appris à goûter en littérature, ils revêtaient à mes yeux un charme paradoxal. On n'y pouvait déceler aucune des habiletés, des ruses encore moins, de l'écrivain contre qui s'exerce la sagacité du lecteur qui s'enchante de sa propre subtilité. Or ce défaut même était cause d'enchantements plus puissants. Comme si de négliger tous les artifices de la littérature permettait aux biographes d'atteindre dans toute sa pureté, et souvent en dépit d'eux-mêmes, à quelque chose d'essentiel ; à ce sans quoi il n'est point de littérature et que toute littérature indéfiniment recouvre comme sa source cachée ; quelque expérience sacrée, peut-être.

Le caractère religieux de ces récits ne se manifestait pas seulement comme je viens de le décrire. Chaque volume, en effet, comportait une deuxième partie, souvent bien plus abondante que la première. Cette seconde partie commençait invariablement par des remarques supplémentaires groupées sous le titre de REMORDS ; c'étaient les témoignages qui, pour des raisons diverses, n'avaient pas pu être insérés. On commençait en général la rédaction du portrait et de la biographie du disparu dès que sa statue avait été identifiée. Son éloge funèbre devait être prêt au moment où l'on installait la statue de l'ancêtre dans la demeure. L'essentiel de la cérémonie alors consistait en la lecture, devant la communauté et les représentants des communautés voisines, de ce qu'avaient écrit les biographes. Et dès cet instant leur travail se révélait insuffisant, inachevé. En effet, déjà en écoutant cette mise au point, il n'était pas rare que certains, parmi les assistants, éprouvassent le besoin de faire une remarque sur la façon dont on présentait le défunt qu'eux aussi avaient bien connu. Ou encore, il pouvait se produire que la solennité du discours et l'apparat de la cérémonie fissent surgir soudain quelque souvenir jusqu'alors rebelle à la mémoire. Enfin, il pouvait advenir aussi qu'un ami, voire une simple connaissance du mort, se trouvât, pendant le temps imparti aux biographes pour mener à bien leur tâche, éloigné du domaine, soit parce qu'il était en voyage, soit parce qu'il appartenait à une communauté distante. Il n'apprenait parfois l'événement qu'avec beaucoup de retard et ne pouvait pas toujours se mettre immédiatement en route pour venir apporter son témoignage. Il partait dès que les circonstances le lui permettaient et arrivait quand il le pouvait. Cette sorte de voyage avait fini par revêtir tous les caractères d'un pèlerinage. Le voyageur avait un statut privilégié. Il était gracieusement hébergé et nourri dans tous les domaines où il devait faire étape et était reçu comme un hôte de marque dans le domaine de l'ancêtre. Au reste, il pouvait se faire qu'il effectuât le voyage pour rien, car ce qu'il avait à dire du disparu était parfois déjà consigné dans le livre par les biographes grâce à d'autres témoignages. Mais le plus souvent, ainsi que dans les cas précédemment évoqués, il fallait procéder à des ajouts. C'est cela, principalement, qui était regroupé sous le titre de REMORDS. À ceci il faut ajouter des notes d'un caractère moins spontané. Les livres des ancêtres étaient entreposés dans la bibliothèque de chaque domaine. Tous les jardiniers y avaient accès et chacun pouvait, en ses moments de loisir, relire l'ensemble du document et y ajouter, autant qu'il le jugeait bon, des éléments jusqu'alors manquants. Tant que les jardiniers de la même génération que l'ancêtre restaient vivants, ces notes supplémentaires étaient le plus souvent des souvenirs, des anecdotes, des témoignages. La disparition du dernier témoin direct de cette existence abolie n'interrompait pas pour autant le cours de cette quête. Alors commençait la dernière partie, tout à fait inépuisable celle-ci, qui avait pour titre : COMMENTAIRES. Ce titre en fait introduisait toujours une coupure arbitraire et marquait, plutôt que le début de la glose, le terme des souvenirs et récits car déjà, et avec une fréquence accrue au fil des ans, l'apostille et la question se mêlaient au témoignage.

C'est ici le lieu de remarquer un deuxième aspect de l'éducation des jeunes jardiniers. Dans les premières années, comme je l'ai déjà dit, on leur apprend à écrire afin qu'ils soient un jour capables d'être biographes, et on leur apprend à lire également dans des biographies adaptées à leur âge, c'est-à-dire élaguées de tous les éléments qui ne sauraient les intéresser. Au tout début, ils n'ont entre les mains que de minces fascicules imprimés en gros caractères, où ils ne découvrent que quelques faits frappants. À mesure qu'ils progressent, ils accèdent à des textes de plus en plus complets, jusqu'au moment où ils sont en mesure de lire et de comprendre les éditions fondamentales, non expurgées et toutes surchargées de spéculations diverses, des livres des ancêtres. Ils entrent alors dans la phase finale de l'enseignement, dont à certains égards ils ne sortiront jamais tout à fait. Cette époque, qui correspond à l'adolescence, est celle de la découverte du commentaire, c'est-à-dire des questions. La vie d'un homme, quel qu'il soit, présentée de la manière que j'ai dite, devient une mine de méditations et de rêveries pour celui qui va bientôt partager complètement les soucis et les joies de la communauté. Quand les jeunes jardiniers en sont là — est-il besoin de le préciser ? —, ils s'instruisent entre eux, indépendamment de tout contrôle. En groupe, ils débattent de la validité ou de l'opportunité d'une interprétation, se proposent des remarques, se font des objections, s'entraident enfin dans la recherche de creux dans le texte pour y inscrire leurs propres traces. Lorsque l'un d'eux enfin pense avoir bien formulé une remarque pertinente, il la présente à l'approbation de ses compagnons, qui, s'ils jugent la glose valide, appuieront sa demande au conseil des jardiniers. Alors a lieu une assemblée des jeunes et des vieux. Un grand débat s'ouvre pour savoir si la remarque proposée est digne de figurer dans le livre de l'ancêtre considéré. Il est bien rare que la demande soit rejetée.

Certes, les jeunes et les vieux s'affrontent longuement, mais la fraîcheur d'esprit et la perspicacité finissent le plus souvent par avoir raison des réserves prudentes. Du moment que la sentence dont il est l'auteur est inscrite sur le livre de l'ancêtre, l'adolescent devient un homme. Il abandonne le groupe des jeunes chercheurs auquel il appartenait pour prendre part aux travaux des hommes mûrs et manger à leur table. Mais il n'en a pas nécessairement fini avec les livres des ancêtres pour autant. La plupart des jardiniers, en effet, quand ils ont un moment de loisir, le passent dans la bibliothèque. Ils lisent, ils méditent et, à l'occasion, ajoutent quelques notes à la masse du texte. Les livres ne cessent donc de grossir, ce qui explique la façon dont ils se présentent du point de vue matériel. J'ai déjà laissé entendre que ces livres étaient imprimés. La première édition, dont la sortie coïncide avec l'entrée de la statue dans la demeure, comporte quelques centaines d'exemplaires dont un certain nombre est conservé dans le domaine où se trouve la statue, les autres étant distribués dans le pays à raison d'un exemplaire, rarement plus, par domaine. Ces livres, qui sont brochés, sont constitués d'une soixantaine de pages imprimées et d'un nombre équivalent de feuillets blancs, destinés à recevoir les REMORDS et les COMMENTAIRES qui sont d'abord copiés à la main par leurs auteurs. Tôt ou tard, vient le moment où cette réserve de feuilles vierges s'épuise. On prépare alors une nouvelle édition du livre. On réimprime ce qui l'était déjà ainsi que les notes manuscrites. Or celles-ci ne sont pas toutes rassemblées dans l'exemplaire de la bibliothèque du domaine. C'est l'occasion d'une nouvelle forme de pèlerinage. Deux ou trois jardiniers, choisis le plus souvent parmi ceux qui viennent tout récemment d'accéder à l'âge adulte, sont désignés par le doyen pour aller faire le tour du pays en s'arrêtant dans chaque domaine pour relever dans les livres lointains tout ce qui a été ajouté à la première édition. Ils recopient toutes ces notes sur un cahier spécial : le CAHIER ITINÉRANT. Un tel voyage peut durer de longs mois et ce n'est qu'à leur retour que l'on compose une nouvelle édition du livre de l'ancêtre dans laquelle sont imprimées toutes les notes manuscrites. Le nouveau livre, comme le précédent, comporte autant de feuillets blancs que de feuillets imprimés. Son volume a donc un peu plus que doublé. Il comporte en général de trois cents à trois cent cinquante pages tant imprimées que vierges, pour donner une approximation chiffrée. Ce qui porte aux environs de sept cents pages la suivante édition, et de quinze cents la quatrième. Évidemment, au fur et à mesure que le volume grossit la fréquence d'édition décroît, puisque le nombre de pages blanches augmente ; on peut cependant remarquer aussi que plus le volume est épais et plus il donne lieu à des remarques abondantes. Quant aux volumes saturés, au moment où l'on met sous presse la nouvelle édition, ils sont reliés dans un beau parchemin marqué au chiffre du domaine d'origine — peut-être pour ne pas laisser trop évidente l'impression un peu désespérante qu'un livre n'est jamais achevé.

Si je m'appesantis si longuement sur ces pratiques, que je pouvais en grande partie déchiffrer tout seul en lisant les livres qu'il m'avait prêtés et dont le détail me fut confirmé par mon guide au

cours de nos conversations, c'est qu'elles me paraissent fort révélatrices de cette société. J'ai déjà
montré le rôle du livre dans l'évolution du statut
social du jeune homme. Je voudrais souligner
l'importance du livre en ce qui concerne les échanges culturels. Au cours des pèlerinages, que ceux-
ci se déroulent de la périphérie vers le centre
quand des témoins viennent consigner leurs souvenirs dans la demeure de l'ancêtre, ou du centre
vers la périphérie, quand ce sont les envoyés du
domaine de l'ancêtre qui vont collecter à l'extérieur un supplément de glose, ont lieu des rencontres et des contacts se nouent. Ceux-ci ont
une telle importance que les pèlerins sont généralement porteurs aussi d'un cahier de voyage où
chacun peut venir inscrire un message privé qu'il
veut faire transmettre à quelqu'un du domaine
lointain. Outre cette correspondance personnelle
qui s'entrecroise au rythme des cheminements, il
y a les notes des livres des ancêtres. On se ferait
une bien fausse idée en se figurant que celles-ci
ne sont constituées que de considérations méta-
physiques. Certes, celles-ci y ont une large place.
Mais on y trouve aussi en abondance des remarques techniques, des observations sur le cours des
choses. Si, par exemple, comme j'ai pu le lire, on
note dans la biographie d'un ancêtre que, pour telle
tâche déterminée, il procédait de telle manière
avec tel instrument, un commentateur peut fort
bien, croquis à l'appui, proposer une méthode
plus sûre ou un instrument perfectionné. A-t-on
remarqué que tel événement concernant l'ancêtre
a eu lieu l'année où un hiver rigoureux s'était
annoncé par tel ou tel signe, il pourra se faire qu'un
demi-siècle plus tard un commentateur répète

ces observations et les consigne. En somme, tout ce qui concerne les sciences et les techniques trouve place dans les livres des ancêtres et circule avec les pèlerins. Et, étant donné le nombre des statues et la pratique des éditions successives, il y a toujours quelques pèlerins sur la route. Cette circulation des hommes a d'ailleurs une autre signification dont je parlerai plus tard. Je voudrais pour l'heure reprendre le cours de mon récit.

Lorsque mon guide m'avait apporté le lot de livres promis, je ne m'attendais pas à rencontrer tant d'occasions de m'émerveiller. Cependant, je m'étais immédiatement plongé dans cette lecture, car j'ai depuis longtemps le goût, et peut-être ferais-je mieux de dire la vénération, des livres. Dès que j'eus entrepris de déchiffrer la première biographie, ce qui n'était pas aisé car ne sortaient du domaine que les éditions reliées dans lesquelles la moitié du texte est une juxtaposition de manuscrits fort disparate, je fus sous le charme, en sorte que je ne quittai plus guère ma salle d'étude que pour les repas, et encore n'était-ce qu'avec répugnance, ou dans l'espoir d'avoir un entretien avec mon guide, qui de temps à autre passait me voir de bonne heure le matin. Je mangeais avec un certain détachement, voire une indifférence complète, tout absorbé que j'étais dans la méditation de mes découvertes et cherchant déjà à les formuler au mieux et par ordre. Je me heurtais en fait à la difficulté à plusieurs reprises signalée par le doyen lors de la première visite du domaine, et découvrais que les faits que je voulais rapporter se laissaient mal aligner sur le fil de la langue telle qu'on en use couramment, et qu'il me faudrait inventer quelque tournure différente. De la sorte, je n'avais pas remarqué que l'aubergiste essayait de me parler. Il est vrai que son caractère était si morose que j'avais pris le parti, qui me paraissait le meilleur autant pour lui que pour moi, de ne plus y prendre garde. Mais à force de s'attarder auprès de moi de longs moments après avoir déposé les plats sur ma table, de choquer la vaisselle, de toussoter hors de propos, il parvint à me tirer de mes songeries. Lorsque je revins aux réalités ambiantes, je constatai d'abord que les mets qui m'étaient servis étaient peu à peu devenus d'une qualité bien supérieure à celle des plats que j'avais absorbés au début de mon séjour. Et lorsque je levai les yeux pour essayer de discerner sur le visage de mon hôte le reflet de ses sentiments nouveaux, je vis qu'il attendait l'invite d'un regard ou d'un mot pour commencer à parler.

— Eh bien, dis-je, il me semble que vous vous surpassez. Les repas que vous me servez en ce moment sont tout à fait délicieux.

Cette remarque n'eut pas l'heur d'arranger les choses. Je vis son visage s'assombrir.

— Vous aurais-je vexé ? J'en suis navré. Comprenez que je suis un étranger et qu'il peut m'arriver, bien malgré moi, de commettre des impairs.

Il dut faire un tel effort pour répondre que son visage devint presque noir, puis, comme si une étroite vanne se rompait pour laisser passer un peu du trop-plein de son indignation, il me fit cette réponse :

— Ne savez-vous donc pas que la cuisine n'est pas une affaire d'hommes ?

— Voulez-vous dire que cela regarde les femmes ?

Balançant d'un pied sur l'autre, je le vis buter contre une difficulté intérieure qu'il surmonta finalement.

— Certainement, cela regarde les femmes.

Le dernier mot était difficile à prononcer.

— Eh bien, poursuivis-je, si mon ignorance peut tenir lieu d'excuse, sachez que vous êtes le premier dans ce pays à me parler des femmes, ou, du moins, à vous risquer à prononcer le mot. Mais je suis curieux des coutumes et vous serai reconnaissant de bien vouloir m'instruire.

— Je ne peux pas vous instruire. Je ne suis pas vraiment du pays ; ou plutôt, j'ai cessé d'en être.

Et tandis qu'il parlait, son visage prit une expression d'intense chagrin. Mais il se ressaisit et c'est presque avec sauvagerie qu'il poursuivit :

— Demandez-lui donc, à lui, à l'autre, puisqu'il vous dirige ici, demandez-lui ce qu'il en est des femmes ; cela ne peut manquer de vous intéresser.

— Depuis que je séjourne ici, observai-je, je n'ai pas rencontré une seule femme. Je viens tout juste d'apprendre, en lisant l'un des livres que m'a prêtés mon guide, qu'en se mariant les hommes viennent habiter le domaine de leur épouse.

— Oui, ils viennent habiter auprès d'elle, et travailler sur la terre qu'elle garde. Mais c'est à lui que vous devez poser vos questions. Et ne le laissez pas se dérober.

— Certes, je me réjouis de nos entretiens à venir.

— Qui sait si l'on consentira à tout vous dire ?

— Quoi qu'il en soit, remarquai-je après un silence, je peux maintenant enquêter à partir de documents. Vous m'avez aménagé un bureau...

— Oui. J'ai entendu vos débats l'autre jour. Je vous en prie instamment, ne l'emmenez pas là-haut, ni même dans votre chambre. Si vous voulez discuter avec lui, tenez-vous dans la grande salle. Il y a rarement du monde ; vous ne serez pas dérangés. Mais il ne faut pas qu'il pénètre plus avant dans l'hôtel. S'il montait l'escalier, il faudrait que je le tue.

Et il me dit cela froidement ; comme une chose depuis longtemps entendue.

— Ce n'est pas une bonne façon de recevoir les gens, acheva-t-il. Mais c'est ainsi. D'ailleurs, je n'ai pas choisi ce métier.

Je vis qu'il retombait dans sa tristesse. Je finis mon repas en silence. Simplement, au moment où je montais me coucher, il me rappela depuis l'escalier.

— Monsieur ! Monsieur !

Je me tournai vers lui.

— Hâtez-vous, me dit-il, hâtez-vous de mener à bien la tâche que vous avez entreprise !

— La croyez-vous donc importante ?

— À moi, elle importe.

Et il s'en fut.

Bien entendu, les paroles de l'aubergiste m'avaient intrigué. Si placide que l'on soit, ou que l'on se veuille, on est toujours un peu saisi d'entendre proférer des menaces de mort. J'étais bien résolu à agir de manière à ne faciliter en rien le surgissement d'un drame qui semblait imminent. J'avais l'intention d'interroger de fort près mon guide à propos des femmes, mais ce souci était bien antérieur à ma conversation avec mon logeur. En sorte que, lorsque je resongeais à notre discussion, finalement assez brève, je ne parvenais guère à en retrouver l'étrangeté et, pour tout dire, je ne parvenais pas à m'y intéresser vraiment. Il me semblait qu'il y avait là un petit mystère qui s'éluciderait nécessairement d'une manière ou d'une autre, avec ou sans ma participation, mais que ce n'était pas là que se situait le cœur de l'énigme que je traquais dans cette contrée. Cette diversion eut cependant ceci de bon qu'elle m'aida à sortir de la fascination qu'exerçait sur moi un objet que je ne faisais que pressentir, pour préparer avec méthode l'enquête que je comptais mener à la prochaine visite de mon guide.

Il se passa encore bien des jours avant que j'eusse de ses nouvelles. Je lisais. L'aubergiste était retourné à son mutisme, mais continuait à me traiter au mieux. Et puis un matin, mon guide fut là.

— Alors, me demanda-t-il, où en êtes-vous de vos travaux ?

— J'ai lu, répondis-je, tous les livres que vous m'avez procurés. Je les ai lus avec passion et ferveur. J'en ai tiré bien des renseignements, mais encore plus de questions.

— Même à nos yeux de jardiniers, ces livres contiennent plus de questions que de réponses.

— Je n'en doute pas, aussi n'est-ce pas d'abord à cela que je voulais faire allusion, mais à la vie des jardiniers, telle que les livres la laissent soupçonner, telle que vous la connaissez et que je l'ignore.

Et, ces premiers mots échangés, nous nous sommes lancés dans une longue discussion sur le rite des livres. Mon guide était prolixe, intarissable même, sur tout ce qui touchait au détail de la composition et de la fabrication des livres. Au point que je finis par le soupçonner de me dissimuler quelque chose. C'est pourquoi, dès qu'il eut la tentation de reprendre son souffle, je l'interrompis pour en venir au sujet qui me préoccupait le plus.

— Ce qui m'étonne beaucoup, remarquai-je, c'est la richesse de ces témoignages en ce qui concerne la vie de tous les jours. Cette obligation faite aux biographes de rapporter même les petites incongruités qui font éclater la trame de leur récit. En revanche, on trouve des sujets qui semblent avoir tant d'évidence pour vous, les jardiniers, qu'un étranger s'égare dans le laconisme des mentions qui en sont faites.

Déjà il levait la main pour reprendre la parole. Mais je voyais parfaitement ce qui allait s'ensuivre et savais que je devais m'attendre à une longue digression sur la psychologie locale. Je ne le laissai donc pas m'interrompre, je tenais trop à placer un mot, un seul, à partir duquel il nous faudrait enfin parler, et je poursuivis :

— Ainsi, je n'ai guère trouvé de détails en ce qui concerne le mariage, qui me paraît pourtant un événement de quelque importance.

Il eut le sourire ambigu, dans lequel la ruse le dispute à la franchise, de celui qui, dans une partie d'échecs, a soudain envie d'applaudir au dernier coup de l'adversaire.

— Le mariage, dit-il, voilà un sujet bien délicat pour moi qui suis célibataire.

Je fis mine de prendre pour une manière de plaisanterie cette remarque où il laissait pourtant percer le sous-entendu.

— Ne sont-ce pas précisément les célibataires qui savent le mieux à quoi s'en tenir sur le mariage ? Mais laissons de côté les plaisanteries. Marié ou célibataire, je ne me permettrais pas de vous interroger sur la vie sentimentale d'un couple. Au cours de mes lectures, j'ai été intrigué par ceci : quand un homme se marie, il vient habiter chez son épouse ; alors comment se font les mariages ? Et, en général, quels sont les rapports entre l'un et l'autre sexe ?

Il me sembla soudain soulagé par le caractère quelque peu abstrait de mes questions. Ce qui m'importait, à moi, c'est qu'elles étaient posées de telle façon qu'il lui serait désormais difficile de se dérober. Cependant il prit la parole.

— Il faut vous dire d'abord que la question des femmes, tout ce qui touche à leur personne et à leur conduite, est un sujet que nous autres jardiniers n'aimons guère aborder de front. Nous préférons ne les évoquer que par quelque biais quand il est indispensable que nous y fassions allusion. Ne supposez pas là quelque interdit clairement établi. Rien, apparemment, ne nous empêche de parler d'elles. Mais la coutume, une certaine représentation vague de la bienséance font que nous nous retenons de nous y appesantir.

— J'aimerais que ma qualité d'étranger vous facilite la tâche, car, pardonnez mon insistance, je ne vois pas comment je pourrais me faire une idée juste de votre pays et de vos coutumes si je laisse de côté quelque chose qui, vous en conviendrez, est tout de même au cœur de votre vie.

— Au cœur de notre vie, je parle pour les hommes, n'est peut-être pas le mot juste. C'est un cœur qui bat un peu à côté de notre vie, un pôle qui nous oriente, mais cela ne nous habite pas.

— En creux, peut-être, suggérai-je.

— Je ne sais pas. Il réfléchit un instant et répéta : Franchement, je ne sais pas. Quant à votre qualité d'étranger, certainement elle m'offre la possibilité d'être moins réservé qu'avec mes proches. Toutefois, si j'y regarde de près, comme vous êtes ignorant de presque tout ce qui nous concerne, je me vois refuser toute possibilité de procéder par allusion ou sous-entendu. Il va me falloir en dire beaucoup plus. Vous voyez, la difficulté est finalement la même.

— Écoutez, lui dis-je non sans duplicité, si vraiment ce débat doit à ce point choquer votre pudeur, n'en parlons plus. Je ne veux pas...

— Non, non, ne vous inquiétez pas. Il faut que nous parlions de tout cela.

Et il se tut un instant, comme s'il pesait une hypothèse folle que son honnêteté l'obligeait cependant à envisager.

— En fait, si cela était possible, c'est avec une femme qu'il faudrait que vous vous entreteniez. Mais cela est complètement impossible. Vous ne verrez jamais une femme de ce pays.

— Mais pourquoi ?

— C'est ainsi. Elles se dérobent le plus possible à notre regard, au regard des jardiniers. Et c'est à elles qu'il faudrait demander de rendre compte de cette coutume.

— Si c'est aux jardiniers qu'elles se cachent, ne croyez-vous pas que ma qualité d'étranger...

Il m'interrompit par un franc éclat de rire. Et j'eus le sentiment d'avoir proféré une scandaleuse naïveté.

— En effet, reprit-il entre deux hoquets, il ne serait pas impossible que quelque femme s'amuse à se ménager une rencontre avec vous. Mais, dans ce cas, ce sont les hommes qui s'opposeraient à la réalisation d'un tel dessein. Au besoin par la force. Et quand on use de la force... il y a toujours des accidents. Non, ce qui m'a fait rire, c'est que vous ayez exprimé ingénument cette idée devant un jardinier, devant moi. Il va falloir désormais que je vous aie à l'œil. Vous savez, nous surveillons nos femmes avec la dernière rigueur. Peut-être cela est-il dû à leur propre retrait initial. Mais nous les surveillons, nous les guettons, et de ce fait elles se dérobent davantage. C'est un cercle. Et je crois bien qu'aucun étranger ne peut espérer y pénétrer.

— Mais alors, comment pouviez-vous songer à un entretien entre une femme et moi ? Car, après tout, c'est vous qui le premier avez évoqué cette hypothèse scandaleuse.

— C'est que je n'ai pas pris garde que vous ne pouviez me comprendre à demi-mot. Quelqu'un qui eût été un peu plus familier de nos mœurs eût entendu sur-le-champ que j'évoquais l'impossible par excellence.

— L'impossible ?

— Vous voyez comme il est difficile de parler des femmes quand on est un jardinier ! Nous les connaissons mal et elles ne cessent de nourrir nos rêves. Elles nous parlent fort peu. Ce que je vais vous dire est aventureux, puisque je n'ai aucune connaissance directe de la chose, cependant il me semble que les couples qui se forment et qui sont heureux — bien entendu tous ne le sont pas —, de tels couples doivent communiquer autrement que par des mots, chacun doit pressentir l'autre à ses gestes, à son souffle. Or il paraît que ce grand silence, qui s'étend entre les hommes et les femmes et qui, d'une certaine manière, a cours aussi entre les hommes — je vous en donne un bien

mauvais exemple, mais les circonstances sont par-
ticulières —, ce grand silence, les femmes ne le
laissent pas s'établir entre elles. Il paraît qu'elles
parlent, qu'elles parlent beaucoup entre elles, et
des hommes notamment. On suppose même
qu'elles sont, entre elles, d'une très grande indécence. Nous y pensons souvent. Comme je vous
l'ai dit, nous en rêvons.

Et il me sembla qu'il était encore en train d'en
rêver. J'en éprouvai de la gêne. Je cherchais un
terrain un peu plus solide pour donner un autre
cours à notre débat, car tel qu'il était engagé je
craignais que nous n'aboutissions à ce silence
qu'il prétendait lever en ma faveur.

— En effet, dis-je, voilà une situation bien
étrange. Mais pour en revenir à ce que j'envisageais
d'abord, pourriez-vous m'expliquer comment se
font les mariages ?

— Eh bien voilà : les femmes ne quittent pas
le domaine. Les lignées féminines sont fixes. De
mère en fille, elles restent dans la même demeure.
Les hommes, eux, circulent. Un homme doit donc
nécessairement un jour quitter le domaine de sa
mère pour entrer dans celui de son épouse. Son
fils à son tour quittera le domaine pour celui de
son épouse, mais en s'éloignant aussi du domaine
de la mère de son père, et de celui de la mère de
son grand-père ; en bref il s'éloigne des femmes
connues aussi loin que mémoire d'homme peut
remonter.

— Ce qui représente combien de générations ?

— Au moins une bonne quinzaine. Chacun de
nous est un généalogiste fort compétent. Pour
nous, aller au-devant des femmes, c'est les quitter. Et il faut, autant que possible, ne jamais

revenir en arrière. Si on compte, par ailleurs, que tous les hommes doivent ainsi se frayer un chemin vers les femmes, on voit que c'est une entreprise qui doit être préméditée. Il ne faut pas que surgissent des désaccords de domaine à domaine. Le souci principal d'un couple est donc, dès la naissance de leur enfant, de lui assurer le mariage en bon accord avec les autres domaines. Car le garçon est perdu pour le domaine de sa mère ; il est donc souhaitable qu'il ait une sœur qui assure la venue d'un élément mâle pour le remplacer. Tout ce commerce implique évidemment bien des démarches d'un domaine à l'autre. Celles-ci se sont réduites par l'effet du tissage de relations qu'opèrent les déplacements des hommes. Il en résulte, au bout du compte, que le mariage d'un homme est assez tôt déterminé.

— J'ai voulu bien des fois vous interrompre. J'ai mille questions à vous poser, et d'abord celle-ci : Pourquoi un homme doit-il nécessairement quitter son domaine d'origine pour se marier ? Ne pourrait-il épouser sur le domaine une fille d'un autre couple ?

— Qui que soient les parents de cette fille, née sur le même domaine que lui, elle est sa sœur. On n'épouse pas sa sœur. Et, même si on pouvait envisager sans répugnance un tel scandale, que deviendraient alors les alliances ?

— Soit. Alors n'y a-t-il aucun risque que finalement, au terme du parcours, un homme revienne dans la lignée de son lointain ancêtre maternel ?

— Oui, au-delà de toute mémoire, il peut y avoir une faille par où interviendrait le hasard. Il est probable que c'est ce risque que les femmes conjurent en se tenant éloignées, autant que possible, des hommes, même à l'intérieur du domaine. Et c'est aussi cette angoisse d'un retour possible à la grand-mère qui fait que les hommes sont peu enclins à parler des femmes.

Et comme il prononçait ces derniers mots, ma curiosité fut déviée. J'allai lui faire remarquer que l'inclination tenait une place bien réduite dans le mariage, au lieu de quoi je lui fis cette question :

— Ne doit-on pas voir un rapport entre cette angoisse du retour à la grand-mère et le culte des statues d'ancêtres ?

— Que voulez-vous dire ?

— D'une certaine manière, ici, les femmes font corps avec la terre, n'est-ce pas ? Pouvait-il donc se produire quelque chose de plus significatif que cette image d'un homme soudain mise à jour par la terre ? Cet événement de la ressemblance n'est-il pas à son tour une image du destin de chaque homme ?

Il y eut un instant de silence. Encore une fois il me sembla le voir débattre avec lui-même de la réponse la plus juste.

— Je n'avais jamais songé si loin, finit-il par dire. En fait il est possible que l'interprétation de la biographie particulière à chaque ancêtre nous dissimule à tous cet aspect général. Votre interprétation est séduisante, mais elle m'inquiète un peu également. Elle nous fait entrer dans le monde de l'analogie au point qu'on ne peut plus discerner l'image de la réalité, ou la chose de son reflet. Ou plutôt pour vous dire mieux encore mon impression, chaque réalité entre dans un tel système de correspondance qu'elle perd son poids pour n'être plus qu'un symbole. Alors, où donc finalement arrêterons-nous l'interprétation ?

— Vos livres ne signifient-ils pas qu'on ne peut arrêter l'interprétation ?

Cette fois il eut un véritable sursaut, si bien que sa chaise trembla sous lui. J'avais la désagréable impression que sans le vouloir nous nous étions, à force de bavarder, engagés tous deux dans un jeu inquiétant, un peu semblable à une partie d'échecs, dans laquelle chaque joueur, malgré la bienveillance de son caractère, est contraint de poursuivre l'autre, peut-être même de l'agresser. Je voulus pousser dans le sens de l'interprétation jusqu'à rendre celle-ci rassurante.

— J'y songe maintenant, ne faut-il pas voir également dans les pèlerinages, qui tiennent une si grande place autour du rite des ancêtres, une image de la circulation des hommes, les morts entraînant les vivants par-delà la mort sur les routes de ce monde ? De là, en tout cas, semblent venir toute la richesse et la cohésion du corps social.

Et comme je disais ces derniers mots, je le vis se détendre, s'apaiser, heureux de pouvoir en revenir à des questions moins troublantes. Un long moment nous pûmes parler en toute tranquillité du rôle des pèlerins dans les échanges culturels.

Devisant ainsi nous ne mesurions guère le temps qui passait, si bien que nous nous sommes arrêtés soudain, ivres de paroles alors que l'après-midi était déjà bien entamé.

— Il serait peut-être temps que nous songions à nous restaurer, remarqua mon guide en souriant.

— Puis-je vous inviter à ma table ?

Il marqua un temps, et déclara enfin :

— Non, je ne pense pas que cela soit possible.

Je veux dire qu'il faut maintenant que je rentre au domaine.

Je l'accompagnai jusqu'à la porte où je m'apprêtai à le saluer cordialement. Mais au dernier instant je ne pus me retenir de formuler encore une demande.

— Il me semble, remarquai-je, que les sentiments ont bien peu de place dans les alliances, telles que vous me les avez décrites. Cela ne risque-t-il pas de constituer des mariages mal équilibrés ?

Il fut un peu surpris de me voir revenir sur cette question.

— Ah, vous avez ce souci encore ? Nous n'avons guère le temps de tout reprendre. Mais, vous savez, on peut toujours trouver un arrangement, toujours.

En cet instant, il me regardait bien en face, comme pour m'inviter à lire jusqu'au fond de lui-même. Je songeai soudain qu'il m'avait dit être célibataire. Et c'est moi qui fus gêné, comme d'avoir commis sans le vouloir une indélicatesse.

— Mais nous reparlerons de tout cela bientôt, demain sans doute, me dit-il en me serrant les mains à la mode du pays en signe de salutation.

Il fit trois pas, hésita, revint à moi.

— Remarquez que ce n'est pas parce qu'un homme n'a pas choisi son épouse — et choisir ici, est-ce que ça a un sens ? —, ce n'est pas pour cela qu'il est à l'abri de la rencontrer, de l'aimer... tout est possible.

Et cette fois, il s'en fut. Lorsque je rentrai dans la grande salle, je trouvai mon couvert dressé et l'aubergiste qui attendait que je prisse place pour me servir. En me tendant le premier plat, il chercha la discussion.

— Alors, Monsieur, vous êtes content de votre matinée ?

— Bien sûr. Vous savez, mon guide est maintenant presque un ami. J'ai toujours plaisir à le voir.

— Mais vous a-t-il appris tout ce que vous vouliez savoir ?

— Tout, non. Cela ne peut se faire en une seule fois. Mais en peu de temps, je crois qu'il a considérablement augmenté mes connaissances.

J'hésitais à donner plus de précision à cet homme lunatique qui ne m'avait pas caché la haine qu'il éprouvait pour mon guide, mais le désir de le provoquer, dans l'espoir de compléter mon information, l'emporta.

— Il y a cependant un point sur lequel nous avons assez vite touché, lui et moi, les limites de notre enquête. Nous nous sommes aperçus que nous restions enfermés dans le point de vue masculin, et qu'il nous aurait fallu, pour bien faire, entendre une femme. Or, il s'avère que cela est impossible, n'est-ce pas ?

Pour le coup, c'est lui qui resta pantois.

— Ah, c'est ainsi qu'il voit les choses ?

— N'est-ce pas ainsi qu'elles sont ?

Il ne répondait pas immédiatement. Je voyais distinctement les efforts qu'il était en train de faire pour contraindre son visage au mutisme car une intention violente était en train de l'envahir avec tant d'impétuosité qu'il ne savait comment lui résister.

— D'après ce que j'ai compris, poursuivis-je, les jardiniers ne voient guère les femmes et aucun étranger jamais ne rencontrera une femme de cette contrée.

— Ce n'est pas tout à fait exact (il parlait maintenant d'une voix presque lasse comme si l'effort qu'il venait de fournir l'avait épuisé), n'importe qui peut rencontrer *certaines* femmes de ce pays, mais finalement ce n'est pas vraiment une rencontre.

— Que voulez-vous dire ?

— Eh bien, il y a des filles perdues, des folles qui n'ont pu rester dans une communauté. Mais, en général, elles n'ont plus rien de commun avec la vraie vie des jardiniers. Je pense que vous ne gagneriez rien à les rencontrer. Il faut les payer, vous comprenez ?

— Mais il ne m'a rien laissé soupçonner de semblable. Pouvait-il y faire allusion en me parlant d'*arrangements* quand je lui faisais observer que l'inclination tenait une place bien modeste dans les mariages d'ici ?

— Ah, c'est comme ça qu'il voit les choses ?

— Je ne sais pas.

— Moi non plus je ne sais pas, je ne sais plus.

Il eut un geste vague, et soudain la confidence l'emporta.

— Et c'est depuis que vous êtes ici, avec votre ignorance, que je ne sais plus. Je ne sais pas si vous vous en rendez compte, mais, tel que vous êtes, vous avez mis en branle une histoire que tout le monde attendait et à laquelle personne ne croyait. Vous voyez, cet homme, votre guide, je le détestais.

— Mais finalement, pourquoi ?

— Attendez, me dit-il, chaque chose en son temps.

Son autorité me frappa. C'est seulement alors que je remarquai qu'il était à jeun et qu'il devait certainement être sobre depuis plusieurs jours. Il poursuivit, comme s'il devinait ma pensée :

— Oui, ça vous étonne, je ne bois plus. Ça aussi, ça a fini par cesser, à force de vous voir vivre ici. Et c'est pénible. Ce n'est pas vraiment l'alcool qui me manque, ce qui me manque, c'est le sillon dans lequel j'étais jusqu'à maintenant. J'ai peine à supporter cette exaltation qui me prend, cette sorte d'espoir qui s'est mis à survoler l'ennui de vivre. Et je ne peux pas plus me remettre à boire que je ne pouvais m'en empêcher il y a seulement quelques jours. Ça s'est arrêté brusquement quand j'ai installé votre bureau.

Il s'est tu, cherchant le fil de sa pensée. J'étais gêné d'avoir mené à la confidence un homme qui jusqu'alors s'y était montré si rebelle. Mais les mots lui revinrent.

— Oui, ce que je voulais dire, c'est que je ne parviens plus à sentir cette espèce de haine craintive que j'éprouvais pour lui, c'est comme si l'estime que vous lui portez défaisait mon élan. J'ai voulu insister en vous priant de ne pas le laisser monter dans les étages. Mais qu'ai-je dit ce soir-là en affirmant que je le tuerais s'il montait ? Je me suis prouvé que je ne désirais pas vraiment le tuer, je me suis en quelque sorte rapproché de lui. Est-ce que vous saisissez ce que je veux dire ? J'ai senti soudain entre lui et moi une intimité répugnante, mais tellement bienfaisante ! J'ai connu ce qu'il éprouvait, j'ai su ce que ce devait être pour lui que de vous avoir rencontré, et précisément ici. Ici où il ne venait jamais que pour que nous nous retrouvions, de part et d'autre du comptoir, liés et séparés par la haine. Pourtant ce n'était pas la haine qu'il venait chercher, ni qu'il s'efforçait de faire croître en moi. C'est si particulier, un hôtel comme celui-ci, et si étrange qu'il y vienne !

— S'il vous détestait tant, c'est en effet étrange qu'il soit venu ici.

— Non. Cela aurait pu s'expliquer. Il aurait pu venir me narguer.

— Effectivement, il y avait bien quelque chose d'ironique dans sa conduite quand il était en votre présence.

— Vous l'avez cru aussi ; or c'est à ma sottise seulement que s'adressait cette ironie. Je tenais à quelque chose, moi ; c'était dérisoire. Et pendant ce temps il me posait sans cesse une question silencieuse ; toujours la même question. Il me demandait pourquoi j'étais aveugle, et pourquoi je ne comprenais pas sa visite ici, alors que le motif était si évident. C'est quand j'ai vu qu'il ne se contentait pas de vous faire visiter le pays, mais qu'aussi il vous expliquait nos coutumes que j'ai commencé à comprendre quel homme il était. Un homme qui ne ment jamais. Un homme qui ne peut pas mentir.

Tout ce débordement me mettait dans une situation plutôt délicate. Je ne pouvais bien entendu pas comprendre les mille sous-entendus dont les propos de mon vis-à-vis étaient criblés. Je ne mangeais plus que pour me donner une contenance, pour éviter de commettre une erreur. Je sentais que j'étais par hasard arrivé en un point où ma présence déclenchait une cascade de conséquences et je devais y faire face en toute ignorance. Il semblait rêver en parlant.

— Ce doit être terrible de tout vous dire comme il s'y est engagé. Toutes les normes, toutes les coutumes, il les connaît. Il faut qu'il revienne sur tout et à chaque instant il est en face de lui-même. Au début, j'ai cru que je pourrais me réjouir de ce qui serait forcément pour lui une souffrance. Mais il ne souffre pas vraiment. Ce qu'il vit est terrible, mais cela le soulage d'avoir à le vivre. Avant qu'il ne vous rencontre, il n'avait que ça pour vivre : le verre qu'il venait boire ici. Et ça durait des heures. Des heures.

— Mais pourquoi venait-il ici pour boire un verre pendant des heures comme vous dites ?

— Pour ne pas aller ailleurs et pour que je sache qu'il n'allait pas ailleurs, et pour que je sache aussi qu'il m'approuvait.

— Où serait-il allé, ailleurs ? Qu'est-ce que c'est : ailleurs ?

Il me regarda soudain comme au sortir d'un rêve. Je m'effrayais du besoin de parler qu'éprouvaient ces hommes. Cette découverte me fut amère, car ils me parlaient comme si je n'existais pas. Je n'étais pas seulement un étranger à leurs yeux, j'étais la manifestation rare de l'absence dont ils avaient besoin dans un monde peut-être trop plein. Je n'existais pas, ils n'étaient pas vraiment sensibles à ma présence. Ils ne percevaient à travers moi qu'un appel venu du plus lointain, qui me traversait sans que je l'eusse lancé, puisque j'étais un ignorant, c'est-à-dire une simple occasion d'impudeur.

— Ailleurs, murmura l'aubergiste. Ai-je dit ailleurs ?

Il soupira.

— Nous sommes bien tous les mêmes. Toujours ce silence. Et quand nous parlons, c'est encore pour agrandir le silence. Il faut que je vous explique. Je vous ai dit tout à l'heure qu'il y avait des filles perdues. Il faut comprendre la vie d'un domaine : il n'y a jamais trop d'hommes quand on songe à la tâche immense qu'il faut accomplir sur une terre qui ne cesse pas de produire des statues. Il faut veiller aux statues. Un homme célibataire...

— Comme mon guide ?

— Oui, comme votre guide, précisément, et c'est pourquoi il s'est donné avec vous une tâche bien difficile. Un homme célibataire peut provoquer des difficultés dans le champ social ; dans la mesure où il ne quitte pas le domaine de sa mère, il commet une sorte d'injustice, puisque, quelque part, il y a un domaine où on a besoin de lui, un domaine où une femme l'attend. Mais on peut toujours trouver des moyens de compenser cette sorte de maladresse et il existe une certaine tolérance. Il n'y a pas de difficulté économique, au contraire, c'est une sorte de bénéfice pour le domaine où il a vu le jour. En revanche, une femme qui reste célibataire représente une perte considérable ; une telle femme est irrémédiablement déshonorée, quelle que soit la cause de son célibat, le cas le plus grave étant évidemment que, bien constituée, elle ait de son propre mouvement refusé le mariage. Il y a celles aussi que pour des vices divers on n'a pas osé marier, celles enfin que l'on répudie, ce dernier cas est fort rare car il faut que le mari, tout étranger qu'il est, obtienne le consentement, dans le domaine de son épouse, de la famille de celle-ci. Mais, même cela peut se produire. Bref, il y a un certain nombre de cas où une femme peut être chassée du domaine. Alors elle devient une fille perdue. Elle se retire dans un hôtel, sous la dépendance du tenancier. Là, elle subsiste en faisant le métier que vous pouvez deviner. Elle a pour clientèle les jardiniers, le plus souvent les célibataires, mais aussi des hommes mariés, puisque tous ont un emploi du temps ainsi conçu que de temps à autre ils peuvent sortir. Bien entendu, aucune liaison durable ne peut s'établir entre un jardinier et une de ces femmes car, par surcroît de précaution, on les déplace. Grâce à une entente entre aubergistes, on opère régulièrement des permutations des groupes de filles.

— Si je comprends bien, dis-je, le temps que mon guide vient passer ici, naguère en buvant un verre qu'il faisait durer des heures, en votre présence, aujourd'hui en discutant avec moi, il devrait normalement le passer chez les filles.

— C'est exactement cela, affirma l'hôtelier, et c'est ce que je n'avais pas compris avant votre arrivée.

Je songeais à part moi qu'il serait intéressant d'évaluer le rapport entre ce qu'aurait fait mon guide chez les filles et ce qu'il faisait auprès de moi. Il s'agissait toujours de parler. Je ne pus me soustraire, une fois encore, à un vague sentiment d'indignité.

— C'est en effet une situation bien étrange, dis-je. Et l'étrangeté est double ; vous tenez un hôtel sans filles, malgré les bénéfices que vous pourriez en tirer. N'est-ce pas paradoxal ?

Et je sus qu'il était orgueilleux de cette singularité.

— Je suis probablement le seul du pays. J'ai eu quelque difficulté à ne pas entrer dans le système des hôteliers, mes *confrères*. Je ne voulais pas appartenir, quelque confort qu'il pût en résulter pour moi, à un groupe que je considère depuis toujours comme le rebut et la lie de l'humanité. Je trouve le métier de proxénète infect. Et je méprise une société qui le rend possible, et je déteste cette société qui fait aux femmes un sort aussi inique.

— Mais il n'y a que quelques femmes qui connaissent ce sort ?

— N'est-ce pas plus que suffisant ?

Je m'aperçus qu'il était soudain la proie d'une immense et sans doute lointaine colère.

— Excusez-moi. Je n'approuve aucunement les pratiques que vous venez de me faire connaître. Je n'en soupçonnais pas même l'existence ici. Je vous avoue que je ne suis pas très heureux de le savoir. Cependant, n'est-il pas contradictoire que vous ayez choisi le métier d'hôtelier sans en assumer toutes les fonctions ?

— Ah, c'est une vieille histoire. Nous en parlerons peut-être un jour ; mais il y a longtemps que vous avez achevé votre repas, et je vous tiens là, à bavarder...

Et déjà il s'était levé et débarrassait la table. L'entretien était clos, et, au ton faussement évasif sur lequel il s'était dérobé, je pouvais juger qu'il coupait court au moment où nous atteignions à l'essentiel, du moins pour lui. Car pour ce qui est de moi, la conversation m'avait encore beaucoup appris sur les mœurs des jardiniers. Je m'aperçus que j'avais beau faire, je commençais à m'intéresser au sort particulier de ces deux hommes, à la fois si avides de confidences et si secrets. Je m'en justifiais à mes propres yeux en observant, ce qui n'était pas faux, que leur particularité et l'écart qu'ils marquaient chacun à son milieu, et, par là, à la société tout entière, en faisaient des informateurs précieux. C'est en suivant cette pente de ma réflexion que je m'avisais que, tout en me sentant humilié, j'avais fait encore trop de cas de ma personne. Tout se jouait entre eux deux. Ce n'était pas moi que mon guide venait voir comme on va dans une maison de filles, mais l'hôtelier. À ce dernier revenait le rôle qu'il m'avait paru désagréable d'endosser. Mais alors, lui qui refusait d'être proxénète, de qui donc tenait-il le rôle ? Quelle femme remplaçait-il ? Où était cette femme ?

Je me posais ces questions tout en jetant sur le papier la première ébauche, que je voulais hâtive et détaillée, d'un compte rendu. Il me fallait dépêcher mon écriture, si je ne voulais pas prendre trop de retard, car j'avais la quasi-certitude que le lendemain mon guide serait là de nouveau, bien qu'il n'en eût pas fait la promesse. Je voulais être dispos pour le recevoir.

Je ne me trompais pas dans mes prévisions. Le lendemain il était effectivement là quand je descendis pour prendre le petit déjeuner. L'aubergiste, avec qui je n'avais plus échangé que des propos d'une grande banalité au moment d'un souper tardif, me servit discrètement et s'éclipsa.

— J'avais hâte de vous voir, dis-je à mon guide.

Son visage s'éclaira.

— Moi aussi j'ai plaisir à vous rendre visite. C'est bien contre mon gré que je ne viens pas plus souvent.

Je désirais qu'il confirmât la conversation que j'avais poursuivie la veille avec l'aubergiste.

— Les jardiniers sortent peu ?

— Cela dépend ; tous ne sortent pas, d'ailleurs. Mais nous parlerons de tout cela une autre fois, voulez-vous ? Aujourd'hui, je vous emmène. Si vous le voulez bien.

J'étais, il va de soi, enchanté. Je gardais un souvenir fort attachant de la première visite que nous avions faite ensemble et j'attendais beaucoup des suivantes. Je le lui dis, ce qui sembla accroître encore sa bonne humeur.

— Cette fois-ci, nous irons plus loin que l'autre jour. J'ai oublié de vous préciser que la forme ou le style des statues varie selon les domaines, mais aussi selon les terroirs. C'est ainsi qu'autour du domaine que je vous ai déjà fait visiter la production est assez homogène. Nous avons vu, pour commencer, un des domaines les plus riches, où l'on mène une grosse production assez variée, avec cette particularité toutefois que les statues représentent toujours un être identifiable. Autour de celui-ci s'étendent d'autres domaines, souvent de dimensions plus restreintes, dans lesquels on se spécialise plus nettement. Ainsi avons-nous un domaine pour les statues guerrières qui est encore assez vaste. Plus modestes sont celui des éphèbes et celui des nymphes aquatiques et lascives.

— Mais, objectai-je, vous me donnez là le détail des sujets plus que des styles.

— C'est que je désirais imager un peu mon propos et voulais vous donner par la précision du sujet une idée de la facture. Lorsque je dis, par exemple, qu'il y a un domaine des statues guerrières, cela ne signifie pas que nous avons là une monoculture, mais que les statues s'orientent plutôt vers cet ordre de représentation, sans que celle-ci soit exclusive. En fait, c'est un terrain dans lequel la pierre a tendance à se hérisser. Cette zone s'étend d'ailleurs sous plusieurs domaines et c'est au centre que le caractère que je viens de dire est le plus accentué. Là, il est difficile de voir monter une statue sans reconnaître que s'y érigent des sabres, des piques, des étendards et tout un ensemble de drapés héroïques et tourmentés sur des corps anguleux et tordus.

— Cependant, lui fis-je remarquer, les hommes sont bien aussi pour quelque chose dans le fait que ce style domine ?

— Sans doute, puisque leur tâche est un constant dialogue avec la pierre. Mais finalement, cela est-il très important de distinguer la responsabilité des hommes ? Après tout, eux aussi sont des produits de la terre.

— Et les nymphes ? Et les éphèbes ? demandai-je.

— Il s'agit dans ce cas d'un tout autre terrain. Le domaine des nymphes aquatiques et lascives se trouve au centre d'une zone où la pierre affecte des formes ondoyantes, sinueuses, des courbes languides et pleines. Un corps de femme abandonné, ou pour mieux dire livré, telle est l'image qui s'impose le plus fréquemment.

— Pardonnez mon insistance, mais je ne puis cacher que je suis surpris de trouver en un monde où l'on est si secret sur tout ce qui touche aux femmes une zone où on se spécialise presque dans la représentation de leurs abandons les plus intimes.

Il parut un peu déconcerté par ma remarque, mais voulut faire face.

— Vous savez, me dit-il, de l'image à la réalité...

— Certainement, certainement, mais je ne serais pas surpris si vous m'appreniez que dans le domaine des nymphes se rencontrent les hommes les plus jaloux et les femmes les plus secrètes.

Sa surprise allait grandissant.

— En effet, ce domaine a bien cette réputation et je crois qu'il ne l'usurpe pas. Mais qu'est-ce donc qui vous a permis de déduire si vite... ?

— J'ai pensé simplement que tôt ou tard les hommes, et les femmes, à leur tour devenaient les images de leurs images. Images perturbées, inversées même parfois, mais n'ayant pas un degré de réalité supérieure.

— Ah, s'écria-t-il, vous voilà donc revenant à votre perpétuelle métaphysique ! Mais vous êtes Byzance à vous tout seul !

Il avait dit « Byzance ». Je ne le croyais pas si bien averti des mondes d'où je venais, et qui me paraissaient si lointains. Ou bien devais-je croire que le byzantinisme s'était étendu jusqu'ici ? Mais il poursuivait son propos avec une sorte d'allégresse.

— Eh bien, c'est au sujet de cette métaphysique que j'ai choisi le domaine que nous allons visiter aujourd'hui. Je ferai en sorte que vous ayez accès à tous les domaines de la contrée. Vous n'avez d'ailleurs pas besoin de les voir tous. Vous n'ignorez déjà plus rien de notre façon de travailler. Vous commencez à bien connaître nos mœurs, nos coutumes, nos rites. Il ne vous reste qu'à contempler les exemples les plus caractéristiques de notre production. Vous pourrez, pour ce faire, vous passer de moi. Je suis assuré que partout vous serez bien accueilli. Mais aujourd'hui, je tiens à être près de vous et à constater, dans l'instant que cela va se produire, l'impression que feront sur vous les statues que l'on va vous montrer.

Il me réservait donc une surprise. Pour le reste, je puis dire tout de suite qu'il tint parole. Dans les semaines qui suivirent, je visitai un grand nombre de domaines ; presque tous à vrai dire. J'ai transcrit déjà l'essentiel des travaux qui s'y déroulent ; quant aux statues, je ne me sens guère la vocation d'en dresser le catalogue. J'en vis beaucoup qui me semblaient relever d'un académisme assez plat. Ici la forme minérale semblait vouloir égaler quelque modèle idéal, céleste peut-être ; là, au contraire, les volumes étaient alourdis, chargés autant qu'il était possible sans que s'effaçassent les traits, comme si la pierre voulait encore témoigner de la densité de sa substance brute. Je connus aussi des moments de joie intense, des moments de hauteur comme ce jour où je découvris dans un hangar un homme de pierre noire aux reflets bruns et vert sombre. C'était un homme qui marchait, mais sans bras ni tête, réduit, et je devrais peut-être mieux dire exalté, à la marche même. Il était d'une stature gigantesque, me dépassant d'au moins deux têtes, tout incomplet qu'il fût. Ses jambes étaient à la fois puissantes et lasses de toutes les routes parcourues, et surtout, me sembla-t-il, de toutes celles qui s'ouvraient. La poitrine était offerte avec une renversante franchise, le dos creusé d'abîmes — tous les efforts grands et vides d'un homme debout y étaient lisibles. On avait fini par me connaître dans le pays. Les pèlerins passaient maintenant régulièrement à l'hôtel pour échanger quelques propos avec moi. Ils m'ouvraient alors leur cahier de voyage et, selon l'itinéraire qui était le leur, j'annonçais ma venue prochaine dans un certain nombre de domaines. On m'y recevait fort simplement, parfois j'y prenais un repas. Le plus souvent on me laissait aller et venir seul et à ma guise sur toute l'étendue du terrain. Je traversais les plantations, m'arrêtant çà et là pour apprécier les ébauches. J'assistais souvent aux dernières opérations de mise au propre des statues. Mais c'est sous le hangar où étaient rangées les statues achevées que je m'attardais le plus volontiers. Je marchais longtemps, en méditant, parmi leurs figures pensives. La solitude me livrait pleinement à l'énigme fascinante des statues. Or, ce jour-là, comme je sortais lentement de la rêverie où je m'étais abîmé devant la statue de l'homme marchant, je remarquai que quelqu'un se tenait à quelques pas de moi, ou plutôt je me tournai soudain vers cet homme dont je n'avais pas cessé de pressentir la présence auprès de moi. Une présence pesante et dense, et qui cependant s'effaçait comme pour que je pénétrasse plus avant dans la sorte d'extase qui s'était ouverte à moi dès mon premier regard sur la forme de pierre. Or, en lui faisant face, je ne pus tout d'abord parler. Je me débattais dans ma propre immobilité comme si la statue se fût emparée de mon corps et eût coulé sa pierre dans mes nerfs. C'est lui qui dut faire quelques pas vers moi et, à cette façon calme et précise de marcher, je connus immédiatement que j'étais en présence du doyen. Mes premiers mots, quand me revint la parole, furent pour m'excuser de l'état où il m'avait trouvé. Il me regarda fixement — je crois que je n'ai jamais vu des yeux pareillement flamboyer. Et soudain ce colosse s'anima. Il me prit le bras avec beaucoup de douceur et, presque affectueusement, me tapota la main.

— Ne dites rien, ne dites rien, murmura-t-il d'une voix qu'il essayait de faire légère et rassurante.

Il eut un grand geste de la main vers la statue et hocha la tête.

— Cela !

Et puis il s'ébroua pour secouer son émotion.

— Je ne pensais pas qu'un étranger verrait. Savez-vous que certains de mon propre domaine m'ont cru fou d'avoir voulu la conserver ? Et pourtant, quelle statue !

— Vous comptez l'expédier ? demandai-je.

Il rugit presque.

— Tant que je serai de ce monde, cet homme ne bougera pas d'ici.

Et se ravisant en considérant l'étrangeté de son propos, il ajouta :

— Il fait bien assez de chemin par lui-même, ne croyez-vous pas ?

— Je suis bien de votre avis. Et je vous avoue que j'ai eu peur en le voyant sous ce hangar.

— Ah, vous avez raison. Sa place n'est pas sous ce hangar (il écarta les bras), trop de choses autour. Il lui faut de la solitude. Il faut aussi que tous mes jardiniers puissent le voir... le consulter...

— Mais comment une telle merveille a-t-elle pu voir le jour ?

— Tout est possible ! s'écria-t-il, et il trépignait presque de jubilation.

Encore une fois il se reprit.

— C'est vrai que sa croissance a été étrange — étrange aussi la façon dont j'ai été saisi. Très tôt. Vous savez qu'un doyen n'a aucune autorité sur un domaine. Il est l'ancien. On le consulte parfois, pas pour tout d'ailleurs, car il n'est pas nécessairement le plus habile homme en toute chose. Le doyen, c'est surtout le responsable, le représentant,

106

celui qui préside la tablée. Je me suis très tôt intéressé à cette statue. Elle ne se développait pas comme les autres. D'habitude il faut retailler les éléments supplémentaires... Eh bien, celle-ci sera sans postérité. Elle a poussé très vite, d'un seul jet, avec ses nœuds, ses boursouflures qu'il n'était guère possible de retailler. Il fallait la transplanter deux fois plus vite que les autres. Elle jaillissait littéralement. On s'est aperçu assez tôt que la tête et les bras ne viendraient jamais. Vous savez qu'en général on brise les statues mal venues. Pour celle-ci, il en fut question à plusieurs reprises. Alors j'ai fait dire que je désirais qu'on la laissât venir à maturité complète. « Mais elle ne viendra jamais ! m'a objecté un jeune, il lui manquera toujours la tête et les bras » — je dis *un jeune*, parce que je suis vieux. En fait, ce n'est pas vraiment un jeune, il a une quarantaine d'années. Parce que les jeunes, les gamins, ceux qui viennent tout juste de s'asseoir à la table des hommes, et les autres aussi, il paraît, ceux qui cherchent encore le commentaire, étaient de mon avis, tous. C'est drôle, non ? qu'une idée de vieux plaise aux jeunes ?

— Et les femmes ? demandai-je.

Je n'avais pas pu me retenir. Il sursauta. Il posa de nouveau sur moi son regard flamboyant qui devint fixe. Il me sembla qu'il projetait sur ma rétine l'image d'une langue de feu dont la pointe sautait sans cesse. Je commençais à regretter ma question. Et puis il éclata d'un rire immense, d'un rire qu'il projetait autour de lui en renversant la tête et en se tenant les reins.

— Vous au moins... finit-il par articuler en se calmant. Eh bien, les femmes aussi étaient pour moi. Je n'aurais pas dû le savoir, mais je l'ai su.

Ça m'a fait plaisir… à mon âge… mais surtout, ça m'a fait peur. Obsédé comme je l'étais par la statue, je ne m'étais pas rendu compte de ce que je faisais. Maintenant le domaine est divisé : les femmes, les jeunes, les autres, moi. Et ça, c'est mauvais ; surtout que la division venait de moi qui suis le doyen, le rassembleur. Je me rendis compte que je ne pouvais plus reculer. Je ne pouvais triompher de la dispute et mettre un terme à la division qu'en allant plus loin dans mon désir. Car je voulais cette statue. Vous ne pouvez pas bien comprendre l'étrangeté de l'événement, car vous êtes un voyageur et ne pouvez sentir par l'intérieur de vous-même les mœurs, ou, comment dire ? ces choses qu'on n'a jamais besoin de nommer et qui sont là, et qui modèlent notre vie comme une pâte dans les mains du vent. Ce que je veux vous faire entendre, c'est qu'il n'était peut-être jamais arrivé à aucun jardinier de vouloir une statue. Nous sommes enfouis dans notre tâche, en proie à son urgence, et les statues ici naissent et s'en vont sans plus. Bien sûr, nous y tenons, mais comme à ce qui va s'achever et disparaître au profit de l'étranger, selon un certain rythme qui s'amplifie ou s'étrécit en raison des phases de croissance et de transplantation. Nous sommes un peu — un peu trop à mon goût, je l'ai découvert soudain et alors que j'étais vieux — habitués à ces déchirements et à ces exaltations. Mais cette statue-là refusait de se laisser achever et de disparaître. Elle continuait, elle continue toujours, à aller. C'est quelque chose d'impensable : elle continue, elle demeure dans son propre mouvement. Personne ne peut penser cela, il faut que ça vous envahisse par le ventre. Il y a quelque chose de plus que tout ce qu'on peut en dire dans les statues. Mais enfin, cette évidence, il y en eut qui continuaient à la nier. Et j'ai décidé de les affronter. Vous savez, ici, il est bien difficile d'inventer, et c'est ce que je m'apprêtais à faire. C'est pour ça que j'avais la faveur des femmes, qui sont lasses et s'ennuient. Et l'impatience des jeunes les rangeait à mes côtés. Il a suffi que je prenne la décision pour que l'équilibre des forces soit modifié. Les vieux d'abord sont passés dans mon camp. Les vieux sont conservateurs, c'est un fait, et mon désir de préserver la statue ne leur plaisait pas parce que ça ne s'était jamais vu. À leur âge, ils ne pouvaient plus se poser la question en fonction de leur sensibilité (il en parlait, je le notais, comme s'il ne faisait pas partie de cette classe d'âge ; par là seulement on pouvait pressentir qu'il avait goûté à cette faveur insolite : le pouvoir ; et je sus, de mon côté, qu'encore une fois je m'étais donné pour interlocuteur une sorte de hors-la-loi), mais ils ont vite évalué que le désordre serait moindre en satisfaisant mon caprice qu'en le contrariant. À ce moment-là, certains hommes, je veux parler de jardiniers qui ont une certaine expérience, se sont mis à réfléchir et surtout à interroger leur cœur et à regarder la statue, et ils ont eu le pressentiment de ce qui me poussait à agir. De la sorte, quand nous avons réuni l'assemblée, comme cela se fait dans les circonstances exceptionnelles — c'était avant la dernière transplantation de la statue —, j'avais déjà plus de partisans que d'adversaires ; je pouvais donc rallier les hésitants. J'ai plaidé ma cause de mon mieux, en essayant de montrer à ceux qui la trouvaient incomplète que c'était ce manque, tête et bras en moins, qui donnait à la statue sa fascinante perfection. Un jardinier a objecté que l'on ne pouvait songer à exporter une statue dans cet état. Un autre lui a répondu que c'était une raison de la garder pour nous. Mais ce sont les jeunes, les tout jeunes, qui l'ont emporté finalement. Il y en a deux qui se sont présentés, porteurs, disaient-ils, d'arguments de poids, puisqu'ils demandaient à profiter de l'assemblée pour subir l'épreuve initiatique. La dispute un instant fut à son comble. Car si c'est au cours des assemblées que les jeunes passent de la table des adolescents à celle des hommes, l'objet de nos préoccupations était si inhabituel que nul n'avait imaginé qu'il pût être aussi l'occasion d'un rite de passage. On objecta que le débat ne touchait en rien les livres des ancêtres. À quoi l'un des demandeurs fit répondre qu'il voulait être entendu parce qu'il se faisait fort de rattacher la discussion à un événement consigné dans les livres. Il fallut voter. Mon parti, évidemment, voulait qu'on entendît les adolescents. Et il nous paraissait raisonnable de grouper leur demande. Nous avons eu gain de cause. Ils sont venus parler. Le premier était un érudit de caractère classique. Il se présenta avec des documents prélevés dans les livres d'ancêtres de deux ou trois domaines voisins.

— Ainsi, demandai-je, l'initiation ne se rattache pas nécessairement à la tradition de leur domaine d'origine ?

— Ce serait absurde, puisqu'ils doivent le quitter en allant se marier. Mais revenons au cas qui nous occupe. Ce garçon venait démontrer, preuves à l'appui, que quelques cas semblables s'étaient produits dans certains domaines. Là, on avait conservé, à plusieurs reprises, des statues que l'on nommait *statues énigmatiques* parce qu'elles étaient sujettes à d'inexplicables malformations. Il développa même le cas d'une statue qui était parfaitement venue à maturité avec une conformation normale, s'était brisée en tombant alors qu'on la chargeait sur un camion pour l'exporter, et que les jardiniers avaient conservée tant les cassures leur avaient paru significatives. « De quoi significatives ? » lui cria-t-on de l'assemblée, alors qu'en général la bienséance commande de ne jamais interrompre l'orateur. « De l'énigme, dont mon camarade vous donnera la sentence », a-t-il répondu sans se laisser émouvoir. Il concluait, bien sûr, en demandant s'il fallait vraiment considérer qu'on avait moins d'audace de ce temps qu'en celui des anciens. Question embarrassante venue d'un tout jeune homme. Celui-ci fit place à son camarade dont l'exposé, si l'on peut dire, nous étonna plus encore, car il avait choisi un style tout à fait archaïque et presque définitivement tombé en désuétude : la sentence laconique. Il vint devant nous et dit seulement ceci :

Si on brise la statue, on ne trouvera rien ;
Elle est si pleine qu'elle n'a pas d'intérieur.

et il s'en fut, car telle était l'énigme. Le premier nous avait déjà gagné tous ceux qu'inquiétait l'idée d'une innovation. Mais le second nous remettait tous en face de notre destin. Quant à moi, je découvrais l'ampleur et le poids de ma décision ; je venais de susciter chez les jeunes des exigences très hautes. Personne ne songea à refuser à ces adolescents le droit de s'asseoir à notre table. Il restait seulement, en ce qui concerne le premier exposé, quelques vérifications à faire dans les livres. Et je fus parmi les premiers à m'en enquérir ; j'avais hâte de connaître où et comment des décisions de cet ordre avaient déjà été prises. Tout était exact. En sorte que ce fut l'une des plus belles initiations qui eussent eu lieu sur le domaine. Une initiation multiple, car les rapprochements opérés par l'érudit devaient être rapportés sur chacun des livres où il avait puisé. La sentence de son compagnon devait être jointe à ses travaux. Et je devais moi-même consigner la séance qui venait de se dérouler. Les hommes, les livres, tout devenait solidaire. Nombreux furent les jardiniers sensibles à l'ampleur de cette affaire. Du même coup, il était impossible de me refuser ce que l'on venait d'accorder aux jeunes en les accueillant à la table des adultes. La statue désormais doit rester sur le domaine. Mais il y a encore des mécontents. Il m'arrive de craindre encore pour la statue. Un coup de maillet est si vite donné par un homme plein de ressentiment. En même temps que la figure de pierre, l'unité des hommes serait ébréchée dans ce cas.

— Allons, lui dis-je, vous avez pour vous l'autorité de certains livres.

— Cela ne suffit pas toujours. Mais à propos de livres il faut que j'achève mon histoire. Comme je vous l'ai dit, j'ai été dans les premiers à vérifier les références de notre jeune érudit. J'ai connu ainsi les domaines où des statues avaient été conservées dans des conditions semblables. J'ai fait le pèlerinage pour voir si elles étaient toujours en place. Là aussi, on peut dire que je me suis lancé dans une drôle d'entreprise. Quand je suis arrivé sur l'un d'eux, on m'a expliqué que ces statues devaient servir à l'époque — elles datent de plusieurs siècles — à l'étude des aberrations de la pierre. Mais on ajouta que depuis longtemps de telles recherches étaient abandonnées, parce qu'elles ne donnaient aucun résultat. Quant aux statues, on les avait reléguées, on ne savait plus très bien où. Je trépignais d'impatience. Et si elles avaient été rejetées du domaine dans le jardin des femmes... Je me mis à fureter à droite et à gauche, on me laissa faire. J'étais accompagné par le jeune érudit ; j'avais tenu à ce qu'il fût là pour ajouter lui-même ses notes aux livres du domaine, c'est pourquoi personne n'osait nous contrarier par respect de notre mission. Il y avait beaucoup de statues sous le hangar. Un transport devait avoir lieu tout prochainement. Nous avons dû nous déchausser et escalader sur nos chaussettes certaines statues afin d'atteindre le fond du préau. Le jeune était plus habile que moi. Les statues étaient là, intactes depuis des siècles sous de la toile à sac. J'ai senti que je venais de faire une découverte importante. Nous avons dénombré douze de ces statues monstrueuses ; mais telles qu'elles étaient, rencognées derrière les autres, nous ne pouvions pas vraiment nous rendre compte de leur état. Il fallait d'abord attendre jusqu'au lendemain pour demander, pendant le repas commun de la mi-journée, à prolonger notre séjour, et révéler en pleine lumière le détail de nos motifs. Pour la nuit, on nous avait confortablement installés dans une cellule réservée aux pèlerins, mais je n'ai pas pu prendre le moindre repos. Le lendemain, au repas, j'ai présenté ma requête. Je ne sais pourquoi me travaillait un certain sentiment qui me poussait à garder secrètes mes intentions ; j'y avais songé sans parvenir à trouver l'échappatoire qui satisfît également mon exigence de loyauté et il me fallut bien alors raconter mon affaire. Je vis qu'on s'y intéressait ici. Cela me faisait plaisir et m'inquiétait à la fois. Je crois qu'en fait un assez mauvais instinct de propriété tentait à ce moment d'avoir raison de ma rectitude habituelle. Il fut convenu que mon compagnon et moi séjournerions sur le domaine jusqu'au départ prochain des statues achevées. Le hangar alors serait vidé et je pourrais voir celles qu'on avait fini par y oublier depuis tant d'années. En attendant, nous nous sommes mis à la tâche aux côtés de nos nouveaux compagnons. Le jour du départ arriva. Vous savez ce que sont ces grands départs ; le travail considérable que cela représente de charger toutes ces statues sur les camions aux roues de bois que les bœufs vont tirer par monts et par vaux pendant des mois. C'est un des moments les plus durs et les plus exaltants de notre vie. Certains jardiniers viennent de rentrer des contrées lointaines. Ils ont fourni à ceux qui vont partir tous les renseignements nécessaires au voyage ; depuis ce qui concerne les marchés étrangers où il faut vendre les statues, et les cours de ces dernières, jusqu'à l'état des routes. Toutes les recommandations s'entremêlent d'anecdotes et de récits. Les journées sont harassantes, les soirées où s'agitent ces questions se transforment en longues veillées où l'on interroge et où l'on raconte à perte de vue. Et puis, un beau matin pâle, tout s'ébranle. Le long convoi traverse lourdement le domaine, le hangar enfin est vide. Et tout va recommencer. Mais cette fois il restait à dévoiler des statues qui n'avaient pas vu le jour depuis longtemps. À l'exception de ceux qui venaient de partir, tous les hommes étaient là, rangés en demi-cercle, attentifs. J'étais au centre, à côté du doyen du domaine. Quelques jeunes hommes, et, parmi eux, celui qui m'avait accompagné, firent tomber les toiles et nous fûmes tous, soudain, en face d'une étrangeté complète. Quelle révélation ! Douze blocs énormes, écrasants, et prise dans chacun une figure humaine, à des degrés d'ébauche divers, qui se convulsait et dont on ne savait si elle s'efforçait d'échapper à la pierre ou de s'y enfouir à nouveau. On eût dit que la pierre avait voulu figurer aux yeux des hommes par quels spasmes elle devait passer pour se modeler statue. Certains voulurent y voir des esclaves enchaînés, ils pensaient trop vite, je le crains, au titre sous lequel ils eussent vendu les statues si celles-ci étaient parvenues à une maturité dégagée de cette part de pierre brute. Pour moi, j'y voyais la concrétion de toutes les passions humaines, cette façon que nous avons d'être mi-partie dehors, mi-partie dedans les choses. Notre engagement à la terre. Et tous ont pressenti que, par là, la terre nous faisait signe. La terre est pénétrée de notre sueur, elle en est travaillée. Quand les hommes œuvrent, quand les hommes font l'amour, quand ils peinent et quand ils jouissent, ils suent. Ah.

Ce n'était pas une exclamation. C'était un point. Il s'était arrêté, haletant un peu d'avoir tant parlé et le regard vaguement ivre. Je le laissai souffler un instant, mais il me disait tant de choses qui me parlaient de si près que je crois bien que je l'eusse volontiers épuisé à la tâche.

— Et comment tout cela finit-il ?

— Oh, ce n'est pas fini ! Ce n'est pas près d'être

fini, je l'espère. Sur ce domaine-là, l'émotion fut grande ; tous sentaient qu'il venait de leur apparaître quelque chose qui leur était propre. De mon côté, le surgissement de ces douze blocs m'avait lavé de cette cupidité assez basse dont un temps je m'étais senti menacé. Je ne regrettais pas de leur avoir apporté cette révélation, dont quelques instants plus tôt j'étais jaloux. À ce point que, lorsque après quelques conciliabules le doyen m'exprima au nom de tous une reconnaissance émue et me pria d'accepter, pour en témoigner durablement, le transfert sur mon domaine de l'une des douze statues que nous venions de redécouvrir ensemble, j'eus la force de décliner cette proposition. Vous vous doutez bien qu'il était difficile de refuser un tel cadeau dans d'aussi solennelles circonstances. Je risquais de froisser gravement mes hôtes. Cependant je leur dis combien j'avais eu plaisir à entendre leur offre tout en leur remontrant qu'il eût été tout à fait scandaleux de déparer la série des douze ; ce nombre aux symétries multiples me paraissant privilégié car il permettrait à coup sûr de donner aux statues une présentation harmonieuse. Ils se rendirent à mes arguments et me prièrent alors d'accepter une statuette de métal. Vous savez sans doute qu'un tel don est un honneur insigne que nul n'a jamais songé à refuser ; il scelle une alliance d'une extrême gravité. J'acceptai au nom de tous les miens. Enfin, ils réussirent à me convaincre de demeurer parmi eux encore une journée ou deux, le temps nécessaire pour mettre les statues en place, et pour consigner les événements dans le livre d'ancêtres où mon jeune érudit avait trouvé trace du fait. Tout ceci fut exécuté. Mon compagnon fut chargé de

116

transcrire l'affaire sur le livre qu'il connaissait. Les statues furent disposées à la grande croisée des chemins du domaine dont elles marquent les angles par groupes de trois. L'effet en est tout à fait remarquable. Et même, l'enthousiasme fut si grand qu'on prit une décision qu'on ne prend pas une fois par siècle : livrer l'exploitation aux femmes.

— Comment, m'écriai-je, les femmes furent mêlées à cette histoire ? Mais je croyais...

— Je vois que vous ne connaissez pas cette très vieille coutume. Et pourtant, quoique ancienne et rare, elle existe bel et bien. Voici ce qu'il en est : quand il advient sur un domaine un événement tel qu'il soit susceptible de modifier toute la disposition de l'espace et d'influer grandement sur le comportement des hommes, on livre le domaine aux femmes, c'est-à-dire que, pendant une journée, ce sont les hommes qui s'enferment dans leur cellule ou simplement dans la demeure dont toutes les ouvertures sont condamnées, tandis que les femmes vont à leur guise là où elles n'ont généralement pas accès : sur les lieux de travail des hommes. Tout leur est livré. Elles examinent tout, reconnaissent tout, et le soir venu regagnent leurs appartements. Pour vous donner une idée de l'importance de l'événement, je vous rappellerai simplement ceci : tous les travaux féminins qui se prêtent à quelque décoration, et c'est le cas de la plupart d'entre eux comme la broderie, la tapisserie, la poterie aussi, trouvent leurs thèmes dans la vision des femmes qui reconstituent patiemment, de mémoire ou d'après des croquis hâtivement tracés au soir, ce qu'elles ont vu pendant la journée. Imaginez au bout de plus d'un siècle combien, la stylisation aidant, la représentation du monde qui les environne a pu s'écarter de ce qu'il est réellement et quel bouleversement ce doit être pour elles, et pour tous, qu'une telle sortie. Bien entendu, quoique cela dût me retarder d'une journée encore, j'avais tenu à m'enfermer avec mes hôtes, durant cette cérémonie. Le lendemain seulement, je pris avec mon compagnon le chemin du retour, porteur de la précieuse statuette. Une fois rentré, je rendis compte de mon voyage à la table des hommes. Je n'étais pas fâché de montrer aux miens avec quelle spontanéité, ailleurs, on s'intéressait à certains effets de la production de la terre. J'avais posé la statuette au milieu de la table pour faire sentir le prestige qui rejaillissait sur nous tous de cette innovation. Ah ! ce fut un grand moment.

Il semblait se perdre dans un rêve.

— Mais ces innovations ont-elles eu des conséquences ?

— Ces conséquences sont en train de se développer. Il y a déjà un surcroît de fièvre dans l'étude des livres et la recherche des commentaires. Ces interprétations ne seront pas sans effet sur la représentation que nous nous faisons de nos statues. Les deux adolescents qui semblaient faire cause commune au moment de l'initiation se sont séparés aussitôt qu'ils eurent pris place à la table des hommes. L'érudit voudrait rendre vie à une science des monstruosités qui est délaissée, bien à tort selon lui, depuis des siècles ; en bref, à l'en croire, les statues que nous avons exhumées, ici au sens propre du mot, et, là-bas, de l'oubli et du crépuscule du temps, doivent d'abord être considérées comme des documents déchiffrables, quoique malaisément. Le laconique, bien qu'il fasse connaître ses opinions avec bien moins d'abondance, soutient des vues tout opposées. Selon lui ce sont des signes purs contre quoi se brisent toutes les interprétations. Il semble que dans son esprit il ne s'agisse même pas de réfuter telle ou telle interprétation, mais de faire entrevoir à chacun qu'une interprétation n'est jamais suffisante. Son adversaire essaie de le réduire au silence en lui remontrant que la voie où il s'engage ne mène à rien et qu'on voit mal dans quel livre ses propos pourraient prendre place. À cela pour l'instant, il ne répond rien encore, mais il y a lieu de penser qu'il n'a pas encore tout dit. Un second débat s'est ouvert quant à la place à faire à la statue qui, comme vous l'avez remarqué, est mal installée sous ce hangar. Certains voudraient qu'on érige cette statue au centre du domaine et, peut-être par esprit d'imitation, qu'on transforme autour d'elle la grande croisée des chemins en rond-point. D'autres, au contraire, et je suis du nombre, pré- féreraient qu'on lui choisisse un séjour écarté, à la lisière des arbres, ou même dans une clairière, afin qu'elle se distingue bien de ce qui nous est trop familier, et que l'habitude de l'avoir sous les yeux n'efface pas en nous la surprise et l'émoi de la voir exister. Le débat est ouvert. De toute façon notre homme en marche sera déplacé, et cela entraî- nera sans doute, comme pour l'autre domaine, une sortie des femmes, ce qui ne peut manquer de modifier grandement l'état d'esprit qui règne parmi nous.

— Vous m'avez dit qu'une telle cérémonie n'a même pas lieu une fois par siècle ; il y a donc des femmes, et nombreuses, qui vivent toute une vie sans voir l'endroit où travaillent les hommes ?

— Eh oui. Il faut bien, mais elles se rattrapent par le récit que les aînées en font aux cadettes.

Voilà donc pourquoi les femmes sont contraintes de parler des hommes, songeai-je à part moi ; mais qu'en serait-il des hommes sans la certitude, peut-être illusoire, de ces discours mystérieux qui les lestent, dans l'envers de leur vie, de leur juste poids d'ombre ? Cette question, je n'osai la formuler à haute voix ; au reste, mon interlocuteur, que j'avais un instant désorienté, déjà reprenait le fil de son exposé :

— Le plus étonnant, voyez-vous, c'est que depuis que cet homme marchant a vu le jour, les statues que nous cultivons se sont subtilement transformées. Voulez-vous m'accompagner un peu, je vais essayer de vous montrer ça.

J'acceptai bien volontiers son invitation et nous avons entrepris ensemble une visite du domaine. Nous avons commencé d'ailleurs par le hangar où nous nous tenions depuis un si long moment. Le doyen me fit voir d'abord quelques statues antérieures à la découverte de l'homme marchant. Elles étaient d'un académisme assez plat. Nous sommes passés auprès des fosses. Et cette fois, il était impossible de s'y tromper. La production n'était plus la même. Je pus examiner à loisir une statue qui venait de recevoir son double bain de terre et d'eau. Il s'agissait d'un couple assis en train de s'embrasser ; sujet relativement banal, et pourtant, comme nous étions loin ici de l'académisme qu'on pouvait déplorer ailleurs ! On pressentait dans cette étreinte simple je ne sais quel abandon frémissant, quelle vigueur contenue, qui laissaient rêveur et fiévreux. Je soupçonnais qu'un instinctif équilibre des contrastes, dont j'aperce-

120

vais un peu les composantes, pouvait bien être responsable de cette impression sur la sensibilité. Ainsi, le modelé extérieur de la statue, ce que j'aimerais tellement appeler sa peau, était extrêmement fluide, sauf à laisser à certaines places d'ombre leur âpreté archaïque. On eût dit la surface façonnée par un lent polissage et non résultant de la brute étreinte de la terre. En revanche, les axes francs sur lesquels s'ordonnaient les volumes et, pour mieux faire valoir les masses, des disproportions anatomiques frappantes faisaient passer une vigueur farouche sous le poli superficiel exquis. Ainsi cette main d'homme posée sur la cuisse de la femme qu'elle effleurait à peine. Main énorme et si lourde et qui ne pesait pas.

Je fis part de mes observations sommaires à mon hôte.

— Vous voyez juste, me dit-il, mais cette acuité du regard doit vous révéler aussi que rien ne peut être dit de définitif.

J'en convins d'autant plus aisément que j'étais en train de former par-devers moi la même remarque. Nous avons porté nos pas plus loin, vers les plates-bandes où d'autres statues achevaient de mûrir. Une passion ardente et dévorante de statue en statue se manifestait plus crûment, plus impétueusement. Je sentais de place en place, comme rarement il m'avait été donné de le pressentir, quelle épreuve déchirante en même temps que voluptueuse follement, pouvait être le combat de la statue croissante contre la terre nourricière qui l'engendrait. La plupart des figurines étaient des couples assis au sein d'une étreinte ensemble désespérante et exaltante, oublieuse et nostalgique,

121

peut-être au même instant, de quelque paradis de la réconciliation, et de la perte.

— Ah ! dis-je. C'est tout un style qui se dresse soudain. On dirait que la pierre est folle.

— Et quelle impitoyable sagesse ! murmura près de moi le doyen.

— Mais à quoi cela tient-il ? La terre ne se transforme pas soudainement.

— Qui sait ? Mais il y a la sueur, Monsieur, la sueur !

Et, se penchant à mon oreille, il me désigna les jardiniers :

— Regardez-les.

Il avait raison. Les hommes étaient en proie à une sorte de frénésie. Ils semblaient exaspérés, excédés, par une impossible quête. Leurs mouvements étaient forts, hardis, tragiques au-delà des gestes qu'ils accomplissaient. La disproportion partout se développait. Une harmonie heurtée les poussait aveuglément. Ils oscillaient entre la puissance et la fureur ; et j'en sentais en moi la contagion. Peut-être bien, après tout, que l'humeur qu'ils exsudaient, qui collait l'étoffe de leurs vêtements à leur chair tourmentée et ruisselait le long de leurs membres, peut-être que cette humeur quintessenciée par l'appel de l'impossible se faisait semence pour la terre muette. Et puis, à force d'y croire...

— De tout ceci, je ne verrai pas la fin, remarqua le doyen, mais on quitte de bon gré une vie accomplie, quand on peut se recueillir dans la certitude que des naissances sont en cours.

Il me reconduisait vers le portail et je sentais autour de moi tomber, un à un défaits, les orbes de l'ensorcellement qui m'avait tenu sans cesse.

Sur le seuil, nous nous regardions.

— Je n'oublierai pas, dis-je.

— Alors revenez, revenez pour voir au-delà de moi, me demanda-t-il.

Il tenait donc à laisser transparaître, mais seulement dans les derniers instants, le calme et la grandeur de son âge.

Je comptais bien revenir, après avoir visité aussi le domaine aux douze blocs monstrueux. Or, comme on le verra bientôt, d'autres événements fondirent sur moi, qui ne me laissèrent plus de trêve. Mais voilà que par mégarde derechef j'anticipe quand j'en étais seulement à conter la seconde visite que me fit mon guide.

— Nous avons moins de temps à passer sur place que la dernière fois, disait mon guide, mais aussi moins de choses à voir. Remarquez que si vous voulez vous attarder, nous pourrons peut-être leur demander de nous héberger dans une cellule de pèlerin.

Car dans tout domaine il y a quelques petites chambres réservées aux gens de passage. Dans maintes d'entre elles, il m'advint par la suite de séjourner, et le réseau de ma mémoire d'aujourd'hui les confond toutes, tant elles étaient semblables. Quatre murs chaulés, une porte basse et massive et, vis-à-vis de celle-ci, une petite ouverture dans l'épaisseur des murailles par où rayonne la lumière mourante, car toutes les chambrettes, sans exception, sont orientées au couchant. L'ameublement est restreint ; un lit de sangles et une couverture de bure brune, un escabeau et une tablette pour écrire éventuellement, et, dans un angle, la cuvette de toilette et le broc, dont on se sert peu ; lorsqu'on est fatigué d'une longue marche et imprégné de la poussière des routes, on préfère prendre un bain. Et par-dessus tout, ce silence monacal et frais qui invite à la méditation, et à la rêverie plus encore. Lorsqu'on s'est un peu fait à cet espace restreint et retiré, l'attention se porte nonchalamment aux détails ; les moires rougeoyantes du carrelage, les veines aux chevrons du plafond, et surtout les incisions profondes aux lèvres de pierre grise dont est criblé l'enduit des murs. De la pointe du canif chaque passant a gravé, à travers le plâtre friable et jusqu'à l'os froid de la muraille, la trace de son séjour. Des noms, parfois de simples initiales, des schémas, des symboles, des sentences et même, plus rarement, l'ébauche de récits indéchiffrables, telles sont les gravures que, la nuit venue, les doigts reconnaissent maladroitement, comme on caresse une cicatrice ancienne. On ne colmate jamais ces dégradations rituelles, les couches de chaux successives en atténuent le relief jusqu'à ce que celui-ci se perde sous le dépôt de nouveaux signes. Peu à peu, tout sens se confond au profit d'un entrelacs de marques qui se croisent d'âge en âge, et le voyageur s'endort, introduit au rêve par la confusion des souvenirs. Au matin, il laissera son chiffre égaré parmi les messages anonymes et repartira.

Le repas du soir ne se prend pas en commun dans la grande salle de la demeure. Chaque jardinier regagne son appartement et mange en famille, s'il en a une. Le pèlerin mange dans sa cellule le dîner froid, légumes à croquer, fromages et fruits secs, que lui apporte un adolescent, car c'est là une des tâches de cet âge. En même temps qu'une marque de confiance à l'égard du visiteur, cette coutume constitue pour les jeunes une occasion d'entrer en contact avec le monde extérieur. Si l'étranger est bien disposé, ou si la solitude soudaine lui pèse, s'il craint le mal du soir, le gamin le saura après avoir échangé avec lui quelques mots. Et pour peu qu'on l'y encourage, il fera signe à quelques-uns de ses camarades. Ils entreront timides, mal à l'aise un peu de leurs corps, et s'assiéront en silence sur le sol, le dos à la cloison, les genoux ramassés entre leurs bras. Et le voyageur racontera. Mais s'il est plus habile que le meilleur des conteurs, et s'il garde encore vivante en lui une part de cet âge dangereux, il invitera les jeunes à dire, et c'est lui qui écoutera. Il apprendra beaucoup alors, et enseignera plus encore. Moi aussi j'ai entendu ces voix qui s'assourdissent de se vouloir plus graves que leur âge, et que la nuit porte et fait trembler. Car c'est la nuit que parlent les adolescents.

Mais je ne connaissais pas toutes ces coutumes et j'étais loin d'en pressentir toutes les faveurs quand, au terme d'une longue randonnée, nous nous sommes arrêtés, mon guide et moi, à la porte du domaine du faiseur de nuages ; ainsi avait-on surnommé dans le pays le doyen qui nous ouvrit la porte. Ce sont toujours les doyens qui ouvrent la porte de leur domaine. Celui-ci avait la noblesse et la dignité de tous ceux qui accèdent à cette charge, et, cependant, je ne saurais mieux le décrire, avec son visage glabre d'un ovale presque parfait, ses yeux clairs débordant d'enfance, qu'en disant que c'était un lutin. Bien qu'il nous accueillît comme il est d'usage avec une certaine solennité, il me fit d'emblée l'impression d'un homme pour qui vivre constituait depuis toujours un amusement savoureux. Et le premier regard que nous échangeâmes me fit sentir qu'il m'acceptait sans réserve comme le partenaire d'un jeu dont nous allions ensemble inventer les règles. Il en résulta assez vite une sorte de mise à distance ensemble aimable et corrosive de nos rôles. Je restais un étranger et comme tel on me recevait de manière fort respectueuse, mais avec le pressentiment que j'étais capable de rire au point de défaire le personnage qui m'était imposé par les circonstances.

— Alors, demanda mon guide, après quelques pas, comment poussent les statues cette saison ?

— Trop bien, et trop lourdes, lui répondit le doyen.

Et, se tournant vers moi, il ajouta :

— Vous avez déjà remarqué combien la nature fait de difficulté à admettre la simplicité des rêves ?

— N'est-ce pas nous autres hommes qui brouillons les cartes ?

— Eh, c'est que nous sommes nous-mêmes si naturels ! repartit-il, sans qu'il soit possible de discerner si cette constatation était amère ou allègre.

Mon guide se tourna vers moi pour me donner quelques explications :

— Nous sommes ici sur l'un des rares domaines de notre contrée où l'on impose aux statues un titre, alors qu'en général les jardiniers laissent ce soin aux acheteurs étrangers.

— C'est vrai, remarquai-je, point de titre aux statues, jamais.

— Nous venons de dire : les statues sont des rêves. Lorsque vous voyez dans nos jardins quelque figure guerrière ou politique, comme notre société ne connaît aucun de ces états autoritaires, sachez que de telles représentations à nos yeux ne désignent pas plus de réalité extérieure que les nymphes, les satyres, les licornes ou les hippogriffes. Ce sont les étrangers qui les achètent et les dénomment.

— Ils acquièrent donc vos rêves ?

— Non point les nôtres, des rêves qui n'appartiennent à personne, chacun se mire à celui de son gré.

— Dans ce cas, les titres qu'on donne ici n'entravent-ils pas cette facilité ?

— Vous pourrez en juger, dit alors le doyen, en examinant les statues qui poussent sur cette terre.

— La tendance générale de la pierre, précisa le guide, est de ne point trop s'écarter, en se développant, de sa forme initiale.

— Vous voulez dire le champignon ?

— C'est exactement cela, approuva le doyen, le champignon, c'est-à-dire *Le Nuage frondaison qui coiffe la bouteille*, *La Cravate à moustache*, *L'Ombre du parasol dans le lit de la mariée*, et bien d'autres événements que nous ne nous donnons plus la peine de raconter.

Ignorant encore qu'on venait de me donner une leçon de titres, je n'en croyais pas mes oreilles. Pourtant je pus constater, dès que je vis les premières statues, qu'il disait vrai, rigoureusement. La véridicité même de ses dires les rendait insolites. J'ai déjà décrit longuement l'apparence des jeunes germes de statue avant que ne s'ébauche une forme privilégiée. Ici il semblait que la forme élue fut précisément l'indistinction primitive et je n'entends pas ce dernier terme dans une acception péjorative puisque c'est dans ce moment que jouent, fascinantes, les virtualités de la matière à

127

l'état libre. Ainsi donc, en procédant de plate-bande en plate-bande, on voyait monter de terre une tige trapue au sommet de laquelle s'épanouissait un chapeau bombé. Celui-ci parfois s'ornait d'une superposition de bulbes renflés, dodus, pleins de rire. Ceci pour ne parler que des formes les plus communes. Çà et là se rencontrait une haute silhouette gracile ou pensive sur laquelle on croyait apercevoir la place des hanches, des seins, de la taille, de quelque essence féminine ; tournait-on autour, c'était pour reconnaître que le regard caressait en fait un os fluide, un squelette absolu, dès toujours destiné à nos sentiments les plus rares ; ceux qui volent et se perdent dans leur propre blancheur. De telles formes, quand elles accédaient à la pleine maturité, prenaient des dimensions monumentales et semblaient, pesant plusieurs tonnes pourtant, évoluer dans l'air avec des langueurs suaves de flexes marines. Ou bien c'étaient des ludions qu'on n'osait effleurer de crainte de les projeter sans secousse dans une lévitation hasardeuse. Mais certaines statues étaient encore plus étranges. On ne les remarquait pas tout d'abord, car elles ne s'érigeaient pas. Elles se lovaient comme des vers dans les sillons de la terre. Tels étaient les nuages qui avaient fait la célébrité du domaine et de son doyen. Les masses nébuleuses ne cessent de jouer en plein ciel, à mimer toutes les formes de la terre. Les hommes méditatifs le savent depuis longtemps. Ici les nuages épousaient la terre, ils se couchaient sur elle de toute leur épaisseur et il suffisait de se pencher un peu pour les toucher. À cette occasion, j'observais chez les jardiniers un comportement que je n'ai vu nulle part ailleurs dans la contrée. Sur quelque tâche qu'ils fissent porter leur effort, ils s'interrompaient à tour de rôle pour passer la main parmi les formes blanches répandues sur les plates-bandes. Ils les caressaient. J'en fis la remarque.

— Aucune statue, me dit le doyen, ne voit le jour sans caresses.

Je fis une autre observation encore.

— On dirait que vos statues n'ont pas de socle.

— En effet, elles n'en n'ont pas. Lorsque nous les plantons, elles ont des racines comme toutes les statues. Une statue sans racines, cela n'existe pas. Mais les nôtres ont ceci de particulier qu'elles passent leur croissance à résorber leurs racines. Et nous savons qu'elles ont atteint leur pleine maturité quand plus rien ne les rattache au sol.

Il parut réfléchir un instant aux propos qu'il allait prononcer et continua :

— Il est arrivé qu'en se polissant par-dessous, la pierre parvienne d'elle-même à si bien réduire tout ce qui pourrait la rattacher au sol qu'elle s'envole.

— Comment ? m'exclamai-je.

— C'est la vérité pure. La forme nuageuse atteint si bien la perfection qu'elle se confond en elle et que l'on voit soudain s'élever dans les courants ascendants de l'air chaud un nuage de pierre qui va rejoindre les vapeurs célestes.

— Et, ajouta mon guide, lorsque ces nuages parviennent à une certaine hauteur dans le ciel, le gel les fait éclater. Ils choient donc en fragments lumineux que le frottement de leur chute consume et réduit en poudre. Cette pluie très douce tombe, portée par le vent, sur d'autres domaines. Elle se mêle au terreau des plates-bandes comme un levain merveilleux. Les statues, cette saison-là, sont vaporeuses.

Je les regardais à tour de rôle l'un et l'autre, mon guide et le doyen. Ils semblaient penser avec beaucoup de rigueur et d'attention à ce qu'ils venaient de dire et j'aurais pu croire que, de leurs yeux levés, ils suivaient au loin l'évolution de l'un des nuages dont ils venaient de me parler. Pour étonnante que paraisse cette histoire, je n'ai jamais osé douter de sa véracité ; je sais trop bien qu'il est dans la nature de la pierre de se détacher du sol. Et, plus tard, je me rendis compte que c'était là une façon encore d'entendre la sentence laconique : « Si on brise la statue, on ne trouve rien ; elle est si pleine qu'elle n'a pas d'intérieur. » Néanmoins, je n'ai pas assisté au phénomène ; on me l'a dit.

— Mais, poursuivit mon guide, il y a une autre façon encore pour une statue de n'avoir pas de socle...

Je découvris ainsi que j'avais pénétré sur l'un des rares domaines où l'on produisait des bas-reliefs. C'est seulement dans l'après-midi que je pus en voir. Ils ne s'élevaient pas au-dessus du sol ; ils se développaient en surface. J'avais vu déjà les nuages croître ainsi, auxquels on avait ménagé des sillons pour qu'ils s'y roulent en boules. Pour les bas-reliefs on avait soin au contraire d'aplanir les plates-bandes où ils s'étendaient, et ils poussaient en nappes étales. Je passai la fin de la journée à examiner cette étrangeté. Leurs motifs se dessinaient par couches successives qui se recouvraient partiellement les unes les autres. Apparaissaient d'abord des tracés ondoyants et parfois entrelacés — ce que les jardiniers appelaient l'époque de

130

la nouille. On eût dit qu'un homme avait laissé errer au hasard l'extrémité de ses doigts sur une surface de cire molle, en jouant au gré d'une rêverie ignorée. À plusieurs reprises je crus y lire le parcours d'un labyrinthe. On pouvait en conclure, entre le geste et la matière, une affinité si grande que, de la main à la chose, il n'était pas nécessaire que s'intercalât la médiation de l'entendement pour que naquît l'allégorie de la vie à tout soumise et indépendante de tout. Mais ces tracés, que déterminaient seulement les impulsions obscures de la pierre, peu à peu s'enroulaient sur eux-mêmes et l'esprit égaré dans le vertige de leurs spirales cédait à l'attrait des abîmes et des cimes. Ailleurs on ne sait quel apaisement de la matière donnait lieu de nouveau à des ondes, à des vagues amples au point qu'en rêvant un peu on croyait y déchiffrer les plissements montueux de la terre au creux de l'océan tempétueux. Alors on reconnaissait les cavernes rugissantes qui sont encore l'emblème de l'amour blessé. Et quand cette première vague s'était stabilisée, les champignons riverains commençaient à découper leur silhouette souriante sur le fond qu'elle leur prêtait. Des bouteilles dansaient sur une plage insoupçonnée. Elles semaient des œufs d'où s'envolaient des papillons improbables. Le bas-relief était achevé.

D'amour aussi, sans doute, était le mystère de ce qu'on appelait sur le domaine des faiseurs de nuages, des *osselettes*. Cette forme en os que j'avais déjà contemplée apparaissait parfois, plus trapue que haute, et ses extrémités s'enroulaient vers son cœur tout comme si deux sphères s'étaient rencontrées et tentaient de se fondre l'une en l'autre, chacune d'un bord faisant place pour étreindre plus avant sur une autre extrémité sa conjointe. Entre elles se tendaient des ponts de chair dure et jouaient des replis, des alvéoles féconds — véritables abreuvoirs à oiseaux — où restait pris un brin de ciel ou une pièce de nuit selon que s'y baignait un regard venu de l'ombre ou de la lumière.

Tout l'après-midi, sans me lasser, j'ai couru de place en place à mon gré. Le doyen nous avait abandonnés à notre fantaisie, ou plutôt à celle de ses sortilèges. Partout les jardiniers souriaient, chantonnaient. Mon guide s'était retiré dans la bibliothèque. Il voulait consulter dans l'original manuscrit certaines remarques des livres des ancêtres. Je sus plus tard qu'il cherchait s'il était fait quelque part mention d'une continuité ou, au moins, d'une similitude de terrain entre celui de ce domaine et celui où était apparu — moi, à l'époque, je l'ignorais encore — l'homme sans tête ni bras qui marchait.

Et pourtant, alors que chacun suivait son inspiration, nous avons fini par nous retrouver tous trois auprès du hangar où l'on s'apprêtait à placer une statue récente. Le soir était venu. Le doyen nous proposa de nous héberger.

— Rentrerez-vous à la nuit tombante ou préférerez-vous rester ici jusqu'à demain ?

Je me souvenais trop bien de mon précédent retour tardif pour désirer cheminer après une si pleine journée. C'est pourquoi nous avons passé tous trois la soirée à deviser tout en grignotant des concombres. Le doyen, en effet, avait tenu à rester auprès de nous. Quelques adolescents vinrent nous rendre visite et c'est en voyant faire le doyen que j'appris à écouter les jeunes hommes.

132

Le lendemain mon guide eut la civilité de me raccompagner jusqu'à mon hôtel, mais, comme il était convenu que j'allais désormais visiter seul les autres domaines de la contrée, il proposa que je conçusse moi-même mon itinéraire pour apprendre à me diriger tout seul dans le dédale uniforme des routes presque désertes. Mon sens de l'orientation, quand je lui eus dit quelques mots du chemin que je prévoyais de parcourir, dut le surprendre car il demeura songeur. Je regrettais, de mon côté, de lui avoir peut-être laissé deviner que j'avais de la topographie des lieux, qu'à tout instant je pouvais voir se dessiner sous mes yeux, une connaissance assez juste. En tout cas, s'il soupçonna que je disposais d'un belvédère, il n'en laissa rien paraître. Et nous nous sommes séparés très cordialement dès que je fus en vue de l'hôtel.

C'est vers cette époque que j'entrepris de mener sur le terrain une enquête minutieuse dont j'ai livré çà et là une part des résultats. L'hôtelier, de jour en jour, me témoignait une confiance plus grande. Nous en étions venus à causer avec presque autant d'aise qu'avec mon guide. Mais ce nouvel interlocuteur, je le sentais, était toujours la proie d'une tension obscure. Il me semblait qu'il attendait de moi une question, une seule question que je devais poser pour lui laisser dire ce qu'il lui importait que je connusse. Comme j'avais en permanence le sentiment de passer un examen, je ne cessais de l'interroger. Parce qu'il m'avait appris l'existence des filles perdues et renseigné sur la nature exacte du négoce qui se pratiquait dans les hôtels, j'essayai un soir de poursuivre dans cette direction, pour lui offrir une occasion de se libérer.

— Après tout, remarquai-je assez abruptement,

peut-être que ces pauvres filles ne sont pas si malheureuses. Notre sens moral se révolte à l'évocation du sort qui leur est fait, mais elles, de l'intérieur, que peuvent-elles éprouver ?

— Voilà, me répondit-il, des questions d'un tout autre ordre, et qui ne permettent pas d'aller bien loin. Elles m'étonnent de votre part (et à ces mots je connus qu'il m'avait éventé sous mes excès de cynisme). Mais il y a une tragédie réelle ici aussi, à l'intérieur. Il arrive que ces femmes aient un enfant. Quand elles sont expérimentées, elles savent se garder de ce genre d'inconvénient, si l'on peut parler ainsi. Mais au début de leur carrière, quand elles sont bien jeunes et qu'on vient de les déplacer... Bref, il y a des enfants — et ils sont aimés de leur mère que cette affection déchire, lors même qu'elles gagnent leur vie en faisant des grâces à leurs clients.

— Et que deviennent ces enfants ?

— Pour les garçons ce n'est pas encore trop grave. On arrive à les faire adopter par un domaine grâce à l'entremise d'un célibataire. La démarche est délicate puisque cela revient pour l'homme à reconnaître publiquement qu'il hante ce genre d'endroit, mais enfin...

— Puisque ce genre d'endroit existe...

— Précisément, leur existence a beau être aussi solide que celle d'une institution, nul n'aime à se vanter d'y fréquenter. Mais de quoi les hommes ne sont-ils pas capables sitôt qu'on entretient en eux l'illusion qu'ils ont droit, contre la banalité, à quelque privilège ! Les filles l'ont bien compris.

Et une fois encore il parvint à me mettre mal à l'aise ; j'aimais cette civilisation et n'appréciais guère qu'on m'en rappelât les tares.

134

— Que voulez-vous, c'est ainsi, dit-il doucement comme pour m'apaiser. Mais enfin ces garçons peuvent entrer dans les murs de quelque domaine. La plupart bénéficient de cette chance. S'ils sont admis assez jeunes, ils suivent le cours normal de la vie d'un natif. C'est-à-dire qu'ils sont reçus dans une famille, restent avec les femmes durant la petite enfance, puis s'intègrent à un groupe d'adolescents et mangent avec eux au réfectoire des jeunes, subissent la cérémonie du commentaire enfin, ce qui leur donne accès à la table des hommes et à leurs travaux — jusqu'à ce qu'ils quittent le domaine pour se marier. S'ils sont trop vieux pour suivre le cycle de l'enfance et de l'adolescence qui mène à l'initiation, ils ont sur le domaine un statut subalterne. En fait, leur vie ne se distingue en rien de celle des autres jardiniers à ceci près qu'ils n'ont pas accès aux livres d'ancêtres et qu'on ne leur confie jamais la tâche de tailler les statues, ni celle de les laver. Ils mènent l'existence des célibataires.

— Mais alors, m'écriai-je, s'ils fréquentent un hôtel, ils peuvent y rencontrer leur propre mère.

— Il y a un tel brassage de population parmi les filles que c'est bien improbable. De toute façon, cela est sans importance puisqu'ils ont sur le domaine le statut qui les exclut de certaines tâches.

Et mon hôte énonçait cette proposition comme s'il se fût agi de la plus criante évidence.

— Ah ça, m'écriai-je, pouvez-vous me dire en quoi on en fait plus de cas que des bêtes ?

Il sembla fort surpris de mon indignation.

— Est-ce que vraiment vous trouvez cela très choquant ?

— D'une certaine manière, oui, répondis-je. Mais

135

soyons francs. Il semble que vous preniez un malin plaisir à me dévoiler l'envers de ce dont mon guide me révèle l'endroit. Vous deviez bien prévoir que certaines choses ne me plairaient guère. Or, alors même que nous contemplons le côté d'ombre de la civilisation qui est la vôtre, mon indignation se manifeste le plus là où vous l'attendez le moins, sur ce qui n'est pour vous que banalité. En somme — vous m'en voyez navré — je suis encore un étranger. Mais que cela ne vous empêche pas de poursuivre car je crains bien d'être encore plus curieux que vertueux.

Il avait prêté la plus grande attention à ce petit discours et en avait parfaitement saisi, je pense, toute la portée, car il choisit, pour me mettre à mon aise, de me fournir un surcroît de détails.

— Pour répondre à votre question avec précision, je vous citerai deux cas extrêmes qui vous montreront que ces hommes n'ont pas vraiment un statut de bête. Je vous ai donné le cas le plus général, le cas du sujet qui se cantonne dans l'honnête médiocrité d'un jardinier célibataire. Maintenant il peut se faire — cela se voit de temps à autre — que le jeune homme ne parvienne pas à se plier à l'ordre du domaine. Il lui suffit alors d'en aviser l'assemblée dès que sa décision est prise de quitter les lieux. On lui fournit immédiatement le viatique du pèlerin et on lui ouvre les portes. Il traversera le pays, atteindra les steppes des vaines statues et s'intégrera à une bande errante constituée de ses semblables.

— Mais voilà, remarquai-je, tout un monde dont on ne m'a jamais rien dit.

— Parce que ce monde est étranger. Je vous en dirai ce que j'en sais dès que possible, mais pour

136

l'heure je tiens à ne pas abandonner l'objet principal de notre débat. Vous voyez que ces individus sont libres de partir ou de demeurer — ce qui fait tout de même une différence avec la bête. Il y a même des cas où le jeune homme préfère ne pas avertir de son départ. Il simule, en quelque sorte, une évasion hors d'un lieu où nul ne songe à le retenir. Conduite logique — encore qu'un peu abstraite — car, s'il ne supporte pas l'ordre, ce serait encore s'y soumettre que de procéder selon les normes. De tels départs se font en général après de menus chapardages, dont il n'est tenu aucun compte ; on considère que le fuyard, qui n'a fait main basse que sur ce dont un homme peut se charger pour voyager, a pris l'équivalent de ce qu'on lui aurait de toute façon donné. La tradition n'a conservé qu'un cas de poursuite. L'évadé avait réussi à dérober une statue de métal.

— Qu'advint-il de lui ?

— Il fut rattrapé aux abords de la steppe. Ses poursuivants l'ont bâtonné à mort ; ils ont récupéré la statue et l'ont ramenée, non pas dans le domaine — à cet égard elle était à jamais perdue —, mais au bord du gouffre, chez le gardien où ils allèrent se purifier après le meurtre.

— Tout cela n'est pas très heureux.

— Non. Il y a des hommes qui se perdent. On ne connaît pas la juste voie, n'est-ce pas ? Mais il y a une autre possibilité encore pour ces jeunes adoptés par le domaine. C'est le cas le plus rare, mais enfin il n'est pas unique — comme le drame que je viens de vous dire — et mérite d'être signalé. Alors qu'il se voit confier en somme des tâches de manœuvre, un tel homme peut cependant faire montre de qualités humaines telles qu'il se gagne l'estime de tous. Et dans ce cas très exceptionnel on le marie à une femme du domaine si c'est possible, ou à une femme d'un domaine voisin, et, en bref, il gagne par son mariage le statut de jardinier à part entière.

Il y eut un moment de silence. Je ne sais à quoi pensait l'aubergiste. Pour moi, j'étais plein de rage et de mécontentement, mais je ne savais comment donner libre cours à ces sentiments sans compromettre dangereusement le climat de confiance que nous avions trouvé à grand-peine. Je me contins. Il finit par reprendre la parole.

— Quant aux petites filles nées dans les mêmes conditions, c'est une tout autre affaire...

— Attendez, dis-je. Il me semble que vous allez trop vite. En me présentant ce mode d'adoption, vous aviez dit qu'il constituait une possibilité. J'avais cru comprendre que, pour une raison ou une autre, tous les garçons ne trouvaient pas à bénéficier de cet arrangement. Vous ai-je mal entendu ?

— Non, votre question est justifiée, mais les autres, et ils sont peut-être les plus nombreux, deviennent des étrangers — et j'aurais volontiers laissé leur cas de côté.

Il hésita un instant comme s'il cherchait ses mots ; puis sourit et poursuivit :

— Les conditions d'adoption sont bien déterminées. Il faut qu'un homme du domaine, de préférence un célibataire — eu égard à la décence —, propose cette adoption et s'en porte en quelque sorte garant. Bien entendu, les prostituées se dépensent sans compter pour obtenir une telle faveur de l'un de leurs clients. De leur côté les jardiniers n'aiment pas s'engager à la légère et ils tiennent aux normes, aux rites et aux coutumes. Dans la plupart des cas, un jardinier qui veut introduire un garçon dans le domaine, une fois qu'il y est décidé, cherche dans quelle famille il pourra l'installer. Il lui faut donc répéter, en quelque sorte, car il ne dispose évidemment pas du même genre d'arguments, auprès de ses compagnons mariés, les démarches que la prostituée a menées à bien vis-à-vis de lui. L'homme marié qu'on a réussi à convaincre, à son tour doit convaincre son épouse. Tout ce train de sollicitations diverses ne facilite pas l'adoption. Si le garçon est plus âgé, les réticences de celui qui doit présenter l'adoption devant l'assemblée seront plus grandes encore car, même si nul ne s'avise jamais de lui en faire le reproche — chose qui serait fort mal considérée —, il sera bien mal à l'aise d'avoir introduit un mauvais drôle sur le domaine. Voilà donc ce qu'il en est du côté des jardiniers ; mais il y a aussi l'enfant ou le jeune garçon qui peut manifester clairement son refus de suivre le jardinier sur le domaine. On ne fera jamais pression sur lui pour l'y contraindre. J'ai entendu raconter le cas d'un enfant de huit ou neuf ans qu'un domaine avait adopté et qui refusa de suivre celui qui depuis plusieurs mois se dépensait en démarches généreuses pour l'y introduire. Le jardinier, qui était allé le chercher, s'en revint donc seul, dépité. La famille qui attendait l'enfant fut déçue. On décida qu'on renouvellerait l'offre auprès de l'enfant tous les six mois, mais on ne le contraignit pas. Il y a donc un certain nombre de garçons qui restent à la charge de leur mère, c'est-à-dire, finalement, de l'hôtelier. Celui-ci, dès qu'il juge qu'il peut décemment s'y risquer, les chasse, au besoin par la force et en lâchant ses chiens contre eux. Il ne peut procéder avec trop d'inhumanité ; il s'aliénerait sa clientèle et même s'exposerait à des représailles. Sous le coup de l'indignation les jardiniers peuvent être très violents ; leur colère est d'autant plus sauvage qu'elle est plus rare. L'hôtelier attend donc qu'ils aient environ une quinzaine d'années et qu'ils puissent former un groupe de quatre ou cinq. À ce moment-là, il les met à la porte, si toutefois, lassés de ses mauvais traitements, ils ne sont pas déjà partis de leur propre mouvement.

— Mais que deviennent ces enfants ?

— D'abord ce ne sont plus des enfants. Ils ont grandi dans un milieu où l'on mûrit vite. Trop vite. Ils prennent la route. Ils errent. Ils s'arrêtent de temps à autre à la porte de quelque domaine pour mendier de la nourriture. D'eux-mêmes — car ce milieu-là aussi a ses légendes et ses traditions — ils se dirigent vers les limites de la contrée, vers les steppes. Il faut vous dire qu'au nord le pays est plus rude, la terre plus avare, les hommes plus sévères. Les domaines sont plus espacés qu'ici où une route seulement les sépare. Là-bas, de vastes étendues de terre désolée isolent les communautés qui se retranchent dans des sortes de forteresses rustiques. Et puis cette trace ultime de civilisation disparaît et c'est la steppe désertique peuplée de halliers âpres, de vent, de spectres, sableuse et vouée aux poudres de l'oubli. Une seule route s'amorce en cette région. On ne sait où elle mène, certains parlent de cités mortes. C'est le long de cette route que les jardiniers, qui rentrent au pays sans avoir pu les vendre à l'étranger, déposent les statues qu'ils ramènent. Dans ces lieux inhospitaliers, errent des groupes humains que nous

140

ne connaissons guère que par les coups de mains qu'ils tentent parfois, et le plus souvent en vain contre les domaines isolés. Ces gens, ce sont des nomades, des pillards, toute une population vague et clairsemée que le vent tantôt disperse et tantôt rassemble. C'est à ces groupes que se fondent les garçons dont nous suivons le destin. Ils seront esclave d'un meneur de rennes ou soudard dans la bande d'un voleur de bétail, s'ils ne périssent à peine arrivés selon le caprice d'un cavalier trop barbare.

Il se tut un instant, méditant quelque point de son exposé, et reprit :

— Au point où nous en sommes, nous pouvons bien encore faire la part de la légende, ou plutôt des bruits qui courent. Depuis quelques années certains pèlerins laissent entendre que les choses ont changé du côté des steppes. Il est vrai que les domaines septentrionaux ne font plus état de ces échauffourées rapides qui les opposaient naguère aux brigands. Et les échanges avec les nomades se seraient raréfiés. Pour tout dire, on prétend qu'un chef se serait imposé là-bas ; il aurait peu à peu rassemblé les bandes éparses sous son autorité et les aurait menées à plusieurs reprises vers l'ouest, chez nos riches voisins, là où les grands fleuves bercent dans leurs méandres d'opulentes cultures. Politique, il aurait jeté les bases d'une fédération des nomades qui fournirait aux brigands nourriture et vêtements de peau en échange de la sécurité des pâturages et des routes de transhumance. Et ce serait — du moins la légende le veut ainsi — un homme d'ici ; un fils de putain. Mais on raconte bien des choses. Quoi qu'il en soit, depuis que circule cette histoire, les garçons désertent en masse les hôtels. Certains se prennent à le regretter…

Ces derniers mots laissaient une ironie grinçante.

— Et les filles, lui rappelai-je, qui voient le jour dans ces tristes conditions ?

— Eh bien, ici comme ailleurs, leur destin est plus cruel que celui des hommes. Leur existence est toute tracée ; on les destine d'emblée aux mêmes activités que leur mère. Ne croyez pas surtout que je prenne plaisir à vous choquer ; je suis incapable de jouer avec ces choses. Mais enfin il faut voir ce qui est comme il est. Leur jeunesse est un avantage que l'on rentabilise au plus tôt. À peine sont-elles nubiles…

Sa voix s'étrangla. Il dut se taire un instant. Puis il reprit plus bas :

— En vérité, elles ont une chance — une seule et bien mince — d'être épargnées. Il faut qu'elles soient adoptées par le gardien du gouffre. Quand une mère veut que sa fille échappe à la condition qui menace de lui être faite, elle doit s'arranger pour demander au gardien de l'adopter. Comme la mère ne sort pas, il faut qu'elle charge l'un de ses clients de la démarche. Ici encore il faut un intermédiaire.

— Ne peut-elle pas toujours s'arranger pour laisser croire à ceux dont elle a la pratique qu'ils sont le père de l'enfant ?

— Je ne sais pas ce qu'il en est pour vous, mais chez nous, ces considérations organiques ont assez peu de poids, me répondit-il avec hauteur. On n'est le père d'un enfant que si celui-ci vient au monde sur le domaine où l'on a pris femme. Le reste ne compte pas. Cela vous étonne ?

— Bien sûr que cela m'étonne, mais c'est pour ça que je vous écoute.

— Le jardinier qu'on a réussi à convaincre de sauver l'enfant va faire le pèlerinage au gouffre. Il est bien accueilli, car ce n'est que de loin en loin qu'on amène des statues malades et c'est une grande solitude là-haut. Le gardien sait pourquoi le pèlerin est là et le pèlerin sait que le gardien est au courant — car pourquoi serait-il venu sinon ? — mais ils parlent longuement et, peu à peu, le pèlerin sollicite une statuette. Si le gardien en a une, il l'offre séance tenante. S'il n'en a pas, il faut attendre, soit qu'il la confectionne, soit même qu'il se procure le métal nécessaire — si toutefois le pèlerin n'en a pas apporté — car le métal est rare dans nos pays. Quand le pèlerin a obtenu la statuette, il redescend à l'hôtel et la remet à la mère. Il faut que celle-ci se procure encore le voile blanc. Enfin, le jour venu, elle lave son enfant, lui lisse les cheveux et, lui ayant mis entre les mains la statuette de fer qui doit être brandie à hauteur du visage, elle la couvre du seul voile blanc — car la fillette ne doit porter aucun autre vêtement — et l'envoie dans la rue en lui recommandant de marcher jusqu'au soir. Quand la nuit tombe, la petite sonne à la première porte rencontrée. On la fait pénétrer dans le domaine et on la confie aux femmes.

— Et il n'y a pas de discrimination cette fois entre l'enfant perdue et les autres femmes ?

— Non. Aucune. Elle est porteuse de la statuette.

— Son aventure est plus heureuse que celle des garçons.

— Elle est plus rare aussi.

Il médita un bref instant et ajouta :

— Tant que la fillette ne dispose pas de la statuette, elle est absolument sans défense. On rapporte même des cas où des sbires de la guilde des hôteliers avaient enlevé une fillette alors qu'un pèlerin était en route vers le gouffre. Il y a eu aussi des affrontements sanglants...

Je préférai changer la perspective du débat.

— Mais dites-moi, les célibataires sont donc accablés de devoirs ?

— Pas eux seulement.

Il marqua une pause.

— Il n'est pas rare que ce soit un père de famille qui se charge de sauvegarder une petite fille. Le bruit court — évidemment invérifiable — que les femmes y sont pour quelque chose et même, sans qu'on sache par quelles voies elles communiquent avec les filles perdues, qu'une entente à ce sujet se tisserait entre femmes de domaine à domaine. En tout cas, c'est bien souvent de chez les femmes recluses dans leur jardin que vient le voile rituel de la fillette.

— Si la possession d'une statuette représente une si grande faveur, les femmes aussi peuvent être intéressées à la venue d'une petite fille.

— Vous oubliez que l'enfant marche au hasard et qu'il serait sacrilège d'orienter ses pas. Nul ne s'y risquerait. Ceux qui durant la journée croisent ce petit fantôme s'écartent respectueusement de son chemin.

Je ne sais ce qu'il en était de mon vis-à-vis ; pour moi, il me semblait entendre dans le soudain silence que nous avions laissé s'installer entre nous, les petites claques mates des pieds nus d'une fillette sur les pavés de la rue. La nuit était fort avancée. Aucun de nous deux ne se sentait le courage de se secouer pour aller dormir. J'avais les membres lourds. Je repris un peu d'eau-de-vie — plutôt par contenance, car j'avais déjà la gorge passablement râpée par le tabac. Je n'aime pas rêver en présence d'un homme, c'est pourquoi je crains cette sorte de silence.

— Et ce gardien, demandai-je, quel homme est-ce ?

— Le gardien du gouffre ? C'est un homme à part. Nous éprouvons pour lui une sorte de respect distant. Il n'a pas du tout la même vie, ni les mêmes pratiques, que les jardiniers. D'abord il vit seul ou, au plus, avec une compagne. C'est déjà une singularité.

Un sourire vague, amer un peu, en cet instant me laissa deviner qu'il jugeait de loin, au passage, sa propre existence. Mais cette expression s'effaça prestement.

— Au fond, ce qui différencie le mieux le gardien, poursuivit-il, c'est que les éléments naturels n'acceptent pas chez lui la même hiérarchie des valeurs qu'ailleurs. Chez les jardiniers le matériau noble est la pierre, et puis, immédiatement, l'eau. Et, comme vous l'avez vu, on ne violente rien dans les domaines. On pousse dans le sens de la nature ; on l'aide. Lui, il travaille le fer, avec le feu, et en frappant. Il y a une sorte de pouvoir chez lui, une violence peut-être, qui inquiète les jardiniers. Et cette sorte d'inquiétude occulte davantage encore la personnalité du gardien.

— Mais qui est-il ? D'où vient-il ?

— Ça, on ne le sait pas trop. Les gardiens se succèdent un peu au hasard. C'est un homme qui attend, là, au bord du gouffre, avec la charge que vous connaissez. Vous savez comment se passe le rite ; ce déblayage qu'il doit faire seul, la nuit. Il y a des nuits sans étoiles…

— Vous voulez dire que le gardien disparaît ?

— Au bord du gouffre… Au matin les jardiniers qui sont montés pour se purifier constatent qu'on ne les a pas appelés. La cérémonie n'est donc pas achevée. À ce moment-là un homme prend la place du disparu et lui succède dans sa charge.

— Mais qui ?

— N'importe qui. L'un de ceux qui sont montés, un pèlerin qui surgit, quelqu'un qui séjournait là pour une raison ou une autre. Il y a toujours un homme qui sent soudain qu'il est là pour prendre cette succession.

— Toujours ?

— Toujours.

— C'est quand même une coïncidence assez particulière.

Il haussa les épaules. Je sentais qu'il était las de parler. Il ajouta pourtant ces derniers mots en se levant :

— Nous sommes fatigués, ne croyez-vous pas ? Nous avons trop veillé et trop parlé. Il est vrai que je saurais guère, pas plus que quiconque dans le pays, parler convenablement du gardien. Il est là-haut, à l'écart, comprenez-vous ? Ce n'est pas un étranger comme les bandits des steppes. Mais d'une certaine manière il est encore plus loin de nous tous. Nous tenons à lui et nous nous méfions de lui. Peut-être qu'il y a, cachée en chacun de nous, une vocation de gardien et que le plus souvent nous préférons ne pas l'entendre. Cela expliquerait bien des choses.

Je m'étais levé à mon tour. J'étais très fatigué ; mes jambes me portaient mal, mais je sentais que je ne pourrais pas dormir. Je décidai de m'attarder encore quelques instants dans ma mansarde pour prendre des notes sur notre conversation. Mon logeur, pour la première fois depuis que j'habitais l'hôtel, monta l'escalier avec moi. Je crus qu'il voulait m'accompagner mais, lorsque j'eus repoussé la porte de mon bureau après lui avoir souhaité la bonne nuit, j'entendis que de son côté il fermait la porte d'une pièce vis-à-vis de celle que j'occupais. Je n'avais jamais soupçonné qu'il logeait à cet étage. J'apportais à ma table une moisson de renseignements précieux dont je jetai hâtivement sur le papier les premiers éléments en vue d'une rédaction future. Mais, au fur et à mesure que ma tâche avançait, je voyais se dessiner un bilan qui me dépitait quelque peu. Mon information était désormais à peu près complète sur tout ce qui touchait à la société marginale vivant dans les hôtels, mais, en fin de compte, ce n'était qu'un aspect plutôt mineur de la civilisation qui m'intéressait. Quant à mon aubergiste, je voyais de moins en moins comment l'aider à me confier ses soucis. À travers tout cela enfin je sentais avec agacement qu'il était constamment question des femmes, mais jamais avec la précision souhaitable. Je décidai que, lors de sa prochaine visite, je soumettrais mon guide à une enquête minutieuse, de manière à mettre au propre une fois pour toutes ma documentation sur un sujet que je jugeais préférable de clore. J'étais fatigué de me sentir hanté par une sorte d'absence à quoi on revenait toujours sans jamais m'en rien dire de clair. Plus tard, lorsque je quittais la mansarde pour regagner ma chambre et comme je longeais le couloir menant à l'escalier, il me sembla entendre des chocs mats venant de l'une des pièces proches. Je m'immobilisai ; et le bruit, comme effarouché par le silence, s'interrompit avant que j'eusse pu en localiser la source. J'oubliai vite ce modeste événement.

Par mon sens de l'orientation j'avais étonné mon guide — quoiqu'il n'en laissât rien paraître — le jour où il m'avait proposé de faire notre itinéraire. En fait, de mon perchoir, il m'arriva d'étudier longuement le panorama avant de me lancer vers une visite à quelque domaine. Mon hôtelier m'apprit à me repérer avec plus de sûreté qu'en me fiant à la courbe d'un toit ou à la hauteur d'un arbre, l'un ou l'autre de loin contemplés. Chaque domaine était marqué sur ses angles de bornes massives et armoriées. Celui qui connaissait les bornes savait du même coup la direction et la distance qu'il parcourait. Mon hôtelier connaissait quelques centaines de figures, ce qui me permettait déjà de m'orienter dans un assez large rayon à partir de l'hôtel. Lorsque mon guide eut tout à fait renoncé à m'accompagner et qu'il eut compris que, de toute façon, quelque peine qu'il m'en coûtât, j'étais déterminé à mener une exploration en grand, il m'enseigna les signes emblématiques qui m'étaient nécessaires lors de déplacements qui duraient parfois plusieurs semaines et dont nous préparions ensemble l'itinéraire. Beaucoup plus tard, je découvris des emblèmes que ni l'aubergiste ni le guide ne connaissaient et je fus pendant quelque temps l'un de ceux que l'on venait consulter quand on partait pour des courses lointaines.

J'aimais faire mes randonnées en début de semaine pour me livrer ensuite, comme descendant la pente des jours, le corps un peu las et l'esprit en repos, à la rédaction de mon récit. Je décidai assez tôt de ne pas décrire par le menu tout ce que je voyais et entendais, mais de me contenter de donner selon ma fantaisie les traits de cette contrée qui me paraissaient les plus marquants ou les plus intéressants. À cet égard, la vie et les mœurs des femmes furent mon souci constant jusqu'à ce que j'eusse obtenu de mon guide tous les renseignements que je jugeais souhaitables, ce qui finit par arriver un beau matin.

Une assez longue randonnée, la veille, m'avait contraint à un retour tardif, de sorte que je descendis dans la salle commune moins tôt qu'à l'accoutumée. Il m'attendait là, sans doute depuis un bon moment. Il me plaisanta d'abord sur mon apparente paresse, et, de quelques allusions trop précises qu'il laissa échapper, je pus conclure qu'il s'était entretenu à mon propos avec mon logeur. Comme ce dernier me l'avait annoncé, il semblait bien que leurs relations fussent en train de subir une métamorphose. Nous fûmes à peine installés, moi devant mon petit déjeuner et lui en face de son gobelet de vin blanc — car nous étions désormais assez familiers l'un de l'autre pour nous conduire sans plus de cérémonie —, que j'entrai dans le vif du sujet. Je le priai de me parler de nouveau des femmes et, pour lui faire bien sentir à quel point la question était instante, je lui remontrai que de jour en jour leur mystère creusait dans mon entreprise des blancs infranchissables. Mû par je ne sais quelle pudeur, j'allai même jusqu'à lui dépeindre le malaise où j'étais d'avoir l'air, faute d'information, de ne me soucier que du beau sexe. Il ne se fit pas faute de moquer cette dernière dénégation cependant qu'à mon tour je percevais fort clairement, sous cette gaieté un peu factice et les piquants sarcasmes qu'il me décochait, une gêne sourde que les conventions de son monde ne justifiaient pas entièrement. J'appris d'abord où vivaient les femmes. Je crois avoir déjà dit que chaque domaine découpe sur la terre un vaste quadrilatère assez régulier, clos par une double enceinte, de murailles d'abord, dont l'épaisseur équivaut à peu près à la longueur d'un chariot, de magnolias géants ensuite. On pénètre sur le domaine par une manière de poterne qui perce la muraille sur l'un des petits côtés de l'enceinte, on passe sous les frondaisons, puis on s'avance au milieu des cultures sur une large avenue où se donnent cours les plus importants déplacements. Si, au lieu de traverser de part en part le champ des cultures, on s'arrête au milieu de cette avenue pour se tourner vers celui des grands côtés que longent les principaux bâtiments, on découvre une disposition des éléments dont la singularité m'avait jusqu'alors échappé. Les bâtiments — dans l'ordre depuis le fond du domaine : le hangar des statues achevées, les serres, les ateliers divers, la demeure — n'occupent que la moitié de la longueur de terrain. Vers le milieu de l'espace se produit un décrochement que vient combler une enclave boisée. Ainsi voit-on des édifices sur l'alignement desquels débordent des arbres, comme si, nichée à l'un des angles du domaine, une petite forêt faisait pendant à la masse de pierre des bâtiments. Mais il ne s'agit pas d'une forêt ; un ou deux rangs de chênes, rarement plus, constituent un rideau qui dissimule des haies de thuyas, de troènes ou de lauriers, plantés serrés et d'un jet élevé. Là

commence le monde des femmes. Cette haie constitue l'un des côtés d'un labyrinthe de feuillage au
centre duquel est enclos le jardin des femmes. Il
ne saurait être question de tracer de ce jardin une
épure aussi nette que du reste du domaine, puisque la seule image que j'en eus me parvint à travers la mémoire d'un homme, qui, comme tous
les jardiniers, avait quitté ce séjour aux alentours
de la dixième année. Cette mémoire vouait un culte
secret au temps doré des premières années durant
lesquelles vie et harmonie n'engendraient qu'un
seul monde clos et pétri de beauté, en regard de
quoi le passage de l'adolescence, en dépit de ses
moments de hauts orages et d'exaltations cristal-
lines, n'est jamais que la sortie de l'éden. Cependant, chassant toujours les images que l'une après
l'autre je faisais lever sous l'inspection de mon
esprit, je me demandais si les domaines n'étaient
pas la figure agrandie de ce jardin originel, et doutais que les jardiniers sortissent jamais vraiment
de cet espace protégé. Il est vrai qu'existent des
hôtels. De les évoquer seulement en passant
ombrait le regard de mon guide et abaissait son
front comme s'il était en train de peser les divers
aspects de la civilisation dont il était issu, au
fur et à mesure que sa conscience les lui présentait.

Or, que par l'imagination on franchisse donc les
mille et une folles circonvolutions du labyrinthe
— cet infini enchevêtrement d'allées dessinées
entre des murailles de thuyas où tout homme aventureux se perdrait —, alors on partira du cœur du
jardin. Ici l'agrément et l'utilité se confondent. La
plupart des arbustes ornementaux sont aussi des
arbres fruitiers. On découvre que le plumet des

carottes délimite avec bonheur un massif de sauge pourprée et l'on voit plaisamment une haie de pieds de tomates encadrer des bouquets de marguerites ou des anémones se pencher au chevet des cressonnières. Il n'y a pas d'allées ; on se déplace d'un endroit en un autre en marchant sur une pelouse continue et tout est conçu pour le libre déploiement de la grâce qui, semblable aux étoffes jouant dans la lumière de son corps, accompagne le moindre pas de toute femme. Car le lieu le plus intime d'une femme, son plus proche espace, n'est-il pas, ténu comme un plissé de l'air, son linge ? Dans le retrait de leur jardin, les femmes ne portent qu'une longue bande de voile — bleu pâle, rose, orangé ou vert d'eau — par le milieu de laquelle une fente leur permet de passer la tête en sorte qu'en deux pans flottants l'étoffe retombe le long de leur corps. Certaines à hauteur de la taille resserrent ce voile d'une cordelière nouée sur la hanche. À la belle saison, qui fait les trois quarts de l'an, elles n'ont rien d'autre sur la peau que cette sorte de chasuble. Une gaieté de source les emporte ; elles rient et babillent sans cesse. Leur démarche est une danse où l'air tiède et joueur se fait leur partenaire évanescent, et le soleil colore leur corps d'ombres fugaces et de lueurs ; dans ces contrastes, les enfants qui folâtrent auprès d'elles lisent le chiffre des plus beaux jours. Quelque effort qu'il fît sur sa mémoire, mon guide ne se souvenait pas d'en avoir jamais vu, même par l'âge, disgraciée. Le soir seulement, l'heure venue de rejoindre leur époux, par-dessus ce voile qui est moins qu'un souffle au grain de leur chair, elles passent une robe de laine rude, brune ou noire, dont le buste en empiècement est brodé de couleurs écla-

tantes. Leurs enfants en grappes rieuses s'accro-
chent à l'anse du panier dans lequel chacune
apporte au foyer la nourriture familiale préparée
dans le jardin. Car, pas plus qu'ailleurs dans la
demeure, il n'y a de cuisine dans le logement des
couples, seulement un petit foyer pour réchauffer
sur la braise certains plats. Ces mêmes paniers,
semblablement garnis de nourriture, passent par
l'intermédiaire de certains adolescents qui distri-
buent les victuailles lors du repas du milieu du
jour, afin que les femmes n'aient toujours avec les
hommes aucune autre relation que dans le secret
conjugal. Ainsi dépend des femmes toute l'alimen-
tation du domaine ; c'est pourquoi au pourtour
du jardin sont disposés des bâtiments qui s'ados-
sent au parcours intérieur du labyrinthe. Ici les
étables et les bergeries, plus loin l'ouvroir où l'on
file et tisse, où l'on coud, où l'on brode, ailleurs les
cellules de repos et les chambres d'ablution, et
encore la maisonnette des enfants, le réfectoire,
la cuisine, et peut-être quelques autres lieux que
mon interlocuteur oubliait, car il y a bien des loges
dans le monde des femmes.

On concevra aisément que j'aie trouvé gigantesque une telle installation et écrasante la tâche des
femmes nourricières. Ma surprise était d'autant
plus vive que rien, lorsque j'avais visité les domaines, ne m'avait laissé soupçonner cette communauté active dissimulée derrière des rideaux de
branchages superposés. Or mon guide ne pouvait
répondre que de son milieu d'origine et convenait
que le domaine qu'il évoquait passait pour l'un des
plus riches et des plus étendus du pays. Quant au
travail des femmes, que volontiers j'eusse qualifié
de labeur, il ne semblait pas s'en effarer. Il me

remontrait que les hommes aussi, ayant la charge des statues, prenaient leur part de peine. Et si j'objectais que cette dernière occupation, pour séduisante qu'elle fût, ne me paraissait pas de première nécessité, il semblait ne pas m'entendre. Comme dans le jardin des femmes des cultures sont mêlées, son esprit ne pouvait faire la distinction entre une production d'intérêt vital et un art d'agrément. Ce n'est que beaucoup plus tard que je connus que cette confusion, en son fond, recelait une raison tragique. Il tâcha cependant de répondre à mes observations en me rappelant que les hommes ouvrent tous les matériaux durs. Ils forgent, ils façonnent le bois, tannent et tranchent le cuir — et, entre autres, fournissent aux femmes tous leurs outils. L'entretien des bâtiments qui se dressent sur leur terrain est à leur charge. Tandis que les femmes ne sont nullement confinées dans des besognes utilitaires — ou il n'y paraît guère aux yeux de qui, parmi elles, a passé sa petite enfance ; c'est ainsi que, contrairement aux hommes, elles chantent tout le temps, comme sous le souffle d'un permanent plaisir. Leur vie et tous leurs travaux sont scandés par les chants et ainsi deviennent jeux. Quand le vent est favorable, il pousse les modulations de leurs voix par-dessus les remparts verts de leur labyrinthe jusque sur l'espace ouvert des hommes qui, pensifs, interrompent soudain leur tâche et demeurent comme sombrés dans le charme du jour. Elles chantent aussi des comptines, des rondes, des énigmes pour les enfants qui se mussent sans cesse dans leur giron. Et chantant toujours elles dansent entre elles en s'accompagnant d'instruments à cordes et s'éloignent. Leur appartient enfin la haute et riche tradition des chants nuptiaux dont j'aurai sous peu à mentionner le détail.

Au nombre des activités encore qu'en étranger j'eusse versées dans le registre des arts, il convient de citer toutes les opérations entraînées dans le sillage de la couture, tous ces gestes qui ourlent ou rapprochent les bords éloignés ou même comblent les creux, les blancs que le regard masculin enjambe et confond dans le vide ou l'absence. Teinture des fibres, des fils et des tissus, broderie comme un chemin vagabond qui engendre son propre paysage ; elles excellent à la décoration des étoffes autant qu'à celle des bâtiments dont est semé leur jardin. Sur toutes les faces de ceux-ci les peintures à la fresque mêlent leurs vives couleurs aux reflets des plantes qui s'y appuient — vignes ou rosiers grimpants, tournesols aussi dont on tire l'huile. L'intérieur des maisons de même est décoré, encore que la peinture murale ici ménage l'espace aux tapisseries et aux tableaux de chevalet. Enfin il y a ce que toutes savent faire : ces tracés très vifs et hauts en couleur qui célèbrent les menus événements quotidiens ; images qu'elles échangent en signes d'amitié, dont elles ornent les murs des pièces où elles se tiennent, et qu'elles conservent, quand elles les ont assez vues, dans un coffre spécial. C'est dans ce fonds qu'elles puisent pour remettre à leur fils, quand il quitte le domaine, un cahier où elles ont relié ensemble des témoignages sur son enfance. Le petit garçon, quand il sort du jardin des femmes pour entrer dans le groupe des adolescents, ne voit plus guère sa mère que pour les repas du soir pendant un temps limité ; ensuite, il se détache d'elle tout à fait. Autant l'interdit qui frappe l'accès au séjour féminin que le nouveau mode de vie où le tout jeune homme prend place, tout l'y contraint. Et quand enfin il appartient de plein droit au monde des hommes, il cesse complètement de la voir. Après quoi, il ne la rencontre plus qu'une seule fois dans sa vie : la veille de son départ, lorsqu'il est sur le point de quitter le domaine pour aller se marier. Ce jour-là, dans une chambre spéciale, il le passe tout entier, de l'aube à la nuit, en tête à tête avec sa mère. La mère et le fils, comme par un large fleuve au cours tranquille, sont séparés par le temps écoulé dont chacun ne connaît plus que l'une des deux berges. La proximité ancienne ne s'est point diluée et la naïve familiarité des premiers âges est prête à reprendre vie, mais un projet nouveau et grave ne laisse plus le loisir de partager les joies anciennes. Ce qu'ils font ensemble n'a rien de bien grandiose. La mère s'occupe de son fils qui peu à peu se laisse gagner par cette tendresse perdue et presque oubliée. Elle lui prépare ses repas. Elle lui fait essayer les vêtements qu'elle a cousus pour lui et leur apporte les dernières retouches. Elle lui remet enfin le cahier des dessins se rapportant à son enfance, qui est le seul témoignage tangible qu'il en gardera ; ils regardent ensemble les images et il écoute tandis qu'elle raconte. C'est probablement alors que se fixent avec une précision définitive et colorée, et même, pourrait-on dire, parfumée, les meilleurs souvenirs d'enfance d'un homme. Le lendemain, il emporte en partant ce cahier. C'est tout ce qu'il lui restera du jardin des femmes. Il le conservera dans le sentiment de tenir entre ses mains le contrepoids concret du reste de son âge, la part révolue de son équilibre et la réalité distincte et sans retour du passé. Lui seul en contemplera les images, car ces documents seront détruits à sa mort sans que personne ne se soit jamais risqué à en prendre connaissance.

En rapportant ces faits généraux mon guide rendait si bien compte des sentiments qui devaient animer les protagonistes que je fus tenté de lui en faire la remarque, car, célibataire, il ne pouvait connaître directement ce qu'il venait de me confier. Je ne sais quel obscur avertissement me retint de formuler la moindre question, mais, comme j'avais pris mon souffle pour parler et qu'il levait vers moi un regard attentif où je lisais aussi l'expression d'une extrême solitude, il me fallut bien dire quelque chose et je prononçai la première banalité venue en observant combien déchirant devait être ce rituel. Il en convint tout en me laissant entendre que ce n'était là qu'un aspect secondaire. Ce qui compte, en effet, c'est qu'au sortir de cette entrevue le jeune homme qui va prendre femme se trouve réconcilié avec lui-même et, en quelque sorte, lavé de toute l'amertume de la jeunesse. Car l'initiation virile par la prouesse d'un commentaire ne suffit pas à faire un homme ; il y faut encore ce poli, cet adoucissement des angles qu'il appartient à la mère de réaliser dans cette étrange reprise de l'enfance. Ensuite il peut partir.

Un homme qui se marie arrive dans un domaine qui n'est pas le sien et que parfois même il ne connaît pas. Il apporte avec lui un modeste bagage qui tient tout entier dans un sac ou dans un coffre léger. Il est reçu sans démonstration ni effusion, un peu comme un pèlerin. Il est logé dans une cellule que l'on réserve à cette sorte de visiteur et dans les mêmes conditions à peu près que s'il était seulement un hôte de passage. En définitive, c'est par les adolescents qui lui apportent le soir à manger qu'il prend contact avec les habitants du domaine où il est encore étranger. Il n'est tenu à aucune obligation. Il va où il veut, fait ce qu'il veut. Il n'est même pas tenu de parler à quiconque. Il observe la vie autour de lui. Il prend part aux travaux quand il le juge bon. La bienséance commande cependant qu'il se contente au début de son séjour de prêter main-forte à ses nouveaux compagnons dans les tâches les plus modestes. Et ainsi, peu à peu, il s'intègre à la vie des hommes auprès de qui il doit demeurer. Quand il sent bien qu'il est l'un d'entre eux, il fait savoir au doyen, en aparté, qu'il est prêt. Celui-ci fait prévenir les femmes, qui fixent la date du mariage, et le fiancé en est averti en retour. Il continue comme devant à mener la même vie ordinaire et banale. La veille du mariage, il se retire dans sa cellule où il demeure, à l'abri de tous, jusqu'au soir des noces. C'est seulement en constatant cette brusque disparition que les autres jardiniers découvrent que le mariage est proche. Jusqu'alors parmi les hommes, seuls le doyen et le fiancé étaient avertis et, bien sûr, l'adolescent qui a servi d'intermédiaire entre le doyen et les femmes. Cet adolescent a été choisi par le fiancé auprès de qui il demeure pendant la retraite prénuptiale. Il sert le fiancé, lui apporte la nourriture, l'assiste dans ses ablutions rituelles, l'aide enfin à revêtir le costume de cérémonie.

Le fiancé a apporté sur le domaine ses outils et ses bras. La fiancée, elle, a préparé, parfois depuis des années, un trousseau constitué essentiellement de linge. À la date de son mariage, elle peut se trouver en outre, mais sans le savoir encore, en possession de quelques ustensiles ménagers qui lui sont offerts par ses compagnes — celles qui ont préparé le logement des futurs époux. Il peut y avoir, dans le secret de la chambre nuptiale, un échange de menus objets personnels. Il n'est pas rare que la mère du fiancé fasse parvenir à sa bru quelque parure — une coiffe, un gorgerin brodé, une bourse, quelques bijoux — portant l'emblème du domaine d'origine de l'époux. De même, le père de la mariée peut avoir fait parvenir à sa fille divers objets pour son gendre — pipe, blague à tabac, couteau de poche ou autre. Une série de boutons de buis, que le père a façonnés de ses mains et gravés au chiffre de sa fille, est un présent rituel que j'allais oublier. Il est bienséant que le jeune marié exhibe ces objets dès le lendemain au repas de la mi-journée, y compris les boutons que la jeune épouse coud le matin même de sa nuit de noces sur les vêtements de son mari. Mais ces objets sont dénués de presque toute valeur autre que sentimentale. Sans doute faut-il y voir de la part de la belle-mère une marque de confiance et, de celle du beau-père, un signe d'adoption — car il est de fait que les boutons des vêtements sont toujours fabriqués sur le domaine par le père pour les fils. Quant aux boutons que la jeune mariée a ôtés du costume de son conjoint, c'est leur fils aîné qui en héritera. Il y a donc un modeste signe d'origine qui se transmet, et cette origine peut être lointaine. En fait, le fils aîné se sent l'héritier de toute la lignée des pères ; il est censé en réincarner toutes les vertus — c'est au point qu'un de ces boutons qui se brise est interprété comme un signe néfaste et généralement on comprend que d'une manière ou d'une autre la branche aînée est promise à la dégénérescence. Tandis que les autres fils, s'il y en a, sont regardés comme ne procédant que du père ; leurs rapports avec lui ont d'ailleurs souvent plus de facilité, voire d'agrément.

Le jour du mariage, le fiancé est toujours enfermé dans sa cellule en compagnie de son page. Vers le milieu de l'après-midi, les femmes commencent à chanter. Elles chantent d'abord par petits groupes, des chants quelconques et, peu à peu, elles se rapprochent de la fiancée autour de qui elles forment un chœur — elles vont la préparer pour la nuit de noces et, dès lors, chaque phase des opérations est marquée par un chant particulier. Longs trilles des ablutions, mélopées du linge intime, chant lent de la robe de femme, cris éclatants des parures et murmures des parfums. Les hommes se sont rassemblés sur l'aire devant la demeure. Ils ne chantent pas ; ils écoutent. Lorsque la nuit va tomber, ils rentrent pour le banquet du soir, tandis que les femmes, qui ne regagnent pas non plus l'appartement conjugal, chantent le repas de la mariée. Une partie de ces chants est improvisée autour de thèmes musicaux traditionnels, car les fiancées — leurs promis aussi d'ailleurs — ont ceci de commun : elles mangent fort peu d'un repas auquel leurs compagnes ont mis tous leurs soins ; mais chacune a sa manière propre de picorer les mets et cela est commenté geste à geste par le chant des femmes. Les hommes ont le même menu. Lorsque tous ont pris place, le fiancé, conduit par l'adolescent, est apparu. Il a pris place à table, auprès du doyen et, servi par le jeune qui ne le quitte pas, il a mangé les mêmes plats, au même rythme que sa fiancée. Le banquet, scandé toujours par les chants des femmes, s'achève au même instant des deux côtés. Les hommes alors, entourant le futur, de nouveau sortent devant la maison. Les femmes amorcent le chant de la montée aux appartements. Les hommes, silencieux, attendent face à la demeure. Le chœur des femmes se tait soudain et l'on n'entend plus qu'une seule voix : le couplet fluide et farouche de la fiancée qui traverse la nuit. C'est le chant du seuil. Et puis il se fait un très grand silence. Le doyen, certains compagnons, les parents de la fiancée notamment, donnent l'accolade au fiancé, et son servant le guide jusqu'à la porte de la demeure. Il reste seul sur le seuil face à la porte qui bée sur l'obscurité ; on a éteint toutes les lumières de la demeure ; il ne reste sur le sol, de loin en loin, que de très discrètes lampes à huile pour diriger les pas de l'étranger dans le labyrinthe de l'inconnu. Car, dans la plupart des domaines, le parcours du fiancé est compliqué selon une tradition locale, et ce n'est qu'après bien des détours qu'il touche au but. Dès qu'il a posé un pied dans la demeure, les hommes commencent à fredonner sourdement, à bouche fermée, une mélopée qui enfle comme une force qui s'approche. C'est le chant de la montée de l'homme. À cette rumeur grave peu à peu se mêle le chœur des femmes. C'est le chant de l'attente. Le fiancé gravit l'escalier, parcourt lentement la galerie jusqu'à ce que de l'ombre surgisse devant ses yeux une silhouette pâle qui lui prend la main. Au moment où elle le saisit ainsi, la fiancée lance soudain quelques notes aiguës — phrases musicales de salutation autant que cris d'effroi ; à cet instant, les hommes et les femmes commencent le chant d'entrée dans la chambre. Mais les fiancés repoussent la porte de leur logis et ne perçoivent plus que lointains et voilés les chants qui se succèdent — chant du dévêtement réciproque, chant de la défloration, chant du repos, chant du désir renaissant, chant de la prière, chant de la nuit noire, chant des tourments de l'aube... Chaque geste qui les porte l'un vers l'autre, ou les écarte, est habité et vivifié du poids de toute la communauté qui se rassemble et se conjugue en eux. Chaque geste au moins jusqu'à la toute première union. Les circonstances sont difficiles pour les deux conjoints ; elles peuvent être source de maladresses cruelles dont tous deux peuvent pâtir. Cette société a essayé de pallier la difficulté en ritualisant ces instants, en prédéterminant les gestes qui sont annoncés par le chant où se mêlent le murmure des hommes et la voix claire des femmes. En ces instants, les conjoints sont en quelque sorte déchargés de toute initiative. La timidité, la pudeur les tourmentent moins dans la mesure où ils agissent fort peu de leur propre mouvement. Cet instant-là passé, les chants sont plus vagues et leur laissent recouvrer peu à peu toute leur liberté. C'est le moment d'ailleurs où les instruments progressivement remplacent les voix, notamment chez les hommes, qui battent le tambour jusqu'au jour. Cependant, même alors, ce que transmet la musique n'est pas insignifiant ; il y aura mille et mille nuits à passer, épris, complices ou affrontés, dans le cadre étroit d'une même couche, et toutes ces émotions par quoi les couples se nouent et se dissolvent, la prière musicale qui berce les nouveaux amants les leur fait pressentir.

Dans le silence qui suivit cet exposé, je m'étonnais une fois de plus de la facilité avec laquelle il m'était possible d'accueillir les sentiments les plus contradictoires ou les moins apparemment conciliables en faisant place à chacun sans les mêler ni exclure l'un au profit de l'autre. J'éprouvais une sorte de nostalgie à l'idée que tout ce que je connaîtrais jamais de cette cérémonie si simple et si décente tenait dans le récit qui venait de m'en être offert ; je savais que c'étaient là des mœurs qui m'étaient radicalement étrangères et j'eusse été bien incapable d'assumer les responsabilités du fiancé tel qu'on venait de me le décrire. Cependant la magie de ce rite ne laissait pas de me troubler. Mais je voyais aussi que mon interlocuteur s'assombrissait comme si, dans un cas tout semblable au mien, quoique pour des motifs bien différents, une invisible séparation lui ôtait tout espoir de jamais tenir le rôle principal dans un tel événement. Je pressentis encore une fois que son état de célibataire recouvrait quelque drame caché. Mais il ne me paraissait pas d'humeur à entrer en confidence. Je choisis donc de faire diversion. Une idée saugrenue m'était venue à l'esprit pendant que je l'écoutais et je décidai, pour l'ôter à ses humeurs taciturnes, de la lui soumettre, au risque de paraître impertinent. À vrai dire, pour étrange qu'elle m'ait paru, je m'aperçois à la réflexion qu'une telle idée est particulièrement représentative d'une pente de mes pensées en ces moments-là. Est-ce le cas des autres voyageurs ? Pour moi, il me semble que mon esprit, quand je n'y prenais pas garde suffisamment, devenait la proie de l'un des démons mineurs de la perversité. Certes, j'aimais déjà cette contrée de tout mon être et chaque révélation que m'apportait mon guide faisait lever en moi l'admiration la plus fervente — plus que de l'admiration —, un émerveillement complet par lequel je me sentais devenir meilleur. C'est dire combien me paraissait digne de respect la moindre coutume des jardins statuaires. Or, à peine certaines règles de vie de la contrée m'étaient-elles dévoilées qu'une sorte de malice s'emparait de mon esprit et qu'avec une spontanéité suspecte elle me peignait aussitôt, et malgré moi, quelque biais par lequel transgresser la loi. Aujourd'hui encore je ne saurais dire si ce vice était mon propre, s'il avait été déposé en moi par la fréquentation dans mon jeune temps d'un monde vieilli ou si, un peu comme un amant pourrait se défendre assez bassement de l'empire pris sur lui par sa maîtresse en se la figurant violée ou livrée à quelque commerce infâme, tout voyageur éprouve nécessairement le désir irrépressible de souiller légèrement par ses questions le monde inconnu où il s'est engagé. De ce point de vue, la science des mœurs lointaines et différentes de celles où nous avons été éduqués, en son inspiration, serait rien moins que pure. Sans doute est-ce un sentiment d'indignité plutôt que la vanité qui parfois me fait ardemment, désespérément, désirer de hausser ma prose jusqu'à une manière de poésie ; je ne sais quoi en moi me laisse croire que j'y trouverais peut-être, sinon le rachat, du moins quelque apaisement. Ainsi, en ce clair matin, faisant face à celui qui des lointains venait à moi en ami, et l'écoutant parler de son pays, mon esprit avide, dans l'un de ses replis secrets, mettait bord à bord des indices ; mais, comme on va le voir, ce travail de la vilenie fut finalement dissous et annulé dans la bonne humeur. J'avais été étonné que le fiancé ne voie jamais sa promise avant la nuit de noces ; et même alors, leur chambre étant moins éclairée encore que le reste de la demeure, la ténèbre quasi totale lui dérobe les traits de celle dont il va partager la couche. Il ne découvre son visage qu'à l'aube, après que leurs corps se sont fréquentés la nuit durant, quand il s'éveille soudain et la trouve à son chevet, le visage baigné de lumière neuve et penchée sur les vêtements auxquels elle coud de nouveaux boutons. Ensuite il reçoit de sa main la nourriture de son premier repas et ils font connaissance avec le matin apaisé. Évidemment aucun autre homme ne la voit jamais, pas même son père, car, depuis de longues années, il n'a plus de contact avec sa fille et, dans la plupart des cas, il ne serait même pas capable de l'identifier au milieu de ses compagnes. En effet, si, n'ayant plus accès au jardin des femmes et pas encore à la table des hommes, le petit garçon aux environs de sa douzième année se trouve jouir d'un statut transitoire et riche d'indétermination, si à cet instant, en cessant de rencontrer sa mère, il devient un médiateur privilégié des rapports entre hommes et femmes puisqu'il entre parmi ceux qui absorbent chaque jour la nourriture prise en commun par les hommes et peut être appelé à servir plus particulièrement un fiancé, il n'en va pas de même de la petite fille. Dans sa première enfance, comme ceux de l'autre sexe, elle regagne le soir avec sa mère le logement familial, mais, bien des mois avant d'être nubile, elle entre, pour n'en jamais sortir jusqu'au mariage, dans le jardin des femmes. Le mystère est donc total qui entoure la personne de la fiancée ; si bien que j'en étais venu à considérer comme possible, en supposant évidemment une complicité des femmes entre elles, une substitution de fiancées à l'insu des hommes. Or, comme je risquais cette hypothèse en l'entourant des précautions oratoires que l'on peut imaginer, je vis à ma grande surprise mon interlocuteur sourire et même s'amuser franchement. Et j'appris que cette possibilité était tacitement reconnue, quoique non admise, et même qu'elle s'était une fois, au su de tous, avérée dans les faits. C'étaient deux amies très proches — je ne sais pourquoi je me plais à me les figurer particulièrement belles —, toutes deux recluses depuis plusieurs années dans le jardin des femmes. L'une était en âge de se marier, l'autre était fort jeune. Or, quand elle sut que son fiancé était entré dans le domaine, l'aînée eut une véritable crise de terreur. Elle ne dormait ni ne mangeait plus, ce qui navrait ses compagnes et sa mère. Elle affirmait, ce qui est plus grave, qu'elle ne revêtirait jamais les atours nuptiaux. Les odieuses conséquences qu'une telle décision pouvait entraîner par avance endeuillaient tout entière la communauté des femmes. C'est alors que la plus jeune des deux amies, à qui son âge donnait sans doute plus d'audace — mais saura-t-on jamais si ce fut par goût de l'aventure ou par amour de sa compagne ? —, la plus jeune proposa à l'aînée de prendre sa place. Par bonheur pour elles deux, le fiancé était presque aussi timide que la promise et ne se hâtait pas de se déclarer prêt ; or, nul n'aurait l'indécence de brusquer sa décision. Cela donna à un complot des femmes le temps de se développer. Les deux amies d'abord firent part de leur projet à leurs plus proches compagnes, qu'elles gagnèrent à leur cause. Ce groupe de jeunes filles parvint ensuite à circonvenir les deux mères de famille et, peu à peu, toute la population du jardin fut rassemblée en une vaste conjuration. Nombreuses étaient celles que ravissait l'idée de se jouer de la tradition et de tromper les hommes. On ne sut la supercherie que longtemps après le mariage, ou plutôt les mariages, car entre-temps l'aînée des deux complices avait épousé celui qu'on destinait à la cadette — la plus audacieuse avait peut-être réussi à convaincre la plus farouche que l'on peut goûter quelques joies dans le mariage. C'est une autre femme qui commit la sottise de révéler à son époux, pour d'obscurs motifs conjugaux, ce qu'il en était. Ce sot personnage, quand n'importe quel honnête homme eût été assez sage pour se taire, fut mauvais compagnon au point de bavarder à tort et à travers. Il perdit à peu près l'estime de tous. Quant aux deux hommes qui avaient été victimes de la substitution, ils s'en tenaient plutôt pour les bénéficiaires car ils étaient fort heureux en ménage. Ils ne firent que rire de ces histoires en affirmant qu'ils avaient les épouses les mieux avisées de la contrée. Bref, ils surent mettre les rieurs de leur côté.

— Enfin, dis-je à mon informateur, le cas est exceptionnel, puisque vous le donnez presque pour légendaire.

— Non, c'est un événement exemplaire ; et il est bien possible qu'il soit plus courant qu'on ne le croit. Certains veulent même y voir un cas général, et affirment que les jeunes filles choisissent leur fiancé. Les femmes auraient ménagé, dans la haie qui constitue le labyrinthe et les isole de tout commerce avec les hommes, d'invisibles guichets qui leur permettraient d'observer sans être vues le nouveau venu, et au besoin de permuter entre elles selon leurs goûts. Elles peuvent également obtenir des renseignements par l'adolescent qui sera le page du fiancé. Mais rien de cela n'est bien assuré car on ne peut pas savoir. On ne sait jamais avec les femmes. D'ailleurs, sur ce point encore, la règle qui oblige un jardinier à s'éloigner du domaine de sa mère apparaît très prudente et sage. Si l'on se mariait entre soi au sein d'un même domaine, rien n'empêcherait qu'un homme épousât sa sœur proche, celle qui est née du même père et de la même mère que lui ; ce qui serait vraiment le scandale des scandales.

— Mais pourquoi un tel mariage se produirait-il ?

— Il suffirait qu'il pût se produire, et l'attachement est si fort parfois entre le frère et la sœur qu'avec les ressources de ruse dont disposent les femmes quand il s'agit de tourner la loi, certaines filles parviendraient à faire aboutir cette union honteuse. Non, on ne sait jamais avec les femmes.

— On ne sait même pas quelle femme on épouse.

— Même pas.

Et nous nous sommes mis à rire tous deux de bon cœur.

La matinée s'était achevée.

— Consentirez-vous, cette fois, à partager mon repas ? demandai-je.

Il hésita imperceptiblement.

— Oui, rien ne me presse.

Et je commandai deux déjeuners à mon logeur qui nous servit sans trace de mauvaise grâce.

— Pourrez-vous, demandai-je à mon invité, me consacrer encore un moment après le repas ? Cela

168

m'arrangerait que vous m'aidiez à mettre au point l'itinéraire de ma prochaine randonnée.

Et il m'accorda cette faveur encore. J'ai gardé de tous ces instants si anodins, apparemment si peu chargés de conséquences — instants, pour tout dire, heureux ; platement heureux ? —, un souvenir extraordinairement vif. Je le revois, lui, si détendu et même en proie à une certaine jubilation, comme si ce repas pris en commun constituait une sorte de victoire, remportée non pas sur l'aubergiste, ni sur lui-même, mais sur une adversité occulte. Et j'étais content moi-même de ce discret triomphe auquel j'avais travaillé à l'aveuglette, dans la mesure de mes moyens. À la fin du repas, j'ai apporté du papier et des plumes tandis qu'il écartait les verres et les bouteilles. Et il a tracé l'ébauche d'une carte. Nous avons dessiné ensemble les emblèmes des bornes qui me serviraient de repères. Je voulais pousser jusqu'au domaine des statues qui maigrissent, plus loin dans le sud que je n'étais jamais allé. C'est un grand contentement d'homme que de former cette sorte de projet en compagnie d'un ami dont on sait que la pensée vous accompagnera durant le voyage.

Lorsqu'il me quitta, j'étais tout bouillant d'espoirs. Je débordais d'une effervescence intérieure qui me laissait finalement incertain de ce que j'allais entreprendre. Je ne pus me retenir de faire part à l'aubergiste qui tournait autour de moi en débarrassant la table du charme que j'avais trouvé aux propos de mon hôte. Je lui disais tout le bonheur que je tirais de rêver à ce jardin des femmes qui m'avait été si justement décrit. L'autre m'observait à la dérobée en poursuivant mollement sa tâche.

— Les souvenirs d'enfance arrangent bien les choses, remarqua-t-il soudain.

— Sans doute, mais cette forme de vie que n'importe qui peut discerner aussi clairement qu'une épure géométrique, les souvenirs d'enfance n'y changent rien.

Alors, comme s'il n'y pouvait plus tenir, il se lança dans une série de remarques dont je crus bien un instant qu'elles allaient le mener plus loin que lui-même ne désirait aller.

— Vous vous fiez sans doute à la description de l'un de ces riches domaines où l'espace est large et les gens nombreux, où la tâche de chacun est allégée par celle de tous. Ah ! elles peuvent chanter dans les champs, ou plutôt, parmi les fleurs, quand elles sont cinquante ou plus, les femmes ! Mais quand elles ne sont qu'une dizaine à trimer pour nourrir les hommes, vous croyez qu'elles ont le loisir de chanter ou de choyer leurs enfants ? Vous le croyez ? Et quand la terre est maigre, les puits trop profonds, les sources taries sur le domaine, vous croyez que le spectacle de leur vie est riant ?

— Comment pourriez-vous me faire croire que mon guide est de mauvaise foi ?

— Il n'est pas de mauvaise foi, le malheureux, mais il oublie. La mémoire, et surtout l'imagination, chez les hommes d'ici, sont trop pauvres.

— Comment cela ?

— Je veux dire qu'ils finissent par ne connaître que ce qu'ils voient. Pire encore — leurs rêves ont dégénéré jusqu'à se faire semblables aux jours identiques qu'ils vivent petitement. Et ceux qui s'ennuient dans leur richesse n'imaginent pas ceux qui crèvent dans leur misère.

Il cria si fort ces derniers mots qu'il me fit sursauter et se fit sursauter lui-même. Au point qu'il se ressaisit et éteignit de son propre mouvement les éclats de son exaltation.

— Vous préparez une randonnée dans le sud, n'est-ce pas ? me demanda-t-il soudain à voix presque basse.

— Oui, je désire aller cette fois jusqu'au domaine des statues qui maigrissent.

— Oui. C'est bien ainsi. Je vais vous préparer des provisions.

— Ne vous donnez pas trop de peine pour moi.

— Je me donne pour vous la peine qu'il me plaît de me donner.

Cette façon bourrue d'exprimer l'estime qu'il me portait me fit soudain rire à demi. Mais il ajouta :

— Et puis, je ne veux pas que vous arriviez dans le sud comme si vous veniez de la misère. Il faut qu'ils voient là-bas que nous autres du nord savons traiter les pèlerins, et même les voyageurs, comme il convient.

— Mais entre le nord et le sud y a-t-il une discorde ? demandai-je.

— Dans quelques jours, me dit-il, vous ferez un beau voyage. Nous reparlerons de tout cela lors de votre retour.

Je n'en pus rien tirer de plus.

Je passai quelques jours encore à m'apprêter. Comme toujours, j'étais tenu par mes notes, car je craignais l'infidélité de ma mémoire. En outre, comme c'était l'un des plus longs voyages que j'eusse entrepris, je voulus me forcer à quelque repos en dépit de mon impatience. Je voulais aussi préparer avec soin mes bagages. Sachant que j'allais devoir marcher sur une assez longue distance pendant plusieurs jours, et qu'il me faudrait demander asile sur ma route, je ne savais qu'emporter. La malle, où était tout mon bien, m'aurait encombré. J'avais aussi un gros sac de voyage, presque une valise, mais, quoique fort beau, il était malcommode et peu approprié à mon projet. Car, même si je devais être absent presque une semaine durant, je ne voulais me charger que du strict minimum. Je restai donc indécis, jusqu'au matin où mon logeur vint frapper à ma porte à l'instant où je m'apprêtais à descendre déjeuner. Je le priai d'entrer et il se présenta les bras chargés d'affaires.

— Tenez, me dit-il, puisque vous devez faire ce voyage, je me suis occupé de votre fourniment.

Et il déposa sur mon lit tout le matériel.

— Pour voyager dans le pays, il vaut mieux vous équiper à la mode locale.

Je détaillai l'équipement qu'il avait étalé. Il y avait là une vareuse et une culotte de laine, des brodequins à lacets, à la semelle épaisse, façonnés dans un cuir souple et, j'en pus juger par la suite, résistant, un vaste chapeau sombre, un bâton et une besace.

Il souleva ce dernier article et m'en montra l'usage.

— Vous disposez de deux poches ; dans l'une, j'ai mis des provisions de bouche : fromage, fruits secs, pain, oignons, et une petite gourde d'alcool. Et quelques ustensiles de première nécessité. Dans l'autre, il vous suffit de mettre un peu de linge — le vêtement que je vous propose est solide ; il résiste à la poussière comme à la pluie —, il n'est donc pas nécessaire que vous vous surchargiez, il ne vous en faut pas d'autre. N'emmenez rien pour votre toilette. Partout on vous accueillera en vous proposant d'abord de faire vos ablutions. La coutume veut que les pèlerins ne se rasent pas. Nul ne se formalisera de vous voir surgir hirsute à la porte d'un domaine. Voici un bâton pour scander votre marche, et un chapeau contre le soleil et la pluie. Avec ça vous pouvez faire du chemin.

J'étais émerveillé. Je le remerciai de tout cœur et le priai même de choisir avec moi les quelques effets personnels que je devais mettre dans la seconde poche de la besace. Ce que nous avons eu le plus de peine à caser fut sans doute mon matériel d'écrivain, car pour ne rien laisser échapper de ce que j'apprendrais, je comptais écrire autant qu'il me serait possible. Il me conseilla et m'encouragea si bien que je pris la route l'après-midi même.

Le domaine des statues qui maigrissent est situé très au sud de la contrée. À la suite des propos de l'aubergiste, qui m'avaient tout de même fait quelque impression quoique je m'en défendisse, j'observais en chemin la disposition des bornes et comptais mes pas pour évaluer la dimension des domaines. Et je constatais, si mes estimations sont exactes, qu'ils sont généralement fort vastes. Certains même dépassent en superficie celui que j'ai commencé par visiter avec mon guide. Dans cette région de territoires gigantesques, le domaine des statues qui maigrissent paraissait fort modeste. Je crus donc d'abord être venu d'assez loin pour une visite plutôt brève. Je fus reçu comme je l'avais toujours été dans cette contrée, avec une délicatesse un peu distante qui laissait entière ma libre initiative. Il n'est pas nécessaire que je décrive par le menu les aménagements intérieurs qui étaient tout à fait conformes à ceux que j'ai déjà décrits avec force détails à plusieurs reprises déjà. Je voudrais dire plutôt la singularité de ce domaine, qui constituait le motif de ma visite. Malgré l'étendue limitée de leur terrain, les jardiniers ici parvenaient à produire autant de statues que leurs voisins. Ce paradoxe procédait de la nature particulière du terroir qui semblait périodiquement s'épuiser. On semait, soignait, taillait, transplantait les statues, exactement comme partout à l'entour. Peut-être les plants étaient-ils un peu plus rapprochés que sur les autres domaines puisqu'on parvenait à en faire tenir à peu près autant sur un espace moindre. En fait, les statues elles-mêmes offraient cette facilité. C'étaient pour la plupart des figures anthropomorphes, mais extraordinairement longilignes. Lentement de terre s'élevaient des représentations d'hommes et de femmes d'une maigreur impressionnante, qui semblaient, quoiqu'elles fussent aussi rigoureusement immobiles que le peuvent être des statues, se mouvoir dans un élément où chaque geste ébauché constituait un arrachement. Le modelé aussi de ces statues était singulier ; on eût dit que leur chair était constituée de couches de déchirements successifs. En d'autres termes ces statues ne semblaient indéfiniment témoigner que d'une chose : que la vie est un inlassable épuisement. Or c'est aussi ce que la terre d'où elles étaient issues manifestait sans cesse. Je ne saurais mieux dire qu'en parlant de cycles. Supposons, pour simplifier l'exposé, une première vague de statues que l'on cultive jusqu'à ce que, à leur pleine maturité, elles atteignent environ deux mètres de haut ; c'était à peu près ce qu'on pouvait voir de plus grand sur le domaine. Les statues de la vague suivante seront d'une taille moindre. Il s'en faudra d'un bon empan. La troisième récolte sera encore en régression sur la précédente. Jusqu'au moment, au bout de quelques mois, où l'on ne récoltera plus que des figurines de la hauteur d'un doigt ; encore les dernières ne dépassent-elles guère la dimension de l'auriculaire. À cet instant, tandis qu'à une extrémité du domaine on récolte ces statues amenuisées jusqu'au volume du bibelot, à l'autre extrémité on a déjà planté une nouvelle vague de germes. Alors commence l'attente. Les nouveaux plants ne croissent ni ne dépérissent. Ils sont figés. Il n'y a rien à faire et les jardiniers traversent une phase de désœuvrement anxieux. Parfois il ne faut que quelques semaines pour que la croissance régulière reprenne, en d'autres temps, il faut de longs mois. De la sorte, tous ces hommes — et, sans doute aussi, leurs femmes — vivent en permanence une espèce de tragédie suspendue, ourdie sans vifs éclats, et pourtant torturante. Ils ont le sentiment très net qu'il faut à la terre une période de repos avant de recommencer à nourrir ses produits et, de ce point de vue, ils ne se font pas faute de louer son impersonnelle sagesse ; en revanche, ils ne peuvent se retenir de songer, à chaque arrêt de croissance, que peut-être cette fois leur terre est irrémédiablement épuisée.

Je ne saurais donner de la psychologie particulière de ces hommes qu'un aperçu fort limité, n'ayant séjourné parmi eux que trois jours, ce qui est déjà beaucoup plus long que la durée ordinaire d'une simple visite. J'ai assez souvent insisté sur la bonté des jardiniers à l'égard des voyageurs (qui sont, il est vrai, fort rares) ; ceux qui cultivent les statues qui maigrissent sont d'une si extraordinaire bienveillance que cette vertu en devient brisante pour qui a le privilège déroutant d'y avoir droit. Le visiteur ne peut se retenir, en présence d'une sensibilité aussi exacerbée et qu'on s'efforce d'étouffer par souci des convenances, de vivre dans la terreur de blesser son entourage. Et, par-delà ce sentiment un peu trop simple pour rendre compte du climat réel des rapports, il y a cette impression ensemble vague et persistante que des hommes qui sont parvenus à céder si peu à l'égoïsme, ont atteint, du même mouvement, un état de dénuement qui en a fait de perpétuels frôleurs d'abîmes. Quand on identifie en soi-même un tel pressentiment, on ne peut qu'éprouver pour eux une sorte de vertige. De semblables rapports contrariaient sensiblement la tâche de l'acharné questionneur que j'ai toujours été. Cependant, le jour de mon départ, comme je conversais avec le doyen, je me résolus, après mille précautions oratoires où le cœur avait sa part, à sortir de l'échange de politesses pour en venir au sujet qui m'intriguait le plus.

— Je ne vous aurai fréquenté que pendant une période où les statues viennent bien, remarquai-je, et j'en suis bien aise — mais ma curiosité...

— Dites plutôt, votre sollicitude, me reprit-il doucement.

C'était presque toujours ainsi avec eux. Ils vous entendaient avant qu'on ne se fût exprimé, et pourtant ils appelaient la parole, la pressaient.

— Mais poursuivez, ajouta-t-il.

— Je disais que ma curiosité n'y trouve pas tout à fait son compte. J'ai pu voir sur les étagères du hangar des figurines en grand nombre qui attendent le départ pour l'étranger. Mais de ce dont rien ne résulte, on ne peut trouver de témoignage. Je voudrais pourtant savoir quels sentiments vous animent dans ces périodes où rien ne vous occupe puisque la terre se fait muette.

— Muette, remarqua-t-il, c'est bien le mot. La première impression est d'un grand silence. Il faut que vous soyez sur le point de nous quitter pour que je surmonte la gêne que nous éprouvons tous à évoquer ces époques.

— Elles sont donc douloureuses ?

— Non pas. Il n'y a aucune douleur alors pour nous. En fait il n'y a rien. Nous n'éprouvons rien. Toute sensation nous quitte. Nous ne sommes plus que les spectateurs impassibles et distants de notre propre existence qui semble s'être éloignée de nous. Pour tout vous dire, le désir, sous quelque forme qu'il se manifeste, nous abandonne absolument. Plus rien n'a la puissance de nous émouvoir. Nous sommes affrontés à la vacuité de toute chose. Et nous ne sommes pas loin de penser que ce qui généralement rattache un homme aux êtres et aux choses procède essentiellement de liens arbitrairement construits par l'imagination. En dehors de cela, il n'y a qu'une plate survie.

— Mais ne pouvez-vous venir en aide à vos voisins et, en faisant des efforts à leur profit, reprendre goût à la vie ?

— De semblables tentatives ont été faites par le passé. Certains vieux livres d'ancêtres en portent mention ; les arrêts de croissance des statues étaient moins fréquents alors qu'aujourd'hui. Mais il s'est avéré que notre bienveillance était plus pénible à supporter que les efforts coutumiers. Il y eut, paraît-il, des suicides chez ceux qui étaient si contents de recevoir une aide de nous. Cela fit une impression désastreuse. Et depuis, nous avons coutume de fermer nos portes afin que nul n'entre ni ne sorte, d'hiberner, d'une certaine manière, quand notre terre se fait stérile.

Je quittai le domaine des statues qui maigrissent avec le sentiment d'y avoir rencontré un drame pour moi très proche et pourtant tout à fait inintelligible. Cet insaisissable m'obséda pendant tout le trajet. J'y songeai durant les haltes, retiré dans la cellule d'une demeure accueillante. La marche favorise la pensée, mais aussi les plus vaines obsessions, de là qu'on se met parfois à parler comme on marche, mécaniquement. Voyageant de la sorte, j'arrivai finalement à l'heure du repas de midi en vue de mon hôtel. Mon logeur m'attendait, mon repas était prêt, à croire qu'il avait préparé la nourriture chaque jour comme s'il devait être celui de mon retour. Après m'être défait des poussières du voyage, je lui en fis la remarque.

— Non, je n'ai pas apprêté votre table chaque jour. Je savais que vous rentreriez aujourd'hui. Il m'était aisé de calculer le temps que vous mettriez à parcourir la route dans les deux sens, et je ne me suis pas trompé en estimant à trois journées votre séjour sur place.

Il se tut un instant et, comme je ne disais rien, questionna :

— Alors, comment était-ce ?

Je lui donnai mon avis, ou plutôt je lui décrivis par le menu et sans ménager mon enthousiasme tout ce que j'avais vu dans cet étrange domaine. Je parlai longtemps et insistai souvent sur l'idée qu'il se jouait là-bas une tragédie lente qui me paraissait exemplaire. Or il se mit à donner des signes d'impatience de plus en plus accentués, jusqu'à s'écrier :

— Une tragédie ! Vraiment, une tragédie ! Eh bien, si vous êtes amateur de tragédie, venez donc avec moi !

J'en étais au milieu de ma tranche de rôti, mais le pressentiment que j'allais soudain en savoir beaucoup plus long me poussa à me lever et à le suivre sans lui poser la moindre question. Nous avons gravi l'un derrière l'autre l'escalier jusqu'au grenier. J'ai marché à sa suite dans le couloir qui menait à ma salle d'études, mais, au lieu d'y pénétrer, il a poussé la porte d'une pièce qui lui faisait presque vis-à-vis. En passant le seuil, il me saisit par le poignet et, de crainte peut-être que je ne m'attarde aux objets qui peuplaient la pièce et dont j'aurai à reparler, m'entraîna en hâte pour me planter soudain devant une lorgnette qu'un trépied soutenait devant la fenêtre ouverte.

— Regardez-la votre tragédie ! une vraie tragédie cette fois ! hurla-t-il.

Et c'est presque de force qu'il me colla l'œil à la lunette. Un peu penché, les mains sur les genoux, j'essayai d'accommoder mon regard à ce nouvel espace. J'ai toujours éprouvé un certain malaise auprès de ces appareils qui donnent à portée de main, semble-t-il, ce que l'œil nu discernerait mal à l'horizon. Et déjà il questionnait :

— Alors, vous voyez ?

— Eh bien…

— Que voyez-vous ?

— Un chou-fleur.

— Un chou-fleur !

Il réfléchit un instant et reprit :

— Vous avez raison, ça ressemble exactement à un chou-fleur.

— Non, dis-je, si j'en juge par certains détails, c'est impossible ; il faudrait que ce légume soit grand au moins comme un quartier de ville.

Il se taisait. Je m'appliquais.

— C'est un domaine, dis-je, je reconnais l'enceinte. Cette verdure tout autour, c'est l'anneau forestier. Mais quelle peut bien être cette construction qui en occupe tout le centre, cette masse de protubérances rondes qui me le firent d'abord prendre pour un chou-fleur dont un bord est mangé de moisissure ? Mais enfin, qu'est-ce que c'est que ça ?

— Vous ne devinez pas ?

— Une statue ?

— Oui, mais alors la plus monstrueuse que vous ayez jamais vue.

Je me redressai et le regardai en face. Il n'avait pas du tout l'air de plaisanter.

— Franchement, lui dis-je, je n'y comprends rien.

— Vous avez vu ?

— Oui, mais cessons ce jeu. J'ai vu quelque chose d'impossible, d'inconcevable, d'inconvenant ! Une statue qui remplit tout un domaine.

— Si vous l'avez vu, c'est que cela existe.

— Non. Voir ne signifie rien. Il y a sûrement une explication.

Je le regardai :

— Il y a une explication et vous ne me la donnerez pas.

— C'est exact.

— Bon, j'irai, puisque c'est ce que vous désirez.

— Je ne désire rien. Je ne désire plus rien depuis longtemps, mais cela m'agace de vous voir partir

180

toujours dans la même direction contempler toujours la même chose et ne vous en point lasser.

— Voyons, remarquai-je, quand j'ai découvert la statue sans tête ni bras, quand j'ai rendu visite aux faiseurs de nuages, c'était à l'est. Je rentre à peine d'un voyage dans l'extrême sud. À l'ouest...

— Je viens de vous montrer le nord.

— Oui, mais tant que nous y sommes, il y a autre chose que je n'avais pas vu.

— Je vous en prie.

— Ah, non ! Donnez-moi des leçons tant que vous voulez, mais prenez vos responsabilités. Dites-moi quelle est cette étrange collection qui nous environne.

Et de la main je désignais l'espace de la chambre autour de nous.

— Ce sont des insomnies, me répondit-il.

En face de moi se dressait un établi encombré de tous les outils du sculpteur sur bois ; d'un côté, des morceaux de poutre ; devant, des copeaux et des éclats ; de l'autre côté, un amoncellement de statuettes qu'on eût dit rageusement jetées au sol dès qu'achevées, et parfois seulement à peine ébauchées. Avant qu'il ait pu me retenir, je me mis à genoux pour examiner de plus près cette invraisemblable collection.

— Voilà donc ce que vous faisiez la nuit et pourquoi j'entendais de temps à autre des coups de marteau.

Ce que j'avais sous les mains était extraordinaire. Toutes les créatures les plus obscènes et les plus hallucinantes que le cauchemar puisse engendrer semblaient se retrouver là, figées dans leurs grimaces, la bouche distendue et le sexe monstrueusement évident. Certaines avaient les traits forcés à grands coups profonds au point que je me demandais comment le bois avait résisté au sculpteur en démence. D'autres, et je crois bien qu'elles étaient pires, montraient une découpe plus fluide, plus vague, polie, avec des convulsions d'ectoplasmes et des rictus morveux.

— C'est là, dis-je, le travail d'un fabuleux visionnaire.

— Ne croyez-vous pas, me demanda-t-il, qu'il est temps que vous finissiez votre repas ?

Pour la première fois depuis le début de mon séjour, je faillis me mettre en colère. Il dut le sentir.

— On affirme ici que la colère est mauvaise conseillère ; voyez, elle vient de me faire faire une bêtise.

Ces quelques mots étaient dits avec une tristesse qui transforma encore mon humeur. Toujours à genoux, j'avais aligné, pour les mieux voir, quatre ou cinq figurines sur la planche de l'établi.

— Regrettez-vous déjà, demandai-je, de m'avoir fait confiance ?

— Non, ce n'est pas ce que je voulais dire. Mais... — il eut un geste las — ... ce domaine en forme de chou-fleur, comme vous dites, ces sculptures qui n'appartenaient qu'à la nuit, je ne sais plus quelle impatience m'a poussé à vous les faire connaître. C'est l'autre qui a raison, votre guide. Il vous a montré ce qui est réellement notre pays — qu'avez-vous à faire du reste ? Cela ne compte pas.

— Pour être bien franc, lui dis-je, je ne crois qu'à moitié à ce genre de dénégation. Et quant à moi, je suis venu ici pour tout voir et tout savoir ; il me déplairait bien de découvrir, comme tout déjà me le laisse pressentir, que j'ai été trompé. Je croyais avoir vu les statues les plus extraordinaires, vous me montrez un domaine si étrange que je doute presque de son existence. Je croyais que seul le gardien du gouffre était sculpteur dans ce monde de statues, je découvre que vous tirez du bois des figures telles que nulle part je n'en ai vu de semblables. Pourquoi faudrait-il que j'ignore tout cela ? Et d'ailleurs comment le pourrais-je désormais ?

— Je serais fâché que vous vous mettiez par ma faute à vous défier de votre guide. Non, cet homme-là, de bonne foi, s'est efforcé de vous montrer ce qu'est réellement le pays des jardiniers. Le malheur a voulu que vous ayez aussi affaire à moi, qui suis le navrant produit d'une sorte d'accident finalement peut-être assez insignifiant.

— Cela existe donc un accident insignifiant ?

— Oh, oui ! Voyez-vous, j'étais né tout simplement pour faire un jardinier et puis, pour des raisons diverses et des querelles de famille, je me suis retrouvé en dehors du domaine familial sans être marié. Je déteste les mœurs de ce pays. Et malgré moi, je porte dans mon corps ce grand désir de soigner des statues ; et voilà le résultat.

Il tendait la main vers les monstres de bois.

— Quant au domaine que vous avez pu voir par la lorgnette, poursuivit-il, il arrive tout simplement au dernier degré de la ruine, à la suite d'une longue histoire dont le détail importe peu. C'est une histoire. C'est à cause d'elle que cette soudaine fièvre m'a pris. J'avais le sentiment que vous en étiez à ne voir ici qu'un pays du temps immobile dans lequel rien ne venait troubler le rythme de croissance des statues ou les refrains des femmes closes dans leur jardin secret. Quand je vous ai vu revenir tout à l'heure du domaine des statues qui maigrissent, si content et inquiet à la fois d'avoir découvert un lieu où ce cycle se brisait, comme si vous finissiez par étouffer dans les anneaux de cet éternel recommencement, j'ai voulu vous montrer que cela pouvait aller plus loin dans l'étrangeté. Je ne sais si c'était haine ou amitié. Voulais-je vous satisfaire par la rencontre de quelque événement que vous ne pouviez soupçonner, ou vous meurtrir en vous découvrant que ces soubresauts du temps ne peuvent être que catastrophiques ? Je ne sais plus ; les deux sans doute. Mais qu'importe. Je viens d'éprouver que la passion du vrai est souvent inséparable du penchant à l'obscène. C'est votre guide qui est juste.

Je sentais qu'il s'était déchargé de toute sa fureur et se trouvait soudain épuisé et démuni.

— Venez, lui dis-je, je vais continuer mon repas. Accompagnez-moi, j'ai une idée sur laquelle j'aimerais recueillir votre avis.

Il me suivit avec une attristante docilité. En bas, je m'installai de nouveau devant mon assiette où une tranche de viande à demi lacérée s'était collée sur une pellicule de graisse refroidie. L'homme de métier reprit le dessus chez mon compagnon.

— Vous n'allez pas manger ça, s'écria-t-il, surtout après le voyage que vous avez achevé ce matin !

Et avant que j'aie pu le retenir, il s'était emparé de mon assiette et courait vers la cuisine. Je l'y suivis. Il tirait du four encore chaud le rôti sur lequel il avait prélevé ma portion. D'un regard je reconnus les lieux et je m'abandonnai à mon inspiration. En trois coups de torchon j'écartai sur la table les épluchures de légumes qui y traînaient encore ; ayant fait place nette, j'y posai deux assiettes, deux gobelets et des couverts. Il s'était retourné au bruit que faisait la vaisselle que je prenais sur une console.

— Mais que faites-vous ?

— Je mets le couvert.

— Pour deux ?

— Pour deux. Vous n'avez pas encore mangé ?

— Non.

— C'est bien ce que je pensais. Nous mangerons ensemble. J'ai à vous parler sans retard, et cela ira bien mieux en mangeant. Posez là ce plat et asseyez-vous en face de moi ; chacun se servira à sa guise. Ah, où est le tire-bouchon ? Nous allons dire deux mots à cette bouteille.

Il me tendit l'instrument que j'avais en déblayant couvert d'épluchures de pommes de terre, et s'assit.

— Voilà, dis-je une fois que chacun se fût servi de viande et de vin, je vais partir vers le nord aussitôt qu'il sera possible.

Il leva la tête vers moi ; une lueur passa dans ses yeux qu'il tâcha de voiler en baissant les paupières ; il protesta mollement.

— Cela ne correspond guère à votre rythme habituel. Vous avez des notes à prendre sur votre dernière randonnée. Vous n'allez pas abandonner votre projet ?

— Mais non. Cependant je suis convaincu que je peux le mener à bien avec beaucoup plus de simplicité. Il n'est pas nécessaire que je décrive en long et en large le moindre pied de statue. Il est préférable que je trace nettement des caractères généraux. Cela, je peux le faire en voyageant. Je n'ai pas regretté, vous savez, pendant mon dernier voyage, surtout au retour, d'avoir emporté le nécessaire pour écrire. Cela m'a aidé à me reposer, à l'étape, de soulager sur le papier ma cervelle encombrée. Écrire est un luxe de pauvre — il suffit d'avoir du papier et de l'encre.

— Avant de repartir, vous pourriez au moins attendre de vous être reposé un peu.

— Quand j'ai commencé à vous parler, je voulais reprendre la route dans deux heures d'ici. Mais comme c'est un véritable voyage que je veux entreprendre, il vaut mieux que je le prépare avec soin. Pensez-vous que nous puissions mettre ça sur pied pour demain matin ?

— Oui, on doit pouvoir y arriver.

— Alors je partirai demain matin. À quelle distance croyez-vous que se situe le domaine que j'ai examiné tout à l'heure par la longue-vue ?

— Vous voulez aller là aussi ?

— Là surtout. N'est-ce pas sur mon itinéraire ?

— Si, mais…

— Écoutez, je ne désire plus que vous me disiez quoi que ce soit sur ce domaine ; je veux le découvrir par moi-même.

Cette solution semblait lui convenir. Et à cette sorte de détente de tout son être que je perçus très vite, je compris que ce domaine devait le toucher de fort près. À ce signe, s'il était encore besoin, j'eusse reconnu un véritable jardinier, répugnant toujours à parler de ce qui le concerne intimement.

— Je pense que j'ai devant moi une bonne journée de marche pour y parvenir.

— Comptez le double, me répondit-il, car vous aurez à faire des détours.

— Bien. J'y ferai étape au soir du second jour. Je n'y passerai pas plus d'une journée. Ensuite, je reprendrai la marche vers le nord.

— Non, me dit-il, si vous passez une nuit sur ce domaine, vous en passerez au moins deux. Et puis il y a autre chose. Peut-être que personne ne viendra vous en ouvrir les portes ; il est peut-être déjà inhabité ; j'ai cru voir de temps à autre de la fumée, mais je ne suis sûr de rien. Et même s'il y a quelqu'un…

— Puis-je me permettre d'entrer sur le domaine, même si personne ne m'y accueille ?

— Vous êtes seul juge.

— Soit. Alors j'entrerai.

— Vous ferez bien.

— Je veux voir cela de près.

— Vous vous doutez de ce que vous trouverez, n'est-ce pas ?

— Je commence à en avoir une idée.

— Vous comprenez que vous risquez de vous y attarder ?

— Peut-être y passerai-je deux nuits, mais certainement pas plus.

— Nous verrons bien.

— Ensuite, je compte marcher vers le nord.

— C'est là que le voyage va devenir difficile. Il y a des imprécisions de bornes, le parcours est moins net, les routes moins bonnes. Et le climat est fort inclément.

Et comme je montrais quelque surprise, il ajouta :

— Ici, à l'hôtel, nous sommes juchés sur la pointe d'un plateau qui s'avance au-dessus d'une vallée. Celle-ci s'étend fort loin vers le sud, si nous considérons comme négligeables quelques modestes collines, des mornes. Au nord, la vallée est plus resserrée. Au-delà du domaine ruiné commence une chaîne de monts amoindris par l'âge. Dès que l'on franchit ce relief, on progresse dans une zone plus froide et pluvieuse. Loin au-delà, la steppe est venteuse.

Il repoussa son assiette comme pour se donner plus d'aise dans la réflexion où il s'engageait. Nous n'avions pas cessé de manger et de boire entre les répliques du dialogue que je viens de rapporter.

— Le mieux, finit-il par dire, serait que je vous accompagne ; je connais assez bien la zone qui s'étend au nord de votre première étape. Je pourrais vous servir de guide jusqu'à l'endroit où je ne connaîtrais plus rien. À ce moment-là, il vous resterait à faire votre itinéraire au jour le jour selon les indications qui vous seraient fournies dans les domaines où vous feriez étape.

— Cela m'arrangerait grandement. Mais n'allez-vous pas être un peu bousculé s'il vous faut partir dès demain matin ?

— Mais je ne partirai pas en même temps que vous, je n'ai pas besoin de faire étape dans le domaine ruiné. Vous prendrez les devants pendant que je fermerai l'hôtel et je vous attendrai à partir du cinquième jour après votre départ en un point fixé.

— Nous ferons comme vous l'entendez.

— Bon, alors laissez-moi m'occuper de votre bagage. Reposez-vous cet après-midi, ce soir nous verrons ensemble les dernières dispositions afin que vous partiez demain matin.

Il s'était levé et commençait à s'activer pour mettre un peu d'ordre dans la cuisine, et, lorsque je me levai à mon tour, il me poussa presque dehors. J'en fus un peu contrarié. Je voyais s'étendre devant moi un long après-midi de désœuvrement que mon impatience rendrait plus difficile encore à traverser. Je pressentais qu'aucune tâche, aucune réflexion ne m'occuperait assez pour me distraire de ce sentiment d'être attendu, appelé, quelque part, dans l'inconnu, et qui avait déjà commandé ma brusque décision. Je montai néanmoins dans ma mansarde pour feuilleter quand même les notes déjà prises, répertorier les lacunes, relever éventuellement quelques-unes des réflexions que m'avait suggérées ma dernière randonnée. Comme je les manipulais, l'abondance de mes écrits me déconcerta. Avais-je donc écrit tout cela ? Était-ce bien moi qui tenais la plume ? Il y avait quelques mois qu'indolemment je traçais des mots les uns à la suite des autres. Je n'avais jamais pensé que cela pût constituer déjà un tel volume. Et pourtant si inachevé, car à tout instant je décelais des manques considérables. Je m'étais attendu à subir une crise d'impatience, je n'éprouvais qu'indifférence. Il me semblait que tout ce travail minutieux et vain n'avait été exécuté que pour tromper mon attente de quelque chose de plus grave. Un appel plus lointain que je n'entendais pas encore. Pourquoi ne pas tout brûler, puisque, j'en avais la certitude, j'étais sur le point de partir à nouveau vers une exploration tout autre que celle que j'avais jusqu'à présent menée. Pourquoi pas ? Je ne le sais pas encore. Je sais seulement que j'étais incapable de mettre fin à cette liasse de papier couverte de mes griffonnages. Tout cela était frappé d'inanité, mais il ne m'appartenait plus de m'en défaire. À un autre, peut-être, il revenait d'en disposer. Je songeais à cette obscurité et restais pris dans ce geste suspendu comme sous une étreinte de pierre. J'avais posé les mains à plat sur le paquet de papier et m'étais renversé contre le dossier de ma chaise ; je tournai la tête vers la fenêtre, vers le sud. C'est dans cette position que le sommeil me prit.

Deux heures plus tard, on me secouait l'épaule pour me tirer du sommeil. C'était mon logeur.

— Excusez-moi de vous déranger, mais il faut que nous profitions de ce qu'il reste de soleil cet après-midi pour utiliser la longue-vue. Vous comprendrez mieux mes indications d'itinéraire.

Je n'eus que quelques pas à faire pour me retrouver dans son atelier. On y avait fait le ménage. Les outils étaient pendus à leur râtelier ou couchés dans leur tiroir, les copeaux balayés et, dans un coin, les statuettes grimaçantes étaient rangées, les plus courtes au premier rang comme un groupe d'écoliers pour la photographie. Elles étaient plus menaçantes dans cet ordre, semblant n'attendre qu'un coup de baguette magique pour le déborder. Il vit que je les regardais.

— Oui. Je crois que je devrais les brûler, mais je n'y arrive pas. Je ne tiens pas à elles, mais il est au-dessus de mes forces de les détruire. Je ne sais ce que je vais en faire ; elles m'encombrent, vous savez.

— Vous avez bien le temps de vous en soucier, lui dis-je. Laissez-les là en attendant. Nous fûmes auprès de la lunette. Il y avait le nécessaire pour écrire à portée de ma main et pendant un long moment je me mis à apprendre le paysage tandis qu'il déplaçait le tube et reportait un à un les repères sur un plan sommaire qu'il ne me resterait plus qu'à suivre.

— Cela fait bien des détours, remarquai-je.

— C'est que le tracé des domaines s'est considérablement compliqué au fil des siècles. Je vous raconterai tout ça en route. Voulez-vous voir votre équipement ? Je le suivis dans la pièce voisine.

— Nous pouvons prendre pour base le costume qui fut le vôtre ces jours-ci dans le sud. Vous compléterez simplement les bottes par des guêtres.

Ce qu'il appelait des bottes, c'étaient ces bizarres chaussures montantes dont tout le dessus se laçait en rapprochant des langues de cuir en sorte qu'une partie du pied restait nue. Il me semblait en avoir vu de semblables, dans un autre âge de ma vie, sur des reproductions de statues antiques. Il me tendait, pour ajuster dessus, deux fourreaux de toile écrue que j'essayai séance tenante. J'avais le pied couvert et la jambe engagée dans cette gaine jusqu'au-dessus du genou.

— Voici, ajouta-t-il, un gilet à passer sous la veste et un manteau pour les grands froids. Vous n'aurez besoin de ce dernier qu'au-delà du domaine ruiné. Je pourrai vous le porter.

— N'en faites rien. J'aurai le loisir de faire une étape tandis que, lorsque nous nous serons rejoints, nous marcherons aussitôt. Il est préférable que je sois le plus chargé de nous deux.

— Il n'est pas sûr que vous vous reposiez malgré votre arrêt ; mais nous ferons comme vous voulez. Dans ce cas, j'apporterai avec moi des provisions fraîches. Prenez plus de linge que la dernière fois et n'oubliez pas de vous munir d'alcool et de tabac.

Le dîner, ce soir-là, ressembla à une veillée d'armes. Il avait mis de nouveau mon couvert dans la salle, mais, pour ne pas paraître mépriser notre compagnonnage du précédent repas, avait installé son assiette à la même table. Nous mangions en silence ; les couverts parfois résonnaient dans la vaste pièce et leurs cliquetis amplifiés nous faisaient sursauter. Nous n'avions plus rien à nous dire, et ce mutisme guindé auquel nous ne savions quoi opposer exaspérait notre impatience. Je me retirai tôt pour veiller seul sur cette sensation d'inconnu qui ne me lâchait plus depuis mon retour du sud et qui s'intensifiait d'instant en instant sans rien gagner en précision.

Je partis à l'aube par la porte de derrière que mon logeur ouvrit exprès pour moi. Et, dès que j'eus fait une centaine de pas, je connus une de ces émotions qui semblent se jouer de la mémoire pour nous plonger dans un temps très lointain que les événements de la vie — de la vie qui continue — devraient depuis longtemps avoir aboli. Quand il surgit ainsi inopinément, ce profond *maintenant*, au creux duquel se dérobent les ombres disparues, se donne inqualifiable. Il est gros d'engendrements à venir — qu'on a connus pourtant et que de nouveau on attend de pouvoir nommer — en sorte qu'à l'inéluctable poids du passé se mêle fraîche embrassée la gerbe des virtualités que le cours des choses a abolies, auxquelles on a cru un instant. On découvre alors avec stupeur que l'on a eu seulement raison de ces illusions que le crible du réel a retenues à jamais dans d'inaccessibles arrière-mondes. Dans l'eau-forte du petit matin je suivais cette route large et austère, semblable à tant d'autres, bordée de hauts murs que surplombent des frondaisons noires. Çà et là, j'apercevais un toit sombre et pentu. Chaque groupe loge dans sa demeure, mussée dans un angle du terrain, toute proche de l'enceinte fermée. De temps à autre, je passais devant une porte, toujours close. Les voyageurs sont rares dans ce pays ; il y a des routes, mais on n'y circule pas. Il me semblait, tant mon humeur était morose, que je quittais la région ou plutôt que tout m'en expulsait. J'étais loin de l'impression d'accueil que j'avais connue en suivant mon guide dans nos courses sur l'autre versant de la contrée. C'est en compagnie de sentiments de cette sorte, si pénibles soient-ils, que l'on fait le plus de chemin. Je m'arrêtais de temps à autre pour me restaurer ou pour vérifier ma route. Au soir, j'avais si bien marché que je pouvais espérer atteindre le domaine ruiné le lendemain vers la mi-journée. Je demandai l'hospitalité à la première porte rencontrée. On me traita selon la tradition que j'ai dite déjà. Cependant — est-ce moi qui avais l'esprit offusqué par les propos de mon logeur ? —, lorsqu'à la question qui m'était faite j'eus répondu que je venais du sud, il me sembla que le contact se refroidissait sensiblement, au point que, voyant qu'on ne m'invitait pas à faire le tour du domaine, je n'osai en faire la demande. Mais je donne cette impression pour fort incertaine, car, quand on connaît la discrétion et la simplicité des jardiniers, on a peine à évaluer le sens de leur silence. En revanche, je fus frappé par les propos des adolescents avec qui, bien que je fusse assez las, je m'entretins un instant. Ils ne manifestèrent aucun intérêt pour les lieux d'où je venais. Comme si, bon ou mauvais, ils n'en attendaient rien. Venant du sud allais-je vers le nord ? Et, si oui, jusqu'où ? Telles semblaient être, à leur sens, les questions importantes. Je tâchai d'y répondre aussi scrupuleusement qu'il m'était possible. Oui, j'allais dans cette direction. Je comptais m'attarder une ou deux journées sur un domaine assez proche du leur et ensuite marcher droit au nord. Jusqu'où ? Eh bien, au moins jusqu'en bordure des steppes où j'espérais que, malgré les rigueurs du climat et des conditions d'existence, les nobles traditions des jardiniers avaient encore cours. Si c'était le cas, j'espérais pouvoir y séjourner quelques jours et même, si j'y trouvais, comme il était probable, des indications suffisantes, je m'aventurerais peut-être sur la chaussée des vaines statues qui se perd, paraît-il, dans les sables. Ne désirais-je pas trouver certains vestiges dont on parlait parfois ? Certes, j'étais comme tout homme, surtout si cet homme a choisi d'être voyageur, désireux de découvrir le plus de choses possible et des plus merveilleuses, mais le pays était difficile et je n'étais pas disposé à m'y perdre. En outre, ce qui me fascinait le plus pour l'heure, c'étaient encore les statues. Pendant que je croquais une poignée de radis, ils étaient tous là, accroupis en face de moi, à me scruter. Ils étaient graves et brûlaient d'impatience contenue, et, depuis un moment déjà, j'avais deviné où ils désiraient me voir m'engager, mais je les laissais venir. Ce fut un grand garçon au teint sombre, au fin visage encadré de boucles brunes, qui s'y risqua finalement :

— Et les hordes des steppes, vous ne les craignez pas ?

— Je n'en sais pas assez sur leur compte pour en avoir peur. Je n'en ai jusqu'à présent entendu parler que fort vaguement…

— Ici, on en parle beaucoup. Les vieux n'aiment pas ça, mais nous, ça nous intéresse.

— Et qu'en dit-on ?

Il haussa les épaules.

— Bien des choses.

C'est alors qu'il fut débordé par ses compagnons. Chacun avait à se décharger d'une histoire recueillie de la bouche d'un pèlerin ou en marge des conversations d'hommes, voire dans les murmures des femmes. Et je vis assez vite que chacun projetait sur ce désert de sables tourmentés ce qui l'animait avec le plus de véhémence. Pour l'un c'était un rêve de conquête et de grandeur, pour un autre, un espoir de justice nouvelle, pour un troisième, plus modestement, l'attrait de l'inconnu. Mais chez tous, une attente, une fièvre. La tradition de leurs pères avait cessé de les exalter et ils rongeaient leur frein. Tous, sans exception, étaient fascinés par cet enfant perdu légendaire dont on prétendait qu'il avait pris la tête des peuples divisés de la steppe. Le mot de la fin revint au plus jeune de la bande. Dépité et boudeur, il se leva en murmurant :

— Tout ça, c'est des histoires pour les enfants. Nous ne savons rien.

Et il se tourna vers moi.

— Je vous promets, dis-je, que si j'apprends quelque chose d'intéressant, et si je reviens, je ferai étape parmi vous.

Ils s'en furent.

Le lendemain, au début de l'après-midi, j'étais en vue du domaine pour lequel je m'étais mis en route. Quand même n'aurais-je pas reconnu ses bornes — armoriées d'un loup de théâtre sous lequel glisse un poignard —, au dernier carrefour j'aurais cependant été averti que je touchais au but par le sentiment que firent lever en moi ses murailles navrées de lézardes où j'eusse pu passer le bras, offusquées des dégoulinades noirâtres des pissats de la pluie et livrées aux lichens, aux mousses et aux courtes fougères qui témoignaient assez de leur vétusté et de leur abandon. En m'approchant, je constatai que la poterne était effondrée comme sous l'effet de quelque séisme. Les éléments semblaient vouloir manifester qu'il ne s'agissait plus d'entrer dans ce domaine, ni même d'en sortir. Avertir de mon approche d'hypothétiques habitants était hors de question — où aurais-je trouvé dans cet amas vague de moellons rompus et de poutres brisées les restes de la cloche secourable aux voyageurs ? Je me mis en devoir d'escalader l'amoncellement qui barrait toute la largeur du porche, ce qui n'eut pour effet que de me rapprocher de nouveaux obstacles, plus rebutants encore que celui que je venais de gravir. Une seule vague de terre qui semblait venue des plus lointains confins du domaine, roulant sa houle pulvérulente, avait édifié auprès des murailles une véritable colline dont les débordements, déséquilibrant la pierre, avaient causé tous les dégâts. Les arbres, grands et nobles sous cette poussée, qui s'agrippaient de toutes leurs racines tourmentées à l'humus dont ils étaient issus, en dépit de cette tempête géologique, persistaient à vivre. Leur tronc, en raison de la pente soudaine qui les avait bouleversés, semblait pousser selon une oblique à l'angle presque fermé, ou même tout à fait à l'horizontale. Ils traçaient au-dessus de ma tête un invraisemblable entrecroisement. On les eût crus disposés pour une de ces charpentes complexes qui font toute l'armature des anciens moulins à vent. N'eût été la besace qui avait tendance à se ficher, tantôt d'une poche, tantôt de l'autre, dans toutes les branches transversales et qui glissait à tout instant de mon épaule à la saignée de mon bras, cet entrelacs sauvage et gigantesque m'eût aidé plutôt dans mon ascension, d'autant que, les premiers mètres franchis, je pris l'heureux parti de marcher de tronc à tronc sur la passerelle que m'offraient les maîtresses branches, ce qui m'évitait l'inconvénient de m'enfoncer à chaque pas jusqu'à la cheville dans le terreau bouleversé. Lorsque je fus parvenu au sommet de cette dune, une troisième vague, insurmontable celle-ci, se dressa devant moi. C'était bien ce que j'avais imaginé, mais mille fois plus grandiose et monstrueux que prévu. Je me trouvais debout à la jonction de la couronne de verdure et du cœur de pierre blanchâtre et tumescent d'un chou-fleur grand comme une colline. Au-dessus de moi, des pédoncules du diamètre des colonnes de l'acropole d'Athènes s'incurvaient un peu sous le poids de boursouflures bourgeonnantes. Ces troncs de pierre dessinaient entre eux d'insondables couloirs que barraient inextricablement des branches transversales. Ces branches étaient des membres humains, des bras, des jambes, des sexes, de marbre, immenses, desquels s'élançaient comme des rameaux de nouveaux détails anatomiques : doigts, nez, yeux pédonculaires, bouches propulsées par des trompes. Des voûtes pendaient, semblables à des chauves-souris d'albâtre, des mains entières déployées, des têtes de chevaux, des cornes, des queues d'hippocampe, des feuilles d'acanthe. La blancheur, partout d'une pureté totale et qui semblait l'effet d'une décoloration anémique, ajoutait à l'horreur obscène de l'ensemble. J'hésitai un instant à me risquer dans le dédale qui s'ouvrait à moi par plusieurs accès ; je pense que ce qui m'en dissuada ce fut le bruit. Quiconque aura mis au moins une fois dans sa vie la tête sous l'eau en mer chaude à proximité d'un massif de madrépores m'entendra bien, car je percevais ici ce grignotement sourd fait de la sommation des imperceptibles et incessants grincements de la vie sous un de ses aspects les plus frustes. Cette masse de pierre vivait, de sorte qu'elle n'était pas seulement hideuse, elle était menaçante comme un cancer. Je décidai de contourner le monstre. S'il m'était permis encore d'espérer rencontrer quelqu'un, ce ne pouvait être que dans la zone où s'élevait la demeure dont je ne pouvais pour l'heure évaluer l'état. J'assurai mon bâton dans ma main et partis du pied droit, souhaitant de n'avoir pas à faire en vain le tour de tout le domaine. Ma démarche entre cette frémissante falaise et les arbres rejetés par-dessus les murailles était assez aisée et j'allais d'un bon pas. J'entendis soudain une véritable explosion suivie d'une projection crépitante de cailloux qui fusèrent à deux pas de moi comme une poignée de mitraille. Je me demandai un instant si l'on faisait sauter des mines ; puis je me rendis compte que c'était sous sa propre pression contrariée que la pierre éclatait. Pour une raison qui me demeurait encore inconnue, le domaine était à l'abandon, mais les statues n'avaient pas pour autant cessé de croître. Privées des soins des hommes qui ne les transplantaient ni ne les émondaient plus, elles s'étaient développées dans la profusion et le désordre les plus grands, poussant toujours plus haut leurs cimes, s'entre-empêchant l'une l'autre, s'embarrassant mutuellement de leurs excroissances, se contrariant enfin et s'étouffant au point de provoquer, comme je venais de le constater, des éclatements semblables à ceux que produit le gel parmi les rochers des sommets montagneux. J'étais déjà un peu moins rassuré qu'au départ, car les fragments jaillissaient avec tant de violence des canaux de pierre qui s'ouvraient dans la falaise que je risquais en m'aventurant sur la trajectoire de me faire hacher par la mitraille. Quelques pas plus loin, un nouvel accident faillit me coûter la vie. Par bonheur, des claquements retentirent, qui me mirent obscurément en garde. Je ne sais quel instinct me poussa à me plaquer contre un pilier de pierre pour parer à toute éventualité. De menus éclats commencèrent à rebondir au-dessus de ma tête que protégeait le surplomb, puis un grand bloc de roche se détacha, se fractionna en tombant et s'éboula depuis le sommet terreux vers les profondeurs ombragées par les arbres. J'eus tout juste le temps de voir s'enfouir une grappe de visages pensifs aux yeux aveugles extasiés. Je repris ma route en serrant les dents comme s'il s'agissait de relever un défi contre les éléments. Je remarque seulement aujourd'hui, tandis que je me donne le loisir de reprendre un à un les fils du souvenir, que rien de tangible ne justifiait les risques que je prenais alors, car ce genre d'avalanche me barra la route à plusieurs reprises sans que je songeasse un seul instant à rebrousser chemin. Et lorsque je veux décrire le monde fantastique dans lequel j'évoluais alors, c'est à peine si je parviens à l'évoquer grossièrement. À la vérité, j'allais comme un somnambule qui s'aventure impassible au rebord des toits sans même savoir quelle chimère, dont au réveil il aura oublié l'appel, commande son pas. Marchant ainsi, sautant parfois à l'abri de la roche en surplomb, craignant la mitraille sournoise des graviers, je progressais cependant. Je suivais depuis longtemps le long côté du domaine, lorsqu'il me sembla que le sol s'infléchissait sous mon pas et que les arbres poussaient moins penchés. Je traversai ensuite une sorte de chantier en ruine, couvert de gravats. Un silence se fit et soudain j'entendis un bruit de marteau sur la pierre. La demeure m'apparut, cernée d'un talus de pierraille, et un instant je me tins immobile au seuil d'une arène de ruines que dominaient une façade sans vie et un cirque de falaises menaçantes. À l'autre extrémité de ce vide s'agitait une silhouette humaine. Au bout d'un long manche, je voyais avec une régularité mécanique s'élever et retomber contre la pierre dont les éclats volaient une lourde masse de fer qui éveillait aux quatre coins de l'espace d'assourdissants échos. Je faillis me ruer en avant mais une intuition fugace me retint ; je me contentai de faire quelques pas, les yeux toujours fixés sur la silhouette que je voyais de dos en contrebas. Ce que le mouvement de l'outil tournoyant sans relâche dans une ellipse parfaite et la souple coulée du geste, presque dansé, m'avaient laissé pressentir, la gracilité des membres et la finesse de la taille de ce mystérieux travailleur le confirmaient : une femme se tenait devant moi et m'ignorait encore. Un pagne faisait tout son vêtement et cette demi-nudité ne me laissait rien ignorer du balancement de hanches qui portait au plus haut ses bras tendus et la masse pour les laisser choir et, le dos creusé, en ressaisir la force à l'instant de l'impact. Une chevelure sombre coulait d'une seule mèche jusqu'à ses reins et, lourde, ondoyait languissante au rythme de son effort.

En moi, tout élan, tout projet se dénouaient comme au terme d'une très longue quête et je sentis mon regard embué par les larmes. Je n'éprouvais qu'une immense et indistincte gratitude. Je ne sais ce que dura ce fragment d'éternité délivrée. Je ne pouvais me dissimuler plus longtemps tout ce que mon intrusion en un tel lieu recelait d'incongru en regard des mœurs du pays. Certes, il ne devait pas rester grand-chose du jardin d'où cette femme n'eût jamais dû sortir ; mais rien n'indiquait que, malgré l'état dans lequel je trouvais le domaine, les vieux interdits se fussent effondrés aussi vite que l'ordonnance des choses avait été bouleversée. Plus profondément, et pour la première fois de ma vie sans doute, j'avais honte de mon regard et la façon dont je saisissais par surprise l'inconnue me forçait à ressentir ma propre présence comme particulièrement scandaleuse. J'étais hanté malgré moi par le souvenir de ces démoniaques figures de pierre que dans mon pays les anciens bâtisseurs se sont ingéniés à placer en des lieux inaccessibles, et dont on découvre soudain, mais trop tard, le visage avide surplombant le cours des choses dans leur innocence, désormais frappées de dérision par quelque pouvoir maléfique. Je songeai, sans parvenir pour autant à surmonter assez mon trouble pour revenir sur mes pas, qu'il me fallait trouver au plus vite un subterfuge pour me faire annoncer. À cet instant, ayant sans doute éventé ma présence, l'inconnue se retourna brusquement. Je croyais qu'elle allait crier. Elle laissa simplement s'abaisser le long de son corps ses bras qui brandissaient encore la lourde masse. Nous étions face à face dans un silence soudain, à vingt pas l'un de l'autre, regards affrontés. Ma confusion extrême s'aggrava encore lorsque l'ombre d'un sourire glissa sur son visage.

Je n'osais bouger et lorsque, ayant laissé choir son outil, elle se mit en marche vers moi, je me sentis penaud de n'avoir pas encore osé parler. Son visage s'était fait grave.

— Vous êtes étranger, sans doute ? me demanda-t-elle en s'immobilisant à deux pas de moi.

Il fallut que je fisse un effort pour décoller ma langue de mon palais.

— En effet, répondis-je, je suis étranger ; mais je connais assez les mœurs de votre pays pour mesurer l'inconvenance de la situation où je viens de me mettre. À vrai dire, je ne sais comment vous présenter mes excuses. Je ne m'attendais pas à commettre une si grave indiscrétion.

— Vous vous êtes égaré, peut-être ?

Je croyais rencontrer une sauvageonne et c'est une femme d'une simplicité sévère et teintée d'ironie qui s'adressait à moi. Elle maîtrisait si justement sa voix que mon trouble s'accrut, et je répondis sans même connaître les propos qui m'échappaient malgré moi.

— Non, je ne me suis pas trompé. J'en suis d'instant en instant plus assuré...

Mais, prononçant ces derniers mots dont j'eusse désiré préciser encore, s'il était besoin, l'impertinence, je baissai malgré moi les yeux et ma voix s'étouffa. De son corps pétri d'efforts récents me venait par bouffées la senteur douce-amère du buis sous une pluie d'été.

— Vous voulez dire que vous cherchiez ce domaine ?

— Oui, c'est cela. Je voulais connaître toutes les particularités de votre pays et, lorsque j'eus connaissance de cette terre, je ne pus résister au désir de m'y rendre.

— Vous ne vous attendiez peut-être pas à trouver la demeure habitée.

— Je n'osais y croire, mais je le souhaitais ardemment.

— Sans doute êtes-vous avide de découvertes exceptionnelles.

C'était dit avec beaucoup de hauteur. Je voulus la regarder pour répondre enfin sur le même ton qu'elle. Je m'aperçus alors qu'elle n'avait pas esquissé le moindre geste pour voiler sa demi-nudité. Et de nouveau je dus baisser la tête.

— J'ai connu, oui, cette soif, cette inquiétude, mais il me semble maintenant que tout cela est passé. À vrai dire, tout ce que je découvre depuis que je me suis engagé sur vos terres passe de fort loin mon attente.

Ce fut à peine un soupir, mais je sentis, comme s'il venait de moi-même, que très loin en elle quelque imperceptible et très puissant ressort venait de se détendre un peu. Je regagnai mon calme du même coup et pus à nouveau lui faire face sans trop de honte. Elle aussi me regardait en silence.

— Je ne sais si vous mesurez à quels périls vous vous êtes exposé pour parvenir jusqu'ici... finit-elle par dire.

— J'ai eu le loisir de m'en faire une vague idée. Lorsque je vous ai aperçue, j'en étais à désespérer de rencontrer quelqu'un de vivant sur ce coin de terre disgracié. Et je suis bien heureux que vous soyez là.

Je me mordis la langue sur cette nouvelle naïveté qui faillit, je le vis bien, la faire sourire. Mais elle se reprit pour remarquer, aussi froidement que si, dans un autre monde, elle m'eût accueilli dans un boudoir pour une visite de courtoisie :

— Mais je manque à tous les devoirs de l'hospitalité. Permettez que je vous conduise jusqu'à une chambre.

Elle m'invitait d'un geste à la suivre. Nous nous sommes détournés ensemble. Nous faisions maintenant face à la demeure. Sur le seuil se tenait un vieil homme immobile qui nous regardait. Elle marcha vers lui et je la suivis. Quand elle fut à sa hauteur, elle me désigna et lui dit :

— Un étranger demande l'hospitalité.

Je regardai le vieil homme qui me dévisageait moins par impertinence que comme s'il était tombé dans un moment d'absence sénile. Il était grand, robuste, encore que chenu, mais il était usé. Or, soudain, au fond de ce regard vide, j'eus l'impression que se nouait je ne sais quelle ruse assez basse. Un vieux fond de rouerie matoise semblait se ranimer en lui à mon approche. Ce fut comme pour voiler ce lointain sursaut de vie qu'il prononça la traditionnelle formule de bienvenue et s'écarta pour me laisser entrer à la suite de la jeune femme. La demeure ne comportait pas d'impluvium, ou celui-ci avait été comblé, de sorte qu'aucune lumière ne pénétrait en ses corridors aveugles. Bien qu'il fît encore jour au-dehors, nous marchions dans une nuit close et sans souffle. Dans le labyrinthe de ténèbres où nous allions, je ne disposais pour me guider que du frôlement léger, presque apeuré, de celle qui m'entraînait. Puis une lumière se fit ; elle venait d'ouvrir la porte d'une cellule et s'effaçait pour m'y laisser pénétrer. Je ne voyais que son bras et sa main plaqués au bois de la porte qu'elle tenait ouverte.

— Je vais préparer vos ablutions, me dit-elle en me quittant.

J'avais à peine eu le temps de poser dans un coin de la pièce ma besace et mon bâton. Sur certains domaines, les adolescents qui portaient aux voyageurs leur repas du soir leur préparaient, avant, un bain dans un large baquet de bois. Il était courant qu'ils se tinssent auprès de l'étranger tandis que celui-ci se déshabillait, pour saisir une à une les pièces du vêtement qu'il quittait. Ils allaient ensuite en secouer la poussière pendant que le voyageur se trempait dans l'eau. Si je m'étais bien des fois plié à cette coutume, qui me gênait un peu, car je ne suis pas habitué à ce qu'on m'assiste dans ma toilette, je sentis que cette fois je ne supporterais pas que cette inconnue vînt tenir auprès de moi le rôle du jeune servant. Ma pudeur s'en offusquait ; en outre, l'aisance avec laquelle elle en usait à mon égard ne laissait pas de me plonger dans un état d'infériorité assez humiliant ; enfin, il n'est pas impossible que la réserve des jardiniers quant à tout ce qui touche aux femmes ait fini par imprégner mon caractère. Tout en faisant ces réflexions, j'avais délacé mes chaussures montantes et, assis sur le bord de ma couchette, je les regardais d'un air morne, quand elle entra dans ma cellule. Elle avait revêtu une longue robe sombre et sans ornement.

— Tout est prêt. Voulez-vous me suivre ?

Je pris dans ma besace quelques linges de corps que je roulai en boule et lui emboîtai le pas. Lorsque nous fûmes dans la salle d'eau, elle se tint auprès du baquet, attendant que je me déshabille.

— Je vous remercie, lui dis-je.

Elle sourit légèrement mais ne broncha pas.

— Vous m'avez reçu avec beaucoup de bonté, repris-je. Je m'en voudrais de vous accaparer plus longtemps. Je saurai bien maintenant me débrouiller seul.

— Certainement. Donnez-moi seulement vos vêtements afin que je les batte, et votre linge, pour que je le lave.

— Mais, protestai-je, ce n'est pas là une tâche de femme.

— Lorsque vous êtes arrivé, je faisais le travail d'un homme ; maintenant, je vous sers comme un garçon ; plus tard, je me conduirai en femme. Tous ces rôles, qui divisent la société qui nous entoure, ont depuis longtemps cessé d'avoir cours ici.

Tout cela était dit avec une croissante expression de mépris auquel se mêlait de la lassitude. Un mépris qui n'était pas à ma mesure, mais englobait tout un monde lointain dont je n'étais qu'un élément quelconque.

— Eh bien, lui rétorquai-je non sans brusquerie, si aucun rôle n'a plus cours, pourquoi prendriez-vous tant de soin d'un voyageur ? Laissez-moi, mademoiselle. Je m'occuperai de mes vêtements et de tout ce qui concerne ma personne.

Je crus lire dans ses yeux une réponse qu'elle-même ne connaissait peut-être pas. Ces rôles qu'elle affectait d'endosser, elle ne les supportait, traquée qu'elle était dans un monde devenu fou peu à peu, que pour les parodier et les tourner en dérision, renvoyant ainsi vers tout ce qui l'oppressait l'image grossie de l'ineptie de tout ordre, comme de toute sagesse. En ce combat contre le monstre aveugle, elle surenchérissait dans le sens — le non-sens — de celui-ci. Elle ne pouvait déchiffrer sur mon visage le détail de mes pensées, mais elle saisit à coup sûr dans mon regard une lueur de perspicacité qui l'inquiéta.

206

— Soit, dit-elle. Faites à votre guise.

Et elle quitta la pièce. À peine me retrouvai-je seul, que je regrettai d'avoir obtenu le résultat auquel l'instant précédent je tendais avec tant d'acharnement. Je battis mes habits, lavai mon linge et me baignai moi-même. Et lorsque enfin je regagnai ma cellule, celle-ci me parut sinistre. La même désolation que j'avais pu déceler à l'extérieur du domaine se remarquait ici. Les murs se desquamaient par plaques ternes et le peu d'enduit qui restait contre les pierres se soulevait comme sous l'effet d'une gale. Le bois des meubles se disjoignait et partout traînaient des relents de moisissure et de ruine. Je me mis à la fenêtre ; ce fut pour apercevoir ces monstruosités de pierre de toute part cernant la bâtisse et dont j'entendais de temps à autre éclater les tumescences abusives. Qu'étais-je venu chercher ? La lumière peu à peu s'effaçait. Je me rendis compte qu'on ne m'avait apporté aucune nourriture et compris qu'on ne m'en apporterait certainement pas. Ma sotte pudeur m'avait aliéné cette femme à qui pourtant je ne voulais d'abord que du bien. Et je me demandai soudain ce que toute ma bonne volonté aurait pu faire pour elle. Rien. Tout était joué sans doute bien avant mon arrivée. Je partirai le lendemain, comme j'étais venu, j'en serai quitte pour m'attarder ailleurs en attendant mon compagnon. J'eus alors le vague sentiment que j'étais en train de le trahir. Il attendait quelque chose de moi, bien qu'il ne m'eût pas dit quoi. Je me jetai sur mon lit et essayai de tromper les vains désordres de ma pensée en rongeant quelques fragments de fromage que je trouvai dans ma besace. Peu à peu je cédai à la fatigue et finis par m'endormir.

Lorsque je m'éveillai, la lune haute éclairait la chambre. Je me dressai, soudain inquiet. Une forme noire se tenait debout au pied de mon lit. Je n'éprouvais aucune crainte. Et lorsque je vis tomber un lourd manteau sombre d'où émergea nu un corps de femme, je fus sans surprise. Une sorte de prévoyance folle m'avait averti de l'événement alors qu'il allait se produire. J'étais calme. Elle allait faire un pas vers moi maintenant. Alors, d'un bond, dans le plus grand silence, je sortis de la couchette où j'étais resté assis. En trois pas, je fus près d'elle. Je ramassai le manteau et l'en enveloppai toute, avant qu'elle eût esquissé un geste. Comme mon bras passait par-dessus son épaule pour ramener un pan de manteau devant son corps, je sentis qu'elle tremblait comme une bête timide à l'approche d'un carnassier. J'hésitai très peu et puis, en même temps que du manteau, je l'enveloppai de mon bras toujours suspendu et la poussai doucement vers ma couche où je la fis asseoir. Je pris dans un coin ma besace et l'obligeai à poser dessus ses pieds qui étaient glacés d'avoir parcouru les corridors. Comme j'étais à genoux devant elle, je n'eus qu'à me laisser aller un peu en arrière pour me retrouver assis sur le sol, dans la position que si souvent j'avais vu prendre aux adolescents des domaines où j'avais séjourné. Nous étions rassemblés tous deux dans le carré de lumière pâle que la lune découpait dans la chambre. Je la voyais bien. Elle ne tremblait plus mais son visage portait encore un masque d'hébétude. Elle parla comme en rêve et sa voix noire se déversait dans la nuit comme pour l'épaissir.

— Un autre voyageur est apparu ici, il y a longtemps, et... la nuit... c'était une nuit toute semblable… je suis venue vers lui… je voulais tant le rencontrer, mais… à l'aube… — l'aube aux doigts tendus — il fallut qu'il parte.

— L'avez-vous chassé ?

— Je lui ai demandé de partir.

Elle soupira.

— Il y avait plus de ruine dans un seul de ses regards qu'il n'y en a sur tout le domaine. Nous étions fiancés. Ma main l'a poussé. Ce fut mon dernier geste vivant.

Et elle se secoua de tout son corps, comme si elle sentait soudain de nouveau contre la paume de sa main le rugueux de la veste de l'homme qu'elle avait repoussé. Son regard se fixa sur moi ; elle commençait seulement à me voir.

— Mais vous, comment savez-vous ?

— Je ne sais rien ; je suis étranger.

— C'est peut-être parce que vous aviez deviné que vous avez remis le manteau sur mes épaules.

Et elle baissa la voix :

— C'est pour ça que vous n'avez pas voulu de moi ?

Cette fois elle parvint à m'indigner, au point qu'étouffant de mon mieux des mots cuisants, je ne pus d'abord lui parler qu'à grand-peine. Depuis l'instant où le pressentiment de sa présence m'aveuglait, elle n'avait cessé de se jouer de mon trouble — je le lui dis — et aussi que j'avais deviné à quoi je devais sa venue auprès de moi ainsi en pleine nuit. Ce vieil homme que nous avions croisé en pénétrant dans la demeure ne pouvait être que son père, qui disposait encore de juste assez d'énergie pour commettre une dernière vilenie. La signification de l'étrange regard qu'il m'avait lancé était présentement sous mes yeux, dans l'affrontement qui m'opposait à sa fille, cependant que l'état où je la voyais annulait tous les effets du mauvais œil. Et je devinais bien de quels arguments sordides il avait usé pour faire pression sur sa conduite. Mais ni les exhortations ni les injures — les coups peut-être — dont il l'avait accablée, non plus que les nécessités qu'il lui avait fait admettre, n'eussent suffi à la faire aller par les corridors noyés de ténèbres jusqu'au pied de mon lit enfin se mettre nue. Pouvais-je me tromper sur la femme qu'elle était ? Telle rencontre ancienne dont le souvenir n'appartenait qu'à elle ne pouvait en rien concerner le présent de ma vie ; en revanche j'étais sûr que depuis bien longtemps l'ardent désir de bafouer tout ordre, de quelque origine qu'il fût, fournissait à ses gestes des ressorts autrement puissants que ne le pouvait une soumission passablement affectée. Et j'accusai tout de bon son consentement de dissimuler ses vrais principes : elle avait trouvé, dans les sales projets de son père, une occasion — une de plus — de continuer un jeu cruel face au désordre qui l'entourait, et, par le même procédé dont son père comptait tirer une paire de bras pour le travail des statues démentes, elle espérait, elle, désespérer un homme. Car elle espérait encore, mais seulement le pire. Jamais aussi peu qu'en cet instant je ne m'étais fait d'illusion sur les agréments de ma personne ; si elle se trouvait là, ce ne pouvait être que pour me convaincre, dans l'instant même où je me fusse abandonné au sentiment illusoire de mon triomphe, de mon impuissance complète à l'égard de la tragédie avérée qui assiégeait son existence. Or je ne comptais me soumettre ni aux bassesses de son père, ni aux projets de destruction qu'elle forgeait contre elle-même. Je n'avais pas assez vécu pour mépriser à si bon compte autrui ni moi-même. Il y eut un silence. Sans doute n'aurais-je pas eu l'audace de parler si longuement, encore moins de formuler avec tant de vigueur des soupçons qui étaient demeurés fort vagues jusqu'à ce que je les énonçasse si, tandis que j'évoquais sa tenue lors de mon arrivée, je ne l'avais vue soudain serrer plus étroitement sur son corps les plis de son manteau.

— Et puis, lorsque je vous ai vue au pied de mon lit, vous aviez peur. Dans de telles conditions, j'eusse été bien incapable de céder aux fantaisies que vous sembliez m'offrir.

— Ce n'est pas pour moi que j'avais peur tout d'un coup.

— Était-ce pour moi ?

Ce cri m'avait échappé. Il la fit sursauter. Elle se pencha vers moi. La lune avait cheminé. Ce visage captait toute la lumière et m'enfouissait dans l'ombre où me cherchaient ses regards.

— Mais qui êtes-vous ? me demanda-t-elle sourdement.

— Un étranger.

— Un hors-la-loi ?

— Un ignorant.

— Cela vous donne-t-il le droit de mettre nus ceux que vous rencontrez ?

— Je ne cherche rien de semblable.

— Que cherchez-vous ?

Je ne sus pas répondre.

— Même cela vous l'ignorez ?

— Je crois que oui.

Elle se leva doucement et alla s'accouder à la fenêtre. Je ne voyais plus que sa silhouette dressée contre le ciel laiteux, comme une chandelle noire. Je ne comprenais pas encore quel tour elle venait de me jouer avec suffisamment d'habileté pour que je perdisse en quelques répliques tout l'avantage que je tenais de ma clairvoyance. Il me semblait que de nouveau elle maîtrisait tous nos échanges. Son pas glissa sur le dallage. Elle était debout maintenant tout contre moi, et son ombre m'enveloppait, et je ne pouvais rien voir de son visage que je savais penché vers moi.

— Vous m'avez dépouillé de tout, murmurai-je assez gauchement.

Et en même temps un très vieux geste d'orant mena mon bras et ma main saisit son genou qui surgissait nu entre les replis de l'étoffe. L'audace de mon geste me désarmait un peu plus encore. Je n'osais bouger. Elle fut immobile longtemps. Et puis, dans un seul lent glissement, son corps s'infléchit vers moi. Elle pliait sa taille, ses mains recueillaient mon visage. Elle parlait très bas avec un frisson de joie étouffée dans la voix.

— Tu es fou, voyageur, et cette fois tu t'es égaré, l'entendis-je murmurer.

Et puis ses lèvres frôlaient les miennes. Nos mains se cherchaient, se prenaient dans une manière de prière. Et je me levais tandis qu'elle se redressait. Et quand j'étais debout, elle tombait contre moi. Du front elle poussait mon épaule et nos souffles nous emportaient. À mon tour je prenais son visage. Les mots, cette fois si semblables à la semence, me montaient du ventre sans que je puisse les dire ni elle les lire dans mon regard délivré mais voué à l'ombre.

— Écoute, finis-je par articuler, écoute ; je ne pourrai pas rester auprès de toi plus de deux jours.

Elle s'écartait, elle me cherchait.

— Un compagnon m'attend. Nous devons aller jusqu'aux steppes. Mais je reviendrai.

— On te tuera peut-être là-bas, mais je t'attendrai. Je t'attendrai même si tu ne dois jamais revenir.

— Je reviendrai.

— Cesse, me coupa-t-elle.

Nous cédions. Le vent de la nuit nous balayait à travers la chambre comme des feuilles mortes et l'étroite couchette des pèlerins, où notre essor se suspendait un instant, nous logeait l'un en l'autre. J'étais nu à ses mains et pour toute sa peau délivrée d'où le manteau coulait comme une fièvre.

Il y eut ce silence mûri par les proximités fortes avant que j'entendisse son rire en vol d'alouette matutinale. L'air qui traînait par la cellule était imprécis quand nos yeux s'ouvrirent. S'appuyant sur un coude, elle vint se pencher au-dessus de moi ; elle souriait.

— D'où viens-tu, étranger ?

— Du plus lointain ; de toi.

Et je tendis la main vers le ciel de son visage ; la sienne berçait mon front.

— Qu'as-tu mangé hier soir ? me demanda-t-elle gravement.

— J'ai grignoté du fromage, et je me suis nourri d'un court sommeil.

— Ne bouge pas.

Je voulus la retenir, mais elle m'avait échappé d'un bond preste. Elle quitta la chambre ; sa nudité y frémissait encore comme une flamme. Elle revenait porteuse de nourriture. Nous faisions en riant la dînette.

— D'où viens-tu ? me demanda-t-elle.

— Du plus proche hôtel, vers le sud.

— Et c'est là qu'on t'a fait connaître l'existence de mon domaine ?

— En effet ; il y a là un homme qui semble beaucoup se soucier de cette terre. Il a même installé chez lui une lunette d'approche pour pouvoir l'observer quotidiennement.

— Cet homme est un voyageur ?

— Non, non, c'est le logeur lui-même. C'est avec lui que je dois faire une partie du voyage vers les steppes.

— C'est probablement mon frère.

— Mais que fait-il là-bas ?

— Je suppose qu'il essaie de vivre.

— Pourquoi n'est-il pas près de toi pour t'aider ?

— À cause d'une dispute qui n'était que la dernière conséquence de la dégradation du domaine.

— Il faut que tu m'expliques ce qu'il s'est passé. Avant qu'on m'ait fait découvrir ton domaine, je ne soupçonnais pas que de telles catastrophes pussent se produire. Je n'avais visité que les domaines du sud et je croyais avoir découvert ici le pays de l'harmonie. J'imaginais chaque domaine stabilisé dans une sorte de permanence heureuse. Mais quand je vois ce qu'il en est...

— Il y a le temps et le hasard ici aussi, remarqua-t-elle, et elle ajouta : Ce qui peut nous protéger, ce qui peut nous abattre aussi, c'est la façon dont chaque domaine est clos. Personne ne se mêle des affaires des autres. Lorsqu'un domaine commence à se dégrader, on ne peut espérer de secours de personne.

— Comment les statues peuvent-elles prendre une telle importance, et vous en être réduits à demeurer si peu nombreux dans cet espace menacé ?

— Il faut que je remonte en deçà de moi-même. Il y a sur cette terre un système d'alliances complexe : pour d'obscures raisons de mésententes et de querelles ancestrales un domaine peut se trouver un peu moins bien placé qu'un autre sur le circuit des mariages. Trop de femmes restent sans hommes, et les hommes cessent de quitter le domaine.

— Ceci compense cela.

— Que non point ; ce qui importe, ce sont les enfants. Ceux qui meurent sans laisser de descendance après eux sont une menace pour le domaine. On n'y prend pas trop garde d'abord. On se mure dans son orgueil hautain, on nourrit de sottes prétentions. Mais quelque chose travaille bassement cette dignité sourcilleuse. Même les couples formés cessent de donner naissance aux enfants que l'on espère. Et, peu à peu, la situation devient critique. Il n'y a plus assez de bras d'hommes pour soigner les statues, et veiller sur leur fontanelle, ni d'énergie de femmes pour nourrir convenablement les habitants. Et ce monde est ainsi fait que l'on choisit les palliatifs les plus cruels plutôt que de renverser les vieilles coutumes et l'éternelle tradition de l'égoïsme.

Sa voix se faisait haineuse. J'étendis le bras vers elle. Je retrouvais sans le vouloir le premier geste par lequel je l'avais approchée, et ramenais le manteau sur son corps nu qu'elle serrait contre le mien.

— Que fais-tu auprès de moi, soupira-t-elle, je ne suis plus qu'un bloc de haine.

— Nous n'avons rien choisi.

Elle se cacha la tête contre mon épaule.

— Ne me raconte rien de plus, ajoutai-je. J'ai quelque idée des décisions auxquelles les jardiniers se trouvent en bout de course acculés. Et, finalement, que nous importe ?

— Tu veux que je me taise ?

— Non. Je veux t'épargner de la souffrance.

— Je me souviens d'avoir tourné en dérision ta curiosité de voyageur. Ne m'en veuille pas. Il fallait encore que je me défendisse. Mais d'où venais-tu ? Et que fais-tu ici ? Il me semble que tu n'as d'autre raison d'être que de faire de nouveau circuler les mots qui me manquaient. Je les suce comme des joyaux entre langue et palais. Mon corps en est élargi autant que de tes caresses. Pourquoi souris-tu ?

— Je pense que tout à l'heure tu es venue vers moi alors que nous ne nous connaissions même pas. Et tu t'es mise nue ; je t'ai couverte de ton manteau ; nous avons parlé... et puis... ton manteau est finalement tombé.

— Et nous nous sommes étreints. Toi et moi avec cette rage douce. Et nous nous sommes délivrés. Ton inquiétude en moi recueillie s'est faite miel. Aux yeux des statues, un fait est un fait. Les statues sont sourdes — mais nous ne sommes pas des statues.

Je faillis lui dire que nous étions peut-être des statues et que les mots précisément existaient aussi pour nous empêcher de connaître notre état. Mais elle pesait dans mes bras toute sa charge d'enfance ; elle le devina sans doute.

— J'ai passé mon enfance quand le domaine n'avait pas tout à fait atteint le dernier degré de décrépitude. Nous étions peu nombreux. On avait ramené la culture des statues dans un espace limité. Et pourtant les hommes s'éreintaient à la tâche. Et les femmes trimaient à l'abri du jardin. Ma mère était merveilleuse. Elle avait su transformer en jeux enfantins la plupart des menus travaux dont on se déchargeait sur les petites filles. J'étais au nombre des plus jeunes. Et puis les choses se sont aggravées avec la révolte des adolescents. Je n'en ai eu connaissance que par les conversations de mes parents. Il y avait un jeune qui était très savant. Il avait beaucoup appris dans les livres des ancêtres et n'en avait retenu que le pire. Il se passionnait pour la cause des enfants perdus, tu sais, ceux dont la mère...

— Je sais, oui ; mon logeur, ton frère, m'en a parlé suffisamment.

— Lui aussi s'y intéresse aujourd'hui ?

— Il semble, en tout cas.

— Le garçon dont je te parlais trouvait les vieilles coutumes abominables, affirmait sans cesse que tout était injuste et aussi que, malgré toutes nos prétentions et la possession du domaine, par notre condition nous ne différions pas tellement de ceux que nous avions proscrits. Il faut dire qu'on avait dû chasser l'une de ses sœurs. C'était horrible. Je crois qu'il était plein de haine. Un jour il a entendu cette légende du jeune chef qui était apparu parmi les brigands des steppes. Il n'en a rien dit autour de lui jusqu'au moment de l'initiation. Il s'est présenté devant l'assemblée avec trois camarades. Il a crié son mépris à la face des adultes et déclaré qu'il partait avec ses compagnons et que les anciens n'avaient qu'à, s'il leur chantait, inscrire cette décision dans les vieux livres. Ils ont quitté le domaine le soir même. D'autres, plus jeunes, s'étaient joints à eux. Ils étaient finalement une dizaine. On ne pouvait déjà plus déplacer les statues monumentales. Et puis, nos rapports avec les domaines où ces hommes devaient ensuite aller se marier ont été rompus. C'est le doyen, mon père, qui a dû lui-même faire le voyage pour annoncer que nous ne pouvions pas tenir nos engagements. Nous étions déshonorés. Certains ne voulaient plus envoyer leurs fils chez nous pour épouser nos filles. Et toujours cette légende des steppes. Les hommes, acharnés à ne pas perdre la face, soignant encore des statues qu'ils n'étaient plus assez nombreux pour déplacer. Ils ont cependant réussi à faire encore une récolte en rassemblant les statues de plus modeste format. Quand il a été question que certains les emmènent à l'étranger, la révolte a éclaté. Il y avait un groupe d'hommes qui prétendaient se faire accompagner de leur femme et de leurs enfants.

— En somme, ils prenaient exemple sur les adolescents.

— Oui, et pour les mêmes motifs, quoique plus directement intéressés. La plupart d'entre eux avaient des filles qu'on ne pouvait plus songer à marier. Évidemment, ils comptaient quitter définitivement le domaine ; non moins évidemment, ceux qui devaient rester, que ce soit par respect des traditions, par intérêt ou par jalousie, voulurent s'opposer aux déserteurs. Une dispute éclata et les hommes se sont battus. C'est dans de la chair d'homme que taillaient maintenant les ciseaux et les marteaux. Il y eut des morts des deux côtés. Mon père parvint à s'interposer, mais on ne pouvait songer à retenir ceux qui voulaient nous abandonner. Et eux-mêmes, affaiblis par cette rixe, ne pouvaient plus prendre en charge les statues qu'ils comptaient jusqu'alors vendre à l'étranger, pour s'y établir grâce à ce bénéfice. Ils sont partis, démunis de tout, comme des nomades, en direction des steppes. À partir de là, notre vie n'a plus été qu'une longue suite uniforme de malheurs. Nous n'étions plus qu'un petit groupe. La maladie qui, parmi d'autres, emporta ma mère, les accidents du travail accrus considérablement par le manque de travailleurs, le suicide ou la désertion nous réduisirent, au bout de quelques mois, à n'être plus que quatre : mon père, mes deux frères et moi. C'est alors que j'ai rompu mes fiançailles dans les conditions que je t'ai dites...

— Mais tu devais être fort jeune !

— Je n'avais pas seize ans. Mon fiancé venait de l'un des plus riches domaines du sud. Il est arrivé ici un matin de bonne heure. Il y avait longtemps — depuis la mort de ma mère — que je ne vivais plus confinée dans le jardin des femmes. Les thuyas laissés à l'abandon s'étaient développés sauvagement, et le labyrinthe s'effaçait, impraticable. La première personne qu'il rencontra sur le domaine, ce fut moi. À l'époque, je ne me chargeais pas encore des travaux des hommes. Ce jour-là, j'étais assise au soleil du seuil, en train d'éplucher des légumes. Et j'ai vu cet inconnu en tenue de voyage, son sac sur l'épaule, qui regardait autour de lui le domaine dévasté. J'ai eu honte. Il me semblait qu'au premier regard on voyait à quel misérable état nous étions réduits malgré notre vaillance que je connus soudain dérisoire. Mon père ne savait plus quelle décision prendre. Il avait entrepris d'abord, avec l'aide de mes deux frères, de briser les plus grandes statues. Mais, pendant ce temps, les plus petites se développaient.

Et puis, que faire des morceaux de grandes statues qui risquaient de constituer autant de semences pour des statues nouvelles ? Ils avaient tenté l'expérience, qui s'avéra par la suite catastrophique, de les enterrer à une profondeur telle que les risques de germinaison seraient quasiment nuls — du moins le croyaient-ils. En fait, soustraits à tout contact avec l'air, ces membres dispersés ne connurent point la régulation des fontanelles et leur exubérance explosa quelques mois plus tard sans retenue aucune. Ils avaient utilisé à cette fin l'une des fosses de lavage final. Mais ils ne pouvaient à trois déplacer les socles des statues mutilées. Ils en étaient là quand ils s'aperçurent que les jeunes plants devenaient envahissants. Ils les arrachèrent, les brisèrent et les enfouirent dans une seconde fosse. De cette dernière on dispute encore parfois pour savoir si ce qu'elle recèle est mort sous les décombres, si cela a crû avec le reste ou s'il faut attendre une vague de statues supplémentaires qui viendra achever de tout ruiner. Puis il fallut revenir aux statues mutilées. Les socles toujours en terre avaient poussé des racines nouvelles dans le sol et ces restes amoindris recommençaient à bourgeonner. Ils en étaient là de leur tâche lorsque cet inconnu surgit. Et moi, j'étais en face de lui comme un scandale, ne pouvant ni me dissimuler moi-même, ni détourner assez son attention pour qu'il ne devinât pas le labeur harassant de mon père et de mes frères. Il semblait d'ailleurs avoir déjà tout vu. Son regard était franc, pur, mais si dénué d'illusion qu'il en était insoutenable. Et avec ça d'une gaieté intimidante. J'aurais préféré le voir indigné, inquiet, déçu — n'importe quoi en somme — plutôt que cette acceptation tranquille, cette façon de prendre son parti de la situation avec détachement, dès les premiers mots. « Vous êtes sans doute ma fiancée », me dit-il tout de suite en me souriant poliment. J'ai hoché la tête et je me suis enfuie. Mon père et mes frères l'ont trouvé plus tard à la place où je l'avais laissé. Il s'était assis et taillait une branche de lilas avec un couteau de poche. C'était le printemps. Je ne saurai sans doute jamais ce qu'ils se sont dit. Le plus jeune de mes frères lui a donné une chambre. Je l'ai servi à table, et l'après-midi même il s'est mis au travail avec les trois autres. Détruire, peut-on appeler ça un travail ? Et puis le soir... je crois que j'aurais voulu qu'il me méprisât. Mais il était trop loin de cela encore, trop détaché ici aussi. Je n'ai pas vraiment le souvenir de ce qu'il s'est passé entre nous. Nous ne nous sommes pas rejoints. Et lorsque je l'ai repoussé, cela n'a pas entamé non plus cette monstrueuse puissance d'acceptation qui était en lui. Il est parti comme il était venu. Il ne doit pas avoir changé.

— Je crois le connaître. Il n'a pas beaucoup changé. C'est un homme plein de bienveillance.

— Mais il est sans passion.

— Peut-être était-il l'homme le mieux fait pour venir ici.

— Comment l'aurais-je accepté ?

Elle réfléchit.

— Il me fallait une promesse. Quelque chose d'autre annoncé.

— Par un étranger ?

— Oui. Un étranger.

Dans son regard pas plus que dans sa voix je ne pouvais déceler la moindre trace de tendresse passionnelle alors qu'elle prononçait des mots qui semblaient un accueil et une reconnaissance à mon endroit. Non, elle exprimait plutôt de tout son être une sorte de fougue vindicative. Et elle continua dans le dépit.

— Il est parti en laissant entendre que la rupture était son fait. Je n'ai rien dit pour rectifier aux yeux des miens cette interprétation à laquelle tous se raccrochèrent tandis que nul n'y croyait.

Elle se mit à penser un instant et reprit :

— Je n'ai rien dit peut-être parce que finalement cette sollicitude à mon égard — car il m'épargnait ainsi d'être chassée et d'aboutir parmi la lamentable population des hôtels —, cette sollicitude me faisait plus mal encore que toutes les ignominies que j'aurais pu endurer dans un autre cas. Comprends-tu cela ? Il voulait être bon et m'accablait de cette certitude définitive de n'être rien, de ne compter pour rien, dans un monde où j'étais vouée à m'effacer sans l'avoir connu ? Il y a des moments où l'impossible qui aggrave le malheur est tout ce qu'on peut supporter, comprends-tu ?

Comme elle me prenait ainsi à partie, j'entrevis soudain combien avait pu être anéantissante l'influence de cet homme bienveillant qui ne faisait que passer. Sa conduite si pâle, si modeste, étendait jusqu'à nous une sorte de malédiction qui nous séparait en nous dépouillant de la passion dont nous brûlions l'un pour l'autre, un instant plus tôt. Et je me surprenais moi-même à en scruter l'énigme d'un regard désintéressé et contemplatif.

— Mais, remarquai-je, rien ne prouve qu'il ait eu le moindre souci de ton bien. Il ne se souciait peut-être pas plus de montrer quelque sollicitude à ton égard que de s'épargner lui-même, et s'est sans doute contenté, incapable qu'il est de mentir, de dire ce qui lui apparaissait comme le plus manifeste.

Elle frissonna et murmura :

— Une si lointaine simplicité…

Le silence s'étendit entre nous avec le poids et la consistance d'une étoffe mouillée. Le jour venait et la lumière plus précise durcissait nos traits que l'insomnie avait creusés.

— Il n'y a donc pas d'oiseaux ici ? demandai-je.

— Il y a longtemps qu'ils ont fui devant le ravage et l'atroce bruit de la pierre qui éclate.

— Il faut partir.

Elle secoua la tête.

— Je ne sais pas. Autrefois j'ai désiré partir — et puis je ne pouvais pas. Maintenant il me semble que ce que je peux voir autour de moi, enfermé dans nos murailles, n'est que la concrétion de tous les vices du dehors.

— Mais pourquoi tes deux frères ne sont-ils pas restés ?

— Mon père a chassé l'aîné. C'était un garçon sévère, réfléchi et épris de justice. Il se faisait une haute idée de son destin de jardinier. Le départ de mon fiancé l'a mis hors de lui. Il devait se marier avec la sœur de cet homme, et puis, un soir, il a déclaré qu'il n'irait pas. Selon lui, nous étions aux yeux de tous des parias, depuis longtemps hors du circuit des alliances. Il comptait bien confirmer cette opinion et resterait parmi nous. Pour la première fois, j'ai vu mon père en colère. Il voulait tenir parole malgré tout et l'idée que son fils pût se dérober à ce qu'il continuait de considérer comme un devoir sacré lui était intolérable. Mon frère tenait bon ; ils ont failli se battre. C'est moi qui ai retenu mon frère quand il levait la main sur notre père. Alors mon père l'a chassé. Au moment où il franchissait la porte, mon père lui a crié : « Fais-toi donc aubergiste, si tu veux tirer parti de ton peu de foi ! » Il s'est retourné, le chagrin l'avait calmé. Il a dit en nous regardant : « Certainement, je suivrai ton conseil. Et j'aurai pour client celui qui vient de nous déshonorer. » Et puis il s'est mis en marche. J'ai couru après lui avec un panier de provisions qu'il a accepté. Je lui ai dit : « Que vas-tu faire ? » Il m'a regardée en face et m'a demandé : « Et toi ? » Il ne m'a pas laissé répondre, comme si aucune réponse ne le concernait plus, et il a ajouté : « Moi, je vais attendre. » « Attendre quoi ? » insistai-je. « Rien, simplement attendre, vivre dans l'attente. » Et il est parti. Je ne l'ai jamais revu. Je pense qu'il doit être comme mort.

— Non, dis-je, si c'est bien lui qui tient l'auberge où je vivais, ce n'est pas exactement cela. Le malheur l'a un instant décliné. Son visage en est resté marqué. Mais c'est un visage encore furieusement mobile. Depuis les confins du chagrin, il cherche une nouvelle sorte de vie. Il n'a pas su — mais qui dira que c'est un mal ? — trouver cette simplicité dénuée qui l'aurait rendu impassible. Tu vois, il s'est même lancé avec moi dans un voyage.

— Mais comment aurait-il pu survivre, coupé de tout ce qui donne un sens à une vie de jardinier ?

— De l'une des plus hautes chambres il continuait à fixer le regard sur le monde d'où il était à jamais exclu : ici. Et puis il s'est fait sculpteur.

— Sculpteur ? Quelle inconvenance !

— Mais ce n'est que l'envers de la tâche des jardiniers, à quoi il était voué. Dans les veines du bois, il ne fait que suivre l'appel du cauchemar qu'il porte en lui, son héritage.

— Je le connaissais si peu. Nous ne sommes même pas assurés de parler du même homme. Et pourtant, lorsque tu me parles de lui, il me semble que je me mets à l'aimer enfin vraiment comme un frère.

Elle se serrait contre moi en gémissant.

— Il me semble que je suis en train de devenir folle.

— Il faut partir d'ici.

— Laisse-moi le temps de tout quitter, de me détacher.

— De quoi te détacher ? Tout ici te repousse.

— Précisément.

Je n'avais rien à répondre. Elle souffrait. Elle aimait le lieu de sa souffrance. Elle y était née et demeurait incapable de s'en abstraire. Et que pouvais-je faire de mieux, moi qui connaissais entre nous cet insurmontable coin de malheur fiché au cœur du couple qui naissait, et qui ne songeais pourtant pas à me détourner vers plus avant, que pouvais-je faire de mieux que d'essayer de transmettre dans ses épaules tremblantes un peu de la chaleur de mes mains d'étranger ?

— Écoute, me dit-elle quand elle se fut un peu rassérénée, tu vas partir pour ce voyage. Tu iras là-bas, dans les steppes ; tu prendras garde à toi. Et tu reviendras me chercher. Alors je te suivrai.

— Je pourrais aussi ne pas partir.

— Non, tu ne pourrais pas. Tu vas partir tout à l'heure.

— Je ne partirai pas aujourd'hui. Je veux connaître ce domaine, pour penser à toi lorsque je serai loin.

Nous sommes restés longtemps silencieux dans le matin, attentifs à la chaleur de nos corps en lutte contre le froid du jour. Le premier j'ai éprouvé le besoin de secouer cette tranquillité.

— Peut-être faudrait-il que je rencontre ton père, remarquai-je.

— On ne le voit jamais avant le repas de la mi-journée. Il passe ses après-midi et ses nuits à lire les livres des ancêtres. À quoi cela lui sert-il, dans l'état où nous sommes, à son âge et menacé de mort plusieurs fois par jour ? À quoi lui sert-il de lire et d'annoter ses livres ? On dirait qu'il lutte contre l'anéantissement en faisant passer la substance des livres dans sa cervelle.

Elle sourit dans un assez noir attendrissement.

— Sa cervelle qui est sans doute, à tous égards, la partie la plus menacée de ce domaine.

— Et toi, que fais-tu le matin, d'habitude ?

— Je travaille ; je casse des pierres.

— Nous allons le faire ensemble.

Nous avons mangé un peu et sommes descendus. La grisaille des jours précédents s'était dissipée. Le mur de statues qui cernait la demeure étincelait sous le soleil. Cette enceinte semi-circulaire était bordée d'un remblai de pierraille. Le travail était simple. C'était un travail de bagnard. Il fallait, à coups de masse, réduire ces cailloux jusqu'à l'état de gravier. On chargeait ensuite ces débris dans une brouette que l'on vidait dans les couloirs en pente qui sinuaient entre les troncs de pierre vers le centre de cette masse proliférante. Je décidai de faire les travaux qui exigeaient les efforts les plus violents. Tandis que je maniais la masse, ma compagne chargeait la brouette, que je poussais ensuite sur un chemin de planches pour la renverser dans les excavations. Bien que j'eusse voulu lui épargner de la peine, elle saisissait la masse dès que je poussais la brouette. Je n'osai d'abord rien lui dire, mais quand j'eus fait quelques voyages et pus mesurer à quel point nos efforts étaient dérisoires en regard des nécessités urgentes qui pesaient sur le domaine, je voulus lui remontrer que le plus sage était de profiter de l'aide que je lui apportais pour travailler moins rudement.

— Au contraire, c'est autant de gagné, me dit-elle.

— Mais sur quoi gagné ? protestai-je. Il ne s'agit ici que de retarder, dans une infime mesure, l'inéluctable. C'est vraiment un excès de vertu que de s'y acharner à ce point !

— Il faut retarder la marche de la pierre. Il vient toujours un moment où la terre connaît une phase d'épuisement. Il ne dépend peut-être que de moi que cela survienne avant que la demeure ne soit détruite avec le coin de domaine qui subsiste.

Je renonçai à raisonner et, mêlant l'orgueil à la tendresse, je tâchai de travailler avec autant de vaillance qu'elle. Mais, quelque effort que je fisse, j'étais loin de montrer la même maîtrise qu'elle dans ce genre d'exercice. Dans le maniement de la pelle ou celui de la masse, elle parvenait à une sorte d'art ; je l'ai dit déjà, elle semblait danser. À plusieurs reprises, alors que j'allais gravir avec la brouette chargée le raidillon de planches, elle me retint et me fit étendre contre elle dans un creux de terrain qu'elle avait su ménager sur les lieux mêmes de notre besogne. Nous eûmes chaque fois à subir, heureusement sans dommage, un sévère mitraillage de pierres éclatées projetées depuis les profondeurs du monstre figé. Et comme je m'étonnais de la prescience qui lui permettait d'intervenir si à propos, elle me fit observer quelques signes, parmi lesquels cette sorte de grincement particulièrement sinistre bien que presque imperceptible, que j'avais moi-même remarqué sans savoir en tirer les conséquences. Et comme je notais que je n'aurais sans doute jamais eu un sens de l'observation suffisamment fin pour me garantir aussi bien qu'elle le faisait, elle me répondit :

— Quand la vie en dépend, on devient attentif.

J'appris plus tard que son deuxième frère était mort fauché assez atrocement par une de ces rafales.

J'eus à craindre aussi, dans les instants durant lesquels je me tenais immobile auprès de la muraille pour déverser mon chargement de gravillons dans les trous, les avalanches qui se produisaient de temps à autre. C'est à cette occasion que j'eus l'idée d'une assez heureuse invention. Je pensais que si l'on parvenait, par quelque procédé, à provoquer ces avalanches en un moment déterminé, on gagnerait en sécurité, et en temps. Il me souvint alors de la méthode par laquelle les anciens faisaient éclater la pierre dans les carrières qu'ils exploitaient. Je soumis mon projet à la jeune femme, qui l'accepta. Par chance, la plupart des outils du domaine avaient été rassemblés peu à peu aux abords de la demeure. Nous pûmes mettre la main sur une échelle juste assez haute pour atteindre le sommet de la muraille de pierre. Nous la mîmes en place dans un secteur

qui nous parut momentanément calme. Néanmoins, lorsque je posai le pied sur le premier
barreau, je sentis la main de mon amie se poser
sur mon épaule. Je tournai le visage vers elle ;
elle m'embrassa avec une sorte d'emportement
fervent qui ne me laissait plus de doute sur ses
sentiments à mon égard et la crainte que lui inspirait mon entreprise. Je serrais sous mon bras
un paquet de morceaux de bois, que nous avions
taillés ensemble dans ce qu'il restait de la forêt
du domaine et qu'elle avait emmaillotés durant
que je traînais l'échelle aux abords du centre des
opérations. C'est ainsi chargé que je mis le pied
sur le rebord de la tumeur du domaine. Je restai
un instant pétrifié par ce qui s'étendait sous mon
regard et que nul sans doute n'avait jamais con-
templé. Ce que je vis en cet instant prenait l'allure
d'un gigantesque cerveau humain, avec son sillon
principal séparant les deux hémisphères, figuré
ici par la dépression qui restituait le dernier vestige de l'allée centrale — un cerveau gigantesque
dont l'écorce se serait plissée follement. Et tous
ces plis qui se creusaient et s'entrecroisaient,
jusqu'à provoquer une sorte de nausée chez l'observateur, déterminaient une pullulation hallucin-
nante de lobes dont chacun était un impavide
visage de pierre au front renversé, au nez axé sur
le lointain de quelque étoile, aux yeux ouverts
fixant de leur regard aveugle l'infini du ciel. Et
c'est sur ce singulier dallage que je me déplaçais,
assurant mon pas de mon talon que je fichais
dans les orbites abruptes des dieux enchaînés.
Cependant, toutes ces circonvolutions se prêtaient
fort bien à mon projet. À l'aide d'un maillet, je
coinçai dans les fissures de la pierre mes bran-

ches emmaillotées de telle sorte qu'elles en épousassent la plus grande longueur. Lorsque j'eus ainsi serti un bon nombre de ces faces mortes, je dévidai le long de l'à-pic une corde à laquelle ma compagne suspendit un seau d'eau — de ceux précisément qui servaient jadis à la dernière toilette des statues — que je halai ensuite vers moi. Il en fallut plusieurs pour humecter abondamment toutes les rigoles. Après quoi, je descendis de mon poste et nous déménageâmes l'échelle avec l'espoir que j'avais choisi avec assez de perspicacité les points d'application de mon procédé et que le bois gonflerait suffisamment pour provoquer une avalanche. Les résultats dépassèrent nos espérances. Quelques heures plus tard, alors que nous étions encore à table pour le repas de la mi-journée, un vacarme infernal nous fit sursauter. Le doyen, qui ne s'était pas départi durant tout le repas de la mine la plus taciturne, se précipita vers la fenêtre qu'il ouvrit.

— Vanina, cria-t-il, Vanina ! Viens voir !

Elle se leva d'un bond et vint près de son père, et je fus moi-même assez tôt derrière eux pour voir basculer encore quelques blocs.

— Voilà que les statues s'entretuent, murmura-t-il, nous allons peut-être gagner un peu de temps.

— C'est à notre hôte que nous le devrons, lui répondit sa fille.

Il se tourna d'un bloc vers moi, pour me scruter. Sa fille alors entreprit de lui conter par le menu le travail que nous avions effectué, et mit en valeur la part que j'y avais prise.

— Étêter des statues, songea-t-il tout haut, aucun jardinier jamais n'y eût songé. Nous sommes tellement écrasés de respect pour notre tâche que nous nous laisserions mourir sottement. Car cela est sot, n'est-ce-pas ?

— Je n'aurais jamais eu l'idée de le qualifier ainsi.

— Pourtant, vous qui êtes étranger…

— Ce genre de jugement n'est pas ce qui m'occupe.

Alors il ne put rester dans ces feintes.

— J'espère que vous allez rester parmi nous.

— Il ne restera pas, dit Vanina, c'est un voyageur de passage. Demain, il part pour les steppes où il a à faire.

Le vieil homme prit la figure d'un enfant gâté à qui l'on ôte un joujou et s'empourpra de colère.

— Tu ne veux pas dire, hurla-t-il, que tu le chasses, comme tu as chassé l'autre, après t'être conduite avec lui comme avec l'autre ? Tu devrais te taire quand les hommes parlent. Tu ne vas pas continuer tes manœuvres pour achever de nous ruiner !

Et se tournant vers moi :

— Il ne faut pas l'écouter, me dit-il plus doucement. C'est une femme. Elle a les défauts de son sexe, mais elle en a aussi les qualités.

Et en prononçant ces derniers mots il avait saisi le bras de Vanina et le pétrissait avec une sorte de cruauté voluptueuse particulièrement déplaisante.

— Si vous restez, poursuivit-il, cauteleux, vous l'aurez pour femme, et tout le domaine vous appartiendra. Je vous considérerai comme mon fils. Tout vous appartiendra.

Et pour souligner ces mots, il écarta les bras comme pour embrasser un monde, ce qui eût pour effet de lui faire lâcher la prise qu'il avait assurée sur sa fille, de quoi je fus bien aise. Je jugeai cependant qu'il était temps de contrarier quelque peu son délire qui me semblait procéder des sentiments les plus triviaux.

— Monsieur, lui dis-je, vous pouvez cesser vos marchandages. Ils ne sont plus de saison. Je ne suis pas à vendre, et le serais-je que vous n'avez rien à m'offrir. Votre fille et moi sommes déjà l'un à l'autre. Le consentement que vous lui avez donné — et je parle de consentement par souci de décence — a porté des fruits bien différents de ceux que vous escomptiez assez bassement. Quant à vos biens, qu'en ferais-je ? Que ferais-je de votre domaine ? À supposer même que quelque hasard heureux interrompe la croissance démente de ce peuple de statues, vous figurez-vous que nous soyons, Vanina et moi, disposés à vivre une existence de forçats pour satisfaire vos chimères ? Vous imaginez-vous qu'à deux nous allons nous vouer à une tâche à laquelle cinquante hommes suffiraient à peine ? Et tout cela pour quoi ? Pour que votre vieillesse imbécile se berce du plaisir d'imaginer qu'un nouveau tyran a pris votre place auprès de votre fille, en sorte que vous pourriez vous figurer, non sans vraisemblance, régnant encore depuis les profondeurs de votre mort sur tout ce qui vous aurait à jamais quitté ? Car c'est finalement de votre mort que vous avez souci, seulement de votre mort, dont vous voudriez nous voir les servants.

J'avais bien des choses à dire encore à cet homme, mais le sentiment que je venais de m'emporter me fit taire. Il s'était assis, Vanina tremblait, et je compris soudain que ni l'un ni l'autre n'avait jamais pensé que si les statues interrompaient leur progression le domaine n'en serait pas moins perdu. C'est un ouvrage assez répugnant que d'ôter aux êtres leur tout dernier espoir, quand même celui-ci ne consisterait que dans la plus funeste illusion. C'était pourtant ce que je venais de faire aussi inconsidérément qu'un asphyxié se débat sous le bâillon qui l'étouffe, car, en effet, je suffoquais dans le climat de mort dont ce vieillard s'environnait.

— Ainsi donc, murmura-t-il, me voilà au bout. Ce domaine, quoi qu'il advienne désormais, ira à l'abandon. Mes voisins se le partageront et en effaceront les limites, et en aboliront les bornes.

— Voici ce que je compte faire, lui dis-je ; Vanina y a fait allusion, je dois effectuer un voyage. Je serai absent environ un mois. À mon retour, je viendrai la chercher et nous irons vivre ailleurs.

— Où est cet ailleurs ?

— Il y a mille endroits, mille contrées ; qu'importe. Joignez-vous à nous.

Il secoua la tête.

— Je ne sais pas. Je vais y songer.

Et, sur ces mots, il quitta la table et passa dans la bibliothèque. Vanina vint vers moi.

— Je ne voulais entre toi et moi que le mépris. Tu inventes un autre sentiment, puis tu deviens mon amant. Tu es malhabile à manier la masse, mais tu décapites les statues comme aucun jardinier n'aurait songé à le faire. Mon père t'offre le domaine et moi en prime, tu refuses pour rester un voyageur, et cela te donne assez d'autorité pour le faire taire et réduire à rien la façon dont il se représentait les choses. Mais que fais-tu ?

— Je ne sais pas ce que je fais. Je ne le sais pas.

— Tu es las. Viens, je vais te montrer le domaine auquel tu as renoncé.

Elle me prit par la main et me mena par le dédale de la vaste demeure abandonnée. Pour la première fois on m'offrait accès aux arrières de la maison. Je découvris que la demeure n'était aucunement accolée au mur d'enceinte, comme je me l'étais figuré. Mais je n'éprouvais de cette visite aucune exaltation. Ma soif de découverte semblait s'être tarie sous l'effet de la désolation qui sans pudeur s'étalait à mes yeux. Je pus parcourir les logements des couples, où les femmes avaient attendu chaque soir le retour des hommes. Je ne vis que des petites cellules vides, si désertes, si glacées, que j'excitais en vain mon imagination pour me représenter le bonheur familial qui s'était réfugié là il y avait déjà si longtemps. La vie s'était retirée de tout. Vanina, près de moi, était muette. Dans l'une des pièces cependant, dissimulé par l'ombre d'un recoin, il me sembla voir quelque chose. Bien que je fusse convaincu d'aller au-devant d'une déception — de quoi pouvait-il s'agir d'autre que d'un tas de poussière, du cadavre d'un rat ou de quelque ordure vague que le temps avait purifiée en la rendant à l'indistinction finale ? —, le sentiment de la vanité, la tristesse étaient si vastes en moi que je voulus en avoir le cœur net et m'approchai. Ce n'était rien de ce que j'avais craint. Je me baissai et ramassai sur deux de mes doigts tendus en crochets une paire de sabots minuscules, oubliés là lors du départ des derniers occupants sans doute.

— Regarde ce que j'ai trouvé, dis-je à Vanina, en essayant de maîtriser ma voix que l'émotion faisait trembler.

Elle prit sur mon doigt l'un des petits sabots et

le tendit à la lumière, tandis qu'un pâle sourire jouait sur ses lèvres.

— Ce sont des jouets, n'est-ce pas ?

— Mais non, se récria-t-elle, ce sont des sabots d'enfant.

— Si petits !

— C'est à peu près la pointure d'un enfant de trois ans. Je peux même te dire qu'il s'agissait d'une petite fille.

Ce disant, elle frottait prestement le dessus du petit sabot sur le revers de sa manche ; après quoi elle me le tendit.

— Tu vois ?

En débarrassant le bois de la poussière qui en occultait la surface, elle avait fait apparaître la gravure d'un motif floral constitué d'éléments géométriques que je distinguais nettement.

— Une petite fille, murmurai-je, et je restai fasciné.

— Il n'y a que les sabots des petites filles qui soient ornés ; ceux des garçons restent unis. On ne chausse les sabots que l'hiver, l'été on va pieds nus.

Les explications qu'elle me donnait m'aidaient à sortir de l'espèce de torpeur émue où je menaçais de sombrer. Et comme je me débattais ainsi, il me sembla être la proie de je ne sais quel nœud de sentiments, comme si, à la faveur de quelque méandre du temps, il m'était donné de vivre deux fois le même émoi, mais cette sensation était si subtile, si brillante, que je ne pus, tant que je l'éprouvais, retrouver dans ma mémoire la trace de l'instant originel qui venait doter le présent d'une si troublante épaisseur. Je cherchais en vain quel autre témoignage de l'enfance m'avait à ce point bouleversé dans le passé.

— Tu songes ? me demanda Vanina en posant la main sur mon bras.

— Il me semblait vivre l'instant présent pour la seconde fois, mais j'ai perdu la première.

Elle m'embrassa, comme pour me faire taire, et, tandis que ses lèvres se détachaient des miennes, je l'entendis murmurer :

— C'est toujours ainsi.

Elle avait repris ma main pour m'entraîner.

— Allons plus loin.

— Serait-ce un vol, lui demandai-je, si je gardais les petits sabots en souvenir ?

Elle secoua la tête.

— Sot que tu es ! Tout ici t'appartient.

Et elle glissa les petits sabots dans une poche qui s'ouvrait parmi les plis de sa jupe. Nous avons quitté les étages pour descendre, derrière la maison, dans la zone que les femmes occupaient jadis et où aucun homme avant moi n'avait pénétré.

Ici, nous accédions à l'envers du décor et à son exact pendant. La fureur minérale qui affrontait la demeure sur ses devants trouvait son symétrique, côté jardin, dans une colère végétale échevelée. Il semblait que tout ne fût plus que ronciers, désordres feuillus, combats de bas buissonnements. Et par ces taillis serpentait, tortueuse et menacée comme une couleuvre d'eau, une vague sente où m'attirait Vanina. Un lierre foisonnant barrait de ses langues rampantes le tracé de ce chemin, en sorte que, presque à chaque pas, nous faisions lever des bouffées de sa senteur vivace, entêtante et roide.

— Que reste-t-il maintenant du labyrinthe ? demandai-je à ma compagne.

— Ceci, me répondit-elle en tapant du pied sur l'extrémité grise d'un tronc tombé sous les ronces.

Et, comme mus par un ressort caché, je vis frémir les feuillages sur plusieurs mètres de profondeur. Mais, comme mon regard suivait cette direction, je constatai que plus loin les thuyas avaient crû en un bosquet étouffant. Du tissu de leurs branches noires ils avaient tout à fait effacé le parcours contourné de jadis ; il n'y avait plus à cheminer par des détours, il suffisait de suivre une étroite brèche rectiligne. Comme elle me voyait songer, Vanina me dit :

— Les plantes sont aussi folles que les pierres ; plus folles encore s'il est possible. Comme nous n'avons plus le loisir de les soigner, elles se sont, elles aussi, déchaînées. Il y a une sorte de guerre entre elles et les statues.

— Ne peut-on tourner ce conflit au profit des hommes ?

— On ne peut tirer parti de rien. Il est vrai que les plantes, lorsqu'elles occupent une certaine portion du sol, empêchent, de ce fait même, le développement des jeunes pousses de statues. Mais cela n'a qu'un temps. En fait, les plantes s'étouffent entre elles. Les ronces s'étendent mais ne s'épaississent pas ; les jeunes pousses écrasent peu à peu dans leur ombre celles qui sont plus anciennes. Mais les statues se broient également les unes les autres.

— Elles s'élaguent plutôt, spontanément. Et puis surtout, elles gagnent par la profondeur. Sans doute quand la forêt et la pierre s'affrontent, elles restent quelque temps immobiles face à face, et puis un beau jour la pierre, qui a creusé comme une taupe, se redresse depuis ses propres racines et bascule brutalement la terre et les ronces et même les arbres. C'est comme une énorme lame de fond qui rejetterait irrésistiblement tout ce qui entrave sa progression.

Et il me souvenait, en l'écoutant, des arbres que j'avais vus chavirés sur tout le pourtour du domaine. En parlant ainsi nous avions franchi les taillis et étions arrivés au cœur du jardin des femmes. Il n'en subsistait plus qu'un petit potager duquel Vanina tirait à grand-peine les légumes dont elle se nourrissait avec son père. Il n'y avait plus trace d'animaux domestiques. Par-delà ronces et broussailles, je pouvais apercevoir les bâtiments abandonnés aux toitures effondrées qui vomissaient par toutes leurs ouvertures des flots de verdure. Les anciens bassins n'étaient plus que des mares stagnantes où croissaient des roseaux. Il n'y avait plus trace de la moindre plante ornementale.

— Vous ne mangez donc pas de viande ? demandai-je à Vanina.

— Si, quand la chasse est bonne. Je pose des collets car les lapins pullulent au point que j'ai peine à défendre contre eux mes modestes cultures. J'attrape parfois des petits oiseaux à la glu ou dans des filets, mais ils sont fort rares. Des hérissons aussi, de temps à autre, dont la chair est savoureuse. Aux abords des mares je capture des grenouilles, des serpents d'eau qui, une fois frits, sont tout à fait comestibles et, bien plus rarement, une tortue dont je fais une soupe. Je pêche des carpes, des tanches. En fait je tire bien plus de la nature que de mon travail. Il y a toutes sortes de fruits sauvages, il y a des champignons, que j'ai appris à connaître.

238

— Cela ne doit pas être facile, remarquai-je.

— Pour moi, c'est une sorte de récréation dont j'ai presque honte, car je prends plaisir à trouver ma subsistance en puisant dans ce qui s'offre. Ce qui est pénible, c'est d'être traquée par le temps et les tâches urgentes.

Elle réfléchit un instant et reprit :

— À vrai dire, il me semble parfois que je préfère le jardin tel qu'il est aujourd'hui, reconquis par la sauvagerie, à ce qu'il fut autrefois. Mais je ne l'ai jamais connu vraiment entretenu. L'abandon s'est simplement aggravé au fil des ans, insensiblement. Déjà lorsque j'étais petite fille, je percevais la menace qui pesait sur son ordonnance et j'y reconnaissais sa vraie nature, cantonnée sur ses bords et prête à reprendre tous ses droits. Cela m'exaltait. Peut-être n'étais-je pas la seule à éprouver de tels sentiments. Je me souviens du regard rêveur de certaines femmes quand elles examinaient la lisière du hallier. On ne peut pas détester les plantes. Mais les statues…

Je la pris par la taille. Elle colla son corps au mien. Nous sommes tombés dans l'herbe, tout près des ronces. L'air était doux. Vanina, sous le charme du jardin détruit, ne songeait plus aux tâches qui l'attendaient, du moins l'espérais-je. Pendant un moment trop court, tout était réconcilié. Plus tard, pourtant, comme le soleil baignait nos corps mêlés, je désirais m'attarder ; elle le sentit.

— Notre travail nous attend, me dit-elle.

Je me levai et lui montrai les petites maisons abandonnées.

— N'y a-t-il plus rien là-bas ?

— Plus rien que des ruines.

Et elle ajouta en riant :

— Tu ne trouveras pas une deuxième paire de petits sabots.

— Qui sait ?

— Non. C'est déjà bien rare d'en trouver une paire intacte. Ils sont si fragiles ! Ils se brisent aux pieds des enfants avant même qu'il ne soit tout à fait nécessaire de changer de pointure.

Et soudain je trouvai ce qu'obscurément je n'avais cessé de chercher.

— Vanina, dis-je, je sais maintenant quel souvenir me hantait lorsque nous avons trouvé les petits sabots. Ils ont éveillé en moi exactement l'émotion que j'éprouvai la première fois que je suis entré sur un domaine, quand on m'a mis dans les mains une toute jeune pousse de statue. Je n'imaginais pas que je découvrirais un jour l'aspect monstrueux des statues.

Nous avons fait quelques pas.

— Je ne savais pas non plus que je te rencontrerais. Je n'y songeais même pas. J'étais comme dans le sommeil ; un sommeil très puissant qui ne me laissait le loisir d'aucun rêve.

— Et que sais-tu maintenant ?

Je la serrai contre moi.

— Je ne sais rien, toujours rien.

— Et tu vas chercher une réponse dans les steppes ?

— Non, j'essaie seulement de finir le voyage.

Nous allions entrer dans la demeure.

— Mais il me semble, ajoutai-je, que je suis déjà au bout. Il y a du côté des steppes comme un appel. C'est sans doute la dernière légende au-devant de laquelle j'irai. Mais je reviendrai, j'en suis sûr.

Or, au moment de m'engager sous la voûte de la porte des femmes, je remarquai un superbe massif de fleurs soigneusement entretenu. Je contemplais, étonné, cet éclatant bouquet.

— Voilà qui est inattendu, n'est-ce pas ? me dit Vanina.

— Oui, mais je me réjouis que tu aies le loisir de te consacrer un peu à une culture d'agrément.

Vanina secoua la tête.

— Il ne s'agit pas précisément d'agrément. Ce petit tertre fleuri est la tombe de mon frère.

J'étais tout confus et ne savais comment faire pardonner ma sottise.

— Ne t'excuse pas, poursuivit-elle, ta remarque était fort bien venue. Si ces fleurs sont attrayantes, c'est le signe que j'ai agi au mieux pour préserver la mémoire de mon frère, car aucune cérémonie n'a pu avoir lieu pour sa mort. Il a fallu que j'invente quelque chose pour marquer la trace de son passage sur terre. Chaque fois que je soigne ces fleurs, mon zèle compense ce que cette sépulture peut avoir de sommaire.

Elle se recueillit un instant, puis raconta :

— Il avait à peine un an et demi de plus que moi. Il n'avait rien de l'austère rigueur que l'aîné avait héritée de notre père. C'était un garçon doux, silencieux et merveilleusement simple. Il faisait son bonheur des joies les plus fugaces, et le partageait. Quand notre mère fut morte, lui seul sut me témoigner la tendresse dont j'avais tant besoin. Il est présent dans tous mes souvenirs, proche, mêlé à chacun de mes gestes. Et il est mort près de moi, atrocement. Il était vaillant à la tâche, mais pas aussi adroit que les autres. Nous travaillions toujours ensemble. Sa force d'homme avait besoin, pour être bien employée, de se couler à mon rythme. Ce jour-là, au pied de la falaise de statues, nous faisions ensemble le même travail que celui que nous avons effectué ce matin, toi et moi. Je n'oublierai jamais. Nous commencions tout juste à reconnaître les moments dangereux, à cette époque-là. De sinistres grincements, venus des profondeurs de la pierre, se sont fait entendre. Au lieu de se mettre à l'abri, il s'est redressé de toute sa taille. Il était beau. Il gardait les yeux fixés sur l'ouverture d'un tunnel en face de lui, comme s'il cherchait à voir. J'ai crié pour le mettre en garde. Mais à l'instant où ce cri sortait de ma bouche, le couloir a vomi brusquement un flot de pierres. Un long bras de marbre, avec une main aux doigts repliés, sauf l'index qui pointait comme pour désigner une direction, a traversé l'air en sifflant et, de part en part, la poitrine de mon frère. Un instant il est resté debout, étreignant à pleines mains le biceps de pierre qui s'enfonçait dans son thorax, tandis que la pierraille faisait silence. Et puis il est tombé lentement sur le côté. Je criais toujours. J'ai couru jusqu'à lui. Je me suis agenouillée. J'ai posé sa tête sur mes genoux. Il me regardait. Il était étonné ; je ne sais si c'était de mes larmes ou de sa mort. Ses lèvres ont palpité. Il me semblait qu'il voulait me dire une fois encore, comme il avait l'habitude de me le répéter, que tout était simple. Mais ses membres se sont détendus, sa tête s'est appesantie. Il avait l'air de dormir. Les autres sont arrivés. Ils sont restés debout, sans rien dire.

Vanina se tut un instant avant de reprendre son récit.

— D'habitude, il y a une cérémonie lorsqu'on

enterre un mort. Si l'homme est mort en dehors de la demeure, il est enterré là où il est tombé. S'il meurt dans la demeure, on l'enterre du côté des femmes, à l'entrée du labyrinthe. Dans les deux cas, quand le corps nu a été descendu dans la fosse, les femmes viennent en cortège. Elles ont les yeux voilés d'une unique étoffe noire qui les recouvre toutes, les rassemble en un seul corps ; le grand serpent nocturne de la fécondité, blessé dans ses anneaux. Le chant des hommes les guide pas à pas jusqu'aux abords de la fosse, qu'elles entourent d'une muraille vivante et close. Alors commence le dialogue chanté de la mort. Les hommes, qui sont rassemblés à l'écart, appellent. Les femmes répondent en psalmodiant. À chaque réponse, chacune jette une poignée de terre dans la fosse. Et cela dure jusqu'à ce que la fosse soit comblée. Lorsque mon frère est mort, nous n'étions plus que trois sur le domaine. Il ne pouvait y avoir de cérémonie. Je ne connaissais même pas le chant de la mort. J'ai dévêtu le corps ; mais je ne pouvais pas ôter le bras de marbre. Il a fallu que l'aîné le saisisse, s'arc-boute et même pose un pied sur le ventre de son cadet pour parvenir à l'arracher. Ils ont mis son cadavre dans la fosse que j'ai comblée de mes mains. Et puis chacun est allé s'enfermer dans une cellule. Mais il y a pire. De mois en mois, les statues progressaient. Deux fois elles ont retourné la terre où il était enseveli et l'ont ramené au jour. Deux fois nous l'avons enfoui de nouveau. Comme si la pierre s'acharnait à recommencer le supplice. La troisième fois, mon frère aîné était parti. Mon père avait pris l'habitude de s'enfermer dans la bibliothèque. J'ai chargé les restes exhumés sur une brouette et je

les ai enterrés ici, en un endroit qui lui convenait, souhaitant qu'il soit tout entier revenu à la
terre le jour où les statues viendront abattre la
demeure. Car elles y viendront.

— Je serai déjà venu te chercher et tu ne son-
geras plus à ces malheurs.

— Ce ne sont plus tout à fait des malheurs.
Depuis que tu es là, près de moi, il me semble que
quelque chose doit venir de ces étrangetés et qu'on
n'est pas en vain malmené par le destin. Quelque
part demeure un germe de fécondité. Le plus
vivace.

J'ai posé la main sur son épaule. Nous avons
traversé la maison et, jusqu'au soir, nous avons
travaillé avec autant d'acharnement que le matin.
Lorsque Vanina me laissa seul sur le chantier pour
aller préparer le repas, il ne restait à déblayer que
les derniers fragments de l'avalanche que j'avais
déclenchée plus tôt dans la journée. Et, comme
je poussais l'ultime brouette vers un boyau qui
s'ouvrait entre les colonnes de la falaise, le soleil
couchant de ses derniers rayons aviva l'éclat de
la pierre et empourpra le piémont cailouteux de
cette muraille. Je crus voir, me dominant de toute
sa taille, m'appelant peut-être, une monstrueuse
et stupide mâchoire, reste d'un cyclope anéanti
dont perdurait et ne cessait de croître la férocité.
En un éclair j'eus l'intuition de ce qui avait dicté
la mort du frère de Vanina. Et moi aussi j'éprouvai l'irrésistible besoin de me redresser. Mais le
ciel s'éteignit et avec lui cessa l'immobile fascination des pierres. Je me retrouvai semblable à moi-
même, étranger au pays des jardiniers. Vanina
m'appelait, j'achevai de vider la brouette, rangeai
les outils et rentrai pour dîner.

Je partis le lendemain à l'aube pour les steppes.

Je rejoignis mon compagnon à l'endroit prévu.
Je le vis se lever au bruit de mon pas. Il s'était
étendu entre deux bornes où il m'avoua plus tard
qu'il avait dormi et dormait encore tandis que je
m'approchais. Les premiers instants, pour tous
deux, furent mêlés de gêne. En ce qui me concerne,
sachant mieux qui il était et connaissant désormais quels événements étaient cause d'un comportement auquel, en dépit de ses bizarreries,
j'avais fini par m'accoutumer, il me semblait que
je devais refaire sa connaissance. Le costume de
voyage, assez semblable à celui que je portais
moi-même, dans lequel je le voyais pour la première fois, ajoutait encore à ce que notre rencontre recelait d'insolite. Enfin, il semblait en proie
au même trouble que le mien, de sorte que chacun amplifiait, en lui en offrant le reflet, la timidité de l'autre.

J'entrepris, avec toutes les nuances que je trouvais propres à ne pas raviver une douleur que je
soupçonnais toujours présente et intense, de lui
faire un compte rendu détaillé de ma visite. Je lui
dis l'état où j'avais trouvé le domaine et ses derniers habitants. Je le voyais mesurer mentalement
l'approche des statues d'après la description que
je lui avais faite du chantier où j'avais travaillé.
Je lui fis part même de la façon dont on pouvait
provoquer les avalanches. Et je le croyais encore
absorbé dans des considérations techniques, lorsque soudain, me faisant face, il déclara :

— Vous semblez n'aimer guère mon père.

Sur ces mots se greffa l'un des plus longs et
assurément des plus confus échanges qu'il m'ait

été donné de connaître. Dans toute sa conduite à mon endroit, dans le ton des paroles qu'il m'adressait, et jusque dans la figure paternelle qu'il évoquait en premier lieu comme pour placer, au seuil du débat que nous venions à peine de renouer, quelque emblème maléfique, je sentais peser le ressentiment né d'une déception qui me restait insaisissable, en sorte qu'au moment où je m'apprêtais à lui faire confidence de ce qui, dans ce séjour, me paraissait le plus important — la lumineuse rencontre de Vanina —, je dus me détourner de ce propos pour l'interroger. Car enfin, qu'attendait-il de moi ? J'appris alors bien des choses dont, dans l'instant, je n'étais guère en mesure d'évaluer l'importance, toutes mêlées qu'elles étaient à ce qui me parut un délire né de la solitude et du chagrin. De l'homme qui le premier m'avait introduit dans les jardins statuaires, je sus d'abord que, comme je l'avais supposé, il avait failli être le beau-frère de mon logeur. Celui-ci, dans la haine qui s'était entre eux décantée, plus qu'un affrontement d'homme à homme, avec pourtant toutes les ambiguïtés que comporte ordinairement semblable situation, plus même qu'un drame de famille, quelque intense et tragique qu'on se le puisse figurer, voyait proprement l'allégorie vivante d'une vieille mésentente entre le nord et le sud du pays. Ma personne intervenait alors — j'emploie à dessein ses propres termes — comme un révélateur dont la simple présence opérait une véritable conversion. Ainsi, de même qu'à suivre mes entretiens avec mon guide, il avait été peu à peu contraint d'admettre la très réelle noblesse de ce dernier, de même chacun de mes pas à travers ce monde faisait lever aux yeux extasiés de ses habitants sa beauté propre que peu à peu, sous les mauvais charmes du temps accumulé, ils avaient désappris de contempler. Semblable à ces courants tièdes qui soudain changent jusqu'à la consistance de l'eau en certaines anses marines, une onde de réconciliation maintenant rapprochait les plus distants ; les plus riches, dessillés, soup-çonnaient déjà la trop grande facilité de leur vie d'être une injure, les moins bien lotis s'inquié-taient d'un ressentiment en son fond complice de l'injustice, et, après avoir vu en moi se refléter glorieusement leur terre et leurs tâches en celle-ci inscrites, tous vivaient dans la nostalgie et la quête de quelque grande loi tacite qu'ils eussent oubliée ou point su inventer en son juste moment. À l'en croire, il n'était point de jour que sa taverne, approximativement située aux confins indécis des riches domaines du sud et de ceux du nord bien moins favorisés par la nature, ne se vît envahie par des passants venus là pour deviser sur mon compte, voire oubliant, pour se mêler aux conver-sations en cours, qu'ils n'étaient venus là que pour une courte halte tandis qu'ils couraient vers d'autres plaisirs. Avec le vague espoir de me ren-contrer sur quelque domaine où j'eusse par chance séjourné en même temps qu'eux, ou bien déter-minés à tirer des adolescents qui m'avaient servi quelques lambeaux de ma parole, ou même pour se contenter d'éprouver le changement de climat qui suivait mon passage en quelque lieu, on voyait des pèlerins se mettre en route et sillonner le pays. Et comme si toutes ces observations n'étaient point suffisantes, l'éloge s'enfla jusqu'au sublime lorsqu'il en vint à parler des adolescents ; ce n'était pas que du domaine en perdition que ceux-ci s'étaient enfuis, leurs exodes fracassants navraient l'ensemble du pays d'une hémorragie continuelle tandis que de toute part s'enflait la rumeur qui les appelait vers les steppes. Or, disait-il, le nombre de ces départs n'avait cessé de décroître depuis que je sillonnais la contrée. Telle était la raison pour laquelle on m'accueillait partout avec tant de prévenance, et même on m'attendait, on m'espérait comme l'ultime chance de voir à nouveau circuler la parole par-dessus l'abîme qui, insensiblement, s'était creusé entre les générations depuis longtemps déjà isolées dans une ignorance hargneuse. Traçant à ma suite un sillage de bienfaisance j'allais donc, précédé de gloire.

D'un tel discours l'emphase était si abusive que la vanité la plus épaisse n'y eût pas trouvé satisfaction, et, n'étant pas plus vain qu'un autre, il me mit d'assez méchante humeur ; mais ce fut moins de me voir flagorné avec une impudence particulièrement insistante que par un sentiment moins immédiat et plus durable. Parlant comme il venait de le faire, mon compagnon de voyage me rappelait désagréablement le piège malsain que m'avait tendu peu auparavant son père, et ce sentiment était d'autant plus vif qu'il n'avait finalement brossé ce grand tableau que pour mieux marquer le contraste avec le peu d'effet dont était suivi mon séjour chez les siens. Manifestement je n'avais rien bouleversé de l'évolution fatale des pierres ni des habitants, tel devait être mon plus grand tort à ses yeux, et il s'y effarait qu'à défaut de rien changer à un sort qu'un miracle seulement eût converti, je ne fusse pas demeuré sur ce coin de terre disgracié auprès de sa sœur.

Je n'avais pu interrompre sa péroraison ni par

mes exclamations indignées dont il n'avait cure, ni par les objections qu'il surmontait avec une facilité d'invention presque diabolique, et, lorsqu'il fut au terme, je n'éprouvais plus le désir de disputer sur le détail de son propos. Je lui fis simplement observer combien son esprit, à la différence du mien, distinguait mal la terre de ses habitants. La terre, remarquai-je, est toujours plus vaste et plus durable que ceux qui l'occupent et, quant à moi, j'ai plus de passion — sans doute est-ce la cause profonde de ma vocation de voyageur — pour ceux qui passent et que tout menace, que pour ce qui subsiste. Je projetais donc de me rendre dans les steppes, suivant ainsi la voie que lui-même m'avait ouverte, après quoi je reviendrais sur le domaine ruiné, comptant bien que sa sœur m'accompagnerait, et peut-être son père, qui n'avait encore pris aucune décision.

C'est alors seulement, tandis que je mettais à jour mes espoirs, que j'en mesurais la portée. Arracher une toute jeune femme à l'espace resserré d'où elle n'était jamais sortie et la mener par les chemins qui s'ouvraient à moi, tout cela m'avait paru aller de soi tant que j'avais séjourné auprès d'elle. Mais maintenant, ayant pris la route, lancé comme je l'étais dans une direction aventureuse et tenu de faire le point de mes projets, je ne parvenais plus à retrouver l'assise de ma décision. Il me sembla — cela peut paraître étrange, et c'est bien ainsi que je l'éprouvais — que l'amour — l'amour réel, intense — qui m'attachait à Vanina ne pouvait suffire dans une telle entreprise. Je décidai, pour moi-même, de ne me soucier que de l'immédiat, de marcher et d'être tout entier à la route.

Mon compagnon me secondait. Il ne me faisait

plus de questions, ne m'interrogeait même plus du regard. Mais je ne pouvais m'empêcher de songer à mon retour puisque j'établissais un relevé de notre itinéraire. Je notais chaque carrefour sur un carnet de route et accompagnais cette marque du dessin précis des bornes qui le déterminaient. Je renonçai seulement à mettre au point une carte ; la route suivait des contours si capricieux qu'il eût fallu renoncer à mon voyage si j'avais voulu en garder l'exact tracé.

Lorsqu'à la mi-journée nous nous arrêtâmes à une croisée de chemins pour nous restaurer près d'une fontaine, j'observai que la route était de plus en plus sinueuse et irrégulière dans son parcours. J'avais été frappé, dans le sud, par la régularité de forme des domaines. Tous ceux que j'avais visités étaient des rectangles parfaitement dessinés. Les routes qui les longeaient sur quatre côtés étaient donc rectilignes, ou à peu près, et quadrillaient uniformément le pays, au lieu qu'ici chaque lopin était tout à fait biscornu. Et notre chemin, un vrai labyrinthe. J'appris ainsi que, dans le nord, la ruine d'un domaine est chose bien plus courante que dans le sud. La prolifération des statues n'en est qu'une cause entre bien d'autres. Or, selon la coutume que je trouvai fort cruelle, les domaines limitrophes se jettent littéralement sur celui qui vient d'être déserté ou dont le dernier représentant meurt à peine. Ils éventrent les murailles et les reconstruisent, de manière à englober le plus de terrain possible. Il y a parfois des heurts quand les accapareurs s'affrontent. Le partage pourrait se faire de manière régulière, mais on trouve toujours, poussé que l'on est par l'avidité, des causes de dispute. Tout ce qu'il reste de pierres sur l'ancien domaine, les murailles de l'ancienne demeure, les vestiges des bâtiments des femmes et des divers ateliers, et jusqu'aux restes informes des dernières statues que l'on brise à cet effet, tout sert à édifier les nouvelles murailles et à empierrer la nouvelle route qui, déviée, suit un nouveau et plus tortueux tracé. En quelques mois, l'ancien domaine est si bien effacé du sol où il s'étendait qu'on n'en trouve plus trace que dans les vieux livres et aussi, parfois, d'après les bornes qui jusqu'alors marquaient la croisée des routes et que l'on place désormais, un peu au hasard, dans les recoins de l'enceinte nouvelle. La surface consacrée aux statues ne varie pas ou fort peu. En tout cas, elle ne va presque jamais s'accroissant. Quand un domaine s'agrandit, le terrain supplémentaire est planté d'arbres qui, peu à peu, épaississent l'anneau forestier déjà existant. Je pouvais remarquer, en effet, que la région où nous progressions était plus boisée que celles que j'avais traversées précédemment. L'aubergiste, en cela contredisant les propos que m'avait tenus sa sœur, considérait que ces forêts qui aggravaient l'isolement des jardiniers, constituaient un obstacle aux débordements toujours à craindre des statues. Tout ce qui vit et verdit, affirmait-il, retarde le progrès des statues et finalement y met un terme, mais la demeure s'élevant à la frontière de deux mondes, végétal et minéral, les statues peu à peu l'étreignent et la broient, et, là où il n'y a plus de demeure, il n'y a plus d'hommes.

Quand un domaine voit décroître sa population à un rythme alarmant, il ne faut attendre d'aide de personne. Et si je protestais contre la barbarie de telles mœurs, mon compagnon me remontrait

251

que, pour venir en aide à un voisin dans la peine, il faudrait négliger sa propre terre, en sorte que cet échange de services, loin de juguler le fléau, le propagerait. Je gardai pour moi mes remarques critiques ; je voyais bien qu'un effort en faveur des plus déshérités, quelque menacé qu'on fût soi-même, n'était pas plus considérable que les grands travaux qu'exigeaient les bouleversements qu'il venait de me décrire, mais pouvais-je argumenter contre les puissances et les prestiges de la terre ? Ici, elle est inaliénable. Chaque clan est respon-sable de la parcelle où il vit, et d'elle seule. Il faut maintenir le domaine, ou périr.

Nous avons mangé en silence, partageant le pain et le fromage, dormi le dos à la margelle, les reins calés sur nos sacs et, à travers les lacis du sommeil, je sentais mes jambes vibrer encore du chemin parcouru, ou de l'attente des espaces à franchir. Cette sorte de sommeil est fragile et ne dure pas. Lorsque nous fûmes sur le point de repartir, mon compagnon me fit une dernière remarque.

— Il n'y a pas d'obligation à démanteler un domaine abandonné. Plus au nord, vous en trou-verez sans doute que personne n'a voulu partager et qui, dans l'enceinte de leurs murailles croulan-tes, se sont ensauvagés. La vie est si dure, quand on monte vers le nord, que nul là-bas ne songe-rait à distraire une part de son temps, ou de son énergie, pour modifier le tracé des murailles ou le parcours des routes.

Tantôt devisant, tantôt plongés chacun dans des réflexions qui faisaient entre nous le silence, nous avons marché pendant quatre jours sans désem-parer. Il n'y a, en somme, que peu à dire de ce voyage. Je n'ai pas fait, dans les domaines que nous avons traversés, de découvertes bien notables. Comme nous marchions beaucoup, à un rythme sévère, nous ne nous arrêtions que fort tard sur les domaines et n'avions guère l'occasion de nous attarder en visites prolongées dans les champs de statues. J'en vis cependant quelques-unes, sur lesquelles, néanmoins, j'ai une modeste observation à faire. Au fur et à mesure que nous progressions, la pierre me paraissait moins polie. Elle laissait percevoir des arêtes et des méplats qui donnaient à penser que les formes qui se dégageaient de terre procédaient plus d'éclatements brusques que de l'étreinte douce du terreau pulvérulent. Peu de temps avant que nous ne nous séparions, je fis part de cette observation à mon ancien logeur. J'appris que le climat de ces régions, plus rude que dans les domaines qui m'étaient familiers, oblige les jardiniers à cultiver la statue en la faisant croître sous terre beaucoup plus longtemps. Et cependant, les gels hivernaux les frappent à peu près toutes. C'est ainsi que des écailles de pierre dure se détachent de la surface des corps figurés, et leur chute en accuse les reliefs. En outre, quelque soin que prennent les jardiniers de trier leur terreau, il subsiste toujours, dans son épaisseur, de ces écailles tranchantes qui entament le corps de la statue en train de croître et la font ressembler à celles qui ont eu à souffrir des rigueurs du climat.

Nous devisions ainsi dans la cellule que nous partagions. Le lendemain, il devait m'accompagner jusqu'au milieu du jour, après quoi il rebrousserait chemin pour regagner son hôtel. La nuit était calme. Tout semblait dormir autour de nous. Je ne sais quelle malice me prit ; j'éprouvai le besoin de le provoquer un peu.

— Eh bien, lui dis-je, je ne constate guère cet empressement fiévreux autour de nous, que devrait me valoir une grande notoriété chez les jeunes gens de la contrée.

Il me regarda comme s'il cherchait à deviner où je voulais en venir.

— Il me semble que, depuis que nous faisons route ensemble, le hasard s'est fait un malin plaisir de démentir vos affirmations. Certes, on nous traite toujours avec une grande courtoisie, mais nulle part je n'ai vu se presser vers moi des jeunes gens avides de connaître mes projets de voyage et inquiets de ce qui peut se produire dans les steppes.

— Vous en concluez peut-être que j'ai menti ?

— Non pas ; mais que vous vous êtes fié sans doute avec trop de hâte à des apparences trompeuses et que vous avez accordé trop de crédit à des rumeurs insignifiantes.

— Je ne pense pas que ce puisse être cela.

La fixité de son regard, tout son visage tendu comme pour affronter une énigme, le silence enfin qu'il gardait soudain et qui s'appesantissait entre nous me firent connaître qu'il était anxieux.

— Votre observation est juste, finit-il par dire, en ce qui concerne les jeunes de cette région-ci. Mais je finis par trouver cela particulièrement inquiétant.

— Que voulez-vous dire ?

— Je ne sais pas au juste ce qu'il se passe, mais...

Il secoua la tête, se tut de nouveau un moment. Je percevais que sa pensée, sa sensibilité, flairait quelque chose qu'il ne parvenait pas encore à nommer.

— Cette légende, en vint-il à remarquer, cette légende d'un jeune chef chez les nomades pillards, qui aurait imprimé sur ces populations une sorte d'ordre politique, on en parle beaucoup dans le sud. Et, au fur et à mesure que nous allons vers le nord, on en parle de moins en moins. Et depuis deux jours, ici, c'est le silence.

— Mais n'est-ce pas tout bonnement signe qu'ici la légende ne peut prendre corps car la réalité ne cesse de la démentir ?

— Sans doute est-ce là l'hypothèse la plus raisonnable. Je crains toutefois qu'elle ne soit trop raisonnable pour être la bonne.

Il me scrutait. Et ces yeux qui ne me quittaient pas et semblaient guetter le moindre de mes frémissements, changèrent brusquement le cours de mes pensées.

— Mais que cherchez-vous à la fin ? lui demandai-je.

— Comment cela, ce que je cherche ?

— Il m'est venu une pensée singulière. Avec ces manières de compliments que vous m'avez adressés, et même cette décision assez brusque de m'accompagner, vos réflexions peu explicites de ce soir enfin, je finis par me demander si réellement il s'agit pour vous de me rendre simplement service en faisant une part du voyage avec moi.

— Et de quoi d'autre pourrait-il être question ?

Il ne protestait aucunement. Il semblait plutôt chercher avec avidité ce que j'allais découvrir sur cette pente. Il était bien différent, notai-je, de l'homme emporté, perpétuellement en crise, que j'avais connu d'abord.

255

— Eh bien, il me semble, repris-je, que vous cherchez à vous servir de moi comme d'un révélateur par rapport aux populations que nous visitons.

— Il en est sans doute ainsi, mais cela n'ôte rien au caractère désintéressé, et même amical, de ce voyage en votre compagnie

— De toute façon, il importe peu. Mais que cherchez-vous en m'accompagnant ? Que craignez-vous ? Y aurait-il derrière cette légende une réalité sur laquelle on vous aurait chargé de mener une enquête, en tirant parti de l'accueil qu'on me réserve sur le domaine ? Mais voilà qu'on est mal renseigné sur moi. La popularité qu'on me prête n'existe pas, votre présence achève d'effaroucher ceux qui auraient aimé converser avec moi et vous voyez votre mission inaccomplie et vaine parce que sans objet. De là votre déception.

Encore une fois, il sourit.

— Vous me prenez pour un espion ? demanda-t-il.

— Disons plutôt une sorte d'observateur.

— Je passe sur ce qu'une telle supposition peut avoir d'offensant. Mais elle est également bouffonne. Quel est, selon vous, ce « on » mystérieux qui m'aurait chargé de mission ?

Je commençais à me sentir penaud.

— Je ne sais pas au juste. J'imaginais que peut-être les domaines du sud, inquiets des proportions que prenait cette légende, ayant découvert — qui sait ? — qu'elle comprenait une part de vérité, auraient pu jeter les bases d'une organisation commune, l'ébauche d'une sorte de fédération destinée à protéger une civilisation que son morcellement, son absence d'unité politique, rend fragile.

— Voilà donc ce que vous imaginiez.

— Oui.

Il hocha la tête tandis qu'un voile de tristesse passait sur ses traits.

— En me faisant injure vous rendiez hommage à cette contrée. J'ai le regret de vous dire qu'à ma connaissance rien de ce que suggère votre hypothèse n'a, pour l'heure, l'ombre d'une réalité. J'ajoute que si cela existait, je me serais très probablement prêté avec empressement au rôle que vous m'attribuiez à l'instant. Il soupira et reprit :

— Et qui sait si ce que vous imaginez ne va pas désormais prendre corps ?

— Prenez garde, lui dis-je, à ne point verser dans l'idéalisme. Les rêveries d'un homme ne sont pas un levain suffisant à inspirer toute une civilisation.

— En politique, les rêveries sont rarement singulières, et jamais innocentes. Presque toujours, elles sont communes et doivent avoir atteint un profond degré de pénétration parmi les hommes pour que l'un d'eux en vienne à les formuler.

— Vous oubliez que je suis étranger.

— C'est vrai. Je l'oublie.

— Quoi qu'il en soit, voilà un moment que, de la légende d'un jeune chef organisateur des peuples nomades aux frontières septentrionales des jardins statuaires à l'hypothèse d'une fédération secrète des domaines du sud, je vous mène malgré moi à travers mes fictions. Il est peut-être temps de reconnaître qu'il n'y a rien de réel.

— Ce serait trop simple…

— Vous persistez à croire ?…

— Le fait que je ne sois pas l'émanation de quelque société secrète, mandé pour surveiller les confins de ce pays, ne ruine pas l'hypothèse qu'il se passe quelque chose.

— Mais, enfin, tout atteste qu'à mesure que nous approchons du lieu où se situerait je ne sais quelle concentration de barbares menaçant...

— Ah, c'est vous qui l'avez dit !

— Quoi ? Rien du tout !

— D'où tenez-vous donc qu'un nouvel ordre politique étendant son ombre sur les pillards du septentrion constituerait une menace pour la civilisation des jardiniers ?

— Je n'ai rien dit de tel.

— Ces barbares menaçants ?

— Soit. Mais c'est votre inquiétude en réponse à un silence qui n'a rien que de très banal qui me pousse dans ces imaginations vaines où vous vous plaisez à me voir m'empêtrer.

— Ce n'est pas exactement cela. Vous avez fort bien dit que je vous considérais comme un révélateur. Il me suffit de vous écouter pour capter à travers vous les traces, dans d'autres conditions indiscernables, des mille énigmes que recouvre ce silence.

— Et pourtant, vous ne cessez de me contredire.

— Non point. Je ne fais qu'alimenter l'oracle.

— Cessez donc ce jeu !

— Pourquoi refusez-vous d'admettre que vous ne pouvez argumenter contre moi sans du même coup bâtir les interprétations auxquelles je n'ai pas osé me risquer ?

— Et finalement, lequel de nous deux interprète ? On peut tout dire sur ce fond de silence.

— Et, entre autres choses, qu'il dissimule une réalité que nous n'avons pas encore atteinte.

— Mais, à la fin, que cherchez-vous ?

— Je cherche à savoir.

Je haussai les épaules. L'emphase de cette réponse ne me paraissait pas du tout convaincante. Depuis un instant, je faisais les cent pas dans notre chambre, alors qu'il s'était étendu sur une couchette. J'étais las de nos débats qui me paraissaient vains, et déçu de ce compagnon que j'avais connu aubergiste taciturne, puis exilé passionné, et qui se révélait maintenant acharné disputeur.

Finalement, fatigué, je me sentis sur le point de renoncer à poursuivre ce voyage. Je m'accoudai à la fenêtre et perdis mon regard dans la nuit qui abolissait tous les êtres autour de la cellule. Retourner ; retrouver Vanina ; changer enfin le cours de ma vie, songeai-je. Sa voix me parvint dans mon dos par-dessus mon épaule.

— Je cherche à savoir. Mais vous auriez mauvaise grâce de prendre cette déclaration à la légère. Je tiens tout de vous. C'est pour vous avoir vu chercher, et vous avoir admiré, que je suis en quête et me soucie de votre témoignage.

Il se tut et reprit à voix plus basse encore :

— Et dites-moi, si quelque catastrophe vient frapper ce monde, dans quelle mesure serez-vous capable d'évaluer la responsabilité qui vous reviendra ?

Il me sembla un instant qu'il lisait en moi à livre ouvert.

— Et si je renonçais à ce voyage ? demandai-je sans me retourner.

— Que craignez-vous ? D'aboutir ? Ou de ne parvenir à rien ?

— Si vraiment je constitue une menace pour ce monde...

— Ce monde avare et renfermé, qui se survit replié sur ses traditions caduques et égoïstes, borné par ses murs, enclos dans ses frondaisons, étranger à lui-même enfin à force de se soustraire à tout commerce, que mérite-t-il, ce monde ? De quoi est-il donc digne ? Mais moi qui y suis exilé...

— Voyez vous-même quel espoir vous avez fait naître. Vous détestez domaines et jardins.

— Nul n'appartient plus passionnément que moi à cette terre. C'est à vous encore que je dois la conscience que j'en ai. Mais peut-on tolérer ce qu'on aime dans sa passivité, dans sa nullité ?

Je revins vers ma couchette, m'y laissai tomber, soufflai la chandelle. Et, dans le noir encore :

— Alors que ferez-vous demain ?

— Je continue.

Il est étrange que la nuit fortifie les fantaisies les moins fondées et, des déchets de nos pensées, des restes vagues d'impulsions presque mécaniques, résultantes stériles et lointaines des gestes du jour, tire un théâtre absurde où nous endossons des rôles inconnus et malcommodes. Ce ne sont pas les maisons qui sont hantées, ce sont les hommes, et l'heure obscure nous rend sensibles à des vapeurs que nous eussions, à bon droit, méprisées durant le jour et dont la nuit venue nous sommes soudain les fantoches. De nos emportements, de nos gesticulations et de nos péroraisons, qu'un minimum de lucidité laisserait mort-nés, il ne nous reste, avec la venue du matin, qu'une honte vague et des souvenirs confus. À quel monde nous avons travaillé alors, nous ne le savons plus. C'est dans de semblables dispositions que mon compagnon et moi nous détournâmes l'un de l'autre, quand l'aube commença de poindre sur le domaine où nous avions pris quelque repos. Dans la pièce que nous occupions, étroite et monastique, il fallait, si l'on voulait s'isoler, que chacun s'absorbât avec une ténacité particulière dans sa toilette ou la mise en place de son menu bagage, pour ne pas se trouver confronté à l'autre. C'est ainsi que se développa en nous, malgré nous, une sorte de fièvre de départ qui ne nous fit trêve qu'une fois passé la poterne du domaine. L'espace clair et ouvert dissipa les germes du maléfice. Nous nous retrouvâmes semblables à nous-mêmes ; hommes qui cheminaient. Lorsque nous eûmes fait quelques pas, mon ancien logeur se tourna vers moi :

— Je vais vous accompagner encore durant la matinée. Je reviendrai sur mes pas cet après-midi.

Je savais que nous abordions une région qu'il ne connaissait pas mieux que moi. Nous n'avions pas manqué, tout au long du chemin, de nous renseigner sur le trajet qu'il me resterait à parcourir seul. Mais, si précises soient les indications, c'est une chose que de les bien entendre, une autre que de les reconnaître en les adaptant aux caprices du paysage. Les noms que la coutume avait déposés sur certains lieux ne pouvaient venir en aide qu'à ceux qui parlaient du pays en le connaissant déjà. Il fallait désormais appliquer tous nos soins à déchiffrer les symboles gravés sur les bornes quand, par chance, ces repères meurtris par les intempéries subsistaient. En leur absence, c'était un chêne particulièrement large, un tas de pierres, une pente du terrain qu'il fallait identifier, et j'étais bien aise de ne pas m'aventurer immédiatement seul dans l'inconnu. Mais il fallut, après notre modeste repas de voyageurs, que nous nous séparions.

— Je pense, me dit mon compagnon, que vous ne courrez plus longtemps le risque de vous égarer ; en fin de soirée, au plus tard demain dans la matinée, vous quitterez la région où l'on partage les domaines et la route sera plus nette. Il est vrai qu'en revanche la chaussée sera moins bonne. Et puis on vous renseignera. Il est possible que les gens que vous rencontrerez désormais aient moins de délicatesse, ou de facilité, que ceux que vous avez connus. Mais ils seront toujours généreux. Bonne chance ! ajouta-t-il en me serrant les mains.

Il fit quelques pas pour s'éloigner de moi sur le chemin que nous venions de parcourir ensemble, puis il se retourna.

— Tout de même, dit-il, prenez garde à vous. Ne courez pas de risques inutiles. Songez à Vanina.

Je hochai la tête, agitai la main et, lui tournant le dos, me mis en route. Ses derniers mots avaient été pour me rappeler la promesse faite à sa sœur et, plongeant dans une solitude soudaine, j'y puisais un véritable réconfort. Que l'on consente ou non à se l'avouer, on garde toujours le sentiment obscur de ce que l'amour peut avoir de provocant, voire de répréhensible, en regard d'un ordre social donné. C'est sans doute pourquoi l'amitié, dans ces circonstances, prend tant d'importance, car le poème que déroule tout amour véritable et dont chaque geste, dès qu'on s'est engagé, trace une phrase, ne peut guère se contenter de l'étroitesse du dialogue. Très vite, il faut plus d'espace à ce langage nouvellement inventé. L'amour est avide de gloire. L'amitié est cette conspiration glorieuse où la révolte des amants trouve l'écho sans lequel elle court le risque de s'étouffer dans la mesquinerie béate et la broderie sentimentale. Ces réflexions fort générales dont je berçais mon pas m'apportèrent brusquement la révélation de ce qui n'avait cessé de se tisser sous la trame des conversations que j'avais tenues avec mon compagnon. Un malentendu tenace s'était glissé entre nous presque dès les premiers mots, lorsque je l'avais entendu s'enquérir de son père. « Vous semblez n'aimer guère mon père », avait-il remarqué, et cette modeste observation avait suffi pour que je le soupçonnasse de se sentir solidaire du vieillard indigne et d'être secrètement mon ennemi. Et peut-être l'était-il effectivement alors, même s'il avait peu à peu pris un autre parti. La haine vigilante, et parfois subtile, dont j'étais la proie dès qu'il s'agissait du père de Vanina ne laissait pas de m'étonner. Après tout, quelque déshonorantes qu'aient pu me paraître ses basses ruses, je devais bien reconnaître que l'état fort cruel dans lequel il achevait sa vie rendait bien compréhensible, s'il ne le justifiait pas, qu'il fît tous les efforts possibles pour défendre ce qu'il restait du monde auquel il avait voué la totalité de son existence. Aussi mon animosité se fondait-elle sur des considérations d'un ordre beaucoup plus général. Jusqu'à ce que j'eusse pénétré sur le domaine en ruine, cette communauté des femmes, que j'imaginais heureuse enclose dans ses jardins, m'avait séduit et fait rêver. L'exil des hommes, pour cruel qu'il pût sembler, leur déplacement m'avaient paru faire des femmes l'élément fixe de la société autour duquel tout devait graviter. Or, la conduite du père de Vanina, cette façon presque naturelle qu'il avait eue de me proposer un marché, m'avait amené à douter de mes rêveries. Cette manière de faire de sa fille une sorte de monnaie d'échange ne répugnait pas tant en moi à je ne sais quel idéal moral. Bien plutôt, elle me semblait le prélude à un asservissement auquel s'opposait farouche-ment mon instinct de vagabond. Il allait de soi, aux yeux du vieillard, que je ne pouvais avoir d'autres projets, d'autres soucis que les siens, et, en me proposant sa fille, il tâchait de m'identifier à lui. La rencontre de Vanina était pour moi une aventure vitale, et j'avais pressenti que d'entrée de jeu les plans étaient ourdis pour me réduire à un rôle déterminé : celui-là même dont le père m'offrait le modèle. Or, je n'admettais pas qu'aimer impliquât de découvrir au banquet un convive de pierre assis auprès de l'amant pour lui transmet-tre sa malédiction de statue. Et c'était la terreur de me sentir pétrifié qui avait doté ma haine de sa force et de sa ruse. C'est pourquoi, sans ordre, une animosité si tenace s'était éveillée en moi sour-dement, dès l'abord, à l'égard du frère de Vanina. Un instinct secret m'avait poussé à ne voir en lui que le complice de son père. Comme pour fortifier cette première supposition, n'avait-il pas mani-festé une certaine déception lorsque je lui avais fait part de mes projets d'aider Vanina à quitter le domaine où elle était née ? Or, si cet homme, par bien des fibres de son être, tenait encore aux traditions des jardiniers, par tout un autre versant de sa personnalité, il était exclu de leur commu-nauté et même l'avait prise en haine. C'est cet aspect de lui-même qui avait peu à peu repris le dessus pendant ces derniers jours. Il avait même construit pièce à pièce son amitié pour moi, et les compliments exagérés que j'avais si mal accueillis n'en étaient que la première et inconsciente ébauche en lui.

Ainsi étais-je conduit à imaginer qu'il pourrait m'apporter son aide quand je tirerais Vanina du piège où je l'avais laissée. Peut-être, dans ce vaste immeuble à peu près désert — son hôtel —, consentirait-il à nous loger elle et moi. Pas un instant mon imagination ne consentit à me dépeindre quels soucis pouvaient résulter de l'engagement que j'avais pris à l'égard de la jeune femme. Son éloignement et ma solitude semblaient s'être conjoints pour creuser en moi un chaud espace de nostalgie. Et, ressaisissant peu à peu tout ce qui m'unissait à Vanina, je me sentis soudain heureux de voyager seul, livré à l'espace inconnu, aux incertitudes de la route, avec en moi cet incessant appel. Chaque pas que je faisais m'enfonçait plus avant dans ma passion dont un compagnon m'eût diverti. Je fis ainsi beaucoup de chemin.

Marchant à ce rythme, je pris l'habitude de ne m'attarder que fort peu sur les domaines où je faisais halte. J'y arrivais comme la nuit tombait et en repartais avec le jour naissant. Étranger, je n'avais pas à transmettre de *cahier de voyage*. On ne me posa que de rares questions. Je parlais peu de moi-même, me contentant de recueillir quelques indications sur la route du nord. On me renseignait fort correctement, mais, d'étape en étape, je remarquais que, sur ce sujet, la réticence, toujours voilée comme pour éviter tout débat, se faisait plus lourde. De sorte que j'en vins à me demander si mon compagnon n'avait pas eu un assez juste pressentiment lorsqu'il s'était inquiété du silence qui se faisait autour de nous à ce propos.

Ma fièvre d'avancer, de savoir enfin ce que pouvaient receler ces lointains, s'en trouvait accrue. Au point même qu'il m'advint de manquer de discernement. Comme j'étais sur le départ, un matin, le doyen qui m'avait reçu vint me mettre en garde. Il me conseillait de faire ce jour-là une courte étape et de m'arrêter assez tôt dans l'après-midi sur un domaine voisin car, disait-il, entre celui-ci et le prochain endroit où l'on pourrait m'offrir l'hospitalité, s'étendait un immense domaine depuis longtemps abandonné et la distance serait trop longue pour que je songeasse à franchir cette zone déserte avant la tombée de la nuit.

— Et vous savez, ajouta-t-il, qu'à la nuit close, les domaines, par ici, n'ouvrent plus leurs portes. À vouloir franchir une trop longue étape, vous vous verriez exposé à passer la nuit au bord de la route...

Et sur ces mots, il reprit l'élan de sa parole, balança comme s'il allait me mettre en garde contre quelque danger déterminé, se ravisa et finalement conclut :

— Et ce serait bien inconfortable.

Je le remerciai de ses bons conseils et fis quelques pas. Il me rattrapa.

— Vraiment, insista-t-il, évitez de rester sur la route la nuit.

Cette fois, il disparut, si prestement que je n'eus pas le loisir de le questionner. Son attitude m'intrigua suffisamment pour que je décidasse de tenir compte de ses avertissements. Mais, lorsque j'arrivai en fin de matinée devant le porche du domaine où il m'avait conseillé de faire halte, j'envisageai à grand-peine d'y passer la moitié du jour ; ma hâte n'y voyait qu'ennui. Je n'imaginai pas un instant de jouir sans impatience de la possibilité d'examiner les statues. Des statues, je n'attendais plus rien ; peut-être en avais-je trop vu déjà. Et puis, confronté depuis quelque temps aux drames qui assaillaient les jardiniers et soupçonnant qu'ils auraient d'autres développements encore, je leur en voulais un peu de m'être laissé aveugler sur elles, comme si elles avaient fait écran entre la réalité et moi. Ayant le sentiment qu'en ne perdant point de temps il n'était pas impossible que j'arrivasse à franchir avant la fin de la journée la grande distance annoncée, je n'hésitai guère et me remis en marche, allongeant le pas. Je ne fis qu'une courte halte pour manger, lorsque j'eus atteint le croisement des routes qui marquaient la limite des domaines. Or là, j'eus une première surprise qui aurait dû me faire réfléchir et m'inciter à revenir sur mes pas. Je longeais le bord droit de la route sur lequel s'ouvrait la porte du domaine que j'avais quitté le matin ; le mur aveugle d'un autre domaine marquait le bord opposé. Au carrefour ces deux murs fuyaient, l'un à droite, l'autre à gauche, pour continuer de délimiter le périmètre de chaque domaine. En face de moi se dressait l'angle du domaine abandonné. Ses murailles étaient sans communes proportions avec tout ce que je connaissais de l'architecture locale, formidables et, ce qui ajoutait encore à leur hauteur, une sorte de bastion surmontait le saillant de pierre qui me faisait vis-à-vis. Or, en regard de cette fortification hautaine, il n'y avait rien, ou plutôt seulement une morne étendue de brandes et de halliers qui venaient mourir en vagues crêtées d'aubépines et d'églantiers sur le bord de la route contre une haie de chardons. Un instant, je demeurai interdit et fasciné. Cela faisait des mois que je n'avais pas vu une parcelle de terre vive qui ne fût enclose de murailles. Cet espace, qu'aucune barrière ne déterminait et qui étalait ses rideaux inextricables de rameaux noirâtres dans la grisaille du jour, me donna le vertige. Et j'eus en traversant le carrefour le sentiment que je passais une frontière et que cette fois l'inconnu commençait vraiment.

Je n'en poursuivis pas moins mon chemin. À vrai dire, je commençais à douter de la décision que j'avais prise de franchir cette longue distance. Mais je ne désirais pas revenir sur mes pas. Cela eût ajouté à ma fatigue. Et puis, ma vanité était intéressée et l'emportait sur la prudence. Or, lorsque j'eus marché deux bonnes heures sans voir la moindre ouverture dans la muraille que je longeais, sachant que le porche s'ouvre généralement sur le milieu du domaine, je reconnus que celui-ci devait être monstrueusement vaste et force me fut d'admettre que je ne pourrais parvenir à l'entrée du suivant avant la nuit tombée. Je me hâtais cependant, considérant que je ne pouvais désormais prendre d'autre parti que celui de progresser autant que je le pouvais, et soucieux de la manière inconfortable dont j'allais passer la nuit. Pour que la malchance fût complète, il se mit à pleuvoir. Le mur que je longeais bientôt recula par rapport au bord de la route, formant une sorte de rentrant pour donner place, au plus creux de sa courbe, à un édifice dont la saillie n'empiétât pas sur la chaussée. J'en apercevais les contours à travers le rideau de la pluie. Lorsque je me fus suffisamment approché, je constatai qu'il s'agissait d'une poterne fortifiée qui défendait jadis l'entrée du domaine. Sous la longue voûte suintante où je m'engageai, le passage pouvait être barré par quatre herses successives dont je discernais encore les rigoles de descente. À l'autre extrémité de ce tunnel, un fort étroit escalier à vis donnait accès à une salle dont le périmètre était percé de mâchicoulis et les murs de meurtrières. Les voûtes étaient vastes et sonores et les dalles du sol bien sèches. Songeant un instant à séjourner pour la nuit dans cet abri, je déposai mon sac et déroulai ma couverture sur la pierre nue. Alors se fit un grand silence et je compris que la pluie avait cessé. J'estimais que je disposais d'une bonne heure encore avant que la nuit ne tombât et l'envie me prit soudain de jeter un coup d'œil sur les environs. Par le même escalier, je montai un étage de plus pour me trouver sur la terrasse du bastion. Les pierres, lavées par la pluie récente, étincelaient dans l'embellie fugace de la fin de l'après-midi. C'était la même architecture fruste qui, malgré la régularité des formes où elle tenait les moellons assemblés, ne parvenait pas à donner l'impression d'une construction faite de main d'homme, mais plutôt de quelque entassement cyclopéen. J'étais sorti par la porte basse d'une poivrière d'angle et marchais sur un espace quadrangulaire dont mes pas faisaient sonner les dalles. Son pourtour était bordé d'une murette épaisse, rectiligne, où s'ouvraient de place en place des créneaux. Et, çà et là, des trous dans la maçonnerie donnaient à penser que le tout se surélevait jadis d'un étage de bois. J'avais d'abord traversé toute l'étendue de la terrasse pour aller jeter un regard vers l'extérieur et, à mes pieds, s'étendait à perte de vue la houle fixe des brandes noires et impénétrables. Par-delà leur épaisse frange, il me semblait distinguer les cimes plus hautes d'une forêt, qui se confondaient peut-être à mes yeux avec celles d'un domaine, au-delà de toute cette sauvagerie, isolé, perdu. Et tout cela, dans la lumière rousse du soir, tout clinquant de l'égouttement parcimonieux, de rameau à rameau, des dernières gouttes de pluie que retenait encore le rare feuillage. J'étais dans ces dispositions exceptionnelles où, faisant face à la paix du monde, on se sent le cœur pris aux couleurs de la joie. Sans doute avais-je trop vu de ces univers clos sur eux-mêmes, tassés au ras du sol et contraints aux voies tracées et fixes. Je sentis soudain rajeuni mon désir de franchir la distance, d'aller de l'avant et d'éprouver tout mon être au frottement du monde. Et je sus que la route, dans sa régularité, ne me suffisait plus. C'est dans ces halliers que j'eusse voulu m'engager pour connaître aux gifles des basses branches la fougue qui me poussait. Cette impulsion fut presque irrésistible, et sous son empire je me tournai vers l'escalier par lequel j'étais monté. Ce faisant, je me retrouvai face au domaine abandonné qui m'offrait un point de vue tout semblable à celui que je venais de quitter. Ici également, une broussaille opaque venait battre la muraille et, plus loin, la futaie prenait son essor. Mais le rideau des arbres de place en place souffrait de larges accrocs. Ces clartés venaient d'épais tumulus de pierrailles effondrées dont le bombement crevait la frondaison comme des dos de baleines blanches soufflant dans quelque sargasse. Était-ce là l'ultime témoignage de la folle croissance des statues ? Je tâchais, en rêvant, à dénombrer leurs amoncellements, lorsque, parmi les vestiges de figures de pierre rompues, mon regard isola une forme insolite. Une ruine dont la façade embrassée de branchages, quoique percluse, méprisait encore les avanies du temps. À ce spectacle mon cœur se serra et ma rêverie changea de cours. Je voulais encore forcer la barrière des halliers, mais de ce côté, et c'était désormais pour atteindre un centre. Il me restait encore quelques instants avant que la nuit ne vînt et, comptant pour rien la fatigue de la journée en regard de l'ardeur que je sentais me revenir, je décidai de ne prendre de repos qu'à l'abri de cette demeure dévastée qui se dressait encore comme un vain défi parmi l'exubérance de la végétation. Je redescendis en hâte de mon belvédère, espérant bien trouver quelque passage au travers des ronces qui, d'ailleurs, devaient être plus rares sous les hautes futaies. Rajustant sur mon épaule ma besace et ma couverture, je fus en quelques bonds de la voûte au seuil du domaine. Les ronces qui me barraient le passage n'adhéraient pas tout à fait au pied de la muraille que je décidai de suivre d'abord, par la droite car la maison ruinée me paraissait plutôt de ce côté, afin de voir si je n'y trouverais pas quelque percée. En effet, j'aboutis bientôt à ce que je crus être une passée de chevreuils, mince layon resserré entre deux parois de feuillage qui me conduisit au bout de quelques pas dans une allée fort praticable. Par quel miracle au cœur d'un bois que rien ni personne n'ordonnait, subsistait un chemin assez large et rectiligne, je ne me le demandais pas, pris que j'étais par l'enchantement de l'endroit. L'allée partait abruptement du massif de broussailles d'où je venais d'émerger et s'enfonçait droite comme un puits vers un lointain abîme de clarté où je ne distinguais rien qu'une confuse dorure de lumière pâle. De part et d'autre de la voie sur laquelle je m'étais engagé, de hauts fûts de chênes et de vergnes, lisses comme pierre, dont les maîtresses branches dessinaient au-dessus de ma tête des ogives pures, édifiaient une nef austère et muette. Car le silence ici était total. Une mousse épaisse, dont les écorchures de place en place laissaient voir un lit de sable, étouffait si bien le son de mes pas que j'en vins à retenir un peu mon souffle dans ma gorge, comme si je craignais que ne retentît en écho le raiement majeur des arbres séculaires chargés de nuit rauque. Pas un oiseau enfin, pas même un insecte, dans cette longue et haute caverne de verdure, mais seulement la somnolente immobilité des grandes orgues végétales. La lumière, filtrée progressivement par les couches superposées du feuillage, était uniformément répartie, sans contraste entre l'ombre et l'éclat ; sur les troncs, sur le sol, luisaient parcimonieusement de vagues flaques d'airain terni.

Je ne saurais dire pendant combien de temps je marchai dans cet univers. Plus que d'une distance, ce passage m'a laissé le souvenir de son épaisseur. Et soudain je sortis de la voûte des arbres pour faire face, sans transition, comme jeté dehors, à une large arène presque blanche, dont la plate régularité n'était rompue qu'en de rares endroits par de maigres bouquets de hauts chardons bleus. Les feux du crépuscule tombant sur cette surface sableuse où les réfléchissait la façade de la demeure emplissaient la clairière de la lueur sur laquelle j'avais guidé mes pas. La maison était là, sur ma droite, fixant le regard mort de toutes ses fenêtres crevées sur l'aire que je venais d'aborder. C'était une bâtisse trapue et, vue de près, grise, alors que de loin elle m'avait semblé, par contraste sans doute avec la verdure ombrageuse des arbres, d'un blanc bleuté. Dans cette architecture civile se retrouvaient tous les caractères de la poterne que j'avais examinée d'abord ; mais, comme la nécessité défensive n'apparaissait pas ici, on avait l'impression que la pierre utilisée pour l'édifice était impropre à cet usage, trop lourde, et que son poids en avait écrasé les formes, en sorte qu'un certain souci de décoration — frontons, pots à feu et sphères aux coins de la toiture — prenait un aspect incongru, presque faux, comme d'un masque plaqué trop approximativement sur la face camuse d'une casemate. Je ne sais quelle réserve me retint ; je n'eus pas l'audace de m'aventurer franchement sur l'espace libre qui s'offrait à moi. Je craignais d'y imprimer la trace de mes semelles et je choisis de le contourner en restant à couvert. Je comptais aborder ainsi la bâtisse par le flanc, mais, dérouté par des ronciers, je la dépassai pour me retrouver soudain devant une prairie qui descendait en pente douce vers un étang. Sur l'autre rive, un groupe d'échassiers marchait à pas sentencieux. Ici encore, la crainte de déranger une sérénité si bien établie sur la faillite humaine m'empêcha de sortir du couvert. Le bonheur d'être un intrus discret à qui se révèle l'envers d'un monde me tenait ; il n'est jamais si fort qu'en ces lieux que les hommes ont cessé de mettre en valeur et finalement abandonnés, et sur lesquels, peu à peu, la nature reprend ses droits. Quelque silencieuse et légère que je fisse ma démarche, mon approche, qu'accompagnaient de légers froissements de branches était décelée par des oiseaux qui déjà avaient établi leur piètement nocturne et qui, effrayés, d'un bond preste crevaient soudain les frondaisons au-dessus de ma tête. J'entendis un fin bruit d'eau à quelques pas de moi et me trouvai bientôt auprès du déversoir de l'étang. Il était barré par un amas de pierres effondrées, vestiges peut-être d'un ancien moulin, à quoi s'étaient peu à peu mêlés, comme un mortier infranchissable lutant chaque interstice, des débris végétaux, du sable, de la terre, que l'eau avait entraînés dans son cours. Elle devait maintenant franchir ce barrage, qu'elle avait elle-même édifié, en plusieurs filets qui se rassemblaient plus bas, au creux d'une mare d'où serpentait un ruisseau vif. Et sur l'autre rive se dressait une modeste masure. L'humilité de cet édifice secondaire aux allures de porcherie désaffectée me séduisit, bien plus que la demeure que je venais de contempler.

Le ciel ne cessait de s'assombrir ; il était grand temps de choisir un gîte pour la nuit. Je sautai le ruisseau et franchis la première porte qui s'offrait à moi. Bien qu'il me fût impossible de rien distinguer dans l'obscurité, que ma silhouette dans le cadre de la porte épaississait encore, j'eus immédiatement l'impression d'une présence animale tapie dans l'ombre. Mon premier sentiment fut de me retirer au plus vite, navré d'avoir dérangé quelque hôte de passage, mais ma curiosité bientôt l'emporta. Je m'adossai au mur et attendis que mes yeux s'accommodassent. Au bout de quelques instants, je perçus une sorte de frisson soyeux qui courait au plafond. Je levai les yeux. Un tapis de fourrure bleu de nuit frémissait au-dessus de ma tête. De ma vie je n'avais tant vu de chauves-souris, et, lorsque j'abaissai le regard, le sol m'apparut couvert de leurs déjections. Je leur abandonnai la place et passai, par l'extérieur, dans la pièce voisine. Celle-ci était un peu plus vaste ; en outre, une fenêtre s'ouvrait dans le mur de la façade. Peut-être est-ce à cette disposition que je dus de trouver un abri. Aucun animal ne hantait cet endroit où je me disposai à passer la nuit. J'étendis ma couverture, posai mon sac en guise d'oreiller, et, ayant tiré de celui-ci un reste de fromage et quelques fragments de biscuit, j'allais en grignotant jeter un dernier regard sur l'étang. La brume du crépuscule déroulait ses volutes sur son miroir ambré. Comme je m'abandonnais à la rêverie, la masse cotonneuse se déchira sous mes yeux et, sur l'autre rive, deux silhouettes fines surgirent à mes yeux ; une biche et son faon venaient boire. Le brouillard, poussé par une nouvelle lame de brise, se referma sur eux, et je regagnai mon gîte, tout ému de cette dernière grâce de la nature. Trop ému pour trouver le sommeil, je ne regrettais plus l'imprudence qui m'avait conduit dans ce séjour. Mon voyage n'en serait pas retardé et pourtant j'avais la sensation d'une halte qui en venait bien à propos rompre la frénésie. Mon passage dans ce domaine, je le sentais, me déliait, comme si j'eusse été sur le point de donner une autre pente à ma vie.

Alors, et comme jamais peut-être avant cet instant, je me sentis habité par tout ce qui m'attachait à Vanina. Sans effort, comme si c'eût été là son lieu privilégié, le souvenir de son visage, penché dans la lumière incertaine de la première aube que nous ayons connue ensemble, se superposait au cadre crépusculaire de la fenêtre qui me faisait vis-à-vis. Je me gardais de scruter l'image qui s'offrait à moi, sachant trop bien comme le moindre effort d'attention peut navrer et briser ce genre de vision très fugace. Et c'étaient ses mains maintenant, qu'il me semblait pourtant n'avoir jamais examinées, dont je suivais le lâcher sur les menues tâches où elle s'était employée en ma présence — mains exemptes de mondanités, robustes plutôt, presque épaisses, et franches jusqu'à la provocation, et qui s'avouaient toutes dans les rares moments qu'elles s'abandonnaient, oiseaux encore, alors couchées de tout leur long entre les miennes, comme un frêle gibier de plumes haletant sourdement dans le fond d'un sillon ; mains matérielles, dès longtemps affrontées à la terre, mais pleines d'âme comme un instrument de musique inconnu ; mains silencieuses sur leur enchantement, prêtes à ramper dans les écarts et les aises de ma halte, elles me troublaient soudain si fort que je dus pousser doucement la barre au vent toujours ample de la rêverie. Ici, pourquoi ne finirais-je pas sous la cotte d'un paysan ? J'imaginais aisément notre fuite à tous deux hors du monde que j'avais cru épouser et dont j'étais las. Ici, dans une terre abandonnée offerte au premier venu et où nous nous ensauvagerions doucement, vivant à l'amble des bêtes et du ciel. Je savais par expérience que les rêveries les plus concrètes sont aussi les plus heureuses ; j'en fus bientôt à supputer l'outillage et les semences qui seraient nécessaires à nos premiers aménagements. Mais sur cette pente, j'étais déjà la proie de la nuit. Il y avait ce grand cheval debout près d'elle, et Vanina dont je voyais les doigts courir sur l'encolure, rouler en boucles les mèches de sa crinière qu'il secouait en hennissant. Ce geste était soudain d'une folle indécence, promesse d'insoutenables plaisirs. J'étais assis tourmenté, face à la nuit totale. La lune avait disparu. Avais-je dormi ? Soudain, par-delà les ténèbres, un cheval se mit à hennir et les crapauds se turent. Ainsi donc un deuxième hennissement ; tout proche, sans doute aux abords de la demeure, de l'autre côté de l'étang sur la face duquel avait glissé son cri. Je ne sais pourquoi cela m'inquiéta. Pas un instant je ne me figurai qu'il pût y avoir des chevaux sauvages dans cette zone boisée. Il fallait des hommes. Je raisonnais pour remarquer que rien ne me donnait à penser qu'ils fussent hostiles. Mais le bonheur de la solitude avait fait de moi un clandestin, et j'éprouvais pour le moins du dépit que d'autres fussent familiers d'une terre avec laquelle il me semblait que, dans l'abandon du sommeil, je venais de faire alliance. Tout portait à croire que celui ou ceux qui étaient venus ici, installés peut-être dès le soir précédent, étaient les anciens pro-priétaires du domaine, ou leurs descendants, ou des voisins. Ou bien étaient-ils, pouvaient-ils être, autant que moi, des étrangers ? Ma tête retomba sur mon sac, je serrai la couverture contre mon corps. L'aube était proche, et je dormis mal. Mal-gré les vagues de la fatigue parmi lesquelles je chavirais sans cesse, une part de moi restait en éveil. Je vis paraître le soleil, qui dorait le cadre de pierre de la fenêtre. Je repliai mon bagage pour être prêt à partir, puis, après l'avoir dissimulé dans un recoin, je me disposai à faire le guet, étendu parmi le feuillage de la rive, car je ne désirais pas rencontrer les visiteurs nocturnes, ou, à tout le moins, préférais les reconnaître avant qu'ils ne me vissent. Je décelai assez vite, dans l'air matinal, l'odeur d'un feu de bois, puis des éclats de voix me parvinrent et enfin, en face de moi, là juste où la veille j'avais aperçu la biche et son faon, je vis surgir trois cavaliers dont les montures descendaient vers l'eau. Le premier, un jeune gaillard à la barbe blonde et à la peau pâle, était entièrement nu sur sa bête. Dès que son cheval fut dans l'eau jusqu'aux paturons, il en sauta et entra plus avant dans l'étang. Les deux autres, vêtus de cuir sombre, noirs de poil, jaunes de peau, restaient en selle pendant que leurs chevaux buvaient. Ils regardaient avec des mines de chiens honteux celui qui faisait ses ablutions. Sa voix claire, son rire sonnaient dans le matin ; il semblait, tout en s'aspergeant, leur lancer des quolibets auxquels ils ne répondaient pas. Ils attendaient, muets, comme des bêtes. Et lorsque, revenant vers eux, il les aspergea, ils secouèrent la tête sans sourire, soumis, attentifs et, peut-être, dangereux. Il rassembla les rênes et sauta sur le dos de sa monture. Les deux autres avaient déjà tourné bride, et je le vis à son tour s'éloigner, le dos très droit et les épaules fumantes dans le frais de l'aube. Je crois bien que je n'avais jamais vu tant de noblesse, tant de simple et hautaine grandeur, que dans ce cavalier nu. J'ignorais qui il était et croyais devoir l'ignorer toujours, je ne comprenais pas un mot du langage dont il usait avec ses deux sbires, mais j'étais sûr d'une chose : c'était un chef. Lorsque les chevaux avaient volté pour remonter la pente de la rive, j'avais eu le temps de voir, courbe et ballant contre leur flanc gauche, un long sabre de cavalier. Pour la première fois, je voyais des hommes armés dans cette contrée. Ils s'étaient enfoncés vers le fond du domaine. Je me mis en route aussi, mais je fis un détour d'abord par la demeure. Sur le seuil de la large porte de derrière il y avait du crottin, il y en avait encore dans l'angle d'une vaste salle, tandis que, dans le coin opposé, achevait de se consumer un feu de branches sèches. J'imaginais assez l'homme à la barbe blonde, entrant à cheval dans la demeure et ne mettant pied à terre que pour s'asseoir près du feu. Il avait dû dormir là, le dos contre le mur. Et comme je foulais cette place, mon pied s'embarrassa dans un cordon. Je le pris en main et vis qu'il s'agissait d'un lacet de cuir auquel étaient passés quatre boutons de buis à la mode des jardiniers, de part et d'autre d'une amulette d'os grossièrement gravée mais longuement patinée. À la bien examiner on discernait mal si le motif était un glaive ou un symbole de fécondité. Je me hâtai de quitter les lieux en emportant ma trouvaille. Je pensais que les cavaliers pouvaient revenir d'un instant à l'autre car il n'était pas impossible que cette amulette fût précieuse à l'un d'entre eux.

Je quittai le domaine comme j'y étais entré. Avant que j'eusse atteint le suivant, la route se transforma en un large chemin de terre. Et je ne retrouvai plus par la suite son empierrement, régulier jusqu'alors ; ce qui n'était pas sans inconvénient les jours de pluie. C'en était fini également de la régularité de disposition des domaines. Ils ne se jouxtaient plus, mais s'étendaient, épars parmi un paysage de lande de plus en plus pauvre où l'œil se perdait, ne distinguant plus, dès qu'il quittait les crêtes d'ajoncs le long des mares plombées, la grisaille de la terre de celle du ciel. Chaque soir je m'informais à la halte de la distance que je devrais parcourir le lendemain. Mes hôtes étaient si sévères, si distants, si silencieux, que je n'osai plus parler de me rendre dans les steppes. Le mot lui-même était banni de tous les débats. On disait « là-bas » lorsqu'on était contraint de faire allusion à cette région. Je me faisais passer pour un archéologue en quête des statues abandonnées. Si l'on s'étonna du souci qui me conduisait, on n'en laissa jamais rien paraître. Je l'ai déjà donné à entendre, les statues excitaient de moins en moins mon intérêt ; je n'en étais pas pour autant devenu aveugle — il aurait fallu l'être pour ignorer les transformations profondes qui, d'étape en étape, marquaient davantage les domaines où je m'arrêtais. Ils étaient d'abord de dimensions bien plus modestes que ceux du sud, et, éparpillés dans un monde sans grâce, semblaient plus jalousement se resserrer sur eux-mêmes. Leur population également était moindre, et d'autant plus farouche. Ce merveilleux équilibre enfin, entre la végétation et la pierre, auquel je n'avais peut-être pas su me rendre assez attentif alors que ma sensibilité s'en imprégnait à mon insu, était définitivement rompu. Le climat, maussade ou rigoureux selon les saisons, la pauvreté des sols ne favorisaient guère la croissance des essences nobles. Les jardiniers étaient contraints d'entretenir à grand-peine de maigres buissons à l'intérieur des murailles du domaine. Et dans bien des cas, notamment en ce qui regarde le labyrinthe du jardin des femmes, on avait substitué aux haies épaisses des murettes de pierre. Même de pierres la terre était avare. La pierre de taille n'avait plus cours ; l'enceinte extérieure, la demeure et toutes les autres constructions étaient édifiées grâce à des cailloux pris dans du mortier maigre. Les murs étaient épais, plus larges encore à la base qu'au sommet, ce qui donnait à tous les bâtiments une allure tassée de bête hargneuse. Quant aux statues, ce n'étaient plus que de vagues silhouettes mal dégrossies s'érigeant à grand-peine d'une terre ingrate, contre les éléments hostiles. Un soir que j'avais dû, en raison des irrégularités de mon itinéraire, m'arrêter plus tôt que de coutume, je fis quelques pas entre les couches de sable où s'affairaient les jardiniers. Le doyen, malgré son extrême réserve d'homme du nord, ne put se soustraire à la coutume. Il vint à moi et soupira :

— Tout cela doit être bien moins beau que ce que vous avez pu voir dans le sud — puisque vous en venez.

— Moins beau ? Je ne sais pas. En tout cas, pas moins émouvant.

— Vous croyez ?

— En vérité, je ne sais d'où vos statues tiennent cet air de présenter chacune à sa manière une déchirure profonde, et secrète, mais comment n'en serait-on pas touché ?

Et, désignant des sillons qui entamaient les faces de pierre et les tourmentaient :

— Une souffrance surhumaine... commençai-je.

— C'est le vent, m'interrompit-il, le vent qui rend fous les hommes et lacère les statues. Des mois durant il souffle de minuscules grains de sable contre les visages exposés.

Parlait-il des hommes ou des pierres ? Il ajouta :

— Et les hommes tombent dans le silence ; le silence sans fond.

Et comme si de l'évoquer l'avait fait tomber, ce silence se mit entre nous. Les hommes du nord étaient ainsi.

Un matin, enfin, je me mis en route vers l'ultime domaine. Il pleuvait depuis trois jours. C'était un matin de brume. La marche était épuisante car je risquais à tout instant de perdre ma route, à peine marquée sur cette terre hâve. Je devais, pour garder ma direction, me fier à des rocs érodés et nus, qui surgissaient soudain devant moi comme autant de sentinelles oubliées, austères dans leur mutisme. J'en cherchais le bon profil ; « celui qui ressemble à un chien ; puis celui qui ressemble à une tortue (il était bas et bombé) ; puis celui qui ressemble à un bol renversé ; et encore les trois sœurs douloureuses… », m'avait dit le doyen du dernier domaine. Et j'allais d'une forme à l'autre. Dans ce paysage où mes yeux ne pouvaient rien cerner, le temps s'allongeait démesurément. Tout était toujours pareil. Si bien que je finis par me convaincre que je m'étais perdu. J'aurais dû depuis longtemps être à mi-chemin de mon parcours, auprès d'une roche qu'on appelait *La Porteuse de lait* à cause des formes jumelles — la tête et la cruche — qui se détachaient en son sommet. Mais rien. Je m'empêtrais dans une langue de buissons venue de nulle part à ma rencontre. J'avais dû me dérouter par la droite. Je m'adossai au branchage grinçant. Un tourbillon vague déchira le brouillard et ouvrit une esplanade dans les vapeurs. C'est alors que les trois cavaliers surgirent, hautains et

sombres, comme s'ils étaient nés de mon imagination excédée. J'aurais voulu me dissimuler, mais
où fuir ? Ils m'avaient vu et venaient à moi au petit
trot. Je ne reconnaissais pas leurs silhouettes tra-
pues et, lorsqu'ils se furent un peu rapprochés, je
remarquai qu'ils s'étaient enveloppés de couvertures. Et puis, de nouveau, ils furent immobiles.
Les voiles déchiquetés de la brume glissaient
encore entre nous ; le ciel les aspira et, d'un coup
et durant un bref instant, notre groupe fut pris
dans un puits de lumière. Le chef du trio écarta
les bras et la couverture qui lui couvrait les épaules croula sur la croupe de sa bête. Sur cette monture nocturne aux yeux fous, ce n'était pas le
jeune chef à la barbe blonde qui fixait sur moi
son regard rieur, mais une femme aux yeux sombres, autant que ceux de son cheval, et sur le visage
de qui l'humidité de l'air avait collé les mèches
noires de sa chevelure. Sous la couverture, son
corps, dur et cuivré, n'était vêtu que d'un baudrier qui lui glissait entre les seins. Seins droits,
demi-sphères parfaites, qui me tenaient sous leur
fixité inintelligible. Je crus voir la mort même et
me sentis calme, car enfin elle était belle. Le
mouvement par lequel ses bras avaient défait le
manteau de ses épaules s'achevait. Une main
relevait l'arc qui était pendu à l'arçon de sa selle
tandis que l'autre ramenait de derrière son épaule
une flèche puisée au carquois que le baudrier fixait
à son dos. Les deux objets se joignirent tandis
qu'elle cambrait les reins et bandait l'arc. Je ne
voyais plus qu'une mince ligne noire coupant en
deux sa silhouette et, en son centre, au nœud du
poing, je devinais la pointe de la flèche. Je regardais. Au second plan, la monture de l'une des

cavalières restées emmitouflées se mit à encenser en faisant cliqueter son mors, et je sentis, bien plus que je ne le vis, qu'un frisson imperceptible détendait les bras qui me menaçaient. Mais la flèche ne s'abaissa pas. Le troisième cheval commençait à botter. Sans trop savoir ce que je faisais, j'avançai un pied et tendis les mains devant moi, paumes ouvertes. Et soudain la brume, crevant les murs d'air tiède où nous étions enclos, se répandit par ballots compacts entre nous. En un instant les trois cavalières furent dérobées à mes regards. La flèche partit alors et se ficha dans le sable à mes pieds. Et, presque aussitôt, le bruit d'une galopade s'étouffait dans le brouillard. Je tombai assis sur le sol et restai là un long moment à regarder mes jambes étendues devant moi et qui tressautaient convulsivement. Sans doute avais-je eu beaucoup plus peur que je ne le croyais. Enfin cela se calma, pour me laisser en face d'une situation qui n'était guère moins inquiétante. La violente émotion avait ajouté à ma fatigue et j'étais presque épuisé. J'étais égaré et le brouillard ne cessait de s'épaissir. Je savais qu'il pouvait s'appesantir sur la contrée de longs jours durant si le vent des steppes ne se levait pas. Pendant plusieurs heures, j'errai sans parvenir à retrouver mon chemin. Finalement, comme le soir s'avançait, je me retrouvai au même endroit, près de la flèche qui était encore fichée dans le sable. Pourquoi n'avais-je pas parlé ? Je ne me sentais guère d'humeur à m'interroger sur ma conduite. Et soudain, un souvenir que je ne cherchais pas me revint ; j'entendais en moi le récit que m'avait fait Vanina de la mort de son frère. Ainsi, en chaque homme, le même secret, sur des ressorts semblables… J'étais fourbu et me couchai, roulé dans ma couverture. Je dus dormir. Soudain, autour de moi, des appels s'échangeaient. On me secouait rudement l'épaule. Il faisait presque nuit ; un visage était penché sur moi.

— Êtes-vous blessé ? interrogeait une voix inconnue.

— Non. Non, dis-je ; la flèche ne m'a pas atteint.

— À la bonne heure. Mais il faut maintenant oublier tout ça et faire le silence sur cette rencontre, dit l'homme en desserrant mes doigts qui étreignaient la flèche.

Je me redressai. Deux autres hommes sortirent de la brume. Celui qui était près de moi, le plus âgé à en juger par sa voix — et je compris bientôt que c'était un doyen —, se tourna vers eux :

— Voilà l'homme, dit-il. Au même endroit !

Et revenant à moi :

— Heureusement que vous n'avez pas bougé.

— Mais cela fait des heures que je marche, protestai-je.

— Rendez grâces au ciel d'avoir tourné en rond, nous ne vous aurions sans doute jamais retrouvé si vous vous étiez écarté.

— Je vous en suis infiniment reconnaissant, mais pourriez-vous m'expliquer… ?

— Plus tard, Monsieur ; il faut rentrer ; il faut que vous vous reposiez.

J'eus le sentiment que ce qu'il disait là n'était pas la seule raison pour laquelle il m'avait coupé la parole. En nous entendant, le visage des deux autres, que j'apercevais à la lueur du fanal que balançait l'un d'eux, s'était rembruni.

— Venez, me dit le doyen en me prenant par le coude.

Serrés les uns contre les autres comme une bête sombre, nous avons marché quelques instants à travers la nuit, que la brume persistante faisait plus vague. J'aperçus un halo de lueurs jumelles en face de nous ; il me sembla que c'était très vite. Et, lorsque nous nous fûmes approchés, je constatai que deux torches, fichées dans des anneaux, brûlaient haut contre la muraille où se dessinait la porte du domaine.

— Holà ! cria le doyen. Ouvrez-nous, et éteignez ces torches !

— Vous l'avez trouvé ? demanda une voix derrière le vantail, tandis qu'on entendait glisser les barres de la porte.

— Oui, dit le doyen. N'en parlons plus.

Et il me poussa par l'épaule pour m'inviter à entrer. Un quatrième homme, lui aussi porteur d'un fanal, se joignit à nous pour remonter l'allée centrale vers la demeure. Le doyen me conduisit en toute hâte à ma cellule. Un plateau garni de pain, d'oignons, de fromage et de fruits secs m'y attendait. J'avais grand faim et le doyen dut lire la convoitise dans mon regard.

— Mangez, me dit-il ; celle qui a préparé ce plateau a tout mis en place pour vous accueillir, comme s'il s'agissait de conjurer le mauvais sort.

J'allais parler. Il se mit un doigt en travers des lèvres.

— Nous aurons un entretien demain. Reposez-vous bien.

Il tira la porte sur lui et s'en fut. Il vint lui-même me chercher le lendemain matin tandis que j'achevais mon petit-déjeuner. Je n'étais pas habitué à voir dans ces contrées tant d'empressement autour de moi et je ne savais encore s'il fallait m'en réjouir. Ai-je dit déjà que les hommes ici portaient une épaisse barbe sombre ? Celle du doyen avait été blanchie par les ans et un franc sourire l'éclairait. Je sus bientôt ce qui le mettait de si bonne humeur.

— Savez-vous, me dit-il en s'asseyant sur le lit que je venais de quitter, que vous avez failli provoquer un petit scandale que je suis en train d'étouffer ?

— Je suis confus, répondis-je ; je savais bien qu'on ne pénètre pas sur un domaine à la nuit tombée, mais je ne pensais pas que la violation de cette règle fût si grave.

— Ce n'est pas une règle, c'est une précaution.

— Eh bien alors, je ne comprends plus — mais laissez-moi tout de même vous remercier. Et puis vous demander aussi comment vous m'avez retrouvé, comment il se fait que vous étiez à ma recherche.

— Vous ne devinez pas ?

— Non.

J'hésitai.

— Vous vous êtes emparés des cavalières, peut-être ?

— Emparés ? Pourquoi diable... ? commença-t-il.

— Je tiens à vous dire tout de suite qu'elles ne m'ont fait aucun mal. En fait, il me semble que celle qui a tiré une flèche vers moi, passé le premier moment, ne désirait plus vraiment m'atteindre.

— Ah, murmura-t-il.

— À vrai dire, c'est la seconde fois que je rencontre des cavaliers sur mon chemin.

— Comment cela ?

— Hier, et puis il y a quelques jours. Cette fois-là, il s'agissait d'un grand gaillard à barbe blonde accompagné de deux petits hommes sombres.

Il parut vivement intéressé.

— Racontez-moi ça.

— J'avais dû faire halte à la belle étoile, près d'un étang, à plusieurs jours de marche d'ici. Dans la nuit, j'ai entendu hennir un cheval, et, à l'aube, j'ai vu trois cavaliers qui venaient faire boire leurs montures dans l'étang. L'un d'eux était nu et s'y est baigné. Et puis ils sont partis.

— Ils ne vous ont pas vu ?

— Non. Je m'étais dissimulé.

— Pourquoi ?

— Je ne sais pas au juste. Sur le lieu de leur campement j'ai trouvé ceci.

Je lui tendis le lacet que je gardais sur ma poitrine dans la poche de ma chemise.

Il l'examina, soupira, et me le rendit.

— Je ne sais pourquoi, poursuivis-je, je me suis imaginé que cette amulette appartenait à celui des trois qui semblait être le chef ; ce garçon à la barbe blonde. Et hier, lorsque j'ai vu soudain trois cavaliers se dresser devant moi dans la brume, j'ai pensé qu'ils avaient fini par retrouver ma trace et m'avaient rejoint. Mais c'étaient des femmes et elles ne semblaient pas au courant de cette affaire d'amulette. J'ai bien cru cependant qu'elles allaient me tuer.

— C'est en effet ce qui a failli vous arriver.

— Il y a donc des femmes guerrières là-bas ? demandai-je.

— Là-bas ? Vous voulez dire dans les steppes ?

Cela faisait si longtemps que je tournais autour

de ce mot sans l'entendre jamais prononcer, qu'il me fit sursauter.

— Eh oui ! dit le doyen qui voyait ma surprise. Il faut bien finir par appeler les choses par leur nom. Les trois premiers que vous avez vus sont probablement des cavaliers des steppes, encore que le gaillard à barbe blonde que vous venez de décrire n'ait guère le physique de cette race. Peut-être un renégat de chez nous, ou un mercenaire venu de plus loin encore.

— J'ai eu l'impression qu'il s'agissait d'un chef.

Il resta songeur un instant, et murmura :

— Un chef, peut-être… mais, enchaîna-t-il, les cavalières qui ont failli vous tuer hier sur la lande ne venaient pas des steppes.

— Mais d'où pouvaient-elles bien venir, alors ?

Il me regarda calmement et, soudain, je me sentis devenir honteux.

— D'ici ? Vous voulez dire qu'elles sont d'ici ? m'écriai-je.

— C'est cela même, et celle qui vous a décoché une flèche est ma fille.

Je commençais à me confondre en excuses, mais il m'apaisa.

— Tout cela est fini. Ma fille m'a fait connaître son aventure à la fin de l'après-midi. Elle était effrayée à l'idée que, peut-être, elle vous avait atteint avec cette flèche, qu'elle ne désirait déjà plus lâcher lorsqu'elle lui a échappé. Je l'ai vue dans mon appartement lorsqu'elle est rentrée de la chasse. Il faut des circonstances exceptionnel-les pour qu'un père rencontre sa fille dès lors qu'elle est entrée dans l'adolescence. Mais enfin, le moment l'exigeait, et je vous dois le bonheur d'avoir revu ma fille. Elle est très belle, n'est-ce pas ?

La question était si incongrue que je me hâtai d'y répondre.

— Très belle, en vérité, très belle.

— Ne soyez pas si troublé. Il y a des choses que vous ne pouvez pas savoir. Vous êtes étranger. Cela vous innocente.

— Je croyais, balbutiai-je, que les jeunes filles et les femmes ne sortaient jamais de leur jardin.

— Il en est ainsi dans le sud, mais la coutume est autre ici. Dans le sud, les femmes s'occupent de la culture et de l'élevage ; or, par chez nous, il n'y a pas de bétail. Alors, les jeunes filles chassent. Les venaisons constituent toute notre nourriture en viande. Le labyrinthe de leur jardin a une porte sur l'extérieur. Elles montent à cheval et traquent le gibier.

— Pourquoi n'avez-vous pas de moutons ? Ne vaudrait-il pas mieux qu'elles soient bergères plutôt que chasseresses ?

— Je ne sais pas ce qui vaudrait mieux, mais notre domaine est trop petit pour enclore, en plus de tout ce qui s'y trouve, un troupeau. Et quand nous entretenons un troupeau à l'extérieur, les nomades violent et tuent les bergères et nous dérobent les bêtes. Il y a longtemps qu'ils n'ont rien tenté contre nous, mais nos sentiments à leur égard n'ont pas changé. Nos filles savent qu'en cas de rencontre, il faut fuir ou se battre, et, le plus souvent, tuer avant d'être tuée. Vous avez failli être la victime de cette dure loi. Ma fille a vu tout de suite en vous un étranger, ce n'est qu'au dernier instant — cette façon que vous avez eue, paraît-il, de vous avancer vers le trait qui allait vous frapper et d'ouvrir les mains — qu'elle a compris que vous n'étiez pas davantage un ennemi qu'un jardinier. Mais ses doigts obéissaient encore au premier réflexe, quand son cœur ne voulait déjà plus votre mort. Et la flèche est partie, mais ne vous a pas atteint, car c'est avec le cœur qu'on vise et qu'on tue. Elle est venue m'avertir et, avec les pères de ses compagnes, nous sommes partis à votre recherche. Je souhaitais de tout mon cœur vous trouver en vie. Je savais qu'elle avait préparé pour vous un dîner de voyageur posé près d'une chandelle, dans cette cellule. Que lui aurais-je dit si je ne vous avais pas retrouvé, ou retrouvé mort ?

Il resta un instant silencieux.

— Vous savez, reprit-il, nos filles ne sont pas plus barbares que celles du sud. Le voisinage des steppes en fait par force des sortes de guerrières ; mais tuer un homme leur répugne autant — plus, peut-être, de savoir ce qu'il en est — qu'aux femmes des autres contrées. Et sous leur poitrine farouche bat un cœur plein de tendresse.

Je n'étais pas mécontent qu'il ne pût connaître les effets de sa grandiloquence car, comme il prononçait ces derniers mots, je revoyais le buste nu, les seins exposés au froid que séparait le large baudrier ; la tendresse de cette mort vers laquelle j'avais fait un pas et le dégel du cœur coulant le long du bras.

— Mais maintenant, me dit-il en fixant sévèrement les yeux sur moi, il faut oublier. Vous me comprenez.

— Oui, dis-je, je vous comprends, mais la volonté ne peut que se briser à vouloir effacer cette vision.

— Vous oublierez.

— Sans doute. Et je ferai une grande perte.

Il sourit de ma dernière remarque et se redressa.

— Allons, je ne veux pas vous importuner davantage. Vous savez que vous pouvez demeurer autant qu'il vous plaira. Vous voudrez sans doute vous reposer quelque temps avant de retourner.

Déjà il ouvrait la porte pour sortir.

— Un instant, lui dis-je, vous m'avez parlé de retourner ?

Je ne voyais que son dos. Il était immobile, la main encore posée sur la poignée de la porte entrouverte. Lentement, il referma la porte et me fit face.

— Oui, j'ai parlé de retourner. Vous avez atteint ici le plus lointain domaine du nord, le dernier. Où iriez-vous plus avant ? Vous ne *pouvez* pas aller plus loin.

— Et pourquoi ?

— Mais enfin, vous avez maintenant atteint l'ultime limite des jardins statuaires.

— Serait-il interdit de pousser plus avant ?

— Non. Bien sûr que non, mais...

— Écoutez ; il y a quelque part une route qui mène à une sorte de nécropole des statues. Celles qu'on n'a pas pu vendre et que les jardiniers doivent abandonner avant de rentrer. C'est là que je veux aller.

Il me regardait.

— Et ensuite ? demanda-t-il.

— Ensuite, plus loin peut-être.

— Ainsi donc c'est vrai ! vous voilà en face de moi ! je ne pouvais pas le croire !

— Est-ce si étrange ?

— Ah, certes ! Essayez d'imaginer... Mais non, vous ne pouvez pas.

Il hésitait.

— Descendez avec moi ; allons marcher sur la plantation. Il faut tâcher d'y voir clair.

Et nous sommes descendus jusque dans une sorte de sous-sol à la voûte cintrée, pauvrement éclairé par des soupiraux. De là, il nous fallut encore gravir quelques marches pour parvenir au jour gris de l'extérieur. Lorsque j'eus fait quelques pas sur l'aire, je me retournai vers la demeure. On eût dit, avec sa lourde toiture de lauze, une grange de montagne.

Le doyen me prit par le coude et m'entraîna dans l'allée transversale. De part et d'autre de notre chemin, je voyais se dresser la silhouette sombre des statues dont je ne pouvais distinguer le détail ; la brume nous avait enveloppés, ainsi que toutes choses, dès que nous nous étions écartés de la demeure.

— Voyez-vous, me dit le doyen, je vous avais pris pour une légende. Depuis quelques jours, l'approche d'un voyageur désireux de se rendre dans les steppes nous est parvenue. Nous avons tenu, autant que faire se peut, les femmes à l'écart de ces histoires. Mais les hommes entre eux en parlaient. À vrai dire on se plaisait plus à la légende qu'on n'accordait de crédit à cette information. C'était si invraisemblable à nos yeux, à nous qui connaissons le pays. Et puis vous voilà.

— Mais, rétorquai-je, je n'ai dit à personne, dans les domaines récemment traversés, que je voulais me rendre dans les steppes. J'ai laissé croire que j'étais en quête de vestiges archéologiques.

— Et qui vous aurait cru ?

— Je vous avoue que je trouve cela vexant. Car personne n'a semblé mettre en doute ma parole.

— Il ne suffit pas toujours de mentir pour être cru.

— Mentais-je ?

— Qu'importe.

Nous avons marché un moment sans rien dire. Nos pas faisaient craquer le sol crevé par les cailloux.

— Et que voulez-vous trouver là-bas ?

— Figurez-vous que si vous m'avez pris pour une légende, je suis moi-même en quête d'une légende. Il paraît qu'un jeune jardinier est allé dans les steppes occuper un rôle de chef. Les populations là-bas auraient modifié leur conduite sous l'effet d'une politique nouvelle.

— Oui, j'ai entendu parler de tout ça, et même, quand vous m'avez parlé d'un jeune chef à la barbe blonde, j'ai songé à cette histoire. Histoire encore plus invraisemblable que celle d'un voyageur cherchant à s'aventurer dans les steppes. Cependant, il est de fait que, depuis de nombreux mois, comme je vous l'ai dit déjà, les nomades semblent avoir changé de mœurs. Ils ont cessé de venir nous attaquer.

— C'était donc la guerre ?

— La guerre ? Non, pas vraiment. Des escarmouches constantes avec des bandes de pillards. Ce n'est pas nous qui en souffrions le plus. Nous étions habitués à nous défendre et nous défendions d'autant mieux que nous n'avions guère que nos vies à sauver. Mais ils s'infiltraient sournoisement à travers le tissu peu serré des domaines de l'extrême nord pour s'en prendre, dans l'intérieur, à des établissements moins pauvres. Au reste, ils se contentaient d'assez peu de choses ; quelques objets de valeur et surtout — si étrange

qu'il puisse paraître — certains outils de bois particulièrement bien réalisés ; ils en sont très avides
et font preuve dans leur choix d'un discernement
remarquable.

Il soupira.

— Le plus grave était la menace constante
qu'ils faisaient peser sur les femmes. Ils les violaient et les tuaient sur place, ou en route, et il
nous arrivait, lorsque nous nous risquions à sortir du domaine, de tomber sur le cadavre d'une
jeune fille égorgée dont ils avaient abandonné
le corps, nu et tiède encore, aux corbeaux et aux
rapaces. Mais tout cela a cessé aujourd'hui. Et
personne ne désire que cette guérilla recommence.

Ces derniers mots étaient proférés sur un ton
presque menaçant. En un éclair au fond de moi,
je revis la jeune fille qui, la veille, avait failli
me percer d'une flèche. Comment croire que les
femmes, qui, plus que les hommes, erraient sur
ces landes désertes en quête de gibier et pouvaient par petits groupes se retrouver, avaient été
tenues à l'écart de la nouvelle de ma venue. Si
le doyen apercevait dans mon voyage un risque
pour le monde des jardins statuaires, sa fille pouvait fort bien raisonner à son exemple en reconnaissant en moi le voyageur annoncé. La pitié
pouvait l'avoir retenue d'achever le geste ébauché.
Ou un sentiment plus obscur et plus exaltant.

— Ne craignez-vous pas, poursuivait le doyen,
en allant chez ces gens, de provoquer ce que nous
craignons le plus ?

— Que les razzias recommencent ?

— Ou que les légendes qui courent chez nous
ne finissent par prendre effectivement corps chez
eux.

— Je suis un voyageur, répondis-je, et non un messager, ou un signe émis par les jardins.

— Vous êtes donc bien décidé à y aller ?

— Oui, j'irai ; dans la mesure où rien n'entravera mon voyage.

— Il y a peut-être d'autres pays par-delà les steppes.

— Je ne dépasserai pas les steppes. Il faudra que je m'en retourne ; quelqu'un m'attend dans les jardins statuaires.

— Soit. Vous consentirez bien, avant votre départ, à partager notre repas de la mi-journée ?

— J'aimerais bien que l'on me renseigne un peu sur le pays avant de m'y engager.

— Eh bien, nous en parlerons pendant le repas.

Il me quitta sur ces mots, prétextant une tâche qui requérait sa présence. Je retournai dans la demeure, m'enfermai dans ma cellule et passai le reste de la matinée à prendre des notes sur les derniers événements dans mon carnet de route, car j'espérais toujours parvenir à rédiger le grand livre que j'avais projeté.

À midi, mon bagage était fait lorsque je descendis dans la salle basse. Les jardiniers rentraient par petits groupes du travail. On avait allumé des torches contre les murs pour que nous pussions jouir de quelque lumière en mangeant. Cette sorte de cave de pierre brute, où des brandons suspendus répandaient une lueur crépitante au centre du halo noir qu'avaient déposé contre les murailles les lumières anciennes, semblait devoir servir de cadre à quelque cérémonie tragique, à quelque culte chthonien. Un instant, j'eus l'illusion d'avoir voyagé dans le temps plutôt que dans l'espace et, en m'enfonçant dans le nord, d'avoir descendu les degrés ultimes des âges barbares. Les figures austères et hirsutes de ceux qui se pressaient dans le caveau ajoutaient encore à la pesanteur profonde. Lorsque tous eurent pris place, et moi-même auprès de lui, le doyen ouvrit le débat.

— Notre hôte que voici vient ce matin de me faire part de son désir de se rendre dans les steppes à la rencontre des nomades. Bien entendu, je l'ai averti du peu d'intérêt que pouvait présenter un tel voyage et l'ai mis en garde contre les dangers très réels d'une telle entreprise. Mais il persiste dans son projet. Il ne lui manque que quelques indications pour établir son itinéraire et je lui ai promis, conformément aux traditions qui sont les nôtres, que nous lui apporterions toute l'aide désirable.

Un silence total accueillit cette déclaration.

— Je compte donc sur vous, ajouta le doyen.

Et, comme si le charme était enfin rompu, les plats se mirent à circuler, et les palabres autour de mon projet. En un instant, mille indications me furent fournies sur la route des statues abandonnées et sur la direction à prendre pour rencontrer les nomades. Les renseignements arrivaient même si nombreux que je dus repousser mon assiette pour prendre des notes. Il y avait, paraît-il, une ville abandonnée où je devrais me rendre d'abord, mais à partir de là, les avis différaient. Certains voulaient que je poussasse plus au nord, au-delà de l'enceinte des ruines, d'autres au contraire me conseillaient d'attendre là quelque temps, jusqu'à ce que les nomades... Et soudain un homme éleva la voix :

— Vous n'y arriverez jamais seul. Il faut être habitué à ce monde de brouillard et de vent pour s'y reconnaître. Si personne ne s'y oppose, je vous accompagnerai.

De nouveau, le silence se fit. Tous les visages s'étaient tournés vers lui, non point avec réprobation, pas même avec étonnement. C'était, me sembla-t-il, plutôt une sorte de soulagement vague.

— Eh bien, déclara le doyen, voilà une proposition excellente. Quelqu'un a-t-il une objection à formuler ?

Il fit des yeux le tour de l'assistance. Nul n'émit le moindre avis.

— Qu'il en soit donc ainsi, conclut-il.

Et le repas se poursuivit sans plus de débat. Je fus même un peu surpris que cette décision ne soulevât pas de commentaires plus nourris. Le moment vint très vite de prendre congé. Le doyen nous conduisit, mon compagnon de route et moi, jusqu'à la grande porte. Sur le seuil, il retint un instant les mains de l'homme dans les siennes.

— Faites au mieux, lui dit-il.

Puis nous nous sommes mis en route.

Alors seulement il me fut donné de découvrir le visage de mon compagnon, que je n'avais pu observer jusqu'alors. À table, il était assis du même côté que moi et je ne l'avais entrevu qu'en profil perdu. Très vite il avait achevé son repas pour aller préparer son bagage et, comme nous cheminions avec le doyen, celui-ci s'était mis entre nous. C'est seulement lorsque nous fûmes seuls, dans ce rapide regard que l'on échange avant de se lancer vraiment dans une entreprise, que je le vis ; un homme grand, aux membres massifs, au visage opaque encadré d'une épaisse barbe noire et couronné d'une chevelure dense. Ses yeux étaient sombres et ne laissaient rien déchiffrer de ses pensées.

— Allons, dit-il.

Et nous avons commencé à marcher. Je fis quelques efforts pour lier conversation, mais ce fut en vain. Il ne répondait à mes avances que par des monosyllabes grondeuses. Je finis par conclure qu'il était d'un tempérament tout à fait taciturne, et renonçai à le déranger. Nous avons fait halte le premier soir dans un bosquet de buissons qu'il semblait connaître. Nous n'eûmes en effet que quelques pas à faire à travers les ronciers pour nous retrouver dans un cercle d'herbe rase, si bien protégé qu'on n'aurait pu le soupçonner de l'extérieur. Mon guide était un homme méticuleux. Il installait avec grand soin sa couverture et son sac avant même de manger. Mais, comme je l'observais, je constatai que lui-même ne me quittait pas des yeux et j'en éprouvai un vague malaise. Nous avions l'air de nous surveiller l'un l'autre et je me demandais si quelque chose dans ma conduite avait éveillé sa méfiance. L'idée qu'on pût me soupçonner de quelque traîtrise m'était odieuse. Mais la nuit nous enveloppa et je ne songeai bientôt plus qu'à réparer mes forces.

Nous avons atteint les statues abandonnées dans la matinée du lendemain. La chaussée était plus nette, tracée rectiligne par les ornières parallèles et profondes que depuis des temps immémoriaux creusaient de lourds chariots. Le brouillard se leva un peu et je pus contempler le panorama le plus étrange qu'il m'ait jamais été donné d'admirer. Des milliers et des milliers de statues étaient dressées sur des lignes perpendiculaires à la route, et qui s'enfonçaient dans les terres jusqu'à toucher l'horizon.

— Eh bien, dis-je à mon compagnon, je n'aurais jamais imaginé qu'il pût y en avoir tant.

— C'est que cela dure depuis des siècles, me répondit-il.

Il hésita manifestement avant d'en dire plus, et finalement se lança.

— Il faut dire aussi que nous vendons très peu de statues à l'étranger. Il n'est pas rare qu'il faille déposer des récoltes entières.

— Mais il y en a tant qu'il faut parfois s'écarter fort loin de la route pour leur donner place !

— Ces alignements de statues constituent la frontière réelle avec le pays des nomades. Ceci du point de vue des jardiniers, évidemment. Car les nomades quant à eux ne se soucient pas plus de ces signes que de la végétation naturelle à la steppe.

— Y a-t-il un ordre particulier prescrit pour déposer les statues ? demandai-je.

— Le principe est simple. On peut supposer qu'au début chaque convoi qui avait besoin de déposer ses statues commençait une ligne perpendiculaire à la route. De la sorte, quand on dépassait la dernière ligne, on faisait tourner le chariot, soit à droite, soit à gauche vers la steppe.

— La steppe est partout maintenant.

— Oui, de part et d'autre de la route. C'est en tournant ainsi que les rangs se sont trouvés espacés de la largeur d'un chariot. Mais au bout d'un certain temps, on s'est aperçu qu'il était plus rapide de prolonger une ligne que de poursuivre la route. Au fil des siècles, la disposition des statues a développé un plan en forme de fleur ; à la base de la route qui dessine comme la tige centrale d'une gigantesque feuille de fougère, les lignes sont très longues et s'enfoncent fort loin dans les steppes. Au bout de la route, aux abords de la ville abandonnée, les branches sont brèves et ne forment que de jeunes bourgeons. Mais ceci n'est qu'un tracé que l'on essaie de garder distinct du point de vue de la route. Certains se sont amusés, en prolongeant un rang de statues, à les planter en quinconce ; là les sens se croisent et divergent à l'infini, et ceux qui passent par ces parages sont pris de vertige. Ils rencontrent un danger en fuyant l'autre, car on s'engage ici ou là selon ce qu'on croit savoir des nomades.

— Ainsi, ils menaceraient même les chariots de statues ?

— Dans la plupart des cas, c'est au retour du marché qu'on dépose les statues. Il y a aussi tout ce qu'on ramène des autres contrées.

— Mais pourquoi faut-il prendre de tels risques pour se débarrasser des statues ?

— Il faut bien s'en défaire. Où les mettre ?

— Moins loin ; dans un pays moins hostile.

— Non. C'est ici qu'il faut les laisser.

Et de nouveau, pendant de longues heures, il retomba dans le silence. Ce n'est que le lendemain matin, après une nuit encore passée à la belle étoile, que nous sommes entrés dans la ville abandonnée. Il ne restait que des ruines de cette métropole qui me parut gigantesque, puisqu'il nous fallut deux bonnes heures pour accéder en son centre sur une vaste place bordée d'arcades effondrées pour les trois quarts. La pierre, que les vents de sable avaient défaite de tout revêtement, était d'une pâleur de craie et, lorsqu'une perspective s'ouvrait à travers les coulées de brouillard, et que je pouvais un bref instant considérer un fragment de l'ensemble — ce n'était que colonnes tronquées, pilastres rompus, murs abattus, voûtes crevées, escaliers pour nulle part, frontons navrés, façades éventrées et défenestrées —, il me semblait m'être aventuré parmi les éléments dispersés d'un immense squelette baignant dans l'ocre des sables. « Une ville fossile », pensais-je.

— Nous pouvons faire une pause ici, me dit mon compagnon en me montrant une fontaine défigurée, dans l'angle de la place.

Depuis longtemps l'eau n'y venait plus par des canalisations, la bouche de la sphynge était muette au-dessus de la vasque qui ne recelait plus qu'une mare laissée par la pluie.

Je fouillais, penché, les profondeurs de mon sac pour en tirer un peu de fromage et de biscuit, lorsque la voix de mon guide taciturne me parvint.

— Vous comptez continuer, n'est-ce pas ? Quoi qu'il puisse en coûter ?

Je sursautai, car cette voix était étrangement proche ; il devait presque être penché sur moi. Avant que j'eusse pu répondre, ou seulement me retourner — tout se passa très vite alors —, j'entendis encore une sorte de sifflement bref, suivi d'un choc mat. Je me retournai d'un sursaut. Il était en effet tout proche et tenait levée au-dessus de moi sa dague de chasse, comme pour m'en frapper. Il me regardait surpris et horrifié, il soupira et son bras s'abaissa lentement, comme s'il n'avait plus la force de brandir son arme ; il semblait craindre même de respirer, sa bouche s'ouvrit et des blocs de sang gras et sombre coulèrent sur sa barbe. Il tomba de tout son poids face contre terre. Une courte flèche était fichée sous son omoplate. Sans trop savoir ce que je faisais, je ramassai sa dague. Sans doute, nous étions attaqués par les nomades, et il n'avait eu le temps ni de m'avertir ni de me défendre. Un cavalier sortit alors, solitaire, de sous les arcades ; sa monture fit quelques pas vers moi. Cette fois non plus ce n'étaient pas les nomades, mais la même jeune fille. J'avais toujours la dague à la main, j'attendais. Elle fut toute proche, j'aurais pu, en étendant la main, toucher son genou qui luisait.

— Cela fait deux fois que je te sauve la vie, remarqua-t-elle.

— N'exagérons rien, la repris-je ; la première fois, vous n'avez qu'interrompu la menace que vous faisiez peser sur moi.

Elle rit, d'un rire clair de très jeune fille, en me montrant les dents.

Et puis, soudain sérieuse, elle se pencha sur sa selle et me regarda bien en face :

— Et si je n'avais envoyé personne à ton secours, où seriez-vous aujourd'hui, toi et ta petite vanité ?

— Je suppose que je dois vous remercier. Je l'aurais sans doute déjà fait si vous m'en aviez laissé le temps. Et que je vous doive la vie une fois ou deux fois, la dette était d'emblée trop considérable pour que je songe à la doubler. C'est là, du moins, ce qu'on peut imaginer. Mais ma vie ne vaut peut-être pas grand-chose. Je vous dois plus que cela.

Elle me regarda d'un air interrogateur.

— Je te dois la vision d'une amazone nue prêtant son visage d'enfant à une mort noble et acceptable — et risible aussi en un certain sens. Une de ces visions sans lesquelles il n'y a pas de vie qui vaille.

— Un rêveur ! s'exclama-t-elle, voilà le seul qui aille, au risque de défaire un monde, voir enfin dans les steppes où en est la légende d'un jeune chef. Un fou ! Tu me plais, homme.

— J'en suis bien aise.

— Mais ne te figure pas que c'est à ton charme personnel que tu dois la vie.

— Ma vanité ne va pas jusque-là.

Elle avait posé son poing fermé sur sa cuisse.

— À quoi donc crois-tu devoir ta chance ?

Je pensais qu'il n'était pas temps encore d'agiter cette question, et je décidai de détourner la conversation.

— Ainsi donc, dis-je en montrant le cadavre, celui-là voulait me tuer. Et assez laidement.

— Lui, je ne l'ai jamais aimé.

— Le connaissais-tu ?

— Non. Je ne l'avais jamais vu. Mais c'est le père de l'une de mes compagnes.

— Chasseresse comme toi ?

— Comme nous le sommes toutes.

— Croyait-il vraiment que je mettais en danger le monde qu'il habitait ?

— Oui. Il tenait plus que les autres à cette misère. C'était un conservateur hargneux, et un homme bas.

— Il est mort maintenant.

— Tu ferais bien de l'enterrer.

— Nous allions manger ensemble une fois de plus…

— C'est ce que tu imaginais.

— Bon. Je vais enfouir le cadavre.

Je lâchai dans le sable la dague dont je ne comptais plus me servir et me mis en quête d'une sépulture. Je contournai un pan de mur ébréché et, une fois hors du regard de la cavalière, j'entrepris de gratter le sol. Mais, lorsque j'eus déblayé le sable sur quelques centimètres de profondeur, j'atteignis un solide pavement de dalles. Où était la terre dans cette ville ? Il n'y en avait peut-être pas. Je résolus d'enfouir le corps sous un tumulus de pierres. Je traînai le cadavre loin de notre campement — il était bien lourd — et j'entrepris d'entasser dessus de forts moellons détachés des façades croulantes, pour le protéger des bêtes. Lorsque je revins au campement, le cheval était entravé et la cavalière s'était tassée sur le sol contre la vasque de la fontaine, effondrée. Il restait par terre deux petites mares de sang que la poussière buvait. Du bout du pied, je fis glisser dessus un peu de sable. Ensuite, je m'approchai de la jeune fille, je m'accroupis et lui posai la main sur l'épaule. Elle tremblait. Je cherchai sa main sous la couverture et desserrai ses doigts de la poignée de la dague.

— Laissez, lui dis-je, maintenant vous ne pourriez pas.

Et l'arme de nouveau glissa dans le sable.

— Vous l'avez fait exprès, haleta-t-elle, vous l'avez fait exprès de laisser cette dague pour que je m'en saisisse. Tout autre l'aurait gardée, par prudence, et aussi pour creuser le sol.

— Non. Je n'ai rien prémédité, croyez-moi. Il me répugnait de la garder à la main, tout comme à vous, rien de plus. Au reste...

J'hésitais à poursuivre et m'y risquai finalement :

— ... au reste, même entre vos mains, ce n'est

pas particulièrement pour moi que cette dague est dangereuse.

Je ne voyais toujours pas son visage. Sa voix se fit amère et sifflante :

— Vous en savez des choses !

— Vous savez bien que non. J'entends ce qu'on me dit, je vois ce qu'on me montre.

— Ah, comme c'est simple ! ricana-t-elle — mais elle était bien proche des larmes.

Je m'approchai d'elle encore, enveloppai ses épaules de mon bras, appuyai, sans la regarder surtout, sa tête contre mon épaule. Alors, effectivement, ses sanglots éclatèrent. Je ne disais rien. J'essayais, autant qu'il est possible à un homme, de n'être qu'une masse anonyme de chaleur animale silencieuse comme la terre. Elle s'abandonnait peu à peu et finit par parler.

— C'est la première fois que je tue un homme, et il est de mon domaine. Je n'ai jamais tué de nomade, j'étais trop jeune pour aller à la chasse lors de leurs dernières razzias. Il m'est arrivé de les apercevoir par groupes de trois ou quatre sur leurs petits chevaux barbus. On dit qu'ils dressent leurs bêtes à manger de la viande crue, qu'ils leur donnent le goût du sang. Moi, on m'a élevée pour que je sois en mesure de tuer, parce qu'il le faut. Et maintenant voilà ; c'est un des miens qui est mort de ma main. Et je l'ai tué par-derrière.

— On tue toujours par-derrière.

Elle eut un nouveau sanglot, convulsif, sec.

— Quand je suis partie sur vos traces, je ne savais même pas pourquoi je suivais votre piste. Je connais bien le pays. J'étais la plus audacieuse de toutes. Même ici, je suis déjà venue. Et j'avais prévu l'endroit de votre halte. C'était facile de se poster dans un renfoncement, de vous guetter...

Et soudain elle me prit aux revers de la veste et me regarda dans les yeux.

— C'est vous que je comptais tuer.

Je secouai la tête. Il ne fallait pas que je parlasse mais j'avais aussi le pressentiment que je ne devais pas la laisser dans l'ignorance d'elle-même.

— C'est vous que je voulais tuer, répéta-t-elle parce qu'elle y croyait déjà moins, mais quand je vous ai vu penché sur votre sac et lui qui s'approchait doucement en sortant sa dague... Ah, c'était comme un rêve ; l'arc, la flèche, la cible, tout était simple, enchaîné. Plus simple, plus fatal que la première fois.

De nouveau, elle cacha son visage contre moi.

— Vous comprenez, n'est-ce pas ?

— J'essaie, dis-je.

— Non, je sais que vous comprenez. Vous comprenez trop bien.

Et ces derniers mots étaient dits rageusement. Elle retrouvait son aplomb. Elle ajouta :

— Ça m'a toujours agacée d'être comprise. Comprendre ! C'était le refrain de mes petites camarades autrefois. Dès qu'il y avait un petit drame, c'était : « Comprends-moi, comprends-moi... » C'est une demande que je n'ai jamais faite, moi ; je ne veux pas qu'on me comprenne. Il me semble, lorsqu'on me comprend, qu'on me met dans une cage.

Elle s'exaspérait sur ces idées et je craignais une nouvelle crise douloureuse.

— Il n'y a que vous, jeune fille semblable au sablier, qui puissiez vous comprendre. Il y a longtemps que vous avez quitté le sein maternel — et je prononçais ces derniers mots sans une ombre d'ironie quoique je la tinsse enveloppée dans la chaleur de mon corps — et, quant à moi, poursuivis-je, je ne suis qu'un voyageur ; comment vous comprendrais-je ? Je vais vous dire mon secret de voyageur : je suis un homme qui attend ; même quand je marche, même quand je me hâte, j'attends. J'attends avant même d'avoir rencontré quelque chose à attendre...

— Un voyageur... songea-t-elle, quelqu'un qui fait place ?

— Peut-être.

— Et c'est cela que j'ai préservé en ne vous tuant pas, en ne laissant pas qu'un autre vous tue !

J'étais heureux qu'elle saisît l'autre face — la plus dangereuse — de son geste.

— Mais, objectai-je, vous ne le saviez pas encore ; il fallait que tous ces gestes eussent lieu pour que vous le découvriez. Un voyageur n'était encore à vos yeux qu'un homme qui se déplace.

— Alors, il y avait mon désir... — sa voix trembla sur ce mot, mais elle s'engagea plus avant —, ah, j'en avais assez de la fixité fascinée des hommes. Maintenant, on ne bouge presque plus du domaine, on essaie de continuer dans la honte et la peur. La honte et la peur. Parce que tous sont inquiets comme des rats de prairie qui se risquent hors de leur trou. Tous savent bien que désormais il y a autre chose que la brume, le vent, le sable, et les nomades. Les nomades ne viennent plus, on n'a plus à se battre. Ah, c'est tout à fait comme lorsque le vent tombe, le vent qui rend fou, même dans ses accalmies, parce qu'alors on fait comme s'il n'y avait plus de vent du tout, tan-

dis que la tempête se prépare. Ces puantes suées
d'angoisse. Je savais qui vous étiez, je savais que
votre voyage risquait de faire basculer le calme
trompeur et, tout au fond de moi, il y avait la soif
de ce qui peut arriver. Je voulais, oui, je voulais.
Je voulais dire oui. C'est pour ça que je ne vous ai
pas tué, et que j'ai tout fait même pour que votre
voyage se poursuive.

— Et pourtant, vous avez failli me tuer quand
même.

— Même avec le désir le plus fort il arrive qu'on
se trompe.

Depuis un moment déjà, elle s'était détachée de
moi. Elle se redressa, figure très noble dans cette
longue couverture qui formait son seul vêtement.

— Il faut manger maintenant, dit-elle presque
gaiement.

Elle me jeta un regard absolument jeune, comme
si elle préparait une bonne farce.

— Nous allons faire un vrai repas de chasseresse ; comme si vous étiez ma compagne. C'est
une chose tout à fait défendue, tout à fait indé-
cente, que nous allons faire là. Ce sera notre
secret. Nous allons faire du feu.

— Ne risquons-nous pas d'attirer l'attention ?

— Dans cette brume, il n'y a pas de danger. Allez
chercher du bois dans ces broussailles ; elles ont
l'air sèches. Moi, je vais préparer les oiseaux.

C'est alors seulement que je remarquai qu'un
chapelet d'oiseaux pendait à sa selle. Leur chair,
je le sus un moment plus tard, aux senteurs âpres
de sauvagine sublimées par le parfum violent des
branchages encore presque verts dont j'avais fait
le feu, était rutilante et chaleureuse. J'avais eu bien
de la peine à faire lever la flamme, et les bestio-

les étaient depuis longtemps plumées et alignées sur un rameau qui devait faire fonction de broche pour les tendre à la braise, que j'en étais encore, moi, le visage enfoui dans la fumée, à souffler sur des brandons indécis. La jeune fille, qui semblait souffrir du désœuvrement, s'éloigna pendant ce temps et revint porteuse d'une petite moisson d'herbes des steppes. Elle égrena dans un pot les feuilles de ces brindilles qui ressemblaient à des tiges torses de serpolet. Puis elle les déversa dans une bourse de cuir et, lorsque nous avons commencé à manger, elle plaça le pot, qu'elle avait empli d'eau puisée à la fontaine, au milieu des braises. Lorsque l'eau fut chaude, elle y précipita le menu feuillage.

— Nous boirons chaud, me dit-elle, et l'arôme de ces feuilles nous épargnera la saveur de l'eau morte.

C'était une tisane amère, piquante, qui me réconforta en me faisant couler dans les membres une chaleur fort vive. Les yeux de la cavalière par-dessus le rebord du gobelet où elle trempait les lèvres semblaient rire. Je regardais les dernières braises qui mouraient sous une croûte de cendres. Des galeries d'or en fusion creusaient l'écorce terne. La mort ressemblait tant à une naissance ! Et, au-dessus, montait une inaltérable fumée qui se convulsait dans l'air immobile. J'y voyais maintenant un corps de femme dont les hanches s'arrondissaient tandis que tout le torse se cambrait car elle était tirée vers les hauteurs brumeuses par l'hameçon du ciel. Cette femme... Je détournai les yeux vers la cavalière. La couverture avait glissé de ses épaules et le bouillonnement de bure n'entourait plus que son ventre et ses cuisses. Son buste semblait serti dans un socle de bronze. Elle détachait le gobelet de ses lèvres qui riaient et, lorsqu'elle étendait le bras pour le déposer sur le sol, son mouvement s'alanguissait, glissait, comme un nuage dévoilant la lune. Je voyais son sein sous lequel passait le baudrier. Elle se ramassait comme pour bondir. Elle me faisait face, mais je voyais en même temps — l'impossible — ses reins surgir de l'étoffe comme un astre craché par un volcan. Ses cheveux noirs descendaient, descendaient le long de ses bras et je croyais que des griffes allaient crever cette ombre pour se planter en moi. Elle était debout au-dessus de moi, décrochant le baudrier, débouclant aussi une ceinture que je découvrais seulement et à laquelle pendait une dague toute semblable à celle de l'homme mort. Une ceinture qu'elle portait bas sur les hanches ; ainsi, tout ce temps, elle avait gardé contre sa cuisse une arme, tandis que moi… Je voulais baisser les yeux. Je tenais encore le gobelet, vide maintenant, de tisane fauve. Je voulais le jeter loin de moi, il glissait de mes doigts et tombait dans le sable où son ouverture s'enfouissait comme pour gober cette poudre de vent.

Ma voix venait de derrière moi, très loin.

— C'était un filtre, balbutiais-je quand je savais déjà que je ne pouvais plus me défendre, car un désir bien plus vaste que moi me passait à travers le corps comme le souffle des steppes coulait à travers cette métropole dévastée. La cavalière tombait sur moi et mes mains cherchaient sa peau.

— Ne parle pas, disait-elle, ne parle pas.

Je n'avais rien à dire. Tout mon corps me brûlait et elle, elle répétait plusieurs fois : « Ne parle pas ; ne parle pas », en me dévêtant, puis, tandis que nos corps roulaient dans la poussière qu'ils labouraient. « Ne parle pas ; ne parle pas. » Elle psalmodiait, elle chantait. Renversé, je cherchais le ciel. Son corps était lisse, poli, glissant, fuyant même. C'était une étreinte comme on n'en connaît qu'en rêve, dans une intimité étrangère avec le fond aveugle du désir et la lumière plus opaque que la nuit. Je l'eusse oubliée peut-être, sans le glissement de sa peau et de ce chant : « Ne parle pas ; ne parle pas. » Son corps me venait par vagues, si longues, si lourdes, et j'y perdais le mien, mais si lentement que c'était comme une naissance où j'étais broyé. La houle tournait sous la tourmente oblique ; j'étais penché sur elle — elle l'avait voulu — et je ne bougeais presque pas. Et nous nous approchions encore. Je tombais, mais je ne pouvais pas la quitter. Je voyais un lagon où s'étendait la place déserte. Et j'entendis son rire de cavalière, une nouvelle fois. C'est vrai que j'étais surpris ; mes frissons m'assaillaient aussi. Nous étions étendus sur le flanc, étroitement ajustés. Notre étreinte commençait à peine. Le temps me manqua.

Mon dernier souvenir, c'était son pied posé bien à plat sur ma face. Je cherchais le soleil. Nous le cherchions tous deux. « Mais quand donc, rêvais-je, ignorant de mes mains, quand donc a-t-elle ôté ses bottes ? »

Beaucoup plus tard, nous reposions l'un en l'autre. Ma fièvre était tombée. La cavalière dessinait du bout du pied dans le sable des figures impossibles à voir. Elle se retourna soudain, comme un poisson qui saute hors de l'eau. Nous étions poitrine à poitrine, souffle à souffle. Elle me regardait.

— Il faut que je parte, maintenant, me dit-elle. Les nomades vont venir. Ils te tueront peut-être. As-tu peur ?

Elle s'était déjà redressée.

— Non, je n'ai pas peur. Pas maintenant.

— Alors, tâche de vivre.

Je m'étais levé à mon tour. J'avais froid. J'en étais encore à enfiler maladroitement mes vêtements qu'elle était prête, déjà, à sauter en selle. Je mis la main sur son bras nu qui rassemblait les rênes. Elle me regarda.

— Nous n'avons plus le temps ; alors, écoute-moi bien. Tu vas arracher un buisson et balayer uniformément autour du camp. Donne aussi des coups de pied dans le sable. Il vaudrait mieux qu'ils ne trouvent pas trop tôt mes traces. Je vais tâcher de faire marcher mon cheval sur la pierre. Toi, quand tu les verras, intéresse-les assez pour qu'ils n'aient pas l'idée de me chercher. Et sache vivre.

— C'est parce que tu pensais que j'allais mourir ?

— Quoi ?

— Tout ça, et je montrai le sol foulé.

— Je ne sais plus. Si tu en réchappes, nous nous retrouverons.

— Si j'en réchappe.

— Je reviendrai tous les jours ici t'attendre, jusqu'à ce que je n'aie plus d'espoir que tu reviennes.

— Je reviendrai.

— Pourquoi ?

— Quelqu'un m'attend, plus loin, dans le sud.

Déjà elle tournait bride.

Je fis ce qu'elle m'avait demandé. Dans un rayon d'une quinzaine de pas autour de notre bivouac, je raclai le sol avec une branche et le piétinai. J'eus également soin d'enfouir les reliefs de notre repas. Le silence était le même. Rien ne bougeait à l'entour. Je profitai de l'eau de la vasque pour faire quelques ablutions. Mais je guettais le moindre bruit. Rien ne venait. Je décidai de faire mon bagage. Je roulais ma couverture, à genoux sur le sol, lorsque je sus qu'ils étaient là, dans mon dos, silencieux, en train de m'observer. Je tâchai de ne pas tressaillir. J'achevai, avec une lente minutie, de plier ma couverture, saisis mon sac, je sentis dans celui-ci un objet dont la présence m'inquiéta, mais dont il n'était plus temps que je me séparasse. Je me levai, passai la couverture sur une épaule, la besace sur l'autre, et me retournai. Ils étaient deux, à dix pas de moi, silencieux, qui me regardaient. Comme la première fois que j'en avais vu, en compagnie du chef à la barbe blonde, ceux-ci étaient vêtus de noir et portaient sur la tête un petit casque de cuir dont les bords leur pendaient dans la nuque et sur les oreilles. Le cheval du plus proche avait fléchi le col et broutait du bout des dents une touffe morte d'herbacées. Son cavalier, lui aussi, était penché en avant, les bras croisés sur le pommeau de sa selle, et tendait vers moi sa face camuse fendue d'un sourire. L'autre, un peu en retrait, se tenait raide et sévère sur un cheval qui dansait nerveusement. Nous sommes restés ainsi face à face un bon moment, sans rien dire. Je me retenais, malgré le désir que j'en avais, de me lancer dans des palabres, car je voulais gagner du temps pour la cavalière qui s'éloignait. Beaucoup plus tard, je sus que cette conduite, très probablement, m'avait sauvé la vie ; car les nomades étaient si bien habitués à provoquer partout sur leur passage la crainte ou l'agression que de rencontrer un homme seul qui ne bougeait ni ne disait mot les étonna grandement. Mon courage — ou ce que l'on peut appeler ainsi — n'avait rien d'extraordinaire. En me quittant, la cavalière m'avait laissé l'esprit fixé sur un seul but : dissimuler son passage auprès de moi. En présence d'un grand danger, mon esprit tout entier, mes sentiments mêmes, s'étaient repliés sur cette idée unique. Cette sorte d'hébétude me revêtait extérieurement de toute l'apparence de l'impassibilité hautaine. Cependant, cette immobilité commença de peser à celui qui souriait et, d'un coup de talon, il lança son cheval. En quelques foulées la bête fut sur moi en plein galop, et ne m'évita qu'au dernier instant d'une volte sûre, tandis que le fouet du cavalier claquait au-dessus de ma tête. Voyant que je ne consentais pas à bouger, il répéta ce manège une douzaine de fois, mais le fouet claquait de plus en plus bas, et bientôt au ras de mes chevilles. En même temps que j'entendais une sèche détonation, je pouvais voir, chaque fois, tout contre mes pieds, un petit nuage de poussière soulevé par la mèche. Si ce jeu, dont je ne connus que les prémisses, avait continué, il est probable que j'eusse dansé sous les coups de lanières qui auraient fini par me cingler les jambes. Mais en ne fuyant pas, j'avais déjà frustré mon tortionnaire d'une part de son plaisir. Et puis il était seul et avait moins d'entrain que lorsqu'en bande ils rattrapaient un homme en fuite, faisaient danser autour de lui leurs petits chevaux et finissaient, après s'en être amusés un moment, par mettre le malheureux en pièces à coups de fouet. Cette fois, lors d'un assaut du premier cavalier, son compagnon lança son cheval par le travers et m'en fit un rempart. Cela sembla mettre le rieur de mauvaise humeur, mais l'autre n'en avait cure ou fit mine de ne pas même le remarquer. Il s'était tourné vers moi et me questionnait.

— Qui es-tu ?

— Un voyageur.

— Un jardinier ?

— Non.

— Tu es habillé comme eux.

— Je viens de leur pays et je m'y suis procuré des vêtements pour continuer mon voyage.

— Que fais-tu ici ?

— Vous le voyez ; je me promène.

— Tu es seul ?

— Oui.

— Tu mens ; deux personnes au moins ont séjourné ici.

— Je ne mens pas. Un homme m'accompagnait, un jardinier, qui prétendait me guider dans ce pays. Il a voulu me tuer traîtreusement. Il est mort maintenant.

— Où est le corps ?

Il me fallut les conduire auprès du tumulus que j'avais édifié quelques heures plus tôt et exhumer en partie le corps de mon guide occasionnel. Par bonheur ils se contentèrent d'en voir la tête. Je tremblais à l'idée qu'ils pourraient examiner sa blessure, car j'eusse été bien en peine de leur montrer l'arc qui avait décoché le trait mortel.

— Remets les pierres en place, me dit le cavalier taciturne une fois qu'il eut procédé à la vérification.

Puis il ajouta :

— Pourquoi cet homme voulait-il te tuer ?

— Parce qu'il avait peur.

— De toi ?

— Non, de vous.

— De moi ?

— De votre peuple.

Et de cela je vis tout de suite qu'il était fier.

— Mais toi, tu n'es pas des nôtres.

— Non, je suis un voyageur. Mais cela fait long-temps que vous ne venez plus ravager cette contrée. Il craignait qu'en allant à votre rencontre je ne provoquasse de nouveaux combats.

— Pourquoi viens-tu chez nous ?

— Je cherche un homme.

— Quel homme ?

— Un homme grand, à la barbe blonde. J'ai quel-que chose à lui remettre.

Et, dégrafant mon vêtement, j'exhibai l'amulette que j'avais ramassée sur le domaine abandonné. Je crus à cet instant que celui qui m'avait tour-menté allait me sauter dessus pour m'arracher l'objet des mains. Mais le cavalier taciturne saisit par l'oreille la monture de son compagnon. Il y eut entre les deux hommes un bref échange dans un dialecte que je n'entendais point. Puis, celui qui commandait se tourna vers moi.

— Nous allons te mener à celui que tu cherches. Tu marcheras entre nos deux chevaux. Mais, prends garde, nous sommes deux et nos bêtes sont rapides.

— Pourquoi ne vous donnerais-je pas satisfac-tion quand vous me donnez ce que je demande ?

Mais, au moment où nous allions nous mettre en route, il se ravisa encore :

— Avec quelle arme as-tu tué ton guide ?

C'était une question que j'avais crainte. Lorsque j'avais découvert que la cavalière avait glissé l'arme dans mon sac — et je l'avais découvert trop tard pour m'en défaire —, j'avais jugé qu'elle avait commis une erreur, car cette arme ne pouvait m'être d'aucun secours contre les cavaliers, elle risquait plutôt de me mettre dans une situation difficile ; un homme armé suggère toujours l'affrontement. Ensuite, j'avais trouvé bon de mentir à propos de la mort du jardinier pour détourner les soupçons du cavalier taciturne, mais cela me ramenait à la situation que j'avais voulu éviter.

— Je l'ai tué avec une dague.

— Où est-elle maintenant ?

— Dans mon sac.

— Pourquoi ne t'es-tu pas défendu alors, tout à l'heure, puisque tu étais armé ? Serais-tu lâche ?

— Je ne sais pas ce qu'il en est de mon courage ou de ma lâcheté. Je suis venu ici pour rencontrer un homme ou pour qu'on me mène à lui. J'y suis parvenu sans arme, aurais-je réussi une dague à la main ? Ce qui compte, c'est de réussir.

L'ombre d'un sourire à peine perceptible lui passa sur la face :

— Alors, en route.

Je me suis trouvé encadré par les deux chevaux au pas.

Nous avons traversé la place et emprunté ensuite une avenue qui s'enfonçait dans les ruines, toujours vers le nord, dans l'exact prolongement de celle que j'avais suivie le matin, venant du dépôt des statues abandonnées. Spontanément, mon pas avait pris le rythme de celui des chevaux. Je ne sais à quoi je rêvais. Il me semble que je devais être dans cet état d'hébétude où se trouve plongé celui qui sent qu'il est en train de triompher de difficultés considérables et qui n'ose risquer le moindre geste, de crainte que la chance qui le porte ne s'en offusque. Le silence des deux cavaliers, le choc étouffé des sabots des bêtes dans le sable, cette brume enfin, sur toutes formes épandues et qui allait s'épaississant tandis que nous avancions, tout inclinait à la rêverie vague, voire à la somnolence. Or, comme nous progressions au plus épais du brouillard, le vent se leva, un vent hâtif et brutal qui nous soufflait la poussière dans les yeux. Je voulus m'envelopper la tête dans un pan de ma couverture, mais le cavalier taciturne me retint.

— Ne perdons pas de temps. Le vent aura cessé dans un instant.

Il avait à peine dit qu'en effet le vent tomba. Le brouillard humide dans lequel je vivais depuis plusieurs jours était dispersé, les nuées de sable, un instant soulevées, s'abattirent et ce fut comme un coup de cymbales sur les voûtes de l'espace. Un ciel bleu de fable tombait roide sur l'ossuaire serti d'ocre et de mauve de la cité morte. J'eus un vrai sursaut devant tant de splendeur. Nous allions au centre d'une immense avenue dont le dallage régulier apparaissait çà et là dans des trous de sable. De part et d'autre, à distance régulière les unes des autres, sur des socles où s'effaçaient les cartouches porteurs de signes votifs ou de glyphes archaïques, se dressaient encore des moignons de statues érodées par le vent qui les faisait chanter. Un large trottoir les séparait de la façade sur arcades des immeubles riverains. Par on ne sait quel prodige certains d'entre eux, réduits à leur seule surface, comme des masques évidés de tout visage, dressaient encore contre le ciel leurs frontons armoriés, leurs pierres d'angle, ici une gargouille, là un pot à feu. Et au-delà, par les larges échancrures des murs navrés, la ville, démantelée et blanche, reposant sur son immensité morte, excédait de la profusion de ses formes le regard le plus patient. Hors de l'artère principale, il semblait qu'elle ne fût plus, cette cité perdue, qu'un immense labyrinthe où la somptuosité se morcelait et se confinait dans les retours d'un inextricable lacis de rues et de ruelles, de cours, d'impasses, de placettes, de décrochements, de jardins ensablés. Quel archéologue patient, passionné, viendrait jamais se perdre dans ce désert de formes pour en tracer un à un tous les relevés ? J'eus une sorte de nostalgie. Mais j'avais choisi de passer. La dimension des ruines, le long de notre chemin, allait décroissant ; ce n'était plus, peu à peu, que des restes de masures. Nous allions quitter la ville. Une porte monumentale se dressait devant nous. Je me demandais sur quel monde nouveau elle béait.

Or, avant de la franchir, les chevaux obliquèrent vers la droite et nous nous engageâmes dans une venelle qui s'enfonçait parmi des édifices modestes et si définitivement ruinés qu'il n'en subsistait le plus souvent que des murettes pâles et ébréchées, voire d'informes tas de cailloux. Au bout de quelque temps, j'ai pressenti que peu à peu, de bifurcations en carrefours, nous revenions vers la ville. Sur le moment, je ne sus décider si ce parcours torve était choisi dans le dessein de me laisser ignorant de notre destination ou imposé par la nécessité de faire aller commodément les chevaux. Enfin, le soir tombait comme nous franchissions un portail encore noble quoique passablement dégradé par le temps et qui commandait l'accès à un vaste parc attenant à l'un des plus solides et des plus imposants palais de la ville. Je dis d'un parc car c'est ce que me laissaient supposer certains vestiges ornementaux dispersés sur une aire nette à peu près de toute ruine. Mais des essences dont il avait dû jadis être semé, des frondaisons hautaines, des fleurs, des pelouses dont on pouvait rêver qu'elles l'avaient alors vêtu, il ne restait rigoureusement rien. Ici, comme partout, la pierre seule avait su résister à l'étreinte du désert croissant et aussi, çà et là, s'alanguissant comme des mares bleutées dans le soir lumineux, quelques nappes de bas buissons à la tige torse, aux racines avares, si secs, si légers, qu'on imaginait volontiers que le vent pouvait à son gré pousser leurs bandes frileuses à ras des sables ou les rejeter dans une encoignure du roc. Au centre de cette désolation, semblables par la couleur et presque par la forme, aux crottins que les chevaux lâchaient au hasard de leurs haltes, un groupe désordonné de huttes rondes dont les murs de feutre roux étaient par places rapiécés de peaux de chèvres. Du centre de sa toiture en dôme, chacune laissait échapper un filet de fumée rectiligne et gris perle qui, très haut, allait s'évasant contre le ciel qui déclinait à l'approche de la nuit. On ne percevait aucun autre bruit que le choc mat des sabots des montures qui m'encadraient, et nous pûmes parvenir jusqu'au milieu des huttes sans rencontrer âme qui vive. J'étais, je le sentais, chez des guerriers parmi les plus farouches, mon existence était menacée et tout entière dépendante, de l'humeur de mes gardes d'abord, de l'issue de ma rencontre avec l'homme mystérieux que je cherchais et dont rien encore ne me laissait supposer qu'il fût proche, et pourtant, je ne pouvais fixer mon attention sur ces dangers, tant le climat de paix était ici profond et vaste. Les chevaux s'étaient immobilisés et moi entre eux. Le cavalier taciturne, sans mot dire, descendit de sa monture et, me confiant d'un geste à la garde de son compagnon, s'écarta de quelques pas et entra dans une hutte. On n'entendait toujours rien mais, petit à petit, je commençais à percevoir des présences, des odeurs. Celle d'abord, chaude et un peu aigre, d'un groupe de chevaux que j'apercevais entre les huttes, sur ma gauche, rassemblés autour d'une pierre, et, plus subtile, celle des hommes, de leurs corps et de leur nourriture, qui me venait par bouffées successives. Il faisait de plus en plus sombre, mais c'est seulement quand la lumière surgit d'une hutte que je vis qu'il était presque nuit close. Le cavalier était ressorti, mais au lieu de se diriger vers nous, il restait près de l'entrée, tenant levée contre le linteau une portière souple pour livrer passage à un autre homme qui se penchait un peu en sortant et venait à grands pas vers moi. Ce nouveau venu sans doute était de belle stature, puisque je dus moi-même lever la tête pour lui répondre quand il m'adressa la parole, mais, alors qu'il marchait à moi, peut-être par contraste avec le cavalier qui l'accompagnait et dont le buste court sur ses jambes torses manquait de prestance, la silhouette d'ombre qu'il découpait sur le cadre de la porte éclairée me parut gigantesque. On eût dit qu'il dominait non seulement les hommes, mais encore les bêtes et les huttes, et enfin toute cette vie rase qui se mussait contre les rides passagères de la terre. Je ne pouvais discerner ses traits, seulement la masse sombre de sa tête, mais, lorsqu'il parla, d'une voix calme et forte où semblaient couler les veines d'une ironie joueuse, je fus immédiatement certain que j'avais en face de moi l'homme à la barbe blonde que j'avais vu se baigner nu dans l'étang du domaine abandonné.

— Bonsoir, Monsieur. J'espère que vous avez fait bon voyage.

Et déjà c'était presque le cérémonial d'accueil des jardiniers. Il laissa que je lui rendisse son salut et poursuivit :

— Vous voudrez bien excuser la manière sans doute un peu fruste dont on s'est assuré de votre personne, mais la région est peu sûre, et votre sécurité, autant que la nôtre, exigeait certaines précautions. On me dit que vous désirez me rencontrer.

— Je n'ai rien à excuser, lui dis-je. Chacun agit selon le temps, le lieu et les mœurs, et c'est toujours une satisfaction pour un voyageur que de découvrir un mode de vie ignoré. Je désirais en effet vous rencontrer, car il me semble que c'est à vous qu'appartient un objet que j'ai trouvé il y a quelques jours et que j'aimerais restituer à son propriétaire.

— Je n'ai pas le souvenir d'avoir perdu la moindre chose, mais nous verrons bien. Je serais heureux que vous soyez mon hôte pour la soirée, si toutefois la fatigue vous laisse dispos. En attendant, on va vous conduire pour que vous puissiez faire toilette avant le repas.

En cet instant, les lueurs folles d'un grand feu que l'on venait d'allumer surgirent brusquement par les trous de l'immense façade qui se dressait derrière les huttes. L'homme tendit la main :

— Voilà qu'on apprête votre cabinet de toilette. Je ne peux vous offrir qu'une installation de fortune. Je vous confie à vos guides.

Il inclina la tête, fit demi-tour et rentra sous sa hutte. Les deux cavaliers me conduisirent dans la pénombre vers l'endroit illuminé.

Nous avons traversé la façade par une brèche pour nous retrouver dans ce qu'il subsistait d'une vaste salle dont le centre était creusé d'un bassin. Je remarquai qu'on avait récuré le bassin et balayé soigneusement tout autour la poussière de sable et les gravats que le temps avait accumulés comme autant d'injures patientes. Contre le mur du fond brûlait un haut feu de broussailles. Devant celui-ci était dressé une manière de portique, constitué de lances dont les pointes étaient fichées dans les crevasses du sol et les hampes nouées par des lacets de cuir. À la barre transversale pendaient des outres de peau où chauffait l'eau de ma toilette. Et, comme m'y invitaient ceux qui m'accompagnaient — devais-je dire des guides ou des gardes ? —, je me dépouillai de mes vêtements et m'assis nu sur la margelle, le dos au feu. Ainsi placé, je pouvais tout à loisir considérer la mosaïque du fond du bassin, que son orientation avait laissée indéchiffrable quand j'étais entré. J'y voyais, dans un décor de buissons fleuris qui évoquait plus le jardin d'agrément que la nature sauvage, une chasseresse nue sur un cheval noir. Appuyée, et comme suspendue, du bras droit à son arc dont elle avait calé une extrémité entre ses cuisses, elle penchait en souriant son visage vers un homme étendu presque sous les pieds de sa monture.

L'homme, également nu, redressait à demi le buste en prenant appui sur les coudes. Sa cuisse était percée d'une flèche, un mince filet de sang coulait de cette blessure, et il levait le visage vers celle qui lui avait décoché ce trait. Mais — était-ce quelque accident de la matière rebelle au dessein de l'artisan ou suprême habileté de celui-ci ? — on ne pouvait démêler sur les traits de la victime l'expression de la souffrance et, surtout, de l'épuisement, d'un reflet de joie extatique si intense, si rayonnante que le sourire presque divin de la cavalière penchée semblait bientôt n'en être plus que l'écho atténué. Je voyais bien ce que la coïncidence entre cette mosaïque maintenant étendue à mes pieds et les événements de la matinée pouvait avoir de frappant, mais précisément le rapprochement s'imposait si fort à mon esprit qu'il m'empêchait, du moins le craignais-je, de bien reconnaître de quel message pour moi seul était chargée cette image. Et je demeurais absorbé par la quête d'une signification, qui me semblait d'autant plus précieuse qu'elle se dérobait, lorsqu'on me versa sur les épaules et la tête un filet d'eau tiède, dont le ruissellement troubla instantanément ce que j'étais pourtant sur le point de voir. Je me redressai pour faire face à celui qui venait de m'asperger. C'était un cavalier inconnu, fort semblable à ceux qui m'avaient conduit. Le taciturne, à quelques pas, surveillait les outres. M'entendant m'ébrouer, il tourna les yeux vers moi.

— Mon camarade ne parle pas votre langue, me dit-il. Vous devriez vous étendre pendant qu'on prend soin de vous.

J'étais un peu surpris et même gêné par cette proposition, mais j'avais depuis longtemps décidé de me plier aux coutumes de ceux que je rencontrais à la faveur de mes voyages. Celui qui avait versé l'eau ôta ses bottes et descendit près de moi, porteur d'un sac qui semblait lourd. Il en tira à poignées une sorte de boue rougeâtre mêlée de graviers dont il m'enduisit copieusement le corps et la tête. Puis il entreprit de me masser rudement, comme s'il se fût agi de faire pénétrer cette substance sous ma peau. Le malaise que j'avais éprouvé d'abord à l'idée qu'un étranger allait manipuler mon corps cédait peu à peu la place à une satisfaction vaguement stuporeuse à laquelle je finis par m'abandonner tout à fait. En cet état amorphe, ma pensée fascinée reprenait inlassablement son va-et-vient entre la mosaïque et les événements que j'avais vécus durant les derniers jours. Des différences lentement se creusaient dans la brume. De l'assemblage de tesselles sur quoi je m'étais étendu me venait un message de mort, auquel j'associais de plus en plus difficilement le souvenir de la cavalière. Elle m'avait apporté l'épreuve réelle d'un au-delà de l'amour que son élan désigne toujours comme ensemble inaccessible et nécessaire — mirage de temps à venir que d'autres un jour atteindront. Je me retrouvais dans l'état d'esprit singulier d'un homme qui, privé longtemps de tout commerce avec les femmes, se réveille en pleine nuit en s'attendant à trouver sa couche souillée des émois du rêve, et voit se lever d'auprès de lui et quitter sa chambre une visiteuse improbable qu'il ne retrouvera jamais parmi les nuits à venir, car elle est d'un futur trop lointain pour son âge. Et lorsqu'une nouvelle douche vint se déverser sur mes membres pour en chasser la boue, je sentis que me quittaient les derniers relents d'un parfum qui à lui seul constitue la certitude dernière d'avoir aimé. Le cavalier me frottait la tête pour achever d'en faire partir la crasse. Ce traitement m'avait d'abord épuisé, mais, au fur et à mesure que la carapace de boue s'effaçait, laminée par les mains de mon laveur, je sentais sourdre en moi une énergie toute neuve et turbulente. Mes cheveux, que la poussière des chemins avait pendant de longs jours poissés et durcis, étaient allégés, et cette impression toute physique donnait à mon esprit une acuité dont il me semblait n'avoir pas joui depuis longtemps. Et, tandis qu'on me frottait le corps avec des linges, je me trouvai aussi dispos qu'au commencement d'un nouveau jour. On me passa enfin, pour remplacer mes vêtements pendant qu'on les nettoyait, une chemise légère, une culotte et une veste de peau souple, qui n'avaient pas la rudesse de mon costume de voyage, et d'autant plus confortables qu'elles étaient un peu vastes pour ma taille et ma corpulence. Quand je fus prêt à me rendre auprès de mon hôte, on me jeta sur les épaules un manteau du plus noble effet. Cela était nécessaire car, quittant les abords immédiats du feu que le cavalier taciturne n'avait cessé d'alimenter, j'entrai dans une nuit glaciale et absolument opaque. Je n'eus à y faire que quelques pas pour contourner la hutte de feutre et franchir le seuil lumineux. Mon hôte vint à moi et me tendit les mains, les deux paumes offertes, de ce geste généreux qui tant de fois m'avait charmé chez les jardiniers.

— Soyez le bienvenu, me dit-il simplement.

Et comme nous nous avancions vers le foyer, au centre de la hutte, j'aperçus, noyés dans la pénombre où éclataient çà et là des reflets de cuivre, des amas de tapis et de coussins qui constituaient tout le meuble de cet appartement volant. Un feu, qui rougeoyait au milieu d'un cercle de pierres, de temps à autre rehaussait la magnificence du campement. Nous l'avons contourné, et l'inconnu m'a invité à m'asseoir sur le sol. J'ai défait mon manteau, me suis installé, et je m'apprêtais à répondre par quelques mots courtois à ses paroles de bienvenue lorsque, de l'ombre où nous nous adossions parmi les poufs, surgit une forme vivante. Une femme ; elle portait pour tout vêtement une ample cape de gaze sombre qui ne lui tenait au corps que par une fibule d'or mat fixée à hauteur de la gorge. Elle glissa comme un spectre parmi les lueurs sourdes qui peuplaient cet espace fermé, emplit deux gobelets qu'elle posa sur un plateau, et revint vers nous pour nous offrir à boire. L'harmonie qui ajustait ce corps de femme remodelé par la transparence nocturne de ses voiles au fond de l'ameublement était si achevée qu'à la voir évoluer on éprouvait la fine pointe d'un vertige voluptueux. L'esprit ne se ressaisissait qu'avec un malaise assez exquis pour songer que ce n'était point là un meuble entre d'autres, mais un être humain arbitrairement condamné au silence des bêtes domestiques, afin d'incarner mieux aux yeux de son maître les plus subtils mouvements de la passion à laquelle il abandonnait sa rêverie dans ses moments de repos. Et comme elle se tenait penchée vers moi, présentant son offrande, il m'en vint une bouffée de fragrance chaude qui accrut encore mon trouble. Point assez cependant pour que m'échappât qu'on avait avec moi tous les égards dus à un diplomate : les deux verres m'étaient présentés dans une situation rigoureusement symétrique, de telle sorte que le hasard seul qui guidait ma main décidât de celui qui écherrait à chacun. Je pris à droite, ayant remarqué que depuis quelque temps cette direction sollicitait plus volontiers ma sensibilité — s'il y avait là quelque symbole, je ne le découvris pas. Mon hôte prit l'autre gobelet et l'éleva en mon honneur. Je lui rendis son salut. La femme s'écarta et ce ne fut plus qu'à des bruissements furtifs que l'on put deviner qu'elle s'affairait encore dans quelque angle obscur. Mais la surprise de son apparition avait suffi à donner à mon voisin l'avantage. Je décidai de lui laisser l'initiative de la parole.

— Il aurait pu vous arriver malheur en vous aventurant dans cette contrée, finit-il par dire.

Et comme je restais silencieux, il poursuivit :

— D'après le rapport qui m'a été fait, vous veniez d'ailleurs d'échapper de peu à la mort quand on vous a rencontré.

— On ne peut voyager sans risque, remarquai-je.

— Sans doute ; mais je croyais les jardiniers moins belliqueux.

— En fait, à leurs yeux, le voyage que j'ai entrepris vers les steppes risquait fort de compromettre une sorte d'équilibre qui s'est établi peu à peu entre leur peuple et ceux d'ici. L'homme qui m'a conduit jusqu'à la ville morte croyait sauver un monde en sacrifiant un seul individu, étranger de surcroît.

— Il faisait donc auprès de vous office de guide ?

— Il s'était même porté volontaire pour cette sorte de mission.

— Et de cette félonie vous n'éprouvez pas d'amertume ?

— Dans le premier instant, et sous le coup de la surprise, j'ai trouvé sa conduite assez infâme. Et puis, à la réflexion, il me semble que je reconnais les sentiments qui l'animaient. Il me jugeait nuisible.

Je me souvenais de ses dernières paroles.

— C'est bien de la grandeur d'âme.

— Non point. Ce n'est pas l'effet de quelque empire sur moi-même si j'échappe à la haine. Pour vous faire une confidence complète — et ce disant je ne pus me retenir de me pencher vers lui tout comme si j'allais lui confier un secret — il y a une sorte de pensée où l'on s'engage par mégarde et au cours de laquelle, finalement, on ne peut plus jamais se soustraire.

Il me regarda songeur.

— Une sorte de pensée, voulez-vous dire, qui vous a conduit jusque dans ce désert ?

— Pas si désert que ça.

— Oh, si ! Plus que vous ne pensez.

Il y eut un silence, le temps pour chacun d'absorber de nouveau une gorgée d'alcool. L'entretien se recueillait et se suspendait, à la recherche encore de son rythme. De nouveau je laissais à mon interlocuteur l'initiative de la parole.

— Peut-être est-ce cela — cette pensée où vous vous êtes aventuré — plus que l'insigne que vous lui avez montré, qui a décidé mon cavalier à vous mener jusqu'à moi, au lieu de vous laisser torturer par son compagnon. Lorsqu'il m'a rendu compte des affaires de cette journée, il était visiblement encore sous le coup d'une rencontre. Il m'a dit qu'il vous avait un peu provoqué, à propos de l'arme que vous teniez dans votre sac, mais, alors qu'il vous questionnait, il savait déjà que vous étiez sans haine et sans pour autant de lâcheté.

Tandis qu'il parlait, je me remémorais la rencontre des deux cavaliers. À son air enjoué, presque enfantin, j'avais connu immédiatement la cruauté simple du premier. L'autre m'avait paru dangereux, à long terme ; en même temps j'avais senti naître et s'établir entre lui et moi une sorte de réciprocité implicite. Je ne m'étais donc pas trompé. Mais je cherchais en vain à quels signes nous nous étions reconnus sans combat. Une certaine tristesse peut-être.

— Heureusement qu'il était là... finis-je par dire.

— Vous savez, il a tout de suite soupçonné que cette dague ne vous appartenait pas.

— Son compagnon, lui, ne m'aurait pas fait grâce.

— Il est rare qu'un de ces hommes épargne un étranger, encore plus rare qu'il ait la délicatesse de ne pas suivre une piste possible.

Nous nous regardions, affrontés. Je ne désirais pas encore parler de la cavalière. C'était comme si une sorte d'inertie mentale m'obligeait à persévérer dans une intention fixée, et j'essayais encore de gagner du temps, comme elle me l'avait demandé, pour couvrir maintenant sa fuite hors des propos qui se tissaient sous la hutte, comme en dehors de notre campement quelques heures plus tôt.

— Pour être bref, acheva mon interlocuteur, celui qui vous a mené jusqu'à moi est convaincu qu'il y avait une troisième personne dans ce petit bivouac, et que vous protégiez sa fuite.

— Il n'en a rien laissé paraître.

— Il était assez penaud quand il m'a fait son rapport, avec l'honnêteté d'un vrai soldat. Il m'a dit avoir éprouvé un sentiment inconnu jusqu'alors...

— Et lequel ?

— Tout simplement la curiosité. Le désir de favoriser votre entreprise, pour voir. Et je crois que je commence à sentir ce qui dictait sa conduite. Vous êtes un homme dangereux, Monsieur ; les jardiniers vous ont bien jugé.

— Je ne suis qu'un voyageur, je ne fais que passer...

— Sans doute, sans doute.

Il écartait en hâte tout ce que j'aurais pu avancer sur ce sujet. Il frappa dans ses mains et la femme silencieuse entreprit de disposer à portée de nos mains les plats de viande et les bols de semoule. La première manche de l'échange s'achevait sans que je pusse pressentir à qui revenait l'avantage. Nous avons mangé un instant en silence et j'ai pris la parole :

— Suis-je dangereux pour vous ?

La réplique me revint aussitôt.

— Il est trop tard pour y remédier.

Il haussa les épaules et se mit à rire doucement.

— Ici, vous êtes tout à fait en sécurité désormais.

J'hésitai et puis, comme il m'interrogeait du regard :

— Dois-je considérer que je suis votre prisonnier ?

— Non, Monsieur, vous êtes mon invité, pour cette nuit. Demain à l'aube, je lève le camp. S'il vous plaît de m'accompagner, vous viendrez avec moi. Si vous voulez retourner sur vos pas, vous irez, à vos risques et périls ; vous êtes libre.

Il se renversa un peu sur les coussins en soupirant, puis ajouta :

— Y a-t-il quelque chose que je puisse dire ou faire pour que vous compreniez que pendant quelques heures nous avons droit, vous et moi, à une halte ?

La servante s'accroupit auprès du foyer, attendant discrètement que nous ayons besoin de ses services. Un cheval hennit doucement. Le pas d'un homme glissa le long de la hutte et s'éteignit. La confiance coula en moi. Je mangeais.

— Alors, me demanda mon hôte, quel est donc cet objet que vous vouliez me remettre ?

J'écartai le col de la chemise qu'on m'avait prêtée et défis de mon cou le lacet porteur d'amulette. Il tendit la main.

— Ceci en effet m'appartient. Mais comment le savez-vous ? Et où donc l'avez-vous trouvé ?

Il faisait glisser dans ses grandes mains le collier lové. J'entrepris de lui conter mon séjour dans le domaine abandonné et notre rencontre manquée. Il se fit vigilant, et, lorsque je fus au bout du récit, il soupira et conclut :

— On n'est jamais assez méfiant. Mais aurions-nous eu alors le loisir de deviser comme ce soir ?

Je ne m'arrêtai pas à cette dernière remarque.

— Que faisiez-vous si loin des steppes ?

— Personne ne le croirait, et d'ailleurs personne ne le sait, surtout pas ceux qui m'accompagnaient ; c'était tout simplement un voyage d'agrément. J'aime cet endroit et, d'après ce que vous venez de me dire, je sais que vous me comprenez, car vous en avez éprouvé le charme. À vrai dire, je n'ai jamais rien considéré qui fût établi sans sentir en moi, aussitôt, le désir que je ne sais quelle sauvagerie vînt reprendre le dessus. C'est ce qui m'attire là-bas sans doute : un état rêvé.

— Et jusqu'à ce jour vous seul saviez ce que vous alliez y chercher !

— Oui. Aux yeux des autres ce n'était qu'une expédition de reconnaissance tout à fait sérieuse et banale.

— C'est un extraordinaire privilège que celui de pouvoir faire passer, pour y satisfaire, l'impulsion de ses caprices sous le couvert d'une décision nécessaire.

— Un étrange privilège.

— Le privilège d'un chef ?

— C'est à cela, n'est-ce pas ? que vous vouliez en venir ?

Il me parut soudain las. Il se pencha et murmura :

— Pourquoi désirez-vous tant parler de ça ?

Et c'était mon tour d'être décontenancé.

— Sait-on comment se perd l'innocence ? répondis-je. Tout a peut-être commencé pour moi lorsque, sans trop savoir à quoi je m'engageais, j'ai tracé les premiers mots d'un livre.

— Un livre !

— Un livre, oui. Lorsque j'ai commencé à visiter les jardins statuaires, j'ai été émerveillé. Je voulais tout connaître. Et j'ai découvert l'importance des livres traditionnels dans la bibliothèque de chaque domaine. J'ai cru pouvoir me fier à ce modèle pour le surpasser. Comment dire ? il me semblait que l'on pourrait tout écrire autrement, sans laisser les choses en cet état d'éparpillement où elles gisent dans les livres des ancêtres. Je songeais à un mémoire assez bref, un court

334

récit de voyage qui rassemblerait l'essentiel sous le regard d'un étranger. Et puis…

— Et puis ?

— Il s'est passé quelque chose d'assez inattendu. J'ai eu l'imprudence de faire part de mon projet à quelques personnes, de qui j'espérais des renseignements, et même des encouragements. Et, en effet, j'ai obtenu ce que je croyais souhaiter, mais très vite, on est allé au-delà de mon attente. Des contradictions ont surgi dans le monde dont je voulais tracer le chiffre. J'ai appris l'existence des hôtels et leur mode de fonctionnement, puis celle des domaines que menace la ruine. J'avais cru, avec mon petit livre, pouvoir faire une halte studieuse, et tout s'est précipité ; quelque chose m'a poussé, me pousse encore, sans cesse. C'est alors qu'ont surgi les rumeurs concernant les steppes où l'on croyait que s'était instaurée une politique nouvelle, sous l'autorité d'un jeune chef. Je ne pouvais me dérober. J'ai voulu savoir. En vérité, j'espérais trouver la fin de mon livre en quittant la contrée des jardins statuaires qui me l'ont inspiré. Je crois que je cherche le repos.

— Le repos ou la solitude ?

Mais il n'attendait pas de réponse à sa question. Il fit un signe et la servante silencieuse nous passa un cratère où rincer nos doigts et des serviettes, puis des pipes et du tabac. Je ne sais rien qui apaise le tempérament tout en laissant à l'esprit toute sa vivacité, comme de fumer la pipe. Je n'avais rencontré la cérémonie du tabac que dans certains domaines du nord, et il me semblait que Vanina m'en avait dit quelques mots. Je tirai quelques bouffées et poursuivis mon récit.

— En venant dans les steppes, en fait, j'essayais

de trouver la source d'une légende que je suivais à la trace.

— Quelle légende au juste ?

— Celle d'un jeune jardinier qui, pour une raison ou une autre, aurait abandonné sa contrée d'origine pour se rendre dans les steppes où il serait devenu un chef, rassemblant peu à peu autour de lui, en vue de quelque grand projet politique ou militaire, les hordes éparses.

— Et vous vous êtes trompé de sens. Ce n'est pas vers la source que vous avez cheminé, mais vers l'embouchure, ou le delta, puisque tout cela aboutit dans les sables. C'est du sud que vient cette légende.

— Et pourtant, ce chef, j'ai fini par le rencontrer.

— Sans doute, mais ce n'est pas comme ça qu'il faut écrire l'histoire.

— Que voulez-vous dire ?

Il sourit.

— On dirait que vous ignorez le temps. Peut-être est-ce pour cela que vous vous êtes trompé de sens. Si vraiment vous aviez voulu suivre la légende, vous seriez resté au cœur des jardins, vous enfonçant chaque jour davantage dans les mystères de leurs traditions. L'épaisseur muette des statues. Mais vous longez les choses et marchez à la surface de la terre. Et pourtant, qu'est-ce donc que la profondeur végétale qui emplit le domaine abandonné ? Qu'est-ce qui fait de cette ville un labyrinthe dont les édifices ne se distinguent plus guère d'un grand chaos de rocs sculptés par les vents de sable ? Qu'est-ce donc ?

Il déposa sa pipe qui commençait à s'éteindre, et reprit :

— Je ne suis plus un enfant, mais si je devais

avoir l'âge de la légende, je serais un vieillard, il aurait fallu même que je jouisse d'une extraordinaire longévité.

— Allez-vous me dire maintenant que rien dans cette légende ne peut se vérifier ? Et pourtant je sais bien que vous êtes un jardinier, et que vous êtes un chef ici.

Il rit.

— C'est vrai, mais je ne suis pas tout à fait l'homme de la légende, de même que je n'ai jamais été tout à fait un jardinier. Il me manquera toujours la dernière formalité.

Et soudain grave, amer, haineux, même :

— On ne trouvera jamais trace de moi dans les livres d'ancêtres. Jamais !

— Vous voulez parler de l'initiation ?

— Précisément. Pour moi il n'y a pas eu d'initiation ; je n'ai pas revu ma mère avant de quitter le domaine, je suis parti sans emmener mon livre d'images. Je n'ai gardé de ce temps que mes boutons — ceux que vous m'avez rapportés. Ils ont été sculptés pour moi par mon père. Mais il était mort depuis longtemps quand je suis parti. S'il avait vécu...

Il sembla réfléchir, soupeser les secrets du temps.

— Si mon père avait vécu, ils n'auraient pas osé chasser ma sœur qui était si belle et qu'on ne savait pas marier. Comme si en jetant une fille dehors on pouvait éviter la ruine !

Il se tourna vers moi, les yeux fixes.

— Vous savez comment on chasse une fille d'un domaine ?

Je secouai la tête.

— Ce sont les femmes, d'abord, qui l'obligent à

sortir du labyrinthe. Puis les hommes s'en saisissent. Dès que l'un d'eux a posé la main sur elle, on la considère comme profanée. Alors ils veulent tous la toucher, poser la main sur elle, rien de plus, mais c'est plus obscène que si... ah, je ne sais pas vous dire. Ensuite ils déchirent ses habits, ils la mettent nue et la poussent devant eux jusqu'à la porte. Et elle reste dehors, exposée. Voilà comment ils s'y prennent. Je les ai vus faire avec ma sœur, j'ai tout vu.

Il soupira. Je ne trouvais rien à lui dire.

— Je venais juste de passer dans le groupe des adolescents, quand un garçon fut adopté par le domaine. C'est étrange toutes les choses que sait un enfant. Il me semble que j'ai toujours su que ma sœur était menacée. Aussi, quand ce garçon était arrivé sur le domaine, je m'étais occupé de lui. J'étais intéressé. Je ne tenais aucun compte de son âge, ni de celui de ma sœur, ni des difficultés de mon projet, ni des opinions ou des préférences du garçon. Je voulais marier ma sœur. Lui, c'était un petit gars malingre et silencieux — on voyait qu'il venait de la misère — et pourtant il était fier. Il ne cédait jamais devant personne. Cela me plaisait bien. Je ne lui disais rien, mais je m'occupais de lui, je le protégeais, je voulais qu'il devienne grand et fort, qu'il fasse quelque chose d'important et qu'il épouse ma sœur. Il m'observait. Je ne sais pas s'il se doutait de quelque chose. Quand ils ont chassé ma sœur, tout a été anéanti d'un coup. Je m'étais figuré que j'étais un héros bienfaiteur, et puis rien ; ma sœur jetée nue sur la route. J'avais déjà tout calculé, sauf qu'elle était mon aînée et que tout se passerait si vite. Je me sentais coupable. Il me restait ce garçon ; il m'a aidé à vivre. Il m'a donné les mots, le langage, pour bien haïr le domaine — c'est tout ce qu'il pouvait faire pour moi, et c'était beaucoup. Et puis, vous savez comment ça se passe entre adolescents, cette exaltation de l'amitié, ces serments... une sorte d'amour, non ?

Je ne voulais pas briser sa veine confidentielle, mais un mensonge me paraissait trop cher payer.

— Je ne sais pas.

— Vous n'avez pas eu entre quinze et seize ans un ami particulièrement intime ?

— Non, pas à cet âge-là.

— Mais à quoi donc vous intéressiez-vous ?

J'eus aussitôt en tête non pas le visage, mais le parfum, la tiédeur d'une fillette, la musique d'une chanson, un regard tendu vers moi et sous lequel j'avais longtemps vécu.

— Je ne sais pas, éludai-je, aux jeux sans doute. Ma vie n'était pas sérieuse.

— Pour moi tout était grave. Un soir que nous causions, je fis à mon ami la confidence des projets anciens que j'avais nourris à son égard. Il haussa les épaules et se mit à m'expliquer que même si ma sœur n'avait pas été chassée, il n'aurait pu l'épouser parce qu'on ne lui aurait jamais fait place sur le domaine ; on ne lui aurait jamais laissé passer l'initiation. « Je ne suis pas d'ici ; ils veulent faire de moi un sous-homme, un vague travailleur. Ils ne sont pas méchants, ils sont indifférents, et leur indifférence m'oppresse », conclut-il. « S'ils ne veulent pas que tu écrives sur le livre, alors moi non plus ils ne m'auront pas », répondis-je. « De toute façon, un jour, je partirai. » Partir, c'est lui qui l'avait dit. Y songeait-il vraiment ? Quoi qu'il en soit, à dater de ce soir-là, ce fut notre projet.

Et maintenant, il se ranimait et sa voix retrouvait une ferveur perdue :

— Et c'est ainsi que le jour où j'aurais dû passer cette sorte d'examen à la suite duquel, généralement, on entre dans la communauté des hommes, j'ai fait une déclaration de haine farouche à l'égard de ce monde ; j'ai même proprement injurié l'assemblée. Puis j'ai quitté le domaine en entraînant avec moi quelques camarades ; nous voulions aller dans les steppes pour y rencontrer un mystérieux chef originaire de notre pays. Vous voyez que la légende n'est pas récente. Mon ami, surtout, était fasciné par cette histoire. Il était convaincu que ce chef avait une origine toute semblable à la sienne et qu'il le reconnaîtrait, et nous accueillerait, et qu'à ses côtés nous vivrions d'une vie plus large que celle dont nous étions las. Il nous semblait que le monde des jardiniers était voué à l'étouffement et à la mort lente, et qu'il était indigne d'un homme de supporter cette agonie. J'y insiste, nous étions tous convaincus d'avoir trouvé une issue, notre entreprise n'était aucunement suicidaire ; nous voulions vivre. Et moi, surtout, j'étais avec quelqu'un que j'aimais. L'aventure — et le pouvoir exercé sur les autres, que nous partagions —, le bonheur en quelque sorte... Or, ce chef mystérieux n'existait pas. De petites bandes de nomades hantaient le désert. Il y avait également des éleveurs, et d'autres populations dont je n'ai connu l'existence que beaucoup plus tard. Nous sommes entrés dans les steppes, comme vous ces jours derniers, par la route des statues abandonnées, et par la ville. C'est là que nous nous sommes fait prendre par une bande de pillards. Notre petit groupe avait établi son campement sous les arcades d'une place et nous débattions entre nous de la façon dont nous nous y prendrions pour rencontrer le chef que nous cherchions, lorsque nous nous sommes vus cernés par les cavaliers. Ils nous regardaient en silence ; beaucoup riaient. Nous nous y sommes trompés. Je suis allé vers eux et j'ai voulu parler. J'ai reçu un coup qui m'a jeté par terre sans conscience. Quand je suis revenu à moi, ils étaient en train de dépecer à coups de fouet celui que j'aimais, selon une méthode que vous connaissez et avez failli connaître mieux encore. Les autres et moi-même étions entravés par des lacets de cuir. Ce fut un véritable cauchemar. Il était le plus jeune et le plus fragile d'entre nous ; ils n'en ont laissé qu'un informe tas de chairs sanglantes. Et la suite ne fut pas moins horrible. Ils nous ont traînés derrière leurs chevaux pendant des jours et des jours. Ils nous nourrissaient des restes de leur repas qu'ils nous jetaient comme à des chiens. Et, quand la fantaisie les en prenait, ils sacrifiaient l'un de nous. Le plus faible toujours, celui que nous nous efforcions de protéger, celui, en fait, qui ne pouvait plus suivre. J'étais déjà robuste, c'est pourquoi j'étais le chef de mes compagnons. J'ai compris assez vite que je les verrais tous périr et périrais ensuite comme eux. Et pourtant, je croyais encore à l'existence du chef légendaire. Je décidai de m'enfuir. J'abandonnai mes camarades, me promettant de les sauver ou de les venger. Et, de fait, je les ai vengés ; tous les tortionnaires de cette troupe sont morts, bien longtemps après, de ma main. J'ai erré dans le désert. J'ai bu aux sources putrides, mangé crus des rats des sables. Bref, j'étais presque mort quand une autre troupe m'a recueilli. Ceux-ci ne désiraient pas me mettre à mort. Ils ont fait de moi un esclave. J'ai traîné quelques mois à leur suite. Et puis ils m'ont vendu à un chef important qui commandait plusieurs bandes. Je commençais à entendre la langue, à comprendre les mœurs et, surtout, la hiérarchie de ces gens, leur organisation. Chaque petite bande appartient à une troupe plus nombreuse qui, elle-même, fait partie d'un ensemble plus vaste qui se considère comme formant un peuple particulier, bien que tous parlent la même langue et vivent selon les mêmes coutumes. Chacun de ces peuples voit les autres comme des alliés. Ce qui n'empêche aucunement les dissensions car chacun a son chef et son territoire. Ainsi, on ne peut traverser le territoire d'un allié sans son autorisation, ce qui revient à lui verser quelque tribut ou à se battre. Il y a une dizaine de chefs — ou plutôt, pour parler comme eux, des princes. J'étais esclave de l'un d'eux. C'était un homme très fort, très dur, très courageux. Il avait plusieurs épouses dans des huttes de feutre, mais pas d'enfant. Il finit par s'attacher à moi. Il me disait parfois que j'étais comme son fils.

— Et vous lui rendiez son affection ?

— Non.

Il hésita un moment, comme gêné.

— Officiellement, il me traitait comme un fils, mais en fait nos rapports n'étaient pas du tout de cette nature. À vrai dire, cela s'est fait presque naturellement. Ce qui, chez les jardiniers, passe pour une particularité ridicule, et même, chez certains, déshonorante, est fort banal dans ces régions-ci. Quant à mes sentiments à cet égard, ils étaient plus confus. J'avais fini par admettre que le chef légendaire n'existait que dans mon imagination. J'avais compris cela lorsque j'avais assisté, en compagnie de mon maître, à une réunion des princes. Chacun venait en tant que chef de canton, et manifestement, il n'y avait personne qui fût, en autorité, au-dessus d'eux. Ils s'étaient réunis pour régler un litige. Car il n'y avait pas que la force et la soumission, il y avait, je le découvrais, une sorte de justice dont le conseil des princes était l'arbitre suprême. Mon maître y était très écouté, et respecté. Je me tenais près de lui, pour le servir, car j'avais encore rang d'esclave. Lors d'une pause dans le débat qui les occupait, l'un des princes voisins dit qu'il aimerait m'attacher à son service. Mon maître refusa, et je sus ainsi qu'il s'était attaché à moi et même que je jouissais peut-être de quelque ascendant sur lui. En fait, le prince lui-même n'agissait pas tout à fait sans calcul. Ces hommes détiennent une autorité très étendue, mais seulement tant qu'ils sont capables de l'imposer. Autrefois, il semble bien, d'après ce que j'ai cru comprendre, que le plus fort s'imposait comme chef de bande et le demeurait jusqu'à ce qu'un plus fort que lui s'imposât à son tour — ce qui arrivait fatalement quand le chef vieilli voyait décliner ses forces. Les chefs changeaient donc régulièrement. Or, peu à peu, ils prirent l'habitude de s'appuyer sur leur clan — dont, bien entendu, ils renforçaient la puissance autant qu'ils le pouvaient durant le cours de leur règne. Mais alors, ce fut le clan qui se mit à détenir l'autorité. C'est lui qui déposait le chef et imposait son successeur. Il y eut donc dès lors un double degré en politique. Le pouvoir personnel ne pouvait se maintenir qu'en créant, grâce au jeu de l'opposition entre le clan et le groupe, un système dynastique. Le fils succédait à son père en s'appuyant tantôt sur le groupe, tantôt sur le clan, selon la politique menée par le père. Peu à peu, les princes purent régner jusqu'à leur mort en mettant, de leur vivant, leur fils en position dominante, et en renforçant leur règne par le prestige de leur héritier. N'ayant pas d'enfant mâle, mon maître commençait à voir en moi un successeur possible, car j'étais aussi étranger au clan qu'au groupe. C'est sans doute cette conviction, qui me venait à l'instant où je comprenais que la légende que je poursuivais était sans fondement, qui m'amena à concevoir un projet vague encore, mais duquel je ne me détournai jamais. C'est aussi, sans doute, ce qui m'incita à me prêter à un commerce qu'en d'autres temps j'eusse jugé honteux.

Il se tut et je n'osai parler. Il regardait le feu, peut-être pour n'avoir pas à tourner ses regards vers moi. Il claqua des doigts ; la servante silencieuse vint se coucher contre lui, dans l'ombre où je ne pouvais la voir. Il étendit la main sur elle. Je pouvais seulement apercevoir son bras qui bougeait et deviner sa main qui flattait, comme celui d'une bête, le corps offert. C'est dans ce geste sans doute qu'il puisa la force de poursuivre.

— Tout se paie, soupira-t-il. Adolescent, je ne voulais rien supporter ni admettre, et, en me lançant dans cette aventure j'étais conscient de frayer la voie de ma pureté. Il y a, vous savez, une sorte de malice étrange du destin qui finit toujours par vous mener ailleurs qu'au but projeté.

— Êtes-vous si loin de ce que vous vouliez être ?

— Non, certes. Si je regarde en arrière, il me semble que la route que j'ai suivie est absolument rectiligne, comme si je n'avais jamais rencontré aucun obstacle, comme si même les obstacles, loin de détourner le cours de ma vie, l'avaient au contraire approfondi avec plus de rigueur. Mais je n'y suis pas vraiment. Et, quoi que je fasse, je ne puis que m'enfoncer plus avant dans une vie qui est finalement la mienne, certainement, mais avec laquelle je ne coïncide pas. Et, en vous rencontrant, je me suis demandé si vous, enfin, vous ne déteniez pas le secret.

— Quel secret ?

— Celui de l'errance dont nous découvrons tous, dès lors que nous avons commencé à réaliser quelque chose, qu'elle était notre aspiration la plus profonde et la plus tenace.

Je ne sais pourquoi j'eus soudain le sentiment que notre entretien atteignait un degré d'indécence extrême. Et, comme cela m'était déjà arrivé en regard de certaines confidences qu'on me faisait, il me sembla qu'il fallait qu'on me considérât bien peu pour en user à mon endroit avec un tel abandon. Mais à peine le pensai-je que cette sorte de transparence, voire d'absence, que je suis capable d'être auprès de mes interlocuteurs, m'apparut comme une vertu. Beaucoup plus tard, je sus qu'une certaine ruse habitait encore l'impudeur de mon vis-à-vis.

— Si errer vous convenait, vous ne pouviez mieux faire que vivre parmi les nomades, lui répondis-je.

— Je ne peux vivre parmi eux qu'en leur imposant une direction. Mais je n'en étais pas encore là au temps où je découvrais mon ascendant sur le prince. J'avais décidé de tirer parti des privilèges qu'il me concédait. J'obtins de disposer d'une monture, de porter des armes. Et, lui-même, il m'enseigna tous les secrets de ces arts martiaux dont j'ignorais tout. Il était fier de mes prouesses. Un jour, j'osai lui parler de la légende qui m'avait mené jusqu'à lui. Nous étions tous les deux, seuls, sous la hutte, et nous nous reposions d'une longue randonnée. Et je racontais ce rêve. Il se redressa de sur les coussins où il était vautré et me sauta à la gorge. Il me tenait par les bords de ma chemise. Je revois encore son visage penché sur le mien. « Ne parle jamais de cela à personne », murmura-t-il. Et soudain, il me sembla qu'il allait m'étrangler. Nous nous sommes battus comme des brutes ; pour la première fois rien n'était feint. Nous nous battions à mort. Et j'ai été le plus fort. Je l'ai tenu sous moi, le cou coincé dans mes bras repliés. Je n'avais qu'un geste à faire pour lui briser la nuque. Je l'ai lâché. Non par affection, mais parce que je ne savais pas quels événements pouvaient résulter d'une telle mort. Nous nous sommes séparés, nous sommes restés à genoux, face à face, essoufflés. Il se massait le cou et finit par me dire, en évitant de me regarder — « Ce chef, dont la légende court chez les jardiniers, c'est toi. Si tu en parles avant de t'être imposé, on te tuera, comme je viens d'essayer de le faire. Et je ne pourrai plus essayer. Le courage, qui fait la force, me manque contre moi-même. » Il souffla encore et reprit : « Que vas-tu faire parmi nous plus tard ? Et pourquoi est-ce moi qui t'ai introduit ici ? » À partir de là, il renonça. Je prenais de plus en plus d'initiative et il était manifeste aux yeux de tous qu'il se retirait à mon profit. Il se mit à vieillir assez vite. Il attendait sans doute quelque chose de moi, ne serait-ce qu'un geste. Mais nous savions à quoi nous en tenir l'un sur l'autre. Une part de mon éducation me tenait encore et je ne pouvais lui pardonner d'avoir fait éclore en moi des penchants auxquels je me sentais condamné à céder sans tout à fait les accepter. Finalement, il mourut, dans un combat vague et sans importance. Il est probable qu'il avait cherché cette fin. À partir de là, tout me fut facile. Peu osèrent s'opposer à mon ambition, et je les éliminai assez vite.

— Mais où en êtes-vous au juste maintenant ?

— C'est encore confus. Le pouvoir est apparemment aux mains des dix princes et je ne suis que l'un d'eux. En fait, ils sont depuis longtemps débordés par les hommes de leurs hordes. Ils en sont conscients et préfèrent, pour l'instant, sauver les apparences, plutôt que de s'engager dans un conflit dont l'issue serait fort incertaine. Mais leur indécision leur sera fatale ; la situation bascule irrésistiblement en ma faveur. Ils se soumettront de gré ou de force.

— Cela est donc si simple ?

— Oui, c'est simple, très simple. Il faut avoir deux ou trois idées et user à point nommé de la force, et alors, sans vergogne.

— Deux ou trois idées ? Par exemple ?

— L'une de mes premières initiatives a touché les forgerons. Si étrange qu'il puisse paraître, il y avait sur mon territoire, comme dans toutes les steppes, deux populations aux genres de vie complémentaires, qui se côtoyaient, se superposaient, sans jamais se mêler. Les nomades, tantôt pillards, tantôt éleveurs, les deux ensemble le plus souvent, à des degrés divers selon les bandes. Et puis ceux qu'on appelle les forgerons, populations sédentaires, industrieuses, farouches plus encore que les autres et jalouses de leurs prérogatives, maintenant envers et contre tout la particularité de leurs mœurs, au demeurant plutôt pacifiques. Entre les deux populations avaient lieu des échanges. Les éleveurs et les nomades fournissaient des matériaux bruts, les forgerons les transformaient et exploitaient quelques gisements de minerai. J'ai décidé de fondre ensemble ces deux populations sur le canton qui était de mon ressort. Et ce fut très facile. Dans un premier temps, je fis remarquer aux nomades que la terre que foulaient nos chevaux était nôtre. Ensuite, j'ai posé la question des forgerons ; ou bien ceux-ci étaient des nôtres, ce qui leur donnait le droit d'occuper le sol mais les obligeait à entrer dans notre système hiérarchique et à reconnaître mon autorité, ou bien ils n'étaient pas des nôtres et devaient quitter la terre qu'ils occupaient et qui nous appartenait.

— Mais c'est absurde ! m'écriai-je. Une telle décision réduisait à néant tout un système économique depuis longtemps en équilibre, mis au point et adapté depuis de nombreuses générations.

Il se mit à rire.

— Cet argument tombe sous le sens, c'est le cas de le dire, puisque sa portée est nulle. Aussi, avec beaucoup de bon sens, aucun nomade n'eut-il l'idée de soulever une telle objection. Car, réfléchissez ; où voulez-vous que les forgerons se réfugient, si je les chasse de cette terre où ils sont, pour ainsi dire, depuis toujours ? Il faut qu'ils se soumettent ou meurent, car nous sommes les plus forts. Au reste, tout se passa merveilleusement bien et je n'eus même pas à recourir à la force. Il se trouva sur les cantons voisins quelques jeunes chefs de bande, à qui l'oisiveté pesait et qui s'emparèrent de mon idée sitôt qu'elle se répandit pour couvrir leur désir de bagarre et mettre à mal quelques villages de forgerons. Il ne me restait plus qu'à me poser, auprès des forgerons de mon territoire, en protecteur. Dupes ou non de la manœuvre, ils durent accepter mes conditions. Dans chaque village de forgerons, j'ai imposé la présence de cavaliers avec leurs huttes, leurs familles, leurs troupeaux. Le plus étrange de cette affaire, c'est que la vie des nomades s'est trouvée plus profondément modifiée encore que celle des forgerons puisqu'ils devenaient par ce biais partiellement sédentaires.

— Mais, est-ce que vous mesurez les suites que peuvent avoir de telles décisions ? demandai-je. Comment savoir ce qui va découler, à long terme, de transformations qui paraissent si aisées et qui sont en fait si radicales ?

— Que vous êtes donc timide ! Rendez-vous compte que chacun n'a qu'une vie et qu'un chef ne risque guère de vivre assez longtemps pour avoir à faire face aux conséquences dont il a posé les prémisses.

— Vous comptez beaucoup, et même excessivement, à mon avis, sur les aveuglements de l'histoire. Il est possible que ce présupposé vous soit profitable, à vous, individu particulier ; mais les autres, ceux qui viendront après vous, qu'en faites-vous ?

— Mais je n'en fais rien, mon cher, car je n'ai rien à en faire, puisqu'ils ne sont pas là, puisqu'ils ne sont pas encore une force sur l'échiquier où je joue. Et, si vous voulez bien, je vous les laisse, à vous et à tous les faiseurs de livres. Que ce soit votre règne ; celui des pouvoirs imaginaires.

Cette hauteur soudaine, ce mépris, cette superbe contrastaient si fort avec le ton de confidence, et même d'abandon dont l'entretien jusqu'alors avait suivi la mesure, qu'il me surprit d'abord, plus qu'il ne m'indigna.

— Vous vous figurez que je n'ai que ça à faire ? demandai-je assez sottement.

— Qu'en sais-je au juste ? C'est vous-même qui m'avez fait part de votre souci. Mais ne vous inquiétez pas trop de mes boutades. En fait, ceux qui viendront après moi feront ce que j'ai fait ; ils inventeront quelque chose qui ruinera peut-être ce que j'ai entrepris. Quelle importance ? Je vous concède que l'idée de progrès est une des plus ineptes qu'ait jamais conçues l'entendement humain, mais elle est nécessaire. Il faut bien que les hommes se racontent quelque fable pour se justifier de ne pas laisser le monde en l'état où ils l'ont trouvé. Et comment supporteraient-ils la disparition de leurs ancêtres s'ils n'étaient capables d'entretenir en eux-mêmes l'illusion de valoir mieux qu'eux ? Croyez-moi, c'est une ineptie féconde.

— Non. Je ne vous crois pas.

— Eh bien, je vais vous donner un autre exemple. En rassemblant, comme je l'ai fait il y a quelques années déjà, les deux populations qui jusqu'alors se côtoyaient et commerçaient sans se confondre, je n'ai franchi qu'une première étape dans la conquête du pouvoir, mais il a suffi que les événements prennent forme pour que chacun juge que le nouveau valait mieux que l'ancien. Car ce premier rassemblement ne suffit pas si je veux en finir avec cette fédération des nomades. C'est

une nation unique que je veux constituer maintenant — et j'ai déjà des partisans en grand nombre. L'élan est donné.

Il sembla réfléchir.

— En fait, il suffit tout simplement de substituer
une abstraction à une autre pour que les hommes
s'y ruent. Le désert les avait patiemment prépa-
rés à accueillir les germes d'une politique nouvelle. Ils attendaient sans le savoir une grande idée
qui les enflammerait. Mon heure est venue. Ils
seront bientôt prêts à me suivre d'un seul mouvement.

— Vers où ?

— Oh, ce n'était qu'une image. Ils participeront à
l'édification d'une civilisation nouvelle.

— Vous rusez, lui dis-je.

— Comment cela ?

— Ce n'est pas une métaphore lorsque vous songez qu'on va vous suivre. En fait, vous êtes déjà
en train de concevoir des plans de conquête.

Il rit une fois encore.

— Qu'est-ce qui peut bien vous suggérer une
pareille idée ?

— La nécessité où vous vous trouvez présentement de donner un but plus immédiat où dépenser l'énergie explosive que votre politique a déjà
accumulée. Au reste, en entreprenant des guerres
de conquête, vous faites passer des projets nouveaux dans le moule des actions anciennes. Aux
coups de main hâtifs des petites bandes de pillards
vous allez substituer le déferlement des hordes,
en sorte que chacun de vos cavaliers n'ait que le
sentiment de pousser à son plein épanouissement
une tradition que leur rassemblement trahit. Mais
qu'importe, n'est-ce pas, les illusions de cha-

cun ? Puisque dans cet ample mouvement d'agression à l'égard de tous vos voisins vous apparaîtrez comme l'artisan inspiré d'une grandeur que tous croiront avoir espérée dès avant votre venue. C'est à ce prix que vous forgerez cette nation, car le pouvoir dont vous êtes avide est au bout de l'entreprise et vous ne voyez pas encore que celle-ci n'a point de terme.

— L'empire... murmura-t-il, les yeux fixés sur le foyer où se mouraient les dernières braises.

— L'empire et ses bornes.

— Les atteindrai-je jamais ?

Le silence tomba entre nous. J'avais en cet instant la tentation d'argumenter contre son dessein. Je tenais prêtes, en ordre serré de démonstration, toutes mes objections, et je savais déjà que tout cela était vain. Comme si tout dépendait de lui ! Allais-je céder aux illusions qui le fascinaient ? Allons donc ! Lui-même n'était rien d'autre que le jouet de forces aussi incontrôlables, aussi naturelles et brutes que ces grands vents qui se levaient inopinément de la face ravagée des sables pour lacérer les antiques remparts des villes mortes et propager dans le cœur des hommes le mirage mensonger d'un destin éclatant comme un glaive. Il se tourna vers moi.

— Allons, me dit-il, cette controverse m'aura fait connaître combien vous êtes subtil et sensible aux signes. Vous savez prévoir, et c'est un rare talent. Je veux vous faire une proposition amicale. J'aimerais que vous restiez auprès de moi. Il me serait doux de pouvoir m'entretenir avec vous, car j'ai le pressentiment que ma vie ne sera pas aisée. Vous avez le désir d'un grand livre, vous le ferez près de moi, et je vous fournirai mille événements à retracer, qui seront à la mesure de votre talent.

Pour le coup, je sentis que j'allais pouvoir lâcher la bride à cette méchanceté obscure que chaque homme tient enfermée au plus profond de lui-même. Cette méchanceté toute pleine de ruses et de hardiesse — salubre peut-être, parfois. Je voulais le voir s'engager plus avant.

— Vous voulez faire de moi votre historiographe...

— C'est cela, mon historiographe ; le nom me plaît.

— Vous oubliez un peu vite, ce me semble, que vous méprisiez, il y a un instant à peine, tous ces faiseurs de livres à qui...

— C'était par dépit.

— Non, Monsieur ; vous étiez au plus vrai.

— Vous êtes donc fâché ?

Je protestai et ce fut sans hypocrisie ; je n'étais aucunement fâché, j'avais simplement le désir de me servir de mes armes propres.

— Essayez plutôt, repris-je, de vous souvenir des propos que vous avez tenus et d'en mesurer l'exacte portée. Vous avez déclaré que mon règne était celui des pouvoirs imaginaires.

— C'était d'agacement, à force de vous sentir encore tellement attaché au monde mourant, indigne — indigne de vous — des jardiniers. Ce que je vous offre maintenant est d'une tout autre espèce. C'est le privilège de vivre dans l'intimité du pouvoir et presque de le partager.

— J'évalue à son juste poids cette dernière réserve, mais passons. Dites-moi plutôt ce que je ferai de ce grand privilège de vivre auprès du pouvoir et d'en être l'interprète. Et à mes yeux d'homme de l'imaginaire, croyez-vous que, pour imposant qu'il se donne, ce pouvoir ait plus de réalité que les règnes auxquels, tout à l'heure, vous me laissiez rêvant ?

Il essaya de forcer son rire.

— Mais tout cela est absurde ! Comment pouvez-vous contester la réalité de mon pouvoir ?

— Je le peux car j'en sais assez sur lui. Je me suis instruit en vous écoutant. Je sais, entre autres, que ce pouvoir ne pourrait tenir sa réalité complète d'ailleurs que de mon imagination et de ma complaisance. Cela est si évident que vous étiez prêt à louer mes services, on ne paie jamais pour rien.

— C'était une proposition amicale.

— Sans doute, et des moins coûteuses. Mais pourquoi auriez-vous besoin de mes services, puisque, à vous en croire, vous *êtes* le pouvoir, puisque vous incarnez l'action, sinon pour vous convaincre, et ceux qui vous entourent, et ceux aussi qui dépendent de vous, que vous avez le pouvoir et en usez à votre gré. Vous avez senti obscurément que le pouvoir n'est rien sans une image dont il tire toute sa réalité. Une certaine façon d'écrire l'histoire, qu'il vous faut à tout prix forger et contrôler. Sans cette image de vous-même à laquelle vous aspirez si fort que vous vous êtes leurré jusqu'à croire que vous pouviez la trouver en moi, vous n'êtes rien d'autre que l'expression passagère d'une nécessité à laquelle vous n'entendez rien. En fait de pouvoir, là où vous êtes, vous en disposez moins, si étrange qu'il puisse paraître, que le plus obscur de vos sbires. Vous avez parlé avec trop de cynisme des grandes idées dont vous couvriez une politique fort douteuse, pour espérer encore vous soustraire aux conséquences de vos propres propos. Qu'y a-t-il derrière vos efforts pour rassembler les hommes, sinon une série de meurtres et de manœuvres diverses d'intimidation ? Qu'est-ce, à cet égard, qui distingue le grand politique du petit criminel crapuleux, sinon des différences de représentation ?

— Vous comptez aisément pour rien des événements qui ont tout de même une autre envergure !

— Si les événements sont grands, leur cause ne l'est pas moins. Tout au plus pouvez-vous vous flatter d'en être l'intermédiaire. Mais qui voudra jamais se vanter de n'être qu'un rouage dans une grande machination ? Et vous aurez beau faire, vous n'égalerez jamais la légende qui vous inspire, c'est pourquoi...

— Où sont-elles ces grandes causes dont vous vous faites si vaillamment le porte-parole ?

— Dites-moi seulement combien d'enfants sont nés depuis que les nomades et les forgerons vivent aux mêmes villages...

Cette fois il dut se taire et je pus achever.

— C'est parce qu'au fond de vous-même vous sentez fort bien que vous ne pourrez jamais remplir le vaste espace qu'a ouvert cette légende d'un grand prince mystérieux légiférant des hauteurs de l'absolu sur les peuples vagues des steppes, que vous avez besoin de moi. Comme si l'histoire que j'écrirais pouvait raturer le mythe ! Pour tout vous dire, je n'ai pas grand mérite à refuser votre offre. Aucun homme ne pourrait accomplir vraiment la tâche que vous me proposez. Certes, je pourrais être au jour le jour l'agent lyrique de votre propagande ; mais mieux vaut pour cet office quelque talentueux fonctionnaire. Pas plus qu'il ne peut la faire, un homme seul ne peut écrire l'histoire.

Il haussa les épaules.

— Après tout, dit-il avec un sourire un peu contraint, je ne suis qu'un aventurier.

Il me tourna le dos pour se pencher sur la femme assoupie dans son ombre et la secoua. Elle s'éloigna. Il me fit face à nouveau.

— Et vous n'avez pas cessé de concevoir notre entretien comme une joute. Ne vous en défendez pas, vous transformez le beau langage en bataille rangée. C'est assez plaisant. J'espérais autre chose cependant.

Et lâchant le sujet :

— Il fait froid, ne trouvez-vous pas ?

— Il me semble que toute la fatigue du jour, que mes ablutions avaient suspendue, est en train de me revenir.

— Nous allons dormir. Le jour nous attend. J'ai fait préparer de la literie pour vous dans cette hutte.

Nous nous sommes levés ensemble.

— Vous êtes tout à fait sûr de ne pas vouloir vous joindre à moi ?

— Le pouvoir ne me tente pas, mais l'aventure aurait pu me séduire. Vous savez... la curiosité. Je refuse, simplement parce que je dois retourner dans les jardins statuaires. J'y suis attendu.

— Une femme ?

— Une femme.

Il s'inclina simplement pour un dernier salut. Je glissai dans le coin d'ombre où je devais dormir. Des coussins étaient disposés à mon intention, et des couvertures. Je me mis en chemise. La fatigue me faisait trembler. Mais lorsque je me fus étendu

sous la laine rude tissée par les femmes des steppes, une tiédeur placide m'enveloppa et mes membres se détendirent, mes nerfs se dénouèrent.
Comme je fermais les yeux avant de sombrer, il
me sembla qu'un souffle léger allait à l'amble de
ma respiration. Mais je dormais déjà. Lorsque je
sortis une première fois de cette pesanteur, une
tête était logée au creux de mon épaule. Je tâtai
les étoffes, aussi délicatement qu'il m'était possible ; l'obscurité était totale. Je reconnus le corps
d'une femme ; sans doute la servante silencieuse
qui, sur ordre, réchauffait ma couche en dormant
contre mon flanc sous le tapis où j'étais étendu.
Je ne sais quel ressac du sommeil l'avait sortie de
sa réserve pour la lancer obscurément contre mon
cou, en quête, peut-être, de tendresse humaine. Je
posai ma main creusée sur son épaule que le désordre de la nuit avait dénudée. Sa chair était glacée.
Elle soupira dans son rêve comme si je la récon-
fortais. Je n'en sus pas plus. Je me rendormis pour
le reste de la nuit et, lorsque je m'éveillai beaucoup
plus tard, elle n'était plus là. La même obscurité
me baignait, mais à la consistance de l'air, je devinais qu'il faisait jour. Le silence m'étonna et je
me levai en hâte. J'écartai le rideau qui séparait
mon alcôve du reste de la hutte et, à la pâle lumière
qui filtrait par la portière d'entrée qu'un peu de
vent agitait, je vis que cette demeure passagère
était déserte et déjà presque vide. À cet instant,
le cavalier taciturne passa la tête à l'intérieur.

— Où est le prince ? lui demandai-je.
— Il est parti depuis plusieurs heures déjà.
— Quelle heure est-il ?
— Presque le milieu du jour.
— J'ai donc beaucoup dormi.

— Avez-vous bien dormi ? Êtes-vous reposé ?

— Oui, oui. Qu'allons-nous faire ?

— Je suis à vos ordres.

— Laissez-moi le temps de me débarbouiller et…

— L'eau chaude est prête.

Je retournai donc au même cabinet de toilette que la veille. Le village que j'avais aperçu le soir précédent avait disparu. Il n'en restait que quelques ballots et la hutte du chef. À quelques pas, un chariot attendait d'être chargé, des hommes s'affairaient, des chevaux piaffaient. Tandis que je commençais à me dévêtir pour descendre dans le bassin, le cavalier me demanda :

— Rejoindrez-vous le prince ?

— Non, je rentre en pays statuaire.

— Excusez-moi un instant, j'ai quelques ordres à donner.

Il revint bien vite pour me verser l'eau sur les épaules. On évita le cérémonial de la veille ; je n'en étais pas fâché. Je ne sais quelle hâte m'avait saisi. J'étais pressé maintenant de quitter les lieux, déçu peut-être de n'avoir pas revu mon hôte. Comme il me tendait un linge sec pour que je m'essuie, je montrai au cavalier la mosaïque du bassin.

— Regardez, lui dis-je. J'aurais aimé m'entretenir de cette allégorie avec le prince. Si vous revenez avec lui par ici, ne manquez pas d'attirer son attention là-dessus.

— Nous reviendrons certainement, me répondit-il.

J'avais repris mes vêtements de la veille, propres et un peu raides d'avoir séché à la flamme vive. Il me conduisit auprès du feu et me servit à manger. Après quoi nous sortîmes ensemble.

— Le prince vous offre deux chevaux et leur

équipement afin que vous puissiez rejoindre plus vite…

Il ne savait comment achever.

— … celle qui m'attend, conclus-je.

— Je vais vous conduire jusqu'à la grande avenue.

Je sautai sur le premier cheval et regardai autour de moi. Il ne restait du hameau de soldats que des cendres, que le vent commençait à disperser, et quelques tas de crottin. Le chariot qui transportait la hutte du prince sortait déjà par le portail du parc. Il ne restait rien.

— Vous voulez vraiment retourner auprès des jardiniers ? me demanda une fois encore le cavalier taciturne.

— Je le désire, oui.

— Alors, suivez-moi.

Il fit tourner bride à sa monture et entra à cheval dans le palais ruiné que nous venions de quitter. Je le suivis, entraînant derrière moi, au bout de sa longe, mon deuxième cheval. Mon guide ignorait superbement les rues, ou ce qu'il en restait. Nous passions directement à travers les murs éventrés. Les chevaux avaient beau avoir le pied sûr, à deux ou trois reprises je faillis vider les étriers tandis que ma monture escaladait un tas de pierres rompues. Le cavalier avait la délicatesse de ne pas se tourner vers moi. Je supposai qu'il se fiait au bruit que je faisais derrière lui. Notre promenade ne dura pas plus d'une heure. J'en pus conclure que, la veille, on avait essayé de m'égarer par un parcours trompeur.

— Voici, me dit-il.

Nous étions tous deux juchés sur un perron qui menait par quelques degrés au trottoir de l'avenue.

— Il vous suffit de descendre par la gauche, j'irai à droite pour rejoindre mes compagnons.

— Il ne me reste qu'à vous remercier.

Il me regarda en silence.

— Gardez-vous bien, finit-il par dire. Peu de gens avant vous sont revenus indemnes des steppes. On ne sait pas comment vous accueilleront les jardiniers. Vous avez votre dague dans votre sac, derrière vous. Il y a un sabre à l'arçon de l'autre cheval.

— Vous allez rejoindre le prince ?

— Oui. Nous ne reviendrons pas par ici avant plusieurs mois.

— Une expédition ?

— Oui.

— Je ne vous en demande pas plus, mais je peux supposer que vous aussi allez affronter des dangers. Gardez-vous bien. Nous nous reverrons peut-être...

— Peut-être.

— Je le souhaite.

J'allais donner du talon dans le ventre de ma bête lorsqu'il me retint.

— J'ai failli l'oublier ; le prince m'a demandé de vous remettre ceci.

Il s'approcha et me tendit le cordon de cuir auquel pendait l'amulette, mais on en avait ôté les boutons.

— C'est un objet de chez nous, m'expliqua-t-il, un signe. Si jamais vous rencontrez des cavaliers, montrez-le-leur. Des ordres ont été donnés pour qu'on vous reconnaisse comme un ami du prince, et de tous ceux qui le suivent.

— Merci, dis-je.

Et comme nos montures étaient encore flanc à flanc, je lui pris la main et la serrai. Il me rendit ma poignée de main et puis, très vite, descendit sur l'avenue et partit, très droit sur son cheval, au galop. Je descendis à mon tour et pris le petit trot.

Le jour était gris et sans relief, comme s'il convenait que j'emportasse avec moi une impression complète de désert. Et j'allais vers un rendez-vous qui m'inquiétait. Il me semblait que je revenais trop tôt et que ce soudain retour allait ternir la pureté de mes rapports avec la cavalière. Je craignais aussi d'être trop pauvre à ses yeux et me demandai comment je parviendrai à justifier une si aventureuse entreprise pour un si modeste séjour chez les nomades. Et enfin, le moment vint assez tôt où je dus m'avouer la cause réelle de mon désarroi. Notre rencontre avait été marquée par un événement intime dont je ne parvenais pas à savoir si je souhaitais qu'il sombrât sous la protection de l'oubli ou si je désirais qu'il demeurât comme une difficulté vive entre nous. Et, bien que nos relations ne dépendissent pas de mon seul arbitre, j'aurais voulu faire un choix à l'occasion duquel, je l'apercevais bien, je ne pouvais pourtant m'apparaître que lâche ou vain. Je raisonnais ainsi en moi-même, lorsque je débouchai soudain sur la place où, la veille, j'avais déjeuné. Je menai les bêtes vers la fontaine et les entravai. Et puis j'attendis.

Or, il m'avait suffi de me retrouver en ce lieu où j'avais vu mourir un homme, où j'avais étreint une femme, et où deux cavaliers m'avaient emmené, semblable à un forban entre deux gendarmes, pour que cessassent les désordres et les atermoiements qui, pendant que je chevauchais, jetaient mon esprit dans la confusion. Une fois encore, je vérifiai à quel point l'attente constituait l'assiette propre de mon être. L'endroit abandonné qui avait été meurtri de la chute du corps, balayé, foulé par les voltes des chevaux, avait en une nuit repris — et j'étais tenté de penser : reconquis — son état de plane désolation initiale. Il ne restait plus rien et, de l'arène où je rêvais aux murailles effondrées qui bornaient mes regards, rien ne consentait plus à témoigner. Une extrême vieillesse rendait les cicatrices indurées de l'occupation humaine à l'indifférence naturelle, comme si, décidément, tous les rêves de civilisation et les tourments qu'ils inspirent n'étaient que la dernière et la plus grossière des illusions. C'était donc cela le désert ; le lieu où même les signes ne pouvaient naître, encore moins se glorifier. L'aspect transitoire des œuvres humaines ne me faisait pas songer, mais la disparition de toute aura et la preuve, par l'absurde, que l'homme n'était qu'un mécanisme obscur, une bestialité rêveuse et écorchée parmi le chaos. Or, en dépit de ce qu'il peut sembler, cette songerie était sans tristesse ; elle tournait à la célébration de la vie même où, passagère, elle s'ignore le mieux elle-même, et je savais qu'à l'instant où elle surgirait, tout mon être silencieux ne serait, survolant de très haut les soucis du chemin, qu'une acclamation pure de la cavalière. Et en ce moment même elle apparaissait sur le fond des arcades d'où elle se détachait, toute proche, comme si, avertie par quelque sens obscur, ma pensée n'avait cessé de suivre son approche. Elle riait. Lorsqu'elle fut contre moi, je posai la main sur son genou que le vent des sables avait crépi d'une pruine craquante, et je levai la tête vers son visage.

— J'ai encore failli te tuer, par mégarde.

— Tu me manqueras donc toujours ?

— Cela fait un quart d'heure que je tourne autour de toi sans que tu t'en aperçoives. Lorsque j'ai vu les deux chevaux, j'ai cru que c'étaient encore des nomades. Je me demandais si j'allais les tuer ou attendre qu'ils repartent. Mais cet homme accoudé aux ruines et plongé dans ses pensées, ce ne pouvait être que toi.

Les mains à sa taille, je l'aidais à descendre.

— Te moqueras-tu toujours ?

— Je vais te faire un compliment. En te voyant, j'ai eu confiance, je ne me suis méfiée de rien. Et, encore en cet instant, je n'arrive pas à sentir ce que cela peut avoir d'invraisemblable de te retrouver là, si tranquille et si vite revenu, avec deux chevaux. Si j'étais raisonnable, je croirais à un guet-apens.

— Ce sont des cadeaux du prince, dis-je en montrant les chevaux.

— De belles bêtes. Mais tu es revenu bien vite de ton expédition.

— Il était pressé.

— Mais qui ?

— Viens.

Je l'entraînai dans le creux de muraille où, la veille, nous nous étions rapprochés. Nous nous sommes assis face à face. Enveloppée toute dans sa cape, elle avait ramené ses genoux entre ses bras croisés et m'écoutait.

— Eh bien, dis-je, il existe.

— Qui ? Le chef des nomades ? Ce n'est pas possible !

— Si. Et c'est effectivement un jardinier. La vieille légende est presque vraie. Il y a effectivement un adolescent qui a un jour quitté son domaine, qui est aujourd'hui prince d'une tribu de nomades et sera bientôt le chef de tous les peuples des steppes.

— Ah, raconte ! Raconte !

Alors, lentement, comme à une petite fille qu'il faut récompenser — nous jouions le jeu tous les deux —, je lui racontai mon séjour chez le prince.

— Et tu as refusé de le suivre ?

— Oui.

— Moi, si j'avais été un homme, je n'aurais pas résisté.

Elle s'exaltait ; une sorte de joie l'illuminait, sauvage.

— Mais je n'ai pas eu à résister. Je ne désirais pas le suivre.

— Tu as traversé tout le pays, bravé les jardiniers, risqué ta vie deux fois pour le rencontrer et c'est tout, tu t'arrêtes, tu reviens sur tes pas, ça te suffit...

— Je cherchais une légende, j'ai trouvé la réalité.

— Rêveur ! Rêveur !

Elle battait des mains avec enjouement, mais je sentais que je l'avais déçue.

— C'est parce que je suis un rêveur que mes rêves ne sont pas à vendre.

— Ne sois pas trivial.

Je compris que dans cette voie nous n'aboutirions à rien.

— Peu importe ce que je ne désirais pas. Je désirais te revoir. Attends, ne commence pas à rire. Avant de passer la soirée avec le prince, j'ai fait ma toilette parmi les ruines, dans un grand bassin de mosaïque. Et j'avais à mes pieds une image : une cavalière très belle qui venait de décocher une flèche à un homme et se penchait vers lui du haut de son cheval. Je pense que ça m'a donné ce grand désir de te revoir.

Son visage était devenu grave.

— Mais qu'est-ce que ça veut dire ? Qu'est-ce que c'est que cette image ?

— Je ne sais pas. Je ne sais rien de plus. Les nomades n'en savaient pas plus que moi, encore moins sans doute. Ne t'est-il jamais arrivé de découvrir quelque chose de très beau, et, soudain, de souffrir très fort, et si vite que tu t'en aperçois à peine, parce que ce fragment de beauté que tu contemples, tu devrais le partager avec quelqu'un et qu'il n'y a que l'absence ?

— Oui. Peut-être...

Elle rêvait. Il y eut un silence. Puis elle revint au débat.

— Ce prince, quelle impression t'a-t-il faite ?

— Il est séduisant. Grand, beau, intelligent. Et abritant quelques tourments qui le rendent intéressant. Et enfin, il est très dangereux.

— Tu veux dire pour les domaines ?

— Oui. Je veux dire pour les domaines en particulier. Pour le moment il est parti en expédition dans d'autres régions. En fait, c'est la guerre de conquête qui commence. Les domaines statuaires n'ont pas un grand intérêt matériellement parlant. Mais, parce que les affrontements entre les jardiniers et les nomades sont une vieille tradition, et parce que ce prince nourrit bien des déchirements et des désarrois, il viendra tôt ou tard ravager cette terre. Et ce sera sans doute bientôt.

— Bientôt ?

— Quelques mois, un an au plus.

— Déjà !

— Oui, c'est presque pour demain.

Elle secouait la tête ; soudain, tout ce monde où elle s'était sentie étouffer et qu'elle désirait briser lui semblait fragile et cher, et beau peut-être.

— Que va-t-il se passer ? me demanda-t-elle.

— Je ne sais pas trop. Il est probable que les domaines seront ravagés. Sans doute pas en une seule campagne, et pas nécessairement ceux du nord les premiers. Il se lancera vraisemblablement à la tête de ses hordes, ils iront d'un seul élan aussi loin qu'ils le pourront et puis ils lâcheront pied, car ils n'auront pas, derrière eux, au début tout au moins, l'organisation suffisante, et ne pourront pas vivre sur le pays. Mais ils reviendront autant de fois qu'il faudra pour qu'il ne reste rien. La suite dépend des jardiniers.

— La suite ? Quelle suite ?

— Je ne sais pas au juste. Il y a bien des guerres possibles. La plus simple serait d'un pays riche et organisé que l'on agresse pour le dépouiller de ce qu'il possède et l'inclure dans un empire. Les rapports, dans ce cas, sont de force pure. Mais ici, que peut-on prendre aux jardiniers ? On ne peut que détruire leur façon de vivre et les tuer eux-mêmes.

Et je pensai soudain au domaine abandonné où, pour la première fois, j'avais rencontré le prince.

— Finalement, poursuivis-je, il y a une chance avec cette sorte de conquérant ; il ne prétend pas apporter la civilisation. À partir de là, tout dépend de ce que feront les hommes dans ce retour de la terre à la sauvagerie. Il y aura d'insoutenables barbaries — mais la vie ne s'éteint pas pour autant.

— Mais que deviendrons-nous ? Faudra-t-il se terrer ?

— Il faudra découvrir les ressources de la sauvagerie. Errer sans fin en exilés. Mais resterez-vous farouches ? Dans deux siècles, lorsque le monde des jardiniers aura fait retour à jamais au fonds des légendes, les survivants sauront-ils se garder de ceux qui viendront pour édifier ?

— Comme tu es étranger ! Tu vois sans alarme ce monde disparaître, et tu continues à distinguer ce que nous sommes de ce que tu es.

Je la regardais, gêné.

— Comme tu es indifférent ! Que feras-tu, toi-même ? Tu prévois déjà d'échapper au cataclysme qui nous entraînera tous ? Tu connais une issue à ta seule mesure ?

— Je ne suis que de passage et pourtant je me sais définitivement attaché aux jardiniers. Il n'y a pas plus d'issue pour moi que pour toi. Mais il me semble avoir déjà les nerfs d'un homme d'après la catastrophe. Suis-je plus vieux que mon temps ?

— Pas moi ! Pas moi ! Je me battrai.

— Bats-toi ; mais ne défends rien. N'aie souci que de vivre.

— Quoi, cette nudité !...

D'un geste preste, j'écartai son manteau et lui montrai sa peau.

— N'es-tu pas nue déjà ? C'est en toi que j'espère.

Et je rabattis l'étoffe. Alors, elle eut besoin de s'écarter de moi. Elle se leva, marcha.

— Il n'y a pas de résistance possible selon toi ?

— Vivre sera résister.

Et de nouveau elle se détourna, ses talons martelant le sable, et, bien qu'elle n'en eût pas conscience, c'était déjà une sorte de danse de guerre. Elle revint à moi, se pencha, prit ma tête dans ses mains.

— Et moi, demandait-elle, et moi ?

Je détachais ses mains ; les serrais dans les miennes.

— Je ne ferai rien pour me souvenir, répondis-je ; tout effort de recueillement serait trop inférieur à nos instants. Je tâcherai seulement d'être simple dans ce que je sais.

Ses lèvres effleuraient les miennes. C'était l'unique fois — la dernière — et puis elle bondit, tout le corps libéré, distante dans son rire :

— Toi, simple ! Mangeons, veux-tu ?

— Mangeons.

Et ce furent les mêmes tâches pour le même repas. Il n'y eut point de tisane d'herbes cette fois, mais, en nous séparant, chacun les mains déjà posées sur sa selle, dans l'éclair d'un regard, ce désir tout nu qui déchirait la fine trame de l'amitié. Ensuite, nous avons sur la place morte chevauché vers l'avenue.

— Tu crois qu'on peut compter sur quelques mois de répit ? me demanda-t-elle.

— Je pense, oui. En tout cas, il n'y a plus de nomades dans la région pour plusieurs semaines.

— Où donc était la mosaïque dont tu m'as parlé ?

— Tu veux y aller ?

— Il me semble qu'il faut que j'y aille.

Je fis de mon mieux pour situer et décrire le perron par où j'avais regagné l'avenue que nous venions d'atteindre, et le cheminement rectiligne parmi le chaos des ruines.

— Il faut que j'y aille, répéta-t-elle. Tu feras seul la route.

Et avant que j'aie pu, comme j'en avais le désir,

lui prendre les mains, elle avait tourné bride et s'éloignait.

Je fis seul la route. Et ma solitude s'agrandissait encore du sentiment de rentrer en étranger dans un monde que je ne quitterai plus. De mon destin de voyageur, de mon appétit d'espace, ne me restait que cette conviction muette : le souci domestique est toujours de second ordre et se laisse résoudre, avant que formulé, par la quête de causes plus essentielles. Enfin, je revenais à cet amour dont ma randonnée vers les steppes avait ensablé le souvenir sans le ternir et, d'étape en étape, son éclat gagnait en pureté. Sur cette chaussée déserte plongeant à pic sur un horizon de rumeurs grises, j'allais basculant dans la fascination de ce signe unique, tout paysage aboli.

Je m'absorbais si avant dans la lumière de ce sillage que mon retour, au moins dans la première partie du parcours, ne fut qu'un glissement de lame dans la soie du jour. C'est à peine si mes bivouacs hâtifs atténuaient ce somnambulisme. Dételer, manger, dormir sans rêves, ces actions se déroulaient d'elles-mêmes, comme par inadvertance, et s'enchâssaient sans remous dans le long flux qui me portait.

Ainsi allais-je, seul, jusqu'à ce que j'eusse dépassé le domaine abandonné. Sur la route empierrée, je dus réduire le train des bêtes. La raideur de la chaussée les faisait souffrir des jambes. À l'arrêt, leurs cuisses restaient longtemps crispées et tremblaient. C'est en prenant garde à leur état que je passais peu à peu d'une rêverie intacte et coupante à la brume du monde extérieur. Vers le second jour, je vis soudain devant moi, à l'angle de la route, un groupe d'hommes qui barraient le passage. Je distinguais bientôt qu'ils brandissaient des instruments et, en m'approchant encore, j'entendis qu'ils vociféraient et même m'invectivaient. À dix pas d'eux, j'arrêtai ma monture. Un grand gaillard particulièrement fort en gueule se détacha du groupe et vint vers moi. Mais il ne voulait pas parler ; il brandissait une masse et semblait s'apprêter à me faire un mauvais parti. Aurais-je eu tant d'assurance sans cette pensée soudaine : je craignis qu'il n'abattît le cheval que je montais ? Dans une sorte d'hallucination je croyais déjà le voir laissant tomber le cube de fer sur le front étoilé de la bête. C'est pourquoi, sans réfléchir, je talonnai l'animal qui bondit en avant, je décrochai en même temps la dague que depuis quelques jours je gardais à portée de ma main suspendue à l'arçon et, lorsque je fus à sa hauteur, sans la tirer de son fourreau, j'en portai du plat un rude coup sur la mâchoire de cet agité. Il tomba le cul sur le sol et son regard se brouilla. Les autres s'étaient tus. Leur enthousiasme s'était refroidi et leurs bras ballaient. Je retins mon élan alors que je m'apprêtais à les charger. Mais, ne voulant pas qu'ils me croient incertain, je pris la parole sur un ton de défi assez hautain.

— Est-ce ainsi que l'on accueille les voyageurs en pays statuaire ? leur criai-je. On m'avait habitué à plus de décence.

Un autre me répondit. Il m'importait peu que ce fût d'abord par une sorte d'injure ; du moment qu'ils commençaient à parler, ils me laissaient une chance de faire évoluer la situation à l'opposé de la violence.

— C'est ainsi que nous accueillons les traîtres et les espions, criait-il.

— Je ne sais de qui vous voulez parler.

— Vous venez des steppes !

— Et au lieu de vous soucier de ce que j'ai pu y voir, vous voulez m'abattre comme une bête.

Ils se taisaient. Ils étaient un peu surpris que je m'offrisse le luxe de leur faire la leçon.

— Si vous cherchez les traîtres, saisissez-vous les uns des autres. Votre acharnement dans l'ignorance, voilà ce qui vous nuit le plus. Et vous feriez mieux de ramasser votre compagnon que de me dévisager.

Deux d'entre eux passèrent à côté de moi pour aller relever leur camarade. Cela en faisait donc trois derrière et sept ou huit en face, mais le bloc était rompu.

— Si vous voulez savoir ce que j'ai fait dans les steppes, conduisez-moi sur votre domaine. Je parlerai en présence de votre doyen.

— Eh bien, remettez-nous vos armes.

— Je n'en ferai rien. Vous êtes dix ou plus, et je suis seul. Vous m'avez accueilli avec malveillance. Je vous accompagnerai sur le domaine mais je me réserve la possibilité de crever la peau du premier qui lèvera la main sur moi, quitte à succomber sous le nombre, si la rage vous reprend.

Mon air décidé dut les impressionner. Ils se concertèrent un instant. Les deux hommes qui s'étaient détachés avaient rejoint les autres en soutenant l'énergumène que j'avais frappé. Il retrouvait à peine ses esprits et ses jambes, comme celles d'un homme ivre, ne le portaient pas. Le trio était passé près de moi sans que j'esquissasse le moindre geste menaçant. Et ils voyaient bien que je n'avais pas voulu toucher trop cruellement celui que j'avais assis.

— C'est bon, dit finalement l'un d'eux, nous acceptons vos conditions. Mais prêtez-nous votre second cheval pour transporter notre compagnon.

J'amenai l'autre cheval à ma hauteur. Je détachai le sabre de la selle et l'accrochai sur celle que j'enfourchais. Puis je leur tendis la longe.

— Prenez, dis-je ; je vous suis.

Je les laissai disposer à leur guise notre défilé. Le blessé, hissé par les autres, fut mis en selle. Je venais derrière, encadré par quatre hommes. Ainsi se donnaient-ils l'air de m'avoir capturé. Cela m'importait peu, pourvu que fût mis un terme à l'échauffourée. Ainsi, allant au pas, il nous fallut une demi-heure pour gagner leur domaine et presque aussi longtemps pour arriver à la demeure. Tous les autres hommes du domaine nous attendaient sur l'aire.

Aussitôt, je mis pied à terre, remis les rênes à l'un de ceux qui m'escortaient, et, marchant directement au doyen, je lui tendis les mains. Il n'hésita qu'un infime instant avant de les saisir. De ce moment, j'étais presque invulnérable sur tout l'espace du domaine.

— Je vous salue, Monsieur, lui dis-je.

— Je vous salue, me répondit-il.

Il y eut un silence.

— Eh bien, dit le doyen, un jeune va vous conduire à votre chambre, et vous partagerez tout à l'heure notre repas.

— Je vous remercie.

Un jeune homme se présenta pour me servir. Je laissai mes bêtes et mes bagages aux soins de ceux qui m'avaient amené et lui emboîtai le pas. Le repas fut ensemble morne et tendu. On m'épiait à la dérobée. Je mangeais calmement et de fort bon appétit. Nous en étions au dessert quand le doyen me fit la question que tous sans doute devaient attendre.

— Ainsi, Monsieur, me dit-il, vous venez des steppes ?

Le silence était absolu.

— C'est exact. Et je serais heureux de faire profiter tout un chacun des observations que j'ai pu y faire.

— Nous ne souhaitons que de vous entendre.

Alors, je les regardai un à un. Le souhaitaient-ils vraiment ? Il était maintenant bien trop tard pour hésiter.

— Tout d'abord, je dois préciser ici que je n'ai passé que fort peu de temps dans les steppes. Mais j'ai eu l'avantage d'être l'hôte d'un prince et, comme vous allez le voir, ceci compense cela. J'aurai à parler de choses que l'on n'aime guère évoquer sur les domaines statuaires ; vous pardonnerez, j'espère, à un étranger de savoir mal y mettre les formes, mais enfin, si je veux donner quelque clarté à mon propos, il me faut bien courir le risque d'évoquer ce dont, habituellement, on ne parle point. J'avais, pour entreprendre un tel voyage, bien des motifs. Ayant visité les domaines du sud, mon attention se tourna bientôt sur ceux du nord. De là, le désir me vint de connaître les manifestations de la vie et de la culture en cette zone indécise où cesse peu à peu le monde des jardins statuaires. Il y avait aussi, par là, cette route ultime au long de laquelle on abandonne régulièrement les statues qu'on n'a pu écouler dans les marchés voisins, et, plus loin encore, une ville abandonnée et très antique étalait ses ruines désertes ; on m'en avait parlé. Enfin, il y avait les nomades. Or, à ce propos — chacun le sait et chacun le tait — courait une légende qu'il me vint à l'esprit de vérifier. On disait que quelque chose de nouveau s'était produit là-bas, qu'une nouvelle politique y voyait le jour sous l'influence d'un chef étonnant ; plus étrange encore : on songeait que cet homme fabuleux était originaire du pays des jardins statuaires. Je peux vous l'annoncer tout de suite ; l'homme existe : je l'ai rencontré. J'ai passé avec lui une soirée, presque une nuit entière, à bavarder.

Sur ces mots je dus m'interrompre et attendre que la rumeur qui déferlait sur les convives se fût apaisée avant de pouvoir poursuivre.

— J'avais déjà pu faire en cours de route certaines observations qui donnaient quelque crédit à la légende. Mais le détail de mon voyage importe peu. J'ai failli me faire tuer à deux reprises. La première fois de la main d'un jardinier qui m'avait conduit jusqu'à la ville ruinée, et la seconde fois de la main d'un cavalier nomade. Je ne dois d'avoir conservé la vie qu'à la faveur du hasard. Pourquoi le geste d'un homme décidé à tuer est-il brusquement suspendu ? Pourquoi un cavalier barbare a-t-il soudain le désir de comprendre ce qui pousse un voyageur à se déplacer ? Je ne peux fournir aucune explication de ces faits. Mais ceux qui m'accusent de trahison, ceux qui soupçonnent en moi un espion, devraient réfléchir à ceci : n'ayant plus rien à craindre des nomades, rien ne m'obligeait à revenir en pays statuaire. À supposer que les cavaliers nomades eussent eu le désir de s'informer grâce à moi de l'état des domaines statuaires, point n'était besoin de m'y faire retourner, j'en savais suffisamment déjà. Or, le plus grave, à mon avis, c'est que, précisément, pas un instant on n'a essayé de me questionner (et, ce disant, je songeais au mépris superbe des cavaliers qui ne s'étaient pas même souciés de m'ôter l'arme dont j'étais porteur tandis qu'ensemble nous cheminions vers leur camp) ; on en sait long, dans les steppes, sur les domaines statuaires et l'on n'a que faire d'informations supplémentaires. Un homme qui est né et qui a grandi parmi vous est aujourd'hui à la tête des hordes qui sous peu déferleront sur cette terre et ravageront les jardins. Je n'ai vu que quelques échantillons d'une armée qui promet d'être puissante. Mais j'ai vu le chef. Il est vrai qu'il est en train de rassembler entre ses mains les éléments d'un pouvoir tel que jamais n'en connurent ces populations. Et il est fatal qu'il établisse ce pouvoir unique, central, abstrait pour tout dire, sur une politique de conquête dont l'univers où vous vivez fera les frais. Il vous appartiendra alors de faire face.

Ayant dit, je me rassis. Le silence lentement se combla, et la rumeur de nouveau s'enfla. Mais lorsque le doyen se tourna vers moi, il y eut une accalmie.

— N'est-il pas étrange que ces pillards n'aient pas songé à s'assurer de votre personne puisqu'ils vous tenaient ? Il est bien imprudent de leur part de vous avoir laissé revenir par ici.

— C'est encore une fois ce qui m'inquiète le plus. Il semble qu'aux yeux du prince qui m'a reçu...

— Ne pourriez-vous désigner d'un autre terme cette espèce de renégat ?

— Pour lui, que je vienne vous dire ce qu'il en est vraiment, ou que vous continuiez à vivre selon la légende, est égal. Comme s'il était indifférent

que vous preniez des dispositions défensives —
mais pourrez-vous les prendre ? — ou n'en preniez pas. Il dispose certainement d'une force massive qu'il croit invincible. Pour ma part, je pense
que les nomades sont nombreux ; il est même
probable que leur population se soit considérablement accrue durant les dernières décennies.

— C'est à peine concevable, dit le doyen.

Et j'entendis cette phrase résonner dans le
silence. Le désordre de la première surprise était
apaisé ; il n'y avait plus autour de la table qu'un
alignement de masques atterrés et muets et je crois
bien, tant la guerre leur paraissait étrangère, avoir
vu passer dans les regards de certains le sentiment
que j'étais une sorte de fou.

— Où puiserez-vous les moyens, et surtout l'inspiration, de vous défendre ? leur demandai-je.

— Il faut que nous nous organisions, déclara
sentencieusement le doyen.

Je décidai de risquer plus avant ma pensée.

— De vous voir autour de moi et de resonger
dans le même temps à la conduite de ce conquérant à mon égard et, partant, à votre endroit, il me
vient une idée étrange. Je me demande si votre
réaction n'est pas celle qu'espère votre ennemi.

— Que voulez-vous dire ?

— Eh bien, tandis que je cheminais vers vous,
je ne pouvais me retenir d'imaginer les hordes se
répandant par les mêmes voies que je suivais ;
or, mon imagination butait sur la représentation
de la guerre comme sur un obstacle : comment
combattre un pays morcelé dont le centre n'est
nulle part et qui est tout entier occupé par des
particularités distinctes et closes ? Que fera cette
immense armée ? Devra-t-elle se disperser pour

abattre un à un chaque domaine ? Et, dans ce cas, elle perdra l'avantage de sa masse et de son organisation. Maintenant que je vous entends parler, je me demande si l'on ne m'a pas laissé retourner vers vous pour que je vous inquiète et fasse naître parmi vous l'idée de vous constituer face à l'ennemi en un bloc qu'il lui sera plus aisé de ruiner.

— Rien n'empêche, dit un jardinier, que l'armée adverse submerge les uns après les autres tous les domaines sur lesquels elle l'emportera forcément par le nombre.

— Je crois, dit un autre, qu'il y a un avantage à la dispersion ; mais elle ne devra faire obstacle ni à la solidarité ni à la mobilité.

— C'est ce que je disais, reprit le doyen, il faut nous organiser.

À partir de là, le débat devint général, jusqu'au moment où l'un des jardiniers éleva la voix :

— Il y a, cria-t-il, une question que nous n'avons pas encore résolue. Notre invité nous dit qu'on l'a laissé revenir chez nous pour que nous soyons, malgré nous et, en quelque sorte, malgré lui, incités à nous organiser. Mais il est peut-être chargé d'une mission tout opposée et, lorsqu'il nous fait remarquer que notre organisation est peut-être souhaitée par l'ennemi, il se peut aussi bien qu'on l'ait chargé de saboter toute tentative d'organisation.

— Et ainsi de suite, rétorqua le doyen. Comment en sortirons-nous ?

Alors je me levai.

— Je crois, dis-je, que le mieux que j'aie à faire est de me retirer. D'abord pour que vous puissiez librement débattre entre vous de la conduite à tenir à mon égard, ensuite, et quel que soit votre choix, pour que vous puissiez en toute sécurité convenir entre vous d'une stratégie face à l'événement dont je vous annonce l'approche.

Le doyen eut un sursaut.

— Mais ce serait contraire à tous les usages que d'exclure ainsi de notre table quelqu'un à qui nous venons d'offrir l'hospitalité. Et je vous prie, Monsieur, d'accepter les excuses que je vous adresse au nom de la communauté pour cette espèce d'inconvenance.

— Monsieur le doyen, vous n'avez à vous excuser de rien ; c'est moi qui vous prie de m'autoriser à quitter la salle. Quant aux usages, dont une fois encore vous me donnez l'occasion d'apprécier la délicatesse, il me semble que vous devrez tous, dans les semaines ou les mois qui viennent, vous résigner à en bousculer l'ordonnance.

Et sur ces mots, je m'écartai de la table et quittai la pièce.

Ce n'est que plusieurs heures plus tard, en fin d'après-midi, qu'une délégation de l'assemblée, constituée du doyen et de deux compagnons, vint me rejoindre dans ma cellule. Le doyen, lorsque je lui ouvris la porte, me présenta un visage si bouleversé qu'un instant je craignis qu'on n'eût pris à mon endroit une décision extrême. J'essayai de garder mon calme tandis que le doyen semblait faire effort pour conserver quelque ascendant sur lui-même ; enfin il parla.

— Sachez d'abord, Monsieur, que l'assemblée, dont c'était aujourd'hui la première réunion sur le sujet qui nous intéresse, a décidé de garder secret le détail de ses délibérations.

Je ne sais comment je m'y pris pour parler, mais je parvins à articuler distinctement ma réponse :

— Je trouve cela fort sage.

— Pour ce qui vous intéresse, poursuivit-il, nous sommes convenus de n'attenter en rien à votre liberté, encore moins à votre existence. Vous aurez la possibilité de quitter le domaine dès demain, accompagné d'un jardinier qui vous évitera que l'incident fâcheux de ce matin ne se reproduise…

— Voilà qui est bien, dis-je.

J'apercevais cependant bien clairement que si on me laissait libre d'aller à mon gré, on me signifiait aussi qu'on ne désirait pas que mon séjour sur le domaine se prolongeât. Quant à la manière d'assurer ma sécurité, elle revenait à me tenir toujours sous la surveillance d'une escorte. Mais ces dispositions ne me gênaient aucunement ; ce qui était heureux, car le protocole adopté, lors de cette première étape, fut reconduit dans les domaines où je séjournai les jours suivants.

Mais pour l'heure, après qu'ils m'eurent communiqué ces décisions, les jardiniers ne me quittaient pas, et il y eut un instant d'embarras jusqu'à ce que ceux qui l'accompagnaient eussent compris — ou admis — que le doyen désirait s'entretenir seul à seul avec moi pendant un instant.

— Eh bien, lui dis-je lorsque les autres eurent quitté la chambre, si je m'en tiens à ce qui a été arrêté me concernant, j'y vois une grande sagesse.

— Vous croyez ?

— Mais certainement ; et je souhaite que vous en usiez avec autant de circonspection à l'égard de tous ceux de qui vous ne pouvez être sûrs.

— Mais quelle grossièreté dans tout cela !

— La prudence, tout au plus.

— Tout cela est monstrueux ; et vous êtes loin de connaître toutes les dispositions prises ! C'est la fin d'un monde. Ah, je n'ai pas souhaité voir cela !

— Écoutez ; je ne vous demanderai rien, mais je vais vous dire quels projets j'aurais eus, moi, étranger, dans le souci de défendre cette terre. J'aurais d'abord préconisé de ménager dans les domaines de nouvelles ouvertures qui offriraient aux jardiniers des possibilités de déplacement ou de repli aisés. Ce faisant, j'aurais modifié complètement le système de communication du pays, c'est-à-dire, aussi, la façon dont les hommes communiquent entre eux. Ensuite — souffrez que j'avance quelque chose de monstrueux —, j'aurais envisagé, pour des raisons défensives, de sacrifier certains domaines pour aggraver l'effet de labyrinthe auquel auront à faire face les envahisseurs, en d'autres termes j'aurais çà et là laissé les statues croître librement de telle manière que...

— Je sais, me coupa-t-il, je sais toutes les horreurs que peut concevoir l'esprit humain.

— Mais c'est la guerre qui est horrible.

Il baissa la tête et soupira.

— À quoi bon se battre si, dans les moyens mêmes dont nous userons pour nous défendre, le monde où reposent nos raisons de vivre doit disparaître ?

— Vous battre ne sera peut-être qu'un moyen de supporter l'insupportable.

— C'est ça, c'est tout à fait ça. Je me battrai avec une rage sénile. La guerre est une chose sénile.

Il se secoua.

— Mais pourquoi faut-il que tout change ? S'il ne tenait qu'à moi, je ne me défendrais pas. Je ne défendrais rien, vous m'entendez, rien ! Je continuerais ma tâche. Ils me tueraient sur place, pris dans mes usages, mes coutumes et le rythme de mon travail.

Je voulus le calmer :

— Pourriez-vous résister à la mort des autres ?

— Eh, je le sais ! je le sais bien ! Je ne le sais que trop ! J'aurai la faiblesse de haïr ces gens parce qu'ils m'auront tué un enfant, un frère… Et après ? Que vaut cette haine myope ?

— Pourquoi refusez-vous tout réconfort…

— Jeune homme, à l'âge que j'ai, on ne se laisse plus réconforter par des insanités.

Et soudain, si inattendu qu'il puisse paraître, il se mit à rire, mêlant l'amertume et la bonne humeur.

— Quel vieil imbécile je fais ; toute cette histoire me rend imbécile. Vraiment, quelle indécence que de se jucher sur son grand âge ! À mon âge, je devrais avoir honte ! Et je m'en prends à vous ! Évidemment, vous m'apparaissez comme le messager du malheur, et je vous confonds avec ma peine. Et pourtant — le croirez-vous ? — j'ai confiance en vous. Je suis convaincu que vous ne cherchez pas à nous trahir. Quelque chose me dit que les traîtres ne se conduisent pas comme vous.

— Vous voyez bien que dans les pires moments il reste la confiance et même la générosité.

— Ne raisonnez pas trop, Monsieur, ne raisonnez pas trop.

Le moment était venu de nous séparer. Il se tourna vers moi et me tendit les mains. Je les serrai.

— Maintenant, me dit-il, le moment de faiblesse est passé. Vous ne m'en voudrez pas si je ne vous témoigne plus aucune familiarité. Je vais reprendre mon rôle de doyen.

— Je vous entends bien.

Et, en effet, au moment de mon départ, nous nous sommes séparés presque comme des étrangers. Nous avons quitté nombreux le domaine. Des hommes partaient dans toutes les directions avertir leurs voisins. J'avais offert à celui qui m'accompagnait de monter le deuxième cheval et nous nous déplacions assez vite. À l'étape, il fut remplacé par un autre homme et ceci jusqu'à ce que j'eusse atteint mon but : le domaine de Vanina.

Il m'avait fallu finalement expliquer pourquoi j'étais revenu dans les jardins statuaires et, surtout, pour qui. Les jardiniers furent tout à fait surpris que je pusse songer encore à Vanina et projeter d'en faire ma compagne. À leurs yeux, il allait de soi qu'au point où en étaient les choses, Vanina aurait pu périr au cœur de son domaine envahi par la pierre ou s'en échapper pour finir ses jours dans les turpitudes d'un hôtel ; mais qu'un homme qu'ils honoraient comme un hôte, même s'ils devaient désormais marquer quelques réserves à son endroit, songeât à s'attacher à elle, leur paraissait la plus singulière des aberrations. Or, je les mettais dans l'obligation de prendre part à cette aberration, puisque j'étais sans cesse accompagné par l'un d'entre eux. J'essayais d'obtenir pour ma compagne un statut analogue au mien ; ce qui n'était pas aisé, car si les voyageurs étaient fort rares en pays statuaire, de mémoire d'homme on n'y avait vu d'étrangère. Pour rendre compte de leur état d'esprit, je dirais qu'ils ne semblaient capables de percevoir une femme que comme attachée à un domaine ou dans le statut de prostituée, et qu'à l'égard de toute autre situation, ils souffraient d'une sorte de cécité. Il n'y avait pour eux que deux sortes de femmes, hors de quoi il s'agissait d'un vivant sans lieu et comme inexistant. J'avais pu observer cela lors de diverses conversations, et les propos que j'échangeais avec mon compagnon de route me le rendaient, s'il est possible, plus sensible encore. Je voyais osciller son esprit ; tantôt il m'imaginait entrant sur le domaine de Vanina comme un époux et il affectait alors à mon égard une sorte de sollicitude équivoque, car il savait ce domaine perdu ; tantôt il se représentait déjà Vanina comme une fille perdue et ne pouvait se retenir d'un certain mépris envers elle, allant jusqu'à me raisonner par mégarde. Il me fallait beaucoup de patience, à quoi s'ajoutait une grande inquiétude touchant l'avenir, et le désir de ne point mécontenter ceux chez qui je séjournais, pour ne pas lui faire sentir ouvertement l'état d'esprit dans lequel je recevais ses remarques ; d'autant que j'y percevais une sorte de désir angoissé et presque pervers pour tout ce qui touchait à Vanina et cela m'était fort désagréable. Sans doute y avait-il dans mon mécontentement une petite part de jalousie assez banale, mais surtout, j'étais exaspéré que l'étroitesse des conventions donnât ici à mon amour l'apparence d'une espèce de vice, dont toute la responsabilité était rejetée sur Vanina. J'étais donc à peu près à bout de patience lorsque nos chevaux s'immobilisèrent au début de l'après-midi devant la porte du domaine de Vanina.

Je me tournai vers celui qui m'accompagnait.

— Eh bien, que ferons-nous maintenant ?

— Vraiment, vous voulez entrer là ?

— Je vous ai déjà dit que je n'étais revenu dans votre pays que pour y retrouver une femme ; cette femme est derrière ces murs, elle m'attend, et je vais la rejoindre, puisqu'il est entendu que nul ne doit s'en prendre à ma liberté.

— Mais il faut que je reste près de vous.

— Alors, accompagnez-moi.

— Devrais-je rencontrer cette femme ?

— Cette femme est ma compagne et…

— Mais vous comptez la faire sortir du domaine ?

— En effet.

Il se tut un moment.

— Je vais aller voir un peu avec vous, finit-il par dire.

Et nous avons enfin mis pied à terre. Ce fut un assez difficile travail que de faire gravir aux chevaux l'escarpement qui s'encastrait dans la porte, et de les faire cheminer ensuite entre les troncs penchés et la falaise. J'avais gardé, sans trop en avoir conscience tant que d'autres soins m'occupaient, un souvenir assez vif de mon précédent passage. La situation semblait n'avoir aucunement évolué et, même, je crus constater qu'elle s'était stabilisée. Au reste, les grands arbres penchés mouraient. J'avais nourri, en approchant, une double inquiétude. Je craignais fort les avalanches et les bombardements de pierraille. J'eusse trouvé inepte de venir mourir à deux pas de Vanina, mais aussi je craignais pour celui qui m'accompagnait — et qui n'était pas rassuré — car, s'il avait été victime du moindre accident en ma compagnie, outre que j'eusse éprouvé de la peine à voir mourir un homme dans des circonstances particulièrement cruelles, j'eusse couru le risque supplémentaire d'éveiller contre moi l'hostilité des jardiniers. Or, rien de fâcheux ne semblait devoir se produire et cet homme, que j'avais vu trembler d'une terreur quasi religieuse lorsque nous nous étions engagés sur le domaine, reprenait de l'assurance. Je supposais qu'aux domaines qui périclitaient à la manière de celui-ci, s'attachait dans le cœur des jardiniers un sentiment fort vif d'impureté et de scandale, comme les hommes en éprouvent toujours à l'égard de tout ce qui touche à la mort, et je ne me trompais point. Avoir commerce avec les statues en leur état de débordement insane constituait à leurs yeux la souillure par excellence. Or, il crut comme moi que nous avions la chance d'arriver au terme du processus et s'en trouva raffermi. Malheureusement cette illusion ne dura point. Lorsque nous avons atteint l'angle du domaine et contourné la falaise de pierre, le fracas des statues éclatant sous la poussée les unes des autres nous assourdit. Il blêmit et s'arrêta.

— Écoutez, lui dis-je, je ne tiens pas à risquer votre vie dans une entreprise qui n'intéresse que moi, et je ne veux pas vous avoir à charge. Je ne peux pas non plus attendre que vous ayez repris assez d'empire sur vous-même pour continuer. Vous pouvez tenir votre mission pour accomplie et me laisser aller seul. Moi, il faut que je me hâte ; je crains que les statues n'aient atteint la maison. Je vais vous laisser les chevaux, qui risquent de s'affoler.

Mais l'idée de passer pour un lâche lui était plus odieuse que toutes les craintes qu'il éprouvait.

— Nous allons attacher les chevaux dans ce coin

abrité où ils seront en sécurité. Je vous accompagne, déclara-t-il.

Et notre progression reprit entre pierres et arbres. Nous nous étions allégés de tout ce que nous avions pu laisser auprès de nos montures et nous nous hâtions tout en tâchant de rester prudents, car il fallait s'abriter des avalanches et se garder, lorsque nous passions devant un trou, des mitraillages possibles. Une fois même, ayant entendu un grincement inquiétant, je sautai sur mon compagnon et nous avons roulé ensemble dans la poussière tandis qu'un jet de graviers nous frôlait les épaules.

— Vous m'avez sauvé la vie, murmura-t-il en se redressant.

— Venez, dis-je.

Et je l'entraînai. Nous nous sommes avancés encore quelque temps et il m'a posé la main sur l'épaule pour attirer mon attention.

— Eh bien, lui demandai-je, impatienté, qu'y a-t-il ?

— Vous savez bien que nous sommes presque au fond du domaine, me répondit-il, ou qu'en tout cas nous en avons dépassé le centre depuis longtemps.

— Et alors ?

— Cela signifie que les statues ont complètement circonvenu et étouffé la demeure. Il est inutile d'insister.

— Il y a peut-être une issue plus loin.

— Non. Il n'y en a pas. Il n'y a plus rien. Et vous le savez bien.

Je m'arrêtai, interdit. Je savais qu'il avait raison.

— Pourriez-vous, lui demandai-je, m'aider à évaluer à quelle hauteur devrait se situer la demeure ?

Il acquiesça comme s'il s'agissait de satisfaire à un vœu pieux, et nous avons rebroussé chemin jusqu'en un point où nous pouvions voir distinctement les deux lèvres de pierre verticales par lesquelles la tenaille des statues grouillantes s'était définitivement scellée.

— C'est ici le milieu du terrain, me dit-il. Vous voyez, les statues ont encerclé la maison et ont refermé sur elle leur foule. Il ne doit rien rester.

Il me semblait entendre, que dis-je !, sentir en moi, ne faisant qu'un avec mes viscères, la demeure éclatant comme un œuf, digérée par les pierres.

— Elle avait juré de m'attendre, affirmai-je ; elle doit être quelque part par là.

— Tout est fini, me répondit-il.

— Nous n'en savons rien.

Il y a de ces chocs que l'on reçoit si roidement qu'ils ne laissent pas le loisir de souffrir. Les pensées défilent dans l'esprit, se croisent, tissent une trame à peine intelligible dont on n'a pas conscience. J'en étais là. Je ne sais trop ce qui me poussa à assembler des mots pour parler, puis à croire aux phrases que je prononçais. Je dis :

— Il n'est pas prouvé encore que la maison soit brisée. Vanina a dû se défendre jusqu'au bout. Elle m'attendait. Les statues ont encerclé la maison, mais elle a lutté contre leur étreinte. Avec acharnement. Elle m'attend encore là-dedans. Il faut que j'y aille.

— Vous n'y pensez pas !

— Si vous m'aidez, je pourrai peut-être passer par-dessus la falaise.

— Vous y laisserez la peau.

— Ce n'est pas la vôtre ; aidez-moi.

Il y consentit, mais après plusieurs essais infructueux je dus renoncer. Il était évident que je ne pouvais, même hissé sur ses épaules, toucher seulement du bout des doigts le sommet de la muraille.

— Vous voyez bien, dit-il.

Je m'entêtai :

— Il reste une dernière solution.

Il me regarda un instant, sans comprendre, puis blêmit.

— Je ne vous laisserai pas faire.

— De quoi vous mêlez-vous ?

— Ce serait aller à une mort horrible.

— La mort est indifférente. Et d'abord, je ne mourrai pas ; j'ai bien l'intention de revenir, avec elle.

Dans cet instant, j'étais tout à fait sûr de moi. Il songea un instant — je le vis dans ses yeux — à me faire violence pour me sauver la vie. Nous nous sommes mesurés du regard. Il était plus grand, mieux charpenté que moi, mais, dans l'état proche de la folie que j'avais atteint, je l'eusse assommé sans peine ni scrupule.

— Après tout, faites comme vous l'entendez, finit-il par dire.

— Bon. Je pense être de retour dans quelques heures. Le cheval me sera utile, car Vanina sera sans doute fort fatiguée. Vous m'attendrez le temps que vous jugerez bon.

J'avais repéré l'entrée d'un boyau qui semblait s'enfoncer dans la bonne direction. Il avait à peine la dimension pour que j'y glisse mon corps à plat ventre. Comme j'allais me baisser pour y entrer, il me prit la main.

— Bonne chance, me dit-il.

— Merci. Et croyez bien que je ne tarderai pas à revenir.

J'entrai. Mon corps, engagé dans l'étroite ouverture, occulta brusquement toute lumière et l'éclat de la pierre s'éteignit. J'étais aveugle. Je glissai en avant, l'oreille tendue dans la crainte des grincements annonciateurs d'un mitraillage qui m'eût réduit en bouillie. Rien. J'avançais. Peu à peu le conduit s'élargit. Je pus bientôt me redresser et progresser, penché en avant comme un singe. Au-dessus de moi, des fentes étroites entre les membres difformes des statues laissaient passer un parcimonieux rayon de jour. Mes yeux s'accoutumaient progressivement au clair-obscur qu'il dispensait et je pus voir un peu où je mettais les pieds. Je marchai quelque temps ainsi avant de rencontrer une deuxième chatière où je m'engageai comme dans la première. Après un coude, que j'eus grand-peine à franchir — ce passage était si étroit qu'il m'avait fallu tendre en avant l'un de mes bras pour diminuer le volume de mon buste —, j'eus un bref instant de bonheur illusoire ; je voyais de la lumière. Mais quand j'arrivai au bout, je constatai que je m'étais engagé dans le fond d'un puits sans issue. Au-dessus de moi, à une distance que j'estimais à trois ou quatre fois ma hauteur, je voyais un disque de ciel. C'était déjà le soir, si j'en jugeais aux nuances attendries de ce libre lointain. J'allais désespérer et rebrousser chemin, lorsque je songeai que je pourrais peut-être me hisser en force par cette cheminée jusqu'au niveau que je n'avais pu atteindre grâce à mon compagnon. Et en effet, un long moment plus tard et après m'être arc-bouté du dos et des reins à la manière des alpinistes, j'émergeai à la surface du

389

chou-fleur. Partout autour de moi fleurissaient à mes pieds de pensifs visages de pierre aux yeux clos, la face offerte au ciel qui s'assombrissait. Assez loin, sur ma gauche, cataractait une avalanche de cailloux. En face de moi, un bombement me dissimulait une dépression. Je fis quelques pas dans cette direction, marchant comme sur un champ de mines. La pente s'accentuait et j'aperçus bientôt les terrasses de la demeure que les statues difformes étreignaient étroitement de toutes parts. Mon cœur bondit dans ma poitrine. Si la maison était toujours debout, Vanina était là, en train de m'attendre. Je franchis la distance en courant pour m'arrêter sur le rebord de la falaise d'où je sautai pour tomber, à peu près deux mètres plus bas, sur le pavement de la terrasse. J'avais repéré l'ouverture d'un escalier qui s'enfonçait dans le corps du bâtiment ; je m'y ruai. Dès le premier palier je fus plongé dans une obscurité de cave. Je tâtonnai à la recherche des marches suivantes, descendis encore, m'immobilisai. Tout semblait mort ici. Un souffle d'abandon me montait au visage depuis les entrailles de la demeure et, dans le silence, j'entendais soudain une goutte d'eau qui claquait, régulière et mate, contre une dalle, quelque part. Alors je criai son nom :

— Vanina ! Vanina !

Il me semblait que mon cri tombait dans les panneaux d'une nuit de velours. Tout était muré. J'étais dans le noir, et sa proie.

— Vanina ! Vanina !

Je me tus et descendis encore. Je m'arrêtais, repartais. Je ne savais plus combien de paliers j'avais franchis. Étaient-ce au moins des étages ? ou seulement des coudes dans les degrés de pierre ? Je tâtonnais, touchais une paroi de pierre nue. Je marchais dans un couloir, contournais des portes. J'étais seul. Je haletais et la nuit enfin était si dense que je croyais la sentir indéfiniment pénétrer en moi comme une couleuvre me glissant dans le gosier. Je n'osais plus crier ; j'avais le sentiment que ma voix s'était perdue tout à fait dans le néant sans réponse où j'avançais cependant. Soudain, une main tiède se posa sur la mienne, gravit mon bras, courut sur ma face.

— Vanina ? questionnai-je, Vanina, est-ce toi ?

Un doigt suivait l'arête de ma mâchoire, contournait mon oreille, lissait ma tempe, vérifiait le rebord de mes arcades sourcilières, descendait le long de mon nez pour caresser enfin mes lèvres. Et la voix de Vanina, calme.

— Toi. Toi enfin.

Et son corps contre le mien ; mes deux bras par-dessus ses épaules, mes mains à ses reins.

— Tu viens si tard.

Sa voix n'était plus qu'un souffle dans mon cou.

— Je suis là.

— C'est moi qui n'étais plus nulle part.

— Je voyageais et je t'attendais.

— Tu n'as pas changé.

D'instinct, dans ces retrouvailles, nous avions étouffé nos voix et nous étions semblables à des enfants livrés à quelque grand secret nocturne.

— Tu n'as pas changé, répéta-t-elle en s'écartant pour laisser passer de nouveau sa main sur ma face que je lui tendais en aveugle. Et, dans le mouvement qu'elle fit, ne chaude bouffée de parfum vivant lui échappa pour venir me piquer au front comme un oiseau soudain éveillé dans la ferveur de la nuit, m'enveloppa tout entier et m'isola de la crypte morne où voletaient nos gestes obscurs. Mes mains ne la quittaient pas et, dans le désordre d'une prière instante, s'engagèrent au défaut de son vêtement jusqu'à s'emplir de sa chair dolente et suave. Elle eut un lent soupir de chute. Je pressais son sein. Elle dut se pencher ; il me semblait qu'elle tombait en arrière dans un filet de ténèbres et je descendais dans son sillage et la rejoignais recueillie sur le sol. L'indifférence glacée des dalles aviva soudainement l'éclat de nos sens. Nous fûmes, nus et conjoints, happés au même souffle.

Plus tard, comme je la tenais dans le berceau de mes bras, ses cheveux épars en travers de ma peau enveloppant ma poitrine qui se creusait à son flanc, elle eut un long, un dernier frisson.

— J'ai laissé ma lanterne au coin du couloir.

— Tu voulais venir à moi dans la nuit.

— Je voulais la nuit que j'avais cessé d'aimer depuis ton départ. La nuit pour nous...

— Et ce long silence...

— Je ne pouvais plus parler ; cela me faisait si mal.

Je touchai son épaule froide comme un galet.

— Tu es glacée.

— J'ai eu si froid.

Nos vêtements défaits jonchaient le sol autour de nous. Je ramenai sa robe pour l'étendre sur elle ; et soudain je l'entendis rire.

— Qu'est-ce qu'il y a ?

— Si tu savais comme tu m'habilles ! Tu ne couvres que ce que tes mains peuvent atteindre. Mais toi aussi tu as froid.

Elle se dégagea de moi.

— Habillons-nous.

J'entendis ses pas glisser par-delà ma tête. Elle revint bientôt porteuse d'une lanterne et je la vis au-dessus de moi, serrant contre sa gorge, dans son poing fermé, un coin de sa robe dont les vastes plis tombaient contre son corps. Elle me regardait, étendu à ses pieds.

— Ne dis rien, demandai-je.

— Toi non plus.

Nous nous sommes habillés en hâte. Le froid nous faisait trembler.

— Ton père ?

— Il est en bas, dans la bibliothèque, comme toujours.

— Allons.

La première secousse se produisit comme nous descendions, main dans la main, l'escalier. Vanina m'entraîna, quelques marches plus bas, dans l'embrasure d'une porte. Un nuage de poussière nous enveloppait. Il semblait que la maison était secouée comme un gobelet dans la main d'un cyclope. Le grincement des pierres était sinistre. Il y eut un monstrueux fracas, puis tout bruit s'éteignit.

— Un mur est tombé quelque part, me dit Vanina. Ces chocs sont de plus en plus fréquents et de plus en plus violents.

— Il faut partir tout de suite ; la maison peut éclater d'un instant à l'autre.

— Oui. Il faut partir. Viens voir mon père d'abord.

Nous avons descendu quelques marches encore, traversé deux salles et sommes entrés dans la bibliothèque. La catastrophe dont nous avions perçu les échos s'était produite là et nous ne vîmes pas, tout d'abord, le père de Vanina. Un mur avait éclaté, brisant les rayonnages qui s'y accrochaient, et projetant pêle-mêle à travers la vaste pièce de lourds moellons de granit, des livres rageusement exfoliés et des fragments de bois. Par la brèche ainsi ouverte coulaient, mêlés en un large cône, gravats, pierrailles et terre meuble, que surplombait, horizontale, agressive, une main large ouverte dont les doigts, écartés comme s'ils cherchaient déjà à repousser d'autres cloisons, étaient chacun gros comme ma cuisse. Deux tables étaient renversées ; sur une troisième, une lanterne fumeuse rendait plus fantastique encore la scène que nous avions sous les yeux. Vanina était atterrée, et je m'apprêtais à lui faire quitter la pièce pour y poursuivre seul de macabres recherches, lorsque nous parvint la voix du vieil homme.

— Il y a quelqu'un ici ? demandait-il.

— Nous sommes là, dis-je. Où êtes-vous ? Êtes-vous blessé ?

Je vis ses deux mains, étreignant encore des feuillets froissés, s'agripper au rebord d'une table renversée ; sa tête à leur suite émergea. Il devait être à genoux. Il me dévisageait.

— Ah, c'est vous ! Vous êtes donc revenu, mon garçon.

— Oui, je suis revenu.

— Eh bien, vous voyez.

Il restait toujours derrière la table.

— Vous n'êtes pas blessé ?

— Non, non ; je n'ai rien ; j'étais près de l'autre table quand ça a éclaté. D'autres parties de la maison doivent être touchées.

— Est-il prudent que vous restiez là ?

— Je ne risque rien.

— Mais que faites-vous ?

— Maintenant… Mais ça ne sert à rien… Je voulais sauver quelques livres ; ils sont perdus. Ça ne sert à rien.

Et ce disant, il se redressa, contourna la table et vint vers moi, mains tendues, mais au lieu de prendre les miennes que je lui offrais, il me saisit les bras dans une ébauche d'accolade.

— Vous avez bien fait de revenir. Elle vous attendait. J'ai eu grand-peur pour elle quand j'ai vu que les statues emmuraient la demeure et que vous n'étiez pas de retour. Mais elle, elle avait confiance. Elle aurait eu confiance jusqu'à la mort.

Il me regardait dans les yeux.

— Vous allez l'emmener, n'est-ce pas ? Vous trouverez un moyen de sortir. D'ailleurs, vous êtes bien entré.

— Nous allons partir tous les trois, au plus vite, tout de suite, répondis-je.

Il secoua la tête.

— Vous partez tous les deux.

— Comment !

— J'ai fait mon choix.

Je me tournai vers Vanina.

— Mais enfin, Vanina…

— Laisse, me répondit-elle. Crois bien que nous avons eu tout le temps d'en parler lui et moi. Il est inutile d'essayer de le convaincre. J'ai tout tenté. D'ailleurs, pourquoi suis-je encore ici, sinon pour veiller sur lui jusqu'à ton retour ?

— Elle est aussi têtue que moi. Je l'ai suppliée de partir, elle ne voulait pas.

— Mais maintenant que je suis là ?

— Non, n'insistez pas. Je ne peux pas abandonner la demeure.

L'horreur de la situation dans laquelle il voulait me convaincre de le laisser me donna une sorte de nausée. Il posait sur moi un regard simple et clair. Depuis qu'il avait décidé de périr enfoui sous les décombres de la demeure dont il était le maître, il avait changé. Ce n'était plus le vieillard cauteleux et retors, et même presque mourant, que j'avais connu ; il incarnait désormais une sorte de certitude ensemble hautaine et indulgente. Il veillait, sans indifférence, et sa mort prochaine, qu'il devait à chaque seconde évoquer avec la certitude de ne la rencontrer jamais, lui avait rendu une sorte de vaste santé grâce à quoi, au chaos de pierre dont la folie l'étouffait à chaque instant, il répondait par l'ironie lointaine de sa dignité recouvrée intacte. C'est moi, maintenant, qui ne pouvais plus supporter sa mort, de l'ombre anticipée de laquelle, pourtant, il était inséparable. Et je ne pouvais parler.

Il nous prit, Vanina et moi, chacun par un bras, et ses mains nous étreignirent avec une vigueur inattendue, comme pour nous secouer hors de la torpeur à laquelle nous cédions.

— Il faut que vous partiez tout de suite. La maison tout entière peut céder d'un instant à l'autre.

À peine avait-il parlé qu'un nouveau séisme ébranla longuement toutes choses ; la gigantesque main de marbre, qui avait déjà crevé le mur de la bibliothèque, avança de plusieurs mètres dans la salle, jusqu'à pousser d'un doigt dans le dos le père de Vanina. Une longue lézarde déchira d'un coup la voûte de la pièce et un nuage de poussière dense nous enveloppa. Mon premier geste avait été de serrer Vanina contre moi. Nous restions pétrifiés.

— Allons, dit-il. Secouez-vous !

Et à moi :

— Par où êtes-vous venu ?

— Par en haut. Par les terrasses.

— Eh bien, montez, courez, dépêchez-vous !

Et il nous poussait vers la porte, puis à travers les salles qui menaçaient de s'effondrer, jusqu'à l'escalier.

— J'ai deux chevaux dehors, je comptais que vous en auriez chevauché un chacun, dis-je encore.

Il me poussait toujours aux épaules.

— Vous monterez celui que vous me destiniez. Adieu !

Lorsque nous fûmes sur les premières marches, sa fille se tourna vers lui et l'enlaça. Il la serra très fort sur sa poitrine, puis détacha ses bras de son cou.

— Va, lui dit-il, et souviens-toi : il faut oublier.

Je le vis, lointain, sourire de son paradoxe, puis il s'écarta et, voilant sa lanterne, se perdit dans l'obscurité. J'entraînais Vanina. Nous montions l'escalier quatre à quatre, cet escalier de cauchemar dont toute la cage de pierre frémissait à chacun de nos pas. Vanina trébuchait. J'étais déchiré, anxieux, et heureux. Mais, comme nous contournions le dernier palier, la volée des marches supérieures nous apparut enfouie sous les décombres. Il ne restait au-dessus de nos têtes qu'un minuscule coin de jour sous quoi croulait une vague terreuse. Nous nous étions arrêtés.

— Nous ne passerons pas, soupira Vanina.

— Je vais voir.

Je lâchai sa main qui tentait de me retenir et me jetai à plat ventre dans les débris que je m'efforçai de gravir. À chaque élan, je glissais dans la poussière presque au niveau d'où j'étais parti. Mais j'avançais. Au-dessus de moi résonnait le torrent d'un bombardement continu, et je songeais que même si nous parvenions à passer par le faible espace demeuré libre, nous risquerions encore de finir écrasés sous les avalanches. Je n'eus pas le loisir de faire un choix ; comme j'allais atteindre l'ouverture, un flot de pierraille s'y engouffra et la boucha définitivement, tandis que je dégringolais jusqu'au bas des marches, sur une vague de cailloutis qui m'enterra à demi contre l'angle du palier. Bien que je me débattisse rageusement, j'eusse sans doute péri étouffé si Vanina n'avait pas été là pour m'aider à me dégager.

— On ne peut pas sortir par là, dis-je dès que je me fus redressé.

— Nous resterons jusqu'au bout avec lui, me répondit-elle.

— Non. Je pense qu'il n'en tirerait aucune satisfaction. Nous le replongerions plutôt dans l'indigne chagrin qu'il a eu tant de peine à surmonter. Il y a une autre solution.

— Mais que veux-tu faire ?

— Explorons toutes les ouvertures de la demeure, nous trouverons bien un boyau de pierre.

— Je ne pourrai jamais, hurla-t-elle, non ! Je ne pourrai jamais ! Je préfère mourir ici, tout de suite.

Je la giflai très vite, deux fois, à la volée.

— Viens, lui dis-je tendrement. Ne restons pas ici. Les voûtes peuvent céder d'un instant à l'autre sous le poids des membres dispersés des statues.

Nous descendions.

— Il faut explorer étage par étage, jusqu'à ce que nous trouvions une issue.

Alors commença une quête fébrile. Nous courions, main dans la main, brandissant devant nous la lanterne de Vanina. Nous avons traversé un nombre fou de cellules et de chambres et, à chaque pas franchi, l'imminente ruine de la demeure nous apparaissait avec plus d'évidence. Presque partout, les murs, autour des fenêtres, avaient éclaté, et les pièces, pour la plupart, étaient déjà plus qu'à demi remplies de déchets de pierre. Je m'effarais qu'il y en eût tant. Lorsque j'avais traversé la falaise par un conduit souterrain, j'avais glissé dans un boyau rigoureusement lisse sans rencontrer nulle part ces gravillons poussiéreux et mon imagination aux abois ne laissait pas de me faire croire que les statues animées d'intentions mauvaises — intentions que leur inepte masse de pierre était bien incapable de nourrir — s'efforçaient de remplir la maison de leurs excréments concassés. Parfois, nous trouvions une pièce intacte mais, lorsque nous ouvrions la fenêtre — et encore fallait-il que celle-ci fût demeurée mobile —, c'était pour nous trouver affrontés au ventre lisse d'une statue qui en bouchait tout le cadre. Nous toussions, nous éternuions, notre souffle était en permanence encombré. Partout volait une poudre dense qui nous enveloppait, pénétrait nos vêtements — nous la sentions rouler ses menus fragments contre notre peau irritée. Nous avons fait ainsi le tour d'un étage pour nous retrouver devant l'escalier qu'il fallait bien nous résigner à descendre encore. Cette suite de recherches folles se répéta en pure perte. Nous étions épuisés, à bout d'angoisse. Un véritable coup de bélier avait secoué la bâtisse, Vanina avait trébuché et s'était vilainement entamé le genou. Elle saignait. Moi aussi ; en poussant la porte d'une chambre, je m'étais laissé surprendre par un jet de mitraille ; trois éclats m'étaient entrés dans l'épaule, et mon bras, auquel la manche de mon vêtement trempé de sang adhérait étroitement, s'engourdissait. Nous fûmes au rez-de-chaussée.

— Retournons près de mon père, me dit Vanina.

— Non. Il ne le désire pas.

— Mais pour nous confier à lui. Je n'en peux plus.

— Nous devons sortir. C'est tout ce que nous pouvons faire pour lui désormais.

Et de nouveau je l'entraînais, évitant à dessein de nous diriger vers la bibliothèque où je supposais que se tenait encore le vieil homme. Mais au détour d'un couloir, par une porte entrouverte jaillissait une lueur.

— Tu vois, me dit-elle, il est là, il nous attend.

— Ne bouge pas. Je vais voir.

Je fis quelques pas, repoussai la porte, entrai. Il n'y avait personne dans la pièce. La lanterne était posée sur le sol nu, devant une fenêtre à laquelle aboutissait un conduit obscur qui s'enfonçait dans l'épaisseur aveugle de la pierre. J'allai chercher Vanina, la conduisis par la main.

— Il n'y a personne. La pièce est absolument vide. C'est lui qui a posé la lanterne ?

— Probablement.

Elle s'agenouilla auprès du lumignon.

— Il savait que nous ne trouverions rien. Peut-être était-il près de nous pendant tout ce temps, partageant en silence notre angoisse et notre espoir. Et il a trouvé l'issue, c'est peut-être la seule. Il a posé là sa lanterne pour que nous puissions...

La demeure, pour la première fois depuis longtemps, était parfaitement immobile.

— Profitons de cette accalmie, dis-je à Vanina.

Elle se redressa.

— Il est peut-être là, dans l'ombre, pour s'assurer que nous partons.

— Peut-être, en effet. Mais il faut partir ; lui-même nous le montre.

Elle regardait autour d'elle et murmurait :

— Où es-tu ? Où es-tu ?

Mais c'était à voix si basse que moi seul pouvais l'entendre.

— Qui passe le premier ?

Elle me regardait, égarée ; puis, brusquement, elle retrouva son calme.

— Toi. Va devant. Je ne pourrai pas te quitter ; il faudra que je te suive. Mais je ne pourrai jamais m'engager la première dans ce trou.

Je me mis à genoux, me glissai en avant et commençai à ramper. Mon bras me faisait beaucoup souffrir et j'étais contraint de le laisser presque immobile le long de mon corps. De ma main valide, je poussais devant moi la lanterne. Au bout de quelques mètres, je dus m'arrêter pour reprendre souffle. J'entendais Vanina dont le corps se frottait aux pierres derrière moi. Son souffle résonnait contre les parois ; on eût dit le gémissement sourd et rauque d'une parturiente. J'y puisais un regain d'énergie. Il fallut ramper ainsi longtemps, dans la posture la plus malcommode. L'espace laissé libre, à cette profondeur, entre les membres enchevêtrés des statues, était rarement plus large que nous. Au bout d'un certain temps, une colonne de pierre se dressa devant moi, divisant le boyau en deux conduits encore resserrés. Celui qui s'ouvrait sur la gauche semblait monter. Je m'y engageai. J'attendis que Vanina me touchât le pied, afin d'être sûr que nous ne nous séparions pas, pour progresser de nouveau. Je parcourus encore plusieurs fois la longueur de mon corps — dix mètres ? quinze mètres ? — avant de déboucher sur un corridor plus praticable. Nous pûmes nous déplacer à genoux, puis debout, et enfin côte à côte. Notre premier mouvement fut de tomber dans les bras l'un de l'autre et de nous étreindre passionnément.

Un moment, Vanina resta collée à moi :

— Je ne croyais pas, me dit-elle, que nous parviendrions à nous échapper. Les statues me paraissaient invincibles.

Elle hésita, et puis :

— Il faut que je te dise aussi ; je crois que j'avais peur de quitter la demeure ; je me demandais quelle femme je pourrais être dans le monde extérieur. Et maintenant, le maléfice est rompu. Je me sens neuve. Je peux vivre avec toi, comme si je marchais vers l'inconnu avec joie. L'inconnu me réjouit. Étrangement, je me sentis inquiet de la voir soudain si assurée. Nous n'étions pas sortis encore du dédale de pierre, d'autres épreuves nous attendaient sans doute, l'énergie commençait à me faire défaut et le courage soudain recouvré de Vanina avait dangereusement détendu le mien. Une douleur térébrante me broyait l'épaule.

— Comment va ton genou ? demandai-je à Vanina.

— Il ne me fait plus souffrir. Le choc m'avait engourdi la jambe, mais j'ai beaucoup saigné et la plaie s'en trouve décongestionnée.

Nous n'avions eu le temps que de faire quelques pas lorsque soudain, derrière nous, l'horrible grincement des pierres prêtes à éclater se fit entendre.

— Ça vient de derrière, remarqua Vanina. Courons !

402

Elle me prit par la main et s'élança. Le couloir, à quelques mètres, faisait un coude. Nous parvînmes de justesse à nous abriter. Une volée de menus cailloux crépita sur nos talons. Nous étions adossés à la paroi, haletants.

— Voilà que ça recommence, constatai-je. C'est l'enfer ici.

Elle me posa la main sur les lèvres.

— Nous en sortirons.

Le claquement des pierres se calma. Vanina éleva la lanterne.

— Voyons où nous sommes.

L'écho lui renvoya sa voix. Nous nous tenions sur le seuil d'une vaste salle que des membres de pierre — bras, cuisses — voûtaient d'ogives. Nos pas, nos murmures, nos souffles y résonnaient comme dans le chœur d'une chapelle désaffectée. Je regardais, un peu hébété, l'espace où nous nous déplacions, cherchant une issue. Des commissures s'enfonçaient entre des bourrelets de pierre, des colonnes embrassées de veines durcies s'érigeaient çà et là et tendaient vers l'obscurité vide de la voûte leur sommet bulbeux. Je glissai sur un rebord et m'enfonçai jusqu'à la taille dans une mare glacée. Partout la pierre était grasse d'une humidité qu'elle semblait exsuder dans une étreinte immobile, inéluctable, épuisante. Vanina m'éclairait. J'eus grand-peine à sortir du trou où je pataugeais ; ses contours lisses n'offraient aucune prise. Il me fallait adhérer à la pierre comme un reptile pour progresser, et lorsque, enfin, je me redressai, tout mon vêtement était englué d'une sorte de boue crayeuse et glaireuse dont l'essence, filtrée par le tissu, me ruisselait sur la peau. Mes mains en étaient imprégnées et, si je frottais mes doigts les uns aux autres, je ne parvenais plus à recouvrer la sensation de mon propre épiderme ; je ne faisais que triturer cette mince, très mince, pellicule huileuse. En passant mes paumes sur mes vêtements, je ne fis qu'aggraver les choses. Tout poissait d'écœurante manière. J'étais debout sur une sorte de corniche au bord des entrelacs monstrueux qui se perdaient, noués dans l'enchevêtrement de leurs propres replis.

Vanina m'éclaira.

— T'es-tu de nouveau blessé ?

Elle tendit la main vers moi.

— Ne me touche pas, surtout ne me touche pas ! Je suis tombé dans un cloaque…

Et je criai.

— Vanina, nous sommes dans…

Elle avait plaqué sa main contre ma bouche.

— Ne dis rien. Pas maintenant.

— Cette vase semblable à de la graisse de cachalot gelée…

— Eh bien, oui. Les statues commencent de pourrir, par le plus profond, d'une sorte de lèpre liquide.

— Mais c'est précisément ici qu'elles…

— Les deux sont indissociablement mêlés. C'est par là aussi qu'elles périssent.

Elle me prit la main.

— Viens, nous allons faire le tour. Il faut que nous trouvions un nouveau chemin.

Nous nous sommes mis en route. Vanina me guidait toujours par la main.

— C'est un vrai labyrinthe, lui dis-je, nous n'en finirons jamais. Nous nous égarerons.

— Mais non. Il y a une conduite très simple à tenir. Il faut suivre sans désemparer une paroi en la longeant du même côté. En mettant les choses

404

au pis, nous nous retrouverons au point de départ. On ne peut se perdre dans aucun labyrinthe. Il faut compter sur le temps.

Je songeais qu'elle avait passé sa jeunesse dans un jardin fermé par un parcours végétal qu'aucun homme n'eût traversé, et je me confiais à son initiative. Je n'étais plus capable de rien diriger ; il me restait tout juste assez d'esprit pour m'en rendre compte. Ainsi commença une exploration lente, méticuleuse, dans laquelle marches et contremarches indéfiniment se succédaient. Le foisonnement des formes était tel que mille et un diverticules s'ouvraient, faisant chaque fois renaître en nous un espoir à chaque déception plus faible. Nous nous engagions dans un corridor pour le trouver bouché au bout de quelques pas. À plusieurs reprises, des fentes s'offrirent à nous, trop étroites pour que nous pussions nous y glisser, ou prometteuses au premier regard, et qui se fermaient un peu plus loin. Deux ou trois fois Vanina s'engagea dans un conduit où son corps passait juste. Je demeurais dans l'ouverture, prêt à la suivre, et puis elle s'immobilisait. Sa cheville sur laquelle j'avais posé la main tournait dans mon poignet et, à ce signal, je la ramenais doucement vers moi en la tirant par les jambes. Elle n'avait pas besoin de parler. Je savais qu'elle s'était heurtée à un ventre de pierre ou que le boyau s'était rétréci aux dimensions dérisoires d'un tuyau. Nous avons contourné une mare assez vaste, si j'en juge d'après ce que nous fit voir notre lanterne. Les berges étaient traîtreusement glissantes ; je gardais à grand-peine mon équilibre. Nous venions juste de dépasser cette nappe, qu'un séisme ébranla la salle. Des quartiers de roche tombaient avec fracas. L'un d'eux chut dans la mare à trois pas de nous et nous éclaboussa de la tête aux pieds. Il me sembla percevoir un mouvement. Je saisis la lanterne que tenait Vanina et la tendis en avant.

— Regarde, lui dis-je.

Tandis que le sol tremblait, un énorme fût de pierre, dont le repli jusqu'alors se confondait avec les reliefs envaginés où nous avions marché, se redressait, animé de soubresauts spasmodiques. Vanina abaissa la lumière.

— Je savais déjà que vers la fin la croissance des statues s'accélérait. Nous avons atteint l'antre spéluncal d'où rayonne leur poussée. C'est ici aussi qu'elles s'épuisent. Cette caverne va s'élargir, son plafond tombera, ce ne sera bientôt plus qu'un cratère d'où se propagera leur dépérissement.

— Et nous mourrons dans la pourriture des pierres.

— Pas si nous sortons assez tôt.

Finalement, nous avons rejoint le couloir par lequel nous étions entrés. Nous nous sommes avancés jusqu'à la courbe qui nous avait abrités de la mitraille, avons contourné l'angle et nous nous sommes heurtés à une lame de pierre qui, descendant des hauteurs, avait sectionné le corridor. Nous étions enfermés.

Je m'adossai à cette porte infranchissable.

— Nous allons crever là-dedans. Je t'aurai épuisée pour rien en vains efforts. Le piège s'est refermé.

Et soudain mes genoux se mirent à trembler sous moi, mes jambes fléchirent et je glissai sur le sol. Tout mon corps frissonnait et je claquais des dents. J'étais couché de tout mon long, la tête renversée, et je pleurais. Les larmes coulaient à flots de mes paupières et ruisselaient sur mes tempes, qu'elles lavaient de la sanie des profondeurs qui me couvrait le visage comme d'un masque. Mon dernier ressort était rompu.

Vanina posa la lanterne à mes pieds et se pencha sur moi.

— Tu es fatigué, abandonne-toi.

Je gémissais.

— Je t'aime. Je croyais que tout serait simple. Où est ma force d'homme que je sentais bondir en moi à chaque pas de mon cheval ? Le froid l'a dissoute.

Avec un pan de sa robe demeuré sec elle m'essuyait la face et de ses doigts me démêlait les cheveux. Je sanglotais dans la fièvre et j'aurais voulu n'avoir pas conscience de mon délire, perdre l'esprit des mots qui m'échappaient.

— Le prince me l'avait dit. Il fallait que je cherche la source de la légende dans les profondeurs des domaines. Et voilà que je perds l'esprit. Je ne comprends rien à ce que je vois ni à ce qu'il a voulu me dire. Est-ce que tout cela a un sens ?

Ses mains palpaient mon corps glacé. Pour m'essuyer le cou, elle retroussait sa robe.

— Apaise-toi, murmurait-elle, apaise-toi.

— Nous allons mourir là, Vanina, noyés dans la graisse liquoreuse des statues géantes.

Elle ouvrait mes vêtements pour me frictionner, et sa voix aussi me passait sur la peau.

— Mais je suis là. Nous sommes ensemble.

— Nous allons mourir.

— Peut-être.

Elle finit par me déshabiller tout à fait, jetant au hasard mes vêtements lourds de boue qui

tombaient comme une gifle contre la pierre lisse.
Elle ôtait sa robe pour me frotter le corps.

— Que fais-tu dans l'ombre, Vanina ?

— Je partage ma robe.

— Je suis donc devenu une femme.

— Repose-toi, tu es épuisé.

— Vanina, nous ne reverrons jamais le dehors.
Nous sommes l'un à l'autre.

Et quand la boue de mon corps eut imprégné sa
robe au point de la mettre hors d'usage, elle s'étendit nue sur moi, pour partager encore sa chaleur.
Ses seins rassemblaient mon souffle épars, son
ventre apaisait le mien, ses jambes enveloppaient
les miennes. Elle me contenait, chaque parcelle
de mon corps se réajustait, je me sentais fusion-
ner et finalement cela nous arriva, elle sur moi,
lorsque, ayant glissé les mains sous mon cou, ses
poings se refermèrent sur les mèches de ma nuque.
Ma vie tressautait là comme la flamme d'une
chandelle exposée au vent, et dans le creux de ses
mains closes, elle redressait la flamme qui y glissait comme l'âme d'un regard. Un rayon en descendait, souple et chaud, par la nervure de mon
dos et jusqu'à mes reins ; je sentais à peine nos
ventres joints, ils étaient confondus, immobiles —
leur rythme était celui des doigts de Vanina sous
ma nuque, pétrissant avec ferveur une boule de
vie. Et son souffle balayait ma face. La chaleur
revenait, la pierre où nous étions enclos était
sèche et nos corps glissaient dans l'humeur de
notre amour. Et le séisme était de nous, non plus
de la terre. L'atteinte première du sommeil dut
se confondre avec cet éclair solaire.

Lorsque je m'éveillai — je ne sais combien
j'avais dormi —, j'étais dispos. La terre tremblait

de nouveau. Les yeux de Vanina étaient fixés sur moi.

— Il y a longtemps que tu es réveillée ?

— À l'instant.

— Tout tremble encore.

— Oui.

— Nous pourrons peut-être sortir.

— Tu vas mieux ?

— Je suis prêt à refaire le tour de notre caverne. Les derniers chocs ont peut-être ouvert un passage.

— Moi aussi, je l'espère.

Nous nous sommes levés et, comme je tendais la main vers elle pour l'aider, j'aperçus, sur la muraille qui nous avait arrêtés, nos ombres qui s'entrelaçaient monstrueusement. C'était la trace s'effaçant sous forme de parodie, de fantasmagorie scandaleuse, de notre étreinte passée. Nous avons fait quelques pas et nous sommes heurtés à un bloc, tombé en travers du chemin, qui se dressait comme une murette entre nous et le reste de la caverne. Ce qui nous stupéfia le plus, c'est que, de l'autre côté, intacte, se trouvait la lanterne, toujours allumée, que Vanina avait posée au moment de prendre soin de moi. Elle jetait une lueur plus vive et, lorsque Vanina la ramassa, je me tournai à nouveau vers nos ombres que l'éloignement me fit voir plus grotesques encore que lorsqu'elles étaient proches. Je ne sais pourquoi cette vision me réjouit. Comme si la santé m'était soudain revenue, j'avais envie de rire sous le coup d'un accès de jeunesse. La caverne autour de nous avait changé d'aspect. Elle s'était élargie sous l'effet de nombreux effondrements qui avaient brisé ou comblé les reliefs fantastiques qui m'avaient tant ému. Et soudain, l'éclat de notre lanterne nous parut se ternir. Nous connûmes un instant d'inquiétude à l'idée que, peut-être, nous allions manquer de lumière et nous trouver plongés dans une étouffante ténèbre. Or, vue de près, la flamme se dressait toujours aussi nette sous ses parois de corne. Ce n'est qu'en faisant encore quelques pas plus avant que nous eûmes l'explication du phénomène. Une autre lueur, bien que timide encore, le disputait en éclat à notre faible lumignon. Au-devant de nous, la voûte avait cédé et la lumière pénétrait par une brèche à laquelle conduisait une longue pente faite tout entière de l'accumulation de statues brisées. Notre premier geste fut de nous prendre la main et puis, précautionneusement, nous avons entrepris de gravir cette rampe, faisant rouler sous nos pas des membres de marbre mutilés. Nous avons progressé lentement ; nous étions nus tous deux, et l'air chaud du dehors ranimait nos corps. À chaque pas nous étions éblouis davantage par la lumière et, lorsque enfin nous fûmes sortis, nous sommes tombés à genoux comme foudroyés par les rayons du soleil. Car, chose rare en cette contrée, en même temps que la voûte de la caverne, le manteau des nuages s'était déchiré et un insoutenable soleil faisait resplendir le monde. Nous parvînmes à nous redresser. Vanina serrait son corps contre le mien et cachait au creux de mon épaule ses yeux aveuglés qui s'emplissaient de larmes, et moi-même, frappé de la même cécité, j'étais contraint de ployer la nuque et de garder les yeux baissés vers le sol. Une pluie récente avait réparti des mares dans toutes les anfractuosités et c'est dans cette collection de miroirs éparpillés que je contemplai d'abord le ciel renversé.

Des cataractes de pierre, qui derrière nous continuaient d'exploser, nous tirèrent de cette extase. Je levai les yeux et détournai la tête. Un grand nuage de poussière s'élevait dans la direction de la demeure, dont sans doute une partie venait de céder. Je voulus épargner à Vanina ce triste spectacle et l'entraînai vers le lieu où j'avais laissé les chevaux. Lorsque nous fûmes à quelques pas du rebord de la falaise, je priai Vanina de s'asseoir, puis je m'avançai sur l'à-pic. Le jardinier qui avait fait route avec moi était là, quelques mètres plus bas, assis sur ses talons, près des bêtes. Je le hélai. Il leva la tête et s'effraya. Il est vrai que, couvert de sang et de boue, épuisé et passablement hagard, je devais avoir un aspect singulier. Il finit par retrouver la parole.

— Vous avez réussi ! Vous y êtes allé !

— Et je suis revenu.

— Et vous avez fait le voyage en vain ?

— Certes pas. Ma compagne est avec moi. Nous sommes épuisés et j'ai maintenant besoin de votre aide.

Il avait dû prendre son parti de la situation. Peut-être l'étrangeté de l'aventure l'avait-elle conduit à tout accepter. Il n'hésita pas.

— Que puis-je faire pour vous ?

— Nous avons dû tout abandonner. Nous sommes nus. Il nous faut d'abord des vêtements. Mettez bout à bout les longes des chevaux, attachez à une extrémité un ballot de couvertures et lancez-moi l'autre en le lestant d'une pierre. Vous tâcherez ensuite de conduire les chevaux près du bord de la falaise.

J'amenai rapidement à moi les couvertures. Vanina s'enveloppa dans l'une, moi dans l'autre. Ensuite, il fallut descendre. Le jardinier immobilisa les chevaux à l'aplomb de la muraille et se tint debout dessus, un pied sur le dos de chaque bête. Après quoi, je me suspendis au rebord de pierre. Un bon mètre séparait encore mes pieds de ses épaules, mais il soutint le choc lorsque je me laissai tomber. Après quoi je pris sa place et reçus Vanina dans les bras. Le jardinier, pendant la fin de cette opération, s'était détourné ; à cause de cette gymnastique, les couvertures avaient quitté nos corps. J'installai Vanina à califourchon sur sa monture. Elle enroula sur elle la couverture et en rabattit un pan sur sa face, de telle manière qu'à l'exception des pieds et des mains, on ne pouvait voir la moindre partie de sa personne. Mais lorsque je la vis ainsi accoutrée et soudain si mystérieuse, je fus frappé par tant de ressemblance entre sa silhouette et celle de la cavalière que j'éprouvai une sorte de malaise et compris que je ne parviendrai jamais à lui parler de cet épisode de mon voyage.

Lorsque les chevaux se mirent en marche, il me parut indécent d'abandonner notre accompagnateur et je voulus marcher à son côté. Tant qu'il fallut guider les bêtes hors du domaine, il me laissa faire ; mais dans les passages embarrassés je dus lui laisser prendre les devants. Il conduisait le premier cheval et cherchait la voie la mieux praticable pour Vanina dans cette zone bouleversée. Sur la route, il me demanda pourquoi j'avais passé un si long temps dans la demeure.

— Il me semble, répondis-je, qu'on ne pouvait aller plus vite. Je n'ai fait qu'aller et venir. Évidemment, comme vous attendiez, le temps vous a paru long.

— Ne voyez pas de reproche dans mes propos, mais simplement un témoignage de sympathie. Le fait que vous vous soyez engagé avec tant de vaillance m'avait conduit à me demander si je ne devais pas venir à votre secours. Je m'apprêtais ce matin à faire appel à l'aide d'un domaine voisin — et vous savez que cela ne s'est jamais fait dans le pays — car il me semblait improbable que vous parveniez à revoir le jour et je ne pouvais me résigner à vous abandonner purement et simplement à votre sort.

— Oui, la nuit a dû vous paraître longue.

— Certes, surtout la seconde.

— Que dites-vous ?

— Je dis que c'est surtout cette dernière nuit qui m'a inquiété.

— Voulez-vous dire que deux nuits, et une journée, se sont écoulées depuis notre séparation ?

— En effet.

J'étais complètement ébahi. La position du soleil m'avait fait tôt admettre que nous avions passé un moment assez long à nous débattre dans les profondeurs. Mais je n'aurais jamais cru qu'un si long temps se fût écoulé. Je compris mieux l'état d'épuisement extrême où nous étions, Vanina et moi, et cette soif dévorante qui nous avait jetés à quatre pattes pour laper l'eau de la pluie dans les creux de rocher, et cette nausée qui me faisait chanceler et qui témoignait maintenant que j'étais affamé. Et, disposant soudain de renseignements qui me permettaient de l'évaluer exactement, je sentis plus cruellement ma fatigue. C'est à peine si mes jambes consentaient à me porter, et ma vue se brouillait. De temps à autre, je lançais un regard à Vanina, dont la silhouette oscillait sur la selle.

Le jardinier me jeta un coup d'œil et hocha la tête.

— Vous n'aviez pas senti le temps qui passait ?

— Je ne m'étais aperçu de rien.

— Voulez-vous dire que pendant tout ce temps vous n'avez pas dormi, ni ne vous êtes restaurés ?

— J'ai eu un moment d'épuisement et de découragement, et nous nous sommes endormis tous deux dans une caverne parmi les pierres. Mais je croyais que cela n'avait duré qu'un instant. Je n'ai rien absorbé depuis que je vous ai quitté. Une partie de l'activité de mon corps a dû rester suspendue pendant mon voyage souterrain.

— Désirez-vous manger ?

— Non. La fatigue et certainement la faim provoquent en moi une sorte d'écœurement...

Et sur ces mots, je trébuchai. Mon compagnon, par bonheur, eut le réflexe assez vif pour me retenir, sans quoi je crois bien que je me fusse effondré et n'eusse pu me redresser car ma faiblesse était extrême.

— Vous devriez monter le cheval disponible, me dit-il.

Je protestai que je ne voulais pas le laisser seul conduisant deux personnes rompues de fatigue et dormant. Mais il ne voulut rien entendre et m'aida à me hisser sur ma bête. À partir de cet instant, je n'ai guère le souvenir de la route parcourue, je n'ai même pas la notion du temps qui s'écoula jusqu'au moment où je sentis qu'on me secouait le genou. Nous étions à la porte d'un domaine.

— Je vais appeler, me disait le jardinier, mais notre visite risque d'être fort surprenante. Il vaut mieux que vous restiez à l'écart avec votre compagne pendant que j'expliquerai votre cas.

Et il nous rangea contre la muraille, hors de vue de ceux qui allaient nous accueillir. Nos chevaux étaient flanc à flanc, Vanina bascula doucement sur sa selle et mit son buste en travers de la mienne, avec un soupir de profond sommeil. Moi-même, ne pouvant plus me tenir droit et me penchant en avant, je m'appuyai sur son corps. J'entendais que l'on parlait à quelques pas de moi. Mais c'était comme dans un rêve. Je dus m'assoupir ; il fallut m'éveiller de nouveau.

— On va vous héberger comme un couple de jardiniers. Le temps que nous traversions le domaine, les hommes s'enfermeront dans la bibliothèque, les femmes sont dans leur jardin. Je vais vous conduire.

Et il traversa le domaine en tirant derrière lui les chevaux que nous montions. Il m'aida à descendre du mien. Vanina tomba dans mes bras et je dus ensuite la secouer pour qu'elle marchât seule, car je n'eusse pas eu la force de la porter. Nous avons traversé la demeure comme des somnambules. Le jardinier nous indiqua un appartement fort petit mais accueillant. Je conduisis Vanina dans la chambre ; elle s'effondra sur le lit. Avant de me quitter notre guide me fit une dernière remarque.

— Ne restez pas, pour les instants qui viennent, dans la même pièce que votre compagne. J'ai averti le chirurgien du domaine afin qu'il vienne soigner votre bras que j'ai vu blessé. Il serait gêné d'être mis en présence d'une femme.

— Vous faites bien de me le rappeler ; je n'y aurais pas songé.

— Il faut que je vous laisse maintenant. Nous ne nous reverrons sans doute pas. Je vais rentrer chez moi.

— Je ne saurai jamais vous remercier assez, commençai-je.

— Ne me remerciez de rien. J'ai appris mille choses auprès de vous et je suis bien content d'avoir voyagé en votre compagnie.

Nous nous serrions les mains. Il dit encore :

— Beaucoup de choses vont changer ici dans les semaines qui viennent. C'est bien.

— Je le souhaite, répondis-je.

Et il s'en fut.

Je croyais ne devoir séjourner sur le domaine qu'un temps fort limité, car j'avais hâte de poursuivre mon voyage jusqu'au moment où Vanina et moi aurions trouvé un lieu pour vivre ensemble librement. Mais tout fut retardé à cause de ma mauvaise santé. Le chirurgien qui vint quelques instants après que mon compagnon de route m'eut quitté m'examina longuement avant de procéder à l'extraction des cailloux qui m'étaient entrés dans l'épaule. Cette opération me fut assez douloureuse, bien que ma fatigue me fît l'effet d'une sorte d'anesthésie, et elle acheva de m'épuiser. Je vis bien que le médecin trouvait mauvaise allure aux plaies qu'il traitait. Mais je n'eus pas le loisir de m'en inquiéter. Je me traînai, après son départ, jusqu'au lit où reposait Vanina, et je sombrai. Je ne repris conscience que dans la nuit. Vanina me soutenait et me faisait boire. Elle passait les mains sur mon visage et j'eus un mouvement de révolte contre le bloc terreux de la maladie qui me lestait et, semblable à une pieuvre, m'aspirait au-dessous du niveau de la vie. Je pleurai d'impuissance contre le sein de ma compagne et de nouveau sombrai. La boue des profondeurs m'avait contaminé et je passai plusieurs jours ainsi, sortant durant de brefs instants du délire ou du coma, pour arracher en hâte à la présence de Vanina des forces nouvelles au profit de l'un des deux partis qui, dans l'épaisseur de l'inconscience, se disputaient ma carcasse. Car l'infection, dans l'intimité même des sentiments bruts dont le conflit se poursuivait en moi sans moi, avait trouvé de subtils alliés. Toute une part de moi — mais était-ce encore *moi-même* ? — aspirait à la dissolution bienheureuse dont cet accident m'offrait l'occasion et, sous la forme d'une nostalgie exsangue, protestait contre chacun de mes retours au jour. Mais lorsque j'ouvrais les yeux, c'était pour plonger mes regards dans ceux de Vanina, et je sentais ses mains au creux de mon cou comme pour retenir en le pressant doucement, entre ses paumes, le filet de vie qui allait se perdre dans les sables noirs du délire. Et finalement son opiniâtreté l'emporta, avec les soins du chirurgien, sur mes bas instincts, et peu à peu j'émergeai, affaibli mais bien vivant, de ce douteux combat. Je ne connus que plus tard les circonstances exactes et, à mes yeux, déterminantes, de ce rétablissement. Dès le premier soir, Vanina, qui pourtant semblait aussi fatiguée que moi, était sortie de sa torpeur. Me croyant endormi, elle s'était d'abord affairée à préparer notre dîner, mais, à certains signes, elle avait fini par découvrir que je n'étais plus la proie d'un simple et bienveillant sommeil.

Le chirurgien avait laissé une ordonnance indiquant avec force détails le traitement — de tisanes et d'emplâtres à base de simples — qu'il fallait m'administrer dès le lendemain. Elle me veilla toute la nuit et, de bon matin, aussitôt que les hommes furent partis au travail, elle descendit dans le jardin des femmes, en quête de ce qui devait soulager mon mal. Ma maladie eut au moins cet avantage que Vanina, terriblement inquiète de mon salut, dut faire violence à sa nature farouche, et, parce qu'elle avait besoin d'aide pour me soigner, reprit contact en toute hâte avec la communauté. Elle confia ses soucis ; on l'entoura de prévenances. Elle fut déchargée de presque toutes tâches pour pouvoir rester à mon chevet constamment. Elle devait cependant me quitter de temps à autre pour préparer ses repas et les ordonnances du chirurgien qui, lui-même, profitait de ses absences pour venir me visiter — en sorte qu'elle ne rencontra aucun homme sur ce domaine. Mais, environnée de leur compassion chaleureuse, ses rapports avec les femmes atteignirent vite une grande intimité. Elle parla d'abondance de sa vie passée et de la façon dont j'étais venu la tirer de la demeure menacée. Et, comme chaque femme, en regagnant le soir son logis, rapportait à son époux le détail de la journée, notre histoire fit très vite le tour du domaine, et toute cette société d'hommes et de femmes se mit à former des vœux si sincères et si unanimes pour mon rétablissement que, lorsque la convalescence me permit de rendre à mes hôtes leur politesse en me pliant à leurs usages et de descendre, par exemple, parmi les hommes pour prendre en commun le repas de la mi-journée, j'étais

devenu une sorte de héros. Car une pente nécessaire, mais pas toujours triviale, conduit à aimer
ceux pour qui l'on s'est dévoué d'abord de manière
toute désintéressée. En outre, je m'étais risqué
dans une entreprise où aucun d'eux ne se fût
engagé, non par défaut de courage physique, mais
parce que, comme je l'ai déjà indiqué, les domaines que la croissance des statues bouleversait
étaient frappés d'ostracisme. Revenant d'une plon-
gée dans l'absolue souillure, je pouvais également
apparaître aux yeux de ces hommes très traditio-
nalistes comme un grand maudit ou comme un
héros sacré, et c'est dans cette dernière direction
que Vanina, par ses bons rapports avec les femmes, fit basculer le jugement commun. De mon
côté, bien que connaissant les représentations des
habitants de ce monde, j'y demeurais affectivement
étranger, en sorte que, quelque grand personnage
que je parusse à leurs yeux, je continuais à me
conduire de manière aussi banale que ci-devant.
Cela ne fit qu'accroître encore mon prestige. Au
bout du compte, lorsque ma santé fut restaurée et
comme déjà je m'apprêtais à partir, le doyen du
domaine me fit, au nom de la communauté, une
proposition qui me plongea dans l'embarras. Tout
en me laissant libre de choisir à ma guise, il me
fit connaître qu'on serait bien aise de faire en ma
faveur une exception extraordinaire et que tous,
sur le domaine, étaient disposés à m'adopter
comme l'un des leurs, si toutefois je voulais bien
demeurer. Il ne me cacha pas ce que cette générosité pouvait avoir d'intéressé ; dans l'idée qu'une
guerre menaçait tout le pays, on aurait aimé pouvoir compter sur moi et sur les initiatives libres
de tous les préjugés traditionnels, que j'étais sus-

ceptible de prendre. Je lui demandai le temps de la réflexion et, le soir même, je consultai Vanina. Elle eut, mieux que moi sans doute, conscience de l'honneur qui nous était fait, et s'en réjouit. Mais bientôt son front se rembrunit.

— Il me semble, me dit-elle, que tu n'es pas fait pour cela. Si tu acceptes leur proposition, tu essaieras, en te leurrant peut-être sur toi-même, de partager leur vie et de prendre part de bonne foi à leurs activités. Mais, en mettant les choses au mieux, tu souffriras et, au pire, qui est en l'espèce le plus probable, tu ne pourras coïncider avec ce que tu as décidé d'être.

— Il me semble, répondis-je, qu'il ne s'agit pas de moi seulement, mais de nous, et que si pour ta part tu te sens ici chez toi, ma vie auprès de toi pourrait modifier beaucoup mon caractère. Et puis je suis las de ces errances vaines.

— Tu es las, mais je sens que tu n'es pas arrivé, que tu n'aboutiras peut-être jamais. Et puis, pour l'heure, notre vie est facile, mais il n'est pas aisé de rester longtemps un héros. Si présentement le prestige dont jouit notre couple aplanit autour de nous toutes les difficultés, cela ne durera pas, je le pressens, et quelque jour nous nous sentirons étrangers et, surtout, c'est ainsi qu'on nous regardera.

— La décision que nous allons prendre est grave. Tu te plais ici.

— Je suis bien dans cette demeure, mais je n'y suis pas chez moi. Le monde où je suis née, où j'ai grandi, a disparu. Non, tôt ou tard, il faudra rompre.

— Qu'allons-nous faire alors ?

— Mais suivre tout simplement le projet que tu

avais formé d'abord. Aller chez mon frère qui ne refusera pas, tout de même, de nous loger. Là, nous verrons bien si nous pouvons demeurer ; nous lui rendrons quelques services tout en restant en marge d'un monde auquel nous n'appartenons ni l'un ni l'autre.

— Et si là non plus nous ne pouvons demeurer ?

— Alors, quelque chose nous appellera, j'en suis sûre.

Vanina, dont le ton était généralement moins pompeux, essayait avec peine de voir clair dans notre état. Pour ma part, j'avais cru qu'elle s'était retrouvée dans le cadre de vie traditionnel que lui offrait notre séjour ; j'étais bien surpris que la proposition qu'on venait de nous faire ne la satisfît pas et j'avais tenu à argumenter jusqu'à ce qu'elle m'eût déclaré qu'elle se sentait autant que moi étrangère au monde des jardiniers. J'étais las d'errer et je n'avais pas menti en le lui disant, mais j'avais occupé mon temps, lors de ma convalescence, à mettre par écrit des notes pour l'ouvrage que je préparais. Je n'avais vu d'abord dans cette tâche qu'un dérivatif dans une période d'oisiveté forcée, mais, peu à peu, ce projet ancien avait repris sur moi tant d'empire, et les notations me venaient avec tant d'abondance et de spontanéité, qu'il me semblait parfois que je me trompais moi-même et que j'étais déjà engagé dans une rédaction de longue haleine à laquelle j'aurais bien peu à retoucher pour qu'elle trouvât son aspect définitif. Je ne sais au juste quelle analogie joua dans mon esprit, mais lorsque Vanina m'affirma que je ne touchais pas encore au but, il me sembla que les travaux d'écriture que je venais de reprendre lui donnaient raison. C'est pourquoi je décidai de repousser, en y mettant les formes — et ce ne fut pas facile —, l'offre du doyen.

Notre départ eut lieu peu de jours après. Les femmes, de nouveau, se retirèrent dans leur jardin, les hommes dans la bibliothèque. Chacun de nous avait reçu de son côté toutes sortes de cadeaux d'adieu, et l'on nous avait priés de conserver les vêtements qu'on nous avait prêtés lors de notre arrivée sur le domaine. En montant à cheval, Vanina lissa de la main le revers de la veste de voyage que les femmes avaient confectionnée pour elle.

— Je suis bien aise, me dit-elle, de pouvoir voyager autrement qu'enveloppée dans une couverture.

— Sans doute. C'est plus confortable, répondis-je en resserrant la sangle de mon cheval.

— Ce n'est pas seulement une question de confort.

Le ton de la remarque me fit lever les yeux.

— Oui, poursuivit-elle, je sais tout. Tu as parlé dans ton délire. Et j'ai craint que les protestations d'amour que tu m'adressais ne te tuent. Tu es sorti de ton lit comme un fou, tu t'es jeté à mes genoux — on aurait dit que tu faisais face à une divinité, tant était grand ton emportement. J'étais honteuse, et je craignais pour ta santé. Il a fallu que je me batte avec toi pour que tu te remettes au lit. Et cela t'a fatigué.

Elle hésita un moment et nous nous regardions en silence.

— Je ne savais pas comment t'en parler. Mais je pense qu'il fallait que tu saches. Nous n'en parlerons plus. Maintenant tu peux oublier, et je peux oublier.

Et elle donna du talon dans les flancs de sa bête, qui s'engagea sur l'allée principale du domaine désert et sonore. Je la suivis, penaud un peu et soulagé. Ému enfin, car je venais d'apprendre qu'en vérité nul ne se peut vanter d'avoir tout entier déchiffré ce long poème que l'amour tisse au plus nocturne de nous-mêmes, avec le fil de nos esprits insoupçonnés.

La suite de notre voyage fut heureuse. La hardiesse avec laquelle j'avais arraché Vanina à sa perte et dont le récit s'était transmis de proche en proche aussi vite que les nouvelles que j'apportais des steppes, avait pour tous rendu clairs les motifs de mon retour et, pour étrangers qu'ils parussent, nul ne songeait plus à douter de ma bonne foi. On ne jugeait plus nécessaire de me faire accompagner ou surveiller. Née lors de notre première étape, ma renommée s'était vivement propagée ; on nous fit connaître que ma présence était souhaitée en divers endroits et, conscients de ce que nous devions à tous, il nous fallut accepter d'allonger sensiblement notre itinéraire. C'est moi, désormais, à chaque étape, qui disposais Vanina contre la muraille pour ne point offenser celui qui venait nous ouvrir la porte. Mais je n'avais pas besoin de parlementer, partout j'étais attendu et accueilli avec le même cérémonial et la même ferveur qui nous obligeaient à faire des haltes, car je ne pouvais décemment me soustraire au désir de mes hôtes de me voir passer au moins une journée parmi eux afin de tenir de ma bouche un récit qui semblait les passionner.

Une ou deux fois seulement, lorsque je fis mention du but de mon voyage, je vis certains d'entre eux se rembrunir ; mais je n'y pris pas garde.

La dernière étape fut la plus longue et la plus fatigante. En fait, j'avais hâte de me retrouver au terme du voyage pour décider de l'organisation de notre vie. La nuit était tombée comme nous arrivions aux abords de l'hôtel et, dans son aspect, quelque chose d'insolite que je ne parvenais pas à nommer me frappa d'abord ; ce ne fut qu'en m'approchant davantage et en entendant qu'on y menait grand tapage que je sus ce qui m'intriguait : la lumière qui paraissait par presque toutes ses fenêtres, faisait voir qu'il était intérieurement éclairé à giorno, ce qui m'inquiéta. Vanina, qui chevauchait auprès de moi, me fit une remarque.

— Tu m'avais dit que l'hôtel était désert.

— Il l'était en effet tout le temps de mon séjour et jusqu'à mon départ. Mais il y a quelque chose de changé.

— Et si mon frère n'en était plus maître ?

— Je vais aller me rendre compte. De toute façon, nous ne pouvons pas passer la nuit dehors.

Je me gardai bien de m'aventurer par la grande porte ; je gagnai les derrières et, bien qu'elle me priât de ne pas la quitter, je laissai Vanina avec nos chevaux sous un appentis obscur, avant d'entrer dans l'immeuble par la petite porte. Je passai un couloir et me retrouvai dans la cuisine qui m'avait été familière. Mais je la reconnaissais à peine tant elle avait changé. Les batteries de casseroles étincelaient, des monceaux de victuailles attendaient d'être préparées, quatre personnes — deux vieilles souillons et deux cuisiniers — s'affairaient. L'aîné, le plus gros des deux, se jeta presque sur moi quand il me vit surgir.

— Vous ne pouvez pas passer par-devant comme

tout le monde ? Vous ne savez pas que ce passage est interdit aux clients ?

Ce ton rogue, qui n'est souvent le fait que des esprits les plus bassement serviles, me déplut, mais ne m'intimida point.

— L'hôtel a-t-il changé de propriétaire ? demandai-je aussi calmement qu'il me fut possible au gâte-sauce qui semblait exsuder la graisse autant que la vanité.

— Ça vous regarde ?

— Oui, j'étais, il y a à peine quelques semaines, l'ami du propriétaire. Mon assurance calma quelque peu son zèle.

— Oui. C'est toujours le même depuis plusieurs années.

— Dans ce cas, allez dire à votre patron que le voyageur est de retour et désire lui parler.

Il ôta sa toque brusquement.

— Vous êtes le... mais on ne vous attendait que dans quelques jours... ah, ça ! Ah, ça alors !...

Cependant qu'il roulait des yeux effarés en pétrissant maladroitement son couvre-chef, je vis paraître dans la pièce une grande fille point trop mal faite, et qui le laissait voir puisqu'elle ne portait pour tout vêtement qu'une manière de boléro dont sa poitrine généreuse écartait à chaque mouvement les pans, et une bande de tissu dont on ne pouvait deviner s'il s'agissait d'une ceinture fort large ou d'une jupe très courte qui laissait nu le croissant inférieur de ses fortes fesses. Et tout cela juché sur des sortes de cothurnes qui faisaient branler l'édifice à chaque pas.

— Deux bouteilles de blanc pour le cabinet du second, annonça-t-elle cependant.

Sans réfléchir à ce que je faisais, j'empoignai

425

les flacons que lui tendait le cuistot hébété et, lui passant le goulot sur les côtes, je la priai de me conduire jusqu'au propriétaire de l'établissement.

Il se tenait dans la pièce que j'avais connue salle basse austère, et dont on avait fait une sorte de vaste salon où la lumière douce que diffusaient des lanternes ouvragées glissait sur le cuir des canapés massifs et faisait luire les tapisseries qui dissimulaient entièrement la pierre des murailles.

Lui-même était vêtu de manière riche et voyante. Il avait en main un verre de cristal à long pied que ses doigts laissèrent échapper lorsqu'il me vit m'avancer. Le verre tomba sans bruit sur le tapis, qui but l'alcool renversé.

— Je ne vous attendais pas si tôt, murmura-t-il.

— C'est ce qu'on m'a dit déjà.

— Eh bien, vous voyez...

Et il fit de la main un geste qui enveloppait comme pour me l'offrir la débauche d'hommes poussifs et de femmes plus que déshabillées qui jonchaient les meubles. Mais ce spectacle, que j'avais dès l'entrée embrassé d'un regard, ne m'intéressait que comme le cadre dans lequel se dessinait la physionomie de celui qui me faisait face. Je l'avais connu d'abord tourmenté d'appartenir à un monde où il n'avait pas sa place et l'éthylisme alors gravait comme à l'eau-forte sur sa face le masque de ses insomnies. Un temps, il avait semblé retrouver son assiette et le lacis fiévreux qui crevassait sa peau s'effaçait. Et maintenant qu'il retournait à son vice par le biais du confort, les reliefs de son visage s'enfouissaient dans une chair livide qui levait à la chaleur des libations, son nez s'épatait et ses yeux glissaient dans l'eau glauque de l'intempérance. Il était donc finalement devenu le tenancier qu'il avait si longtemps refusé d'être. Mon passage y était peut-être pour quelque chose, mais je n'avais pas le loisir de démêler les circonstances de cette évolution. Il me fallait, pour Vanina qui m'attendait dans la nuit, un abri. Il essayait de parler.

— J'entends de vos nouvelles depuis quelques jours. Avant, je ne savais pas que vous reviendriez, je ne le croyais pas. Et puis, la guerre... Enfin, je ne vous attendais pas si tôt... seulement dans quelques jours... Je comptais préparer... je ne sais pas... peut-être une sorte de réception...

Certainement, au fil de ces balbutiements, il devait me fournir tous les éléments susceptibles d'éclairer l'évolution de sa conduite dont la finalité s'égarait dans un imaginaire assez vague ; mais j'étais pour ma part fixé à de plus immédiates réalités. Je compris que je n'arriverais à rien si je ne le rassurais pas un peu. Au lieu de demeurer si froid et si abrupt en face de lui, je lui pris le bras et l'entraînai vers l'escalier.

— Nous aurons tout le temps, dans les jours qui viennent, de reparler de tout cela...

Sa figure fugitivement s'illumina.

— Vous pensez séjourner ici ?

— Je ne sais pas pendant combien de temps, assez toutefois pour que nous puissions nous entretenir. Mais, pour l'instant, il me faut une chambre. Je préférerais que ce ne soit pas un boudoir aménagé dans le nouveau style de l'hôtel. C'est pour abriter votre sœur qui m'accompagne et qui m'attend dehors en ce moment même.

— Oui, je savais qu'elle était avec vous.

— Bien. Alors, où pouvons-nous loger ?

— Les chambres du dernier étage n'ont pas

changé. Dans celle que j'avais installée pour en faire votre bureau — vous vous souvenez ? — j'ai regroupé toutes vos affaires. Est-ce que cela conviendrait ?

— Fort bien, fort bien.

Je jetai un coup d'œil sur l'envolée de l'escalier. Semblables à des oiseaux frileux, quelques filles du genre de celle que j'avais rencontrée dans la cuisine s'y tenaient perchées, déhanchées contre la rampe, dans l'attente sans doute des appels des consommateurs.

— Pourriez-vous faire en sorte que votre sœur traverse l'immeuble sans rencontrer... ce genre de situation ?

— Oui, tout de suite, bien sûr.

— Bon, alors je vais la chercher.

Il me retint par la manche.

— Pensez-vous que je devrais la voir ?

— Je crois que ce serait inopportun ce soir. Il vaut mieux, il me semble, que chacun de vous se soit préparé à cette rencontre.

— Oui, c'est vrai, vous avez raison.

Il abaissa les yeux sur lui-même et soupira.

— Oui, je ne suis pas en état.

— Allons, dis-je, ne vous inquiétez pas. Mettez tout en ordre, je vais la chercher. Tout se passera très bien, vous verrez.

Je traversai en hâte le rez-de-chaussée et m'en fus trouver Vanina qui se tenait toujours où je l'avais laissée.

— J'ai dû m'attarder un peu, lui dis-je en m'approchant.

— Non, non, cela n'a duré qu'un instant.

— Eh bien, nous allons pouvoir loger ici. Viens !

Elle descendit de son cheval et se pressa contre moi.

— Dis-moi : il s'est passé quelque chose pendant que tu étais absent ?

— L'hôtel s'est beaucoup transformé.

— Tu veux dire qu'il est devenu un véritable hôtel ?

— En effet.

— Et c'est pourtant toujours mon frère qui... ?

— Oui.

— Ah ! Alors il en est là.

— Il ne faut pas le juger trop vite. Nous le verrons plus tard. Il s'expliquera.

— Comment se justifierait-il de tant d'indignité ?

— Nous ne le lui demanderons pas.

Elle soupira.

— J'aurai donc fini par y venir moi aussi.

Pour le coup, je sursautai.

— Ah non ! Il n'est pas question que des conditions difficiles portent atteinte à notre dignité. Il dépend de nous que la distance qui nous sépare des usages de cet hôtel soit évidente pour tous.

— Mais moi, une femme hors de tout domaine, vivant dans un tel lieu, pour qui me prendra-t-on ?

— Pour ma compagne, et je te jure bien que nul ne s'y trompera. Mais viens, l'étape a été longue, et tu es fatiguée.

Et je l'entraînai dans l'hôtel. Il nous sembla que nous traversions le château de la Belle au bois dormant. Tout était suspendu dans l'état où les occupants en pleine activité avaient abandonné les choses, mais on ne voyait pas un être humain, on n'entendait pas un bruit. Je tenais nos portemanteaux d'une main, de l'autre je conduisais Vanina. Nous fûmes bientôt dans la pièce mansardée où j'avais passé tant de mois à noter et classer les informations que je rassemblais sur la culture des statues ; tout cela était bien loin, dormait sans doute dans l'étroite malle de fer que je portais sur l'épaule comme un cercueil d'enfant le soir où, pour la première fois, j'avais poussé la porte de l'hôtel. Le bureau non plus n'avait pas bougé ; l'encrier, les plumes, la pile de papier vierge m'attendaient.

Vanina, que j'avais sentie mal à l'aise durant la traversée de l'immeuble, s'était détendue dès qu'elle avait passé le seuil et jetait sur toute chose un regard ému et même heureux. Elle s'assit bien droite sur le lit et posa les mains sur ses genoux.

— C'est donc ici que tu étais avant moi ?

— Oui. Ça n'a presque pas changé. Le lit où tu es assise n'y était pas. Mais à ce détail près, c'était bien ainsi.

— C'est bien ainsi.

Elle sourit et tapota la courtepointe.

— Viens près de moi.

Lorsque je me fus assis tout contre elle, elle me prit les mains.

— Ce sera tout à fait vivable. Tu avais raison, rien ne peut nous atteindre.

Notre baiser fut interrompu par des coups frappés à la porte. J'allai ouvrir. C'était une fille, porteuse d'un plateau bien garni. Je remarquai qu'elle était vêtue d'une vaste robe sombre et qu'on avait dû exiger qu'elle se démaquillât en hâte ; ses joues luisaient et il restait une trace de mascara au coin de sa paupière.

— J'apporte le dîner.

— Entrez.

Elle posa le plateau sur la table.

— Est-ce qu'on pourra s'occuper des chevaux

430

que j'ai laissés sous la remise ? Je suis confus de vous donner cette tâche supplémentaire, mais je pense qu'il vaut mieux que je reste dans ma chambre ce soir.

Pendant que je parlais, elle nous regardait, Vanina et moi, avec une sorte d'avidité où se lisait de l'espérance. Et cet examen l'absorbait tant que je crus qu'elle ne m'avait pas entendu. J'allais renouveler ma demande quand, revenant brusquement à elle, elle me répondit :

— Excusez-moi, je rêvais un peu. Il y a déjà quelqu'un qui s'occupe des chevaux.

— Alors, vous voudrez bien transmettre mes remerciements.

Et elle restait là, encombrée d'elle-même. Elle se décida enfin à reculer lentement vers la porte. Et, au moment où elle l'atteignait, elle nous lança, d'une voix qu'elle forçait contre la timidité qui la faisait trembler :

— Bonsoir Madame, bonsoir Monsieur.

Vanina et moi lui répondîmes d'une seule voix, la porte se referma.

— Comme nous semblons l'intéresser, murmura Vanina.

J'approchais des chaises de la table.

— Toi surtout, continua-t-elle.

— Non, plutôt le couple que nous formons.

— Non, toi. Tu es la chance qu'elle n'a pas connue.

— Tu n'en sais rien, elle est peut-être la descendante de plusieurs générations de filles publiques...

— Est-ce que ça change quelque chose ?

— C'est de voir un couple qui l'a fascinée.

Et le débat, de grave qu'il semblait d'abord, tourna peu à peu à la fausse dispute au cours de laquelle chacun de nous, à tour de rôle, jouait la jalousie ou le désintéressement, si bien que nous en étions au fou rire au moment de nous mettre au lit. Et pourtant, plus tard, seul dans l'obscurité parce que Vanina dormait, au moment où déjà le sommeil me prenait, une dernière pensée inquiète me traversa : qu'est-ce que cela signifiait que nous ayons souci, même sous le couvert du rire apparemment le plus dégagé, de cette prostituée ? Notre amour n'était peut-être pas un bloc aussi imperméable que je m'étais flatté de le croire, le glacier inexorable dans son trajet que je m'étais plu à imaginer, et son environnement n'était peut-être pas sans influence sur son cours.

Le lendemain matin, la même personne nous apporta le petit déjeuner et s'excusa d'avoir oublié la veille de nous dire où se trouvait le cabinet de toilette. Elle nous avertit également de la visite, pour la fin de la matinée, du frère de Vanina. Un moment plus tard, comme je sortais de la chambre pour me rendre à ma toilette, je trouvai la fille immobile dans le couloir.

— Y a-t-il encore quelque chose qui vous préoccupe ? lui demandai-je.

— Non, Monsieur. J'attends seulement que vous ayez quitté la pièce pour y faire le ménage.

— Mais, protestai-je, nous ferons nous-mêmes les tâches qui nous reviennent. Nous ne voulons pas vous déranger.

Elle hésita comme si elle retenait une protestation.

— Eh bien, qu'est-ce qui ne va pas ?

— C'est-à-dire que, dès hier soir, nous avons été averties, nous les filles, qu'il faudrait qu'on s'occupe de vous... Enfin, que celle qui aurait à charge votre entretien serait dispensée de tout autre service. Nous nous sommes disputées, et puis ça s'est arrangé. Nous devons, à tour de rôle, faire la femme de chambre chez vous. Hier soir et aujourd'hui, c'était mon tour.

Elle le disait du ton d'un enfant sage qu'on vient de priver de son jouet préféré.

— Et vous trouvez cela plus avantageux que les autres services qu'on attend de vous habituellement ?

— C'est sûr.

— Bien. Écoutez : nous tenons à faire par nous-mêmes tout ce qui nous concerne, mais nous ne voulons pas vous désavantager. Nous ne dirons donc rien au patron de l'hôtel, et vous prendrez chacune votre jour de service auprès de nous comme un jour de repos.

— Merci, Monsieur, mais...

— Vous avez des scrupules vis-à-vis de votre employeur ?

— Non, mais...

— Vous avez encore un souci ?

— Est-ce que nous pourrons vous voir parfois, sans vous déranger ?

La pensée qui, la veille à l'instant du sommeil, m'avait pénétré, me revint à l'esprit, mais je ne me sentais pas le cœur de faire injure à toutes ces femmes en leur témoignant d'entrée du mépris. Que savions-nous d'elles, Vanina et moi ? Et de quel avantage pouvions-nous nous prévaloir qui nous autorisât à les tenir à distance, comme si elles eussent été d'une essence impure, quand nous vivions tout proches d'elles et nous apprêtions à les côtoyer quotidiennement ?

— Eh bien, dis-je, vous nous rendrez de petites

visites, mais soyez assez gentilles pour nous laisser deux ou trois jours de répit, afin que nous nous adaptions à notre nouvelle vie.

— Merci, Monsieur, merci.

Sa reconnaissance me gênait. J'eusse préféré que nos bons rapports n'eussent rien d'exceptionnel.

Je parlais de tout cela un instant plus tard avec Vanina, lorsqu'elle me rejoignit dans le cabinet de toilette.

— Je ne vois pas, lui dis-je en achevant mon récit, ce que j'aurais pu faire d'autre ; mais je ne suis pas non plus satisfait de moi, car je ne comptais pas du tout fréquenter, de quelque manière que ce soit, cet établissement.

Elle, que j'avais vue inquiète la veille, haussa les épaules et se mit à rire.

— Tu te fais des idées. Qui t'a demandé de *fréquenter* l'établissement ? Ce que demandent ces femmes est évidemment d'un tout autre ordre que ce qu'on les contraint d'admettre habituellement.

— J'entends bien, mais en attendant, nous allons être plongés jusqu'au cou dans des affaires dont nous étions convenus de ne pas nous mêler.

— Et le voyageur que tu es — que tu es encore ? — fait le départ entre ce qui le concerne et ce qui ne l'intéresse pas ?

— Il ne s'agit pas seulement de moi, voulus-je objecter en me frictionnant les pieds.

— Mais si !

— Enfin, hier soir, n'éprouvais-tu pas une certaine répugnance à venir t'installer ici ?

— Sans doute. Mais je me faisais également des filles qui y demeurent une représentation assez fausse.

434

— C'est-à-dire ?

— Eh bien, c'est assez bas à dire, mais je m'imaginais que le commerce qu'elles doivent subir les avait avilies, au point presque de leur ôter l'esprit. Je ne les concevais que comme des mécaniques vicieuses.

— Et maintenant ?

— Comme partout où tu passes, je vois ici des êtres doués de langage et qui désirent parler.

— Mais pourquoi à nous ?

— Parce que, même si tu n'en es pas la cause, tu coïncides avec un gigantesque bouleversement de ce monde et elles y sont sensibles à leur manière. Et elles attendent quelque chose, et même elles espèrent.

Et soudain, s'emportant :

— Oui, elles espèrent, et nous sommes arrivés ici toi et moi pour recueillir cet espoir. Il le faut.

Nous venions de finir de mettre en ordre nos affaires et la matinée s'achevait lorsque le frère de Vanina se présenta pour nous rendre la visite annoncée. Le voyant entrer dans notre chambre, je notai qu'il avait échangé l'habit rutilant qu'il portait la veille contre l'austère costume des jardiniers. Son visage était moins malsain qu'à la lueur des bougies — il avait dû prendre l'air — mais la bouffissure subsistait, et n'échappa certainement pas au regard vif de Vanina.

— Bonjour, dit-il, et il se tint immobile en face de sa sœur.

— Bonjour, répondit Vanina, assise sans un geste sur le rebord du lit, comme elle l'était la veille à notre arrivée.

Il y eut un silence assez gênant. J'avais cru bon de demeurer dans la pièce, craignant que les retrouvailles du frère et de la sœur ne fussent orageuses. Mais je ne m'attendais pas à ce silence de glace, et je ne savais que dire ni que faire. Alors il reprit la parole.

— Je suis heureux de te voir, dit-il à sa sœur, heureux que tu aies échappé à...

Manifestement, il ne savait comment finir sa phrase. Vanina, assez cruellement, le laissa ainsi suspendu un instant, puis soupira :

— Eh oui, j'ai fait le même chemin que toi.

— Que moi ? protesta-t-il, oh, non ! Ta route a été bien directe. Et tu n'étais pas seule à prendre des décisions. Vous vous les partagiez. Et tu pouvais les sentir lestées et pleines car elles n'engageaient pas que toi.

— Tu es donc seul ? demanda-t-elle presque radoucie.

— Oui, je suis seul.

— C'est sans doute pourquoi tu t'entoures de tant de monde.

— Du monde ? Oui.

Et presque aussitôt, heureux d'avoir trouvé un biais :

— Est-ce que vous êtes contents du service ?

C'était si professionnel que je crus que Vanina allait lui rire au nez ou l'invectiver ; mais elle se contint.

— C'est très bien, tout est parfait.

Alors une lueur de ruse maligne glissa dans les yeux ternes de l'aubergiste. Espérait-il nous contaminer ? il en dit trop :

— Cela doit être bien agréable pour toi d'avoir enfin droit à un peu de confort, après ce que tu as connu sur le domaine.

— À vrai dire, je ne m'attendais pas à trouver

436

ton hôtel dans cet état. Et je ne m'en réjouis pas tellement. Je suis un peu étrangère à ces choses...

— Elles ont leur bon côté, tu verras.

— J'en doute et je m'étonne que tu puisses les trouver compatibles avec ta dignité, qui était jadis bien chatouilleuse.

Nous y étions.

— On ne peut pas toujours décider de tout. On vit... et il y a le poids des choses comme elles vont.

— Quand on est seul ?

— Surtout quand on est seul. Mais tu ne sais pas ce que c'est que d'être seul.

— Ne l'étais-je pas durant toute ma jeunesse, sur ce domaine abandonné de tous, même de toi ?

— Non, tu n'étais pas seule ; tu n'avais pas contre toi le regard des autres pour te renfoncer dans la solitude, pour faire pression sur tout ce que tu voudrais être et pour te faire admettre un peu plus chaque jour ce que tu voudrais refuser, et céder finalement.

Et, se tournant soudainement vers moi :

— Ne pouvez-vous pas lui dire que vous avez été le premier homme à qui j'ai commencé à parler librement, en respirant ?

— Mais elle le sait, lui dis-je doucement. Nous savons tous les trois ce qu'il en est. Vous n'avez pas à vous justifier ; nous ne vous demandons rien.

— Si, elle, elle m'accuse !

— Je ne voulais pas t'accuser. Je voulais te comprendre.

Il était excédé et se débattait dans une sorte de mollesse rageuse.

— Mais il n'y a rien à comprendre, rien ! J'en ai eu assez de cette ascèse, de cette vertu hautaine qui ne m'empêchait pas d'être déshonoré. Quand il est venu, lui (il me désignait), il y a eu quelque chose de changé. J'ai eu l'espoir. Comme on se trompe !... en réalité j'étais aveuglé par les derniers éclats d'une illusion ultime... un mur d'illusions qui s'effondrait, et je me suis retrouvé nu contre terre.

Il se mit à rire sèchement.

— Il y avait ce paradoxe invraisemblable. Je m'étais fait hôtelier, avec l'angoisse que tu finisses — oui, toi — dans un de ces endroits sordides. Alors, je me suis fait le patron d'un hôtel vide, qui n'abritait pas les activités habituelles. Quelque chose de presque impossible. Seulement, je ne pouvais tenir ainsi, résister aux pressions qui s'exerçaient sur moi de toutes parts, qu'aussi longtemps que toi, là-bas, tu serais menacée. En fait j'entretenais un immeuble digne de t'accueillir tant que tu ne risquais pas d'y venir. Et quand j'ai compris que tout était fini — à vrai dire, je croyais que le voyageur ne reviendrait jamais des steppes —, j'ai accepté de devenir un tenancier. Et c'est alors que tu es venue ; maintenant tu es là. Nous en sommes là où nous ne voulions pas être.

— Tes mains tremblent, lui répondit-elle simplement, tu bois trop.

Pour ma part, j'éprouvais le besoin de protester :

— Nous n'en sommes pas du tout là où vous craigniez d'en venir. Vanina ne sera jamais abandonnée au rôle des filles qui vivent ici.

— Et puis vous m'ennuyez avec votre morale, finit-il par crier. Au-dessus de tous nos petits problèmes, il y a la grande ombre des hordes qui s'avance. Tout le monde voulait que j'ouvre cet hôtel, tout le monde : la guilde des tenanciers, les jardiniers de la contrée, les filles même. C'est encore une manière de vivre la situation.

— Sans doute. Et c'est sans importance. Mais je pense que Vanina et moi ne pourrons pas rester longtemps ici, à vivre à vos crochets.

— Et où irez-vous ?

— Je pense que nous pourrions peut-être demander l'hospitalité sur le domaine de mon guide...

Vanina et lui poussèrent un seul cri.

— C'est impossible.

Oui, c'était impossible. Il nous faudrait donc partir au hasard.

— À propos de ce domaine, remarqua l'aubergiste, il y a autre chose. Le doyen est passé à l'hôtel pour vous voir, il va revenir prochainement.

— Il se passe quelque chose ?

— Oui, mais il vous expliquera mieux lui-même.

— Mais vous êtes au courant ?

— Plus ou moins, mais je ne désire pas en parler.

Je décidai de laisser le frère et la sœur en tête à tête, et quittai la pièce. J'errai un long moment dans les couloirs de l'hôtel. Je croisai notre servante ; son peignoir bâillait sur son corps nu. Elle sursauta et se rajusta très vite lorsqu'elle me vit. Je me demandais quel masque je portais sur le visage. Lorsque je revins dans notre chambre, j'y trouvai Vanina toujours assise à la même place, les larmes aux yeux.

— Vous vous êtes réconciliés ? lui demandai-je.

Elle fit oui de la tête. Je n'en sus jamais plus sur ce que s'étaient dit le frère et la sœur en mon absence. Cependant Vanina ne semblait plus voir tant d'urgence à notre départ. Je supposai qu'elle était prise dans quelque piège ; honteuse de profiter des biens de son frère, puisqu'elle savait comment il les avait acquis, et incapable cependant de lui refuser l'aide qu'il nous offrait, dont il exigeait que nous profitions, parce qu'il était tout de même son frère. Je sentais que je ne pouvais décider de rien et qu'il eût été de la dernière maladresse de faire un choix et de chercher à l'imposer en ce moment. Je laissai faire et notre vie s'organisa tant bien que mal.

À vrai dire, en dépit de ce que laissaient supposer les premiers moments de notre séjour, Vanina se prêtait assez bien à ce nouveau mode d'existence. Nous partagions les soins de notre modeste ménage bien que, dans ces sortes de besognes, ma minutie tatillonne l'agaçât quelque peu. Et puis notre train de vie se réduisait à si peu de choses que nous avions vite fait le tour des ouvrages qui nous concernaient en propre. Nous en vînmes donc à demander d'autres tâches à l'hôtelier. Je fis l'essai des travaux de cuisine, mais le chef à qui j'avais eu affaire le soir de mon arrivée était demeuré si frappé par mon entrée inopinée et, quelque effort que je fisse pour le mettre à l'aise, il restait si gêné de l'accueil qu'il m'avait fait, que ma seule présence auprès des fourneaux suffisait à l'empêcher d'agir et même le conduisait à toutes sortes d'erreurs et de catastrophes. Après l'avoir vu répandre dans la sciure du carrelage deux plats d'épinards, brûler quelques rôtis et briser un grand nombre de bouteilles, je dus renoncer à ce travail. On me confia alors une occupation encore plus subalterne. Sous l'appentis où s'abritaient déjà les chevaux, je débitais du bois pour le chauffage de l'immeuble et les fourneaux. Entre le soin de mes bêtes et la préparation des bûches, j'avais toute ma matinée et, parfois, une partie de l'après-midi employées. Après quoi, je regagnais la chambre et reprenais la rédaction de mon livre. Je m'y absorbais tout entier et aujourd'hui, lorsque je pense à ce que fut ce temps, il me semble que j'étais heureux, en dépit de certains soucis insidieux, dont je parlerai plus tard. Car je goûtais toute chose. J'étais le premier levé et, en sortant de l'hôtel pour rejoindre mes chevaux, j'entrais dans un univers intact que baignait la fraîcheur sonore du matin. Je nourrissais les bêtes, leur lustrais le poil, nettoyais leur stalle, et j'avais droit à leur confiance noble. Une communication obscure nous liait, qui ne s'interrompait pas lorsque je passais à l'autre partie de mon emploi du temps. Là, refendant les bûches, faisant pendant de longs moments aller et venir la scie, c'est la volupté de l'effort dans les épreuves de mon corps que je découvrais. Et tous ces gestes, depuis l'instant où je mettais le pied sur le pavé de la cour, jusqu'au moment où je rangeais la scie, la masse et les coins de fer, et repoussais contre la pile de bois fraîchement rompu la chèvre où j'avais couché les billots, s'enchaînaient dans une sorte de rêve, auquel certains jours je me livrais avec si peu de retenue que j'interrompais mon travail pour m'en mieux délecter. Je bourrais ma pipe et m'asseyais sur la barre de l'ixe, ou bien je m'accoudais près des chevaux dont les naseaux humaient en tremblant la senteur du tabac. Le plus souvent, ces rêveries toutes déliées et vagues me ramenaient invariablement au livre que j'étais en train de concevoir. J'essayais dans ma tête de raccorder les épisodes dont j'avais encore à tracer le récit,

441

ou bien je m'efforçais de déchiffrer des correspondances dont le fil me semblait courir sous la suite de mes aventures et se dérober à toutes mes tentatives pour le saisir ; j'allais même parfois jusqu'à me figurer le livre achevé et à spéculer sur le sort qui pourrait être le sien dans le monde. Mais la pente la plus constante de mes réflexions me ramenait à un unique et insoluble problème. Je sentais le désir de doter ce que j'écrivais d'une épaisseur ; je ne voulais pas qu'il fût l'impression ou la matérialisation d'un discours tout uniment filé, mais qu'on y sente l'ombre, la résonance, l'opacité énigmatique d'une chose. Or, je ne pouvais me résoudre à aucun artifice en faveur de cette exigence dont j'ignorais le fondement. Ce refus de mise en œuvre me venait peut-être de ma grande paresse naturelle qui me poussait à me contenter, en ce qui concerne la qualité de mes récits, de vœux pieux. Il me venait surtout, me semblait-il, du sentiment très puissant qu'une vérité dévorante et insatiable était là en mouvement, sur laquelle je n'avais aucun droit. Ainsi me trouvais-je condamné à brasser des exigences paradoxales auxquelles rien ne me permettait de satisfaire et je ne souffrais aucunement de leur incessant retour parmi mes pensées car celui-ci m'apparaissait toujours comme un état fécond. Au reste, lorsque, l'après-midi, je me retrouvais seul face au papier, ces rêves se dissipaient tout à fait pour ne laisser place qu'à un durable et sautillant bruissement de plume. J'en vins à les considérer comme une sorte de tissu neutre qui n'entrait aucunement comme constituant dans la tâche qui m'absorbait mais dont la fonction était de me protéger de leur feutrage en m'isolant de tout.

C'était comme une rumeur nécessaire à un certain silence. Et alors, vraiment, rien ne pouvait plus m'atteindre.

Vanina ne semblait pas souffrir de mon retrait. Je le craignis et l'interrogeai à plusieurs reprises, car je ne sais quel scrupule me faisait éprouver comme indigne, en regard de la vie — la vie toute banale et simple —, cette activité que je désirais modeste et qui voulait toujours se gonfler de prétentions. Vanina souriait, parlait des conditions de mon bonheur et le débat cédait devant nos assauts de tendresse. Il faut dire qu'elle s'était de son côté trouvé une occupation. Sans se soucier le moins du monde de l'avis de son frère qui aimait pourtant présider autoritairement à l'organisation de cet univers, elle s'était emparée de la lingerie de l'établissement, qu'elle avait peu à peu transformée en ouvroir. Ces demoiselles, et bientôt même celles que les tâches féminines rebutaient le plus et qui n'étaient pas rares, prirent l'habitude de se réunir autour de Vanina, dans cette vaste salle claire, parmi les amoncellements de linge frais blanchi et l'odeur forte des fers à repasser. On tenait en ordre le linge de maison, puis on se mettait à des ouvrages de couture intéressant l'une ou l'autre, enfin on parlait. Les trois lingères, qui jusqu'alors avaient la haute main sur les draps et les serviettes, avaient essayé d'abord de garder leurs distances et même tenté quelques pointes de mauvaise humeur ; nulle ne s'en était émue — n'avaient-elles pas commencé dans l'hôtellerie au même rang et dans les mêmes fonctions que celles qu'elles affectaient de juger ? On leur en fit souvenir avec bonhomie, en les épargnant, et elles cédèrent, car elles désiraient secrètement

s'abandonner, jouir des bavardages rieurs ou rete-
nus dont les vagues se mêlaient, faufiler leurs sentences dans le tissu des débats et glisser leur
expérience dans la trame des vêtements qui s'our-
dissaient à petits points dans le cercle attentif.
Et lorsqu'il m'arrivait, passant par le corridor, de
risquer une incursion dans ce domaine préservé
pour dire deux mots à ma compagne, je voyais
toujours ces trois Parques qui semblaient tenir
entre leurs mains usées les fils enchevêtrés de la
communauté féminine, souriantes, hochant la tête
vers moi, comme si elles m'avaient élu leur protégé. Vanina aussi semblait éprouver de la joie
dans ce climat étrange. Elle m'en revenait avec le
soir, chargée d'anecdotes et de réflexions, anodines, drôles, poignantes et parfois si scabreuses
que je restais pantois de l'ingénuité avec laquelle
elle les rapportait. Elle semblait n'avoir crainte ni
pressentiment de rien. Tandis que j'étais inquiet.
Étais-je trop inquiet ? Il me semblait que je ne
sais quelle haleine délétère soufflait sur notre
amour et je croyais déceler dans nos embrassements les plus spontanés un reflet, une humeur
trouble, qui, loin d'en rehausser l'ardeur, me laissait désarmé, comme en proie à des interrogations
que je ne parvenais pas à formuler. Je m'aventu-
rais peu dans les corridors, car il n'était pas rare
que s'y rencontrât l'une ou l'autre des pension-
naires dans un fort simple et rien moins que
modeste appareil. Cela me troublait ; je ne savais
pas le cacher et je crois bien que l'on en fit une
sorte de jeu. Il en subsistait en moi une gêne
insidieuse qui s'immisçait jusque dans mes rapports avec Vanina — rapports que j'eusse sou-
haités plus secrets, plus étanches, alors que je les

sentais doublés d'un arrière-monde sans lumière, sans évidence et d'autant plus présent que pressenti seulement.

Deux ou trois fois, Vanina amena jusque dans notre chambre l'une ou l'autre de ses amies, pour bavarder en tête à tête. Je ne faisais que croiser l'invitée car ma compagne profitait en général, pour recevoir ainsi, du moment où j'allais faire courir les chevaux, à l'approche du soir. Il me souvient cependant d'une conversation à laquelle je participai, je ne sais pour quel motif, avec beaucoup de passion. C'était avec la plus âgée, je crois, des filles de la maison. Elle était d'assez petite taille mais, pour ce que j'en pus juger, fort bien faite, avec un visage aigu et cet aspect glacé, ce masque d'inexpression presque hautaine qu'elles prennent toutes assez tôt et que celle-ci quitta dès qu'elle se sentit dans un monde amical. Dessous, subsistait une naïveté d'une candeur éblouissante et dont elle avait beaucoup de pudeur. En entrant, Vanina nous présenta l'un à l'autre. Je m'affairais à ranger en hâte mes papiers, comme je le faisais chaque fois qu'une personne étrangère pénétrait chez nous, tandis que toutes deux poursuivaient un débat auquel peu à peu je ne pus m'empêcher de devenir attentif.

— Évidemment, disait l'inconnue, les hommes en ce moment sont avides et exigeants. En fait, ils ont peur — je ne parle que de ceux que nous rencontrons ici. Tout le monde sent que l'invasion approche. Et chacun pressent que quelque chose va finir.

— Vous voyez bien, rétorquait Vanina, que le moment est certainement venu de transformer votre état.

— Sans doute, mais nous ne sommes pas prêtes. Nous sommes encore trop peu nombreuses à
nous rendre compte que l'occasion va nous être
offerte.

J'étais assez éberlué de découvrir que dans le
secret des linges on débattait en somme d'une véritable révolution. Je ne sais quel enthousiasme me
prit ; j'entrai dans la conversation.

— Ah, il faut faire vous-même votre propagande.

Et, me souvenant brusquement de certains
propos de Vanina, j'ajoutai :

— Il faut faire partager l'espoir.

Elle se tourna vers moi et salua d'un sourire mon
intrusion.

— Mais de quel espoir voulez-vous parler ? me
demanda-t-elle.

— De l'espoir d'une vie meilleure, à laquelle accé-
deront toutes celles qui auront combattu le sort
indigne qui vous est fait.

— Vous croyez vraiment à ce que vous dites ?

Un instant je la regardai, interloqué. Pourquoi
doutait-elle de ma parole ? Et d'ailleurs, elle n'en
doutait pas vraiment, elle semblait plutôt me trouver naïf et cela m'étonnait beaucoup car je croyais,
dans mes voyages, avoir vu bien des événements
et rencontré bien des hommes.

— Mais, balbutiai-je, mais... oui... je crois à ce
que je dis. Pourquoi cette question ?

Elle hocha la tête, pesant ses pensées avant de
se résoudre à parler.

— Je me demande si vous n'avez pas des choses une idée plutôt simpliste.

— Que voulez-vous dire ?

— Vous parlez de l'espoir comme si nous pouvions imaginer qu'après une période de combat
nous accéderions, nous les filles, à... je ne sais

446

pas… une sorte de bonheur, une vie nouvelle, différente… enfin, vous voyez.

— Ah, ne vous trompez pas ! Je ne sous-estime pas la dureté des combats. Je vois fort clairement qu'un monde va basculer, que dans ce monde votre sort est injuste et que vous avez une chance de rétablir à votre profit une existence décente. Mais je ne parle que d'une chance car, à tous égards, vous aurez à vous défendre contre ceux qui vous ont fait ce sort et contre ces conquérants qui vont se conduire en pillards et en destructeurs. Sans doute, ce sera dur, mais…

Elle secoua la tête en agitant ses mains larges ouvertes devant elle.

— Non, vous ne comprenez pas ce que je veux dire. En fait, j'essaie de vous expliquer quelque chose de beaucoup plus grave que ce que vous imaginez. Dites-moi, finalement, qu'est-ce qu'on peut attendre d'une fille comme moi ?

Peut-être n'aurais-je pas su répondre, mais Vanina se récria :

— Ce qu'on peut attendre de vous ! Mais tout, et d'abord le meilleur. Les chirurgiens sur chaque domaine n'en savent pas autant que vous sur les hommes. Vous les connaissez mieux que la mère qui les a mis au monde. En dehors de la communauté, réduites à une position marginale, vous connaissez toutes les iniquités de la société, tous ses défauts dans le creux desquels il faudra bien un jour ou l'autre qu'elle disparaisse. Nous en avons assez parlé toutes ensemble !

— Parler, échanger les mots, venir chacune placer les siens dans le canevas des bavardages, oui, c'est toujours un grand plaisir, un merveilleux plaisir, mais il ne s'agit pas de ça.

Elle passa machinalement, en un geste qui devait

lui être familier et qui maintenant se déroulait en rêve, le dos de sa main contre son front. C'eût été trop pathétique, et même faux chez toute autre, en d'autres circonstances, d'autres lieux. Ici, elle ouvrait la confidence.

— Ça fait longtemps que je tourne, plus de vingt ans...

— Vingt ans !

— Bien plus que ça ! J'ai presque quarante ans.

— Eh bien !

— Ça vous étonne ?

Elle eut un sourire fier.

— Je ne bois pas et je fais de la gymnastique.

Et de nouveau lasse :

— Mais c'est en dedans...

— Allons, protesta Vanina, ce sont des choses qu'on dit quand on est fatiguée. Mais ce n'est pas vrai. Mais regardez-vous ! On ne vous donnerait pas trente ans ! Il faut avoir confiance en vous.

— Il ne s'agit pas de moi-même. Je n'ai pas vraiment d'importance. Bien sûr que je compte à mes propres yeux, que je suis fière d'être comme je suis, souple, et résistante. Ça arrive que l'amour sans cœur conserve — il ne laisse pas de place au vice. Mais nous ne parlions pas de tout ça.

Elle se recueillit encore et nous attendions.

— Voilà. Ce qui se présente maintenant, c'est la fin d'une ancienne façon de vivre et le début, peut-être, d'une nouvelle. Le passage ne se fera pas sans douleur. Nous pouvons, nous les filles, à notre façon, d'autres à la leur, être cette douleur. Mais ça ne veut pas dire du tout que nous aurons droit à une vie meilleure, oh non !

— Mais pourquoi ? ne pus-je m'empêcher de protester.

— Quel que soit notre âge, nous sommes de l'ancien temps. Il nous tient. Quand nous luttons contre lui, c'est encore une façon de durer en lui. Ce qui bascule maintenant, au mieux, nous ensevelira sous les décombres, car en réchapper serait se condamner à un vain destin de survivant. Il n'y a pas d'aube nouvelle. C'est ce que tout le monde pressent sans trop le dire, bien sûr, et c'est pourquoi il y a bien peu d'enthousiasme chez mes camarades. Et en vérité (et, ce disant, elle se tourna vers moi), lorsque vous me proposez de les convaincre, je crois que je n'en aurais pas le cœur. On ne peut convaincre sans promettre — vous le savez bien, vous qui parlez d'espoir — et aujourd'hui, toutes les promesses sont mensongères.

Vanina essayait encore de protester ; moi je n'en avais plus le talent.

— Non, lui dit doucement cette femme, vous plaidez en vain. La condition que je subis, souvent à contrecœur, me tient au corps, fait corps avec moi. Comme beaucoup, j'en suis à ce point qu'une certaine organisation de la vie s'est emparée en moi-même des réserves de l'avenir. Cette vie me répugne et je ne serais pas capable d'en mener une autre. Tout au plus, dans celle-ci pourrais-je trouver des tâches moins ingrates, monter en grade — ce qui reviendrait à aggraver la situation générale. Après tout, c'est ce qu'on appelle aimer son métier.

— Dans ce cas, remarquai-je, il vous reste la révolte désespérée.

Je crois bien qu'elle allait acquiescer, mais Vanina ne lui laissa pas le temps de reprendre la parole.

— Non, s'écria-t-elle, ne l'écoutez pas ! Il est capable en certaines circonstances de dire vraiment n'importe quoi.

— Que non pas !...

— Laisse donc !

Et à la prostituée :

— Il vous reste cependant les générations à venir qui méritent que l'on prenne pour elles quelque peine. Et nous qui sommes des femmes...

— Vous n'allez pas, tout de même, me parler de l'instinct maternel !

— Et pourquoi non ?

— Parce que tout ça, c'est de la fichaise. Celles qui livrent leurs enfants à ce commerce infâme... Mais j'admets qu'il y a peut-être une raison d'agir à trouver quand on se représente que d'autres vont venir et que ce monde leur appartiendra.

— Et vous-même, dit encore Vanina, vous avez un enfant...

— Oui, une petite fille. Je veux dire une grande fille, elle a presque dix ans.

Et cette conversation, dont le caractère théorique un peu appuyé commençait à lasser tout le monde, changea de perspective et ne roula bientôt plus que sur l'éducation des enfants.

Il y avait dans l'hôtel une sorte de garderie, dirigée par quelques vieilles, où séjournaient en permanence une dizaine d'enfants. Leurs mères, pour fréquenter un peu ces petits, ne disposaient guère chaque jour que d'une partie de l'après-midi, puisque leurs soirées étaient toutes prises par un trafic épuisant au point qu'elles n'avaient pas trop de la matinée du lendemain pour s'en remettre.

Au reste, la plupart d'entre elles ne semblaient pas souffrir trop vivement de cette séparation et certains enfants étaient même laissés dans un abandon à peu près complet. J'avais déjà rendu plusieurs visites aux enfants depuis que je vivais à l'hôtel. Je ne sais trop ce qui m'attirait auprès d'eux, mais j'aimais à m'asseoir sur le sol au milieu de leur groupe pour leur conter une histoire, leur faire quelque tour de prestidigitation ou même aider leurs gardiennes à leur inculquer des rudiments d'écriture ou de calcul. Je m'étais même fait parmi eux une petite amie. Un soir que je me disposais à les quitter, une petite fille blonde, qui était l'aînée de la bande, me retint sur le pas de la porte par la bordure de ma manche et, comme je me penchais vers elle :

— Je voudrais, me dit-elle, que tu me racontes une histoire pour moi toute seule.

— Mais, demandai-je, et les autres ?

Elle haussa les épaules.

— Je veux une histoire pour moi toute seule.

— Si je commence à te raconter une histoire, ils vont venir et tous l'entendront.

Je m'efforçais de donner à ma voix un ton grave. Ses yeux brillèrent et elle sourit malicieusement.

— Tu n'as qu'à m'emmener un petit moment avec toi. Je sais où nous irons.

J'étais vaincu. J'avertis les gardiennes que je sortais un instant avec l'enfant à qui je fis bien sérieusement promettre qu'elle reviendrait sagement lorsque j'aurais satisfait son caprice. Elle promit tout ce qu'on voulut, puis, me prenant la main, elle m'entraîna. Nous avons fait quelques pas, puis bifurqué dans un couloir secondaire, au bout duquel elle s'est arrêtée devant une porte.

— Ouvre, dit-elle, c'est là.

Il s'agissait d'un assez profond placard où l'on entreposait les balais et les produits d'entretien.

— Tu veux qu'on entre là ? demandai-je.

— Oui, c'est le cagibi noir, là où on est enfermé quand on n'est pas sage. On sera bien là, toi et moi.

— Tu n'auras pas peur ?

— Je n'ai jamais peur.

Nous sommes entrés et j'ai, comme elle l'exigeait, tiré la porte sur nous. J'entendais sa voix dans le noir.

— Assieds-toi par terre, moi, je viens sur tes genoux. Là. Maintenant, mets ta main sur mon épaule. Tu es bien ?

— Oui.

Elle soupira.

— On est bien tous les deux. Maintenant, raconte.

Et berçant contre moi cette petite inconnue si exigeante, j'entrepris de dévider l'histoire la plus invraisemblable que j'aie jamais contée : celle du canard Sridanok et de Mallalla la mer. L'enfant, de temps à autre, me posait une question. Je ne pris pas garde tout d'abord à cette façon d'exiger des précisions, mais, peu à peu, je me rendis compte que mon imagination suivait le rythme de ses questions et, en quelque sorte, s'en nourrissait de telle manière qu'il me sembla bientôt n'être plus que le relais d'une histoire que la petite fille appelait et qui devait errer dans l'obscurité qui nous enveloppait, attendant de passer à travers ma voix, sans que ma volonté influât en rien sur son cours.

Nous avons dû nous abîmer ensemble dans le bonheur de cette fascination. Je me suis retrouvé seul, errant dans un crépuscule indistinct, sur la berge d'un marécage, parmi les joncs noirs, à la recherche d'un être dont je ne parvenais pas à retrouver le nom. Je cherchais ce nom. Ce rêve fut de courte durée ; un mouvement de la fillette qui échappait à mes bras, ou que je fis, inconscient, pour la protéger alors que je la laissais échapper, me ramena au cabinet où nous nous étions enfermés.

— Il faut que tu rentres maintenant, lui dis-je à l'oreille.

— C'était une belle histoire.

Elle se frottait les yeux. Et soudain j'ai senti ses bras à mon cou. Elle se serrait contre moi.

— Un jour, nous partirons, disait-elle. Tu m'emmèneras sur ton cheval, comme si j'étais ton enfant.

— Et ta maman, remarquai-je, que deviendra-t-elle ?

— Oui, maman. Je ne sais pas.

— Viens, il faut rentrer.

Nous nous sommes redressés péniblement, tout engourdis d'ombre, de chaleur et d'immobilité, et, à travers la grisaille des couloirs déserts, je l'ai ramenée à la garderie.

En me quittant, elle me jetait un dernier regard.

— Tu te souviens ?

Je hochai la tête. C'est à cette aventure que, n'écoutant plus que distraitement le dialogue de Vanina et de la visiteuse, je songeais. Je venais seulement de comprendre que la petite fille était certainement l'enfant de cette femme et ne désirais pas connaître le point de vue de la mère. Je m'excusai et, prétextant les soins à rendre aux chevaux, je quittai la pièce.

Quelques jours après cette rencontre, tandis que je travaillais au bûcher, l'hôtelier en personne, avec le visage de quelqu'un qui vient de tomber du lit, s'approcha pour m'annoncer une visite. Je fus surpris tout d'abord ; mais, tandis que j'enfilais ma veste, je crus bien deviner qui pouvait surgir ici à une heure aussi inattendue. Et je ne me trompais pas. Je trouvai le doyen, dans la grande salle transformée, à la place même où, bien des mois plus tôt, se tenait l'homme qui le premier m'avait mené à la rencontre des statues et de qui j'avais appris presque tout ce que j'en savais. La pièce, en dépit du lustre qu'elle prenait le soir dans l'éclat discret des lumières étouffées, n'avait plus, tandis que le petit matin aigre y entrait à flots par les baies dont on avait tiré les tentures et ouvert les croisées, que l'aspect sinistre d'un lieu de débauche abandonné où refroidissaient les senteurs amères du tabac, et lui, dans ce plat désordre, se tenait très droit, écarté de tout meuble et les yeux fixés sur un coin du plafond, comme si le moindre contact avec cet univers lui répugnait, mais il se détendit dès qu'il me vit approcher.

— Je suis bien heureux de vous trouver ! s'écria-t-il en me serrant les mains. Tout a changé ici, sauf vous.

Et il souriait, mais, me sembla-t-il, tristement. Comme je pressentais cette tristesse, je fus dessaisi même de la possibilité de lui dire ma joie de le retrouver, et je restais silencieux. Nous nous regardions sans parler. Enfin il soupira et reprit la parole.

— On a beaucoup parlé de vous, il y a quelques semaines, à propos de cette guerre, dont nous savions tous qu'elle éclaterait un jour ou l'autre mais que vous nous avez forcés à admettre. Et puis votre équipée aussi, parmi des statues folles, vous a valu du renom.

— Depuis quelque temps, on évite de parler de moi, sans doute.

— Nous sommes très occupés à nous préparer à l'invasion.

— Et puis j'habite ici, n'est-ce pas ?

Il me regarda bien franchement.

— Eh bien oui, on trouve cela étrange. C'est...

— C'est choquant, je pense. Et l'on vient à douter de la vertu d'un homme qui accepte ce genre de situation.

Il allait déjà protester, mais je ne lui en laissai pas le temps.

— Vous-même, Monsieur le doyen...

— Moi, se récria-t-il, la main sur le cœur.

— Vous-même, n'a-t-il pas fallu, pour que vous vous sentiez rassuré sur mon compte, que vous me voyiez ?

— Oui, c'est vrai, admit-il.

— Il vous fallait donc un motif bien puissant pour venir me chercher ici.

— Il est arrivé quelque chose de grave.

Et la même profonde tristesse revenait dans ses yeux.

— Ici, on m'a laissé pressentir un chagrin, mais sans rien préciser.

— Vous vous souvenez, je pense, de celui qui vous a servi de guide.

— Non seulement je me souviens de lui, mais je le tiens pour mon ami ; c'est à ce point même que j'aurais songé à demander chez vous l'hospitalité par son entremise — si les circonstances l'avaient permis. Il était le seul à qui je puisse avoir recours. C'est pourquoi vous me trouvez ici, attendant d'ailleurs de pouvoir vivre autre part.

— Évidemment, et nous vous aurions reçu de grand cœur si cela avait été possible. Mais ça l'est moins que jamais.

— Je suis déjà navré de la transformation de cet hôtel, mais s'est-il produit chez vous quelque catastrophe supplémentaire ?

— Une statue d'ancêtre.

Mon cerveau demeura inerte un certain temps, refusant absolument d'assembler les souvenirs et les connaissances qui devaient me permettre d'entendre ces quelques mots. Je les lui fis répéter.

— Je dis qu'une statue d'ancêtre est apparue sur mon domaine. Il n'y a pas de doute possible ; la ressemblance frappe tout le monde.

— Ce n'est pas possible, m'écriai-je, ce n'est pas de lui qu'il s'agit !

— Si. Mon fils. Votre guide.

Sa main se crispait sur mon bras. Il dut s'interrompre avant de poursuivre.

— Il n'en a plus que pour quelques jours.

J'étais accablé.

— Vous permettez ? lui dis-je.

Je me dirigeai vers l'un des meubles noirs et épais qui, longeant les murs, avaient remplacé le comptoir de pierre de naguère. J'en ai sorti deux verres ; mais les alcools de toutes sortes qui garnissaient les basses étagères me répugnaient soudain. Je suis allé dans la cuisine quérir une bouteille de vin blanc, j'en ai versé deux rasades et nous avons bu sombrement.

— Je suis venu pour vous dire qu'il vous réclame,

reprit le doyen. Je n'osais guère vous déranger, mais enfin je m'y suis résolu, et si vous pouviez...

— Je vais venir immédiatement. Si vous consentiez à m'attendre quelques instants, le temps de prendre quelques affaires et de prévenir mon amie, nous pourrons faire route ensemble.

Il me saisit par les bras.

— Merci, murmura-t-il.

Je le laissai seul et grimpai en hâte jusqu'à ma chambre. Vanina s'éveillait à peine.

— Je dois m'absenter de toute urgence, lui dis-je. Je n'ai pas le temps de t'expliquer comme je le voudrais ce qui m'appelle de manière si pressante. Mais il faut que j'y aille. Je ne resterai absent qu'un jour ou deux. Je prends quelques affaires.

J'entassai à la hâte un peu de linge dans un sac, passai mes vêtements de voyage et redescendis.

— Je dispose de deux chevaux, dis-je au doyen, nous irons plus vite, si vous voulez bien.

Nous sommes sortis par-derrière pour chevaucher ensemble vers le domaine où se mourait mon ami. Chacun, perdu dans ses songes, gardait le silence. Je croyais revoir mon guide, entendre sa voix et toujours cette amicale pointe d'humour comme un fil rouge dans le cours du débat. J'évoquais les traits de son visage jusqu'au point où ceux-ci commencèrent à se défaire en moi, me laissant seul, incapable de le reconnaître, perdu.

En entrant sur le domaine, nous avons mis pied à terre. Je ne sais quel faste accompagnait nos pas tandis que nous progressions sur la grande allée centrale ; une pluie fine, presque printanière, dorait le rebord des frondaisons contre le ciel livide, et nous étions tristes, cependant que le sabot de nos chevaux faisait sonner les dalles. Le doyen voulut secouer cette pesanteur.

— Je vous montrerai d'abord sa statue, dit-il.

Je l'ai suivi jusqu'à une couche où les statues étaient presque achevées. Et il s'est arrêté en face d'une figure humaine où la pierre me semblait en effet se conformer à une image vaguement familière. J'avais déjà examiné, bien des mois auparavant, de ces statues ancestrales dont les premiers exemplaires m'avaient été montrés sur ce même domaine par mon ami en compagnie, alors encore, du doyen ; son rire, l'ironie avec laquelle il les traitait ne m'étaient que trop présents. Depuis lors, j'en avais vu bien d'autres dans le grand vestibule des demeures où j'étais passé au hasard de mes haltes. Et j'avais noté leur caractère archaïque — une gaucherie dans le geste et l'ébauche d'un sourire lointain, retenu et jouisseur, leur donnaient un aspect à mes yeux monstrueusement divin, sans qu'il me fût permis de juger si ce caractère était déterminé par la façon dont la terre les produisait, ou par le respect anxieux des hommes qui soignaient leur croissance, inquiets de n'accuser ni atténuer la ressemblance prestigieuse et mortelle. Or, sans doute parce que ce matin-là j'étais désenchanté, je ne vis dans celle que me désignait le doyen, qu'une ébauche imprécise qui n'évoquait guère celui dont j'avais gardé le souvenir. Sans doute, il y avait là un appel, mais était-ce bien à mon ami que s'adressait cette sommation ? J'avais peine à m'en convaincre. Entre mes souvenirs et l'image de pierre, il n'y avait pas de coïncidence, au contraire, je sentais mon attention requise vers ailleurs, sous l'horizon de réminiscences plus enfouies. L'ensemble qui me dominait était vague et brut : une silhouette d'homme tout enveloppée dans une sorte de toge aux larges plis où surgissait, incongrûment tant le reste avait de sommaire grandeur, à hauteur de la cuisse, une main fort délicatement modelée qui étreignait un volume rectangulaire que je pris pour un livre. Mais ce qui frappait le plus, c'était la tête, si abruptement renversée sur le cou que la position, la nuque comme cassée, était à peine vraisemblable. Ce chef tendait vers le ciel une face pathétique que dans le même mouvement il détournait de nous ; la hauteur de la statue, en outre, ne nous aurait guère permis d'en examiner à notre aise les traits.

— Vous voyez, dit le doyen.

— En effet, je vois, mais...

— Mais ?

— Est-ce un livre qu'il tient à la main ?

— Oui. C'est un livre. Mon fils, dans les temps qui ont précédé la mise à jour de cette statue, passait presque toutes ses journées dans la bibliothèque. Ce fut un indice supplémentaire.

— Peut-on prévoir qu'une gravure se dessinera sur une face du livre pour en donner le titre ?

— Il y a là des reliefs qui se creusent, en effet, mais ils sont encore indéchiffrables et peut-être ne pourra-t-on jamais les lire clairement. Cela peut dépendre aussi de l'éclairage.

— Y a-t-il un moyen de voir plus distinctement le visage ?

— Non, on ne peut songer, dans l'état actuel de la statue, à appuyer contre elle une échelle dont la base, en plus, pèserait sur le terreau.

— Monsieur le doyen...

— Monsieur ?

En cet instant nous avons détourné les yeux sur la statue et nous nous sommes regardés. A-t-il voulu éviter la question que j'allais lui poser ?

— Cette ressemblance… a-t-il commencé.

— Elle ressemble, oui, mais à qui au juste ?

— À mon fils, à coup sûr, à mon malheureux fils.

— Qu'est-ce donc qui vous en rend si assuré ?

J'aimais cet homme. J'éprouvais pour lui un rare respect. Il était celui qui m'avait ouvert le domaine, le tout premier doyen que j'eusse rencontré, néanmoins, en cet instant, j'eus le désir de le couvrir d'invectives, parce que lui aussi consentait.

— Mais, rétorquait-il déjà, tous les jardiniers, et mon fils lui-même, l'ont reconnue !

— Et vous, son père ?

Il dut se détourner pour murmurer :

— Je pense que c'est lui qu'elle désigne. Sinon qui d'autre ?

— C'est ce que je ne parviens pas à découvrir. Je sens que cette statue me fait signe vers le tout proche, mais qui au juste ? C'est comme un mirage qui se dissipe dès que je fais un pas vers lui. J'ai connu quelqu'un — j'en suis certain — qui avait cette façon de se tenir, cette tombée du bras le long du corps, ce raidissement de la taille contre un penchant constant à se courber. Mais qui donc ? Non, je ne crois pas que ce soit votre fils, mais de penser à lui m'empêche d'atteindre celui que je cherche. Le souvenir que j'ai de mon ami se fait à la ressemblance de cet inconnu comme pour prendre sa place à l'appel de la statue. C'est abominable. Il me semble que mon amitié n'a jamais été aussi forte.

— Calmez-vous, me dit le doyen.

— Si seulement je pouvais voir en face ce visage de pierre tourné vers le ciel, il me semble que je saurais en un éclair.

— C'est impossible. Et de toute façon, même si vous aviez raison dans votre délire, il est trop tard pour revenir sur le destin d'un homme qui meurt et d'une statue qui s'achève.

Je ne voulais pas de mal au doyen, et pourtant, je le saisis par le bras et l'obligeai à soutenir mon regard.

— Monsieur le doyen, souvenez-vous bien de ceci : quand il faudra déplacer la statue pour qu'elle tienne son rang dans le vestibule de la demeure, il y aura un moment, un très court instant, pendant lequel vous verrez ce visage que nous ne pouvons en ce moment apercevoir qu'en profil perdu. Vous ferez ce qu'il faut pour le voir, parce que je vous l'ai annoncé en cet instant, et vous saurez, vous, même si les autres sont aveugles à l'évidence.

— Fallait-il que vous vous vengiez sur moi de quelque mal ? me demanda-t-il calmement.

— Non, ce n'est pas une vengeance, plutôt une douleur honteuse dont la source me reste encore cachée et que je ne peux que supporter seul.

— La douleur réelle est toujours honteuse.

— Il s'agit certainement de plus que cela. Nous nous sommes écartés de la statue.

— Nous allons confier nos montures à l'un des jardiniers et je vous conduirai. Il faut traverser la demeure, me dit le doyen.

Le lieu où était le mourant se trouvait séparé du champ de statues par la demeure. C'était un petit bâtiment dont les derrières s'enfonçaient en enclave dans le jardin des femmes. J'en fis la remarque au doyen.

— En effet, me répondit-il, c'est que la maison des morts comporte deux entrées, l'une vers les hommes, l'autre vers les femmes. Lorsqu'un homme est mourant, et même parfois tout à fait mort, quand il s'agit d'un accident, les autres jardiniers le portent dans cet édifice et se retirent ; ensuite c'est son épouse — sa mère, s'il s'agit d'un célibataire —, ou la plus proche parente de celle-ci, qui le veille dans son agonie et lui fait sa dernière toilette. Quand tout est fini, les hommes vont chercher le corps et les chants funèbres commencent. On l'inhume généralement à l'endroit même où il a travaillé pour la dernière fois, afin que ses restes se mêlent au terreau et profitent à la croissance des statues à venir.

— Je croyais qu'il existait un espace réservé aux tombeaux.

— C'est le cas seulement pour les femmes, mais nous n'y avons pas accès, nous autres hommes.

— Les femmes ne reposent donc pas sur le lieu de leur travail comme les hommes ?

— Non, c'est un tout autre monde.

Me souvenant des explications que m'avait données Vanina lorsqu'elle m'avait raconté la mort de son frère, je discernais les désaccords entre son récit et les descriptions que me faisait présentement le doyen. J'aurais pu aisément vérifier si les propos tenus par Vanina se distinguaient de ceux du doyen, parce qu'il y avait une différence réelle entre les rites de sépulture dans les domaines du nord et dans ceux du sud, ou bien parce que les pratiques funéraires décrites par Vanina avaient dégénéré au même rythme que le domaine, mais je n'avais pas le désir de poursuivre mon enquête. Je voyais trop bien à quel point de telles spéculations atténuaient la souffrance du doyen tandis qu'il me parlait, j'estimais en avoir assez fait dans ce sens et je ne voulais aucunement, au moment de me trouver en présence de mon ami, que cette sorte d'écran de pensées se maintînt entre moi et ma douleur que je voulais entière. Je refusais de reculer devant l'insupportable auquel je survivrai.

Nous sommes entrés ensemble dans le vestibule. Posant la main sur mon bras, il m'arrêta. Il saisit un marteau de cuir qui était accroché à une patère et en donna un coup sur un gong que je n'avais pas vu, dans l'ombre où il était suspendu comme une lune des profondeurs. Échappant à une gorge de bronze, le son grave, semblable au raiement d'un cerf, se répercuta longuement à travers la bâtisse dont les pièces devaient être vides. Nous avons attendu le temps que nous pouvions supposer nécessaire à toute personne féminine qui s'y fût trouvée, pour quitter le chevet du mourant.

— Allez, me dit enfin le doyen.

Et je m'avançai seul dans la pénombre de la maison des morts. J'essayai d'atténuer le bruit de mes pas dont l'écho me renvoyait le martèlement lugubre. Je traversai plusieurs pièces désertes et absolument nues. Et soudain, franchissant un seuil, avant d'avoir encore rien vu, je sus que j'y étais. En effet, dans l'angle le plus ombreux, sur une natte mince et le corps couvert d'une épaisse toile blanche, il était là. Je fis quelques pas et m'accroupis à son chevet. Son immobilité complète avait pu me laisser croire qu'il dormait, mais la position de sa tête, appuyée du sommet de l'occiput contre le sol et qui renversait sa face vers la muraille du chevet comme pour y lire des chiffres invisibles, ne me laissa aucun doute ; les paupières presque jointes laissaient briller une lunule blanche de sclérotique ; il veillait vers l'intérieur, il guettait. Sa respiration, lente et presque étouffée, faisait, dans le silence absolu, un sifflement constant. Un moment est passé et ses paupières se sont lentement soulevées ; avant même que ses yeux ne se fussent complètement ouverts, ses pupilles agrandies étaient fixées sur moi comme si déjà, dans les profondeurs de lui-même, il me scrutait depuis que j'avais franchi le seuil de la chambre.

— Ah ! soupira-t-il, vous êtes venu.

Sa voix était cassée et aiguisée par le mal qui le rongeait. J'y trouvais une indécence difficilement supportable. Il bougea un peu, sortit finalement la main de sous le drap, et je vis venir à moi une étoile blanche, décharnée, qui se tendait comme la prière d'une pieuvre. Alors seulement, je perçus le délabrement de son corps. Les pieds étaient dressés sous l'étoffe et paraissaient démesurément longs. En revanche, par tout cet espace où auraient dû se laisser deviner les jambes, le bassin, le ventre, je ne voyais plus que des plis de toile sillonnant le vide jusqu'au bombement étroit de la cage thoracique déserte où le souffle bruissait dans le désordre de la vacuité. Le visage était invraisemblablement émacié, je ne distinguais plus qu'une étroite place entre les mèches retombantes de la chevelure qui, déjà morte, se feutrait, et l'opaque broussaille de la barbe coulant comme un nuage de sépia des pommettes au cou dont les tendons saillaient à travers cette villosité sèche ;

une plage blanche réduite de toutes parts, où les yeux secs comme des pierres semblaient s'être rapprochés du nez aux narines pincées, fin comme une lame. De la bouche on ne voyait que les dents, qui brillaient de leur éclat définitif.

J'avais saisi sa main, que je m'attendais à trouver glacée par les profondeurs et qui était brûlante et sèche.

— Oui, je suis venu.

Il soupira. Paupières immobiles, il me fixait toujours.

— Eh bien, murmura-t-il, vous êtes revenu vivant des steppes, vous avez réussi. Cette femme... ?

— Oui, je l'ai sauvée du domaine, c'est bien la sœur de l'aubergiste.

— Il fallait donc que vous veniez pour elle.

— Une nuit nous a été favorable.

— Savez-vous que je la connais ?

— Elle m'a parlé d'un homme et j'ai pensé à vous.

Il hocha la tête, ferma les yeux.

— Ainsi, tout est bien.

— Et vous ?

— Moi ? Je n'ai jamais su. J'étais patient. Je le suis encore. Maintenant vous voyez.

— Est-ce que... Est-ce que vous souffrez ?

— Au début, c'était très pénible. Comme si le socle de la statue me pesait sur la poitrine, comme si des racines de pierre se convulsaient dans mes poumons, en travers de mon souffle. Maintenant, c'est le silence, et je veille.

— Y a-t-il quelque chose à faire ?

— Il n'y a rien à faire. C'est ainsi.

Nous nous sommes tus un moment. Puis il eut un sursaut, et ouvrit à nouveau les yeux.

465

— Qu'avez-vous vu dans les steppes ? Parlez-moi.

Je lui dis en quelques mots ce qu'il en était de la légende du chef à la barbe blonde et de la situation politique qui découlait de son ascension vers une suprématie totale, mais je sentais bien que cela ne le touchait guère. Je parlai donc de la cavalière, longuement, donnant dans l'ordre où ils s'imposaient à ma mémoire tous les détails qui me revenaient soudain comme neufs. Lorsque je me tus, il me sembla le voir sourire.

— Cette femme, demanda-t-il finalement, c'est un signe ?

— C'est en tout cas ainsi que je l'ai connue.

— Alors c'est un signe.

— Mais je ne saurais vous dire de quoi.

Le même humour que jadis le visita.

— Ne nous hâtons pas, me souffla-t-il, d'interpréter les signes. Soyons modestes. Voyez à quoi mène la vanité. On croit connaître le sens et on donne tête baissée dans la superstition. Nous nous en garderons jusqu'au bout.

Il se mit à rire, à rire vraiment en achevant :

— D'ailleurs, pour ma part, je n'en ai plus pour très longtemps.

— Avant de déchiffrer les signes ?

— Non, non, à me retenir de sombrer dans la superstition.

Cet effort l'avait fatigué. Il me réclama à boire. J'appuyai ses épaules contre mon genou levé, soutins sa tête d'une main et de l'autre approchai de ses lèvres le gobelet qui était posé à son chevet. Il but avec avidité. Quand je l'eus reposé sur sa couche et qu'il eut repris quelques forces, il remarqua :

— C'est étrange comme l'eau est bonne. Aimez-vous l'eau ?

466

— Oui, j'aime l'eau.

Il y eut ensuite un long silence, comme s'il dormait ; mais je savais qu'il veillait. Et il percevait de son côté ma vigilance, puisqu'il murmura :

— Vous me gardez. C'est pour ça que je vous ai fait appeler. Les autres me donnent l'impression de me guetter. Pas vous. Vous n'attendez rien. Vous non plus…

Il dut proférer quelques mots de plus, mais je ne les entendis pas, tant sa voix s'était faite indistincte pour rejoindre, une fois encore, le silence. Aucun de nous deux n'avait osé soulever la question qui nous hantait. Il n'y vint que beaucoup plus tard, après avoir lâché ma main.

— Vous avez vu la statue ? me demanda-t-il.

— Je l'ai vue.

— Alors ?

— C'est une statue d'ancêtre, ça ne fait pas de doute.

— Oui, mais qu'en pensez-vous ?

— Sincèrement ?

— Bien sincèrement.

— Je ne l'ai pas examinée d'assez près pour donner une opinion dont je serais tout à fait assuré. Mais…

— Mais ?

— Je ne vous ai pas reconnu. Et je ne comprends pas ce que vous faites ici.

— Vraiment ?

Il insinuait cette question avec une infinie douceur et peut-être un peu de ruse.

— Vous voulez connaître tout mon sentiment, n'est-ce pas ? lui demandai-je. Vous ne tolérez pas de ne pas savoir, c'est bien ça ?

— C'est ça. Il est bon pour moi de sentir que je

467

n'ai pas à répondre aux questions dans l'état où je suis, mais à les poser.

— Et pourtant vous n'êtes pas innocent.

— Je le deviens.

— Le pouvez-vous ?

— Pourquoi pas ?

— Parce que vous ne devriez pas être ici. Pas vous, mais un autre.

— Un autre ! Mais qui ?

— Ah, je ne sais pas ! Je ne parviens pas à savoir de qui vous usurpez la mort. Mais ce n'est pas de vous qu'il s'agissait. J'en suis sûr. Il devrait être là, étendu où je vous vois, je le connais et je ne parviens pas à le nommer. Même dans le secret de mon cœur, je n'entends pas son nom. Tout est vide.

— Je vous crois.

— Vous savez donc que vous occupez une place et accueillez un état qui ne sont pas les vôtres.

— Ce n'est pas ce que j'ai voulu dire, mais simplement que j'étais convaincu de votre sincérité.

— Mais vous ?

— Je ne sais plus. Il y a tant de hasards. J'ai cru, j'ai douté et c'était croire encore, et de toute façon, maintenant...

— Si seulement j'avais pu voir ce visage de pierre. Mais il est dérobé.

— Vous pourrez bien le voir un jour.

— Trop tard.

— Ne soyez pas lugubre. Je ne réussirai peut-être pas. Déjà les contradictions de la vie me lâchent au profit de l'identité des choses.

Je passai la main sur son front pour repousser ses cheveux. Il m'étreignit le poignet.

— Gardez-moi, souffla sa voix assourdie.

Et puis ses doigts m'ont lâché. Il a secoué la tête, comme pour chasser un mauvais rêve. Cette fois, il n'avait plus sa connaissance. Je l'ai veillé longtemps. La nuit était tombée. Je ne le voyais plus. Je sentais simplement sous ma main son corps qui tressautait aux derniers accidents d'une vie à laquelle sa parole ne participait plus.

En sortant, j'ai frappé sur le gong pour avertir de mon départ — d'autres que moi pouvaient désirer le veiller. Mais il ne parlerait plus jamais ; j'étais sûr que ce qu'il lui restait de parole vive, il l'avait suspendu jusqu'à ces derniers instants et venait de le dépenser tout à fait, en une fois, sans rien élucider, ni pour moi ni surtout pour lui.

Le doyen m'attendait sur le seuil de la demeure pour me conduire à ma cellule. Il se tint silencieux jusqu'à la porte de la petite pièce, mais là :

— Comment l'avez-vous laissé ?

— Sans connaissance.

— Il n'attendait plus que vous pour céder, je crois.

— Aurais-je dû venir plus tard ?

Le doyen haussa les épaules, puis, amical :

— Il vaudrait mieux que vous dormiez maintenant.

— Je vais essayer.

À vrai dire, je ne croyais pas y parvenir ; trop de pensées acérées, dont la souffrance m'épargnait celle d'une réalité hors de portée, se pressaient en moi. J'essayais de les peser une à une en me déshabillant pour faire cesser leur sarabande fiévreuse, mais à peine fus-je étendu que je sombrai pour ne m'éveiller qu'au soir. Au bruit que je fis en sortant de ma couche, on frappa contre la porte et un adolescent entra. Je supposai qu'ils avaient dû tout le jour se relayer pour se mettre à ma disposition dès mon réveil. Il m'apportait deux brocs d'eau tiède pour ma toilette. Je demandai des nouvelles du mourant.

— Il n'est pas encore mort, mais il n'a pas repris connaissance.

— Je retournerai à son chevet dès que j'aurai fait ma toilette, lui dis-je. Je dînerai ensuite. Pouvez-vous me laisser seul maintenant ?

— Est-ce que vous voudrez bien nous recevoir après votre dîner ?

— Vous avez encore le désir de me parler ?

— Oui.

— C'est entendu. Je vous attendrai.

— Merci.

— Non. Il ne faut pas me remercier.

Il s'en fut. Plus tard, je trouvai mon ami dans l'état où je l'avais laissé aux approches de l'aube. Les sursauts de la vie secouaient toujours son corps. Je ne pus rester longtemps auprès de lui car je désapprouvais tout à fait le mouvement irrépressible qui me penchait sur la face où j'essayais de déchiffrer, dans la lumière indécise du crépuscule, un signe qu'il ne pouvait m'adresser. J'avais honte de ce souci qui faisait violence à la neutralité tourmentée de son corps. L'amitié, ici, devait abandonner ses privilèges. Il n'appartenait plus qu'à la terre.

Ni à l'aller ni au retour, je ne vis le doyen. Contre mon gré, je mangeai de bon appétit. Après le dîner vinrent les adolescents. Nos échanges, qui se poursuivirent une partie de la nuit, m'ont laissé un souvenir étrange. Je leur parlais avec fermeté, rigueur, assurance, de tout ce qu'ils désiraient connaître — essentiellement mon voyage dans les steppes —, mais ma parole était d'autant plus aisée que j'étais moins présent à ce que je disais. Un automatisme précis guidait les mots dans ma bouche, tandis que ma pensée tout entière restait fixée sur celui qui, là-bas, flottait indistinctement entre vie et mort, ayant déjà lâché prise et perdu un pari qu'il savait dès longtemps impossible. J'étais sans le savoir en train de renoncer, puisqu'il était trop tard désormais pour changer le cours des choses, à découvrir de qui, dans la mort, mon guide avait pris la place. Ainsi, de même que je n'étais pas attentif aux propos que je tenais sans le vouloir, mon esprit n'enregistrait guère les demandes qui m'étaient faites, en sorte que je n'en gardai, pour ainsi dire, aucun souvenir, sinon cette impression assez gênante : sous le tact, le respect, les prévenances dont on usait à mon endroit, courait une sorte de réprobation confuse. La jeunesse aime à passer pour exempte de préjugés et jamais ces jeunes gens n'eussent songé à me critiquer sur la façon dont ma vie privée bousculait les usages. Ils ne songeaient pas plus à projeter sur moi l'amertume de voir une guerre, bien prévisible, sur le point d'éclater. Mais, malgré eux, ils montraient la douleur où je les plongeais en venant, comme je n'avais cessé de le faire depuis quelques mois à travers le pays, leur révéler la beauté et la valeur du monde qui leur était familier, dans les temps mêmes où celui-ci allait disparaître. Le simple fait qu'un voyageur s'y intéressât avait décanté à leurs yeux les choses quotidiennes et banales où ils vivaient, et tout se passait comme si je n'étais apparu dans leur univers et ne leur avais prêté mes yeux, ma sensibilité, que pour leur rendre plus cuisante la disparition de ce dont ils ne se savaient pas avant

471

moi possesseurs et pour quoi désormais ils éprouvaient une légitime fierté. De cela ils témoignaient
devant moi car il leur convenait que je susse ce
que j'avais fait parmi eux. Mais ils ne me demandaient rien et, d'une certaine manière, tenaient
en exil les réponses que j'eusse pu avoir à cœur
de formuler. Et cela, bien que mon souci principal fût ailleurs, je le sentis assez vivement pour
ne l'oublier jamais.

Cette nuit-là encore, mon sommeil fut celui
d'un homme épuisé. Dans la matinée, j'allai une
dernière fois me rendre compte de l'état de mon
ami. L'agonie durait, semblable à elle-même dans
son indifférence. En sortant de la maison des
morts, je trouvai le doyen sur le seuil.

— Je vais vous quitter, lui dis-je.

— Vos chevaux sont prêts.

Il semblait avoir quelque chose encore à me
dire. Il n'y vint qu'au bout de quelques pas.

— Ce n'est pas l'usage, mais, comme il se trouve
que mon fils a vécu auprès de vous un moment
de sa vie assez exceptionnel, consentiriez-vous à
rédiger un mémoire pour le livre d'ancêtre que
nous allons commencer sous son nom ?

Dans l'instant, je ne vis là qu'un geste de piété
dont l'amitié me faisait un devoir.

— Vous m'honorez beaucoup, répondis-je, en
me confiant une si noble tâche. Soyez sûr que j'y
mettrai tout mon cœur. Cependant, comme je
n'appartiens pas au domaine et ne suis aucunement assuré de l'endroit où je séjournerai au
moment de la cérémonie, il serait prudent à vous
de faire choix de biographes plus immédiatement
disponibles et d'attendre le récit que j'écrirai
comme annexe à leur ouvrage.

— Vous avez tout à fait raison, nous ferons ainsi. Mais je peux compter sur vous, n'est-ce pas ?

— Certainement.

Nous étions sur l'allée centrale ; je tirai derrière moi mes deux chevaux.

— Dites-moi, me demanda le doyen, vous avez visité ce domaine où était apparue une statue mutilée il y a quelques mois ?

— En effet. C'était une pièce étonnamment émouvante, j'en ai gardé un souvenir très net. J'avais même entrepris sur ce sujet des recherches qui m'avaient montré que cet accident n'était pas unique.

— En tout cas, il ne risque plus de l'être. Le phénomène, depuis lors, s'est répété et étendu autour de la zone d'origine.

— Ah !

— Un accident de ce genre peut donner des résultats... émouvants, comme vous dites. Mais que dire de cent, de cinq cents statues de ce genre et peut-être plus ?

— À ce point ?

— Oui. C'est énorme, n'est-ce pas ?

— Cela doit revêtir, au bout du compte, une certaine uniformité.

— Vous êtes modeste. C'est un véritable académisme de l'avortement.

— Qu'en pensent les jardiniers concernés ?

— Les avis sont partagés, et même diamétralement opposés. Certains baignent dans une sorte de dévotion béate. Les autres ne sont capables d'exprimer qu'une niaise répulsion. Au moins cela a-t-il le faux mérite d'absorber tout un chacun dans de vaines disputes sur la qualité et le défaut des statues amputées, ce qui les divertit du drame instant auquel nous devons faire face. Cela entretient de sottes disputes...

— Et vous-même, qu'en pensez-vous ?

— Je pense que la terre nous abandonne et que toutes ces choses ont fait leur temps.

Je l'observais du coin de l'œil et il s'en aperçut.

— Eh oui, soupira-t-il, je suis vieux, mon seul fils est mourant, les statues dégénèrent et les hordes pillardes sont à nos portes. Alors, que voulez-vous ? Je suis fatigué. Il faudra recommencer, faire autre chose. Mais moi, je n'aurai pas le temps.

Et comme nous atteignions la porte, car nous avions marché d'un bon pas :

— Il se fait tard, me dit-il en me tendant les mains.

J'enfourchai un cheval, amenai l'autre par la longe.

— Pensez à la biographie que je vous ai demandée.

— Vous pouvez y compter, dis-je en tournant bride.

Et je vis qu'il levait la main en signe d'adieu.

Je regagnai l'hôtel en hâte, tout habité par le projet que le doyen venait de me confier, et déjà je tournais dans ma tête les propos que je croyais propres à faire sentir quel homme avait été mon ami. Les mots étaient là, s'appelant les uns les autres, glissant à pleines phrases dans un espace mental d'une absolue vacuité. Cela dépendait si peu de moi que je comptais me soumettre sans délai à cette pure dictée. Mais, une fois sur place, je dus accepter une petite diversion. Vanina, qui m'attendait et même commençait un peu à s'inquiéter, voulut connaître la cause de mon absence. J'expliquai que je m'étais rendu auprès d'un ami mourant. Elle ignorait que j'avais un ami dans la région.

— Je t'imagine toujours solitaire, remarqua-t-elle.

— Cela ne m'empêche pas d'avoir des amis.

Elle songeait.

— Qui était-ce au juste ?

Je le lui dis. Elle répondit par un soupir, hésita, questionna de nouveau.

— Comment est-il mort ?

— Il n'est pas encore mort, il agonise.

— De quoi ?

— Une statue d'ancêtre.

— C'est à peine croyable, c'est si rare ! Et puis, maintenant...

— Il sera sans doute le dernier. C'est absurde, et pourtant il est en train d'en mourir.

— Je ne comprends pas que cela lui soit arrivé, à lui.

— La même tentation menace tous les jardiniers.

— Mais justement, il était si différent, détaché de tout ça. On aurait pu prévoir qu'une telle statue lui serait étrangère, qu'il la trouverait risible comme toute chose.

Et soudain me revint la complicité que j'avais sentie entre le père et le fils lorsque nous avions parlé des statues d'ancêtres, leur sourire précisément. L'idée m'avait effleuré alors qu'ils ne croyaient pas trop à leur rôle, l'un de doyen, l'autre de jardinier accueillant.

— Précisément, dis-je à Vanina, la statue ne lui ressemble guère. Lui-même n'est pas certain d'être celui qu'elle désigne.

— Alors ?

Je n'eus pas le courage, et peut-être le talent me manqua-t-il, de dire les pressentiments fugaces qui me passaient par la tête. Pouvait-on dire que cette mort pathétique était cependant une sorte de plaisanterie ?

Plus jamais Vanina ne me parla de lui ; je savais bien qu'elle ne pouvait se soustraire à certaines incertitudes en ce qui regarde, par exemple, le cours qu'aurait suivi la vie de cet homme si elle l'avait reconnu lorsqu'il était venu vers elle en fiancé. Quant à moi, je me croyais encore soucieux de réaliser le mémoire que m'avait demandé le doyen. Je voulus me mettre à la tâche et ne parvins à rien. L'ordre de mes idées, quelque soin que j'en prisse, ne cessait de se défaire. Les mots se retiraient, aucun souvenir ne consentait à me guider la main. Et je finis par douter tout de bon, devant tant de difficultés, du bien-fondé de ce projet. N'était-il pas scandaleux de vouloir écrire sur un mort ? J'en étais à renverser les motifs qui m'avaient d'abord dominé et, là où je voyais quelques heures plus tôt un geste de piété, je discernais maintenant une manœuvre profanatrice et finalement assez sordide. Écrire, et au bas de l'écrit apposer mon nom de vivant pour traduire, et même falsifier, ce qui se dérobait indéfiniment dans l'imperceptible événement de la mort, me paraissait odieux. Nous tous, qui l'avions connu, devions admettre cette insoutenable interruption ; cette mort ne pouvait être à personne. Le silence était sans valeur ; au moins, ne s'appropriant rien, nous forçait-il à demeurer au plus près de la justice. Restaient la statue et le jeu étrange du mourant. Je passai plusieurs jours d'anxiété à retourner ces pensées. Tantôt je séjournais de longues heures durant, enfermé dans la chambre, immobile sur une chaise, n'écrivant point, ne faisant rien sinon penser à ce qu'il était impossible de penser ; tantôt je me précipitais à l'extérieur, sellais un cheval et partais à travers les routes désertes pour de longues randonnées d'où je ne revenais qu'à la nuit tombante.

Cette fièvre me tint quelques jours. Et puis un soir, au moment de dormir — j'étais comme d'habitude étendu auprès de Vanina qui, particulièrement lasse, m'avait tourné le dos après quelques embrassements et qui, contre le mur, dormait recroquevillée, la tête dans les mains, les genoux remontés à hauteur de poitrine, tandis que moi, de tout mon long, étendu sur le dos, les bras allongés de part et d'autre du corps, la tête renversée, seul dans l'obscurité, j'écoutais le souffle régulier de son profond sommeil et, bien qu'elle fût séparée de moi par toute l'épaisseur de la nuit sans rêves où elle s'était abîmée, je recueillais avec émotion la confiance, l'abandon, la vaillance même, qu'elle me témoignait en dormant ainsi alors que je veillais —, précisément ce soir même où pour la première fois je cessais d'y songer, je sus en un éclair ce que devait être le mémoire que le doyen attendait de moi. Tout mon malheur des derniers jours était venu de m'être cru tenu de décrire mon ami alors que tout ce que j'avais à dire était précisément le tourment qui m'agitait depuis que, l'ayant vu mourant, je m'étais trouvé investi du rôle de témoin. Là seulement était en moi son legs. Sans doute ce procédé d'exposition n'était-il pas sans ruse, puisque cela revenait à ne parler de lui que par un biais, mais c'est précisément à la ruse que me confrontait la mort de mon ami et la plus juste façon de répondre à cette sommation était de dévider la ruse se dénonçant en tant que telle.

Je me levai, allumai en hâte une chandelle, et jetai sur le papier quelques notes à partir desquelles je comptais dès le lendemain renouer avec l'inspiration qui venait de me saisir. Et, tandis que j'écrivais, j'aperçus que cette pensée dont je dégageais le fil allait me porter plus loin, jusqu'à la révélation ultime de ce qu'était en vérité le rapport entre le jardinier et l'éventualité de la statue ressemblante. J'allais mettre à jour le cœur de la hantise. Si mon ami devait être le dernier jardinier à connaître cette fin, l'écrit que je laisserais en sa mémoire occuperait les derniers feuillets du dernier livre d'ancêtre. « Gardez-moi », avait soufflé la voix avant de s'éteindre ; cette phrase martelait ma pensée. Je ne sais ce que dura cette veille ; elle m'épuisa et je dormis comme une souche jusque fort avant dans la matinée du lendemain. Dès mon réveil, je fus absorbé par les tâches courantes. Mais j'étais gai en m'apprêtant avant de descendre m'occuper des bêtes et fendre le bois, j'avais eu le temps de jeter un coup d'œil sur mes notes de la nuit ; en effet, tout était là. Il arrive que l'on passe ainsi de ces journées qui sont légères parce qu'on a trouvé la source assurée d'un projet qui ne peut plus manquer de suivre son cours. Alors toute hâte cesse, chaque geste retrouve son juste poids, et l'on vit sous le charme d'une promesse dont on sent bien que rien ne la pourra détourner. À chaque instant je savais de nouveau avec une certitude plus ample que les mots s'assembleraient d'eux-mêmes, sans que j'aie un seul instant à y mêler les maladresses du talent. Il suffisait de laisser mûrir. Et au soir je me retrouvai dans ma chambre, au calme du commencement ; mais je voulais retarder encore l'instant où je poserai pour la première fois la plume sur le papier. Je garnis ma pipe, l'allumai, m'assis sur ma chaise. Vanina entra, porteuse du repas froid qu'elle allait quérir chaque après-midi à la cuisine et que nous mangions plus tard. J'avais eu le désir de ne pas lui laisser cette tâche qui me paraissait le symbole de rôles dont ni l'un ni l'autre ne voulions plus. Mais, tout comme je lui avais remontré que j'étais plus qu'elle familier de cette partie de l'hôtel, elle m'avait répondu qu'elle tenait à y nouer contact. Elle posa le plateau sur une petite table proche du lit afin que je pusse disposer librement du bureau et, levant les yeux sur moi, elle remarqua :

— Tu as l'air bien content.

J'ouvrais la bouche pour lui faire part de ce que je préparais lorsque le drame éclata. Un invraisemblable vacarme où les cris et les appels se mêlaient à des bruits de galopade ébranla le couloir ; je me précipitai vers la porte qui s'ouvrit à la volée et la prostituée qui nous avait rendu visite quelques jours plus tôt, tenant sa fille serrée dans les bras, tomba contre moi si impétueusement qu'elle faillit me renverser. Je reculai en la soutenant, Vanina s'empressa, tâchant de lui faire lâcher prise, car elle semblait sur le point d'étouffer l'enfant. Elle nous regardait, éperdue, et haletait :

— Protégez-moi ! Protégez-moi !

— Mais, que se passe-t-il ? demandai-je.

Dans la porte béante s'encadraient deux hommes.

— Ne vous mêlez pas de ça, me dit froidement le plus âgé qui avait toute l'apparence d'un homme d'affaires cossu — espèce d'homme dont je n'avais jamais vu le moindre exemple dans la province des jardins statuaires. J'étais si abasourdi par cette intrusion d'un autre monde que je croyais avoir à jamais oublié dans celui où je vivais, que je demeurais pantois durant quelques secondes. Pendant ce peu de temps, l'autre homme, une espèce de petite gouape aux vêtements criards, faisait quelques pas dans la chambre en direction des deux femmes qui protégeaient l'enfant. De ce groupe, Vanina était la plus proche de lui ; il étendit la main vers elle.

— Si vous touchez à quiconque se tient dans cette pièce, je vous tue, criai-je sans même mesurer la portée de mes paroles.

Il s'immobilisa et tourna lentement vers moi sa face pâle, ses yeux indifférents de brute sournoise, puis il se mit en marche à ma rencontre. Je m'étais instinctivement appuyé au bureau. Lorsqu'il voulut me saisir, je portai vivement en avant la dague que j'avais empoignée dans mon dos sur la table où elle faisait ces derniers temps office de coupe-papier, et en appuyai la pointe sous son menton. Il s'était arrêté, mais songeait déjà — je pouvais le lire fort clairement dans ses yeux — à me désarmer.

— Faites encore un geste, lui dis-je, et je vous accroche comme un porc.

Et sur ces mots, d'un petit coup de poignet, j'appuyai l'arme sous sa mâchoire ; la pointe de la dague déchira sa peau et une perle de sang coula lentement sur le fil de l'arme.

— Rappelez votre sbire avant que je ne l'égorge tout à fait, dis-je à l'autre homme.

Il appela et le garçon recula, tourna les talons et franchit la porte en se tamponnant le menton de son mouchoir. En deux enjambées je fus au chevet du lit où j'avais adossé le sabre des steppes, je le dégainai puis me dirigeai calmement vers la porte, une arme dans chaque main. L'homme d'affaires ne broncha pas.

— Vous avez tort, me dit-il simplement, de prendre ces choses tellement à cœur.

— Je ne permets à personne d'entrer chez moi comme vous venez de le faire, répondis-je.

— D'abord, la porte était ouverte. Ensuite, vous n'êtes pas précisément chez vous. Ici, vous êtes hébergé, dans des conditions bien exceptionnelles, et je peux vous garantir que vous n'allez pas rester longtemps sous ce toit.

— Je ne compte pas y demeurer.

— Il faudra donc que vous preniez la route. Et la route est longue...

— Si vous prévoyez de m'y faire des ennuis, je crois que vous vous en attirerez de plus grands encore.

— Vraiment ?

— Il se trouve que je jouis de quelque estime dans la région.

— Les jardiniers ont pour l'heure d'autres chats à fouetter.

— Je n'en suis pas si sûr que vous. La situation se prête fort bien à la liquidation de votre engeance.

Il sourit et précisa :

— ... ou à son épanouissement. Dans l'un comme l'autre cas, cela prendra du temps.

— À plus ou moins brève échéance… commen-çai-je.

— Ah, en voilà assez ! Nous n'allons pas nous lancer dans la spéculation politique, non ? Je suis ici pour régler une affaire assez banale et vous vous mettez en travers de mon chemin. J'ai les moyens de venir à bout de vos prétentions, mais je veux bien vous proposer d'abord d'arranger ça à l'amiable. Laissez-moi faire, et j'oublie ce fâcheux incident.

J'étais bien décidé à ne céder sur rien, mais je voulus commencer par négocier.

— Que voulez-vous à cette femme ?

C'est elle qui répondit :

— Ce n'est pas à moi qu'ils en ont, mais à ma fille. Ils voudraient déjà qu'elle commence…

— Quoi ?

— Ils veulent me l'enlever pour la soumettre, dans une autre de leurs maisons, aux caprices infects…

— Mais ce n'est pas possible ! dis-je à celui qui se tenait sur le seuil.

— Nous avons une clientèle pour ça, répondit-il avec flegme.

— Vous êtes une ordure !

— Et vous, vous vous mêlez de ce qui ne vous regarde pas. Encore une fois…

— Cette enfant est désormais sous ma protec-tion ; vous ne vous en emparerez pas. D'ailleurs, je vais aller chercher pour elle une statue de fer.

— Cette initiative vient trop tard. L'usage veut qu'une enfant soit déjà en possession d'une sta-tuette pour que nous renoncions à récupérer ce qu'elle nous a coûté. À quel titre, au reste, récla-meriez-vous une statue ? Vous n'êtes pas jardinier.

— Parce qu'en plus vous comptez m'enseigner les usages ! Disparaissez. Disparaissez avant que je ne vous dépêche !

Il recula.

— Viens, dit-il à son acolyte.

Ils se dirigèrent vers l'escalier. Comme il posait le pied sur la première marche, il se tourna vers moi.

— Nous nous retrouverons, monsieur le chevalier servant des putes. Quant à cette fille, dites-lui bien qu'elle ne perd rien pour attendre.

Il descendait et, soudain, l'empire qu'il avait gardé sur lui-même céda et il se mit à hurler :

— Les usages, oui, je vous les apprendrai, moi, les usages !

Je fermai ma porte et me tournai vers les deux femmes.

— Eh bien, nous avons gagné la première manche. Mais il faut partir tout de suite pour aller mettre l'enfant sous la protection du gardien du gouffre.

La mère me regardait. L'espoir lui revenait.

— Vous allez vraiment faire ça ?

— Nous allons le faire. Préparons les bagages.

— Je vais vous aider.

— Non. Allez faire les vôtres et ceux de l'enfant.

— Je vous confie l'enfant, mais moi je ne pars pas.

Vanina et moi avons commencé à nous récrier. Elle nous a coupé la parole :

— Faites vos bagages en hâte et écoutez-moi. Le type bien habillé, c'est un patron. Il ne se déplace que quand une affaire l'intéresse ou l'amuse personnellement — donnez-moi ces chemises, je vais les plier pendant que vous rangerez

vos papiers —, il a tellement l'habitude de l'autorité qu'il ne se fait jamais accompagner que par
la petite crapule que vous avez vue. C'est sans
doute la première fois qu'on lui résiste. Maintenant, il faut qu'il rentre dans son fief pour rassembler ses hommes de main. Ça ne traînera pas.
D'ici à deux ou trois jours, ils seront de retour et
viendront en force. Ils s'arrêteront d'abord ici
pour s'occuper de moi. Ensuite ils partiront sur
vos traces. Chargés de la petite, vous ne pourrez
pas vous déplacer aussi vite qu'eux. Il faut que
quelqu'un les retarde.

— Alors partez avec Vanina et je me charge de
les amuser jusqu'à ce que vous soyez en lieu sûr.

— Que ferez-vous ? Sans moi ni mon enfant,
vous ne les intéressez guère.

— Je peux me battre.

— Pas seul contre des hommes dont c'est le
métier de tuer.

— Que ferez-vous de mieux ?

— Je ne serai pas seule. Je pense que je pourrai obtenir l'appui de toutes mes camarades. Car
si nos conversations de la lingerie n'ont pas été
vaines, il est temps qu'elles portent leurs fruits.

— Méfiez-vous, lui dit Vanina, de celles qui ne
sont qu'à demi convaincues et qui pourraient vous
trahir.

Cependant nous nous empressions d'entasser
nos affaires. Nous avons encore essayé de fléchir
la résolution de cette femme vaillante, mais il fallut se rendre à ses raisons, à son entêtement. Et
puis elle nous suppliait sans cesse de prendre soin
de sa fille plutôt que de nous soucier d'elle.

Je commençais à descendre les bagages lorsque je rencontrai l'hôtelier.

— Vous partez dès ce soir ?

— Vous pensez bien que nous ne resterons pas plus longtemps.

— Et vous ferez bien.

Il m'aida à préparer les chevaux. Il trouva même le moyen d'installer sur la croupe de l'une des bêtes ma caisse de voyageur, si malcommode pour cet usage. Il pleuvait à seaux.

— Vous allez faire un bien mauvais voyage, remarqua-t-il.

— Oui, mais il faut partir.

— Vous me méprisez ?

— Je ne sais ce que je pense de vous. Je pars pour mettre l'enfant en lieu sûr.

— Où donc ?

J'hésitai, et puis son visage refléta soudain une souffrance telle que je ne pus me retenir de lui faire confiance.

— Nous allons chez le gardien du gouffre.

— Bien, je vous en indiquerai la route.

Vanina arrivait, suivie de la mère qui portait son enfant. L'aubergiste les retint sur le pas de la petite porte.

— Attendez, vous ne pouvez partir dans cet état par un temps pareil, leur dit-il.

— Fais vite alors, lui répondit Vanina.

Il disparut un instant et revint porteur de grands manteaux et de couvertures. Il approcha le cheval de la porte, aida sa sœur à s'y hisser, lui mit l'enfant dans les bras et les enveloppa toutes deux soigneusement.

— La petite dormira, ajouta-t-il. Bouge le moins possible. L'eau ne pénétrera pas.

Je sautai à mon tour sur le cheval qui portait la

caisse. Il me tendit le manteau et accrocha près de mon sabre un paquet.

— De la nourriture ? lui demandai-je.

— Non, elle est dans un sac sur le cheval de Vanina. Ça, c'est pour vous. Vous verrez ce que c'est une fois arrivé au but.

Puis il me conseilla sur l'itinéraire.

— Ce n'est pas très loin. Si vous suivez cette route toute la nuit, à l'aube vous sortirez des domaines. Continuez à travers la forêt par le chemin de l'est pendant deux jours et vous serez ensuite sur le plateau où vous ne pouvez pas vous tromper.

Nous avons mis les chevaux au pas. Comme nous sortions de la cour, la mère se jeta sur le cheval de Vanina. Elle était peu vêtue ; l'eau collait ses cheveux à sa face et ses vêtements à son corps, mais elle restait là, la bouche scellée au pied de son enfant. L'aubergiste l'a écartée doucement. Il a replié le manteau sur la petite fille.

— Allez, maintenant, nous a-t-il dit.

Et nous sommes partis.

Ce fut une randonnée de rêve à travers la nuit, la pluie, le vent, et parmi les incertitudes luisantes qu'entre deux passées de nuage une lune de glace faisait lever sur les détours pierreux. Je compris assez vite que je ne parviendrais pas à diriger notre petit groupe si je restais en selle. Après être descendu à deux ou trois reprises pour ausculter les bornes à la croisée des chemins, je pris le parti de rester à pied, menant mon cheval par la bride et tendant devant moi, de l'autre main, la lanterne que j'avais gardée de mon expédition dans le domaine perdu de Vanina. L'enfant, depuis notre départ, n'avait pas proféré une parole,

Vanina somnolait ; nous avancions et j'ignorais tout de l'aboutissement possible de ce voyage.

Le jour se levait à peine lorsque nous fûmes à un carrefour. Vers l'est s'ouvrait en effet un chemin qui n'était pas pavé. Je m'y dirigeai et, au bout de quelques pas, avec la même indistinction vague qu'une banlieue en couronne autour d'une ville, commençait la forêt. J'en fus averti, malgré le froid et l'humidité, par l'odeur amère où nous entrions ; c'étaient des conifères noirs dans la masse desquels la route, qui s'élevait régulièrement vers des sommets ignorés, découpait sa tranchée rectiligne. La pluie cessa. On n'entendit plus que l'eau des ornières qui rigolait sourdement, et de temps à autre un vaste soupir d'arbres par lequel les profondeurs closes sur leur pénombre expiraient la nuit dont elles étaient gorgées. Çà et là des traînées de brume restaient prises aux branches qu'elles léchaient bassement. Vanina m'appela :

— Où sommes-nous ?

— Tu dormais ?

— Oui, j'ai fini par m'endormir.

— Nous avons atteint la forêt. Il fera bientôt jour tout à fait. Nous pourrons avancer plus vite.

— Il faudra faire une halte pour l'enfant.

— Elle n'a rien dit ?

— Non, rien.

À l'arrêt je parvins, non sans peine, à faire du feu pour sécher nos manteaux. Ils ne laissaient pas passer l'eau ; l'humidité resserrait leurs fibres, mais ils pesaient au corps et au moindre mouvement maladroit, leurs plis se défaisaient et appliquaient sur nous une gifle glacée. L'enfant s'éveilla. Elle ne voulut ni boire, ni manger. Elle échappa à Vanina qui la tenait encore serrée dans son giron et vint se jeter dans mes bras. Je caressai ses cheveux.

— Tu vois, dis-je, je t'ai emmenée finalement.

Elle leva le nez vers moi et me lança un tel regard que j'eus honte de cette allusion à nos petits secrets passés. Des contes que je lui faisais naguère et dont même alors elle mesurait peut-être la qualité tout imaginaire à l'âpre réalité où nous cheminions, il y avait si loin déjà !

— La forêt est avec nous, tu sais. Nous allons découvrir tous les trois des choses que nous n'avons jamais vues.

Nous avons somnolé un peu. Le froid m'a réveillé comme le feu baissait.

— Échangeons nos montures, dis-je à Vanina. Je pense qu'il vaudrait mieux que je porte l'enfant maintenant.

Vanina sourit mystérieusement, sans répondre.

Mais déjà la petite fille s'éveillait. Elle parut satisfaite de se retrouver sur la même monture que moi, adossée à ma poitrine et couverte par mon manteau de voyage hors duquel sa tête seule surgissait comme celle d'un oiseau au rebord de son nid. Elle examinait toute chose avec le plus grand sérieux, mais de toute la journée ne dit mot. À l'approche du soir, j'aperçus entre les sapins la pâleur d'un entassement de rocs. J'y trouvai, comme je l'espérais, une anfractuosité où nous avons dormi. Nous protégions l'enfant du froid en l'enfermant entre nos deux corps comme dans les valves jointes d'un coquillage.

C'est vers le milieu du jour suivant, tandis que je cherchais du regard un lieu pour faire halte, que se produisit une rencontre. J'avais repris le cheval chargé de bagages. Vanina me suivait sur l'autre avec l'enfant. Comme je scrutais le bois, je vis un homme qui se dissimulait maladroitement derrière un buisson. Je ralentis le pas de ma bête jusqu'à ce que la monture de Vanina fût à ma hauteur.

— Ne dis rien surtout, murmurai-je. Ils nous ont rejoints.

Elle tressaillit à peine.

— Tâchons de savoir combien ils sont. Il y en a un derrière la touffe de houx, à vingt pas sur ta gauche, lui indiquai-je.

— Je le vois.

Au bout de quelques pas, elle murmura :

— Il y en a au moins deux autres à droite derrière les arbres tombés.

— Et j'ai vu trembler l'herbe près de la petite dépression, là, dans l'éclaircie.

Je décrochai la dague de ma ceinture et la lui passai.

— Il vaut mieux prendre l'initiative avant de risquer de les avoir tous derrière nous. Reste sur la défensive où tu es, je vais me précipiter sur le tas de bois.

— Tu crois que nous pourrons...

— Je n'en sais rien. Il vaut mieux prendre l'initiative.

Et, ayant dit cela, je lançai brusquement mon cheval en avant vers l'enchevêtrement d'arbres tombés où se terraient mes adversaires. Avant qu'ils eussent pu comprendre ce qu'il leur arrivait, j'étais sur eux le sabre haut. C'est sans doute leur effarement qui leur sauva la vie, car lorsqu'en un éclair je vis levés vers moi ces trois visages de paysans d'apparence peu belliqueuse, je retins ma bête emportée qui se cabra. Je ne pouvais pas

489

profiter de la surprise et, maudissant mon réflexe humanitaire, j'entrepris une fois encore de m'en tirer par du bavardage.

— J'aurais pu vous tuer ! leur criai-je.

Ils ne purent que hocher la tête.

— Alors, c'est vous que le patron a lancés sur mes traces ?

Ils s'entre-regardèrent.

— Le patron ?

Je contournai leur groupe pour les tenir ensemble sous mon regard tout en surveillant ce qui se passait sur la route. Un homme se tenait à distance respectueuse de Vanina et semblait parlementer. Je commençais à soupçonner une méprise.

— Mais enfin, qui êtes-vous ? demandai-je à ceux qui me faisaient vis-à-vis.

— Et vous donc ? me répondirent-ils.

Je sentis à leur ton qu'ils s'étaient ressaisis.

— Si vous êtes ceux que je pense, vous le savez bien.

— Nous ne savons rien du tout, protesta celui qui semblait les commander. Mais vous, qui êtes-vous ? reprit-il.

— Je suis un voyageur. Je vais au gouffre avec ma compagne et une petite fille qui m'a été confiée.

— Ah ! vous êtes celui qui est allé aux steppes ?

— C'est moi, en effet.

Il se mit dans la bouche le pouce et l'index en anneau fermé et siffla. Une dizaine d'hommes, dont Vanina et moi à aucun moment n'avions décelé la présence, sortirent des fourrés avoisinants.

— Mais c'est une embuscade ! m'écriai-je.

— C'en était une.

Il se mit à rire.

— Vous et nous, nous l'avons échappé belle. Ce qui nous retenait, c'est que vous étiez avec une femme, sinon... Accepterez-vous d'être nos invités, puisqu'il n'y a pas eu de mal ?

— Mais que diable faites-vous dans cette forêt ?

— Vous ne devinez pas ?

Je ne devinais pas le moins du monde. Je comprenais seulement que je m'étais, en même temps qu'eux, trompé d'adversaire.

— Venez donc, vous pourrez manger chaud et vous reposer près de notre campement.

Et notre troupe disparate se rassembla sur la route.

— Ce ne sont pas ceux que nous craignions, me dit Vanina lorsque je l'eus rejointe.

— J'ai bien compris, mais que font-ils ?

— Tiens ! ils préparent la guerre.

J'eus plus de détails en marchant au côté du chef vers leur campement. J'appris ainsi que la plupart des domaines proches de la forêt y avaient envoyé une partie des hommes pour préparer des camps secrets où les populations des domaines se replieraient dès le début des hostilités et d'où elles comptaient mener une guérilla contre l'envahisseur.

— Nous ne sommes pas encore habitués à vivre dans une grande familiarité avec les femmes, me dit-il en souriant, c'est ce qui nous a fait hésiter en vous voyant et vous a donné un avantage momentané. Car, en vérité, il y a plus d'une heure que nous vous guettons sans trop savoir que faire. Heureusement que vous nous avez sortis d'embarras.

Et il riait encore.

Nous fûmes sur leur campement. Peu de chose en apparaissait à la surface du sol. Ils comptaient que la plus grande partie de leur installation serait souterraine. Ils creusaient des tranchées, les étayaient et les plafonnaient de rondins, par-dessus quoi ils replaçaient les mottes de terre superficielles et leur végétation de mousse. Je soupçonnai, à en juger d'après l'état avancé des travaux, qu'ils auraient bientôt réalisé une vraie taupinière.

Nous fûmes accueillis avec des démonstrations de bonne humeur tout à fait inusitées chez les jardiniers. Nous apportions à ces hommes, qui depuis plusieurs semaines poursuivaient un labeur forcené dans des conditions d'isolement à peu près complet, un heureux dérivatif. De mon côté, j'étais tout à fait réjoui de découvrir cette initiative qui témoignait que, quoi qu'il advienne, quelque chose de vivant répondrait à l'envahisseur à travers l'apparente somnolence du pays. Malgré ma curiosité, qui était fort vive, je me gardai bien de poser la moindre question touchant leur organisation ou leurs projets, et me contentai de plaisanter comme tout m'y invitait. En revanche Vanina, que j'avais vue d'un commerce si facile parmi les filles de l'hôtel, se trouvant brusquement prise au milieu d'hommes depuis peu sortis de leur domaine, retrouvait son retrait spontané de sauvageonne ; à quoi ils répondaient par une certaine timidité. La vraie reine de la fête, ce fut l'enfant. Les hommes s'enchantaient de sa petite personne ; la plupart d'entre eux, célibataires, ne connaissaient des petites filles que les images sans suite pieusement conservées dans leurs souvenirs d'enfance, qu'elle ressuscitait pour eux.

Elle semblait avoir pleine conscience de son privilège, faisant mille grâces, soumettant ses admirateurs à toutes sortes de caprices, et nous vîmes ces grands gaillards jouer à chat, à cache-cache ou à colin-maillard comme des gamins. Elle avait dû, pour obtenir de telles faveurs, retrouver sa voix. Je suivais à distance ses évolutions, tout en me gardant bien de contraindre ses élans par une attention trop appuyée. Elle le remarqua cependant et, à deux ou trois reprises, tandis que sans interrompre mon dialogue avec le chef du groupe je la cherchais du regard, je remarquai qu'elle s'écartait du centre de jeux dont elle était l'âme vive pour m'observer à la dérobée. On eût dit tout à fait qu'elle accueillait mes soins comme autant d'hommages dus. Vanina, à qui le manège n'avait pas échappé, souriait de cette coquetterie précoce.

Comme je m'informais du chemin qu'il nous restait à parcourir, celui qui nous avait accueillis me fit remarquer que l'après-midi s'avançait et que je ferais bien mieux de remettre au lendemain notre départ.

— En partant de bon matin, vous toucherez au but vers le milieu du jour. Et vous passerez au camp une nuit moins inconfortable que sur la route.

— Et mes poursuivants ? demandai-je.

— Ils ne vous rejoindront jamais ; nous allons nous en charger.

Il disait cela d'un ton si ferme que je fus instantanément convaincu que nos ennemis ne sortiraient jamais de cette forêt s'ils s'y risquaient un jour. Cela eut lieu bien plus tôt que je ne le croyais. À l'aube je fus éveillé, dans la casemate souter-

493

raine dont on nous avait fait un logement, par le chef qui me pressait l'épaule.

— Venez voir, me souffla-t-il comme je me redressai.

J'avais couché en travers de la tranchée, laissant Vanina et l'enfant dans le fond du boyau. Elles dormaient encore. Je me levai sans bruit et suivis mon guide dans le petit jour grinçant. Nous avons marché parmi les arbres jusqu'à la route, que nous avons traversée. De l'autre côté, dans un repli de terrain, deux jardiniers creusaient une fosse. À quelques pas gisaient trois corps.

— Les reconnaissez-vous ? me demanda le chef.

Je me penchai sur les cadavres lardés de coup de dague et identifiai tout de suite le jeune voyou que j'avais failli égorger dans ma chambre. Les deux autres m'étaient inconnus.

— Je connais celui-ci, dis-je, mais le patron n'y est pas.

— Il y viendra plus tard, me répondit-on, un jour ou l'autre...

Je remarquai soudain, peut-être parce que j'éprouvais moi-même un certain malaise, l'extrême pâleur de mon interlocuteur.

— C'est une vraie boucherie, dit-il.

— En effet.

— C'est que nous ne savons pas tuer. Il faudra que nous apprenions.

Je lui mis la main sur l'épaule.

— C'étaient de véritables ordures, lui dis-je.

— Sans doute, mais... Ils se débattaient sans rien dire, comme s'ils étaient déjà morts. Et nous qui étions les plus forts, nous avions peur. Le plus jeune d'entre nous a vomi.

— N'y pensez plus. Et puis, j'aurais dû être des vôtres.

— Non. C'est à nous qu'il revenait de nous en défaire.

— Je n'en suis pas si sûr que vous pour le cas présent, mais quand la guerre sera là, en effet...

— La guerre est déjà là, dit-il en regardant ses mains.

J'avais averti Vanina du sort de nos poursuivants. Comme moi, elle s'étonna qu'ils nous eussent si vite et avec tant de précision rejoints. Mais nous n'avons pas parlé des soupçons qui s'imposaient à nous. L'enfant dormait encore, j'allais devant. Le ciel était gris, mais il n'y avait pas de brume. On entendait des oiseaux qui s'éveillaient dans le bois et je songeais aux trois cadavres que j'avais aidé à basculer dans la fosse. Peu à peu, les arbres se sont raréfiés. La route a perdu cet aspect encaissé entre deux murailles vertes, pour n'être bientôt plus qu'une trace vague sur la terre maigre et chenue. Le vent balayait l'espace sauvagement. Nous avons resserré les plis de nos manteaux. La petite fille s'est éveillée. J'avais mis pied à terre et marchais entre les deux bêtes que j'entraînais par le licol.

— Quand nous serons arrivés, demanda l'enfant, est-ce que je dormirai seule ?

— Bien sûr. Il fera moins froid que dans la forêt, tu n'auras pas besoin de Vanina pour te réchauffer.

— Ce n'est pas ça que je demande. Est-ce que vous partirez la nuit ?

Cette fois, c'est Vanina qui répondit.

— Nous, nous ne partirons pas. Nous ne travaillons pas la nuit. Nous dormirons. Nous serons dans le sommeil en même temps que toi. Ce sera comme si nous étions ensemble.

— Et toi, me demanda l'enfant, tu dors toujours la nuit ?

Je la regardai par-dessus mon épaule. Elle était très grave.

— Non. Pas toujours.

— Qu'est-ce que tu fais alors ?

— La même chose que si je dormais. Je rêve, je fume la pipe, j'écris.

— Tu écris des mots comme moi ?

— Oui, tout à fait comme toi.

— Est-ce que le vent nous laissera dormir ?

— Il nous bercera.

Elle resta silencieuse un instant et, soudain, pointant l'index sur l'horizon :

— Regardez, dit-elle.

Au bout du plateau où nous avions pris pied depuis un moment, sa grisaille tranchant à peine sur la maigre verdure du sol, un bâtiment lointain venait de surgir. Il nous fallut encore deux heures pour l'atteindre.

En approchant nous vîmes des arbres, ou plutôt des arbustes maigres, dont la vague d'un vert sombre bordait une murette courant autour d'un espace qu'on ne pouvait que soupçonner, et je crus un instant que nous nous dirigions vers une sorte de copie, dans des proportions plus modestes, des vastes domaines de la plaine. De chaque côté de la route, le petit mur d'enceinte s'interrompait ; il n'y avait ni porche, ni barrière — il suffisait de continuer par la même chaussée pour se trouver sur une sorte d'esplanade ouverte, au centre de laquelle un bouquet de sapins dessinait un rond-point. Sur la droite, un long alignement de bâtisses de granit gris à reflets mauves, sur la gauche, le vide, et sur toutes choses un silence d'abandon. Nous avions la sensation de pénétrer chez des étrangers, de violer un interdit peut-être.

— Je suis inquiète, me dit Vanina.

— Que risquons-nous ? Nous verrons bien.

Et j'entraînai les chevaux vers l'édifice central, le seul qui comportait un étage et qui, de l'extérieur, apparaissait comme la maison d'habitation. On avait dû déceler notre approche car, soudain, la porte s'ouvrit et un homme se tint sur le seuil. Il avait l'air d'un paysan ; il nous regardait et ne disait rien. Avais-je affaire au maître de maison ? Rien dans sa mise n'indiquait qu'il fût l'homme de la haute charge de gardien du gouffre. Cependant, domestique ou tâcheron, patron ou prêtre, il m'eût paru déplacé de venir jusqu'à lui montés. Je pris l'enfant des bras de Vanina et la posai à terre, et m'apprêtais à aider mon amie à quitter sa selle lorsque j'entendis courir l'enfant. Je la regardais, les bras passés autour de la taille de Vanina. En quelques bonds, elle eut franchi l'espace qui nous séparait de l'homme et se jeta contre lui. Il se baissa en souriant et la prit dans ses bras, puis, s'adressant à nous :

— Soyez les bienvenus, dit-il.

J'aidai Vanina à descendre et nous vînmes à lui main dans la main.

— Nous sommes venus mettre cette petite fille sous la protection du gardien...

— Et vous voyez, c'est elle qui m'a adopté.

— Vous êtes donc le gardien ?

— Lui-même. Mais vous devez être las de voyager. Voulez-vous entrer ?

497

Il poussa la porte et nous invita d'un geste. Nous avons traversé une antichambre et pénétré dans une sorte de salon — une pièce de dimensions modestes, lambrissée de sombre, avec une cheminée où flambaient doucement quelques bûches.

— Il fait tout de même meilleur ici. Je pense que nous allons avoir de la neige. Mais donnez-moi vos manteaux, mettez-vous à l'aise.

Et il s'empressait, tenant toujours la fillette juchée sur son bras. Il finit par s'asseoir à son tour dans un fauteuil, mais à peine s'était-il immobilisé — déjà je prenais mon souffle pour lui conter nos aventures — qu'il se redressa soudain, mit l'enfant dans les bras de Vanina et se tourna vers moi.

— Nous allions oublier les chevaux. Vous n'allez pas repartir comme ça. Il faut que les bêtes se reposent.

Et, comme je me levais :

— Non, non, laissez, reposez-vous. J'aurai vite fait de m'occuper de ces bêtes. C'est mon métier.

Il nous laissa seuls.

— Voilà quelqu'un de bien accueillant, me dit Vanina.

Elle hocha la tête.

— Je ne m'attendais pas du tout à ce genre d'homme pour garder le gouffre.

— Moi non plus. J'imaginais une sorte de prêtre solennel et austère. Cet homme a l'air d'un modeste artisan.

— Il semble vouloir nous héberger.

— C'est beau, dit la fillette en regardant autour d'elle.

— Pourquoi est-ce que tu as couru comme ça vers lui ? demanda Vanina.

— Il est gentil.

— Comment sais-tu qu'il est gentil ? Tu ne le connais pas.

L'enfant haussa les épaules.

— On va habiter ici maintenant, dit-elle simplement.

Nous nous sommes tus, regardant danser les flammes qui lentement nous fascinaient. Vanina et l'enfant coulèrent doucement dans le creux du fauteuil et finirent par s'endormir. Je me levai en silence et passai dans le vestibule. J'allais ouvrir la porte lorsque le gardien entra.

— Voilà, c'est fait, dit-il en se frottant les mains. Vous me cherchiez ?

— Je venais vous aider, elles se sont endormies.

— Eh bien, nous allons en profiter pour leur faire à manger. Vous savez éplucher les pommes de terre ? Nous allons leur préparer une omelette. On y mettra aussi un peu de lard.

Et tout en parlant, il m'entraîna dans la cuisine.

— Ici, j'ai tout ce qu'il me faut, poursuivait-il. Quelques poules, quelques lapins, une douzaine de brebis, et puis le potager. Quand il faut tout faire soi-même...

— Vous vivez seul ?

— Oui, depuis une dizaine d'années. J'ai de la visite de temps en temps. Il y a quelques fermes sur le plateau.

— Et de l'autre côté ?

— Une autre forêt et, dans la plaine, un grand fleuve, un autre pays. Mais vous, d'où venez-vous ?

Et, tandis qu'il battait les œufs, je lui fis un récit rapide de mes toutes récentes aventures. Il

hochait la tête, de temps à autre même il m'interrompait pour me faire une question.

Lorsque j'eus fini mon récit, il me regarda. Il
venait d'ôter l'omelette de la poêle et de la glisser
entre deux plats pour la tenir au chaud.

— Vous m'avez demandé ce qu'il y avait de
l'autre côté. Vous comptez continuer votre voyage
par là-bas ?

— Je ne sais pas trop ce que je vais faire.

Il ne disait rien, il attendait.

— Depuis plusieurs semaines, il y a quelque
chose de changé dans la façon dont ma vie me
mène. D'abord il y a eu ma rencontre avec Vanina
et le fait que cet attachement me donne un sentiment nouveau de mon indépendance. Et maintenant cette petite fille, que j'ai voulu sauver d'un
sort odieux. Je n'ai pas beaucoup réfléchi en
décidant de la mener jusqu'à vous, mais maintenant je ne me sens pas le cœur de la renvoyer dans
la plaine, même nantie d'une statuette de métal.

— Normalement, c'est vous seul qui auriez dû
faire le voyage et lui ramener la statuette sans
qu'elle sorte encore du milieu où elle avait grandi.

— Je le sais bien, mais l'urgence commandait.
Et dans quelques mois il y aura la guerre.

— Si nous allions réveiller ces dames avant
que notre cuisine ne soit tout à fait refroidie ?

Ce n'était pas la première fois que je lui parlais
de la guerre et il détournait manifestement le
débat. L'événement semblait lui être indifférent
ou étranger.

Je me promis bien d'y revenir si l'occasion s'en
présentait.

En attendant, nous avons mangé de fort bon
appétit. Le gardien animait le repas d'une des-

cription minutieuse de son petit univers. L'enfant ne cessait de poser des questions, souvent pertinentes, parfois bien saugrenues, auxquelles il répondait sans se lasser.

La disposition des lieux était assez simple. D'un côté de l'habitation, les quelques bâtiments que nous avions longés en arrivant étaient consacrés aux tâches utilitaires. C'est là que le gardien entreposait ses outils et emmagasinait le fourrage ; là aussi étaient la bergerie, les clapiers à lapins et le poulailler, car l'hiver était si rude qu'il fallait héberger tous les animaux. Derrière ces bâtisses — dont une partie était vacante —, et abrité du vent dominant par celles-ci, s'étendait le jardin potager.

Et je me demande pourquoi je devrais décrire au passé, comme s'ils s'étaient déjà éloignés de moi, ces lieux, cette maison, cet espace ouvert — le plateau rugueux et le ciel tourmenté de toute la véhémence du vent — puisqu'ils sont là sous mes yeux et en marge du temps qui se morcelle là-bas, dans la plaine, parmi les épisodes d'une guerre dont on ne voit pas ce qui pourrait l'achever. Est-ce le poids de mes randonnées à travers un monde qui m'était cher et où j'étais étranger, qui tire en arrière ce qui m'entoure, et où toute chose est restée dans l'état où elle m'apparut dès le premier jour ? Est-ce l'ombre du gardien qui nous accueillait si cordialement, qui avait pour l'enfant une tendresse si entière, et qui nous a aujourd'hui quittés, est-ce cette ombre qui me hante sans se confondre tout à fait avec moi et me force d'entrevoir dans mon séjour l'ombre du révolu ? Est-ce un appel plus lointain, plus obscur, qui détourne ma plume afin que tout soit rejeté dans la distance et que je ne coïncide avec rien ? Et pourtant je suis là, veillant au bord du gouffre, consacrant le plus clair de mon temps aux tâches domestiques et à l'éducation de l'enfant. La nuit seulement, à l'heure où Vanina et l'enfant entrent dans leur premier sommeil, la nuit seulement j'écris. Et je n'en ai plus pour longtemps. J'ai presque fait le tour de mes souvenirs et on ne se remémore pas le présent. Maintenant que j'y resonge, je vois que le présent a commencé pour moi ce jour-là. Nous avions mangé assez gaiement, et le gardien nous faisait goûter les liqueurs qu'il élaborait lui-même avec les fleurs des hauteurs.

— Ne vous inquiétez pas, dit-il à Vanina qui n'osait en prendre, en lui versant quelques gouttes d'alcool dans un gobelet, ne vous inquiétez pas, ça réchauffe et ça ne tourne pas la tête.

Il s'est assis de nouveau en face de nous et nous avons ensemble levé les gobelets. Même la petite y a trempé les lèvres. J'étais encore sous le charme des mille parfums qui coulaient en moi comme des vents de printemps, lorsqu'il a repris la parole :

— Voilà, je vous ai tout dit. Vous savez tous les charmes de l'endroit. Vous pouvez rester ici... aussi longtemps qu'il vous plaira. Il y a place pour tous.

Il avait une belle tête rude et, comme il était chauve, rien n'atténuait les reliefs d'un visage érodé par l'âge, autant que par le temps le sol pierreux du plateau. Le nez était fort, le menton net. Un lacis de rides barrait le front et encadrait la bouche. Je dus détourner le regard de ses yeux qui reflétaient soudain une sorte d'espoir triste. Les mains aussi, qui lissaient machinalement la nappe et en chassaient à petits coups les miettes éparpillées, les mains surtout, courtes et carrées, abandonnées à leur force vaine, étaient pathétiques.

— Il serait temps sans doute d'interrompre ce voyage. L'enfant ne peut pas courir ainsi les routes pendant des jours et des jours. Mais il est peut-être un peu tôt pour prendre une décision définitive, répondis-je finalement.

Vanina poussa un soupir apaisé.

— Vous êtes sage, me dit le gardien. Eh bien, je vais vous montrer l'appartement où vous pourrez vous reposer. Il serait bon que cette enfant fasse un petit somme.

Elle s'était endormie en effet contre le bord de la table, la tête appuyée sur son bras replié. Je l'ai prise dans mes bras toute tiède et gorgée de sommeil, et nous sommes montés à l'étage pour découvrir les quelques pièces où nous vivons encore aujourd'hui ; un bref vestibule assez obscur, un petit cabinet de lecture et ses deux bibliothèques garnies, trois chambres confortables et une salle de bains.

— J'habite en face, nous dit le gardien, de l'autre côté du palier.

Vanina décida de s'étendre elle aussi et je suis redescendu seul avec notre hôte.

— Voulez-vous voir l'établissement dans son ensemble ? a-t-il proposé.

J'ai accepté et il m'a entraîné de l'autre côté de la maison, vers le bain rituel. Nous sommes passés d'abord par la forge où il réalisait les statues. Et, pour la première fois, je pus me faire une idée de ces objets mystérieux. Comme le métal était rare, il en martelait un morceau pour en tirer une feuille sur laquelle il rapportait divers éléments. Le tout tenait du masque et de la plaque votive.

— C'est depuis que je suis ici que ces statues ont évolué vers le masque, m'expliqua-t-il, car je ne les cède guère qu'en faveur des enfants qu'il faut délivrer de leur malheureux destin. Je ne sais si on vous l'a expliqué : la fillette doit s'aventurer sur les routes en tenant la sculpture à hauteur de son visage, comme pour le dissimuler.

— Mais n'arrive-t-il pas qu'on vienne vous demander une statue pour quelque autre cause ? J'avais cru comprendre que la fuite des fillettes n'était qu'un usage possible, entre bien d'autres, de ces statuettes.

— Oui, mais j'ai pris l'habitude de refuser en général tout autre usage. Et depuis vingt-cinq ans que je suis ici...

— Vingt-cinq ans ! m'écriai-je, mais quel âge avez-vous donc ?

— Soixante-quinze ans.

— J'aurais cru vous vieillir en vous donnant quinze ans de moins !

J'avais exprimé très naïvement mon sentiment, mais je vis que j'avais flatté sa secrète vanité.

— Eh bien, vous voyez comme on peut se tromper, me répondit-il en souriant. Il est vrai que j'en vois beaucoup que l'âge a bien plus abîmés que moi. Je vais vous dire le secret : il ne faut jamais cesser de s'activer. On a toujours quelque chose à faire, et tant qu'on fait quelque chose, le temps reste sans prise, ou en tout cas il y va moins fort. Notez bien qu'ici je mène une vie particulièrement saine. Le climat est bon.

Tout en parlant, il ne me laissait pas le loisir

d'admirer son ouvrage ; il m'entraînait pour visiter la suite de l'établissement.

— Vous verrez cela plus tard, nous avons tout le temps, et même, je vous apprendrai à travailler le métal.

— Voulez-vous dire que je pourrais fabriquer moi aussi des statues ?

— Et pourquoi pas ?

Je secouai la tête.

— Je ne comprends pas, dis-je. Vous ne donnez de statuettes qu'autant qu'il vous plaît. Un autre que vous peut les forger. Je m'étais fait une idée beaucoup plus sévère de votre rôle, d'après ce qu'on m'en avait dit en bas.

— En bas ! Mais ici c'est moi qui décide. Je suis en dehors, comprenez-vous ? Et j'agis comme je juge bon. Chaque décision qui me rapproche de la sagesse s'impose irrévocablement. Tenez, voici l'étable pour les bœufs de passage. Au-dessus, le fenil où régulièrement je renouvelle la provision de foin, car ce n'est pas tous les jours qu'on le consomme. À côté, c'est la chambre des pèlerins.

— Ils dorment donc dans la paille ?

— C'est le meilleur moyen de n'avoir pas froid.

Et déjà nous étions au bout de la visite. Il poussa la porte du dernier bâtiment et j'eus sous les yeux deux bassins où l'eau ruisselait sur de larges dalles d'ardoise noire, en tout point semblables à la description qui m'en avait été donnée dans la plaine de longs mois plus tôt. On n'entendait que le bruit de nos pas que l'écho répercutait, et le bruissement soyeux de l'eau.

— C'est donc là qu'ils se lavent !

— Dans ce bassin-ci. Vous voyez comme il est

peu profond. Dans l'autre bassin, c'est moi qui fais la toilette des bêtes.

Il resta un instant songeur, regardant couler l'eau.

— C'est sans doute un rite très ancien que cette purification par l'eau. Il existe un autre aménagement de bassins qui ressemble à celui-ci. C'est de l'autre côté du pays, dans une ville morte...

Et je ne sais pourquoi, malgré moi, j'achevai la description :

— Au fond de l'un des bassins on peut voir une mosaïque qui représente une cavalière nue penchée sur un homme blessé.

Il sursauta.

— Ah, vous connaissez cela aussi !

— Oui, j'y suis passé mais je n'ai vu qu'un bassin.

— L'autre est derrière un mur, tout à côté. Mais à part ce détail, la disposition est fort semblable à celle que nous trouvons ici et le rite devait être à peu près le même.

— Que signifie à votre avis cette allégorie de l'amazone et du blessé ?

Il haussa les épaules.

— N'avez-vous pas remarqué combien les hommes se prennent à rêver quand ils regardent l'eau ? On peut tout voir dans l'eau. En mettant une figure sous sa surface, on la doue d'un frémissement vivant et on offre aux uns l'occasion de se souvenir, aux autres de découvrir l'avenir.

— L'avenir ?

— Pourquoi pas ?

— Oui, pourquoi pas l'avenir ?

Nous sommes sortis. Il n'y avait plus devant nous qu'un espace dégagé, au-delà duquel le gouffre.

Je voulus faire quelques pas dans cette direction, il me retint :

— Non, n'y allez pas aujourd'hui, il n'est pas encore temps.

Et comme pour dissimuler ce que cette mise en garde pouvait avoir d'un peu solennel, il sourit et m'entraîna familièrement.

— J'ai quelque chose à vous montrer. C'est un petit bricolage dont je suis assez content.

Nous avons contourné le bâtiment que nous venions de visiter et sommes descendus dans une sorte de cave.

— C'est moi qui ai eu cette idée. Vous voyez, là, au-dessus de votre tête, c'est par là que l'eau des bassins arrive. J'allume un feu ici, avec le bois qui est tout prêt, dans ce recoin. Comme ça l'eau est chauffée et ces pauvres gens ne grelottent pas dans leur bain. La fumée sort de ce côté. D'ailleurs, j'ai mis au point un dispositif analogue pour votre cabinet de toilette, je vais vous montrer ça.

Et nous sommes revenus du côté domestique de l'installation. Il y avait en effet un système fort ingénieux pour chauffer l'eau du bain. On pouvait, à l'aide d'une manivelle, faire monter le long d'une chaîne des godets qui se déversaient dans un réservoir placé à l'étage, derrière le fond de la cheminée.

De là, le gardien me mena visiter le reste des aménagements — les diverses granges et étables, l'écurie où se trouvaient mes chevaux en compagnie d'un petit âne gris au visage placide.

— C'est avec lui que je rends visite à mes voisins, me dit le gardien.

En bref, je fis ce jour-là le parcours que je fais

désormais seul tous les jours, commençant à l'aube par soigner les bêtes, finissant le soir aux abords du gouffre. Et j'en suis venu là le plus banalement du monde. Dans les tout premiers jours, Vanina, l'enfant et moi avons eu besoin de nous reposer. Non seulement notre voyage depuis l'hôtel avait été fatigant — fatigue accrue par l'angoisse qui nous étreignait en nous poussant en avant jusqu'à ce que nous eussions dépassé le camp des défenseurs, et que nous avions bien malgré nous communiquée à l'enfant —, mais encore il nous semblait — au moins à nous qui étions adultes — que notre séjour à l'hôtel n'avait pas été finalement de tout repos. Nous nous sommes laissés vivre quelque temps. Cependant, il n'était pas dans notre caractère de subsister comme des parasites aux crochets de notre hôte. Et peu à peu, nous en sommes venus à prendre notre part de ses tâches. Le gardien avait commencé par vouloir nous empêcher de faire quelque travail que ce fût, cependant nous tenions à prendre soin nous-mêmes de nos affaires. C'est ainsi que je pus, après force discussion, soigner les chevaux, et aussi tourner la manivelle pour remplir d'eau le réservoir de notre cabinet de toilette. Et je me donnais à cette dernière tâche avec une joie toute particulière car, le plus souvent, c'était en prévision du bain de l'enfant. Or le bain de la fillette est une fête quotidienne pour Vanina et moi, qui faisons office de servants dans cette grande cérémonie. Ensuite on commença de débattre de la façon dont serait faite la cuisine. Il voulait que nous soyons ses invités, mais Vanina aimait préparer les repas et, pour ma part, si je ne considérais pas cette tâche avec le même enthousiasme, je me refusais à être un reste de bonne volonté. Il fut donc convenu que chacun préparerait la nourriture pour quatre à tour de rôle.

Cependant, rien de tout cela n'eût fait de nous autre chose que des hôtes de passage, simplement un peu plus attentionnés qu'il n'est coutume, s'il n'y avait eu l'enfant. Le tout premier élan qui l'avait portée vers le gardien ne se démentait pas. Elle l'avait adopté comme une sorte de grand-père familier, et ne se plaisait guère qu'avec lui. Elle voulait constamment voir ou comprendre ce qu'il faisait et avec une avidité extrême écoutait ses moindres propos, en sorte que je me rendis compte bientôt qu'elle découvrait le monde par sa voix. Il est vrai qu'on ne se fût pas lassé de l'entendre. Il avait de son univers une connaissance juste et approfondie et, à chaque question que lui faisait la fillette, il avait l'art de répondre aussi complètement qu'il est désirable. Son propos n'avait jamais tant de charme que lorsqu'il parlait des animaux. Avec lui, l'enfant découvrait non seulement les animaux domestiques, les mœurs, leurs habitudes et même les particularités de chacun, mais aussi les voisins et les hôtes clandestins de la maison. Le mulot modeste et persévérant dans ses rapines, la chauve-souris timide et bienveillante qui dort la tête en bas en rabattant sur son front un lambeau de velours, le lézard qui ne regarde franchement qu'en tenant la tête de profil et dont le cœur bat dans la gorge comme s'il était toujours amoureux. Et puis, durant les premiers mois de notre séjour — en hiver —, elle s'éprit de la tribu des rouges-gorges que le gardien nourrissait après chaque repas. Il avait été, au risque de se rompre le cou, jusqu'à suspendre dans les arbres du bosquet des morceaux de graisse pour que les oiseaux s'approvisionnassent contre les rigueurs des mois de mauvais temps. Il avait l'œil extraordinairement vif et savait mettre en évidence, pour la joie de la petite, le plus modeste vivant. Scarabées, lucanes ou phalènes, chacun avait son histoire — et peut-être, quand il en parlait, valait-il mieux dire : sa poésie. Or, j'étais arrivé en pleine maturité sans avoir d'enfant, ni songer jamais à en concevoir un, en sorte que j'étais peu familier de cet âge tendre et m'inquiétais facilement. Et pour tout dire, lorsque je voyais le vieil homme et la fillette préparer quelqu'une de leurs aventures, je connaissais une véritable crise d'angoisse. Il me souvient encore du jour où il sella pour elle le bourricot. Je les rejoignis devant l'écurie au moment où ils sortaient le grison.

— Allons, dis-je au gardien sur le ton de la plaisanterie car je ne voulais rien brusquer, vous ne songez pas à la mettre là-dessus !

— Mais si, puisque ça lui fait plaisir !

— Elle n'a pas les jambes assez fortes, ni assez longues, pour le tenir aux flancs !

— De quoi vous inquiétez-vous ? À son âge on trouve son assiette d'instinct.

— Tu ne vas pas faire le méchant, hein ? me demanda effrontément la gamine.

Que faire ! Je ne pus qu'assister muet et tremblant à la reprise qu'ils avaient préparée de longue main dans leurs conciliabules secrets. Elle fit d'abord deux tours sur l'esplanade au pas parcimonieux du petit âne, puis, sur un signe du gardien, elle frotta des talons les flancs de sa monture et fit claquer sa langue, et l'animal prit vaillam-

510

ment son petit trot sec, la secouant à chaque enjambée. L'angoisse me clouait sur place, mille fois je crus la voir rouler dans la poussière sous les petits sabots martelant. Elle riait aux éclats. Bien entendu, tout se passa le mieux du monde.

— Vous voyez bien, me dit le gardien en prenant dans ses bras, pour la déposer à terre, l'enfant rose de bonheur.

Je voulus en parler à Vanina. Il y avait dans une des grandes pièces du rez-de-chaussée un métier à tisser dont il lui avait enseigné le maniement et où elle passait le plus clair de son temps.

— J'aimerais bien pouvoir teindre quelques écheveaux de laine en couleurs vives. Il faudra que je lui en parle, me dit-elle en me voyant approcher.

— Il est bien question de laine, rétorquai-je.

Et d'un seul souffle je lui fis le récit de la séance à laquelle je venais d'assister. Elle me regarda en souriant, soupira et dit :

— Tu ne voudrais pas que cette enfant reste confinée près de moi tout le jour. À son âge, il faut qu'elle se dépense.

— Vanina, tu es inconsciente.

— Et toi !

— Comment ça, moi ? Moi, j'essaie d'être raisonnable. Je suis bien d'accord pour que la petite se donne de l'exercice et prenne l'air, mais il ne faut pas pour autant risquer qu'elle se rompe le cou. Pour le compte, sa santé n'y gagnerait rien.

— Bien sûr, mais s'est-il produit un accident ?

— Non, mais ça aurait pu.

— Le crois-tu vraiment ?

— Que veux-tu dire ?

— Tu as de l'affection pour cette fillette, il est

normal que tu t'en inquiètes. Mais ne crois-tu pas qu'il y a autre chose ?

— Et quoi ?

— Tu es jaloux, mon pauvre ami !

Et elle éclata de rire. Je la quittai indigné. « Qui donc est jaloux, bougonnais-je intérieurement, moi ou toi, ma pauvre Vanina ? » Il ne me fallut cependant pas longtemps pour apercevoir que, même si Vanina était un peu jalouse de l'enfant, cela ne changeait rien aux sentiments que je pouvais moi-même éprouver. Et je devais bien reconnaître que je ressentais quelque amertume de me voir supplanté par le gardien. C'était lui, désormais, qui racontait des histoires à l'enfant émerveillée. En conséquence je pris le parti, me défiant de mes passions, de laisser faire tout en restant vigilant et prêt à intervenir si je voyais la sécurité de l'enfant menacée. Ce qui ne se produisit jamais.

Ayant pris cette décision que je croyais sage, je ne quittai plus le gardien et finis par me mêler aux débats et aux activités qu'il menait devant l'enfant. Quelle part de ruse pouvait entrer dans l'affection chaleureuse et presque passionnée que nous vouait le vieil enchanteur, il m'est difficile aujourd'hui de l'évaluer — et je n'y tiens guère. Comme il avait, selon la maxime énoncée dès le premier jour, la manie de s'affairer sans cesse, j'étais constamment mis en présence des divers travaux requis pour l'entretien de l'établissement. Et la fillette, qui assistait à ces activités et demandait que chaque geste fût commenté — « Comment tu fais ? Dis, comment tu fais ? » —, l'obligeait à décomposer ses mouvements, à leur donner en quelque sorte une forme démonstrative, mais, comme un tour de main ne se laisse guère analyser, il en vint tout naturellement à user de moi comme d'un témoin, puis d'un exemple.

— Tu vas voir, lui dit-il un jour.

Et il me met les outils en main.

— Tenez ! vous allez le faire. Elle verra mieux, en suivant vos gestes tandis que je vous donnerai les conseils, que si je le fais moi-même.

C'est ainsi qu'insensiblement j'entrais en apprentissage. La première fois, il s'agissait de tondre un mouton avec ces grosses cisailles dont le ressort et les lames sont d'un seul tenant, si effilées et dangereuses pour la peau de la malheureuse bête, et qui rompaient les doigts peu habitués à ce genre d'effort.

Un autre jour, ce fut le travail du bois avec une pièce de charpente que pourrissait l'humidité et qu'il fallait remplacer ; je sus comment, par la même occasion, quand il faut découvrir un toit, marcher les pieds en équilibre sur deux tuiles pour ne pas les briser, si toutefois elles sont bien disposées. En plus, il avait juché la fillette au sommet de l'échelle, lui assurant une prise sur le dernier barreau. Elle riait de me voir marcher comme un canard sur la pente du toit et je tremblais à l'idée qu'elle pourrait, dans un instant d'inattention, lâcher son barreau et se briser les membres en tombant. Au reste, il fallut la descendre au bout d'un moment ; elle s'engourdissait dans son immobilité ou du moins s'en plaignait-elle. Bien qu'elle ne fût pas là, j'achevai la tâche avec lui. J'appris la maçonnerie encore, lorsqu'il fallut redresser la murette qui nous entourait et qu'en quelques endroits les haies avaient fait basculer. Il m'indiqua les justes dosages et je gâchai le mortier dans son cratère friable tandis qu'il fumait la pipe en conférant avec la fillette sur les diverses qualités de pâtes et leurs usages. Nous avions défait les pierres effondrées ; il en assembla la première couche sans cesser de parler, puis me tendit la truelle.

— À vous de monter le reste.

Je tâtonnais. Ils consentirent tous deux à me trier les pierres afin que se compensassent leurs irrégularités.

— Vous voyez que ce n'est pas si mal, me dit-il lorsque la brèche eut disparu.

Et il ajouta :

— Nous allons faire mieux encore, nous allons montrer à notre petite amie comment on crépit.

Et d'asperger la pierre, et d'y projeter d'un sec petit coup de poignet des mottes de mortier qui s'encastraient exactement au creux visé. La fillette était enthousiaste.

— À toi, me dit-elle. Tu sais bien que moi je ne peux pas le faire, je me salirais.

— Faites-lui donc plaisir, me dit-il en me tendant derechef la truelle.

Il souriait finement, prévoyant sans doute ce qui allait se passer. J'avais beau l'avoir vu faire un instant auparavant, je ne me sentais pas assez habile pour procéder à sa manière et je voulus étendre le mortier sur le mur ainsi que du beurre sur du pain. Invariablement la matière rebelle s'enroulait sur la lame au lieu d'adhérer à la pierre et finissait par choir comme une bouse. Grands éclats de rire du côté de la fillette. Le front moite, j'essayai de presser plus fort sur l'outil.

— Vous voulez enfoncer le mur ou briser la truelle ? me demanda-t-il. Non, il faut projeter bien franchement le mortier sur la pierre.

J'en convins, mais j'étais loin de la précision

du tir de mon modèle. Je me démenais comme un beau diable dans une invraisemblable danse du scalp face au mur de mes peines. Le vieil homme et l'enfant s'étaient écartés quelque peu à cause des éclaboussures et riaient à gorge déployée. Le mur fut crépi ; mais du mortier, dans les jours qui suivirent, nous en avons retrouvé jusqu'à cinq mètres du lieu de mes exploits.

— Tu vois, m'avait dit l'enfant, tandis que le soir venu nous rentrions pour dîner après avoir rangé les outils, tu vois bien que tu y es arrivé !

J'avais changé de statut à ses yeux ; le prestige du gardien faisait de moi un compagnon, presque un égal, et je commençais à penser que je n'avais pas perdu au change.

Parmi ses rires qui avaient la vertu de transformer les menues corvées quotidiennes en jeux, il se produisit un événement dont je n'ai mesuré l'exacte portée qu'avec un certain retard. Il y a parfois au milieu de l'activité domestique des moments de calme complet. On a exécuté les tâches instantes, et d'autres sont à venir, mais il faut attendre le juste temps. Le gardien ces jours-là travaillait à la forge. Cet endroit retiré, que son obscurité aurait pu rendre inquiétant, ne rebuta pas l'enfant, et elle en franchit le seuil avec la même innocence qu'en n'importe quel autre point de l'espace. J'appris donc à forger des statuettes ; cela d'ailleurs était convenu depuis longtemps. J'ai déjà dit que le gardien était responsable d'une évolution dans le style de ces objets. Avant lui, j'ai pu le vérifier dans un livre de croquis où chaque gardien a reporté la forme des deux ou trois modèles principaux de son œuvre — et ce livre je ne l'ai découvert que bien plus tard —, les statuettes, assez massives, étaient des représentations anthropomorphiques plus ou moins stylisées. Il avait réduit cette figuration à la tête seule, transformant ainsi la sculpture en masque, ce qui lui permettait d'économiser beaucoup de métal, puisqu'il n'en usait que sous forme de feuilles martelées. Le rite, de ce fait, s'était modifié. Il est vrai que jusqu'alors les fillettes abandonnées brandissaient la statuette à hauteur de leur visage en un geste ensemble de défense et d'offrande. Or, du jour où l'objet votif devint un masque, dont la légèreté en outre facilitait la manipulation, elles prirent l'habitude de dissimuler tout à fait leur face sous cette gangue noire niellée du cuivre brillant qui en marquait les reliefs, et le rite accrut sa part de mystère.

Lorsque je le questionnai ce jour-là sur la façon dont il mêlait la brillance à l'obscur, il me donna en premier lieu des indications techniques.

— Le propre des statuettes de métal, affirmait-il, a toujours été de jouer sur deux registres. Il y a le relief, bien sûr, puisque c'est de la sculpture, mais il y a aussi la matière et la couleur des divers métaux dont on dispose. Quant à moi, j'utilise le fer comme fond, parce que c'est le plus courant et parce que c'est une excellente base. Avec le cuivre, je souligne certains reliefs, je les redessine — ainsi les arcades sourcilières, l'arête du nez, les lèvres et les rides.

— Vos rides, on dirait des cicatrices.

— Oui… peut-être… Avec le plomb je fais des larmes, de la bave ou simplement le pourtour des yeux.

— Vous allez lui apprendre ? demanda l'enfant en me désignant.

516

— Oui, mais, tu sais, ça va être long.

En effet ce fut long. Il nous fallut bien des jours. La fillette n'eut pas assez de patience pour tout examiner ; elle partagea son temps entre la forge où nous restions penchés sur l'enclume — je crois aussi qu'elle nous trouva trop bruyants — et la maison où Vanina tissait. Le gardien commença par faire l'inventaire des outils pour que je connusse chacun par son nom, puis, pour mieux me faire saisir leur usage, il entreprit la réalisation d'un masque.

Il avait puisé dans un coffre le morceau de métal qu'il comptait travailler. Il me sembla que c'était un vieux soc de charrue et je lui en fis la remarque.

— Oui, c'est bien cela, me répondit-il.

Et il m'apparut que, pour la première fois depuis que je le connaissais, il se laissait aller sur la voie du rêve.

— C'est Barthélemy qui me l'a apporté, enchaîna-t-il, mais vous ne connaîtrez pas Barthélemy. C'était son dernier cadeau.

Il actionnait vigoureusement le soufflet. Et, tout en me donnant des indications techniques, il me racontait ses rapports avec cet inconnu — Barthélemy — que je ne devais jamais connaître.

— C'est quelqu'un qui venait de l'autre versant du plateau, de la vallée, ou de plus loin. On ne peut pas savoir, il ne parlait jamais de lui, seulement de ce qu'il avait vu. Quand il n'était pas en train de marcher, il vivait parmi les bûcherons. Il leur faisait la cuisine et leur rendait de menus services. Mais il n'était pas fait pour être un vrai bûcheron, il n'avait pas le physique. Il faut être large et fort pour s'attaquer aux arbres. Si on est trop frêle, on n'abat pas noblement. Il le savait, il n'avait jamais abîmé un arbre. Je vous en parle parce que tout ce qu'il reste de lui ici, ce sont les morceaux de métal qu'il me fournissait. Mais ne vous laissez pas distraire, regardez bien comment je fais. Vous voyez, là, comme ça se soulève ? Tenez, passez-moi donc les grandes pinces.

Cette histoire berça si bien mon apprentissage que maintenant, quand je vais travailler, seul, à la forge, c'est encore son récit qui guide mes gestes.

La pièce était sur l'enclume, il la découpait et la martelait.

— C'est vrai qu'il faut être fort pour travailler le fer, comme pour être bûcheron ; il faut être fort pour tout, il faut être très fort pour vivre. Mais les gens se trompent. À les entendre, on croirait bien qu'il faut brutaliser le métal. Ce n'est pas vrai. Le métal, c'est comme le reste, ça se sent et c'est fragile. Si vous tapez comme un sourd, vous ne trouverez plus sous la masse qu'une poignée d'écailles meurtries. Non. À chaque coup il faut savoir où on tape et quel poids on y met. Barthélemy aimait bien me voir travailler à la forge et, comme je savais que ça lui faisait plaisir, il m'arrivait de laisser mes autres travaux en plan pour forger pendant qu'il était là. Il s'asseyait sur l'escabeau et il se taisait longtemps. Il regardait simplement. Et puis tout à coup il se mettait à raconter. Il avait vu d'autres hommes en train de faire d'autres travaux. Je levais la main vers la poignée du soufflet, et ça lui rappelait un geste un peu machinal de certains marins vers un cordage auquel ils tenaient, une sorte de compagnon auquel ils s'accrochaient dans les moments de bonace où, sans le savoir, ils se trouvaient ignorants entre le ciel et l'eau. De là il parlait de la chasse à la baleine ou d'îles nimbées de mancenilliers. Moi je trouvais ça joli des mancenilliers, jusqu'à ce qu'il m'expliquât que ce sont des arbres abominables qui brûlent la chair comme un acide pur. Vous comprenez, c'était un garçon qui n'avait jamais réussi à tenir en place. Même chez les bûcherons où il était vraiment bien, parce que la forêt c'est beau et il aimait les animaux du sous-bois, il rêvait d'une barque qui pût naviguer sur les frondaisons. Presque tout ce que je sais sur les animaux, d'ailleurs, c'est lui qui me l'a appris.

Sur ces derniers mots je sursautai. Il me semblait qu'au lieu de vivre nous nous étions mis à interpréter une sorte de mystère qui se nouait sur la poésie des animaux. Le gardien, par ce biais, m'avait écarté de l'enfant en lui contant la vie légendaire des bêtes. Mais au moment où il me donnait à entendre qu'en cette circonstance il n'avait été qu'un interprète au service d'un héritage transmis par quelqu'un d'irremplaçable, obéissant à quelque obscure jalousie de soi, il m'éloignait de lui en me montrant entre nous la place de l'amitié laissée vide par un visiteur de passage dont nul ne devait songer à occuper le lieu propre. Ce Barthélemy, par une alchimie mentale que je n'étais pas en mesure d'analyser, il l'avait adopté comme un fils — et peut-être préfère-t-on ceux-là à ceux qu'impose la nature, à moins que comme beaucoup d'enfants celui-là ne fût qu'un être imaginaire.

Or il travaillait toujours et, comme je devais apprendre, je reprenais après lui la place et les outils qu'il venait de quitter et je tâchais d'en faire usage à sa manière. Le masque naissait d'une feuille éclatante martelée, çà et là fendue et redécoupée. Comme la matière première manquait, je n'avais pas osé demander au gardien un morceau de métal intact et m'étais contenté de récupérer sur les bords de l'enclume ou parmi les braises du foyer, voire mêlés à la poussière du sol, des fragments guère plus épais que des clous, que je tâchais d'assembler. Il ne surveillait guère l'objet que je façonnais, mais suivait mes gestes du coin de l'œil et de temps à autre interrompait ses propos pour me dire comment mieux assurer ma prise sur tel ou tel outil.

— Il faut que vous sachiez travailler à bras tendus. Souvenez-vous, me répétait-il, que vous n'avez pas besoin de rester penché sur votre ouvrage. N'y mettez pas que les yeux, mais tout le corps. Ne vous crispez pas sur l'outil ; il ne faut pas se fatiguer pour rien.

Mais je ne me fatiguais pas beaucoup. Je voyais, sous ses doigts, éclore et croître des masques en tout semblables à des fleurs. Il en fit quatre, et sans cesser de parler, dans le temps que j'amenais au jour une modeste statuette. Et toujours la légende de Barthélemy filait le cours de nos actes.

— Vous comprenez, on me demandait beaucoup plus de statuettes que je ne récupérais de métal dans le bûcher des chariots. Toutes ces petites filles que j'ai adoptées… et pas une dont j'aie pu voir le visage… Je ne les connaîtrai jamais. Vous rendez-vous compte du bonheur que ce fut pour moi de vous voir arriver avec cette enfant. Je l'attendais, et c'est elle qui m'a adopté. Mais il ne me reste pas beaucoup de métal. Comme je vous l'ai dit, Barthélemy m'en fournissait. Il est arrivé un jour alors que j'étais en plein travail. Je l'ai reçu ici. Il m'a regardé faire. Ça lui plaisait. Et il s'est étonné que je n'aie pas plus de statuettes puisque je les exécutais assez vite. Je lui ai expliqué que je les donnais, et pourquoi. Je lui ai dit aussi mes soucis. Alors il s'est offert à m'approvisionner un peu. Il connaissait deux ou trois camps de bûcherons abandonnés où il pensait trouver des outils hors d'usage. Il savait des fermes aussi où on laissait dans un coin de vieilles pièces inutiles et usées qu'on ne se résignait pas à jeter. C'est ainsi qu'il s'est mis à faire des tournées de récupération dans les environs. Et j'ai pu fournir un peu plus.

Il se tut un moment et reprit :

— Mais maintenant, comment vais-je faire ?

— Je pourrais peut-être aller chercher du fer.

— Vous ?

Dans cette exclamation il me sembla qu'il me pesait.

— Oui, moi.

— Et où ?

— Là où il y en a.

— Il existe un endroit où on en trouve, c'est chez les forgerons des steppes qui exploitent en communauté de petits gisements. Mais qui pourrait obtenir quelque chose de ces gens-là ?

— Je crois que je pourrais.

Je lui rappelai que j'avais déjà fait un voyage dans ces régions, et me mis à lui expliquer que je connaissais le prince et que celui-ci, certainement, m'accueillerait bien s'il me voyait revenir.

— Je pourrais, ajoutai-je, en charger une mule ou deux car le prince est généreux.

Ses yeux brillaient. Il m'écoutait avec passion.

— Ah ! ce serait un grand bienfait.

Le jour touchait à sa fin, nous rassemblions les outils.

— Oui, continuait-il, nous irions à la ferme la plus proche ; ils nous prêteraient bien deux mules… Travailler un peu sans angoisse, avec un coffre plein de métal… je crois rêver.

Comme nous sortions, il s'arrêta sur le seuil.

— Vous ne craignez rien là-bas ?

— Non, pas trop. Le prince m'a donné un objet qui lui appartient, un signe de reconnaissance qui me facilitera le passage.

Il me prit par le bras.

— Allons toujours manger. Il faudra parler de ça et y penser longuement.

Le repas fut gai. Le gardien était tout à la joie que je venais de lui faire et moi-même j'étais assez content d'avoir regagné à ses yeux une position privilégiée ; mais je remarquais, au fur et à mesure que la soirée s'avançait, que le visage de Vanina s'assombrissait. Nous sommes montés nous coucher assez tard. L'enfant dormait déjà depuis longtemps. Comme j'allais quitter notre chambre pour travailler un peu à mes écrits, Vanina colla son corps au mien. Elle s'emparait de mes mains, les appliquait à son buste, s'en frottait les flancs, si bien que ses vêtements se défirent sous mes doigts. Quand je touchais sa peau nue, une sauvagerie aussi nocturne que la sienne me prenait. Nous sommes tombés sur le sol. Elle se nouait à moi, silencieuse et comme aveugle tant son regard était perdu. Je ne pouvais pas savoir pourquoi cette fièvre la tenait, mais la même coulait dans mes nerfs et nous nous aimions. Il y eut un moment où elle criait contre son corps qui, trop compact, l'étouffait, elle criait parce qu'elle se heurtait au mur qu'elle était devenue pour elle-même, elle criait douloureusement.

Beaucoup plus tard, j'étais seul sur le plancher. Elle s'était détournée ; je croyais qu'elle dormait et j'étais seul. Mais aussitôt elle était au-dessus de moi, ses seins se posaient sur ma poitrine, son souffle pénétrait le mien, ses lèvres baignaient mes yeux.

— Pardonne-moi, disait-elle.

— Quoi ?

Mais elle ne répondait pas. À mon tour je demandais :

— M'aimes-tu souvent ainsi ?

Or c'était encore le silence, ses doigts dans mes cheveux, errant comme à la recherche d'une part de moi plus réelle que tout ce qu'elle connaissait déjà — et si bien ! Et enfin une question :

— Tu vas repartir ?

— Qui t'a dit ça ?

— Ton visage.

Elle eut un rire frêle, chancelant.

— Tu ne sais pas porter de masques... à force de voyager, peut-être.

— Je ne voulais rien te cacher. Ce projet date de quelques heures seulement. Il faut encore y penser avant de l'arrêter.

— Mais tu vas partir, c'est sûr.

— Peut-être.

Sa peau caressait la mienne. Tout d'un coup, elle ne parlait pas.

— Tu m'en veux ? Tu crois que j'ai voulu te cacher quelque chose ?

— Non. J'avais un vide au ventre, comme si tu

n'étais déjà plus là, comme si je devais nager avec toi — fantôme — dans l'élément de mon rêve. Je t'ai aimé comme si déjà tu étais absent, c'est cela qu'il faut me pardonner.

— Te pardonner ! Pourrais-je te demander plus ?

Elle rit, puis soupira, la tête appesantie au creux de mon épaule, et je m'aperçus qu'elle dormait.

Le lendemain, je retournai à la forge. Le gardien n'avait pas pris avec nous le petit déjeuner. Vanina s'était montrée enjouée, repliée avec bonheur sur sa fièvre nocturne et animée tout entière par un émoi encore vif. Ses yeux riaient quand elle me regardait et j'étais intimidé par sa joie. La fillette, pressentant sans doute ce surcroît d'amour, avait pris le parti de bouder et de grogner.

— Mais qu'a-t-elle donc ? demandai-je à Vanina.

— Presque rien. Elle perçoit entre toi et moi une alliance tendre dont elle ne peut saisir tous les fils, et n'y trouve point d'agrément.

— Est-ce possible ?

Elle m'embrassa.

— Sauve-toi. Je vais me réconcilier avec elle.

Lorsque j'entrai dans la forge, le gardien était déjà à la tâche.

— Ah, vous voilà enfin !

— Mais décidément ce matin tout le monde me veut, dis-je en riant.

— Que se passe-t-il donc ?

— Peu de chose, je suppose. L'enfant est jalouse de la tendresse que je porte à Vanina.

— Mais ce n'est pas peu de chose. On peut aimer à douze ans avec autant de passion qu'à vingt ou à trente. Finissons donc ce que nous avons entrepris. Il ne reste plus qu'à fignoler. Nous irons voir cette enfant ensuite.

Il ponçait ses masques et vérifiait qu'il ne restait plus sous aucun angle de ces barbes acérées comme des hameçons qui en frisaient le pourtour. Je fis de même sur ma statuette.

Par-dessus le grincement de pierre de son métier, il me cria :

— Il faudra tout de même que je voie de près ce que vous avez fait pendant tout ce temps.

Et quand il s'interrompit pour s'éponger le front :

— Tenez, lui dis-je.

Et je lui tendis la statue. Ses yeux s'agrandirent et il cessa net tout mouvement. J'eus l'impression aussi qu'un chagrin très lointain finissait par l'atteindre.

— Ai-je mal fait ?

— Non, au contraire. C'est... c'est remarquable, tout à fait remarquable.

— Mais que se passe-t-il ?

— Il ne se passe rien du tout ; ne vous inquiétez pas.

Je n'osai le questionner. Il resta un moment silencieux, tournant et retournant entre ses doigts la petite statuette. J'ai dit le peu de matière première dont je disposais. Convaincu que mon essai était vain et que tout ce que j'assemblais devrait être refondu pour servir à quelque œuvre de plus haute dignité et de meilleure tenue, j'avais donné libre cours à mon imagination, ne me souciant guère que de faire tenir ensemble des fragments disparates. Dans de telles conditions était né sous mes doigts une sorte de squelette assez étrange. Voulant d'abord imiter mon maître, j'avais assemblé des morceaux pour créer un masque, mais celui-ci n'avait l'allure que d'un loup de faible envergure et à claire-voie. Cette superposition de bandes métalliques incurvées sur la bigorne pouvait à la rigueur mettre à l'abri comme d'une jalousie la partie centrale d'un visage d'enfant. J'y avais vu plutôt comme l'ébauche d'une cage thoracique en miniature. Je n'eus qu'à suivre cette nouvelle inspiration pour obtenir une figurine complète. Si une petite fille avait dû porter un tel masque, elle eût tenu par les jambes une représentation humaine dont le bassin eût masqué son menton et sa bouche, la cage thoracique sa lèvre supérieure, son nez qui eût assez bien suivi la ligne d'une colonne vertébrale imaginaire, et ses yeux sous l'ombre striée des côtes. Les bras pliés en ailerons et rejetés en arrière lui eussent protégé les tempes tandis que la tête se fût inscrite comme un signe au centre de son front. Le gardien avait pris un petit marteau et en donnait çà et là des coups secs. Le métal éveillé sonnait comme une clarine.

— Et c'est solide !

— Il suffit d'avoir un bon maître, dis-je. Maintenant, si vous me confiez du métal en plus grande quantité, je pourrai essayer de faire mieux.

— Comment feriez-vous mieux ? Qu'est-ce que ça veut dire mieux faire ?

Je le crus fâché, sans pouvoir déterminer s'il me signifiait d'après ce premier résultat que j'étais inapte à jamais forger des statuettes ou au contraire qu'un coup heureux m'avait conduit d'emblée à la maîtrise.

— Pardonnez-moi, voulus-je poursuivre, je pensais…

— Vous pensez mal.

Cette nuit il me semble que j'entends encore sa voix, ce matin-là si abusivement bourrue. Comment ai-je pu le croire fâché ? Comment ai-je pu pendant plusieurs jours m'interroger sur sa brusquerie qui, comme un tapis de cendre jeté sur un feu qu'on désire préserver, couvrait la joie profonde et étincelante, l'exaltation de tout l'être qui s'empare du messager parvenu au relais et qui transmet le rouleau intact, le livre scellé, le message clos, le signe de bronze ou d'améthyste dont il n'est que le porteur ? Où étais-je donc alors pour soupçonner chez cet artisan intègre la jalousie d'un créateur devant un novice inopinément surgi ? J'étais dans le pénombreux aveuglement de la forge où lui-même m'avait appelé, et il ne fallait pas alors que l'ignorance féconde, qui me masquait mes propres gestes et leur fruit, se déchirât d'un coup. Si j'avais vu, dans la resplendissante évidence qui éclatait à ses yeux, la statuette que je venais d'achever, le vertige m'eût terrassé, et jamais plus je n'eusse trouvé la force de reprendre en main la masse ou la tenaille, d'actionner le soufflet, de scruter les moisissures d'or rouge qui frangent le métal geignant. Il fallait que je demeurasse étranger au génie du commencement et que le loisir de la vanité ne me fût pas laissé. On n'apprivoise pas le geste initial ; on se soumet à lui en tremblant, étouffé d'inconscience. C'est si vrai qu'aujourd'hui encore, moi qui en ai déjà réalisé plusieurs, je ne resonge point sans malaise à cette toute première statuette. Qu'elle soit sortie de mes mains me trouble comme l'ombre vorace d'une nostalgie. Voilà bien du temps qu'au bénéfice d'une fillette menacée elle est passée de mes mains à celles d'un pèlerin jardinier ; elle me hante toujours et à travers le souvenir je me l'approprie comme si elle était l'œuvre d'un inconnu à l'exemple de qui je travaille désormais en désespérant de l'égaler jamais. Toutes ces ratiocinations ont beau être parfaitement illusoires — je le sais —, elles me pèsent et me pétrifieraient si je ne m'en gardais sans cesse. Et toujours il faut que je m'éloigne de cet instant décisif. Toujours. C'est pourquoi je me confie au temps et à la nuit, dont je coule les fragments clos sur le papier. J'écris pour être loin, pour demeurer en ce lointain écarté où, par un apprentissage noble et subtil, m'a conduit le gardien. Aujourd'hui moi-même, seulement moi-même. Et chaque nuit me retrouve penché sur la pente de la planche. Sur la tablette du pupitre qui clôt l'horizon de mes gestes et qui supporte habituellement mes plumes, veillent les choses tutélaires à qui Vanina me remet dans les heures où je deviens étranger. Au centre, sages et joints, les petits sabots qui siégeaient déjà sur mon bureau, à l'hôtel. Un soir, m'a raconté Vanina, la mère de la petite fille les avait vus. Son regard longuement avait tourné autour d'eux comme d'un centre magique ; elle a tendu la main mais n'a pas osé les toucher.

— Ces petits sabots ? avait-elle murmuré.

— Oui, avait répondu Vanina, mon compagnon les a trouvés sur le domaine que j'ai quitté.

— Il vous a enlevée ?

Vanina lui avait conté notre équipée que la visiteuse ignorait encore.

— Ainsi tout est fini là-bas.

Vanina avait voulu aller trop vite.

— Vous connaissez ce domaine ?

— N'en parlons plus, voulez-vous ?

Elle n'avait plus rien consenti à dire.

« Ces sabots, me disait ma compagne, elle les a

reconnus ; ce sont ceux qu'elle portait lorsqu'elle était enfant. Et plus tard — il me semble me souvenir, mais j'étais bien petite — elle a été chassée du domaine. Les femmes l'ont poursuivie, battue, jetée hors du labyrinthe et livrée aux hommes. J'étais accroupie contre la margelle du puits et j'entendais ses cris. Les haies du labyrinthe les atténuaient mais ils restaient si déchirants — si désespérés. À l'hôtel je la voyais toujours avec les cris que j'ai entendus ; elle les portait depuis lors au fond des yeux. »

J'avais voulu rassurer Vanina. Des souvenirs cruels l'égaraient, assurais-je, et rien n'était fondé dans les rapprochements qu'elle évoquait. Mais à peine l'avais-je convaincue que je me mis à mon tour à croire en cette légende.

La mère de l'enfant que nous avions recueillie avait eu, elle aussi, une enfance ; les petits sabots en gardaient la creuse et énigmatique empreinte. Peut-on penser l'enfance d'une prostituée ? Ou seulement éprouver une sorte de malheur sans nom ni âge, anonyme et naïf ? Le malheur du silence.

Inconnus encore, sur la gauche, le couple de gnomes sculptés dans du bois sombre. Lorsque nous étions arrivés chez le gardien, notre installation avait requis tous nos soins et nous avions tout à fait oublié le paquet que m'avait confié le frère de Vanina. Nous l'avions même égaré. C'est le gardien qui, un soir, nous l'avait présenté.

— Ceci est-il à vous ?

Je n'avais pas reconnu tout de suite cette masse ficelée dans de la toile. Devant mon regard surpris, le gardien avait ajouté :

— C'était tombé dans la paille près des chevaux.

Et c'est alors seulement que je m'étais souvenu du cadeau d'adieu de l'aubergiste.

— Oui, dis-je, on m'a remis cela au moment de notre départ de l'hôtel. Ce doit être un souvenir.

Je jugeai plus poli de défaire le paquet en présence de celui qui l'avait retrouvé. J'en sortis deux sculptures monstrueuses, un homme et une femme au corps épais sur des jambes torses, nus, timidement, honteusement obscènes, avec une tête trop grosse pour leur stature. Je hochai la tête et les scrutai. Par rapport à ceux que j'avais examinés dans l'atelier secret de mon hôte, ceux-ci présentaient une différence certaine qui m'échappait. Vanina aussi les observait.

— Ils implorent de toute leur fidélité, finit-elle par dire.

— Mais qu'ils sont laids ! qu'ils sont laids ! m'écriai-je.

— C'est bien leur droit, objecta le gardien, pensif. D'ailleurs, ajouta-t-il, voyez : ils marchent.

Cette dernière remarque m'éclaira sur l'étrangeté que jusqu'alors je pressentais sans parvenir à la situer. La collection que j'avais vue, bien des semaines auparavant, dans l'atelier de l'aubergiste d'où nous observions le domaine ruiné de Vanina, ne comportait pas une seule figurine en marche. Tous ces monstres — leur aspect m'avait assez frappé pour que mes souvenirs ne fissent jamais place au moindre doute — étaient pris comme des concrétions de cauchemar dans la contracture bloquée, les convulsions figées d'une sorte de danse immobile à la faveur de laquelle ils exagéraient encore leurs grimaces — peuple d'exhibitionnistes envoûtés en leur extrême laideur par un magicien méchant. Ceux-ci, comme si de leur propre mouvement ils étaient sortis de l'assemblée, n'exprimaient rien de semblable. Ils s'efforçaient plutôt de pousser devant eux — vers quel exil ? — une humble hideur. Ils allaient.

Nous avions commencé par les poser de part et d'autre de la tablette du pupitre et les sabots au centre. Or cette disposition s'avéra gênante ; pour une fois c'était la symétrie qui dérangeait l'espace. Ils ne quittèrent un peu leur air de misère guindée et de détresse déplacée que du jour où perdu à mille lieues de leur chagrin sans âme dans le labyrinthe de mes écrits, je berçai ma songerie en tripotant l'un d'eux que je reposais machinalement à côté de l'autre. Le couple se reforma d'emblée ; ils n'étaient point faits pour aller l'un vers l'autre, mais pour supporter ensemble leur cheminement. Pour moi c'était le commencement d'une nouvelle époque, de sorte que ce menu événement resta indissolublement associé dans mon esprit à un autre, beaucoup plus grave — pour tout dire, le dernier événement, qui se produisit quelques jours plus tard.

Cela arriva au soir de l'un des premiers jours de printemps. Toute la journée un vent opaque et gras depuis les confins avait roulé sur nos têtes des amas de nuages atones. La terre semblait ne se réchauffer qu'à contrecœur mais l'air était brûlant. La nuit précédente, l'enfant n'avait pas dormi. Nous l'avions couchée pour la sieste et la même lassitude que nous avions vu la saisir nous avait jetés Vanina et moi en travers de notre couche. La grisaille d'un jour trop pesant sous la menace indéfiniment suspendue du ciel nous poussait l'un vers l'autre. Nos caresses fébriles tentaient en vain de soulager nos corps exaspérés ; nos étreintes semblaient les derniers spasmes de bêtes primaires étouffant dans un milieu irritant et trop dense ; des salamandres au ventre mou se débattant tandis que, torréfiée, la vase native se prend autour de leurs articulations, et qui halètent peau à peau exsudant leurs humeurs et consumant somptuairement leur dernière énergie. Une conscience blanche nous dédoublait et tirait nos esprits jusque sur des hauteurs de contemplation d'où nous inspections les élans de nos corps sans pouvoir nous soustraire à leur initiative ni nous abîmer tout à fait dans le crépuscule de cette sauvagerie, et, dans l'œil agrandi de l'autre où palpitait une nuit pleine d'angoisse, chacun plongeait un regard effaré de plaisir. Nous nous aimions sur la pente d'une destruction harassante. La peur enfin m'assaillit et je voulus m'éloigner, mais Vanina m'agrippait avec toute l'énergie d'une naufragée. De leur patience conquérante ses doigts tenaillaient mes épaules et soudain ses yeux se clorent sur un premier déchirement des profondeurs. Son souffle se modula et je m'aperçus qu'elle parlait au rythme forcené de nos rapprochements. Et cette parole était un accouchement par où elle livrait au jour la chair de ses viscères dont sa voix était l'envers se refermant sur leur fabulation. Cette très longue incantation lentement referma sur nous son ordre protecteur pour se dissoudre et se perdre finalement dans un murmure de source, tenace et de moins en moins audible. « Reviendras-tu ? Reviendras-tu ? » l'entendis-je susurrer tandis qu'elle dormait déjà. Je laissai son corps au repos dont il s'avouait désireux ;

j'avais besoin de boire et de me délivrer d'une gangue d'humeurs sombres. Du cabinet de toilette je descendis directement à la recherche du gardien que je croyais affairé dans quelque atelier. Lorsque j'ouvris la porte, le silence de l'extérieur m'effraya presque. Un char attelé à quatre bœufs était arrêté près du bouquet d'arbres, assez loin de l'endroit où je me trouvais. Une dizaine d'hommes se tenaient alignés, immobiles, têtes basses. Le chariot semblait plein d'un amas de branchages et je compris pour quelle cérémonie ils se présentaient ainsi. Je retournai dans les appartements pour observer de haut la suite des événements. La fenêtre de notre chambre était ouverte sur le centre de la cour. Vanina dormait toujours. Je m'assis sur une chaise et j'attendis. Au bout d'un long moment le gardien surgit. Il approchait à pas amples et lents, venant de la droite, sans doute des bâtiments où il allait officier. Il s'arrêta à quelques pas des jardiniers, écarta les bras en signe de bienvenue, désigna les bâtiments de la main et retourna sur ses pas. Le cortège le suivit. S'ils avaient parlé, de la distance où je me tenais je n'eusse rien pu entendre, mais j'étais sûr que pas un mot n'avait troublé le silence. Les bœufs martelaient le sol pesamment, avec cette expression de lassitude vague qu'ils affectent même au plus rude de l'effort, et tout le lourd charroi auquel les hommes exténués s'appuyaient de la main, voire de l'épaule, craquait comme un vieux bateau. Ils disparurent peu à peu absorbés derrière l'arête de la fenêtre. Je ne voulais pas me pencher à l'extérieur pour les suivre des yeux. Vanina s'éveilla.

— Qu'est-ce que tu regardes là ?

— Des hommes viennent d'amener une statue malade.

— Quoi ?

Elle se dressait nue, les yeux brillants.

— Oui, une statue malade. Je ne sais pas trop ce que nous devons faire.

— Tu aurais dû me réveiller !

— Je n'ai pas osé.

Nous nous sommes regardés, elle est venue jusqu'à moi. Elle souriait. Et tous ses mouvements étaient empreints d'un bien-être excessif. Elle prit mon visage entre ses mains et appuya mon front contre son épaule.

— Je me sens légère.

À ce moment, de la chambre voisine, la fillette appela.

— Je m'en occupe, dis-je à Vanina.

Nous nous sommes séparés, elle est retournée près du lit, s'y est laissée tomber. J'achevais de débarbouiller l'enfant quand le gardien s'annonça, frappant légèrement à la porte de l'appartement.

— Vous savez ce qu'il se passe, me dit-il lorsque je lui eus ouvert la porte.

— Oui.

— Bon. Je vais vous abandonner à vous-mêmes pendant toute la soirée.

— Vous n'avez pas besoin d'aide ?

— Surtout pas. Il faut que j'opère seul. Si un bœuf est récalcitrant, c'est l'un des visiteurs qui m'aidera.

— Bon. Eh bien, à demain.

— À demain.

Il m'a serré la main, il souriait, il semblait heureux de cette cérémonie qui était si rare. Comme il redescendait l'escalier, au moment où sa tête allait m'être cachée par le palier, sentant mon regard peut-être, il a levé les yeux vers moi. Son visage était redevenu grave. J'ai voulu parler — c'est l'impression qu'il me reste de cet instant — mais je n'avais rien à dire. J'ai fermé la porte. La fillette était derrière moi, toute nue encore, comme je l'avais laissée dans le cabinet de toilette.

— Comment ? Tu n'es pas encore habillée !

— Aujourd'hui, je n'ai pas envie de m'habiller.

Elle me faisait la mine tout à fait sérieuse de quelqu'un qui ne veut consentir à aucune concession.

— Allons, tu ne vas pas faire un caprice.

— Ce n'est pas un caprice. Aujourd'hui c'est un jour où on ne s'habille pas.

— Tu auras froid.

— Quand j'aurai froid, je me couvrirai.

— Bon. Sais-tu ce que nous allons faire ? Nous allons en parler à Vanina. Si elle dit qu'il faut que tu t'habilles, nous serons deux de cet avis et tu feras ce que nous te demandons.

— Oui, mais si elle dit comme moi, c'est toi qui seras seul et tu me laisseras faire comme je veux.

— Entendu. Attends-moi là.

— Non. Je vais avec toi.

Nous sommes entrés dans la chambre. Vanina était toujours sur le lit. Elle n'avait pas même ramené un drap sur son corps. L'enfant vint se blottir contre elle.

— Elle ne veut pas s'habiller, dis-je.

— Elle a bien raison, me répondit Vanina.

— Je t'en prie, elle ne va pas passer la soirée comme ça.

— Il fait chaud en ce moment. Nous verrons plus tard.

Je ne savais plus guère quel argument trouver et décidai de parler d'autre chose.

— Je t'ai dit qu'une statue malade venait d'arriver. Le gardien doit s'en occuper. Il ne passera pas la soirée avec nous.

Si je comptais inconsciemment faire diversion et peut-être, par le rappel de la cérémonie en cours, ramener l'une et l'autre à quelque décence, je m'étais complètement fourvoyé.

— Tu vois bien, s'écria Vanina, que la petite a raison, puisque nous sommes seuls, je vais suivre son exemple.

— Vanina, réfléchis !

— Ah, nous allons bien nous amuser.

Et avant que j'eusse pu ébaucher un geste, elles s'étaient levées toutes deux, en proie déjà à un irrépressible fou rire que ma mine déconfite exaspérait encore. Elles se mirent à se poursuivre autour de la chambre en poussant des cris et en bondissant parmi les meubles qu'elles bousculaient ; puis, comme l'espace leur manquait pour donner libre cours à leur joie, elles se répandirent à travers l'appartement et je les entendis bientôt à travers toute la maison. Comme il arrive souvent lorsque je me trouve dans une société fort animée, ce déchaînement me causa une sorte de malaise. Cela faisait longtemps que le vieux fond morose de mon tempérament n'avait pas pris le dessus. Mais le gardien étant occupé par les pèlerins et Vanina et l'enfant entièrement livrées à une inexplicable explosion de bonheur, je me sentis soudain exilé sur les berges de la vie. Je résistais bien à une sorte de mesquinerie qui m'eût fait trouver sotte leur exubérance, en revanche je jugeais sévèrement cette façon d'envahir la maison de leurs cris et de leurs courses, et mon mécontentement fut porté à son comble quand je compris qu'elles avaient pénétré dans les appartements de notre hôte. J'y voyais une sorte de profanation grave, constatation qui ouvrait en moi au sentiment du pire. Cependant, craignant, si j'intervenais, de provoquer un surcroît de rire et d'irrespect, je me résignai à laisser faire tout en me sentant coupable grandement de cette complaisance. Je m'enfermai dans mon cabinet de travail et me mis à écrire, comme toujours en semblable circonstance. En fait mon livre était presque fini ; j'en étais à décrire par le menu notre vie quotidienne auprès du gouffre — autant dire que je n'avais plus rien à raconter, et je passais le plus clair de mon temps, lorsque j'étais à ma table de travail, à parfaire ce qui était déjà tracé, j'établissais une copie soigneuse pour le domaine où mourait mon ami. Il me semble que c'est de ce jour-là que je puis dater l'élucidation dernière de mon dessein. Ce livre dont semaine après semaine j'ai poussé devant moi les vagues successives, je sais depuis lors que sans qu'il faille en rien retrancher il est le mémoire qu'on attend pour mettre en place la dernière statue d'ancêtre des jardins statuaires. Ce livre est le dernier livre. Et pour la première fois ce jour-là j'éprouvai l'angoisse vague, angoisse qui ne m'a pas quitté depuis lors, de la fin du livre. Il n'y avait vraiment aucune raison pour que je ne continue pas indéfiniment à tracer des signes les uns à la suite des autres. N'y aura-t-il pas chaque jour quelque fait, de plus en plus menu au fil du temps, qui méritera que je le rapporte ? Comment reconnaîtrai-je ce qui vraiment ne vaudra point d'être narré ? Songeant ainsi, je me suis avisé que je ne dispose plus d'aucun moyen d'évaluer ; tout m'est bon, tout m'est étranger. Pourquoi ne tracerais-je pas, sous les mots mêmes que je suis en train d'écrire, une simple ligne unie marquant que l'aventure est achevée et que je suis sorti des péripéties ? Or, à peine ai-je imaginé cette solution que j'ai constaté qu'elle est impossible. En fait il eût fallu, pour que tout s'achevât, que par un inimaginable subterfuge le passé rejoignît le présent en un point final. Or, de l'un à l'autre, je découvrais, imperceptible et pourtant infranchissable, un abîme qu'aucun geste, aucun mot ne permettra jamais de combler.

Lorsqu'elles vinrent me chercher pour le dîner, Vanina et l'enfant me trouvèrent arpentant la pièce en proie à cette pensée vide que je savais d'autant moins contourner que je m'y efforçais davantage. Quand je les vis devant moi, il me sembla que je sortais du néant. Du néant et de la grisaille car elles se produisaient à mes yeux vêtues comme deux princesses étrangères, somptueuses et barbares. Elles avaient drapé leurs corps dans de grands pans d'étoffes lourdes et luisantes, dorées, me sembla-t-il, toutes bordées de franges et soutachées de glands, et comme elles se tenaient immobiles et silencieuses, je les saluai en m'inclinant gravement avant de les suivre. Avec la même solennité à demi feinte elles me conduisirent non point vers la cuisine où nous mangions habituellement, mais dans une grande salle d'apparat jusqu'alors demeurée déserte où trois couverts dressés mettaient soudain un faste insolite. La vaisselle étincelait et l'argent des couverts, le cristal des verres réfléchissaient en mille éclats la lumière multiple et frémissante des candélabres qui semblaient, ailes largement déployées, des oiseaux de feu plongeant vers la blancheur moirée de la nappe. La vivacité de cet éclairement éblouissait d'autant mieux que, concentré au centre de la salle, il livrait à une ombre plus dense les hautes murailles et leurs angles lointains. Sans manger ni boire excessivement nous fûmes bientôt abusés par une ivresse subtile et joueuse qui du caprice d'un jour fit un événement énigmatique où se mêlaient indissolublement la cérémonie secrète et la fête orgiaque. Le temps dont l'obscur ressac battait inlassablement les murailles de nuit se suspendait aux abords brillants de notre petite assemblée et la joie seule nous inondait. Le fil de la parole même avait cessé de se dévider utilement ; nous n'échangions plus que des mots raréfiés qui tintaient longuement et tissaient entre nous un lent chatoiement de correspondances bienveillantes. Comme le masque définitif de la contemplation point encore réconciliée mais sereine au-delà des choses en leur pure perte, un étrange sourire supérieur, sidéral, nous tenait suspendus dans le frisson de sa grâce. Jamais nous ne nous étions les uns les autres cernés de regards plus souples, plus transparents. Sur les épaules de mes compagnes qui me faisaient vis-à-vis, les capes cérémonielles vastes et luisantes s'allégeaient, voletaient presque, semblables à des essaims d'oiseaux furtifs. Les corps, libérés par le magnétisme qui s'en jouait, s'épanouissaient comme s'ils eussent désiré, quintessenciés et brûlants, excéder leurs formes et se fondre d'un bond en leur figure idéale. Toute pesanteur dénouée, agrippé seulement au vide

tenace de notre ancrage commun, je me percevais parmi elles semblable à une brassée d'algues
fléchissant au jusant. Perdus les amers et les sommets auxquels s'ordonnaient ses courants, ma
sensibilité n'était plus qu'un scintillant éparpillement de tout l'être et ma peau, un tissu d'étoiles
qui gravitaient dans l'orbe d'une nébuleuse où la
plus secrète intimité de chacun était en tous un
réseau d'esprits momentanés dont se répondaient
les échos.

Plus tard, après qu'abandonnant à son désordre le lieu de notre repas nous eûmes regagné
l'appartement, Vanina et l'enfant étaient tombées
épuisées sur le lit. Elles gisaient sous mes yeux
embrassées parmi le luxe tourmenté de leurs parures. Une faible veilleuse éclairait les montuosités
adoucies de leurs corps et une brume d'ombre
noyait les golfes tièdes d'où émergeaient leurs
membres. Je m'étais assis sur une chaise et les
contemplais, car la grâce d'un instant dont je savais
la durée fragile ne s'était point encore défaite et
mon regard ne scrutait pas un spectacle où de
nouveau il se fût agi de discerner l'étrangeté de
la féminité ; bien plutôt, dépouillé toujours des
caractères qui jusqu'alors m'avaient tenu distinct, je les accueillais dans un miroir où elles ne
se savaient pas réfléchies. « Les dieux sont ici,
songeais-je, et je veille. » Ce n'est qu'à l'approche
de l'aube que je cédai à un sommeil bref. J'en fus
tiré par un froissement d'étoffe. Vanina sans
s'éveiller couvrait l'enfant contre le froid du jour.
Tout engourdi et terne je me levai et jetai un
coup d'œil par la fenêtre. Je crus rêver. Les jardiniers frissonnants étaient alignés dehors, à l'endroit
même où je les avais vus la veille. Il me semble

que d'une connaissance aveugle je sus immédiatement ensemble ce qu'il en était et quelle devait
être la suite des événements, et pourtant je ne
garde le souvenir de rien qui, de près ou de loin,
ait ressemblé à une décision. Je descendis vers
eux, m'avançai à leur rencontre et, m'étant arrêté
à quelques pas, je m'inclinai et les invitai du geste à
rentrer dans la salle qui leur était réservée. Ils
me saluèrent et revinrent à l'abri rituel. Je fis le
tour des bâtiments que quelques semaines plus
tôt j'avais visités avec le gardien. Les bœufs
avaient besoin d'être nourris. Je leur donnai leur
ration. La salle des ablutions était déserte. Je
pressentis que le temps n'était pas venu encore
de m'approcher du gouffre ; il fallait que je fusse
libre.

Lorsque j'entrai dans notre chambre, je trouvai
Vanina debout contre la fenêtre, frileusement
enveloppée dans le manteau solennel de la veille.
Je m'avisai seulement alors qu'il ne s'agissait que
de rideaux usagés dont la soie recuite se lacérait
au moindre froissement. Elle se tourna vers moi.

— Va, me dit-elle simplement, tu es prêt maintenant.

Je pris dans la resserre quelque viande fumée,
des biscuits, de la semoule. Je portai cette nourriture aux pèlerins et, lorsque j'y eus joint quelques vases d'eau pure, je fus déchargé de toute
tâche, délié de tout rapport, seul finalement. Le
balai de rechange — il me souvenait que, visiteur
alors, j'en avais vu deux à cette place — m'attendait à la porte de la salle des ablutions. Je restai
longtemps dans l'eau, nu contre la dalle noire
que ridait en bruissant la nappe glissante. Je restai dans l'eau jusqu'à ce que le froid me pénétrât

les os ; la peau de mes doigts se fripait et des marbrures bleuâtres me pommelaient les membres. Je me vêtis avant de prendre le balai et sortis. Dès le seuil je fus assailli par une bouffée de tiédeur qui faillit me renverser. L'eau avait en quelque sorte minéralisé mes muscles et mes viscères et l'accueil du dehors me désarmait. Au réconfort du jour qui cherchait à m'envelopper, tout mon corps opposait des tressaillements défensifs que je constatais de loin, plongé entier dans un vague neutre. Ainsi j'allais au gouffre. La même ardeur inquiète que la veille, à quoi la terre répondait par une sorte de retrait effarouché, soufflait sur le paysage. L'abîme du ciel était comblé toujours de grisaille indistincte. À ma vue l'arête du toit, le contour des arbres et des haies s'ourlaient d'une lueur de laiton. Peu à peu je sortais des lieux habités pour m'avancer sur une esplanade vague et austère, et lorsque je vis à mes pieds une large plage de cendre, je sus que j'avais atteint les abords immédiats du gouffre. Au bout de quelques pas encore je surplombais le vide. Pour ce que j'en pus estimer, l'espace du bûcher tout entier était une vaste corniche qui se risquait très avant, comme une arche brisée, au-dessus de l'abîme. De part et d'autre de ce promontoire et en retrait par rapport à lui, les bords s'évasaient et prenaient l'allure découpée de la falaise d'une côte sauvage. Tacheté de rouille par les lichens ou de vert pâle dans les rares creux où le vent avait poussé un peu de lœss auquel s'accrochaient des mousses maigres et quelques tiges de graminées sauvages, le roc qui montrait ailleurs une surface uniformément grise et polie par le temps s'assombrissait vers les profondeurs. On pouvait l'imaginer noir et anguleux comme le basalte vers les niveaux où le regard n'atteignait pas car une brume aussi opaque et pesante qu'un nuage de lait interdisait à l'œil d'inspecter l'extrémité du gouffre comme d'en évaluer le pourtour. Le vide regorgeait d'absence amorphe et muette. Le gardien n'avait pas enlevé beaucoup de cendres ; l'accident avait dû se produire au commencement de la nuit. Je remarquai qu'il avait balayé en demi-cercles concentriques autour du foyer. De quelques pas à l'écart, jetées sans soin, les premières ferrures qu'il avait récupérées. Il fallait cette nuit achever la tâche. Je m'assis en dehors du cercle du bûcher, aussi près que possible du gouffre, et me mis à filtrer le temps. Que faire d'autre, une fois encore, sinon remettre au creuset la masse du passé pour l'exposer de nouveau au feu de l'imagination. Un à un, au fil de la songerie, glissaient les souvenirs comme des perles à l'orient incertain. Leur succession restait énigmatique, d'une raison qui n'était pas en moi assis immobile au rebord du monde. Et j'avais beau ressasser cette mixture d'émotions, je ne trouvais plus le moindre projet au fond de mon crible. L'émotion, la fatigue, le jeûne et surtout le fait de tenir mon regard absorbé tout entier dans cette masse blanche indistincte et qui pourtant se mouvait tout agitée de convulsions besogneuses me plongeaient peu à peu dans une sorte d'hébétude somnambulique. Je ne m'aperçus guère que le jour baissait et que j'entrais peu à peu dans la nuit.

Il faut sans doute que je précise ici la particularité qui s'attache au récit qui va suivre. Je viens de donner à penser qu'en même temps qu'il s'étendait sur la terre une sorte de crépuscule calme descendait sur ma conscience qui s'atténuait d'instant en instant. Sur cette pente, celle-ci finit par s'abolir si complètement que les gestes que je fis durant cette nuit solitaire n'ont jamais été présents à mon esprit autrement que sous la forme de souvenirs que je dus peu à peu tirer de leur mutisme durant la journée suivante — exactement de la même façon que lambeau par lambeau on reconstitue un rêve dont au réveil on ne possédait plus rien hormis le sentiment inquiet, mais heureux, qu'il s'est passé quelque chose à quoi l'on tient. Une certitude de ce genre me vint à l'aube, lorsque je me vis entouré pour la fin de la cérémonie par les pèlerins ; elle vibra tout le jour dans chacun de mes gestes, résonna distinctement en moi chaque fois qu'on m'adressa la parole, de sorte qu'au soir je savais à peu près à quoi m'en tenir sur mes actions de la nuit. Cela me fut d'autant plus aisé que si ces menus événements me furent rendus par la même voie que les rêves, ils n'en avaient ni la complexité ni le faste ; en revanche, ils étaient accompagnés et comme indissociables d'une pensée dont la rigueur et la persistance m'étonnèrent fort quand je l'eus retrouvée.

Ainsi donc, quand la nuit avait été complète, je m'étais levé. J'avais dû m'appuyer sur le balai car mes jambes, que j'avais dépliées avec peine, me refusaient tout autre service. Cependant, je ne souffrais pas de cet engourdissement, je ne m'en impatientais même pas — il restait chose négligeable. À vrai dire, j'avais l'esprit vide, livré seulement à une sorte d'attente vierge. Et puis, sans l'avoir voulu, je m'étais mis en mouvement. La nuit était bien trop opaque pour que je pusse distinguer quoi que ce fût, mais je sentais très bien le gouffre vers lequel je fis deux pas en poussant devant moi, comme font sur certaines plages océanes les pêcheurs de crevettes avec leur chevrettière, le balai. Je m'étais arrêté lorsque j'en avais senti l'autre extrémité dans le vide et m'étais mis à longer l'abîme en me fiant à la distance que maintenait entre lui et moi le manche que je tenais. Mes pieds, bien que je fusse chaussé, avaient senti le tapis de cendre et le balayage avait commencé. J'avais suivi le bord du bûcher en ramenant la poudre vers son centre. Lorsque j'avais parcouru le demi-cercle de son pourtour, le balai de nouveau tâtonnait dans le vide et je repartais dans l'autre sens. De temps à autre je sentais une pièce de métal qui raclait la pierre ; je me baissais, la frappais contre le sol pour en faire choir les poussières et la jetais vers le tas déjà constitué. Et ainsi selon des parcours de plus en plus brefs, de plus en plus voisins du gouffre, durant toute la nuit, car je ne me déplaçais pas vite et les cendres couvraient un assez large espace. Beaucoup plus tard, revenu à moi de cette longue absence, je m'effarais de l'impassibilité de ma conduite. En y resongeant depuis, j'en suis venu à supposer que durant toute la journée qui avait précédé ces opérations nocturnes, j'avais été écrasé par la terreur de l'épreuve qui m'attendait et qu'à l'approche du soir son degré était insupportable au point que ma conscience avait dû s'évanouir, abandonnant les commandes à des suppléants obscurs et plus sûrs. Comment répondre autrement de la perfection et de l'assurance de mes gestes alors que j'étais absolument privé de tout repère visuel ? La tâche était même si simple, si aisée, qu'il m'avait été possible de songer au lieu de rester strictement préoccupé de ne point faire de faux pas. Il était probable que j'avais repris à mon compte la méthode du gardien disparu, que j'avais remis simplement mes pas dans ses traces et que la besogne s'était poursuivie comme si les deux hommes n'en eussent fait qu'un. Sans doute opérait-on ainsi depuis des temps immémoriaux. Dans ce cas, comment expliquer qu'un accident fût advenu à un homme depuis plus d'un quart de siècle familier de cette pratique ? Bien sûr, on n'appelle accident que ce qui peut toujours survenir, de quelque précaution que l'on se soit garanti. Mais, si j'en croyais les gestes que j'étais en train d'effectuer, tout écart était impossible. « On ne tombe pas dans une nuit pareille » ; voilà ce que je n'avais cessé de me répéter. Or, de cette certitude en découlait une autre : si la chute était impossible et si cependant le gardien avait disparu, il fallait qu'il eût à un moment donné consenti, au moins dans une part de lui-même, à être précipité dans le vide. Et quand dans l'élément de la pensée nocturne je fus rendu sur ce point, une autre déduction s'était imposée à moi en un éclair : ce consentement à l'abîme il fallait qu'il habitât dès toujours celui, quel qu'il fût, qui acceptait la haute fonction de gardien. À la vitesse prodigieuse du rêve, je m'étais alors représenté mon parcours, mon long voyage vers les jardins statuaires et l'itinéraire labyrinthique que j'avais suivi dans la contrée, et j'avais cru reconnaître que toute cette errance s'ordonnait en ce lieu exigu où je me tenais, en cette nuit sans lune ni étoiles toute dépeuplée de signes et démunie de connivence, et j'avais su, d'une vérité que je pouvais étreindre de tout mon être, que mon moment n'était pas tout à fait venu mais que, dans les profondeurs que je croyais miennes, en dépit de moi-même, de celui qui, demain, tout à l'heure et peut-être dans l'instant que déjà je touchais presque, immobile que j'étais sur son ultime rebord — oui, dans les profondeurs de celui qui parlerait, qui allait de nouveau parler, là, cela travaillait sourdement depuis bien longtemps, depuis le premier vagissement, depuis le silence d'avant le tout premier souffle.

J'ai déjà dit comment, le lendemain, j'avais dû faire effort pour rentrer en possession de mes gestes nocturnes et comment avec le souvenir de ceux-ci m'avait été redonné celui de la pensée où ils s'articulaient. Mais cette pensée, probablement à tout jamais, me reste étrangère. Je peux bien la formuler, l'écrire ; or, quand je la graverais sur tout espace où se porte ma main, sur la moindre face de l'infrangible plénitude du monde — au reste il en est peut-être effectivement ainsi —, cette pensée n'en demeurerait pas moins à mon égard une abstraction étrangère, car, avec l'aube, j'ai cessé de lui être adéquat. Séparé, je vis avec elle contre elle, sans elle, c'est tout.

Quand vint l'aube, ma tâche était achevée. Je me tenais face au gouffre au centre de l'espace noirci que je venais de déblayer. Les jardiniers surgis silencieusement m'entourèrent et je me fondis dans leur cercle. Le temps que nous observions le vol des poussières dans la brume blanche que le gouffre soufflait vers les hauteurs, deux d'entre eux durent me soutenir car je tombais d'épuisement. Mais la cérémonie fut brève ; la pluie se mit à tomber et noya l'énigme. Ils me ramenèrent dans la pièce où ils séjournaient, m'étendirent dans la paille tiède encore de leur sommeil, me donnèrent à boire et à manger un peu. Je laissais faire. Lorsque j'eus repris une conscience plus nette de ce qui m'entourait, je remarquai qu'une rumeur triste flottait parmi eux.

— Que se passe-t-il ? demandai-je à celui qui m'était le plus proche et avait montré à mon égard une sollicitude toute particulière.

— La pluie les inquiète, me répondit-il. La plupart ne se souviennent pas que la cérémonie ait jamais été aussi brève. Ils craignent que ce ne soit d'un fort mauvais présage.

— Puis-je en être tenu responsable ?

— Certainement non. En rien vous n'avez failli à la tradition. Mais, par les temps qui courent, le moindre signe insolite est reçu comme particulièrement funeste.

Il y eut un silence. Les autres écoutaient peut-être nos propos.

— À votre égard, poursuivait mon interlocuteur qui s'était peut-être un peu mépris sur ma dernière question, nous ne pouvons éprouver qu'une grande reconnaissance. Aucun de nous n'était prêt à assumer l'épreuve que vous avez prise sur vous. Mais, comme vous le savez sans doute, nous allons passer de longs jours à interpréter cette vision. Comment comprendre cette pluie qui a rabattu si soudainement les cendres ? On dirait que cela ne nous laisse plus grand-chose à espérer.

— À moins qu'il ne s'agisse d'un espoir au-delà des dimensions que vous lui connaissez d'ordinaire.

— Que voulez-vous dire ?

— Ces poussières que l'eau tombant rectiligne a déclinées en se les incorporant, pourquoi n'y lire que le symbole d'une chute ? Si vous supposez arbitrairement que chaque grain s'est trouvé emporté distinct à jamais des autres à travers le néant, alors vous n'aurez du monde qu'une vision assez triste car la froide nécessité est une marâtre stérile. Mais c'est vous-même qui allez au-devant d'elle en ne laissant pas votre imagination quêter l'improbable ainsi qu'elle l'exige toujours. En revanche, si vous rêvez un peu à l'heureux hasard de la pluie et reconnaissez qu'elle n'est point cette prison incessamment recommencée de par le monde, mais quelque grand voile divin ployant ses inflexions à travers les chambres du ciel, vous vous apercevrez du merveilleux événement que peut constituer la rencontre aléatoire de deux gouttes d'eau, de deux grains de poudre, car un tel symbole laisse à chacun connaître que la nature joue de nouveau à chaque instant à enfanter le monde. Prenez-le donc par la beauté.

Ils me regardèrent en silence.

— Ne l'oubliez pas, dis-je en me levant hors de la paille, l'enfantement du monde est une bien grande chose, nous n'y tenons qu'une place infime, menacée sans cesse, et, pour tout dire, négligeable. Et nous mettons notre fierté à nous rire de notre humilité.

Comme je passais la porte, mon interlocuteur me rattrapa.

— Nous ne sommes pas ici seulement pour une statue malade, me dit-il.

Je craignis soudain d'être impliqué dans quelque affaire que sans le savoir j'eusse laissée pendante en quittant l'hôtel et qui eût ressurgi par l'intermédiaire de ces messagers. À ce secret mouvement de recul je mesurai brutalement combien j'étais désormais séparé de ce monde.

— De quoi au juste s'agit-il ?

Il dut voir que ma physionomie s'était rembrunie ; il se hâta de répondre :

— Nous désirons surtout n'être pas importuns. Nous voudrions simplement vous demander si vous avez des statuettes de métal disponibles.

— Je ne peux vous les remettre qu'au bénéfice de fillettes menacées — c'est une règle déjà ancienne et que je compte maintenir.

— Certainement, certainement ! C'est bien de cela qu'il s'agit.

— Et combien vous en faut-il ?

— Il nous en faudrait au moins une vingtaine.

— Tant que ça !

— Vous n'en avez pas autant en réserve ?

— Certes non ! Et on ne m'a jamais dit qu'on pût en réclamer en si grand nombre à la fois.

— Nous sommes engagés dans des circonstances exceptionnelles que je vais vous expliquer.

— Bien. Attendez-moi un moment. Je serai à vous dès que j'aurai fait ma toilette.

Je le quittai assez abruptement. Cette conversation avait achevé de me ramener à mon état présent et, en même temps que je commençais à me préoccuper sourdement de ce que j'avais pu faire durant la nuit, la hâte me prenait de revoir Vanina et la fillette. Je trouvai la première à la place exacte où elle était déjà la veille, à la même heure, comme si elle n'en avait pas bougé. Comme j'avais regagné l'appartement en longeant le mur de la maison, elle ne m'avait pas vu approcher et guettait encore ma venue à l'instant où je poussai la porte de notre chambre. Elle se retourna au bruit que je fis, mais cette fois elle ne contint plus son émotion et se jeta dans mes bras dès que j'eus franchi le seuil. Nous sommes restés un long moment serrés l'un contre l'autre, et, lorsque enfin elle s'écarta un peu pour voir mon visage, je crus que la grappe de larmes qui m'obstruait la gorge allait me déborder.

— Je savais que tu reviendrais, me dit-elle. J'en étais sûre et pourtant j'ai eu très peur.

— Je reviendrai toujours.

— Tu es fatigué, ton visage se creuse, il reste de la nuit sous tes orbites et ta barbe me pique le cou.

— Je ne sens pas encore la fatigue, elle doit être restée nouée assez profond pour ne pas m'atteindre si vite, mais je voudrais bien me laver.

— Accepteras-tu cette fois que je sois ton servant ?

Nous avons souri ensemble de ce si lointain souvenir. Dans le cabinet de toilette, tout était prêt ; je n'eus qu'à me dévêtir et me plonger dans l'eau. Elle me massait doucement les épaules.

— Peut-on te demander comment ça s'est passé ?

— Ce n'est pas indiscret et pourtant je ne saurais répondre. Je ne m'en souviens pas encore. Je cherche.

— Tu veux soigner la narration de tes aventures.

— Non, ce ne sont pas des aventures ; je crois qu'il s'agit de quelque chose d'assez simple, seulement voilà : je ne parviens pas à me le rappeler.

Et je fis de mon mieux pour lui expliquer l'état de mon esprit.

— Mais alors, remarqua-t-elle, c'est comme si tu avais reçu un choc.

— Peut-être, mais étendu dans le temps.

Je poussai un soupir, m'adossai et laissai flotter mes membres.

— Tu devrais dormir maintenant. Les pèlerins vont partir…

Elle avait approché son visage du mien et je dus attendre que nos lèvres se fussent séparées pour lui répondre.

— Les jardiniers ne vont pas partir immédiatement ; je vais avoir beaucoup de travail.

J'étais sorti de l'eau ; elle me frictionnait.

— Que te veut-on encore ?

— Des statuettes, ils en veulent une vingtaine au moins.

— Tu auras assez de métal ?

— Certainement non.

Elle répondit simplement :

— Ah.

L'eau tiède, le linge bourru dont elle avait frotté ma peau et ce climat de retrouvailles tendres avaient détendu mes nerfs. Je n'étais plus qu'un lent bourdonnement de fatigue. Elle me ramena à la chambre, me fit étendre, me borda même. Le sommeil me prit instantanément. Quelque part dans l'obscurité où j'avais sombré j'entendis la voix de Vanina qui disait doucement : « Tu vois. Il est là. Il était dans la nuit et il est revenu. » Sans seulement pouvoir lever les paupières, je tendis la main dans l'espace indistinct et le visage de la fillette se coula tendrement contre ma paume. Puis la voix de Vanina encore : « Sois gentille, laisse-le se reposer maintenant », et elles s'écartaient toutes deux et laissaient que s'appesantît entre nous l'immense distance du sommeil.

Deux heures plus tard, après m'être restauré quelque peu, je priai le pèlerin qui m'avait présenté la requête au nom de ses compagnons de venir en débattre avec moi à la forge afin que nous fissions le point de la situation.

— Je vous prie d'excuser le retard avec lequel je vous rejoins, mais, lui expliquai-je, j'étais vraiment bien fatigué et n'aurais pratiquement rien dit ni fait de bon avant le délai que je me suis accordé.

— Nous l'avions prévu, me répondit-il. En outre, vous ne devez vous excuser de rien, cela serait peu compatible avec la dignité de l'épreuve que vous venez de traverser.

— Alors que se passe-t-il donc qui provoque une si grande demande de statuettes ?

— Vous n'êtes pas un jardinier ?

— Non, en effet, mais je connais quelque peu vos coutumes.

— N'êtes-vous pas ce voyageur qui a longtemps vécu parmi nous, qui fit un voyage jusqu'aux steppes et qui...

— Si, je suis cet homme.

— Alors vous entendrez très clairement l'affaire que je vais vous rapporter. Vous avez séjourné quelques semaines dans un hôtel à la limite des régions du nord et du sud. Vous connaissez fort bien le fonctionnement de ce genre d'établissements.

J'acquiesçai.

— Dans cet hôtel, vous avez soustrait une fillette au destin qui la guettait. En fait il s'agissait purement et simplement d'un enlèvement.

— À la demande de la mère toutefois !

— Mais celle-ci n'avait pas pouvoir de décision. D'une certaine manière on peut dire qu'elle et vous vous êtes mis hors la loi.

— C'est donc la guilde des hôteliers qui fait la loi en pays statuaire ?

— Que non point. Ne vous emportez pas, je ne vous fait ce récit que pour vous instruire des divers points de vue qui apparurent à la suite d'un événement dont vous n'avez pu connaître la gravité. Il y eut donc dans cet hôtel un affrontement à l'occasion duquel vous avez mis en échec l'un des principaux représentants de la guilde des hôteliers. Cette insubordination toute locale mettait cependant en cause jusque dans ses bases l'ensemble de l'organisation. À peine étiez-vous parti que cet homme revint à la charge accompagné cette fois d'une troupe armée qu'il divisa en deux groupes. Le premier fut lancé à votre poursuite sur une route de montagne. On n'a jamais revu ces hommes, tout porte à croire qu'on ne les reverra pas. L'autre groupe, conduit par l'important personnage que vous aviez mis en déroute, se présenta à l'hôtel. Là, ils prétendirent s'emparer de tous les enfants et faire subir à la femme que vous connaissez certains sévices pour la punir de sa mauvaise conduite. Que se passa-t-il au juste ? On ne le sait guère. Très probablement les prostituées, qui semblaient d'ailleurs s'être préparées à un coup de force, indignées qu'on veuille leur arracher leur progéniture, firent brusquement cause commune avec leur compagne menacée et en vinrent aux mains avec les sbires de la guilde. Sans doute ceux-ci eussent-ils réussi à les mater si l'échauffourée à cet instant n'avait rebondi. Le tenancier de l'hôtel, rompant soudain le contrat qui l'unissait à ses employeurs, se lança dans la bagarre. Voulant faire une spectaculaire démonstration de force, le représentant de la guilde avait commis une erreur ; il s'était introduit dans l'hôtel à la nuit tombée, à un moment où déjà un bon nombre de clients s'y trouvaient. Parmi ces derniers, le tenancier, chose rare, avait su éveiller quelques sympathies, en sorte que, trop heureux d'exorciser dans le sang une part d'eux-mêmes avec laquelle ils désespéraient de se mettre jamais en paix, ils coururent sus aux envoyés de la guilde. De ceux-ci, aucun ne réchappa. On affirme même que, morts ou grièvement blessés, les femmes les dépecèrent à coups de hachoir sur la table de la cuisine. Le cuisinier-chef, notamment, convaincu d'être un espion à la solde de la guilde, aurait connu cette fin atroce. Après le massacre, les jardiniers rentrèrent dans leur domaine. Les filles, leurs enfants, et l'aubergiste, que certains disent grièvement blessé, se sont enfuis dans la forêt. Il y aurait là des camps rebelles organisés.

— Avez-vous des nouvelles de celle qui fut cause de toute l'affaire ?

— Elle est vraisemblablement avec les autres.

— Si le dernier mot est resté aux prostituées, je comprends mal l'urgence de votre demande.

— Mais ce n'est pas de ces enfants-là qu'il s'agit. Je viens, avec mes compagnons, d'une région qui s'étend dans l'extrême sud de la contrée. Il y a par là-bas aussi des hôtels, plus nombreux même que dans le nord. Depuis quelques jours une nouvelle alarmante s'est répandue parmi les filles. La guilde des hôteliers, atteinte dans son prestige, veut regagner l'autorité perdue. Elle aurait projeté pour cela un grand déplacement de femmes et, surtout, elle compterait séparer de leur mère tous les enfants en âge de le supporter. Il y a donc eu des demandes… et comme nous transportions jusqu'ici une statue malade…

Je ne pus me contenir plus longtemps.

— Il me semble, tout de même, m'écriai-je, qu'on vous a donné un exemple particulièrement éclatant de ce qu'il convient de faire dans ce genre de circonstances !

— Voilà que vous vous emportez encore ! Mais rien n'est simple, Monsieur, rien n'est simple.

— Permettez que je trouve invraisemblables les délais que vous prenez en faveur de la coutume quand les circonstances vous placent dans une situation où l'on agit d'instinct.

— Admettons, pour vous complaire, que nous favorisions dans les hôtels proches de nos domaines une révolte du genre de celle qui a déjà eu lieu. En fait, il s'agira de notre part d'une agression caractérisée à l'égard de la guilde, car les filles ne sont pas en état de prendre une telle initiative. Supposons donc que nous, jardiniers, nous agissions. Et ensuite ? Que ferons-nous de ces femmes et de ces enfants que nous aurons libérés ? Car c'est là le mot que vous employiez, n'est-ce pas ? Nous ne sommes pas, chez nous, au voisinage d'une forêt ou de tout autre refuge naturel.

— Que n'accueillez-vous ces déshérités en les répartissant parmi les domaines !

— Vous soutenez la thèse des femmes. Elle est impraticable. Quel homme tolérerait que sa femme côtoie une créature dont il a peut-être été le client ?

556

Parvenu à ce point, je compris qu'il était vain de débattre, sur quelque sujet que ce fût, avec un tel interlocuteur. Pourtant il n'était que le représentant de l'opinion moyenne qui avait cours dans son milieu. J'allais lui parler de la guerre que je croyais toujours imminente sinon déclarée, mais je me ravisai ; à quoi bon ? Je fis l'inventaire de mes ressources. Le gardien m'avait laissé cinq statues, j'en avais réalisé une. Du peu de métal qui restait en réserve, et encore en y adjoignant les ferrures que j'avais récupérées la nuit même, je pouvais tirer tout au plus une dizaine de figurines. J'étais assez loin de pouvoir satisfaire à la demande. Je le mesurais d'autant mieux quand il m'annonça la venue prochaine d'autres solliciteurs. Et il avait tout de même assez de cœur pour se désespérer devant cette difficulté.

— Il reste, lui dis-je, une chance de mener à bien cette tâche. Il faudra que je fasse un voyage aux steppes pour obtenir du métal auprès des forgerons. Il faudra être patient, et puis, avec cette guerre…

— Cette guerre, me répondit-il, on en a beaucoup parlé pendant quelques mois. Tout le monde a vécu dans l'inquiétude, et puis, voyez : il ne s'est rien passé et nous recevons du nord des nouvelles apaisantes. Les nomades ont complètement disparu. On soupçonne une entreprise distante qui, tournée vers d'autres lointains que les jardins, aurait eu raison de leurs forces.

Était-ce possible ? J'étais presque déçu. J'avais honte de me l'avouer et pourtant il me semblait que j'avais espéré le grand saccage des domaines statuaires sous le déferlement des hordes. Et aujourd'hui plus rien, ces vastes amas humains s'étaient dissous dans l'horizon des sables.

— Je souhaite de tout cœur que vos informations soient valides, dis-je à mon interlocuteur. À présent, il faut que je me mette au travail. Vous repartirez avec autant de statuettes que j'en aurai pu faire, ensuite je me mettrai en quête de métal.

Je me mis à forger.

Le soir, au repas, je m'efforçais de ne parler que de choses anodines ou riantes devant l'enfant qui semblait émue de me retrouver. Au moment du coucher il me fallut l'emporter dans mes bras et la border moi-même dans son petit lit. C'est d'elle que je parlai d'abord avec Vanina lorsque nous fûmes étendus côte à côte.

— Elle n'a pas dit un mot du gardien, me raconta Vanina. Je pense que c'est le signe d'une douleur profonde et durable. Tu vois d'ailleurs avec quel surcroît de tendresse elle s'attache à toi.

— Il va pourtant falloir que je vous laisse toutes les deux pendant quelque temps.

Et j'en vins à lui rapporter les événements dont on venait de me faire part.

— La guerre que nous avons tant crainte n'aura pas lieu ; les nomades se sont dispersés et finalement perdus dans d'autres conquêtes.

J'entendis qu'elle poussait un grand soupir — comme si depuis que je lui avais fait connaître la guerre imminente elle avait retenu son souffle devant la catastrophe.

— Je pourrai donc voyager sans inquiétude, ajoutai-je.

Elle me prit la main.

— Toi qui iras par des lieux pacifiques, rien ne te troublera et le pas de ton cheval bercera ta nostalgie, mais moi, ici, dans une attente incertaine...

— J'ai fait déjà ce voyage dans de bien pires conditions, et ne suis-je pas revenu ? Ma promesse me protégeait et me protégera encore. Et puis, je suis mieux instruit des écueils de cette sorte d'entreprise que je ne l'étais alors.

— Je t'en prie. Ne te fie à rien. Dans ces moments de paix il y a parfois plus d'incertitudes que sous les pires menaces.

— N'outre pas le paradoxe.

Elle poussa du front mon épaule.

— Je serai si seule. Et l'enfant...

— Sa mère a échappé à son indigne condition. Il faudra que nous nous occupions de leurs retrouvailles. Ton frère a été brave, nous tâcherons aussi de le rencontrer.

— Ce sont des projets. J'ai peur du silence où s'enveloppera l'absence.

Le maléfice de ces derniers mots nous coupa la parole. Je la crus endormie mais elle reprit, au bout d'un long moment :

— C'est étrange, je suis presque déçue qu'il n'y ait point de guerre. La crainte de cette horreur m'a fait voir trop bien que nous sommes au bout.

— Au bout de quoi ?

— Au bout de la vie de ce monde. Il fallait trouver une autre vie. J'avais fini par supporter l'abomination de la guerre en me forgeant une sorte d'espoir dont l'occasion va maintenant me manquer — et manquera plus encore, je le crains, aux jardiniers enclos dans leurs domaines.

— La vie a d'autres ressorts.

— Vois combien misérablement ils se rattachent à des vétilles pointilleuses. Cette guilde d'hôteliers qui continue ses basses affaires, et eux, inaptes à s'opposer à de si piètres menées.

Elle soupira et dit encore :

— Finalement, il n'y a que nous et cet écart que nous avons su mettre entre eux et nous.

— L'avons-nous voulu ?

Elle ne me répondit pas, se serra plus étroitement contre moi et bientôt dormit tout à fait.

Les jours suivants furent tout semblables. Je passais tout mon temps à la forge, soufflant et martelant, rentrant le soir auprès de mes deux compagnes pour me réchauffer à leur tendresse. Nous n'avions rien dit à l'enfant mais ce climat dans lequel l'affection se resserrait dut lui apporter quelque prescience.

— Toi, tu vas partir, me dit-elle un soir avec cette brusquerie qu'affectent certains enfants pour ce qui les touche le plus intimement.

— Oui, répondis-je, dans quelques jours il faudra que je fasse voyage.

— Pourquoi ?

— Pour qu'il n'arrive pas malheur à des petites filles comme toi.

— Tu vas te battre ?

— Non. Je vais chercher du fer.

— Pour faire des statuettes ?

— Oui.

— Alors, quand tu reviendras, tu m'en feras une belle.

— C'est promis.

Je lui souriais mais elle ne répondait pas à cette invite. Elle avait tourné vers moi un visage impassible et me fixait de ses grands yeux clairs si intimidants de laisser à ce point nu le regard.

— À quoi penses-tu donc ?

— Je pense à toi. Je regarde ton chemin sur ton visage.

— Et que vois-tu ? demandai-je en me donnant l'air de plaisanter.

— Je vois que tu reviendras, mais...

— Mais quoi ?

— Je ne sais pas, je préférerais que tu ne partes pas...

J'enveloppai sa menotte de ma main.

— Il le faut, tu sais.

— Oui, dit-elle à regret.

Peut-être était-ce une forme plaisante de vengeance, peut-être le goût de nous divertir Vanina et moi afin que nous ne cédions point à des rêveries moroses ; je m'étais amusé à faire travailler les jardiniers. J'avais fini par les compter. Ils étaient onze à vivre sous le même toit que nous. Il ne suffisait pas de leur offrir le gîte, il fallait aussi les nourrir. Je leur avais donc expliqué que je ne pouvais à la fois travailler à la forge et subvenir à leurs besoins et qu'il était hors de question de transformer ma compagne en servante. Ils se partagèrent la besogne. Certains restèrent sur place et se mirent à soigner les bêtes ou le potager, d'autres prirent le parti d'aller chercher leur nourriture dans les fermes du voisinage où ils tâchaient de se rendre utiles. Il n'était pas de jour que l'un de ceux qui travaillaient sous nos yeux ne commît quelque bévue qui nous mettait en joie, Vanina et moi, et, le soir où elle me raconta comment elle avait appris à l'un d'eux à faire la cuisine, nous nous sommes offert un bon moment de fou rire. Le temps passait cependant. Les statuettes s'alignaient sur l'étagère et un beau jour j'eus épuisé toute ma réserve. On n'eût pas trouvé une écaille de fer ni un grain de cuivre dans toute la forge. J'avertis les jardiniers que je devais interrompre mon travail et qu'ils allaient pouvoir emporter un lot de statuettes. Ils se regroupèrent en quelques heures et au soir me firent leurs adieux et remercièrent Vanina. Eux qui d'abord s'étaient sentis humiliés d'avoir à exécuter des travaux réservés traditionnellement aux femmes dans les domaines, ils partaient à regret, un peu chagrins peut-être d'avoir à reprendre une vie routinière dont leur séjour près de nous les avait distraits.

Et Vanina me dit, comme nous les regardions s'éloigner :

— Tu vois, ils n'ont pas le courage ni la force de renoncer aux formes anciennes, mais ils sont à bout et aucun élan ne soutient plus la vie des domaines.

— La guerre n'est jamais souhaitable, répondis-je.

Il me fallut deux journées encore pour préparer mon départ. En premier lieu je voulais reporter quelques croquis sur le livre des statuettes.

Prenant exemple sur mes devanciers, je traçai des dessins précis représentant sous divers angles le modèle que j'avais inventé. J'accompagnai les schémas de notes techniques concernant ma méthode de travail. Ensuite, je mis au point mon équipement. Mon premier voyage dans les steppes me permettait de choisir avec discernement ce qui m'était nécessaire. Je ne pus guère m'attarder à cette tâche. Et vint le matin du départ. Sur le pas de la porte, j'embrassai Vanina et l'enfant. Chacun retenait les effusions abusives, le déchirement n'en était pas moindre. Je mis mon cheval au pas et tirai l'autre par la longe. Lorsque j'eus dépassé d'une centaine de pas la clôture, je ne pus me retenir de jeter un dernier regard en arrière. Vanina et la fillette, si petites sous le ciel, immobiles dans le cadre de l'entrée, me regardaient m'éloigner ; elles avaient traversé en silence derrière les bêtes tout l'espace qui séparait la maison de la route.

Dans l'espoir, entre autres motifs, de gagner du temps, j'avais fait choix d'un nouvel itinéraire. Je comptais aller directement au nord à travers le plateau, en me renseignant sur les chemins dans les fermes isolées, et infléchir ma route selon les indications que je recueillerais au passage. Dans la ferme la plus proche, je pus emprunter deux mules en laissant en gage l'un de mes chevaux. Les paysans, austères, distants, ne manifestèrent point de surprise de me voir. Ils affirmèrent que la route que je suivais s'enfonçait droit au nord. Et je continuai mon chemin, tantôt chevauchant les bêtes au trot, tantôt marchant à pied pour les soulager. J'allais d'un bon train. Autour de moi c'était, toujours recommencée, la même étendue à peine ondulante d'herbe montagnarde courte et drue où le printemps piquait çà et là quelques bouquets de fleurs discrètes dans leur éclat mais aux senteurs vives. Le ciel d'un bleu fort, immense dans cet espace hautain et dégagé, était parcouru de nuages absolument blancs. Jamais je n'avais été aussi seul. La vastitude du lieu ne permettait guère à la rêverie de prendre, elle s'effilochait dans le vague et je me retrouvais ruminant des détails pratiques et sommaires. Alors qu'il ne m'en inspirait guère, j'avais peut-être trop compté sur la sympathie du prince. Et maintenant qu'il avait perdu sa puissance, comment m'y prendrais-je pour convaincre les forgerons de me laisser emporter un peu de métal alors que je n'avais rien à céder en contrepartie ? Me faudrait-il voler ce que j'étais venu chercher ? Et combien en pourrais-je rapporter ? À cette fébrilité questionneuse, je reconnaissais que ce voyage m'impatientait. Je n'ai jamais aimé à revenir sur mes pas, encore moins renouer avec ceux de qui je me suis une fois séparé. Lorsque le charme est tombé, on ne peut trouver que déconvenue dans ces retours incertains. C'est pourquoi j'avais emprunté, au moins pour l'aller, un itinéraire nouveau. J'espérais ainsi ne pas courir le risque de retrouver la cavalière car je savais qu'il me fallait garder intact et sans ombre le souvenir qu'elle m'avait laissé. Mais ce n'était là qu'une demi-garantie puisque, au retour, je voulais aller déposer mon manuscrit dans le domaine de mon premier ami. À cette fin, je transportais avec moi, dans un étui de cuir, le rouleau de papier de mes notes qu'à l'étape j'achevais de mettre à jour.

Dans l'après-midi du troisième jour éclata un orage violent. Comme je me trouvais en vue d'une ferme, je décidai d'y demander asile. Je craignais qu'on ne m'accueillît avec répugnance et me trompais. Comme les bêtes piétinaient dans la boue de la cour, la porte de l'habitation s'ouvrit et un homme jeune courut vers moi en s'abritant sommairement sous une pièce de toile.

— Courez vous sécher près du feu, pendant que je mets vos bêtes à l'écurie, me dit-il en saisissant la bride de mon cheval.

Je passai la porte et me trouvai tout de suite

dans la pièce principale où pétillait un grand feu de broussailles auprès duquel mes vêtements commençaient à fumer. Lorsque mes yeux se furent accommodés à la pénombre je vis deux silhouettes tassées sur un banc, des femmes, à quelques pas de moi, qui m'examinaient en silence. Je m'apprêtais à les saluer quand l'homme entra.

— Il fait meilleur ici que dehors, remarqua-t-il.

Je le remerciai de son accueil, et comme je me tournais vers les femmes :

— Ma femme et ma sœur, me présenta-t-il.

Je saluai. Elles me répondirent d'un hochement de tête.

— Eh bien, remarqua-t-il en s'asseyant et en m'invitant à faire de même, c'est la première fois que je vois un étranger sur cette route. Vous allez loin ?

— Jusqu'aux steppes.

— Vous n'en avez guère pour plus de deux jours. Quelque chose vous attire là-bas ?

— Je voudrais visiter une ville abandonnée et aussi rencontrer des forgerons.

— J'ai entendu parler d'une ville. Il vous faudra redescendre vers l'est. Mais renseignez-vous avant de quitter le plateau. Les forgerons, vous aurez du mal à les rencontrer. On en parle, mais qui les a vus ?

Il se tut un instant, puis pria les femmes de nous servir à boire.

— Le mauvais temps ne durera pas. En attendant vous mangerez bien la soupe avec nous ; et puis vous vous reposerez cette nuit, demain il fera jour.

Il était plein d'entrain et sa bonhomie me réconfortait. Au moment du repas, l'épouse amena deux bambins et un nourrisson auquel elle donna le sein. L'homme les regardait avec chaleur.

— Dans quelques années nous serons assez nombreux pour faire rendre à la terre tout ce qu'elle peut.

— Vous n'êtes donc que trois à travailler ici ? demandai-je.

— Nous étions quatre jusqu'à cet hiver. Et puis le père est mort d'un coup de cœur en fendant des bûches. Ça fait que maintenant c'est moi le patron.

Nous avons parlé des récoltes et du bétail. Les femmes chuchotaient et riaient en sourdine.

Je connus un moment de gêne à l'instant du coucher. Quand la nuit fut complète, nous sommes passés par une porte qui s'ouvrait à côté de la cheminée. Dans cette nouvelle pièce, l'odeur des bêtes était intense. Mon hôte leva la chandelle et je vis que nous n'étions séparés de l'étable que par un rideau de laine tendu d'une muraille à l'autre. À la cloison de la cheminée était assujetti un large cadre de planches qui dessinait sur le sol une sorte de parc rempli de paille. L'un après l'autre alors ils se mirent nus sans honte aucune et s'enfouirent dans cette paille ; la mère d'abord qui avait disposé les petits contre le bord et lovait son corps sur le dernier-né, puis l'homme, velu, robuste, sa sœur, au centre, et enfin moi, contre le rebord opposé. Je commençai par ne sentir que piqûres et griffures sur tout le corps, mais une saine et odorante tiédeur m'envahit peu à peu. Le souffle des bêtes, leurs remuements vagues étaient paisibles. Je m'endormis. Et ne m'éveillai qu'à l'aube. L'homme était debout, son mouvement avait interrompu mon sommeil sans rêve.

Le corps de sa sœur pendant la nuit avait doucement coulé contre le mien. Elle ne s'en émut pas.
Je crus la sentir battre des cils. Elle redressa le
buste, laissant contre mon flanc une tache chaude
qui s'effaçait, secoua ses cheveux en souriant et
s'en fut. On se lavait à tour de rôle dans l'auge de
la cour, avant de manger. Le temps promettait
d'être beau. Je suis parti content.

Au soir du deuxième jour, je pressentis que
j'atteignais le dernier rebord du plateau. La végétation s'était éteinte ; mes bêtes piétinaient dans
la rocaille. Toute la journée je m'étais enfoncé
dans cette sauvagerie. Les provisions qu'on m'avait
données à la ferme diminuaient. Il me semblait
avoir dépassé tout établissement humain. Je me
mis à longer vers l'est l'arête du plateau, incertain de la direction à prendre. Et soudain, à mes
pieds, mussée dans un creux du versant au milieu
d'une tache chétive d'herbe, surgit une masure.
Je distinguai quelques moutons que j'avais pris
d'abord pour des pierres et je commençai à descendre avec mes bêtes dans cette direction, en
suivant le lit presque asséché d'un torrent saison-
nier. Auprès de la bâtisse une mare captait une
menue source. Je n'eus pas besoin d'y conduire
les bêtes ; elles s'y dirigèrent d'elles-mêmes et se
mirent à boire à longs traits. Et moi-même, penché en avant, j'essayai de remplir ma gourde au
filet d'eau parcimonieux qui alimentait ce sommaire abreuvoir. Je ne sais quel pressentiment
m'avertit d'une présence. Par-dessus mon épaule,
je vis un grand vieillard décharné, debout derrière moi, qui me fixait. Je me redressai et allai à
lui. Il me regardait toujours sans ciller, sans parler ni bouger.

— Les bêtes avaient soif, expliquai-je, gêné.

Il hocha la tête.

— Vous êtes berger ici ? demandai-je.

— Ici, murmura-t-il en écho.

— Je vais dans les steppes, commençai-je, et j'entrepris d'expliquer mon voyage.

Ses yeux étaient toujours fixes et l'air vif les faisait larmoyer. Il soupira quand je me tus, et enfin :

— Mauvais, par là-bas, mauvais, articula-t-il d'une voix pierreuse.

— Je sais, mais il faut que j'y aille.

— Ah.

Il hochait la tête de nouveau.

— Pour atteindre la ville, par où faut-il passer ?

— La ville, murmura-t-il, par là.

Il étendit le bras et, comme si ce geste brusquement avait en lui débloqué un mécanisme qui n'avait pas joué depuis longtemps, il se mit à parler :

— La ville, par là-bas, c'était une grande ville. Maintenant le sable l'a mangée. Il n'y a plus rien. C'est mauvais par là-bas. Si vous voulez y aller quand même, il faut suivre les collines de pierres. Monter et descendre sans cesse jusqu'à ce que vous voyiez la ville. Au pied des collines il y a des sources. Pensez à l'eau.

— C'est loin ?

Il regarda mon cheval, les mules.

— Ménagez les bêtes. Il n'y en a guère pour plus de deux journées. Les collines ne sont pas hautes, ce sont des tombeaux. Mais si le vent de sable se lève, abritez-vous. Vous vous perdriez. Fiez-vous seulement aux tombeaux.

— Si vous le permettez, j'aimerais me reposer ce soir ici et ne repartir que demain matin.

— Faites comme vous voulez.

Il me quitta et je m'installai pour la nuit. Il reparut tandis que j'examinai mes maigres provisions. J'étais assis et il se pencha vers moi pour m'offrir deux fromages.

— Un pour aujourd'hui, un pour demain, dit-il simplement.

— Merci.

— Pour descendre, suivez le lit du torrent, il vous mènera au premier tombeau. Et du sommet du premier, vous verrez le suivant.

Et il disparut. Si complètement même qu'à l'aube je me retrouvai seul ; l'homme et ses moutons s'étaient sans bruit volatilisés dans la nuit.

Je suivis cependant ses indications et descendis lentement à flanc de mont par la suite du passage où je m'étais engagé la veille. Certains détours étaient si abrupts que je jugeai plus prudent de mettre pied à terre et peu à peu je me trouvai cheminer dans une gorge assez encaissée dont les flancs me cachaient le paysage. J'en sortis vers le milieu du jour pour me trouver au seuil du reg et, en effet, de la neutre étendue qui s'ouvrait brusquement devant moi surgissait à quelque distance un morne insolite et pierreux dont tout laissait supposer qu'il s'agissait d'un tumulus. Pendant presque trois jours entiers je m'avançai ainsi, gravissant une pente, en dévalant une autre, tantôt marchant, tantôt chevauchant. Pour autant que je pus en juger, n'étant pas spécialiste en la matière, je suivais l'axe central d'une immense vallée fluviale. Les tombeaux archaïques que je franchissais l'un après l'autre avaient dû, dans des temps immémoriaux, s'édifier entre les méandres d'un large fleuve qui avait déjà alors atteint son profil d'équilibre et commençait de mourir. Il n'en restait plus que des cours d'eau saisonniers et fragmentaires, surgissant brusquement en un lieu inattendu, disparaissant tout aussi soudainement quelques pas plus loin, vestiges démembrés et menacés de la grande voie vivante de jadis. Du haut de chaque colline je pouvais voir leurs scintillements et fixer mon itinéraire avec ses haltes et ses repos.

Au début de l'après-midi du troisième jour j'aperçus, sur la colline qui me faisait face, un groupe de cavaliers. Je ne doutais pas que je fusse en présence de nomades, et le souvenir me revint, avec la sensation d'un glaçon glissant dans mon dos, de leur cruauté. Ils m'avaient vu sans doute aussi bien que je les voyais, et j'en éprouvai de l'angoisse. Néanmoins, en me forçant un peu, j'adoptai la même conduite que par le passé et me dirigeai droit vers eux. Ils avaient commencé par se disperser comme pour m'encercler, mais lorsque ceux du sommet virent que je ne faisais rien pour les éviter, bien au contraire, et qu'ils pourraient aisément s'assurer de ma personne, il y eut un échange de jappements brefs et ils se réunirent pour m'attendre. Je poussai mes bêtes et quand je me jugeai à distance convenable, avançant toujours, je me mis à brandir le signe que m'avait offert le prince. Enfin mon cheval prit pied au milieu d'eux sur le sommet de la colline. Jusqu'à ce dernier instant j'avais pu douter de l'efficacité de l'amulette ; combien d'entreprises trop folles et de défaites accablantes avaient pu ruiner les prétentions de mon lointain interlocuteur, le priver de tout prestige et le jeter à bas du pouvoir qu'il avait si vite et si sauvagement conquis ! Mais point n'était besoin de débattre avec les cavaliers qui m'entouraient, maintenant respectueusement, pour savoir à quoi m'en tenir ; par-delà leurs silhouettes obscures et figées, je pouvais voir étendue à mes pieds, l'ocre de ses pierres tranchant sur la grisaille du désert, la ville. La ville, l'immense et majestueuse ruine, tel un cadavre ancien ranimé par une putréfaction nouvelle, tirée de son sommeil séculaire par le noir fourmillement des barbares en armes. Ils étaient là, tous. Ils avaient planté leurs huttes dans les demeures éventrées, entravé leurs chevaux dans les parcs dévastés par le sable et, souillant de leurs immondices les avenues épurées par le vent, ils s'étaient assemblés une dernière fois avant de lancer leur tumulte sur le monde ordonné des jardins statuaires. Et il en venait encore, vomis par le septentrion, poussant devant eux leurs bœufs barbus aux jambes torses et leurs femmes dandinantes et grasses. Et, je le devinais, au sein de cette fourmilière forcenée se tenait le prince, un peu narquois et tout empreint de la noblesse équivoque de ceux qui dispensent la mort. En vain cherchais-je en moi un espoir qui fût à la mesure de cette monstruosité et, n'en trouvant guère :

— Conduisez-moi auprès du prince, dis-je à ceux qui m'entouraient.

De cette descente vers la plaine que la déclinaison du soleil faisait de bronze, de cette approche à chaque pas de laquelle je perdais un peu plus la vue d'ensemble que j'en avais prise pour me frotter aux hommes dont la foule encombrait notre passage, pour me mêler à leur pestilence que les façades bientôt me renvoyaient comme si elles eussent ruisselé de ses éclaboussures, je n'ai pour ainsi dire rien à rapporter. Sur les faces camuses qui se levaient à hauteur de mes genoux pour souffler vers mon front leur haleine rance, je ne pouvais ni ne voulais rien lire, rien que cette avidité suante et effrénée qui me sautait à la gorge hargneusement comme si j'eusse été, moi l'intrus, le dernier grain de sable qu'il fallait broyer pour que la machine tout entière basculât. Dans l'état d'un homme qui se noie, je me fermais autant que possible à tout ce que je côtoyais et songeais déjà au fol exode que j'allais provoquer en rentrant porteur de la nouvelle en pays statuaire. Nous nous sommes arrêtés sur une place et avons mis pied à terre. Je crus comprendre que quelqu'un était allé avertir le prince. Il vint. Il montait un grand cheval lancé au galop et qu'il arrêta si brusquement à trois pas de moi que la bête dut presque s'asseoir.

— Alors, me dit-il, te voilà revenu.

— Me voilà.

— Tu as réfléchi, tu viens te joindre à nous ?

— Non.

— Qu'est-ce que tu veux alors ?

Je le lui dis. Il se redressa sur sa selle, jeta un regard autour de lui et me sourit.

— Tu viens trop tard, homme, voyageur, gardien, sauveur. Tu viens trop tard. Avec le métal que tu quémandes aujourd'hui, nous avons fait des armes. Retourne. C'en est fini de ce monde.

Il fit volter son cheval. Je me détournai vers le mien pour monter en selle. J'avais fait quelques pas lorsque j'entendis derrière moi un galop. Il revenait. Il arrêta sa bête à ma hauteur, se baissa pour fixer ses yeux aux miens :

— Ton voyage a été long. Je veux t'en dédommager par une promesse. Nous épargnerons les petites filles, toutes les petites filles.

Et il éclata de rire.

*Le reste manque
le conquérant n'avait pas promis
d'épargner les livres.*

DU MÊME AUTEUR

Le Cycle des Contrées

LES JARDINS STATUAIRES, roman, dessins de François Schuiten, Éditions Attila 2010

LE VEILLEUR DU JOUR, roman, illustrations de Michel Guérard, Éditions Ginkgo 2007

LES BARBARES, roman, dessins de François Schuiten, Éditions Attila 2011

LA BARBARIE, roman, dessins de François Schuiten, Éditions Attila 2011

LES CARNETS DE L'EXPLORATEUR PERDU, nouvelles, Éditions Ombres 1993

LOUVANNE, nouvelle, illustrations de Philippe Migné, Éditions Deleatur 1999

L'ÉCRITURE DU DÉSERT, nouvelle, Éditions Deleatur 2003

LES VOYAGES DU FILS, roman, illustrations de Michel Guérard, Éditions Ginkgo 2008

CHRONIQUES SCANDALEUSES DE TERRÈBRE, nouvelles, sous l'hyponyme de Léo Barthe, illustrations de Pauline Berneron, Éditions Ginkgo 2008

LES MERS PERDUES, roman graphique en collaboration avec François Schuiten, Éditions Attila 2010

Autres romans et nouvelles

LA CLÉ DES OMBRES, roman, Éditions Zulma 1991

EN MÉMOIRE MORTE, roman, Éditions Zulma 1992

L'ARIZONA, nouvelle, collage de Philippe Lemaire, Éditions Deleatur 1999

CELLES QUI VIENNENT AVEC LA NUIT, nouvelles, Éditions L'escampette 2000

L'AMATEUR, les carnets de Léo Barthe, nouvelles, Éditions L'escampette 2001

SÉRAPHINE LA KIMBOISEUSE, nouvelle, Éditions Atelier in8 2007

ODEUR DE SAINTETÉ, nouvelle, Éditions Atelier in8 2010

LE COMPARSE, nouvelle, Éditions Atelier in8, sous presse

Petites proses plus ou moins brisées

LES BRANCHES DANS LES CHAMBRES, illustrations de José Corréa, Éditions Phalène 1984

FAMILLE/FAMINE, dessins de l'auteur, Éditions du Fourneau/Deleatur 1985

L'ENNUI L'APRÈS-MIDI, gravures de l'auteur, Éditions du Fourneau 1993

DIVINITÉ DU RÊVE, illustrations Élise Florenty, Éditions L'escampette 1997

LA GUERRE ENTRE LES ARBRES, dessins de Jean-Gilles Badaire, Éditions Cadex 1997

L'HOMME QUI N'INSISTAIT PAS, collages de Philippe Lemaire, Éditions La nouvelle revue moderne 2004

D'OMBRE, encres de Pauline Berneron, Éditions des Vanneaux 2009

PARENTS FÉROCES GUETTEURS, estampes de Jean-Pierre Schneider, Maximilien Guiol éditeur 2010

Sous l'hyponyme de Léo Barthe

HISTOIRE DE LA BERGÈRE, roman, Éditions Climats 2002

HISTOIRE DE LA BONNE, roman, Éditions Climats 2002

HISTOIRE DE L'AFFRANCHIE, roman, Éditions Climats 2003

CAMILLE, roman, Éditions la Musardine 2005

ZÉNOBIE LA MYSTÉRIEUSE, roman, Éditions la Musardine 2006

Critique

PIERRE MOLINIER, PRÉSENCE DE L'EXIL, témoignage, Éditions Pleine page 2005

COLLECTION FOLIO

Composition Nord Compo
Impression Maury-Imprimeur
45330 Malesherbes
le 4 janvier 2016.
Dépôt légal : janvier 2016.
1er dépôt légal dans la collection : avril 2012.
Numéro d'imprimeur : 205346.

ISBN 978-2-07-044449-6. / Imprimé en France.